LE CYCLE DES DAMES DU LAC — T.3
LE SECRET D'AVALON

Marion Zimmer Bradley est née en 1930 dans l'État de New York, dans une famille de cheminots. Dès son jeune âge elle est habitée par la passion d'écrire et à dix-huit ans elle remporte un prix décerné chaque année en Amérique à l'auteur de la meilleure nouvelle. Pour survivre, elle fait de nombreux métiers : serveuse, blanchisseuse, chanteuse de carnaval... travaille dans un cirque. Elle se marie, suit son époux avec le Santa Fe Express dans des localités toujours plus éloignées et isolées. Le merveilleux et le fantastique la fascinent. Pour échapper à la solitude, elle écrit. Elle publie de nombreux ouvrages de science-fiction, mais c'est avec ses deux romans historiques, best-sellers internationaux, racontant la merveilleuse légende du Graal : *Les Dames du Lac* (prix du Grand Roman d'évasion 1986) et *Les Brumes d'Avalon*, qu'elle est maintenant célèbre dans le monde entier.

D1152281

MARION ZIMMER BRADLEY

Le Secret d'Avalon

TRADUIT DE L'AMÉRICAIN PAR JEAN ESCH

FALLOIS

Titre original :

LADY OF AVALON

NOTE LIMINAIRE

Les deux premiers épisodes publiés des *Dames du Lac* (*Les Dames du Lac* ; *Les Brumes d'Avalon*) évoquaient l'épanouissement puis le déclin du monde arthurien. Ils s'achevaient sur la mort du roi-héros et sa mystérieuse translation dans l'île d'Avalon. Cette énigmatique apothéose appelait un dévoilement. L'univers chevaleresque dont notre littérature courtoise a su éterniser les traits vit dans le temps immobile ou cyclique des grands mythes. On ne s'étonnera donc pas de trouver *le fin mot de l'histoire* aux origines mêmes du récit légendaire. Porteur d'une Révélation, *Le Secret d'Avalon* ressuscite les Temps anciens où le monde arthurien plonge ses racines.

Par rapport aux *Dames du Lac*, c'est, tout à la fois, le roman de la Genèse et celui de l'Apocalypse. Il donne son sens et son unité à la fiction épique de Marion Zimmer Bradley, dans le droit fil de nos textes médiévaux. Rappelons, en effet, que le Cycle arthurien — la « matière de Bretagne » — a pour point de départ le transfert du Saint Graal en Angleterre par Joseph d'Arimathie, le dernier disciple du Christ. Il fallait donc rattacher le Temps des Aventures et de la Chevalerie au Temps de l'évangélisation et de la conquête romaine, sous peine de mutiler la tradition.

Il en résulte que *Le Secret d'Avalon* se déroule sur une période de plusieurs siècles et mêle à l'« histoire sacrée » des Dames du Lac l'« histoire profane » de la Grande Bretagne romanisée.

À l'intention du lecteur français à qui cette époque peut ne pas être familière il a paru bon d'insérer ici et là dans la présente édition quelques notes, absentes du texte de départ et qui sont donc de la seule responsabilité de l'éditeur français.

Quelques-unes d'entre elles renvoient à *La Colline du dernier adieu*, de Marion Zimmer Bradley, texte qui, à proprement parler, ne fait pas partie des *Dames du Lac* mais qui en constitue en quelque sorte le prologue. Il relate les premiers heurts sanglants entre les populations autochtones et le conquérant romain. Chaque œuvre néanmoins peut se lire séparément.

Que le lecteur déjà familier de Marion Zimmer Bradley ne se laisse pas dérouter par les différences orthographiques conformes aux usages du temps : Gawen et Caillean, au début du *Secret d'Avalon*, sont bien les mêmes personnages que Gavain et Kellen à la fin de *La Colline du dernier adieu*. La jeune Igraine qu'il verra naître à la fin du *Secret* n'est autre qu'Ygerne, l'épouse d'Uther Pendagron, dont il n'est pas besoin de rappeler ici l'importance.

S'il est curieux de l'histoire des mots, il découvrira d'ailleurs qu'il est déjà en pays de connaissance. Avalon — l'île des pommes — ne vient pas des brumes nordiques mais des rives de la Méditerranée. C'est le « fruit d'Abella », en Campanie, désigné sous le nom d'« aveline » en moyen français et qui allait donner *apple* en anglais, *Apfel* en allemand. Le mystérieux sanctuaire de Vernemeton n'est pas très loin de Nanterre (= *Nemeto durum*, « le lieu saint fortifié »). C'est aussi le « bois sacré » (*nemus*) des Romains. Il découvrira au fil des pages que cette glorieuse histoire prolonge en partie la sienne, et que les druides d'Angleterre rappelèrent aux Romains la bravoure de leurs cousins Gaulois : « *Nam Gallos quoque in bellis floruisse* »[1].

---

1. « Car les Gaulois aussi ont été de brillants guerriers », Tacite, *Vie d'Agricola*, XI.

Le roman de Marion Zimmer Bradley se déroule, pour l'essentiel, dans la partie centrale et méridionale de l'actuelle Grande Bretagne. Cette dernière appellation, qui ne remonte qu'au début du XVIIᵉ siècle, ne pouvait ici convenir. Nous avons donc opté pour la dénomination d'« Angleterre », certes partiellement anachronique, mais qui dissipait tout risque de confusion avec la Bretagne armoricaine.

*À Diana L. Paxson,
sans qui ce livre n'aurait pas pu être écrit,
et au Darkmoon Circle,
qui rassemble les prêtresses d'Avalon.*

LES PERSONNAGES

* : figure historique
( ) : mort avant le début de l'histoire

PREMIÈRE PARTIE : LA SIBYLLE

PRÊTRES ET PRÊTRESSES D'AVALON :

Caillean — Grande Prêtresse, venue de la Maison
   de la Forêt
(Eilan) — ancienne Grande Prêtresse de la Maison
   de la Forêt. Mère de Gawen
Gawen — fils d'Eilan et de Gaius Macellius
Eiluned, Kea, Marged, Riannon — prêtresses confirmées
Beryan, Breaca, Dica, Lunet, Lysanda — jeunes prê-
   tresses et novices en cours d'apprentissage
Sianna — fille de la Reine des Fées
Bendeigid — ancien Archidruide, grand-père
   anglais de Gawen
Brannos — vieux druide également barde
Cunomaglos — Grand Druide
Tuarim, Ambios — jeunes druides

LES MOINES CHRÉTIENS D'YNIS WITRIN :

* *Père Joseph d'Arimathie* — fondateur de la
   communauté chrétienne

Père Paulus — son successeur
Alanus, Bron — moines

Romains et autres :

Arius — ami de Gawen dans l'armée
(Gaius Macellius Severus Siluricus) — père de Gawen
Gaius Macellius Severus Senior — grand-père romain de Gawen
Lucius Rufinus — centurion responsable des recrues de la Neuvième Légion
Quintus Macrinius Donatus — commandant de la Neuvième Légion
Salvius Bufo — commandant de la cohorte d'affectation de Gawen
Marche-sur-l'eau — homme du Peuple des Marais qui conduit la barque d'Avalon

DEUXIÈME PARTIE : L'IMPÉRATRICE

Prêtres et prêtresses d'Avalon :

Dierna — Grande Prêtresse et Dame d'Avalon
(Becca) — sœur cadette de Dierna
Teleri — princesse des Durotriges
Cigfolla, Crida, Erdufylla, Ildeg — prêtresses
Adwen, Breaca, Lina — jeunes filles éduquées à Avalon
Ceridachos — Archidruide
Lewal — guérisseur

Romains et Anglais :

Aelius — triérarque (capitaine) des navires *Hercule*
* *Allectus* — fils du duumvir de Venta, plus tard membre de l'état-major de Carausius
* *Constance Chlore* — officier romain

* *Dioclétien* — empereur (« *augustus* »)
Eiddin Mynoc — prince des Durotriges
Gaius Martinus — optio de Vindolanda
Gnaeus Claudius Pollio — magistrat de Durnovaria
Vitruvia — son épouse
* *Marcus Aurelius Mauseus Carausius* — navarque (amiral) de la flotte anglaise, par la suite empereur d'Angleterre
* *Maximien* — empereur (« *augustus* »)
Menecrates — commandant du vaisseau amiral de Carausius, l'*Orion*
Quintus Julius Cerialis — duumvir de Venta Belgarum
Trebellius — fabricant d'équipement en bronze

BARBARES :

Aedfrid, Theudibert — guerriers de la garde ménapienne de Carausius
Hlodovic — chef franc du clan des Saliens
Wulfhere — chef de clan des Angles
Radbod — chef de clan frison

TROISIÈME PARTIE : LA FILLE D'AVALON

PRÊTRES ET PRÊTRESSES D'AVALON :

Ana — Grande Prêtresse et Dame d'Avalon
(Anara et Idris) — sa deuxième et sa première filles
Viviane — sa troisième fille
Igraine — sa quatrième fille
Morgause — sa cinquième fille

Claudia, Elen, Julia — prêtresses confirmées
Fianna, Mandua, Nella, Rowan, Aelia, Silvia — novices de la Maison des Vierges et plus tard prêtresses

Taliesin — chef barde
Nectan — Archidruide
Talenos — jeune druide

ANGLAIS :

* *Ambrosius Aurelianus* — « empereur »
Bethoc — mère adoptive de Viviane
* *Categirn* — fils aîné de Vortigern
Ennius Claudianus — officier de Vortimer
Fortunatus — prêtre chrétien et disciple de Pélage
* *Évêque Germanus d'Auxerre* — défenseur de l'orthodoxie
Héron — homme des marais
Neithen — père adoptif de Viviane
* *Vortigern* — Grand Roi d'Angleterre
* *Vortimer* — son deuxième fils
Uther — guerrier d'Ambrosius

SAXONS :

Hengest — chef des envahisseurs saxons
Horsa — son frère

PERSONNAGES MYTHOLOGIQUES ET HISTORIQUES :

* *(Agricola)* — gouverneur d'Angleterre, 78-84 après J.-C.
Arianrhod — une déesse anglaise associée à la lune et à la mer *La Reine des Fées*
* *(Boudicca)* — reine des Icéniens qui conduisit la Grande Révolte en l'an 61 après J.-C.
Briga/Brigantia — déesse de la guérison, de la poésie et de la forge, divine sage-femme et déesse territoriale d'Angleterre

Camulos — un dieu des guerriers

* *(Caractacus)* — leader de la résistance anglaise au Ier siècle

* *(Calgacus)* — chef anglais vaincu par Agricola en l'an 81

Cathubodva — déesse de la guerre, liée à Morrigan (Dame des Corbeaux, déesse des corbeaux)

Ceridwen — déesse anglaise du genre « Mère Terrible », détentrice du Chaudron de la sagesse

Cernunnos, le Cornu — seigneur des animaux et moitié ténébreuse de l'année

Lugos — dieu intelligent, aux multiples talents

Maponus/Mabon — le jeune dieu, Fils de la Mère

Modron — déesse mère

Minerva — déesse romaine de la sagesse et de la guérison, assimilée à Athéna, Sulis et Briga

Nehalennia — déesse territoriale des Pays-Bas

Nemetona — déesse du bosquet

Nodens — dieu des nuages, de la souveraineté, de la guérison, sans doute lié à Nuada

* *Pélage* — chef religieux anglais du IVe siècle

Rigantona — Grande Reine, déesse des oiseaux et des chevaux

Rigisamus — seigneur du bosquet

Sulis — déesse des sources miraculeuses

Tanarus — dieu du tonnerre

Teutates — dieu tribal

INDEX DES NOMS DE LIEU
(L'Angleterre d'hier et d'aujourd'hui)

Trirème

Barque celte

Navire de charge

Liburne

CALEDONIE

CALEDONIENS

Mont Graupius

SELGOVES

Mur d'Antonin

VOTADINIENS

NOVANTES **ALBE**
Vercovicium Vindolanda
Mur d'Hadrien

Salmaes-Fjord Luguvallium Corstopitum
Glenoventa

BRIGANTES

Brigantia
Eburacum

Mona

Segontium DECEANGLES **ALBION**
Deva
Vernemeton

CORNOVIENS

ORDOVICES Venta Icenorum

DEMETES ICENIENS
Moridunum

SILURES DOBUNES TRINOVANTES

Venta Silurum Glevum Camulodunum
Corinium

Aquae Sulis Cunetio Londinium Vigniacis
Calleva Tanatus
Lindinis Venta Belgarum Durobrivae Rutupiae
Dumnonia BELGES Clausentum Durovernum
DUROTRIGES CANTIACIENS Dubris
Cantium
Dumovaria *Vectis* Portus Adurni Gesoriacum
Sorviodunum

PROLOGUE

*La terre est aujourd'hui comme un
radeau qui sombre.*
VICTOR HUGO

La Fée parle...

Les calamités qui menaçaient le pays étaient à
l'évidence inéluctables. La brume qui oppressait la
surface immobile des eaux vibrait d'une attente
contenue. Un éclair d'une blancheur argentée zébra
la nuit de poix et traversa la surface du Lac. Comme
une flèche qui ne peut manquer son but, il s'y
enfonça sans un bruit et brisa le sceau sacré. Tandis
que les portes de l'ancien temps cédaient sous
l'assaut d'une vague invisible et qu'au même instant
la brume se condensait en nuages noirs, une nef
émergea de l'autre monde. Elle chercha sa voie le
long du tracé lumineux de la foudre. La proue fendait sans bruit les eaux noires car la route qui reliait
les deux mondes était plus aisée dans le calme de la
nuit mais l'approche du bateau arrachait comme un
soupir retenu aux roseaux de la rive. Le pays s'éveil-
lait dans la peur après l'engourdissement d'un sommeil sans rêves. Il tendait l'oreille aux mots venus des
profondeurs qui annonçaient, comme un prologue
lyrique, l'apparition de la Fée.

« Le monde des humains est à la veille de profonds changements. Les nœuds du Pouvoir seront défaits et le Destin lui-même ne sait pas encore si le soleil et la lune ne vont pas sombrer. »

Une nuée tournoyante de corbeaux, vigies et messagers de l'Astre nocturne, survolaient la brume. Lorsqu'ils aperçurent l'embarcation, leur croassement emplit la vallée de son écho comme un cri d'alarme. Mais la voix de la Fée leur intima le silence. La douceur de ses paroles était si séduisante que tout homme, après l'avoir entendue, aurait été à jamais subjugué par son charme. Les mots n'avaient pas encore atteint la Sainte Colline du Tor mais ils se déployaient comme un éventail sur les flots qui semblaient reculer pleins d'angoisse devant cette force mystérieuse.

« Chez les humains, le Pouvoir est fluctuant...

« Les mortels qui se sont aventurés au Royaume des Fées affirment que rien n'y change jamais. C'est faux. Les événements de l'univers humain projettent au loin des reflets scintillants. Il existe certains endroits où les Deux Mondes se côtoient, comme les plis d'une draperie. Telle est l'île sainte d'Avalon que l'on appelait jadis *Ynis Witrin*, l'île de Verre. Pour moi, les saisons des humains sont imperceptibles, mais il arrive qu'une étincelle capte mon attention, et je passe d'un monde à l'autre.

« Quand les mères de l'humanité abordèrent cette terre pour la première fois, mon peuple, qui n'avait jamais possédé de corps, nous créa des formes à l'image des hommes. Mais avec leur venue, le monde n'avait plus besoin de nous désormais pour apprendre à se connaître, car les humains donnèrent des Noms à tout ce qu'ils voyaient. Ils bâtirent leurs maisons sur des piliers, au bord du Lac, et chassèrent dans les marais ; nous marchions et jouions ensemble, car c'était le matin du monde.

« Le temps passa, et les maîtres d'une ancienne sagesse traversèrent la mer à bord de bateaux en bois aux voiles peintes, fuyant la destruction de leur Île

Sacrée. Eux aussi nous connaissaient, mais d'une autre façon, et ils déplacèrent d'énormes pierres pour baliser les lignes de Pouvoir qui sillonnent cette terre. C'est eux qui préservèrent le Puits Sacré et taillèrent le chemin qui enserre le Tor.

« Maîtres de la magie, ils savaient les incantations qui donnent aux simples mortels l'accès à d'autres mondes. Ils exerçaient sur nous aussi un certain pouvoir, mais sans grand profit, car les gens de mon peuple étaient les premiers enfants de la Terre. Les magiciens se déplaçaient en pensée parmi les étoiles. Ils étaient toutefois mortels. Leur race finit par s'éteindre. Nous demeurâmes.

« D'autres vinrent ensuite, des enfants rieurs aux cheveux éclatants, avec des épées polies. Mais le contact glacé de l'acier nous était insupportable. Dès lors, les Fées commencèrent à se détacher des humains. Mais les magiciens des temps anciens leur enseignèrent la sagesse, et leurs sages, les druides, furent attirés par le puissant foyer de l'île sainte. Quand les légions de Rome envahirent le pays, l'emprisonnant dans son étroit réseau de routes pavées, massacrant tous ceux qui résistaient, l'île devint le refuge des druides.

« C'était naguère, autant que je puisse en juger. J'accueillis dans ma couche un guerrier aux cheveux d'or qui s'était aventuré au Royaume des Fées. Mais il avait le mal du pays, et je le congédiai. Cependant, il me fit don d'un enfant. Notre fille est belle comme lui. Elle brûle de connaître son ascendance humaine.

« Mais aujourd'hui, la roue tourne, et dans le monde des mortels, une prêtresse cherche à gagner le Tor. Je n'ai senti qu'hier le Pouvoir qui l'habite, en la rencontrant sur une autre rive. Comment se fait-il qu'elle ait si soudainement vieilli ? Et cette fois, elle amène avec elle un jeune garçon dont j'ai également connu l'esprit jadis.

« Nombreuses sont les rivières du destin qui désormais convergent. Cette femme, ma fille, et le garçon reforment à leur insu une très antique constellation. Pour le meilleur ou pour le pire ? Il me semble que l'issue dépend peut-être de moi. Je sens venir le temps où je devrai les assujettir, corps et âme, à ce lieu qu'ils nomment Avalon. »

Première partie

LA SIBYLLE
96-118 après J.-C.

I

Le coucher de soleil était proche ; déjà les eaux paisibles du Val d'Avalon étaient recouvertes d'or. Ici et là, des petits mamelons d'herbe ou de terre dressaient la tête à la surface, brisant la sérénité du Lac, en partie masqués par la brume scintillante qui, à la fin de l'automne, enveloppait les marais d'un voile, même quand le ciel était clair. Au centre du Val d'Avalon, l'un de ces mamelons se dressait plus haut que tous les autres, couronné de pierres levées.

Caillean contemplait la vaste étendue d'eau, son long manteau bleu de Grande Prêtresse retombant en plis immobiles, et elle sentit ce calme absolu effacer la fatigue d'un voyage de cinq jours qui lui avait paru beaucoup plus long. Assurément, ce voyage qui l'avait conduite du bûcher funéraire de Vernemeton[1] jusqu'au cœur du Pays d'Été avait duré toute une vie.

« La mienne..., songea Caillean. Jamais plus je ne quitterai la Maison des Prêtresses. »

— Est-ce l'île d'Avalon ?

La voix de Gawen la ramena brutalement dans le présent. Le jeune garçon cligna des yeux, comme ébloui par la lumière, et elle sourit.

— Oui, c'est elle, répondit Caillean, et je vais maintenant appeler la barque qui nous conduira à destination.

---

1. Voir notice liminaire, et aussi *La Colline du dernier adieu* de Marion Zimmer Bradley (Le Livre de Poche, nº 13997).

— Non, pas tout de suite, je vous prie...

Il se tourna vers elle.

Le garçon avait grandi. Pourtant, s'il était grand pour un enfant de dix ans, il paraissait tout frêle, comme replié sur lui-même. Les derniers rayons du soleil éclairaient à contre-jour ses mèches de cheveux châtains décolorés par l'été.

— Vous m'aviez promis quelques réponses avant mon arrivée au Tor. Que devrai-je dire quand on me demandera ce que je viens y faire ? Je ne connais pas même mon véritable nom !

À cet instant, ses yeux gris étaient si semblables à ceux de sa mère que Caillean sentit son cœur chavirer. Il avait raison, pensa-t-elle. Elle avait promis, en effet, mais au cours du voyage, elle n'avait quasiment pas ouvert la bouche, terrassée par le poids de la fatigue et du chagrin.

— Tu te nommes Gawen, dit-elle d'une voix douce. C'est le nom que portait ton père quand ta mère le rencontra, et c'est pourquoi elle te l'a donné.

— Mais... mon père était romain !

Il avait dit cela d'une voix hésitante, comme s'il ne savait choisir entre la fierté et la honte.

— C'est exact, et comme il n'eut pas d'autre enfant, je suppose que, selon la coutume romaine, tu devrais te nommer Gaius Macellius Severus. C'est là un nom fort respecté chez les Romains. Et d'ailleurs, jamais je n'ai entendu dire de ton grand-père que du bien. Mais ta grand-mère était princesse des Silures[1], et Gawen est le nom qu'elle donna à son fils. Tu ne dois donc pas avoir honte de le porter !

Gawen l'observa.

— Parfait. Mais ce n'est pas le nom de mon père que j'entendrai chuchoter sur cette île des Druides. Est-il vrai... (Il fut obligé de déglutir avant de continuer.) Avant mon départ de la Maison de la Forêt, les autres disaient que... Est-il vrai que... la Dame de Vernemeton était ma mère ?

Caillean posa sur lui son regard pénétrant ; elle

---

1. Les Silures occupaient le sud du Pays de Galles.

n'avait pas oublié au prix de quelles souffrances Eilan avait conservé son secret.

— C'est la vérité.

Il hocha la tête puis émit un long soupir avant d'ajouter :

— Très souvent, je faisais un rêve éveillé... Tous les orphelins de Vernemeton aimaient se vanter en racontant que leurs mères étaient des reines, et leurs pères des princes qui, un beau jour, viendraient les chercher pour les emmener loin d'ici. Moi aussi j'inventais des histoires, mais la Dame était toujours bonne avec moi, et la nuit quand je rêvais, la mère qui venait me chercher c'était toujours... *elle*.

— Elle t'aimait, dit Caillean d'une voix encore plus douce.

— Dans ce cas, pourquoi n'est-elle jamais venue me chercher ? Et pourquoi mon père, s'il était l'homme d'honneur que l'on dit, ne l'a-t-il pas épousée ?

Caillean laissa échapper un soupir.

— Il était romain, et les prêtresses de la Maison de la Forêt n'avaient pas le droit de se marier, même avec des hommes des Tribus, et d'avoir des enfants. Si l'on avait appris ton existence, pour ta mère c'était la mort.

— Ça n'a rien changé, murmura-t-il. (En prononçant ces mots, il parut soudain au-dessus de son âge.) Ils ont découvert la vérité et ils l'ont tuée, n'est-ce pas ? Elle est morte à cause de moi !

— Oh, Gawen...

Déchirée par un sentiment de pitié, Caillean voulut l'attirer à elle, mais le jeune garçon se détourna.

— Il y avait bien d'autres raisons, dit-elle. La politique... et d'autres choses que tu comprendras quand tu seras plus vieux.

Elle se mordit la lèvre, de crainte d'en dire plus, car la révélation de l'existence de cet enfant fut l'étincelle qui déclencha l'incendie, et en ce sens, ce qu'il disait était juste.

— Eilan t'aimait, Gawen. Après ta naissance, elle aurait pu t'envoyer dans un orphelinat au loin. Mais elle ne pouvait supporter l'idée d'être séparée de toi. Alors, pour pouvoir te garder auprès d'elle, elle a courageusement défié l'Archidruide qui a fini par céder, à condition que nul ne sache la vérité.

— Ce n'est pas juste !

— Juste, dis-tu ? rétorqua-t-elle d'un ton vif. Crois-tu que la vie soit juste ? Tu as eu de la chance, Gawen. Remercie les dieux et cesse de te plaindre.

Le visage du garçon s'empourpra, avant de blêmir, mais il resta muet. Caillean, elle, sentit sa colère disparaître aussi vite qu'elle était apparue.

— Tout cela n'a plus d'importance désormais, car c'est le passé, et te voici en ce lieu.

— Pourtant, vous ne voulez pas de moi, murmura-t-il. Personne ne veut de moi.

Un instant, elle l'observa.

— Je pense qu'il faut que tu saches... Ton grand-père romain souhaitait que tu restes là-bas, à Deva[1], pour te donner une éducation romaine.

— Pourquoi, dans ce cas, ne m'avez-vous pas laissé avec lui ?

Caillean le regardait fixement, sans sourire.

— As-tu envie de devenir romain ?

— Bien sûr que non ! Qui donc le voudrait ? s'exclama-t-il en rougissant furieusement.

Caillean acquiesça. Les druides qui instruisaient les jeunes garçons à la Maison de la Forêt lui avaient enseigné sans aucun doute la haine de Rome.

— Mais vous auriez dû me le dire ! Vous auriez dû me laisser choisir !

— Je l'ai fait ! répondit-elle, sèchement. Et tu as choisi de venir ici !

Son expression de défi sembla l'abandonner, tandis qu'il se retournait pour contempler de nouveau la vaste étendue d'eau.

— C'est exact. Ce que je ne comprends pas, c'est pourquoi vous vouliez que je...

— Ah, Gawen, dit Caillean. Même une prêtresse ne comprend pas toujours les forces qui la font agir,

---

1. Aujourd'hui Chester (Pays de Galles).

vois-tu. Et si j'ai agi ainsi, c'est en partie parce que tu étais tout ce qui me restait d'Eilan, que j'aimais comme ma propre fille...

Cette douloureuse évocation lui noua la gorge. Il lui fallut plusieurs secondes pour pouvoir à nouveau s'exprimer avec calme. Elle poursuivit alors d'une voix métallique et glacée :

— ... et aussi parce qu'il me semblait que ton destin se trouvait parmi nous...

Le regard de Gawen n'avait pas quitté les flots dorés. Pendant quelques instants, le seul bruit perceptible fut le clapotis des vaguelettes dans les roseaux. Il finit par lever les yeux vers elle.

— Très bien. Accepterez-vous, alors, d'être ma mère, pour que je puisse enfin retrouver une famille ?

Caillean resta muette d'étonnement. « Je devrais répondre non, car un jour, je le sais, il me brisera le cœur. »

— Je suis prêtresse, dit-elle enfin. Comme l'était ta mère. Les vœux que nous avons prononcés nous lient aux dieux, parfois contre notre volonté.

« Ou sinon, je serais restée dans la Maison de la Forêt, et j'aurais été là pour protéger Eilan... », se dit-elle avec amertume.

— Comprends-tu cela, Gawen ? Comprends-tu que, même si je t'aime, je suis parfois obligée de faire des choses qui te font du mal ?

Il hocha la tête avec vigueur, et ce fut elle qui sentit la douleur dans son cœur.

— Mère adoptive... Que deviendrai-je sur l'île d'Avalon ?

Caillean réfléchit un instant avant de répondre :

— Tu es trop âgé pour demeurer avec les femmes. Tu logeras avec les jeunes élèves qui se destinent à la prêtrise ou au métier de barde. Ton grand-père maternel était un chanteur accompli, et peut-être as-tu hérité de ses dons. Aimerais-tu étudier l'art des bardes ?

Gawen cilla, comme si cette seule idée lui faisait peur.

— Non, pas maintenant, je... je vous en prie... Je ne sais pas...

— N'en parlons plus. De toute façon, les prêtres ont besoin de temps eux aussi pour apprendre à te connaître. Tu es encore très jeune, nous avons grandement le temps de décider de ton avenir.

« Et quand viendra ce jour, la décision n'appartiendra pas à Cunomaglos et à ses druides, se jura-t-elle. Je n'ai pas réussi à sauver Eilan, mais au moins puis-je protéger son enfant... »

— Bien..., reprit-elle d'un ton brusque. De nombreuses tâches m'attendent. Il est temps de faire venir la barque pour te conduire sur l'île. Et ce soir, je te promets, ton avenir se limitera à un souper et à un lit. Es-tu satisfait ?

— Il le faut..., répondit-il dans un murmure, comme s'il doutait à la fois d'elle et de lui-même.

Le soleil s'était couché. À l'ouest, le ciel encore illuminé virait au rose mais les nappes de brume qui s'accrochaient à la surface de l'eau ressemblaient maintenant à du métal froid. Le Tor était à peine visible, comme si, songea soudain Caillean, quelque sortilège l'avait séparé du reste du monde. Lui vint alors à l'esprit le nom que portait ce lieu : Ynis Witrin, l'île de Verre. Cette image la fascinait. Avec quel bonheur aurait-elle abandonné ce monde où Eilan avait été brûlée vive aux côtés de son amant romain sur le bûcher funéraire des druides. S'arrachant à ses pensées, elle sortit de la bourse qui battait ses flancs un sifflet d'os sculpté et le porta à sa bouche. L'instrument produisit un son aigu et grêle mais qui résonna très loin.

Les yeux écarquillés, Gawen regardait de tous côtés pour apercevoir la barque. Caillean tendit le doigt. L'immense étendue d'eau était bordée de bancs de roseaux et de marécages, sillonnés de canaux au tracé sinueux. À l'endroit indiqué par la prêtresse, une petite embarcation à la proue carrée se frayait un chemin au milieu des roseaux. Gawen, intrigué, fronça les sourcils. L'homme qui faisait avancer la barque à l'aide d'une perche était à peine plus grand que lui. C'est seulement quand la barque s'approcha du bord qu'il découvrit les rides du passeur sur son visage buriné, et les reflets d'argent qui parsemaient ses cheveux bruns. Apercevant Caillean, le vieil homme salua, soulevant sa perche pour permettre à la barque, mue par son seul élan, de glisser en douceur jusqu'au rivage.

— Voici Marche-sur-l'eau, chuchota Caillean. Son peuple habitait déjà en ce lieu avant les Romains, avant même que les Britanniques ne débarquent sur ces rivages. Nul parmi nous ne peut le comprendre, mais il m'a expliqué le sens de son nom. Comme tu peux l'imaginer, la vie est rude dans ces marécages, et c'est avec bonheur que les gens des marais acceptent les restes de nourriture que nous leur donnons à l'occasion, ainsi que nos remèdes quand ils sont malades.

Le jeune garçon, perplexe, avait pris place à l'arrière de la frêle embarcation qui les conduisait vers le Tor. Machinalement il plongea la main dans l'eau, absorbé dans la contemplation des rides qui filaient à la surface. Caillean ne chercha pas à le tirer de sa songerie. Ils venaient de subir une terrible épreuve. Le jeune garçon en avait-il compris la portée ? Serait-il capable de la surmonter ?

Les lambeaux de brume qui les enveloppaient se dissipèrent soudain. La silhouette imposante du Tor surgit devant eux. De son sommet jaillit l'appel caverneux d'une corne. Le passeur imprima une dernière poussée à sa perche, et la quille de son embarcation racla le sable. Immédiatement, il sauta par-dessus bord pour tirer la barque sur le rivage ; et dès qu'elle fut immobilisée, Caillean mit pied à terre.

Six jeunes prêtresses coiffées de longues tresses et vêtues de tuniques de lin blanc à ceintures vertes descendaient le chemin du Tor à leur rencontre. Elles formèrent une ligne devant Caillean.

Marged, la plus âgée, s'inclina avec déférence.

— C'est une joie de vous revoir, Dame d'Avalon...

Soudain, elle s'interrompit ; ses yeux s'étaient posés sur la silhouette frêle de Gawen. Elle demeura un instant interdite. Mais Caillean, devinant sa question, s'empressa de lui dire :

— Marged, je te présente Gawen, il va habiter ici. Aurais-tu l'obligeance d'avertir les druides, et de lui trouver un endroit pour la nuit ?

— Avec plaisir, ma Dame, répondit la jeune fille, sans détacher son regard de Gawen, qui rougissait jusqu'aux oreilles.

Caillean soupira. Si la simple vue d'un jeune garçon — car malgré tout elle ne pouvait se résoudre à considérer Gawen comme un jeune homme — produisait un tel effet sur ses jeunes disciples, elle n'était pas au bout de ses peines pour lutter contre les préjugés rapportés de la Maison de la Forêt. Finalement, pensa-t-elle, la présence de Gawen parmi ces jeunes filles leur serait peut-être bénéfique.

Quelqu'un se tenait derrière les jeunes filles. Tout d'abord, Caillean pensa qu'une des prêtresses, Eiluned ou Riannon peut-être, était descendue pour l'accueillir. Mais l'inconnue était trop petite.

Elle semblait parfaitement à son aise avec un air étrange de familiarité, comme si Caillean la connaissait depuis la nuit des temps.

Mais la nouvelle venue ne s'intéressait pas le moins du monde à Caillean. Ses yeux, à la fois sombres et limpides, restaient fixés sur Gawen. La prêtresse, qui l'avait jugée petite, revint de sa méprise. L'inconnue maintenant semblait la dominer de la taille. Ses longs cheveux bruns étaient coiffés dans le dos à la manière des prêtresses, en une tresse unique. Elle portait un vêtement en peau de daim, et son front était ceint d'une étroite couronne de baies écarlates.

Ayant longuement observé Gawen, elle s'inclina jusqu'à terre.

— Fils de Cent Rois, dit-elle. Sois le bienvenu à Avalon...

Gawen la regardait d'un air ébahi.

Caillean se racla la gorge, elle cherchait ses mots.

— Qui êtes-vous, et que me voulez-vous ? demanda-t-elle d'un ton brusque.

— De vous, je ne veux rien, pour le moment,

répondit la femme, tout aussi sèchement. Et vous n'avez point besoin de connaître mon nom. Je suis ici pour Gawen. Mais vous me connaissez depuis fort longtemps, Blackbird, même si la mémoire vous fait défaut.

Blackbird... Le Merle... « Lon-dubh »... en irlandais. En entendant prononcer ce nom qui avait été le sien avant qu'elle ne soit ordonnée prêtresse, et auquel elle n'avait même pas songé pendant près de quarante ans, Caillean demeura muette.

Elle revécut alors comme si c'était hier le cauchemar qui l'avait marquée à jamais. Elle ressentit à nouveau le feu de ses blessures, ces contusions, cette lancinante douleur qui lui avait laissé un sentiment de honte et de dégoût. L'homme qui l'avait violée l'avait menacée de la mort si jamais elle s'avisait de le dénoncer. Seule la mer, pensait-elle, aurait alors pu lui redonner sa pureté perdue. Elle s'était frayé un chemin parmi les broussailles et ronces au bord de la falaise, insensible aux épines qui lacéraient sa peau nue, déterminée à se jeter dans les flots qui heurtaient furieusement les rochers en contrebas.

Et soudain, l'ombre qui se profilait sur les bruyères avait pris l'apparence d'une femme, à peine plus grande qu'elle, mais d'une force incomparable, et cette femme l'avait serrée dans ses bras, en lui murmurant à l'oreille des paroles empreintes d'une tendresse que sa propre mère ne lui avait jamais témoignée. Sans doute avait-elle fini par s'endormir, blottie dans les bras de l'inconnue. À son réveil, son corps était net, ses douleurs s'estompaient, le terrible cauchemar vécu de la veille n'était plus qu'un mauvais rêve.

Bien des années plus tard, l'enseignement reçu par les druides lui avait permis de donner un nom à cet être qui l'avait sauvée.

— Ma Dame..., murmura-t-elle.

Mais toute l'attention de la Fée restait fixée sur Gawen.

— Mon seigneur, je vous guiderai vers votre destin. Attendez-moi au bord de l'eau, et un jour, très bientôt, je viendrai vous chercher.

Elle s'inclina de nouveau, moins bas que la première fois, et soudain, comme si elle n'avait jamais été là, elle disparut.

Caillean ferma et rouvrit les yeux plusieurs fois. L'instinct qui l'avait poussée à conduire Gawen jusqu'à Avalon ne l'avait pas trompée. Si la Dame du Peuple des Fées en personne était venue l'honorer, nul doute qu'il accomplirait ici sa destinée. Eilan avait eu un jour la vision de Merlin. Que lui avait-il annoncé ? Le père de cet enfant était mort comme un Roi de l'Année[1] pour sauver son peuple à elle. Tout cela devait avoir un sens. Pendant un instant, elle fut sur le point de comprendre le sacrifice d'Eilan.

Un son inarticulé jailli de la bouche de Gawen la ramena à la réalité. Le garçon était pâle comme un linge.

— Qui était cette femme ? Pourquoi m'a-t-elle parlé ?

Le regard de Marged, visiblement perplexe, allait de Caillean à Gawen, et la prêtresse se demanda tout à coup si les autres avaient seulement vu quelque chose de cette scène.

— C'est la Dame du Vieux Peuple, ces créatures que l'on surnomme les Fées. Elle m'a sauvé la vie un jour, il y a fort longtemps. De nos jours, les Fées n'apparaissent pas souvent parmi les humains. En venant ici elle avait certainement une raison. Quant à savoir laquelle...

— Elle s'est inclinée devant moi...

Il avala sa salive, puis demanda, dans un murmure :

— M'autoriseriez-vous à la suivre le moment venu, mère adoptive ?

— T'y autoriser ? Jamais je n'aurais l'audace de

---

1. Dans certaines traditions folkloriques et mythologiques, le Roi de l'Année était sacrifié rituellement au retour du printemps.

t'en empêcher. Tu dois te préparer pour le jour où elle viendra te chercher.

Gawen la regarda, et dans ses yeux gris si clairs, une étincelle raviva soudain le souvenir d'Eilan.

— Dans ce cas, je n'ai point le choix. Mais je ne l'accompagnerai que si elle accepte de répondre à mes questions !

— Ma Dame, loin de moi l'idée de mettre en doute votre jugement, dit Eiluned, mais pourquoi diable amener ici un garçon de cet âge ?

Caillean but une gorgée d'eau et reposa avec un soupir son gobelet en bois. Depuis maintenant six lunes qu'elles étaient venues s'installer à Avalon, il lui semblait parfois que sa cadette n'avait cessé de critiquer ses décisions. Et elle se demanda si Eiluned ne cherchait pas à se tromper elle-même avec ce simulacre d'humilité. Elle n'avait que trente ans, mais paraissait plus âgée, mince et la mine sévère, toujours prompte à se mêler des affaires d'autrui. Mais elle était extrêmement consciencieuse, et avait su devenir une adjointe indispensable.

En entendant cette remarque, les autres femmes s'empressèrent de détourner le regard, feignant de ne prêter attention qu'à leur repas. La vaste demeure située au pied du Tor avait paru immense à l'époque où les druides l'avaient construite pour elles, au début de l'été. Mais en apprenant qu'une nouvelle Maison des Vierges venait de voir le jour, d'autres jeunes filles les avaient rejointes, et Caillean songeait qu'elles seraient peut-être obligées de l'agrandir avant la venue du prochain été.

— Les druides prennent des enfants encore plus jeunes pour les former, répondit-elle d'un ton calme.

L'espace d'un instant, le visage de Gawen, dont les lisses méplats reflétaient les flammes dansantes du feu, perdit toute apparence juvénile.

— Qu'ils le prennent avec eux dans ce cas ! Sa place n'est pas ici...

Eiluned lança un regard noir au jeune garçon, qui se tourna vers Caillean en quête de réconfort, avant d'avaler une autre cuillerée de millet et de haricots. Dica et Lysanda, les plus jeunes des novices, gloussèrent dans leur coin, jusqu'à ce que Gawen détourne la tête en rougissant.

— Dans l'immédiat, je me suis arrangée avec Cunomaglos pour qu'il loge avec Brannos, le vieux barde. Cela te convient-il ? demanda-t-elle d'un ton acerbe.

— Excellente idée ! répondit Eiluned. Le vieil homme est gâteux. Je vis dans la crainte qu'il ne tombe dans son feu un soir, ou qu'il ne s'aventure sur le Lac...

Ce que disait Eiluned était juste, même si c'était la gentillesse du vieil homme, et non pas sa sénilité, qui avait conduit Marged à le choisir.

— Au fait, qui est cet enfant ? interrogea Riannon, de l'autre côté de la table, en agitant ses boucles rousses. Ne faisait-il pas partie des enfants abandonnés de Vernemeton ? Que s'est-il donc passé là-bas ? Les rumeurs les plus folles ont circulé...

Elle posa sur la grande prêtresse un regard chargé de curiosité et d'attente.

— C'est un orphelin, en effet, répondit Caillean, dans un soupir. J'ignore ce que vous avez pu entendre dire, mais il est vrai que la Dame de Vernemeton est morte. Une révolte a éclaté. Les druides de la Confrérie du Nord ont été obligés de se disperser, plusieurs grandes prêtresses ont trouvé la mort elles aussi. Dieda figurait dans le nombre. En vérité, j'ignore même si la Maison de la Forêt survivra, et si par malheur elle devait disparaître, il n'y aurait plus que nous pour conserver l'ancienne sagesse et la transmettre.

Les autres prêtresses demeuraient interdites. Si elles étaient convaincues qu'Eilan et les autres avaient été assassinés par les Romains, tant mieux, songeait Caillean. Elle n'éprouvait, certes, aucune affection pour Bendeigid, devenu Archidruide, mais même s'il avait perdu la raison, il demeurait un des leurs.

— Dieda est morte ? demanda Kea, et sa douce

voix se fit plus fluette encore, tandis qu'elle agrippait le bras de Riannon, sa voisine. Je devais parfaire mon instruction auprès d'elle cet hiver. Comment pourrai-je enseigner aux plus jeunes les chants sacrés ? Quelle terrible perte !

Les larmes inondaient ses yeux gris remplis de tristesse.

Une terrible perte, en effet, songea Caillean. Grâce à son savoir, à ses aptitudes hors du commun, Dieda aurait pu devenir une exceptionnelle prêtresse, si seulement elle n'avait pas préféré la haine à l'amour. C'était une leçon pour elle également, dont elle devrait se souvenir lorsque l'amertume menacerait de la submerger.

— Je me chargerai de ton instruction..., déclara-t-elle. Je n'ai jamais étudié les secrets des bardes d'Érin, mais les chants sacrés et les saints offices des prêtresses druidiques viennent de Vernemeton, et je les connais tous par cœur.

— Oh, je ne voulais pas dire... (Kea n'acheva pas sa phrase ; tout son visage s'empourpra.) Je sais que vous chantez, et que vous jouez de la harpe également. Jouez pour nous, Caillean. Il y a si longtemps, semble-t-il, que vous n'avez pas fait de musique pour nous autour du feu !

— C'est un « creuth », pas une harpe..., rectifia Caillean, par automatisme, avant de soupirer : Pas ce soir, mon enfant. Je suis bien trop lasse. D'ailleurs, c'est toi qui devrais chanter pour nous, et nous soulager de notre chagrin.

Elle esquissa un sourire forcé, et vit le visage de Kea s'éclairer. La jeune prêtresse ne possédait pas le Don ni l'inspiration de la pauvre Dieda, mais sa voix était émouvante et douce, et elle aimait les anciennes chansons.

Riannon tapota l'épaule de sa camarade.

— Ce soir, nous chanterons toutes pour la Déesse, et Elle nous apportera le réconfort. Au moins êtes-vous revenue parmi nous, ajouta-t-elle en se tournant vers Caillean. Nous craignions que vous ne soyez de retour pour la pleine lune.

— Allons, je ne vous ai pas éduquées de cette manière ! s'exclama Caillean. Vous n'avez pas besoin de moi pour accomplir le rituel.

— Peut-être pas, répondit Riannon avec un large sourire. Mais sans vous, ce ne serait pas la même chose.

Lorsqu'elles sortirent du château, le froid de la nuit les saisit. Le vent avait dissipé les brumes et la masse sombre du Tor se découpait sur un ciel constellé. Vers l'est, Caillean vit les cieux s'illuminer, alors que s'élevait la lune, encore invisible pourtant derrière la colline.

— Hâtons-nous, dit-elle aux autres, en nouant solidement les pans de son long et chaud manteau. Car déjà notre Dame scrute les cieux.

La première, elle commença à gravir le chemin, suivie des autres femmes, en file indienne ; leurs souffles dessinaient de petits nuages blancs dans l'air vif de la nuit.

Au premier virage Caillean se retourna. La porte de la vaste demeure était restée ouverte, et la silhouette sombre de Gawen se découpait dans la lumière des lampes. Même ainsi, en ombre chinoise, on devinait dans sa façon de se tenir, de les regarder s'éloigner, un sentiment poignant de solitude. L'espace d'un instant, elle faillit l'appeler et lui demander de les rejoindre. Mais Eiluned en aurait été scandalisée. Au moins était-il en sécurité ici, sur l'île sainte. Puis la porte se referma et le garçon disparut. Prenant une profonde inspiration, Caillean poursuivit avec détermination son ascension, jusqu'au sommet de la colline.

Partie depuis une lune, elle n'avait plus en elle la force d'accomplir de telles épreuves. Quand enfin elle atteignit le sommet, il lui fallut un long moment pour retrouver son souffle, pendant que les autres la rejoignaient, et elle résista à l'envie de s'appuyer à l'une des Pierres Levées. Peu à peu, cependant, les sensations de vertige se dissipèrent et elle put prendre place devant l'autel de pierre. Une à une, les prêtresses pénétrèrent dans le cercle, en se déplaçant autour de l'autel dans le sens de la rotation du soleil. Les petits miroirs d'argent poli qui pendaient à leurs ceintures scintillaient, tandis qu'elles prenaient position. Kea déposa le Graal[1] en argent sur la pierre, et Beryan, qui avait prononcé récemment ses vœux lors du Solstice d'Été, le remplit d'eau provenant du Puits Sacré.

Point n'était besoin de former un cercle. Ce lieu était déjà consacré, interdit aux yeux des non-initiés, mais à l'instant où le cercle fut achevé, l'air qu'il renfermait sembla s'alourdir, devenir totalement immobile. Le vent lui-même, qui lui avait arraché des frissons, s'en était allé.

— Nous saluons les cieux glorieux, étincelants de lumière...

Caillean leva les mains vers le ciel, et ses compagnes l'imitèrent.

— ... Nous saluons la sainte terre d'où nous avons jailli...

Elle se pencha pour caresser l'herbe givrée.

— ... Gardiennes des Quatre Quartiers, nous vous saluons...

Avec un ensemble parfait, les femmes se tournèrent vers les quatre points cardinaux, scrutant l'horizon jusqu'à ce qu'il leur semblât voir scintiller devant elles les Forces dont les noms et les apparences se cachent dans les cœurs des Sages.

Caillean se tourna de nouveau, pour faire face à l'ouest.

— Nous honorons nos ancêtres disparus avant nous. Ô vous, Personnes saintes, veillez...

« Eilan, ma bien-aimée, veille sur moi... veille sur ton enfant. »

Elle ferma les yeux, et pendant un bref instant, il lui sembla qu'une douce caresse électrisait sa chevelure.

Caillean se tourna ensuite vers l'est, là où les étoi-

---

1. Première apparition du Graal dans le récit. Sur sa présence dans l'île sainte d'Avalon, voir notes pp. 71 et 104.

les se fondaient dans la lueur ascendante de la lune. L'air autour d'elle se fit plus dense, comme chargé d'une mystérieuse impatience, tandis que toutes les autres prêtresses l'imitaient, guettant les premières lueurs au-dessus des collines. Soudain, un vacillement se produisit ; et la lune fut là, gigantesque, teintée d'or. À chaque seconde, elle s'élevait davantage, et à mesure qu'elle s'éloignait de la terre, elle devenait plus pâle, plus lumineuse aussi, pour finalement flotter en toute liberté, dans sa pureté immaculée. Comme si elles ne formaient qu'un seul être, toutes les prêtresses levèrent les mains vers le ciel en signe d'adoration.

Au prix d'un suprême effort, Caillean parvint à maîtriser sa voix tremblante, la soumit à sa volonté pour retrouver le rythme familier du rituel.

— À l'est, notre Dame de la Lune se lève, psalmodia-t-elle.

— Phare éclatant de la nuit, joyau de la nuit..., enchaînèrent les autres.

— Bénie soit chaque chose sur laquelle brille Ta lumière...

La voix de Caillean prenait de l'ampleur, le chœur l'imitait. Elle sentait son énergie décuplée par celle des autres prêtresses, dont les voix s'affermissaient à mesure que son inspiration prenait son essor.

Désormais, les versets naissaient d'elle avec plus d'aisance. Ils étaient chargés de cette force que les autres femmes puisaient au foyer de ses incantations. Elle se sentait portée par une rayonnante et chaude énergie.

— Bénéfique soit Ta lumière qui éclaire le sommet des collines...

Sur ces mots, Caillean trouva en elle la force de tenir la note durant la réponse du chœur, et celui-ci, prolongeant sa dernière note, rejoignit et soutint la sienne dans une magnifique harmonie.

— Bénéfique soit Ta lumière sur les prés et les forêts...

La lune s'était élevée bien au-dessus de la cime des arbres. Caillean contemplait devant elle le Val d'Avalon, avec ses sept îles saintes, et peu à peu, son champ de vision sembla s'étendre, au point d'englober l'Angleterre dans son ensemble.

— Bénéfique soit Ta lumière qui éclaire les routes et les voyageurs...

Caillean ouvrit les bras, et entendit soudain le limpide soprano de Kea s'élever au-dessus du chœur.

— Bénéfique soit Ta lumière sur les vagues de l'océan...

Les prêtresses dominaient les forces invisibles, sentant, intuitivement, l'instant où elles devraient brandir leurs miroirs... Elles resserrèrent leur demi-cercle face à la lune. Caillean, toujours postée devant l'autel, leur faisait face. Le chant s'était mué en un faible bourdonnement de voix.

— Descends vers nous, Dame Lune ! Viens parmi nous ! Viens à nous !

Elle baissa les mains.

Au même moment, douze miroirs en argent, brandis et inclinés par les prêtresses pour capter l'éclat des astres, lancèrent des éclairs blancs. Des anneaux de lune pâles dansèrent dans l'herbe lorsque les miroirs se tournèrent vers l'autel. La surface argentée du calice renvoya des scintillements sur les formes toujours immobiles des prêtresses et des Pierres Levées. Puis, les douze miroirs firent converger les reflets de lune à l'intérieur du Graal.

— Dame Lune, Toi qui n'as pas de nom, mais dont les appellations néanmoins sont innombrables, murmura Caillean. Toi qui n'as pas de forme, et qui pourtant possèdes de nombreux visages. Dame, nous T'appelons ! Descends parmi nous, rejoins-nous !

Elle laissa échapper un long soupir. Le bourdonnement des voix se fondit peu à peu dans un silence vibrant d'attente et d'espoir. Vision, concentration, tous les sens étaient fixés sur l'éclat de lumière à l'intérieur du calice. Caillean sentit que son état de transe s'accentuait, comme si son enveloppe charnelle se défaisait, que tous ses sens, à l'exception de la vue, l'abandonnaient.

Et maintenant, voilà que celle-ci s'obscurcissait à

son tour, masquant le reflet de la lune dans l'eau du
Graal. Ou peut-être n'était-ce pas l'image qui se
modifiait, mais plutôt l'éclat de son reflet qui s'intensifiait, jusqu'à ce que la lune et son image soient
reliées par une hampe de lumière. Des particules illu-
minées évoluaient à l'intérieur du rayon de lune, des-
sinant une silhouette aux doux reflets qui l'observait
en retour avec des yeux étincelants.

— Ma Dame..., dit Caillean laissant parler son
cœur. J'ai perdu ma bien-aimée. Comment pourrai-
je survivre seule ?

« *Tu n'es pas seule... tu as des sœurs et des filles.* »
Telle fut la réponse, sèche, et peut-être un peu
moqueuse. « *Tu as un fils... et Je suis là...* »

Caillean sentait confusément que ses jambes
s'étaient dérobées sous elle. L'âme tendue vers la
Déesse qui lui souriait, elle perdit conscience.

La lune avait dépassé le milieu du ciel quand elle
revint à elle. La présence qui les avait bénies avait
disparu, l'air était froid. Autour d'elle, les autres femmes sortaient peu à peu de leur torpeur. Les muscles
raidis, elle fit effort pour se relever en tremblant. Des
fragments de visions continuaient de danser dans sa
mémoire. La Dame lui avait dit ce qu'elle devait
savoir mais déjà ses propos s'évanouissaient.

— Nous Te remercions de nous avoir bénies, ma
Dame..., murmura-t-elle. Emportons avec nous cette
bénédiction dans le monde.

D'une même voix, les femmes murmurèrent leurs
remerciements adressés aux Gardiennes. Kea
s'avança pour prendre le calice en argent entre ses
mains et verser son contenu, pareil à un ruisseau
lumineux, sur la pierre. Après quoi, elles firent le tour
de l'autel, dans le sens inverse de la course du soleil,
et repartirent vers le chemin. Seule Caillean demeura
près de l'autel de pierre.

— Caillean, vous venez ? Il fait froid maintenant !

Eiluned, qui marchait en queue du cortège, s'était
arrêtée pour l'attendre.

— Non, pas tout de suite. Je dois réfléchir à certaines choses. Je vais rester ici encore un peu. N'aie

crainte, mon manteau me tiendra chaud, ajouta-t-elle, bien qu'en vérité, elle fût parcourue de frissons. Vas-y, ne m'attends pas !

Eiluned semblait perplexe, mais la voix de Caillean était sans réplique. Finalement, elle pivota sur ses talons et disparut derrière la colline.

Une fois seule, Caillean s'agenouilla devant l'autel, et l'étreignit comme si elle pouvait ainsi serrer dans ses bras la Déesse qui était encore là il y a quelques instants.

— Parlez, ma Dame. Dites-moi clairement ce que vous attendez de moi !

Mais rien ni personne ne lui répondit.

Tandis que la lune déclinait sur son orbite, l'ombre des Pierres Levées ferma le cercle. Caillean, concentrée, s'en rendit à peine compte. C'est seulement en se levant qu'elle constata que son regard s'était fixé sur une des plus grosses pierres.

Le cercle disposé au sommet du Tor était de dimensions réduites. Aucune des pierres qui le composaient n'atteignait les épaules de Caillean. Mais celle-ci dépassait toutes les autres. Au moment même où la prêtresse faisait cette constatation, une silhouette sombre sembla émerger de la pierre.

— Qui... ? dit Caillean, mais alors qu'elle ouvrait la bouche pour poser cette question, elle comprit, avec cette même certitude qui l'avait envahie cet après-midi, qui venait de surgir ainsi.

Elle entendit un petit rire, pareil à un clapotis, et la Fée apparut dans la lumière de la lune, vêtue, comme la première fois, d'une peau de daim, avec sa couronne de baies autour du front, insensible, semblait-il, au froid de la nuit.

— Dame des Fées, je vous salue..., dit Caillean à voix basse.

— Salut à toi, Blackbird, répondit la Fée, en riant de nouveau. Mais je me trompe, tu es devenue un cygne, qui flotte sur le Lac au milieu de ses jeunes congénères.

— Que venez-vous faire ici ?

— Où voudrais-tu que je sois, mon enfant ? L'Au-

tre Monde jouxte le vôtre en bien des endroits, même
s'ils sont aujourd'hui moins nombreux qu'autrefois.
Les Cercles de Pierres sont des portes de communication, en certaines occasions, à l'instar de toutes les
extrémités de la terre : les sommets des montagnes,
les cavernes, les rivages où la mer rencontre le
sable... Mais certains endroits existent dans les deux
mondes, en permanence, et de tous ceux-là, ce Tor
est un des plus puissants.

— Oui, je l'ai senti, dit Caillean. C'est ainsi parfois
sur la Colline des Vierges, près de la Maison de la
Forêt.

La Fée poussa un soupir.

— Cette colline est un lieu saint, aujourd'hui plus
que jamais, mais le sang répandu a fermé le passage.

Caillean se mordit la lèvre ; une fois de plus, elle
revoyait des cendres mortes sous un ciel en pleurs.
La douleur de la disparition d'Eilan s'apaiserait-elle
jamais ?

— Tu as eu raison de partir, reprit l'apparition.
Raison également d'emmener ce garçon.

— Qu'attendez-vous de lui ?

— Je veux le préparer à son destin... Et *toi* qu'attends-tu de lui, prêtresse ? Saurais-tu le dire ?

Ébranlée par cette question, Caillean s'efforça néanmoins de reprendre le contrôle de la conversation.

— Quel est donc ce destin dont vous parlez ?

— Ce n'est pas à moi de le dire, ni à toi d'ailleurs,
lui répondit la Dame. Cependant, t'es-tu jamais
demandé pourquoi Eilan avait pris tant de risques
afin de porter en elle cet enfant et de le protéger
ensuite ?

— C'était sa mère..., dit Caillean, mais ses paroles
se perdirent dans la réponse de la Fée.

— C'était une Grande Prêtresse, éminente entre
toutes. Une fille issue de ce sang qui apporta sur ces
rivages la plus haute sagesse humaine.

Tout en l'observant Caillean sentit se réveiller en
elle la blessure d'anciens sarcasmes. C'était la vérité...
sa place n'était pas ici.

— Je ne suis pas née sur cette terre, et je ne des-

cends pas d'une noble famille, admit-elle d'un ton
crispé. Êtes-vous en train de me faire comprendre
que je n'ai pas le droit de me trouver ici, ni d'élever
ce garçon ?

— Allons, Blackbird..., dit l'autre femme, en
secouant la tête. Écoute-moi. Ce qu'Eilan avait reçu
en héritage t'appartient grâce à ton savoir, ton travail
opiniâtre et le Don de la Dame de Vie. Eilan elle-
même t'a confié cette tâche. Mais Gawen est le dernier descendant de la lignée des Sages, et son père
était fils du Dragon, par sa mère, lié à cette terre par
son sang.

— Voilà donc à quoi vous faisiez allusion quand
vous l'avez appelé Fils de Cent Rois..., dit Caillean
d'une voix haletante. Mais à quoi cela pourrait-il
nous servir désormais ? Les Romains détiennent le
pouvoir.

— Je l'ignore. On m'a simplement fait savoir qu'il
devait être préparé. Les druides et vous lui ferez
découvrir la plus grande sagesse de l'humanité.
Quant à moi, si tu acceptes mon prix, je lui montre-
rai les mystères de cette terre que tu nommes Angleterre.

— Votre prix ?

Caillean déglutit avec peine.

— Le moment est venu de bâtir des ponts, déclara
la reine. Je possède une fille, engendrée par un
homme de ta race. Elle a le même âge que le garçon.
Je veux que tu l'accueilles dans la Maison des Vierges. Je veux que tu lui enseignes tes coutumes et ta
sagesse, Dame d'Avalon, et moi, j'enseignerai les
miennes à Gawen...

II

— Es-tu venu dans le but de rejoindre notre
Ordre ? demanda le vieil homme.

Gawen le regarda d'un air étonné. Lorsque, la veille au soir, Kea la prêtresse l'avait conduit auprès de Brannos, le garçon avait eu le sentiment que le vieux barde était fort diminué. Ses cheveux étaient de neige, ses mains, agitées de tremblements séniles, ne savaient plus faire jouer les cordes de sa harpe. Quand on avait fait entrer Gawen, Brannos avait eu le plus grand mal à quitter son lit, juste le temps d'indiquer au garçon un amoncellement de peaux de chèvres où il pourrait s'allonger. Puis il s'était rendormi.

Dans ce lieu étrange, le barde n'offrait pas l'image d'un mentor très prometteur, mais les peaux de chèvres étaient chaudes, et sans puces, et le garçon tombait de fatigue. Avant même qu'il ait fini de repenser à la moitié de toutes les choses étranges qui lui étaient arrivées au cours de la lune passée, le sommeil l'emporta. Mais au matin, Brannos ne ressemblait plus du tout à cette pauvre créature hébétée de la nuit précédente. Les yeux chassieux pétillaient d'une lueur étonnamment vive, et Gawen se sentit rougir malgré lui sous le poids de ce regard gris.

— Je... je ne sais pas, à vrai dire, répondit-il avec prudence. Ma mère adoptive ne m'a pas dit ce que je venais faire ici. Elle m'a demandé si j'aimerais devenir barde, mais je n'ai appris que les chansons les plus simples, celles que chantaient les enfants de la Maison de la Forêt. J'aime chanter, mais je me doute bien que c'est peu de chose pour un barde...

Ce n'était pas tout à fait exact. Gawen adorait chanter, en effet, mais l'Archidruide Ardanos, le plus célèbre des bardes parmi les druides de son temps, qui ne pouvait souffrir le jeune garçon, ne lui avait jamais donné l'occasion de s'essayer à l'art vocal. Sachant maintenant qu'Ardanos, son propre arrière-grand-père, avait voulu la mort d'Eilan en apprenant qu'elle portait un enfant, il comprenait pourquoi ; malgré tout, il hésitait encore à laisser paraître son intérêt.

— Si telle était ma voie, reprit-il, toujours prudent, sans doute le saurais-je déjà, non ?

Le vieil homme toussa et cracha dans le feu.

— Qu'aimes-tu faire, mon garçon ?

— À la Maison de la Forêt, je m'occupais des chèvres, et parfois, je travaillais au jardin. Quand nous en avions le loisir, les autres enfants et moi, nous jouions au ballon.

— Si je comprends bien, tu préfères la compagnie des galopins ?

Les yeux perçants l'observaient une fois de plus.

— J'aime bien apprendre aussi, répondit Gawen. Par exemple, j'adorais les poèmes épiques que nous racontaient les druides.

En disant cela, il se demanda quel genre d'histoires on apprenait aux enfants romains, mais il se garda bien de poser la question.

— Si tu aimes les histoires, nous sommes faits pour nous entendre, déclara le vieux Brannos avec un sourire. Souhaites-tu rester parmi nous ?

Gawen détourna le regard.

— Je pense qu'il y a eu des bardes dans ma famille. Peut-être est-ce pour cela que Dame Caillean m'a adressé à vous. Mais si je ne suis pas doué pour la musique, consentirez-vous à me garder auprès de vous ?

— C'est de tes jambes et de tes bras vigoureux dont j'ai besoin, hélas, pas de musique. (Le vieil homme eut un soupir accablé.) Tu « penses » qu'il y eut des bardes dans ta famille ? Tu n'en sais rien ? Qui donc étaient tes parents ?

Le garçon lui jeta un regard méfiant. Caillean ne lui avait pas clairement dit que ses origines devaient demeurer secrètes, mais c'était pour lui une réalité encore si nouvelle qu'il avait du mal à s'en convaincre. Mais peut-être Brannos avait-il vécu si longtemps que même cela ne lui paraîtrait pas étrange.

— Pourriez-vous imaginer, répondit-il, qu'avant cette lune, j'ignorais jusqu'à leurs noms ? Ils sont morts tous les deux maintenant, et sans doute n'ont-ils plus rien à redouter si les gens apprennent la vérité à mon sujet... (Le ressentiment qu'il sentait percer dans ses paroles le surprit.) On raconte que ma mère était la Grande Prêtresse de Vernemeton, Dame Eilan... (Se remémorant sa douce voix et le parfum qui restait accroché à ses voiles, il dut cligner des paupières pour dissimuler ses larmes.) Mais mon père était romain, ajouta-t-il, et vous comprenez pourquoi il aurait mieux valu que je ne voie pas le jour.

Si le vieux druide ne pouvait plus chanter, son ouïe, elle, était parfaite. Les accents de tristesse contenus dans la voix du garçon ne lui avaient pas échappé ; il soupira.

— Ici, dans cette Maison, peu importe qui furent tes parents. Cunomaglos lui-même, qui dirige la Confrérie des Druides, est issu d'une famille de potiers des environs de Londinium. Aux yeux des Dieux seul compte ce que tu es capable de bâtir.

« Ce n'est pas tout à fait exact, songea Gawen. Caillean affirme avoir assisté à ma naissance ; elle sait donc qui était ma mère. Mais ce n'est peut-être qu'un bruit. Puis-je me fier à elle ? » se demanda-t-il soudain. Curieusement, le visage qui lui apparut à cet instant fut celui de la Reine des Fées. Il avait confiance en elle, et c'était une chose étrange en vérité, car il n'était même pas certain qu'elle existât réellement.

— Chez les druides de notre Ordre, reprit le vieux barde, la naissance importe peu. Chaque homme entre dans cette vie comme ses semblables, sans rien, qu'il soit fils de Grand Druide ou d'un vagabond sans feu ni lieu. Toi comme moi, le fils d'un mendiant comme celui d'un roi ou de Cent Rois...

Gawen le regardait les yeux écarquillés. La Dame du Peuple des Fées avait employé la même expression : « Fils de Cent Rois. » Il se sentait à la fois brûlant et glacé. Elle avait promis de venir le chercher. Peut-être lui expliquerait-elle alors la signification de ce titre. Soudain, les battements de son cœur s'accélérèrent, mais il n'aurait su dire si c'était d'impatience ou de peur.

Alors que la lune qui avait salué son retour à Avalon pâlissait, Caillean reprit sa routine, comme si jamais elle ne s'était absentée. Le matin, quand les druides gravissaient le Tor afin de saluer l'aube, les prêtresses, elles, faisaient leurs dévotions devant le feu.

Le soir, quand les marées de la mer lointaine faisaient monter le niveau de l'eau dans les marais, elles se tournaient vers l'ouest pour honorer le soleil couchant. À la nuit tombée, le Tor appartenait aux prêtresses ; nouvelle lune, pleine lune, obscurité, chaque phase possédait son propre rituel.

Il était remarquable, songeait-elle en suivant Eiluned vers le dépôt de vivres, de voir avec quelle rapidité les traditions se formaient. La communauté des prêtresses sur l'Île Sacrée n'avait pas encore célébré sa première année d'existence, que déjà Eiluned jugeait immuables les règles édictées par Caillean comme si leur autorité était séculaire.

— Vous vous souvenez, dit-elle, que le jour où Marche-sur-l'eau vint pour la première fois, il nous apporta un sac d'orge. Or, cette fois-ci, quand il est venu chercher ses remèdes, il est arrivé les mains vides.

Eiluned marchait en tête sur l'étroit chemin conduisant au dépôt, sans cesser de parler.

— ... Vous comprenez bien, ma Dame, que cela ne peut aller. Nous avons bien ici des prêtresses dont l'activité de bienfaisance vaut quelques dons à notre communauté mais elles sont en petit nombre. Si, de surcroît, vous tenez à recueillir tous les orphelins que vous trouvez, comment pourrons-nous accroître nos réserves afin de les nourrir durant l'hiver ? Je me le demande.

Pendant un instant, Caillean demeura sans voix, interdite. Puis elle s'empressa de répondre :

— Il ne s'agit pas d'un orphelin comme les autres... C'est le fils d'Eilan !

— Dans ce cas, que Bendeigid le prenne avec lui !

Caillean secoua la tête ; elle n'avait pas oublié cette dernière conversation à ce sujet. Bendeigid était fou.

Pas question qu'il apprenne ne serait-ce que l'existence de Gawen, si elle pouvait l'éviter.

Eiluned tirait la lourde barre qui fermait la porte du dépôt de vivres. Au moment où le pesant battant de bois s'ouvrait vers l'extérieur, une petite créature grise fila dans les buissons.

Eiluned laissa échapper un petit cri strident, fit un bond en arrière, et se jeta dans les bras de Caillean.

— Maudite soit cette sale bête ! Maudite...

— Tais-toi ! ordonna Caillean d'un ton cassant. Il n'y a aucune raison de maudire une créature qui a le droit elle aussi de chercher à se nourrir, comme nous. De même, nous ne devons pas refuser notre aide à quiconque la réclame, et surtout pas ce pauvre Marche-sur-l'eau qui nous fait traverser les marais avec une simple bénédiction de notre part pour tout salaire !

Eiluned se retourna dans les bras de Caillean ; le visage empourpré de manière inquiétante.

— Je ne fais qu'accomplir la tâche que vous m'avez confiée ! s'exclama-t-elle. Comment osez-vous me parler ainsi ?

Caillean la lâcha, en soupirant.

— Loin de moi l'intention de te vexer. Nous sommes ici depuis peu et notre présence en ce lieu n'a plus de raison d'être si pour survivre nous devons aussi impitoyables et avares que les Romains ! Nous sommes ici pour servir la Dame. Ne peut-on Lui faire confiance pour subvenir à nos besoins ?

Eiluned eut un hochement de tête dubitatif, mais fort heureusement son visage retrouvait peu à peu un teint normal.

— Servirons-nous les intérêts de la Dame en mourant de faim ? Regardez donc...

Elle déplaça la lourde dalle de pierre qui couvrait le puits, et tendit le doigt.

— Regardez ! Le puits est à moitié vide, et le Solstice d'Hiver n'aura pas lieu avant la prochaine lune !

« Le puits est à moitié *plein*... », aurait voulu répondre Caillean, mais c'était précisément parce que Eiluned prenait à cœur ces questions d'intendance qu'elle l'avait nommée responsable des vivres.

— Il y a deux autres puits, et ils sont encore pleins, dit-elle calmement. Malgré tout, tu fais bien d'attirer mon attention.

— Il y avait suffisamment de grain pour plusieurs hivers dans les dépôts de vivres de Vernemeton, mais aujourd'hui, il reste peu de bouches à nourrir, hélas, fit remarquer Eiluned. Pensez-vous que nous pourrions faire appel à eux pour obtenir des vivres ?

Caillean ferma les yeux ; elle revoyait encore une fois le tas de cendres sur la Colline des Vierges. En effet, Eilan et bien d'autres n'auraient plus besoin de se nourrir cet hiver, ni les hivers suivants. C'était une suggestion de bon sens. Eiluned n'avait pas cherché à la peiner.

— Je me renseignerai, répondit-elle en s'efforçant de maîtriser le tremblement de sa voix. Mais si, comme on l'a dit, la communauté des femmes, à la Maison de la Forêt, doit être dissoute, nous ne pourrons pas compter sur elles encore une année. D'ailleurs, peut-être est-il préférable que les habitants de Deva nous oublient. En voulant se mêler des affaires des Romains, Ardanos a bien failli nous conduire au désastre. Je pense qu'il vaut mieux nous montrer le moins possible, et dans ce cas, nous devons trouver le moyen de subvenir nous-mêmes à nos besoins.

— Cette tâche vous incombe, ma Dame. La mienne consiste à gérer les vivres que nous possédons déjà.

Sur ce, Eiluned remit en place la plaque de pierre au-dessus du puits.

« Non, c'est la tâche de la Dame, songea Caillean, tandis qu'elles poursuivaient leur inventaire en comptant les sacs et les tonneaux. C'est à cause d'Elle que nous sommes ici ; nous ne devons pas l'oublier. »

Il était exact qu'un grand nombre de femmes de cette communauté, parmi les plus âgées, comme elle, n'avaient jamais connu d'autre maison que celle des prêtresses. Mais elles possédaient des talents qui leur vaudraient d'être accueillies dans n'importe quel

manoir de chef de clan anglais. Certes, le départ
serait douloureux, mais au moins aucune d'elles ne
mourrait de faim. Elles étaient venues ici pour servir
la Déesse, car celle-ci les avait appelées, et si la
Déesse voulait des prêtresses, songea Caillean avec
une ébauche de sourire, à Elle dans ce cas de pour-
voir à leur subsistance !

— Et je ne peux pas m'en charger toute seule...,
disait Eiluned. On ne peut tout de même pas me
demander de comptabiliser chaque grain d'orge, chaque navet. Demandez donc à quelques-unes de ces
filles de payer le prix de leur pension en m'apportant
leur aide !

Le visage de Caillean s'éclaira ; c'était une bonne
idée. « Un cadeau de la part de la Dame, se dit-elle...
Ma solution. » Les jeunes filles qui venaient ici rece-
vaient une excellente formation ; elles pouvaient
ensuite trouver une place dans n'importe quelle maison du pays. Pourquoi, dès lors, ne pas accueillir les
filles d'hommes ambitieux et consacrer un certain
temps à leur éducation, avant qu'elles ne partent se
marier ? Les Romains ne se souciaient guère de ce
que faisaient les femmes ; ils n'avaient même pas
besoin de le savoir, d'ailleurs.

— Très bien, tu auras les aides que tu réclames,
dit-elle à Eiluned. Tu leur enseigneras les tâches
domestiques, Kea la musique, et moi, les vieilles
légendes de notre peuple et les coutumes des druides.
Quelles histoires raconteront-elles ensuite à leurs
enfants, selon toi ? Quelles chansons leur chante-
ront-elles ?

— Les nôtres, je suppose, mais...

— Les nôtres, en effet, confirma Caillean, et les
pères romains qui ne voient leurs enfants qu'une fois
par jour, au moment du dîner, ne se poseront pas de
questions. Car pour les Romains, ce que dit une
femme n'a aucune importance. Mais un jour, cette
île tout entière leur sera arrachée des mains par les
enfants des femmes éduquées ici à Avalon !

Eiluned répondit par un haussement d'épaules et
un demi-sourire ; elle n'était pas certaine de com-

prendre. Mais tandis qu'elles poursuivaient leur tournée d'inspection, les pensées de Caillean se précisaient. Il y avait déjà parmi elles une jeune fille, la petite Alia, que rien ne destinait à devenir prêtresse. Le jour où elle retournerait dans son foyer, elle pourrait répandre la Parole de Vérité parmi les femmes, et les druides quant à eux pouvaient transmettre le message aux hommes des maisons princières qui restaient attachées aux anciens rites.

Ni les Romains avec leurs armées, ni les chrétiens avec leurs menaces de damnation éternelle ne pouvaient rivaliser avec les premiers mots qu'un enfant entendait dans les bras de sa mère. Rome gouvernait peut-être les corps des hommes, mais c'était Avalon, songeait Caillean avec une exaltation grandissante, l'Île Sacrée protégée par ses marécages, qui façonnerait leurs âmes.

Gawen se réveilla de bonne heure et resta éveillé, l'esprit trop agité pour se rendormir, bien que le lambeau de ciel qu'il distinguait à travers les interstices du clayonnage enduit de torchis de la cabane eût à peine commencé à subir les premiers assauts du jour. Dans l'autre lit, Brannos ronflait encore, doucement, mais derrière la fenêtre, il perçut le bruit d'une toux accompagné d'un bruissement de tuniques. Il tenta d'apercevoir ce qui se passait. Au-dessus de sa tête, le ciel était encore noir, mais à l'est commençaient d'apparaître quelques taches rosées, annonçant la naissance d'un jour nouveau.

Il n'était arrivé à Avalon que depuis une semaine mais déjà les us et coutumes de ses habitants lui étaient familiers. Les hommes rassemblés devant le Château des Druides, les novices vêtus de tuniques grises, les grands prêtres tout en blanc, préparaient les cérémonies du Soleil Levant. La procession était totalement silencieuse ; Gawen savait qu'ils ne diraient pas un mot avant que le disque du soleil n'apparaisse, net et éclatant, au-dessus des collines. La journée promettait d'être belle ; il n'avait pas vécu

jusqu'à maintenant dans un temple druidique sans
savoir interpréter les signes du ciel.

Sachant qu'il lui serait impossible de se rendormir,
il se leva, s'habilla sans bruit pour ne pas réveiller le
vieux barde — au moins, on ne l'avait pas consigné
dans la Maison des Vierges où il aurait été surveillé
comme une jeune fille —, et se faufila hors de la
cabane. Si la lumière d'avant l'aube était encore faible, l'odeur fraîche du petit matin embaumait déjà
l'air humide, et il inspira à pleins poumons.

Comme en réponse à un signal muet, la Procession
du Soleil Levant prit la direction du sentier. Dissimulé dans l'ombre formée par le toit de chaume en
saillie de la cabane, Gawen attendit que les druides
se fussent éloignés, puis, à pas feutrés, il descendit
vers le Lac, là où la Fée lui avait dit de l'attendre. Il
s'y rendait chaque jour depuis son arrivée et commençait à se demander si véritablement elle serait
fidèle au rendez-vous. Quoi qu'il en soit, il avait
appris à aimer pour lui-même le spectacle de la lente
naissance du jour au-dessus des marais.

Les premiers reflets roses de l'aube recouvraient la
surface de l'eau. Dans son dos, la lumière naissante
dessinait déjà les constructions blotties au pied du
Tor, et notamment le faîtage allongé du temple rec-
tangulaire, de style romain. Les toits de chaume des
rotondes, juste derrière, luisaient faiblement ; la plus
grande abritait les prêtresses, la plus petite était
réservée aux jeunes filles, et une troisième maison,
construite légèrement à l'écart, était destinée à la
Grande Prêtresse. Au-delà se trouvaient les cuisines,
les ateliers de tissage et une étable pour les chèvres.
Gawen distinguait à peine les toits, plus abîmés, des
demeures des druides, sur l'autre versant de la colline. Un peu plus bas, il le savait, se trouvait la
Source Sacrée, et de l'autre côté des pâturages, les
habitations en forme de ruche des chrétiens, regroupées autour du Buisson d'Épines qui avait jailli du
bâton du père Joseph.

Jamais encore il ne s'était aventuré jusque-là. Les
prêtresses, après avoir débattu pour savoir quelles

tâches convenaient à un jeune garçon, l'avaient finalement chargé d'aider à garder les chèvres qui leur donnaient du lait. Chez son grand-père romain, on lui aurait épargné cette tâche. Bientôt, les chèvres se mettraient à bêler, impatientes de retrouver les pâturages à flanc de colline. Le seul instant de loisir dont il disposait, c'était maintenant.

Une fois de plus, il se remémora les paroles de la Dame : « Fils de Cent Rois. » Que voulait-elle dire ? Pourquoi lui ? Cette phrase le hantait. De nombreuses journées s'étaient écoulées depuis cet étrange salut. Quand viendrait-elle le chercher ?

Gawen resta longtemps assis sur la rive du Lac, à contempler l'étendue grise de l'eau dont le scintillement argenté reflétait un pâle ciel d'automne. L'air était vif, mais il était habitué au froid, et la peau de mouton que lui avait donnée Brannos en guise de cape le protégeait. Autour de lui, tout était calme et bruissant à la fois. Il écoutait le murmure du vent dans les arbres, le soupir des vaguelettes qui venaient expirer sur le rivage. Dans cette symphonie matinale d'un jour neuf, il percevait les échos d'une chanson — il n'aurait su dire toutefois si elle venait de l'extérieur, ou si quelque chose chantait dans son esprit, mais la mélodie sonnait agréablement à ses oreilles. Sans ouvrir les yeux, il sortit de sa poche la flûte en bois de saule que lui avait donnée Brannos, et se mit à jouer.

Les premières notes qui jaillirent de l'instrument furent si discordantes que Gawen faillit lancer la flûte dans l'eau, et puis, au bout d'un moment, le son devint plus fluide. Le garçon prit une profonde inspiration, se concentra, et recommença. Et de nouveau, il entendit s'élever dans l'air ce pur filament sonore. Avec prudence, avec application, il modifia l'emplacement de ses doigts, et lentement, il ébaucha une mélodie. Peu à peu, il se détendit, sa respiration se fit plus profonde, maîtrisée, et il se laissa absorber par sa composition.

Perdu dans la musique, il ne remarqua pas immédiatement l'apparition de la Dame. C'est progressivement que le scintillement au-dessus du Lac dessina une ombre, que cette ombre se mua en silhouette, se déplaçant comme par magie à la surface de l'eau, vers le rivage, jusqu'à ce qu'enfin il aperçoive la proue surbaissée de l'embarcation à bord de laquelle elle se tenait, et la longue perche de bois dans ses mains...

L'embarcation ressemblait vaguement à la barque avec laquelle Marche-sur-l'eau les avait conduits sur l'île, Caillean et lui, mais en plus étroite, et la Dame la faisait avancer à longs coups de perche. Gawen l'observait avec attention, car lors de leur première rencontre, il était bien trop abasourdi pour la regarder véritablement. Ses bras fins et musclés étaient nus jusqu'aux épaules, malgré le froid ; ses cheveux bruns tirés en arrière et réunis en chignon, dégageant son large front lisse, barré d'épais sourcils noirs. Ses yeux étaient sombres eux aussi, et aussi brillants que ceux d'un oiseau. Elle était accompagnée d'une jeune fille, solidement bâtie, avec d'intenses taches de rousseur qui constellaient ses joues blanches marbrées de rose, aussi lisses et onctueuses qu'une crème épaisse, et de magnifiques cheveux blonds aux reflets cuivrés, semblables aux cheveux de Dame Eilan — aux cheveux de sa mère. Mais elle les avait noués en une longue et unique natte, à la manière des prêtresses. D'emblée, la jeune fille lui adressa un large sourire qui plissa délicieusement ses joues roses.

— Voici ma fille, Sianna, déclara la Dame, en le fixant de ses yeux noirs. Eh bien, quel nom t'ont-ils donné, mon seigneur ?

— Ma mère m'a baptisé Gawen, dit-il. Pourquoi avez-vous...

Les paroles de la Dame interrompirent sa question :

— Sais-tu manier une barque, Gawen ?

— Non, ma Dame. On ne m'a jamais rien enseigné des choses de l'eau. Mais avant que nous partions...

— Tant mieux, dit-elle, l'interrompant une fois de plus. Tu n'as donc rien à désapprendre, et cela au moins, je peux te l'enseigner. Mais dans l'immédiat, il te suffira de monter à bord de cette barque sans la faire chavirer. Attention où tu mets les pieds. À cette époque de l'année, l'eau est trop froide pour prendre un bain.

Elle lui tendit sa main fine, dure comme de la pierre, pour l'aider à conserver son équilibre pendant qu'il embarquait. Il s'assit, en agrippant les bords de la barque qui tanguait, même si, en vérité, c'était l'effet provoqué en lui par cet ordre, plus que le mouvement de l'embarcation qui le déstabilisait.

Sianna gloussa, et la Dame la fixa de ses yeux sombres.

— Si personne n'avait fait ton éducation, tu ne saurais rien, toi non plus.

Sianna murmura :

— Je riais en imaginant un bain forcé dans une eau si froide.

Elle faisait visiblement effort pour garder son sérieux, mais ne put s'empêcher de pouffer encore une fois. La Dame lui sourit avec indulgence, tout en enfonçant sa longue perche dans l'eau pour faire glisser la barque à la surface du Lac.

Gawen se tourna vers la jeune fille. Il ignorait si Sianna avait voulu se moquer de lui, mais il aimait la façon dont ses paupières se plissaient quand elle souriait, et il se dit qu'il voulait bien, dans ces conditions, être l'objet de ses moqueries. Au milieu de cette immensité d'eau argentée et de ciel pâle, elle était le seul élément rayonnant ; la chaleur de ses cheveux aurait pu réchauffer ses mains engourdies par le froid. Timidement, il lui sourit. L'éclat du grand sourire qui lui répondit transperça sans peine sa carapace de feinte indifférence. Plus tard, bien plus tard, il comprendrait qu'en cet instant précis son cœur s'était ouvert à elle.

Mais pour l'heure, il n'éprouvait qu'une intense chaleur et dénoua la lanière qui fermait sa cape en peau de chèvre. La barque glissait sur l'eau paisible, tandis que le soleil grimpait dans le ciel. Assis au fond de la barque, Gawen observait Sianna à la déro-

bée. La Dame n'éprouvait pas, semble-t-il, le besoin
de parler. Sa fille non plus. Gawen n'osait briser ce
silence, et plusieurs fois il se surprit à tendre l'oreille
pour capter le chant d'un oiseau ou bien le doux clapotis des vaguelettes contre la coque du bateau.

L'eau était calme, troublée uniquement par les
ondulations que faisait naître le vent en caressant la
surface du Lac, ou bien ces petites rides mouvantes
qui, lui expliqua la Dame, signalaient à l'œil exercé
la présence de troncs d'arbres ou de bancs cachés.
Après un automne très pluvieux, le niveau de l'eau
était élevé, et Gawen, remarquant les hautes herbes
qui se balançaient dans l'eau, imaginait des prairies
englouties. Des mamelons de terre émergeaient par
endroits, reliés ici et là par d'épais bancs de roseaux.
Il était plus de midi quand, enfin, la Dame laissa la
barque glisser vers le rivage de galets d'une île que
rien apparemment ne distinguait des autres, du
moins aux yeux de Gawen. Elle débarqua la première, puis fit signe aux deux enfants de la suivre.

— Sais-tu faire un feu ? demanda-t-elle à Gawen.

— Je regrette, ma Dame. Cela non plus on ne me
l'a jamais enseigné, répondit le garçon en rougissant.
Je sais néanmoins entretenir une bonne flambée.
Pour les druides le feu est une chose sacrée. On ne le
sort du sanctuaire que dans les grandes occasions, et
dans ces cas-là, ce sont les prêtres qui le rallument.

— Ah, voilà bien les hommes : transformer en
mystère une chose que n'importe quelle paysanne
sait faire, commenta Sianna d'un ton de mépris.

La Dame secoua la tête.

— Le feu est un mystère, expliqua-t-elle patiemment. Et comme toute force, il peut être un danger
ou un serviteur dévoué ou un dieu. Ce qui importe,
c'est la façon dont on l'utilise.

— Et quel genre de feu va-t-on allumer ici ?
demanda Gawen.

— Un simple feu de voyageurs, pour nous permettre de cuire notre repas. Sianna, emmène Gawen
avec toi et montre-lui où l'on trouve de quoi faire
un feu.

Sianna tendit la main vers Gawen.

— Viens, on va chercher des herbes sèches et des feuilles mortes, du petit bois, tout ce qui s'enflamme facilement.

À côté d'un cercle d'herbe calcinée sur le sol humide il y avait un tas de bûches. De toute évidence, songea Gawen, ce n'était pas la première fois qu'elles utilisaient cet endroit pour faire un feu.

Lorsque l'amas de feuilles et de brindilles lui parut suffisamment haut, la Dame lui montra l'art d'allumer un feu, à l'aide d'un morceau de silex et d'aiguisoir soigneusement conservé dans une bourse en cuir attachée à sa taille. Gawen l'imita de son mieux et... miracle, le feu jaillit ! Toutefois, il s'étonna que la Dame lui fasse accomplir une tâche de serviteur, après l'avoir salué du nom de roi. Mais en regardant le feu, il repensa à ce qu'elle avait dit à ce sujet, et il crut comprendre.

Au bout de quelques instants, de jolies flammes orangées s'élevèrent et la Dame retourna vers la barque pour extraire d'une besace la dépouille molle d'un lièvre décapité. Avec un petit couteau en pierre, elle vida et dépeça l'animal, avant de l'embrocher. Les bûches consumées formaient un lit de braises. Bientôt, la chair grésillante du lièvre se mit à goutter sur les flammes. L'estomac de Gawen grogna d'impatience, mis en appétit par ce puissant fumet, et il s'aperçut à cet instant qu'il n'avait même pas pris son petit déjeuner.

Quand la viande fut cuite, la Dame la découpa avec son couteau parfaitement aiguisé et en donna un morceau à chacun des deux enfants, sans songer à se servir. Gawen avait l'impression de n'avoir jamais rien mangé d'aussi bon. Lorsqu'ils eurent terminé, la Dame leur montra où enterrer les os et la fourrure.

— Merci mille fois pour ce repas, ma Dame, déclara Gawen en essuyant ses mains grasses sur sa tunique. Mais je ne sais toujours pas ce que vous attendez de moi. Maintenant que nous avons mangé, acceptez-vous de me répondre ?

Un long moment, elle l'observa. Avant de déclarer :

— Tu crois savoir qui tu es, mais tu ne sais rien. Je te l'ai dit, je suis ton guide. Je t'aiderai à trouver ton destin.

Sur ce, elle retourna vers la barque, en faisant signe aux deux enfants de remonter à bord.

« Et cette allusion aux Cent Rois ? » voulait-il lui demander. Mais il n'osait pas.

Cette fois, la Fée conduisit la barque à travers une immense étendue d'eau, où les courants venus de la rivière creusaient un chenal à travers les marais, et elle était obligée de se pencher loin en avant pour atteindre le fond avec sa perche. L'île vers laquelle elle voguait était immense, séparée uniquement par un étroit chenal des hauts rivages qui se dressaient à l'ouest.

— Avancez lentement, sans faire de bruit..., leur ordonna-t-elle, tandis qu'ils prenaient pied sur le rivage, après avoir accosté.

Ouvrant la marche, elle les entraîna au milieu des arbres.

Même au début de l'hiver, alors que les feuilles étaient déjà tombées, se faufiler entre les troncs et sous les branches basses n'était pas une mince affaire. Quand on ne faisait pas attention, le bois mort craquait au moindre pas. Voilà pourquoi, Gawen, concentré, marchait précautionneusement au milieu des bois, négligeant d'interroger la Dame pour connaître leur destination. La Fée se déplaçait sans un bruit, et la jeune Sianna suivait son exemple. À côté d'elles, il se faisait l'impression d'être un gros animal maladroit.

Soudain, la Dame leva la main pour leur faire signe de s'arrêter, au grand soulagement de Gawen... Délicatement, elle écarta une branche de noisetier. Au-delà s'ouvrait une petite prairie où quelques cerfs se nourrissaient des derniers brins d'herbe des-séchés.

— Observe bien les cerfs, Gawen, et apprends leurs habitudes, murmura-t-elle. L'été, jamais tu ne les trouveras à cet endroit, car ils restent à l'abri de la chaleur toute la journée et ne sortent qu'à la nuit tombée pour se nourrir. Mais maintenant, ils savent qu'il leur faut manger tout ce qu'ils peuvent avant la venue de l'hiver. Une des premières tâches d'un chasseur consiste à apprendre les habitudes de tous les animaux qu'il traque.

Gawen se risqua alors à demander, à voix basse :

— Suis-je appelé à devenir chasseur, ma Dame ?

— Peu importe ce que tu seras amené à *faire*, répondit-elle après un silence. Ce sera à toi de choisir quand tu auras atteint l'âge de prendre une telle décision.

Jamais auparavant on ne lui avait laissé entendre qu'il pourrait un jour décider de son avenir ; dès lors, il fut prêt à idolâtrer cette femme.

Sianna lui tendit sa main et le fit s'allonger dans un petit creux dans l'herbe.

— Ici nous sommes bien pour observer les cerfs, murmura-t-elle. D'ici, on peut tout voir.

Gawen demeurait muet et immobile à ses côtés, si près d'elle, et soudain, il réalisa avec force que c'était une fille, une fille de son âge. Jusqu'ici, il n'en avait pas souvent vu, ni encore moins approché. Eilan ou Caillean, auprès de qui il avait vécu ses dix premières années, c'était autre chose. Mais voilà que brusquement, un flot de sensations nouvelles l'assaillit. Il en fut comme submergé. Ses joues s'empourprèrent, il cacha son visage dans l'herbe fraîche... Il sentait le parfum moite de la chevelure de Sianna tout près de lui, et l'odeur plus puissante de sa robe en peau de bête grossièrement tannée.

Au bout d'un moment, Sianna lui donna un petit coup de coude dans les côtes, en chuchotant :

— Regarde ! Regarde !

Avançant à petits pas délicats dans l'herbe jaunie, une biche venait d'apparaître dans la clairière, dressée sur des sabots qui paraissaient presque trop fins pour soutenir son poids. Quelques pas derrière elle marchait un faon, semblant progresser sur la pointe des pieds, et dont les taches de jeunesse disparaissaient sous les touffes rugueuses du poil d'hiver. L'animal suivait les traces de sa mère, mais comparée à la démarche élégante et assurée de la biche, celle du jeune faon semblait tour à tour gauche et gracieuse. « Comme moi... », songea Gawen, avec un sourire.

Il les regarda avancer de conserve, lentement, s'arrêtant parfois en même temps pour humer l'air. Mais soudain, effrayée par un bruit imperceptible qui avait échappé à Gawen, la biche redressa la tête et s'enfuit à grands bonds. Abandonné au milieu de la petite clairière, le faon se figea tout d'abord ; il demeura ainsi quelques secondes totalement immobile, et puis, brusquement, il s'élança à la poursuite de sa mère.

Gawen relâcha sa respiration ; il ne s'était pas aperçu jusqu'alors qu'il retenait son souffle.

« Eilan... ma mère..., songea-t-il, essayant de se faire à cette idée, une fois encore... ressemblait à cette biche ; elle ne savait même pas véritablement *que* j'étais là, et encore moins *qui* j'étais. »

Mais depuis le temps, il s'était presque habitué à cette douleur. En outre, plus réelle que le souvenir était la présence de Sianna étendue à ses côtés dans l'herbe. Il sentait encore l'empreinte de ses petits doigts humides serrant les siens. Il voulut se relever, mais la fillette désignait l'extrémité de la clairière. Gawen se figea, n'osant plus respirer... Et soudain, il vit une ombre apparaître entre les arbres. À peine entendit-il le petit cri que laissa échapper Sianna, tandis qu'un magnifique cerf, couronné de ramures, pénétrait lentement, majestueusement, dans l'espace dégagé. La tête haute, il se déplaçait avec une dignité pleine de grâce.

Totalement immobile, Gawen regarda le cerf remuer la tête, puis se figer un instant, comme s'il apercevait le jeune garçon derrière le feuillage.

À ses côtés, Gawen entendit Sianna murmurer, avec une excitation difficilement contenue :

— Le Roi-Cerf. Il est venu pour t'accueillir ! Sais-tu qu'il m'est arrivé d'observer les cerfs pendant plus d'un mois sans jamais l'apercevoir !

Malgré lui, Gawen se redressa. Pendant un long

moment, son regard croisa celui du cerf. Puis l'animal remua les oreilles et se ramassa sur lui-même, avant de s'enfuir en quelques bonds spectaculaires. Gawen se mordit la lèvre, convaincu d'avoir provoqué, par son geste inconsidéré, la fuite de l'animal, mais presque immédiatement une flèche empennée de noir traversa les airs en sifflant et vint se ficher en terre, à l'endroit où se trouvait le cerf un instant plus tôt. Elle fut suivie d'une seconde flèche. Mais déjà, les autres cerfs avaient gagné le couvert des arbres.

Cherchant d'où venaient ces deux flèches, Gawen vit deux hommes émerger du bois, les mains en visière face au soleil de l'après-midi qui les éblouissait.

— Halte-là !

C'était la Dame qui avait prononcé ses mots. Du moins, ses lèvres avaient remué, mais la voix semblait venir de tous les côtés à la fois. Les chasseurs se figèrent sur place, scrutant les abords de la clairière avec inquiétude.

— Cette proie ne vous est pas destinée !

— Qui donc ose nous interdire..., commença le plus grand des deux hommes, tandis que l'autre, effrayé, se signait pour chasser le malin, en murmurant à son compagnon de se taire.

— La forêt elle-même l'interdit, ainsi que la Déesse qui donne vie à toute chose. Vous pouvez chasser d'autres cerfs, car c'est la saison, mais pas celui-ci. Vous avez osé menacer le Roi-Cerf ! Allez ! Partez chercher une autre piste !

Les deux hommes tremblaient maintenant. Sans même oser s'avancer pour récupérer leurs flèches, ils tournèrent des talons et prirent leurs jambes à leur cou.

La Dame émergea alors de l'ombre d'un énorme chêne, et fit signe aux deux enfants de se relever.

— Il est temps de rentrer, déclara-t-elle. La journée est déjà bien entamée. Je suis heureuse que nous ayons vu le Roi-Cerf. Voilà ce que je voulais te montrer, Gawen... C'est la raison pour laquelle je t'ai fait venir ici.

Le garçon voulut dire quelque chose, puis finalement se ravisa. Mais cela n'avait pas échappé à la Reine des Fées.

— Qu'y a-t-il ? Tu peux me dire librement ce que tu as sur le cœur.

— Vous avez empêché ces hommes de chasser le grand cerf. Pourquoi ? Et pourquoi vous ont-ils obéi ?

— Ce sont des habitants de cette région, et ils savent qu'il vaut mieux ne pas me désobéir. Quant au Roi-Cerf, aucun chasseur des races anciennes n'oserait y toucher délibérément. Le Roi-Cerf ne peut être tué que par le Roi...

— Mais nous n'avons pas de roi..., murmura-t-il, pressentant la réponse à sa grande question, sans être toutefois certain de vouloir l'obtenir.

— Nous en parlerons plus tard. Allons-nous-en.

Sur ce, elle rebroussa chemin. Les deux enfants lui emboîtèrent le pas.

Gawen soupira :

— Je n'ai pas envie de rentrer, dit-il. Je ne suis qu'un fardeau pour les habitants du Tor.

À sa grande surprise, la Dame négligea de le rassurer sur les intentions de ses tuteurs. Il était pourtant habitué à entendre les adultes se donner mutuellement raison.

Or, la Dame sembla hésiter. Et lentement, elle dit :

— Je préférerais moi aussi que tu ne sois pas obligé de rentrer ; je ne veux pas que tu sois malheureux. Mais chaque individu doit, tôt ou tard au cours de son existence, faire des choses pour lesquelles il n'a ni goût ni talent. Et même si je considère comme un privilège d'élever un membre de ta lignée, et même si j'ai toujours désiré avoir un fils que j'éduquerais aux côtés de ma fille... il est important que tu demeures au Temple, tout le temps requis pour la formation d'un druide, et cet enseignement est également capital pour Sianna.

Après avoir médité le sens de ces mystérieux propos, Gawen dit :

— Je n'ai aucun désir de devenir druide.

— Je n'ai jamais dit ça... J'ai simplement dit que tu devais recevoir cet enseignement pour que ton destin s'accomplisse.

— Mais quel est donc mon destin ? s'écria-t-il avec une colère soudaine.

— Je ne peux te le dire.

— Vous ne pouvez ou ne voulez pas ? répliqua-t-il, et il vit le beau visage de Sianna blêmir.

Il n'avait aucune envie de se quereller avec sa mère devant elle, mais il avait *besoin* de savoir.

Un long moment, la Fée garda les yeux fixés sur lui. Finalement, elle déclara :

— Quand tu vois le ciel empourpré et furieux à la tombée de la nuit, tu sais que le lendemain sera jour d'orage, n'est-ce pas ? Mais tu ne peux prédire à quel moment précis viendra la pluie, ni en quelle quantité. Il en va de même avec les éléments des mondes intérieurs. Je connais les marées et les cycles. Je connais les signes et je sais discerner ses pouvoirs. Je sens le Pouvoir qui est en toi, mon enfant ; les courants astraux ondoient autour de toi, comme l'eau se sépare au-dessus d'un arbre caché. Et même si présentement cela ne t'apporte aucun réconfort, je peux t'assurer que tu possèdes un destin parmi nous.

« Mais, ajouta-t-elle après un court silence, j'ignore ce qu'il sera précisément, et d'ailleurs, si je le savais, je n'aurais pas le droit d'en parler, car très souvent, c'est en cherchant à accomplir ou au contraire à éviter une prophétie que les gens commettent des actes qu'ils ne devraient pas commettre. Il existe une vieille légende que je te raconterai un jour, au sujet d'un homme qui, en voulant fuir pour échapper à une malédiction, l'attira plus promptement sur sa tête.

Gawen écoutait ces paroles d'un air sombre, mais quand la Dame eut terminé son explication, il demanda :

— Vous reverrai-je, ma Dame ?

— Sois-en certain. Ma propre fille ne vit-elle pas parmi les vierges d'Avalon ? Quand je viendrai la voir, je ne manquerai pas de te rendre visite à toi aussi.

Acceptes-tu de veiller sur elle au milieu des druides comme elle a veillé sur toi au milieu de la forêt ?

Gawen la regarda avec étonnement. Sianna ne correspondait nullement au modèle des prêtresses dont l'incarnation était à ses yeux Eilan, ou peut-être Caillean. Sianna allait-elle devenir prêtresse ? Avait-elle une destinée elle aussi ?

« Laquelle ? se demanda Gawen. Et quelle serait la mienne ? »

III

À l'approche du Solstice d'Hiver, le ciel devint plus sombre, le temps humide et froid. Les chèvres elles-mêmes n'avaient plus le cœur à vagabonder. De plus en plus souvent, Gawen se retrouvait près des habitations en forme de ruche, là où les pâturages s'étendaient, au pied du Tor. Au tout début, lorsqu'il perçut les chants qui s'échappaient de la vaste construction ronde que les chrétiens nommaient leur sanctuaire, il demeura dans les prés. Mais il était fasciné par ces bribes de musique qui lui parvenaient. Peu à peu, jour après jour, il se rapprocha. Comme pour se justifier, il se disait que c'était à cause de la pluie, ou du vent glacé, et il voulait juste se mettre à l'abri pour surveiller les chèvres. Pourtant, même s'il se cachait promptement dès qu'il apercevait un moine dans les parages, le flot ininterrompu et lent de leur musique le remuait profondément, autant que la musique des bardes, mais dans un autre registre.

Un jour, peu de temps avant le solstice, l'abri qu'offrait le mur du sanctuaire lui parut particulièrement attirant. Toute la nuit son sommeil avait été peuplé de cauchemars. Sa mère, environnée de flammes, appelait à grands cris son fils à son secours. Spectateur bouleversé de cet effroyable spectacle, Gawen, dans son rêve, ignorait pourtant que ce fils

qu'elle suppliait c'était lui, et il demeurait sans réagir.
À son réveil, le souvenir de ce rêve affreux l'assaillit...
Il fondit en larmes, car il était trop tard désormais
pour sauver sa mère, ou même simplement lui dire
que, si l'occasion lui en avait été donnée, il l'aurait
aimée.

Il s'adossa au mur et se laissa glisser contre le revê-
tement du clayonnage, en s'enveloppant dans sa peau
de chèvre. La musique aujourd'hui était particulièrement belle ; elle était pleine de joie, se dit Gawen,
bien qu'il n'en comprît pas les paroles. Elle parvenait
à dissiper les affres de la nuit, tandis que les premiers
rayons du soleil faisaient fondre le givre. Ses yeux
restaient fixés sur les reflets irisés des cristaux de
glace, et peu à peu ses paupières s'alourdirent, et
sans même s'en apercevoir, il s'endormit.

Ce ne fut pas le bruit, mais le silence, qui le
réveilla. Les chants avaient cessé, et la porte du sanctuaire venait de s'ouvrir. Une douzaine d'hommes en
sortirent, des hommes âgés, ou du moins à son
estime, vêtus de tuniques grises. Le cœur battant,
Gawen, dans l'espoir de passer inaperçu, fit le mort
sous sa peau de bête, sans plus bouger qu'une souris
quand la chouette prend son envol. En queue de cortège marchait un petit homme très âgé, voûté par les
ans, les cheveux entièrement blancs. Il s'arrêta, dardant autour de lui son regard vif, qui, trop rapidement, vint se poser sur le corps tremblant de Gawen.
Il fit quelques pas vers lui et déclara avec un hochement de tête.

— Je ne te connais pas. Serais-tu un jeune druide ?

Le moine qui se trouvait juste devant le vieillard,
un homme de grande taille aux cheveux clairsemés
et à la peau marbrée, s'était retourné vers eux, l'air
mauvais. Mais l'ancêtre leva la main, en signe de
reproche ou de bénédiction, et l'autre, sans se départir de sa mine renfrognée, se détourna pour rejoindre, comme ses frères, sa petite cabane.

Rassuré par l'attitude pacifique du vieil homme,
Gawen se leva.

— Non, monsieur, répondit-il. Je suis orphelin ;

ma mère adoptive m'a conduit ici, car je n'avais pas
d'autres parents. Mais ma mère était une des leurs,
et je suppose que je le deviendrai à mon tour.

Le vieil homme l'observa, avec un certain étonnement.

— Vraiment ? dit-il. Je croyais pourtant que les
prêtresses des druides faisaient toutes vœu de chasteté, comme nos propres jeunes filles ; qu'elles ne se
mariaient point et ne portaient pas d'enfants.

— C'est exact, répondit Gawen qui se rappelait
quelques remarques faites par Eiluned quand celle-
ci croyait qu'il n'entendait pas. Certaines personnes
disent que je n'aurais pas dû naître. Ou bien que ma
mère et moi aurions dû mourir.

Le vieux prêtre posa sur lui un regard rempli d'affection.

— Du temps où Il vivait avec nous, le Maître
éprouvait de la compassion même pour la femme
coupable d'adultère ; il ne la châtiait pas, il lui
demandait simplement de s'en aller et de ne plus
pécher. Et, des petits enfants, Il disait qu'ils peu-
plaient le Royaume des Cieux. Mais je n'ai pas le souvenir qu'Il ait une seule fois cherché à savoir, à propos d'un enfant, s'il était né ou non selon la loi des
hommes. À Ses yeux, toutes les âmes viennent de
Dieu et possèdent la même valeur.

Gawen plissa le front, perplexe. Sa propre âme
avait-elle une quelconque valeur, elle aussi, aux yeux
de ce vieux prêtre ? Après un instant d'hésitation, il
trouva le courage de lui poser cette question.

— Les âmes de tous les hommes ont le même prix
aux yeux du véritable Dieu, jeune frère. La tienne,
comme celle de n'importe qui d'autre.

— Le véritable Dieu ? répéta Gawen. Votre Dieu,
quel qu'il soit, considère-t-il que mon âme lui appartient, bien que je ne fasse pas partie de ses fidèles ?

Le prêtre répondit d'une voix douce :

— La vérité première de ta foi, comme de la
mienne, c'est que les dieux, quels que soient les noms
qu'on leur donne, ne font qu'un. Il n'existe en vérité

qu'une seule Source, et c'est Elle qui commande à tous, aux Nazaréens comme aux druides.

Il lui sourit et, d'un pas raide, alla s'asseoir sur un banc qu'on avait installé à côté du petit Buisson d'Épines.

— Eh bien, reprit-il d'un ton enjoué, nous parlons d'âmes immortelles, et nous n'avons même pas fait les présentations ! Les deux frères qui dirigent le chœur se nomment Bron — il a épousé ma sœur — et Alanus. Frère Paulus est le dernier venu dans notre compagnie. Moi, je me nomme Joseph, et les membres de notre congrégation m'appellent « père »[1]. Si ton père véritable n'y voit pas d'objection, je serais heureux que tu m'appelles ainsi.

Gawen le regardait avec de grands yeux ébahis.

— Je n'ai jamais eu la chance de voir mon vrai père, et maintenant qu'il est mort, impossible de savoir ce qu'il en pense ! Quant à mère... (la gorge serrée il repensa au cauchemar), je l'ai connue, mais nous n'avons jamais été très proches.

Le vieux prêtre l'observa quelques instants. Finalement, il poussa un soupir.

— Tu te dis orphelin, mais pourtant tu as un père et une mère...

— Dans l'Autre Monde..., répondit Gawen, mais le père Joseph l'interrompit.

— Tout autour de toi. Dieu est ton père et ta mère. Mais tu possèdes également une mère dans ce monde. N'es-tu pas le fils adoptif de la jeune prêtresse Caillean ?

— Caillean ? Jeune ?

Gawen réprima un petit éclat de rire.

— Pour moi, qui suis vraiment vieux, répondit le père Joseph sans se départir de son calme, Caillean n'est encore qu'une enfant.

---

1. Dans le *Roman de l'Histoire du Graal* de Robert de Boron (vers 1200), Joseph d'Arimathie, à qui le Christ a confié le vase ayant servi à instituer l'eucharistie et qui recueillit le sang du Seigneur après sa descente de croix, devait transporter le Saint Graal en Angleterre et fonder avec son beau-frère Bron l'Ordre des Gardiens du Graal dans les « vaux d'Avaron » (Avalon). Nous assistons ici à la genèse du mythe arthurien.

Le garçon demanda, d'un air soupçonneux :

— Vous a-t-elle parlé de moi ?

Il savait qu'Eiluned et les autres ne se privaient pas de faire des commérages à son sujet. L'idée qu'elles aient pu parler de lui aux chrétiens l'emplissait de colère.

Mais le vieux prêtre accompagna sa réponse d'un sourire.

— Ta mère adoptive et moi avons parfois l'occasion de discuter. Au nom du Maître qui disait que tous les enfants sont les enfants de Dieu, je serai pour toi un père.

Gawen secoua la tête, car il se souvenait de ce qu'il avait entendu dire au sujet des chrétiens.

— Non, vous ne voudrez pas de moi. J'ai une deuxième mère adoptive, la Dame du Vieux Peuple qu'on nomme les Fées. La connaissez-vous ?

À son tour, le vieil homme secoua la tête.

— Je n'ai malheureusement pas ce privilège, mais je suis sûr que c'est une excellente femme.

Gawen, mis en confiance, conservait néanmoins un semblant de réserve.

— On m'a dit que pour les chrétiens toutes les femmes étaient mauvaises...

— Moi, je ne le pense pas, déclara le père Joseph, car le Maître Lui-même, du temps où Il vivait parmi nous, avait de nombreuses amies. Marie de Béthanie qui, s'il avait vécu assez longtemps, serait devenue son épouse, et cette autre Marie, de la ville de Magdala, dont il disait qu'on lui pardonnait beaucoup, car elle aimait beaucoup. Bien sûr, les femmes ne sont pas mauvaises. Vois ta propre mère adoptive, Caillean ; c'est une noble femme.

— Donc, la Dame du Vieux Peuple n'est pas mauvaise ? Et sa fille non plus ?

Apparemment, ce vieil homme n'avait rien de menaçant, mais Gawen tenait malgré tout à s'en assurer.

— Ne connaissant pas cette Dame dont tu parles, je ne peux me prononcer. Quant à la fille, ce n'est qu'une enfant, non ? Les enfants peuvent-ils être mauvais ? Le Maître disait qu'ils peuplent le Royaume des Cieux. (Le père Joseph regarda Gawen en souriant.) Souvent tu nous as écoutés chanter, n'est-ce pas ? Te plairait-il de nous entendre de l'intérieur ?

Gawen lui jeta un regard méfiant. Certes, son cœur le poussait vers ce vieil homme si doux et compréhensif, mais il était las d'entendre les adultes l'éclairer sur sa nature et lui dicter sa conduite.

Sentant les réticences du jeune garçon, le père Joseph s'empressa d'ajouter :

— Ce n'est pas une obligation, mais, crois-moi, on entend bien mieux à l'intérieur du sanctuaire.

Il avait prononcé ces paroles d'un ton grave, mais en voyant la lueur qui pétillait dans ses yeux, Gawen ne put retenir un éclat de rire.

— Après la fête du Solstice d'Hiver, quand nous aurons plus de loisirs, tu pourrais même, si tu le souhaites bien entendu, apprendre à chanter...

Gawen retrouva brusquement son sérieux.

— Comment le savez-vous ? Comment avez-vous su que c'était là mon plus cher désir ?... Mais Caillean m'y autorisera-t-elle ?

Le père Joseph esquissa un petit sourire.

— Laisse-moi m'occuper de Caillean.

La vaste salle du temple embaumait le parfum épicé de branches de sapin que les druides étaient partis couper sur la colline voisine, le long du tracé préhistorique qui partait d'Avalon. La ligne magique traversait le Tor en venant du nord-est, et se poursuivait jusqu'au point le plus extrême, là où l'Angleterre avançait dans la mer à l'ouest. D'autres lignes de pouvoirs, venues du nord-est et du nord, traversaient le Tor, délimitées par des pierres levées, des étangs ou des collines, la plupart couronnées de sapins. Caillean ne les avait pas explorées physiquement, mais elle les avait vues en voyageant par la pensée. Aujourd'hui, il lui semblait que toutes palpitaient d'énergie.

D'après les calculs des druides, cette nuit serait la

plus longue de toute l'année. Dès demain, le soleil entreprendrait son voyage de retour, abandonnant les cieux du Sud, et même si le pire de l'hiver restait à venir, on pouvait oser espérer que l'été reviendrait un jour. « Ce que nous sommes en train d'accomplir ici, en ce lieu de Pouvoir, songea Caillean, tandis qu'elle expliquait à Lysanda comment accrocher l'extrémité d'une guirlande à un pilier, diffusera des ondes d'énergie à travers tout le pays. »

Et cela valait pour toutes leurs actions, pas uniquement pour le rituel de ce soir. De plus en plus, elle avait le sentiment que ce refuge lacustre constituait en réalité le centre secret de l'Angleterre... Les Romains avaient eu beau soumettre à leur joug la tête, à Londinium, et diriger en apparence toutes les actions ; par leur seule présence ici, les prêtresses d'Avalon pouvaient parler directement à son âme.

Soudain, un cri strident jaillit à l'autre bout de l'immense salle, et la jeune Dica, le visage en feu, se retourna brutalement vers Gawen et se mit à le fouetter avec une branche de sapin. Eiluned se précipita vers eux, la mine sévère, prête à sévir, mais Caillean la devança.

— Je ne t'ai pas touchée ! s'exclama le garçon, en se réfugiant derrière Caillean.

Du coin de l'œil, la prêtresse vit Lysanda qui tentait de s'éclipser ; elle la rattrapa avant qu'elle ne s'enfuie.

— Le premier devoir d'une prêtresse est de dire la vérité, déclara Caillean d'un ton grave. Si nous disons la vérité en ce lieu, la vérité se répandra dans tout le pays.

La fillette se tourna vers Gawen, en rougissant.

— Elle a bougé..., murmura-t-elle. C'est à *lui* que je voulais donner un coup dans le dos.

Caillean se garda bien de demander pour quelle raison. À cet âge, les garçons et les filles étaient comme chat et chien, deux genres de créatures : différentes, tour à tour hostiles et fascinées par leurs différences.

— Faut-il vous faire remarquer que vous n'êtes pas ici pour jouer ? dit-elle sans se départir de son calme.

Pourquoi croyez-vous que l'on accroche toutes ces branches de sapin, uniquement pour leur bonne odeur ? Non. Ce sont des symboles bénits, le témoignage de ce que la vie continue, quand les autres arbres sont nus.

— Comme le houx ? demanda Dica, dont la colère et l'indignation avaient cédé la place à la curiosité.

— Oui, et le gui également, né de l'éclair et qui vit sans être en contact avec le sol. Demain, les druides le couperont avec des serpes en or pour qu'il ait ensuite sa place dans leurs rites magiques. (Caillean s'interrompit pour balayer la salle du regard.) Nous avons presque terminé les préparatifs. Allez donc vous réchauffer, car bientôt le soleil va se coucher et nous éteindrons tous les feux.

Dica, petite chose toute maigre et toujours tremblotante, se précipita vers le feu qui brûlait au centre de la salle, dans un immense brasero de fer, à la manière romaine. Lysanda lui emboîta le pas aussitôt.

Caillean reporta son attention sur Gawen.

— Si elles te font trop de misères, dis-le-moi. Elles sont encore jeunes, et tu es le seul garçon de leur âge dans leur entourage. Profite bien de leur compagnie maintenant, car dès qu'elles deviendront femmes, elles n'auront plus le loisir de folâtrer si librement.

Voyant la confusion sur le visage du jeune garçon, elle ajouta :

— Oublie ce que j'ai dit. Pourquoi n'irais-tu pas demander à Riannon si l'un de ces délicieux gâteaux qu'elle a confectionnés pour la fête n'a pas un peu trop cuit ? Nous qui avons prononcé les vœux sommes tenues de jeûner, mais il n'y a aucune raison que les enfants meurent de faim.

Un immense sourire éclaira alors le visage de Gawen, car c'était encore, et avant tout, un enfant, et en le regardant s'éloigner à toutes jambes, Caillean ne put s'empêcher de sourire elle aussi.

Privé de lumière, le temple des prêtresses semblait encore plus immense, vaste caverne remplie d'obscurité glacée, à l'intérieur de laquelle les humains qui s'y étaient rassemblés couraient le risque de se perdre. Gawen demeurait prudemment aux côtés de Caillean, assise au milieu d'eux, dans un grand fauteuil. À travers l'étoffe de sa tunique il sentait la chaleur de son corps, et ce contact lui apportait le réconfort dont il avait besoin.

— ... et c'est ainsi que naquit la « Danse des Géants », conclut Kea, dont c'était maintenant le tour de narrer une histoire. Et nulle force maléfique ne put l'empêcher.

Depuis le coucher du soleil, elles s'étaient regroupées dans le temple, et là, les prêtresses avaient raconté des histoires de vent et d'arbre, de terre et de soleil, des histoires qui parlent de l'esprit des morts et des actions des vivants, de ces êtres étranges qui ne sont ni l'un ni l'autre et qui hantent le « no man's land » entre les deux mondes. Kea racontait la création de ce vaste Cercle de Pierres au cœur de la plaine centrale balayée par les vents, à l'est du Pays d'Été ; Gawen en avait entendu parler, mais ne l'avait jamais vu. D'ailleurs, il lui semblait que le monde était rempli de merveilles qu'il n'avait pas vues, et ne verrait jamais si Caillean le retenait prisonnier ici.

Même si présentement il était bien content de rester là où il était. Le souffle du vent dans le chaume du toit accompagnait d'un fond sonore le récit de Kea, et parfois, il lui semblait entendre des mots chuchotés. Les prêtresses disaient qu'en cet instant de profonde obscurité rôdaient des forces qui n'aimaient pas les humains, et en entendant ces murmures, il les croyait sans peine.

— Et les ogres, ils sont restés sans rien faire ? demanda Lysanda.

— Non, pas tout à fait, répondit Kea, et on percevait dans sa voix un rire à peine contenu. Le plus grand d'entre eux, dont je refuse de prononcer le nom à voix haute par une telle nuit, jura qu'il enterrerait le Cercle de Pierres où nous vénérons la Mère... celle qui repose au nord-est d'ici. Une des lignes de Pouvoir qui traversent la terre nous relie, et ce soir, ceux qui vivent là-bas allumeront un feu sur la pierre centrale.

— Mais l'ogre, qu'a-t-il fait ? demanda Gawen, impatient de connaître la suite.

— Ah ! Eh bien... on m'a raconté qu'il prit dans ses mains un énorme tas de terre, qu'il emporta jusqu'au cercle, mais la Dame se dressa sur son chemin, et l'ogre s'enfuit, après avoir abandonné sa charge. Et si vous ne me croyez pas, vous n'avez qu'à aller voir vous-même la colline dont je vous parle. Elle est située tout près du Cercle de Pierres, à l'ouest. À chaque équinoxe de printemps, nous envoyons là-bas un prêtre et une prêtresse pour effectuer les rites.

Une rafale de vent plus violente que les autres fit trembler les murs. Gawen posa sa main à plat sur le sol en terre battue, certain de sentir la terre elle-même trembler sous le poids d'un pas lourd et ancestral. Et le Peuple des Fées ? se demanda-t-il. Et Sianna et la Reine ? Chevauchaient-elles le vent, ou bien accomplissaient-elles le rituel dans un lieu secret profondément enfoui sous terre ? Depuis cette expédition sur le Lac, il avait souvent pensé à elles.

— Sommes-nous en sécurité ici ?

Gawen était heureux que la question vienne de la petite Dica.

— L'île d'Avalon est une terre sacrée, répondit Caillean. Tant que nous servons les dieux, les esprits maléfiques ne peuvent entrer ici.

Pendant un moment de silence, Gawen écouta le vent gémir autour du toit, puis s'éloigner.

— Dans combien de temps..., murmura Dica, dans combien de temps reviendra la lumière ?

— Le temps qu'il te faudrait pour grimper jusqu'au sommet du Tor et en redescendre, répondit Riannon qui, à l'instar des autres prêtresses, avait une manière bien étrange de mesurer le passage du temps.

— Et donc, les druides qui nous apporteront le feu sont là-haut à cet instant, dit Gawen, qui n'avait pas oublié les paroles de Brannos.

Ce fut Caillean qui répondit :

— Ils attendent minuit, en bravant le froid et les dangers de la nuit. Demeurez silencieux maintenant, mes enfants, et implorez la Dame d'allumer une lumière à l'intérieur de votre propre obscurité, car même si vous l'ignorez, elle est plus profonde, plus dangereuse que cette nuit qui enveloppe le monde.

Sur ce, elle se tut. Pendant un long moment, sembla-t-il, personne ne bougea. Gawen appuya sa tête sur les genoux de Caillean. On n'entendait pas le moindre bruit, uniquement le doux soupir des respirations ; le vent lui-même était retombé, comme si le monde entier attendait avec les humains rassemblés en ce lieu. Le garçon sursauta tout à coup en sentant quelque chose le toucher, avant de constater que c'était simplement la main de Caillean qui lui caressait les cheveux. Surpris, il se figea, et quelque chose en lui qui était aussi gelé que le givre de l'hiver commença à se détendre. Tandis que la prêtresse poursuivait cette douce et régulière caresse, Gawen blottit son visage contre sa cuisse, avec une pensée reconnaissante pour cette obscurité qui masquait ses larmes.

Ce ne fut pas un bruit, mais un autre changement, dans l'air lui-même peut-être, qui le ramena à lui. Il faisait encore nuit, mais les ombres qui l'entouraient paraissaient peser moins lourdement. Quelqu'un bougea ; il entendit des bruits de pas qui se dirigeaient vers la porte.

— Écoutez !

La porte s'ouvrit, révélant un rectangle bleu nuit constellé, et de loin faiblement, comme si les étoiles elles-mêmes chantaient, leur parvint le souffle d'un hymne.

« Des ténèbres jaillit la lumière
Et de notre aveuglement nous libère ;
Que les ombres s'envolent dans les airs !
À l'heure sainte
la parole magique est prononcée
et la nuit est brisée... »

Tendant l'oreille pour saisir les paroles, Gawen leva les yeux. Au sommet du Tor, une lumière venait d'éclore ; le minuscule point jaune d'une flamme vacillante, suivie presque aussitôt par une autre, puis par une troisième. Les jeunes filles échangèrent des murmures, le doigt pointé en direction de la colline, mais Gawen, lui, attendait la strophe suivante.

« Le cycle des saisons s'en reviendra,
La terre gelée enfin s'ouvrira
Tout ce qui fut perdu reparaîtra !
                    À l'heure sainte,
                    le mot magique est prononcé
                    et la glace est brisée... »

Le ruban de lumière formé par les torches redescendit enfin le chemin circulaire du Tor. Quand il disparaissait derrière la colline, les murmures s'atténuaient, pour reprendre de plus belle lorsqu'il réapparaissait. S'il avait pris plaisir à entendre la musique des chrétiens, Gawen tremblait en écoutant ces harmonies. Là où les liturgies des moines étaient de majestueuses affirmations de l'ordre, les multiples lignes mélodiques des druides se séparaient et se rejoignaient, s'envolaient puis retombaient, avec l'harmonie et la liberté d'un chant d'oiseau.

« Quand la perte se transforme en gain,
par la joie effaçant le chagrin,
La tristesse s'acharne en vain,
                    À l'heure sainte,
                    le mot magique est prononcé,
                    et la mort est brisée... »

Ils étaient suffisamment proches maintenant pour que les torches lui permettent d'apercevoir les hommes qui les portaient ; une procession de druides descendant la colline en suivant un chemin sinueux. Gawen se balançait sur place, au rythme de cette lente psalmodie.

« La nouvelle bénie est arrivée,
Quand meurt l'hiver, le printemps est né,
Et nous chantons la vérité
            À l'heure sainte
            le mot magique est prononcé
            et la peur est brisée... »

Les chanteurs, conduits par Cunomaglos à la barbe
neigeuse, marchèrent vers le temple. Les femmes
s'écartèrent pour les laisser entrer. L'extase de la
musique illuminait le visage ridé du vieux Brannos ;
il croisa le regard ardent de Gawen et lui sourit.
« Je serai barde, se dit le garçon. C'est décidé. Dès
demain je demanderai à Brannos de m'enseigner
son art. »
À l'intérieur du château il fut ébloui par l'éclat des
torches qui projetaient leur lumière sur des visages
souriants. L'un d'entre eux le retint : Sianna... mais
ce n'était plus sa jeune compagne d'une journée d'automne. Ce soir, c'était — entièrement — une Fille
des Fées.
Une main lui tendit une part de gâteau et il y mordit
sans quitter des yeux la jeune fille. Peu à peu, il revint
sur terre. Il apercevait maintenant les taches de rousseur qui saupoudraient ses joues et la tache au bas
de la robe. Mais à cause peut-être de ces heures passées dans le noir, cette première image conserva la
force de l'illumination.
« Souviens-toi ! se dit-il. Quoi qu'il arrive, tu as vu
son véritable visage. N'oublie jamais ce jour ! »

Qu'importe le nombre de nuits du Solstice d'Hiver
où elle avait ainsi attendu le retour de la lumière,
songeait Caillean, venait toujours un moment où elle
se demandait si, cette fois, l'événement tant redouté
n'allait pas se produire : le feu ne se rallumerait pas,
et les ténèbres submergeraient le monde. Ce soir,
comme toujours, sa réaction immédiate en voyant
jaillir la première flamme avait été le soulagement.
Mais peut-être avait-elle cette année plus de raisons
encore d'éprouver un sentiment de reconnaissance.

Après tant de tragédies, comment ne pas accueillir avec joie la promesse d'un renouveau ?

Les bûches disposées dans l'immense brasero, au centre de la salle, avaient été enflammées, et avec la chaleur des torches, la température s'élevait rapidement. Caillean laissa flotter les pans de son manteau, et regarda autour d'elle. Elle était entourée de sourires. Même Eiluned, pour une fois, était très gaie.

Le père Joseph, ayant lui aussi achevé ses célébrations de minuit, avait accepté l'invitation de la grande prêtresse, et était venu accompagné d'un des membres de sa congrégation, non par le père Paulus au visage revêche, mais par un moine plus jeune, le frère Alanus.

« Dans quels autres corps, dans quelles autres vies, quels autres pays, avons-nous attendu ensemble le retour de la lumière ? » se demanda-t-elle.

Ses rencontres avec le père Joseph entraînaient souvent ses pensées sur de tels chemins. C'était un singulier réconfort de penser qu'en dépit des bouleversements et des peines qui affectaient présentement leurs vies il existait un élément éternel et immuable. Caillean se fraya un chemin au milieu de ses semblables pour aller l'accueillir.

— Au nom de la Lumière, je vous retourne votre bénédiction, dit le père Joseph. Que la paix soit sur tous ceux qui se trouvent dans ces murs. Il faut que je vous parle, ma Dame. Au sujet de l'apprentissage du jeune Gawen.

Caillean se tourna vers lui. Le garçon, le visage empourpré et les yeux brillants comme des étoiles, regardait fixement un point au-delà du feu. Un poignant souvenir lui serra le cœur. Eilan avait eu cette même expression de béatitude après son initiation, en ressortant de l'étang. Suivant la direction du regard de Gawen, elle aperçut une jeune fille aux cheveux blonds, avec un visage aussi éclatant et gai que si elle était née des flammes, et derrière elle, comme une ombre, la Reine des Fées.

En regardant alternativement le gauche adolescent et la jeune fille éclatante, Caillean *sentit*, comme

seuls elle et ses pairs en avaient l'apanage, qu'un iné-
luctable destin était en marche. À la suite de cette
nuit où elle s'était entretenue avec la Dame des Fées,
Caillean avait très souvent repensé à cette jeune
enfant qu'elle avait promis d'emmener, et à son avenir éventuel ici. Il n'était déjà pas facile d'éduquer
des filles venant du pays des hommes. Comment traiter un enfant élevé en partie dans l'Autre Monde ?
Mais elles n'étaient jamais venues, et au bout d'un
moment, ces préoccupations avaient été noyées sous
les exigences du quotidien. Et voilà qu'elles se trouvaient ici tout à coup.

— Père Joseph... je m'entretiendrai volontiers avec
vous de ce garçon, mais j'aperçois là-bas quelqu'un
que je me dois d'accueillir...
Le regard du père Joseph suivit le sien, et ses yeux
s'écarquillèrent.
— Oh, je comprends, dit-il. Le garçon m'a justement
parlé d'elles, mais j'avoue ne pas l'avoir cru. Décidé-
ment, ajouta-t-il d'un ton révérencieux, le monde
reste un lieu d'émerveillements et de prodiges !
Voyant approcher Caillean, la Fée sortit de la pénombre pour venir à sa rencontre. Elle possédait le don
d'attirer toute l'attention quand elle le souhaitait, et
les conversations s'interrompirent, à mesure que
ceux qui l'avaient ignorée quelques instants plus tôt
découvraient soudain sa présence.
— Je viens, Dame d'Avalon, réclamer la faveur que
vous m'avez promise... (La douce voix de la Dame
portait à travers la salle.) Voici ma fille. Je vous
demande de l'accueillir parmi vous pour lui dispenser l'enseignement de prêtresse.
— C'est avec grand plaisir que je la reçois en ce lieu,
répondit Caillean. Mais en ce qui concerne l'enseignement, cette décision doit être prise par l'enfant,
et elle seule.
La Fée murmura quelques mots à l'oreille de Sianna,
et cette dernière s'avança vers Caillean, tête baissée.
Les flammes du feu étincelaient dans ses cheveux
blonds.
— Je sais que tu es ici avec le consentement des tiens.

Mais es-tu venue jusqu'à nous par ta volonté, sans menaces ni pressions d'aucune sorte ? demanda Caillean.

— Je vous l'assure, ma Dame.

La réponse fut prononcée d'une voix frêle, mais claire, bien qu'elle sache certainement que tous les yeux étaient braqués sur elle.

— Promets-tu de vivre en paix avec toutes les femmes de ce Temple, et de traiter chacune d'elles comme une mère, ou une sœur née de ton propre sang.

Sianna jeta un bref regard vers le ciel. Dans l'ensemble, ses traits étaient principalement ceux de son père inconnu, mais elle avait hérité du regard pénétrant de sa mère.

— Avec l'aide de la Déesse, je le promets.

— Au terme de leur enseignement, les jeunes filles que nous formons ici appartiennent à la Dame, et n'ont le droit de se donner à aucun homme sans le consentement ou le souhait de la Déesse. Acceptes-tu de te conformer à cette règle ?

— J'accepte.

Sianna regarda ses pieds, avec un petit sourire gêné.

— Dans ce cas, déclara Caillean d'un ton solennel, je t'accueille parmi nos jeunes filles. Quand tu seras adulte, tu pourras, si la Déesse te choisit, assumer les engagements qui sont les nôtres en tant que prêtresse, mais dans l'immédiat, ces promesses seront tes seuls liens.

Elle ouvrit les bras pour attirer l'enfant contre elle, enivrée l'espace d'un instant par l'odeur douceâtre de ses cheveux blonds.

Puis elle s'écarta, et toutes les autres vinrent, une à une, souhaiter la bienvenue à leur nouvelle sœur ; les doutes s'envolèrent, les fronts plissés se détendirent, même celui d'Eiluned, à mesure qu'elles venaient toucher la jeune fille. Jetant un regard en direction de la mère, Caillean crut discerner une étincelle de malice dans les yeux sombres de la Fée.

« Elle a enveloppé sa fille d'un voile envoûtant pour que nous l'acceptions, songea-t-elle. Mais cela ne pourra pas durer. Sianna devra mériter sa place ici, ou sinon, nous serons sans pitié envers elle. Assurément, les difficultés ne lui manqueront pas. Il lui faudra s'adapter à la discipline du Temple ainsi qu'au monde étrange des humains. Un modeste sortilège pour l'aider à prendre un bon départ, c'était en définitive fort bénin. »

— Voici Dica, et voici Lysanda, déclara-t-elle pour présenter à Sianna les deux dernières jeunes filles de la file. Vous partagerez toutes les trois la petite cabane près des cuisines. Un lit t'y attend ; tes camarades te montreront où ranger tes affaires.

Elle observa avec un sourire attendri la magnifique tunique de Sianna, en laine naturelle et brodée d'une profusion de feuilles et de fleurs.

— Va donc manger quelque chose. Demain matin, nous te trouverons une tenue semblable à celle des autres jeunes filles.

Caillean les congédia d'un petit geste, et Lysanda, toujours la plus prompte à réagir, prit la main de Sianna pour l'entraîner à sa suite, et les trois jeunes filles s'éloignèrent. À peine étaient-elles parties que Caillean entendit le chuchotement de Dica, auquel le rire de Sianna répondit.

« *Traite-la dignement, et elle sera pour toi une bénédiction. Aujourd'hui, tu viens de gagner ma gratitude...* »

Caillean comprit que ces paroles n'avaient pas été prononcées à voix haute. En se retournant elle découvrit que la Reine des Fées avait disparu. Et soudain, la salle s'emplit de bavardages et de rires, car maintenant, après avoir jeûné toute la journée, les membres de la communauté s'attaquaient au festin disposé sur les grandes tables.

— Voici donc la fille de la Dame du Vieux Peuple. La camarade de jeu de Gawen ? commenta le père Joseph en s'approchant de Caillean.

— Oui.

— Et vous ne trouvez rien à redire ?

— Si je n'approuvais pas cette présence, je ne l'aurais pas autorisée à prononcer ses vœux.

— Elle ne fait pas partie de vos ouailles, il me semble...

— Pas plus que des vôtres, père Joseph, répliqua Caillean. Ne vous méprenez pas, surtout.

— C'est pourquoi j'étais à ce point stupéfait de voir sa mère en ce lieu. Ses semblables vivaient sur ces terres avant même les Anglais... certains disent même avant l'humanité. Assurément, ils étaient déjà là lorsque le Peuple de la Sagesse a fui les Terres Englouties pour rejoindre ces rives.

— Je ne saurais dire avec certitude qui est, ou ce qu'est, la Dame du Peuple de la Forêt, répondit Caillean. En revanche, je sais qu'elle m'a aidée par le passé, dans un moment de grand désarroi. Il y a chez elle et ses semblables, me semble-t-il, une sagesse que nous avons perdue. J'aimerais, je l'avoue, faire venir parmi nous le Vieux Peuple, et tout son savoir. En outre, elle a promis d'assurer l'éducation de mon fils adoptif, Gawen.

— C'est justement de lui dont je souhaiterais vous parler, dit le père Joseph. Il est orphelin, n'est-ce pas ?

— En effet.

— Dans ce cas, au nom du Maître qui a dit : « Laissez venir à moi les petits enfants », permettez à votre Gawen de devenir aussi mon fils. Il a émis le souhait d'étudier notre musique. Si la jeune fille désire également l'apprendre, elle sera ma fille, en même temps que la sœur de Gawen, devant le Christ.

— Peu vous importe qu'ils vénèrent les anciens dieux ? demanda Caillean.

Un des druides avait pris sa harpe et commencé à jouer. Debout à ses côtés, Gawen regardait vivre les reflets de la lumière sur les cordes de l'instrument.

— Je n'ai rien à redire aux vœux que la jeune fille a prononcés parmi vous, car je sais que vous êtes bonnes. Même si, ajouta le père Joseph avec un soupir, cette décision risque de déplaire au frère Paulus. C'est un nouveau venu, voyez-vous, et il estime que même ici, au bout du monde, il est de notre devoir de convertir tous ceux qui croisent notre chemin.

— Oui, je l'ai entendu s'exprimer ainsi, dit Caillean non sans quelque vivacité. N'est-il pas convaincu que tant qu'il reste quelque part dans le monde un seul païen, vous n'avez pas accompli votre tâche, qui est de convertir tous les habitants de la Terre au Christ ? Devrais-je, dans ce cas, interdire à Gawen toute relation avec vous ? Je refuse qu'il devienne un Nazaréen.

— Telle est la conviction de Paulus, répondit le père Joseph. Ai-je dit que je la partageais ? Un homme qui abjure sa première religion risque fort de trahir également la seconde, et je pense qu'il en va de même pour les femmes. (Il sourit, avec une étrange douceur.) J'ai le plus grand respect pour ceux qui professent votre foi.

Caillean laissa échapper un soupir de soulagement, et se détendit, convaincue qu'elle pouvait sans risque confier ses deux jeunes protégés au père Joseph.

Ce dernier enchaîna :

— Ne vous ai-je pas entendue à l'instant demander à cette jeune fille de faire elle-même le choix ? En définitive, ce sera au garçon lui-même qu'il reviendra de choisir la foi qu'il décide d'honorer.

La prêtresse dévisagea son interlocuteur, surprise par cette remarque. Finalement, elle sourit.

— Oui, vous avez raison, évidemment. Il n'est pas facile de se rappeler que le choix doit s'appliquer dans les deux sens, et que ma volonté n'est pas seule en jeu, ni même la sienne, mais celle des dieux...

Elle tendit sa main au vieil homme.

— Je dois maintenant m'absenter pour aller m'occuper de l'installation de notre nouvelle pensionnaire. Merci mille fois de votre gentillesse envers Gawen ; il compte énormément pour nous.

— Faire preuve de bonté à son égard est pour nous un privilège, répondit le père Joseph. Je dois moi aussi prendre congé, car nous nous levons à l'aube pour prier le Seigneur, et je devrai ensuite justifier ma décision auprès de frère Paulus, qui m'accuse déjà de faire preuve d'une trop grande tolérance envers les païens que vous êtes. Mais mon Maître m'a

La Sibylle

87

enseigné que la Vérité de Dieu est plus importante que les paroles des hommes, et, à leur origine, toutes les fois n'en font qu'une.

Caillean observa de nouveau le père Joseph, et sa vision se mit à vaciller, comme si elle regardait à travers un rideau de flammes. L'espace d'un instant, elle le vit plus grand qu'il n'était, sous les traits d'un homme dans la fleur de l'âge, avec une longue barbe noire. Il portait une tunique blanche lui aussi, mais le symbole qui pendait autour de son cou n'était pas une croix. Elle-même se voyait plus jeune, enveloppée de voiles noirs.

— Et voici la première des grandes vérités..., déclara-t-elle. (Les mots surgissaient des profondeurs de la mémoire.) Tous les Dieux ne font qu'Un, et il n'existe aucune religion supérieure à la Vérité...

Le père Joseph répondit simplement :

— Que la Vérité l'emporte.

Et les deux initiés échangèrent un sourire.

IV

Au cours du second hiver que Gawen passa à Avalon, un incendie ravagea la colline. Nul ne put dire avec certitude comment il avait éclaté. D'après Eiluned, c'était la faute d'une des jeunes filles qui, la veille au soir, avait recouvert les braises dans la cheminée du Grand Château avec trop de négligence. Quoi qu'il en soit, personne ne dormait là, et quand l'éclat des flammes réveilla les prêtresses, tout le bâtiment était déjà en feu. Comble de malchance, un vent violent dispersait étincelles et flammèches qui, à leur tour, mirent le feu au toit de chaume de la Maison des Vierges.

En peu de temps, l'incendie s'était propagé jusqu'aux cabanes des druides. Gawen fut tiré du sommeil par les toussotements du vieux Brannos. Tout d'abord, il crut que le vieil homme avait du mal à respirer, comme très souvent la nuit. Mais il fut assailli lui aussi par une âcre odeur de fumée, et se mit à tousser. D'un bond, il se précipita vers la porte.

Des silhouettes hurlantes, affolées se découpaient en ombre chinoise sur l'écran des flammes.

— Brannos ! Brannos ! s'écria le jeune garçon, en se retournant vers le barde. Levez-vous ! Il y a le feu !

Gawen ne possédait rien dont il pût regretter la perte hormis son manteau en peau de chèvre qu'il revêtit à la hâte pendant que, de l'autre main, il obligeait le vieil homme à se lever.

Le barde, chancelant, se leva tout en résistant aux efforts de Gawen qui voulait l'entraîner vers la sortie.

— Ma harpe..., marmonnait-il.

— Vous n'en jouez plus ja...

Une toux violente empêcha Gawen d'achever sa phrase. Les flammes avaient sans doute atteint le toit, car une épaisse fumée commençait d'envahir l'intérieur de la cabane.

— Sortez !... cria-t-il d'une voix éraillée en poussant le vieil homme vers la porte. Je m'en occupe !

Au même moment, un visage apparut dans l'encadrement de la porte. Quelqu'un saisit Brannos par le bas pour le tirer à l'extérieur. Gawen, lui, s'était déjà retourné. Soudain, un rideau de flammes jaillit au-dessus de sa tête, alimenté par le courant d'air de la porte. Il se précipita vers le coin de la cabane où la harpe était ensevelie sous un amas de peaux de bêtes.

Elle était aussi grande que lui, et presque aussi lourde assurément, mais un élan intérieur décuplait ses forces. Il put traîner l'instrument à travers la fournaise. Il se retrouva enfin à l'air libre.

— Petit sot ! lui cria Eiluned, le visage noirci, les cheveux ébouriffés. Et si tu avais été brûlé vif, hein ? As-tu pensé à cette pauvre Caillean ?

Gawen avait les jambes glacées, malgré le souffle du brasier qui faisait ruisseler son front de sueur. Il regardait la prêtresse d'un air hébété. Mais il croisa son regard terrorisé et comprit que, si elle le rabrouait ainsi, c'était avant tout pour masquer sa propre frayeur — comme le hérisson qui se met en boule face au danger.

« Désormais, se dit-il, je penserai à Eiluned comme à un hérisson, et quand elle sera désagréable avec moi, je saurai que c'est une petite bête apeurée. »

Quelques druides tentaient désespérément d'asperger les toits de chaume encore épargnés par le feu avec l'eau du Puits Sacré, mais il n'y avait pas assez d'eau. Les membres de la communauté, pour la plupart, contemplaient les ravages de l'incendie en spectateurs impuissants. Assises à même le sol gelé, les femmes sanglotaient, paralysées par l'horreur.

— Qu'allons-nous devenir ? gémissaient-elles. Où allons-nous aller maintenant ?

Tassé sur lui-même, le vieux Brannos pleurait, serrant sa harpe dans ses bras décharnés.

« Pourquoi ai-je risqué ma vie pour sauver cet instrument ? » se demandait Gawen. Et en regardant la taille de celui-ci, une autre question lui vint : « Et *comment* ai-je fait ? »

Comme une réponse, des mots résonnèrent dans sa tête : « *Toujours tu trouveras la force nécessaire pour faire ce que tu dois faire...* »

Brannos releva la tête ; ses yeux brillaient dans la lumière dansante des flammes.

— Viens... Approche..., lui dit le barde d'une voix brisée. Tiens... Elle est à toi... Tu l'as sauvée des flammes... Elle t'appartient.

Les flammes faisaient miroiter les incrustations dorées dans le bois verni de l'instrument et les cordes en bronze.

Ému, la gorge serrée, Gawen approcha la main des cordes scintillantes et en fit jaillir une note unique, douce et pure.

Il n'avait pas cherché à tirer de la corde un son violent, pourtant la note sembla se figer dans l'air. Surpris par ce son inattendu, ses proches voisins se tournèrent vers lui. Le jeune garçon leur rendit leurs regards. Cette seule note leur avait fait oublier un instant panique et désespoir. Parmi ces silhouettes obscures, il découvrit Caillean, enveloppée d'un long châle. Les flammes soulignaient ses rides. Elle lui parut d'un coup beaucoup plus vieille. Et Gawen comprit qu'elle revoyait le bûcher où avaient péri ses parents.

L'un et l'autre venaient de tout perdre une seconde fois.

La note de la harpe finit par s'éteindre. Caillean croisa le regard effrayé du jeune garçon. L'espace d'un instant, elle fronça les sourcils, comme si elle se demandait ce qu'il faisait là. Puis son expression changea. Plus tard, lorsqu'il repenserait à cette scène, un seul mot lui viendrait à l'esprit pour décrire la réaction de la Grande Prêtresse : l'étonnement.

Elle se redressa. Ce moment de désarroi passé, elle retrouvait la majesté d'une Dame d'Avalon.

Eiluned fut la première à prendre la parole, pour exprimer l'opinion générale :

— Oh, qu'allons-nous devenir, ma Dame ? Allons-nous devoir retourner à la Maison de la Forêt ?

D'un ton glacé la Grande Prêtresse répondit :

— Vous êtes libres, comme vous l'avez toujours été. Que souhaitez-vous faire ?

Voyant Eiluned blêmir, Gawen, pour la première fois, eut pitié d'elle.

— Dites-nous quelque chose !

— Je peux juste vous dire ce que j'ai, *moi*, l'intention de faire, répondit Caillean d'un ton radouci. J'ai juré de rebâtir sur cette colline sacrée le centre de l'ancienne sagesse. Le feu ne peut détruire que ce qui est visible, ce qui a été construit par la main humaine. L'Avalon de nos cœurs survit... (elle posa son regard sur Gawen)... tout comme l'esprit jaillit, triomphant, du corps qui se consume sur le bûcher. L'authentique Avalon ne peut être contenu dans les limites du monde humain.

Elle marqua un temps d'arrêt, comme surprise, elle aussi, par ses propres paroles. Puis elle ajouta :

— Faites le choix que vous dictera votre cœur. Pour ma part, je resterai pour servir la Déesse sur cette colline sacrée.

Ces propos ranimèrent l'auditoire. Gawen, galva-

nisé, croisa le regard de Caillean et lui lança, comme
un défi :

— Moi aussi, je resterai.

— Et moi aussi..., dit quelqu'un derrière lui qui le
fit sursauter.

C'était la jeune Sianna, douée comme sa mère pour
se déplacer sans un bruit. D'autres voix s'étaient jointes aux leurs. Toutes promettaient de reconstruire ce
qui avait été détruit. Gawen prit la main de Sianna et
la serra dans la sienne.

Finalement, les dégâts se révélèrent moins importants qu'ils ne l'avaient craint. Certes, tous les bâtiments, ou presque, avaient été détruits par l'incendie,
mais les réserves de vivres étaient intactes. Le père
Joseph put accueillir les druides les plus âgés, et également quelques prêtresses, dans sa petite église.
Tandis que d'autres trouvèrent refuge auprès de
Marche-sur-l'eau et des siens, ou bien retournèrent
dans leur famille. Il y eut bien quelques défections.
Ainsi fut séparé le bon grain de l'ivraie. Cunomaglos,
le Grand Druide, fut de ceux qui partirent chercher
un ermitage dans les collines. Comme nul parmi les
druides survivants de Vernemeton n'y faisait d'objection, Caillean devint alors l'autorité suprême des prêtres et des prêtresses d'Avalon. Au-delà du Val Sacré,
c'était un peu la même chose. Trajan[1], à la tête d'un
empire apaisé, allait pouvoir commencer son œuvre
de bâtisseur.

Conséquence du départ de Cunomaglos, Gawen
put enfin se mettre sérieusement à l'étude de la
harpe. Bien vite, il s'aperçut que ses sentiments à
l'égard de Caillean avaient changé. Il n'attendait plus
d'elle la tendresse d'une mère : il avait grandi. Que
pensait-elle de son côté ? Il n'aurait su dire. Au reste,
dans cette communauté d'Avalon qui renaissait littéralement de ses cendres, Caillean était bien trop

---

1. L'empereur Trajan, au début de son règne (98-99 après J.-C.), eut à
réprimer les troubles qui avaient éclaté parmi les troupes restées fidèles à
Domitien (assassiné en 96).

absorbée par l'accueil et l'éducation des nouvelles postulantes pour s'intéresser à lui.

Les jeunes filles et les jeunes garçons jugés dignes de subir l'initiation des druides du Tor vivaient séparément. Mais en certaines occasions, ils étaient tous réunis, lorsqu'ils avaient besoin de recevoir le même enseignement, ou bien encore lors des fêtes.

— Je suis certaine que vous êtes tous capables de nommer les sept îles d'Avalon, mais sauriez-vous dire ce qui fait de chacune d'elles une terre sacrée ?

Cette question de Caillean fit sursauter Gawen car la douce chaleur du plein été d'Avalon inclinait à la somnolence. En cette saison, la communauté vivait au grand air, et la Dame avait réuni ses élèves sous un grand chêne au bord du Lac.

Pourquoi donc Caillean revenait-elle à cette vieille légende qu'ils avaient tous apprise enfants ? se demanda Gawen.

Il y eut un instant de silence, puis Dica leva la main. L'enfant filiforme de jadis, qui n'avait jamais eu sa langue dans sa poche, était maintenant une svelte jeune femme, dont le visage constellé de taches de rousseur s'auréolait d'un nuage de cheveux roux. Certes, elle n'avait rien perdu de son acidité, mais elle avait appris à se contenir.

— La première de ces îles est Ynis Witrin, l'île de Verre, sur laquelle se dresse le Tor Sacré, répondit-elle avec un soupçon de fausse modestie.

— Et pourquoi la nomme-t-on ainsi ? demanda Caillean.

— Parce que, lorsqu'on la voit dans l'Autre Monde, elle brille, dit-on, comme la lumière à travers le cristal.

Était-ce vrai ? Gawen avait progressé dans ses études. Il savait accomplir désormais les premiers pas du voyage intérieur, comme en un rêve éveillé, mais il n'en était pas encore au stade où l'on peut quitter son enveloppe charnelle pour contempler la réalité du monde avec les yeux de l'esprit.

— Excellent, dit Caillean. Et ensuite ?

Son regard s'arrêta sur une des dernières arrivantes, une fillette aux cheveux bruns venue de Dumnonia[1], et nommée Breaca.

— La deuxième est l'île de Briga, grande dans la pensée, même si sa taille est réduite. C'est là que la Déesse nous apparaît sous les traits de la Mère, en portant le Soleil nouveau-né.

La fillette avait répondu en rougissant, mais sa voix était limpide. Gawen s'éclaircit la voix :

— La troisième, dit-il, est l'île du Dieu ailé, près du grand village du Peuple des Marais. Aux yeux de ce dieu les oiseaux aquatiques sont sacrés, et nul n'a le droit de les tuer à proximité de son autel. En signe de gratitude, aucun oiseau ne souille jamais son toit.

Il l'avait visitée plusieurs fois avec la Dame du Peuple des Fées : tout cela était bien vrai. À cette pensée il se tourna vers Sianna, assise derrière les autres, comme toujours lorsque la Grande Prêtresse leur dispensait son enseignement. L'expression sévère de Caillean s'était adoucie en écoutant la réponse de Gawen, mais en voyant la direction de son regard, elle fronça les sourcils.

— Quelle est la quatrième île ? demanda-t-elle d'un ton sec.

Tuarim, un jeune garçon robuste aux cheveux bruns qui avait été accepté par les druides l'année précédente et considérait Gawen comme son modèle, fournit la réponse.

— La quatrième est l'île sur les frontières qui protège le Val d'Avalon des forces maléfiques.

— La cinquième est l'île près de l'étang, là où se trouve un autre village du Peuple des Marais.

La réponse émanait d'Ambios, garçon âgé de dix-sept hivers et sur le point de subir l'initiation des druides. Généralement, il se tenait à l'écart des plus jeunes élèves, mais sans doute avait-il décidé que le moment était venu de démontrer sa supériorité. Il poursuivit son explication :

---

1. Cité principale des Dumnonii, un peuple celtique vivant entre les Cornouailles et le Devon.

— Il y a sur cette île une deuxième Source Sacrée, qui jaillit sous un chêne gigantesque, et chaque année nous accrochons dans ses branches des offrandes.

Une fois de plus, Gawen intrigué se tourna vers Sianna. Pourquoi ne répondait-elle pas, elle qui savait tout cela depuis sa plus tendre enfance ? Mais peut-être, songea-t-il en voyant le maintien modeste de la jeune fille, était-ce là, précisément, la raison. Elle n'était pas à égalité avec ses camarades. Un souffle de vent fit trembler la ramure du chêne et les rayons du soleil qui filtraient à travers le feuillage embrasèrent la chevelure éclatante de Sianna.

« Je n'ai pas vu la lumière briller à travers cette île de Verre, pensa-t-il, mais je la vois briller en toi... » À cet instant, la beauté de Sianna se suffisait à elle-même. À vrai dire, il pouvait difficilement la rattacher à cette jeune fille humaine avec qui il avait joué, plaisanté, pendant des années, avant qu'elle n'entre dans le monde des femmes et n'ait plus le droit de se trouver seule en présence d'un homme sans un chaperon. Oui, cette beauté se suffisait à elle-même, semblable à la grâce du héron qui s'envole à la surface du Lac l'aube venue. Perdu dans sa contemplation, c'est à peine s'il entendit la réponse de Dica à la question suivante.

— La sixième île est la demeure du dieu sauvage des collines, celui que les Romains nomment Pan. Il apporte la folie ou l'extase, tout comme le fruit de la vigne plantée en ce lieu, et qui produit un vin puissant.

Ambios reprit la parole :

— La septième île est une haute colline, la tour de Guet et la porte d'Avalon. C'est là que se trouve le village de Marche-sur-l'eau, et depuis toujours son peuple conduit les barques qui transportent les prêtres du Tor.

— Voilà qui est bien répondu, dit Caillean. Car toi qui bientôt deviendras l'un d'eux, tu dois savoir que les druides ne furent pas les premiers prêtres à rechercher la sagesse sur ce Tor.

Elle posa un regard empreint de gravité sur Ambios, puis sur Gawen, qui l'observa à son tour, avec ses yeux si clairs, limpides. Deux années encore s'écouleraient avant son éventuelle initiation, et il n'aimait pas penser que la décision avait été prise à sa place. Il faisait de rapides progrès dans le jeu de la harpe, et bientôt, ses talents de musicien lui permettraient d'entrer au service d'un de ces princes anglais qui restaient attachés aux traditions d'autrefois. Il pouvait également retourner auprès de son grand-père — l'autre — et faire valoir son héritage romain. Il n'avait encore jamais vu de ville romaine. C'étaient, paraît-il, des endroits sales et bruyants. D'après certaines rumeurs, les Tribus du Nord donnaient des signes d'agitation, après des années de paix. Pourtant, un jour comme celui-ci, quand l'ambiance paisible et rêveuse d'Avalon devenait presque étouffante, la perspective d'une guerre, bien qu'effrayante, l'attirait étrangement.

— L'île de Verre, l'île de Brigantia, l'île des Ailes, l'île des Marais, l'île du Chêne, l'île de Pan et l'île de Guet. D'autres peuples leur ont donné d'autres noms, mais telle est leur essence, ainsi que nous l'ont enseigné les sages venus des Terres Englouties en traversant les mers. Et pourquoi ces îles sont-elles considérées comme sacrées, alors qu'il en existe bien d'autres, plus hautes, plus impressionnantes ?

Les jeunes élèves dévisageaient en silence la Grande Prêtresse. Cette question ne les avait jamais effleurés.

Caillean s'apprêtait à reprendre la parole lorsque la voix de Sianna s'éleva sous les branches du chêne.

— Moi, je sais...

Surprise, Caillean haussa les sourcils, mais Sianna s'avançait déjà vers le bord du Lac, peu consciente, apparemment, de s'aventurer sur le terrain des Mystères anciens. Et peut-être pour elle n'y avait-il là rien de mystérieux.

— En fait, c'est très simple, reprit-elle, quand on sait regarder...

En disant cela, elle ramassa une pierre de forme triangulaire et la planta dans le sol mou.

— Voici Ynis Witrin, et ici...

Elle ramassa une pierre ronde, plus petite, qu'elle posa sous la première.

— ... c'est l'île de la Déesse. L'île des Ailes et l'île du Chêne se trouvent ici...

Elle posa une petite pierre ronde et une autre, plus grosse, légèrement écartées l'une de l'autre, afin de former un rectangle asymétrique avec les deux premières pierres.

— ... Nous avons ensuite l'île de Pan et l'île des Marais...

Un petit caillou et une pierre pointue furent placés côte à côte, sur la gauche, au-dessus de l'île des Ailes.

— ... Et enfin, la Porte, dit-elle en plantant dans la terre, encore plus à gauche, une pierre plus grosse que les autres.

Oubliant Caillean, les jeunes garçons et les jeunes filles formaient cercle autour d'elle. Gawen, comme tous les autres sans doute, se demandait ce que représentait cet agencement de pierres.

— Alors, vous ne voyez pas ? demanda Sianna. Repensez à toutes ces nuits où la vieille Rhys vous faisait contempler les étoiles.

Les filles d'un côté de la colline, et les garçons de l'autre, se souvint Gawen, avec un sourire.

— Oui, c'est l'Ourse ! s'exclama soudain Dica. Les collines forment le même motif que les étoiles de la Grande Ourse !

Tous les autres hochèrent la tête, frappés eux aussi par cette ressemblance tout à coup. Alors, ils se tournèrent vers Caillean.

— D'accord, mais qu'est-ce que ça signifie ? demanda Ambios.

— Ah, vous réclamez enfin un peu de sagesse ? dit la Grande Prêtresse d'un ton sarcastique.

Sianna se sentit rougir ; elle ne comprenait pas la raison de cette rebuffade. Désireux de prendre sa défense, Gawen fut traversé par un sursaut de colère.

— La queue de la Grande Ourse est pointée vers

son Gardien, l'étoile la plus brillante du Nord. Cette étoile qui symbolise notre Tor se trouve au centre de la Voie lactée. Voilà ce que voyaient les anciens sages en contemplant le ciel immense, et ils dressèrent des autels sur cette terre pour nous rappeler à jamais les honneurs dus au Pouvoir qui nous protège ici-bas[1].

Gawen sentait peser sur lui le regard de la prêtresse, mais continua à observer l'étendue des marais. Soudain, il fut saisi par le froid.

Après que Caillean eut renvoyé les élèves, il s'attarda un instant, à l'ombre des saules, dans l'espoir d'échanger quelques mots avec Sianna demeurée auprès de la Grande Prêtresse.

— Ne t'avise plus jamais de jouer les professeurs à ma place ! dit celle-ci d'un ton cassant.

Sur ce, elle pivota sur ses talons et s'éloigna à grands pas.

Après le départ de la prêtresse, Gawen sortit discrètement de sa cachette, s'approcha de la jeune fille qui sanglotait sans bruit et passa son bras autour de ses épaules. Malgré le sentiment de colère et de pitié qui l'habitait, il ne pouvait s'empêcher de sentir la douceur de son corps contre lui, et la délicieuse odeur de ses cheveux soyeux.

— Pourquoi ? Pourquoi ? demanda Sianna quand elle put à nouveau parler. Pourquoi ne m'aime-t-elle pas ? Et si ma présence ici ne lui plaît pas, pourquoi ne me laisse-t-elle pas repartir ?

— *Moi*, je veux que tu restes ! Ne fais pas attention à Caillean. Elle a beaucoup de soucis, vois-tu, et parfois, elle se montre plus brutale qu'elle ne le souhaiterait. Si tu veux un conseil, essaye de l'éviter.

— Oh, j'essaye, mais ce n'est pas très grand ici, et je ne peux pas toujours me tenir à l'écart. (Sianna poussa un soupir, en tapotant affectueusement le bras de Gawen. Elle lui prit la main.). Mais je te remercie. Sans ton amitié, je m'enfuirais, et tant pis pour ce que dirait ma mère !

---

1. On n'a pas manqué d'établir un rapprochement entre cette constellation (*Arctus*, en latin) et le nom du Roi Sauveur.

— Dans deux ans, tu seras ordonnée prêtresse ! dit-il d'un ton enjoué. Dès lors, elle sera obligée de te traiter en adulte.

— Et toi, tu franchiras la première étape dans ta formation de druide...

Elle retint sa main dans les siennes encore quelques instants. Quand elle l'avait saisie, elle était froide, mais ils partageaient maintenant une douce chaleur. Soudain, Gawen songea au rite d'initiation qui accompagnait le passage à l'âge adulte, et en voyant rougir Sianna, il comprit qu'elle y pensait elle aussi. Brusquement, elle lui lâcha la main et s'écarta de lui.

Mais ce soir-là, avant de se laisser emporter par le sommeil, il lui sembla qu'ils avaient échangé une promesse.

Une année s'écoula, puis un autre hiver. Les pluies abondantes transformèrent le Val d'Avalon en une mer boueuse, dont les vagues venaient caresser les pilotis des maisons où vivaient les hommes des marais. Mais rien, sauf peut-être la famine, n'aurait pu empêcher un garçon de l'âge de Gawen de grandir, songea Caillean tandis qu'elle l'observait au cours des cérémonies qui marquaient l'Apogée du Printemps. Il avait maintenant dix-sept ans, il était grand, comme on l'était du côté de sa mère, mais ses cheveux, après un hiver sans soleil, avaient pris une teinte châtain. Sa mâchoire s'était développée elle aussi, et ses dents ne paraissaient plus, comme avant, disproportionnées. Son nez aquilin, son menton puissant rappelaient son ascendance romaine.

Physiquement, Gawen était devenu un homme, fort séduisant de surcroît, même s'il ne semblait pas en avoir conscience. Il jouait de la harpe lors des cérémonies ; ses longs doigts couraient avec habileté sur les cordes de l'instrument. Mais son regard demeurait vigilant, comme s'il craignait toujours de commettre une erreur.

« Est-ce dû à son âge ? se demandait la prêtresse, ou bien suis-je responsable de cette inquiétude permanente ? Me suis-je montrée trop exigeante envers lui ? »

Les Nazaréens avaient pour coutume de célébrer la mort et la résurrection de leur dieu au printemps. Caillean ne se souvenait jamais par quel système compliqué ils calculaient la date exacte, aussi avait-elle pris l'habitude d'adresser un message de félicitations aux druides quand ceux-ci achevaient les rites du printemps. Cette année, sa messagère revint en lui annonçant que le père Joseph était tombé malade peu de temps après le Solstice d'Hiver et, depuis lors, n'avait plus quitté son lit. Inquiète, Caillean décida de lui rendre visite, en compagnie de Gawen.

Ils contournèrent la cabane ronde construite pour héberger les prêtresses qui gardaient le Puits de Sang, puis le verger qu'elles avaient planté à cet endroit. La chapelle érigée par les chrétiens, couverte de chaume comme toutes les habitations, possédait un second étage de forme conique. Les cabanes des autres frères faisaient cercle autour d'elle. Elle trônait là comme une mère poule parmi ses poussins. Un moine était occupé à balayer les feuilles mortes que les bourrasques de la nuit avaient dispersées sur le chemin. En les voyant approcher, il abandonna sa tâche pour venir à leur rencontre.

— J'apporte des fruits en bocal et des gâteaux pour le père Joseph, déclara Caillean en montrant son panier. Voulez-vous me conduire jusqu'à lui, je vous prie ?

Le moine fronça les sourcils.

— Père Paulus ne voudra sans doute pas que... Oh, tant pis, dit-il en secouant la tête. Si nos nourritures grossières n'ont pas réussi à redonner de l'appétit au père Joseph, vos douceurs y parviendront peut-être. Si vous pouvez le convaincre de s'alimenter, vous aurez droit à toute notre gratitude, car je puis vous dire que depuis la célébration de la naissance du Christ, il se nourrit comme un oiseau.

Sur ce, le moine les conduisit vers une des cabanes rondes, semblables à toutes les autres, à cette différence près que le chemin y menant était bordé de pierres blanchies à la chaux. Il écarta la peau de bête qui masquait l'entrée...

— Père Joseph, la Dame d'Avalon est venue vous voir. Souhaitez-vous la recevoir ?

Caillean dut plisser les yeux pour s'accoutumer à l'obscurité de la cabane après l'éclat de cette belle journée de printemps. Le père Joseph gisait sur un grabat à même le sol ; à ses côtés brûlait une chandelle à mèche de jonc. Après avoir glissé quelques coussins dans le dos du vieil homme pour qu'il puisse se redresser, le moine apporta un trépied pour Caillean.

En effet, le père Joseph ressemblait à un oiseau, songea la prêtresse en prenant la main du vieil homme. Sa respiration était imperceptible. Toute la vie était concentrée dans son regard fiévreux.

— Mon cher et vieil ami ! murmura-t-elle. Comment vous sentez-vous ?

Un râle qui était peut-être un rire s'éleva dans la pénombre.

— Allons, ma Dame, nul doute que vous savez voir ces choses-là.

Le père Joseph lisait dans les yeux de Caillean les paroles qu'elle n'osait pas prononcer. Il sourit.

— Les adeptes de votre Ordre n'ont-ils pas le privilège de savoir reconnaître leur dernière heure ? La mienne est proche, et je m'en réjouis. Je vais enfin revoir mon Maître... Malgré tout, je regretterai nos discussions, dit-il. À moins qu'un vieil homme sur son lit de mort ne puisse vous persuader d'accepter le Christ, nous ne nous reverrons qu'à la fin de toutes choses.

— Sachez que je serai désolée moi aussi de ne plus pouvoir m'entretenir avec vous, dit Caillean qui tentait de refouler ses larmes. Peut-être dans une autre vie aurai-je la possibilité de suivre la même voie que vous. Mais dans cette existence qui est la mienne, j'ai déjà juré fidélité à d'autres divinités.

— Il est vrai que nul ne connaît véritablement son chemin avant d'en atteindre le terme, murmura le père Joseph. Quand ma vie a changé, j'étais à peine plus jeune que vous... Ce serait pour moi un immense réconfort de vous raconter cette histoire, si vous le voulez bien.

Caillean sourit et prit la main tendue du vieil homme dans la sienne. Elle était frêle, blanche, presque diaphane. Eiluned et Riannon attendraient bien son retour pour étudier avec elle les cas des nouveaux postulants. Elles pouvaient patienter, se dit-elle.

Le père Joseph, lui, n'avait plus beaucoup de temps et il allait lui transmettre l'inestimable savoir d'un homme qui avait rencontré la Lumière.

— J'étais un marchand de Judée, à l'est de l'Empire, dit-il. Mes bateaux exploraient toutes les contrées, jusqu'à Dumnonia, pour faire le commerce de l'étain, et j'étais couvert de richesses.

À mesure qu'il parlait, sa voix reprenait des forces.

— ... En ce temps-là, je ne me préoccupais que de profits au jour le jour, et si dans mes rêves je me souvenais parfois de ce pays aujourd'hui englouti sous les flots, en regrettant sa sagesse, j'oubliais tout l'aube venue. J'invitais à ma table tous ceux qui excellaient dans leur art ou leur métier, et quand ce nouveau maître venu de Galilée, celui que les hommes appelaient Joshua, devint le sujet de toutes les conversations en ville, je l'invitai lui aussi.

— Saviez-vous à ce moment-là que c'était un des Fils de la Lumière ? demanda Caillean.

Les voix des dieux s'exprimaient à travers les arbres, les collines, et dans le silence du cœur des hommes, mais à chaque époque, disait-on, ils envoyaient un Être Éclairé qui s'adressait directement au monde en termes humains. Cependant, Caillean avait entendu dire que seuls quelques rares élus avaient le privilège de l'entendre.

Le père Joseph secoua la tête :

— J'ai écouté les paroles du Maître, et j'ai trouvé sa compagnie fort agréable, mais je le connaissais mal. Les vieux enseignements me demeuraient inconnus. Mais je constatai qu'il apportait de l'espoir aux gens, aussi donnais-je volontiers de l'argent à ses disciples quand ceux-ci étaient dans le besoin, et je les autorisais à célébrer la fête de Pâques dans une des maisons que je possédais. J'étais absent de Jérusalem quand il fut arrêté. Quand je revins, on l'avait déjà mis en croix. Je me rendis alors sur la colline de son supplice, car j'avais entendu dire que sa mère s'y trouvait, et je souhaitais lui offrir mon aide.

À l'évocation de ce souvenir, il s'interrompit, et Caillean vit les larmes briller dans ses yeux. Finalement, ce fut Gawen qui, sentant le poids de l'émotion sans en comprendre le sens, brisa le silence.

— Sa mère... Comment était-elle ?

Joseph tourna la tête vers le garçon.

— Elle ressemblait à votre déesse, quand elle pleure la mort du dieu aux moissons. Elle était à la fois jeune et vieille, fragile et aussi résistante que la pierre. En voyant ses larmes, je repensai à mes rêves. Puis je m'arrêtai au pied de la croix et levai les yeux vers son fils.

« ... La souffrance avait commencé à consumer son apparence humaine. La vision de Sa véritable nature surgissait par instants, puis disparaissait. Parfois, il criait son désespoir ; à d'autres moments, il adressait des paroles de réconfort à ceux qui s'étaient regroupés devant lui. Mais quand Il me regarda, je fus ébloui par Sa Lumière, et soudain, je me souvins de celui que j'avais été jadis, en des temps reculés, et des serments que j'avais prononcés.

Le vieil homme prit une profonde inspiration. De toute évidence, ce récit l'épuisait, mais rien ni personne n'aurait pu l'arrêter désormais.

— On raconte qu'à sa mort, la terre trembla. Je ne saurais le dire, car j'étais moi-même ébranlé jusqu'au tréfonds de mon être. Plus tard, quand ils l'ont transpercé d'une lance pour s'assurer qu'il était bien mort, j'ai recueilli un peu de son sang dans une gourde que j'avais avec moi. Et j'ai usé de mon influence auprès des Romains pour récupérer son corps, et je l'ai déposé dans le tombeau de ma famille.

— Mais il n'y est pas resté..., dit Gawen.

Caillean se tourna vers le garçon. Voilà longtemps

qu'il étudiait la musique avec les Nazaréens, pensat-elle. Sans doute connaissait-il toutes leurs légendes.

— En vérité, *Il* n'y a jamais été, rectifia le père Joseph avec un petit sourire malicieux. Ce n'était que son enveloppe charnelle... Le Maître, ensuite, est venu la reprendre pour prouver la force de l'esprit à ceux pour qui rien n'existe que la vie du corps, mais je n'avais pas besoin de le voir. *Je savais.*

— Pourquoi être venu jusqu'ici, en Angleterre ? demanda Gawen.

Le regard du vieil homme se remplit de tristesse ; sa voix perdit son entrain.

— À peine le Maître nous eut-il quittés que ses disciples commencèrent leurs disputes : à qui reviendrait son autorité ? Qui aurait qualité pour interpréter ses paroles ? Je tentai vainement de les apaiser, bien décidé à ne pas entrer dans leurs querelles. Je me souvins alors de ces terres verdoyantes au-delà des mers, où vivaient ceux qui, d'une certaine façon, croyaient encore à l'Ancienne Sagesse... Et je suis venu trouver refuge ici. Vos druides m'ont accueilli comme un disciple sincère, désireux de découvrir la Vérité commune à toutes les grandes religions.

Il fut saisi d'une quinte de toux, et ferma les yeux le temps de reprendre son souffle.

— Ne faites pas d'effort pour parler, murmura Caillean avec une douceur apaisante.

Puis elle prit ses deux mains dans les siennes pour tenter de lui communiquer un peu de son énergie.

Le père Joseph entrouvrit les lèvres, mais fut repris par sa toux.

— Il faut... que... je... vous dise...

Il s'obligea à prendre une profonde inspiration. Son souffle se fit plus paisible mais il était manifestement très affaibli.

— Le flacon... avec... le ... Sang Sacré...

— Vos frères n'en ont-ils pas la charge ? demanda Caillean.

Il secoua la tête.

— Sa mère... m'a dit que... une femme devait le gar-

der. Je... l'ai attaché... au vieil anneau... dans la niche...
au fond du Puits Sacré.

Caillean ouvrit de grands yeux. L'eau du puits, riche
en fer, laissait des taches semblables à du sang, bien
que pure et glacée. Les sages des temps anciens
avaient su, grâce à leur savoir-faire, construire un
puits tout autour, taillé dans une unique pierre gigantesque. Cela, n'importe qui pouvait le voir. Mais l'existence de la niche à l'intérieur de ce puits, juste assez
grande pour accueillir un homme, était un secret
connu des seuls initiés. Le lieu idéal pour héberger le
sang du sacrifice, songea la prêtresse, car sans doute
avait-il déjà servi à cet usage en des temps reculés.

— Je comprends..., dit-elle d'un ton solennel. Et je
saurai la garder précieusement.

— Bien...

Tout le corps du père Joseph sembla se détendre,
comme si ces paroles lui apportaient le soulagement
qu'il attendait[1].

— Quant à toi, reprit-il en se tournant vers Gawen.
Accepteras-tu de rejoindre mes frères, et de relier
ainsi l'ancienne et la nouvelle sagesse ?

Le garçon tressaillit, les yeux écarquillés comme
ceux d'un cerf au débucher. L'espace d'un instant, il
regarda Caillean, non pas pour l'implorer comme elle
l'espérait, mais avec appréhension. À son tour, elle frémit. Le garçon désirait-il vraiment rejoindre les Nazaréens ?

— Allons, mon enfant, dit Joseph d'un ton compatissant. Je n'avais pas l'intention de te presser. Le
moment venu, tu feras ton choix...

Une foule de pensées se pressèrent dans l'esprit de
Caillean, mais elle demeura muette. Elle refusait d'engager un débat religieux avec un homme si proche de
la mort ; pourtant, elle ne pouvait croire que les dieux

---

1. Cette tradition qui fait de Joseph d'Arimathie le premier gardien du
Graal, et donc l'un des fondateurs du monde arthurien, a notamment pour
témoin le *Roman de l'Estoire dou Graal* de Robert de Boron (vers 1200).
Quelle forme avait à l'origine le récipient du sang divin ? Les doctes en
débattent encore. La solution ici retenue (gourde, flacon ; angl. *flask*) fait la
part belle à l'exégèse, ce qui, en de telle matière, est la voie de la prudence.

destinaient cet enfant, salué par la Reine des Fées elle-même comme le « Fils de Cent Rois », à l'austérité de la vie monacale.

Les yeux clos, le père Joseph s'enfonçait dans le sommeil. Caillean lâcha sa main.

Quand ils ressortirent de la cabane, ils tombèrent sur le frère Paulus qui leur jeta un regard farouche. À l'évidence seul le respect dû à l'agonie du vieillard le retenait d'exprimer sa réprobation mais la présence de Caillean en ces lieux le scandalisait.

Toutefois, son expression s'adoucit quelque peu lorsque Gawen apparut derrière elle.

— Frère Alanus a composé un nouvel hymne, lui dit-il. Voudrais-tu venir demain pour que nous puissions l'apprendre ensemble ?

Gawen acquiesça, et Paulus repartit d'un pas vif. L'ourlet élimé de sa tunique grise bruissait sur les pierres.

Au cours des jours qui suivirent leur visite au père Joseph, Gawen vécut dans la crainte d'apprendre que le vieil homme s'était éteint. Mais curieusement, cette nouvelle tant redoutée ne venait pas. Le père Joseph s'accrochait à la vie, et alors qu'approchait la fête de Beltane, de nouvelles préoccupations occupèrent l'esprit de Gawen. En compagnie de deux autres garçons, il se préparait, non sans appréhension, au rite d'initiation.

Mais il ne savait comment s'exprimer. Nul ne lui avait jamais demandé s'il souhaitait réellement devenir druide. Puisqu'il avait achevé le premier cycle d'enseignement, il devait, pensait-on, continuer sur cette voie. Seul le père Joseph avait laissé entendre qu'il existait peut-être un autre choix. Car si Gawen admirait la ferveur religieuse des Nazaréens, si leur doctrine, à certains égards, le comblait, leur vie lui paraissait encore plus resserrée que celle des druides du Tor, qui, au moins, n'étaient pas totalement coupés du monde des femmes.

La communauté d'Avalon avait hérité des traditions

de la Maison de la Forêt, mais ces règles imposées par
égard pour les préjugés romains étaient restées, en
particulier ces lois qui avaient transformé la naissance
de Gawen en une effroyable tragédie. De manière
générale, les prêtres et les prêtresses du Tor vivaient
chastement ; toutefois, les règles s'assouplissaient
quelque peu au cours de la fête de Beltane et lors du
Solstice d'Été, quand le Pouvoir né de l'union de
l'homme et de la femme fécondait la terre. Mais seuls
ceux et celles qui avaient prononcé leurs vœux pouvaient participer à ces rites.

Sianna avait été ordonnée prêtresse à l'automne
dernier. Elle allait connaître son premier rituel de Beltane. Gawen voyait en rêve les reflets pourpres des
feux sacrés sur son corps dénudé. Il se réveillait en
sursaut, suffoquant et frustré.

Fut un temps, avant que l'instinct ne manifestât ses
exigences, où il aspirait à cette sagesse cachée tout au
bout de la longue route des druides. Aujourd'hui, il
avait du mal à se remémorer cette aspiration. Les
Nazaréens affirmaient que coucher avec une femme
était le plus terrible des péchés. Serait-il foudroyé par
les dieux si, en prononçant ses vœux, il n'avait pas
d'autre motif que son désir pour Sianna ?

Assurément, le monde des Romains était plus simple.

Et puis, alors qu'il rejoignait la Procession du
Soleil Levant, il entendit monter de tout en bas les
échos des lamentations. Il dévala la colline, mais il
savait déjà, avant même de découvrir les moines
désemparés, d'où provenait leur désespoir.

— Quel malheur ! soupira frère Alanus, dont les
joues blêmes ruisselaient de larmes. Joseph, notre
Père, nous a quittés. Quand Paulus lui a rendu visite
ce matin, il l'a découvert déjà raide et froid. Je sais
que je ne devrais pas pleurer, car il a rejoint notre
Maître dans les cieux. Mais quelle tristesse de songer
qu'il s'en est allé seul, dans l'obscurité, sans le
réconfort de ses fils autour de lui, sans que nous
ayons pu lui adresser un dernier adieu. Même quand
il était malade, sa présence était pour nous un bien-

fait. Il était notre père à tous. Je ne sais ce que nous allons devenir désormais.

Le garçon hocha la tête, la gorge nouée. Il n'avait pas oublié cet étrange après-midi où le vieil homme leur avait raconté, à Caillean et à lui, de quelle façon il était arrivé à Avalon. Gawen n'avait pas vu cette Lumière dont parlait le père Joseph, mais il avait vu son reflet dans ses yeux, et il savait que le vieil homme n'était pas mort seul.

— C'était un père pour moi aussi. Il faut que je remonte apporter la nouvelle aux autres.

Mais c'était à Caillean qu'il pensait en regagnant à la hâte le sommet de la colline.

Plus tard, dans l'après-midi, la Dame d'Avalon, escortée de Gawen, descendit du Tor pour rendre un ultime hommage à son ami disparu. La confusion de la matinée avait cédé la place à l'ordre des cérémonies.

Le corps du vieil homme gisait sur une civière devant l'autel, entouré de lampes à huile. D'épaisses volutes de fumée masquaient les silhouettes des moines assis, mais l'espace d'un instant, Gawen crut voir flotter sur leurs têtes des formes lumineuses, comme si les anges dont parlait si souvent le père Joseph veillaient sur lui. Soudain, comme si ce regard païen l'atteignait, un des moines se leva. C'était le père Paulus. Il s'avança vers Gawen qui recula, tandis qu'il franchissait la porte de l'église. En dépit de son chagrin, dont témoignaient ses yeux rougis par les larmes, le Nazaréen n'avait rien perdu de sa hargne.

— Que faites-vous ici ? dit-il à Caillean d'un ton rogue.

— Nous venons partager votre peine, répondit la prêtresse d'une voix douce, et honorer la disparition d'un homme bon, car, véritablement, Joseph était comme un père pour nous tous.

— S'il avait été bon chrétien, vous les païens, vous vous réjouiriez aujourd'hui, répliqua Paulus d'un ton cassant. Désormais, c'est moi le chef, et j'ai l'intention d'exiger de mes frères une foi plus pure. Pour commencer je vais mettre un terme aux allées et venues entre nos deux communautés. Allez-vous-en, femme. Vos condoléances, pas plus que votre présence, ne sont ici les bienvenues.

— Je ne suis pas la bienvenue, dites-vous ? N'est-ce pas nous qui avons donné à votre communauté l'autorisation de bâtir ici votre église ?

— En effet, répondit le père Paulus d'un ton sarcastique, mais cette terre est celle de Dieu. Nous ne devons rien aux adorateurs des démons !

Dépitée, la prêtresse secoua la tête.

— Comment osez-vous trahir le père Joseph avant même qu'il ne soit dans la tombe ? Lui pour qui les noms divins forgés par les hommes pour honorer leurs dieux désignaient le même Être Unique.

Le père Paulus fit son signe de croix.

— Abomination ! Jamais je n'ai entendu pareille hérésie ! Allez-vous-en, ou j'ordonne à mes frères de vous chasser !

Il était au bord de l'apoplexie mais le visage de Caillean demeurait impénétrable. Elle fit signe aux druides de s'en aller. Comme Gawen s'apprêtait à les suivre, Paulus tenta de le retenir par la manche de sa tunique. Sa voix se fit suppliante.

— Non, mon fils, ne pars pas avec eux ! Le père Joseph t'aimait... N'abandonne pas ton âme à l'idolâtrie et ton corps à la honte ! Ils convoqueront la Grande Putain qu'ils appellent Déesse dans ce Cercle de Pierres tout là-haut ! Tu es un Nazaréen malgré ton nom ! Tu t'es agenouillé devant l'autel, ta voix s'est jointe aux chants sacrés de la prière. Reste, Gawen, reste !

Partagé entre la stupeur et la fureur, Gawen se dégagea d'un mouvement brusque. Son regard allait de Paulus à Caillean.

Il ne pouvait pas rejoindre le père Paulus, mais les paroles brutales de celui-ci avaient réussi à souiller les rites des druides. Il vibrait de désir pour Sianna, mais comment oserait-il poser la main sur elle désormais ? Il comprit brusquement que son destin était ailleurs.

Pas à pas, il recula.

— Vous voulez me posséder l'un et l'autre, mais mon âme m'appartient ! Affrontez-vous pour la possession d'Avalon, si vous le voulez, mais je ne serai pas l'enjeu de votre combat ! J'ai décidé de partir... (sa décision prenait naissance en même temps que ses paroles)... pour retrouver ma famille romaine ! »

V

Gawen allait d'un bon pas à travers les marais, mettant à profit tout le savoir que lui avait transmis la Reine des Fées. D'ailleurs, elle seule aurait pu l'arrêter maintenant qu'il avait pris la route, et durant la première journée de son voyage, il redouta que Caillean ne l'ait envoyée à sa poursuite. Mais il ne croisa en chemin que les oiseaux d'eau qui s'ébattaient, une famille de loutres et un cerf apeuré.

Pendant sept ans il n'avait pas quitté le Val d'Avalon, mais on lui avait appris où passaient les frontières des territoires tribaux en Angleterre, où se trouvaient les villes et les forts romains. En outre, dans sa mémoire était gravée la carte du réseau de lignes invisibles le long desquelles le pouvoir magique parcourait le pays en tous sens. Bref, il en savait suffisamment pour suivre la route du nord sans s'égarer, et sa connaissance des bois et des forêts lui permit de ne pas mourir de faim pendant le trajet. Après deux semaines de marche, Gawen atteignit enfin les portes de Deva.

Il n'avait jamais vu autant de personnes rassemblées au même endroit, occupées à tant de choses différentes. D'énormes chariots tirés par des bœufs et chargés de blocs de grès rouge avançaient en grinçant

sur la route conduisant à la forteresse située au-delà
de la ville. En plusieurs endroits les remparts de terre,
avec leurs palissades, avaient été rasés et l'on érigeait
à la place un mur de pierre. Il n'y avait aucune raison
d'activer ces travaux, car toute cette région était
désormais pacifiée, mais de toute évidence, les
Romains tenaient à consolider leur domination.

Gawen fut parcouru d'un frisson devant un tel spectacle. Souvent, les druides se moquaient du trop
grand intérêt des Romains pour le pouvoir temporel.
Pourtant, un esprit invisible régnait aussi ici, et cette
forteresse de pierre rouge était son sanctuaire. Impossible de faire demi-tour désormais, se dit-il. Redressant les épaules et essayant de rassembler ses rudiments de latin, dont il n'aurait jamais pensé faire
usage, il suivit une file d'ânes transportant des filets
remplis de poteries et franchit à leur suite la grande
arche du corps de garde pour pénétrer dans le monde
de Rome.

— Tu ressembles à ton père... et pourtant, tu es
un étranger...

Macellius Severus observa Gawen, puis détourna
la tête une fois encore. Comme si, songea le garçon,
il ne savait s'il devait se réjouir ou se lamenter en
apprenant qu'il avait un petit-fils. « J'ai éprouvé les
mêmes sentiments, se souvint Gawen, quand j'ai su
qui étaient mes parents... »

— Je ne vous demande pas de me reconnaître, dit-
il. Je possède quelques connaissances, je saurai faire
mon chemin dans la vie.

À ces mots, Macellius se redressa et, pour la première fois, Gawen put entrevoir l'officier romain qu'il
avait été jadis. Certes, sa large silhouette était maintenant voûtée par les ans, et seules quelques mèches
blanches clairsemées ornaient encore son crâne,
mais il avait été sans nul doute un homme puissant
et redouté. Le chagrin avait peut-être buriné ses
traits, mais ses capacités intellectuelles étaient intactes, Gawen en remercia les dieux.

— Craindrais-tu de m'embarrasser ? demanda Macellius. Je suis trop vieux pour me préoccuper de ces choses-là, et toutes tes demi-sœurs sont maintenant mariées ou fiancées. Ton arrivée inattendue ne risque pas de compromettre leur avenir. Néanmoins, l'adoption reste le meilleur moyen de te donner mon nom, si tel est ton souhait. Mais avant tout, tu dois m'expliquer pourquoi, après toutes ces années, tu es venu vers moi.

Gawen se sentait comme pétrifié par ce regard d'aigle qui avait sans doute fait trembler plus d'une recrue. Intimidé, il regarda ses mains jointes.

— Dame Caillean m'a dit que vous l'aviez interrogée à mon sujet... Elle ne vous a pas menti, s'empressa-t-il d'ajouter. Quand vous l'avez rencontrée, elle ne savait pas encore qui j'étais.

— Et où as-tu vécu pendant tout ce temps ?

Cette question avait été prononcée d'une voix douce ; pourtant, Gawen sentit le souffle du danger. Mais tout cela appartenait au passé, non ? Quelle importance si le vieil homme savait ?

— Une des femmes qui s'occupaient des enfants à la Maison de la Forêt m'a caché quand mon autre grand-père, l'Archidruide, a capturé ma mère et mon père. Et plus tard... quand tout fut terminé... Caillean m'a emmené avec elle à Avalon.

— Ils ont tous disparu aujourd'hui... les druides de la Maison de la Forêt..., dit Macellius d'un ton absent. Bendeigid, ton « autre grand-père », comme tu dis, est mort l'année dernière, en continuant à débiter des histoires de rois sacrés, paraît-il. J'ignorais qu'il restait des druides dans le sud de l'Angleterre... Où se trouve « Avalon »[1] ?

La question fut si soudaine que Gawen eut répondu avant même de s'étonner de la curiosité du vieil homme.

_____

1. La localisation d'Avalon (Glastonbury ? L'île de Man ? Anglesey ? etc.) est une question toujours ouverte. La géographie arthurienne, tout aussi conjecturale que la géographie homérique, offre donc d'inépuisables ressources aux romanciers.

— C'est... juste... un endroit minuscule, vous savez, bredouilla-t-il. Un rassemblement de femmes et de quelques vieillards, et une communauté de Nazaréens au pied de la colline.

— Je comprends dans ce cas pourquoi un solide gaillard comme toi a eu envie de fuir...

Macellius se leva de sa chaise, et Gawen commença à se détendre.

— Sais-tu lire ?

— Je sais lire et écrire le latin, à peu près comme je le parle, c'est-à-dire pas très bien..., répondit le garçon.

Ce n'était pas le moment, songeait-il, de se vanter en racontant que les druides lui avaient appris un grand nombre de légendes.

— Je sais également jouer de la harpe, déclara-t-il. Mais je suppose, ajouta-t-il, en se remémorant l'enseignement de la Dame des Fées, que la connaissance de la chasse et des bois sont mes talents les plus utiles.

— Oui, je le pense aussi. C'est un excellent point de départ. Car, vois-tu, les Macellii ont toujours été dans l'armée. Et avec une inquiétude soudaine, il demanda :

— Aimerais-tu devenir soldat ?

Voyant l'espoir briller dans les yeux du vieil homme, Gawen s'efforça de sourire. « Il y a une lune encore, se dit-il, j'étais destiné à devenir druide. » S'engager dans l'armée était assurément le moyen le plus radical de briser son héritage.

Macellius poursuivit :

— Je me mettrai en quête d'un régiment. Tu mèneras une vie passionnante, et un homme intelligent peut s'élever hors du rang pour atteindre une position d'autorité. Évidemment, obtenir de l'avancement n'est pas chose facile dans un pays désormais en paix comme l'Angleterre, mais peut-être, après avoir acquis de l'expérience, pourras-tu partir effectuer ton service sur une des frontières. Entre-temps, nous verrons ce que nous pouvons faire pour te donner l'allure d'un véritable Romain, dans ta façon de t'habiller et de parler.

Gawen acquiesça, et son grand-père sourit.

Il passa le mois suivant en compagnie de Macellius, accompagnant le vieil homme en ville durant la journée et le soir, lui lisant à voix haute les discours de Cicéron ou le récit des guerres du général Agricola par Tacite[1]. Son adoption fut légalement proclamée et enregistrée devant les magistrats de la ville, et il reçut ses premières leçons concernant le port de la toge, un habit dont les savants drapés faisaient des tuniques de druides un modèle de sobriété.

Au cours des heures, le monde romain l'absorbait pleinement. C'était seulement dans le sommeil qu'il ressentait la nostalgie d'Avalon. Dans ses rêves, il voyait Caillean dispenser son enseignement aux jeunes vierges ; de nouvelles rides étaient apparues sur son front, et de temps à autre, elle tournait son regard vers le nord. La veille de la fête de Beltane, Gawen sombra dans un sommeil agité durant lequel il vit le Tor illuminé par les flammes des feux sacrés. Mais il avait beau la chercher partout, il n'apercevait pas Sianna.

Peu de temps après le Solstice d'Été, Macellius le convoqua dans son bureau. Gawen devait rejoindre l'armée. Une place l'attendait dans la Neuvième Légion, la légion Hispana, à Eburacum[2].

Le mot romain pour désigner l'armée, *exercitus*, avait tout d'abord voulu dire « exercice gymnique »[3], comme le découvrit Gawen au cours de ses premiers jours de service militaire. Les recrues étaient toutes de jeunes hommes sélectionnés pour leur forme phy-

---

1. Publié en 98, cet opuscule est un témoignage de piété familiale puisque Tacite était le gendre du général Agricola, premier « pacificateur » de l'Angleterre. C'était aussi, au début du règne de Trajan, un livre de circonstance défendant la grande tradition d'une Rome expansionniste et conquérante.

2. Aujourd'hui, la ville d'York. Eburacum fut fondée au début des années 70 après J.-C. La Neuvième Légion avait été naguère partiellement taillée en pièces par les Icéniens révoltés, à l'instigation de la reine Boudicca.

3. On est en effet passé naturellement d'un sens à l'autre : « soldats rassemblés pour l'exercice » puis « armée ».

sique et leur intelligence, mais pour pouvoir parcourir vingt miles romains[1] en cinq heures avec un sac plein sur le dos il fallait de l'entraînement. Quand ils ne marchaient pas, ils apprenaient à se battre à l'épée ou au *pilum* (javelot), engoncés dans une armure lestée, ou bien ils exécutaient des manœuvres, ils dressaient des fortifications temporaires.

Pour Gawen les environs d'Eburacum étaient beaucoup plus rudes que les vertes collines de son enfance : ses pieds et son dos meurtris pouvaient en témoigner. Mais c'était tout ce qui émergeait pour lui d'une longue suite de jours indistincts. Les recrues étaient rarement en contact avec les troupes régulières, même s'il leur arrivait de croiser quelque vétéran au teint hâlé qui ne pouvait contenir son hilarité à les voir suer sang et eau. C'est l'enseignement des druides qui lui donna la force de tenir, alors que les rejetons des plus grandes familles romaines s'effondraient autour de lui et étaient renvoyés chez eux.

À mesure que leur formation avançait, les recrues se voyaient parfois accorder une journée de permission ; elles pouvaient alors en profiter pour se reposer, réparer leur attirail ou même visiter la ville qui s'étendait au-delà des murs de la forteresse. En entendant les accents mélodieux de la langue anglaise, après toutes ces semaines d'immersion dans le latin des militaires, Gawen se souvenait qu'il était toujours Gawen, et « Gaius Macellius Severus » n'était que son nom d'adoption. Mais les marchands et les muletiers anglais qui échangeaient librement des ragots devant lui ne pouvaient se douter que ce grand jeune homme aux traits de Romain, vêtu de sa tunique de légionnaire, comprenait chacune de leurs paroles.

La place du marché d'Eburacum était un lieu privilégié pour les rumeurs qui s'échangeaient comme une véritable denrée. Les fermiers des environs envahissaient la ville pour proposer leurs produits, des marchands vendaient à la criée des objets venant des

---

1. C'est-à-dire 29,44 km, le mile faisant 1 472 m.

quatre coins de l'Empire, mais les jeunes gens des Brigantes[1], qui en d'autres temps venaient admirer les soldats bouche bée, se faisaient remarquer par leur absence. On parlait à voix basse de dissidence, on spéculait sur une alliance avec les Tribus du Nord.

Tout cela mettait Gawen mal à l'aise, mais il ne disait rien, car les rumeurs en provenance de l'intérieur de la forteresse étaient encore plus inquiétantes que les propos qu'il entendait hors de ses murs. Quintus Macrinius Donatus, leur *Legatus Legionis*, avait été nommé commandant grâce à l'appui du gouverneur, qui était son cousin, et son second, le tribun sénatorial, était généralement considéré comme un jeune freluquet qui n'aurait jamais dû quitter Rome. En temps normal, cela n'aurait eu aucune importance, mais si Lucius Rufinus, le centurion responsable des recrues, était un homme bon, on racontait qu'il y avait parmi les officiers commandant les cohortes un nombre inhabituel de brutes perverses. Et si Rufinus s'était vu confier la tâche peu enviable de transformer une bande de rustres en troupes d'élite de l'Empire, se disait Gawen, c'était justement à cause de sa grande intégrité.

— Plus qu'une semaine..., dit Arius, en tendant la louche à Gawen.

À la fin de l'été, la chaleur régnait dans toute l'Angleterre, même dans le nord, et après une longue marche matinale, l'eau du puits où ils avaient fait halte était encore meilleure que le vin. En fait de puits, il s'agissait de quelques pierres disposées autour d'une source qui coulait lentement de la colline. Au-dessus d'eux, la route serpentait au milieu des buissons de bruyère en fleur qui formaient des taches mauves dans l'herbe jaunie. En contrebas, la vallée plongeait dans un entrelacs de champs et de pâturages, voilés par la brume d'août.

— Ah, je serai bien content quand j'aurai enfin

---

1. Peuple celte établi dans le comté d'York. Soumis aux Romains depuis plus d'un demi-siècle au moment de ce récit.

prêté serment. L'armure des soldats de carrière me
fera l'effet d'une tunique estivale après ce harnachement, et j'en ai assez d'entendre les sifflets moqueurs
des anciens quand nous passons devant eux !

Gawen s'essuya la bouche d'un revers de manche
et passa la louche au suivant. Arius était un jeune
garçon venu de Londinium, sec et nerveux, vif
d'esprit et extrêmement sociable. Pour Gawen, qui
avait le plus grand mal à se faire des amis, sa présence avait été un cadeau des dieux.

— Je me demande si nous serons affectés à la
même cohorte.

Maintenant qu'ils approchaient de la fin de leur
formation, Gawen commençait à s'inquiéter pour
l'avenir. Si les histoires que racontaient les hommes
plus âgés dans les tavernes n'étaient pas uniquement
destinées à leur faire peur, la vie dans l'armée régulière risquait d'être encore plus terrible. Pourtant, ce
n'était pas la cause de ses angoisses.

Pendant la moitié de sa vie, Gawen s'était préparé
à endosser la tunique de druide, et puis un jour, il
s'était enfui. Comment un seul été pouvait-il le lier à
un serment qui, s'il était moins sacré, promettait
d'être tout aussi contraignant ?

— J'ai promis un jeune coq rouge à Mars s'il me
mettait dans la cinquième cohorte, avec le vieil
Hanno, répondit Arius. C'est un vieux renard, paraît-
il, et il sait prendre soin de ses hommes !

— Oui, j'ai entendu dire ça moi aussi.

Gawen, qui avait abandonné ses propres dieux,
n'avait pas osé adresser ses prières à ceux de Rome.

Une autre brigade descendait vers le puits pour
s'abreuver à son tour. Gawen et Arius rejoignirent
leurs camarades, et tandis que leur peloton se refor-
mait, Gawen regarda en direction du nord, là où le
ruban blanc de la route serpentait au milieu des collines. Cette barrière lui paraissait fragile ; tout comme
ce fortin qu'il apercevait au loin, aussi chétif qu'un
jouet d'enfant au milieu de ces vastes étendues vallonnées. Mais la route blanchie à la chaux, bordée

par le profond fossé du *vallum*, marquait les frontières de l'Empire, le fameux *limes*. Certains rêveurs
parmi les ingénieurs militaires affirmaient que c'était
une protection insuffisante, et que la seule façon de
protéger efficacement le sud de l'Angleterre serait de
construire un véritable rempart[1]. Mais jusqu'à présent, il n'y avait eu aucun accident à déplorer. Cette
route était un concept, comme l'Empire lui-même,
songea Gawen, une ligne magique que les Tribus sauvages n'avaient pas le droit de franchir.

— Rien ne différencie les deux côtés de la frontière, dit Arius, faisant écho à ses pensées. Qu'y a-t-il
tout là-bas ?

— Nous avons encore quelques postes d'observation là-haut, et il y a plusieurs villages indigènes,
répondit une des recrues.

— Ça doit venir de là alors, dit Arius.

— De quoi parles-tu ?

— Tu ne vois pas la fumée ? Les gens des Tribus
font certainement brûler le chaume dans les champs.

— Nous ferions mieux de le signaler quand même.
Le commandant voudra certainement envoyer une
patrouille sur place, dit Gawen.

Mais déjà, le centurion lançait l'ordre de former les
rangs. Nul doute que Rufinus n'ait aperçu lui aussi
cette fumée. Il saurait quoi faire. Gawen chargea son
sac sur ses épaules et reprit sa place dans la colonne.

Ce soir-là, tout le fort bourdonna de rumeurs. On
avait aperçu de la fumée en divers endroits de la
frontière, et certains affirmaient qu'on avait vu des
hommes en armes dans les Tribus. Mais l'état-major
de la légion[2] se contenta d'envoyer une cohorte renforcer les forts auxiliaires le long de la route blanche.
Ils accueillaient actuellement des collègues officiers
venus de Deva pour une partie de chasse. Les zones

---

1. Ce rêve deviendra réalité sous les règnes d'Hadrien (117-138) et d'Antonin (138-161). Voir carte, p. 19.

2. À l'époque impériale la légion comporte environ 6 000 hommes répartis
en 10 cohortes.

frontalières bruissaient toujours de rumeurs ; inutile
de donner l'alerte pour quelques fermiers qui brûlaient du chaume dans leurs champs.

Gawen, qui n'avait pas oublié le récit de la révolte
de Boadicée[1] par Tacite, s'interrogeait cependant.
Pourtant, il ne s'était produit aucun incident, récemment, susceptible d'embraser la région. Uniquement,
se dit-il, le piétinement permanent des sandales cloutées sur la voie romaine.

Deux nuits plus tard, au beau milieu de la partie
de chasse, le feu se propagea de manière soudaine
dans les collines entourant la ville. Les hommes de
la forteresse reçurent ordre de s'armer, mais le commandant en second s'était absenté avec le commandant, et le chef de camp n'avait pas autorité pour
ordonner aux troupes de se mettre en mouvement.
Après une nuit blanche, les soldats furent déconsi-
gnés ; seules les sentinelles continuèrent d'observer
les nuages de fumée qui s'élevaient dans les premières lueurs du jour.

Les recrues de la cohorte de Gawen eurent du mal
à trouver le sommeil néanmoins, et les vétérans eux-
mêmes ne purent goûter un long repos. Les éclaireurs envoyés par le chef de camp étaient de retour,
porteurs de mauvaises nouvelles. Le « concept » de
barrière n'avait pas été suffisant en définitive. Les
Novantes et les Selgoves avaient violé la frontière, et
leurs cousins Brigantes[2] se soulevaient maintenant
pour les rejoindre. La menace de l'aube se concrétisa
et à midi, le soleil rouge ensanglantait un ciel voilé
de fumée.

Quintus Macrinius Donatus revint le soir même,
fort tard, sur son cheval, couvert de poussière, le

---

1. Boadicée — ou Boudicca —, reine des Icéniens, établis au sud-est de
l'Angleterre, déclencha contre l'occupant, vers 60 après J.-C., une sanglante
révolte qui coûta la vie à plus de 70 000 soldats romains. Voir Tacite, *Annales*, XIV, 31 *sq.*
2. Les Novantes et les Selgoves étaient implantés au sud de l'Écosse — en
gros, entre Dumfries et Glasgow ; les Brigantes, dans la chaîne Pennine,
entre Leeds et Carlisle. Les troupes romaines sont donc, ici, prises en
tenaille.

visage enflammé par l'excitation, à moins que ce ne fût la colère d'avoir dû interrompre sa chasse. Mais l'homme était une proie plus noble, songea Gawen, qui montait la garde au retour du commandant. Toutefois, si les hommes des Tribus assemblés près du fort étaient aussi nombreux qu'on le disait, les chasseurs allaient peut-être se retrouver dans le rôle du gibier.

— Enfin un peu d'action, disaient les hommes. Ces sauvages peints en bleu ne comprendront même pas ce qui leur tombe dessus. La légion va les faire détaler comme des lapins et ils s'empresseront de regagner leurs terriers dans les collines.

Mais un jour de plus s'écoula dans un calme plat. Le commandant attendait d'avoir plus de renseignements, disait la rumeur. D'autres affirmaient qu'il attendait des ordres de Londinium, mais c'était difficile à croire. Si elle n'était pas ici pour garder la frontière, pourquoi la Neuvième Légion était-elle stationnée à Eburacum ?

Le troisième jour après la violation de la frontière, les trompettes de la légion résonnèrent enfin. La cohorte des recrues fut répartie parmi les vétérans. Gawen, à cause de sa connaissance des bois, et Arius, pour une raison connue uniquement des dieux, furent affectés à la cohorte de Salvius Bufo, en qualité d'éclaireurs. Même s'ils en avaient eu le loisir, aucun d'eux n'aurait songé à se plaindre. Bufo, leur officier subalterne, n'était ni le meilleur ni le pire des centurions. Il avait servi en Germanie pendant un certain nombre d'années et son expérience leur donnait un sentiment de sécurité.

En revanche, il y eut un peu de grogne chez les soldats de métier lorsqu'ils virent arriver les recrues, mais au grand soulagement de Gawen, Bufo ordonna sèchement à ses hommes de « garder leur hargne pour l'ennemi ». Le calme revint dans les esprits. À midi, ils se mirent en mouvement, et Gawen bénit les longues marches d'entraînement qui l'avaient aguerri.

Ce soir-là, ils installèrent un camp fortifié au bord

de la lande. Après ces mois passés dans les baraquements, Gawen eut du mal à dormir au grand air. Le camp était entouré de fossés et de palissades ; les hommes couchaient sous une tente en cuir exiguë, les uns contre les autres. Il parvenait à capter les bruits de la nuit malgré leurs ronflements, et le souffle d'air qui s'infiltrait sous la tente charriait le parfum de la lande.

Peut-être fut-ce pour cette raison qu'il rêva d'Avalon cette nuit-là.

Dans son rêve, les druides, les prêtres et les prêtresses s'étaient tous rassemblés à l'intérieur du Cercle de Pierres au sommet du Tor. Des torches avaient été allumées sur des piquets, en dehors du cercle, et des ombres noires couraient sur les pierres. Sur l'autel, un petit feu brûlait. Caillean jeta une poignée d'herbes dans les flammes. Les volutes de fumée montèrent dans le ciel et s'éloignèrent vers le nord ; les druides levèrent les bras pour les saluer. Gawen voyait leurs lèvres remuer, sans distinguer leurs paroles.

La fumée s'épaissit, rougeoyant à la lumière des torches. Au grand étonnement de Gawen, elle prit l'apparence d'une femme armée d'une épée et d'une lance. Le visage et le corps étaient tour à tour ceux d'une sorcière et d'une déesse, mais la fumée qui s'élevait en tournoyant représentait toujours ses longs cheveux flottant au vent. Brusquement, la silhouette grandit, les prêtres levèrent les mains au ciel en poussant un dernier cri, et une bourrasque l'emporta hors du cercle, vers le nord, suivie par une armée d'ombres ailées, tandis que les torches s'embrasaient, avant de s'éteindre. Durant ce dernier instant d'illumination, Gawen eut le temps d'entrevoir le visage de Caillean. Elle avait les bras tendus, et il crut l'entendre crier son nom.

Il se réveilla en frissonnant. Un trait de lumière pâle ourlait le rabat de la tente. Gawen se leva, enjamba précautionneusement ses camarades endormis et se retrouva dehors. Un épais brouillard couvrait encore la lande, mais les premières lueurs du

jour naissant envahissaient déjà le ciel. Tout était
calme, silencieux. Une sentinelle se retourna vivement, l'air interrogateur. Gawen désigna du menton
les lieux d'aisances. L'herbe était humide. Il eut vite
les pieds trempés en traversant le camp.

Alors qu'il regagnait la tente, un croassement rauque déchira le silence. En un instant, le brouillard,
peuplé par une nuée d'ailes noires, prit une teinte
d'ébène. Un vol de corbeaux encercla la colline.
Jamais il n'en avait tant vu. Trois fois les oiseaux
noirs survolèrent le camp romain, avant de repartir
vers l'ouest, mais Gawen entendait encore leurs cris
sinistres alors qu'ils avaient disparu depuis longtemps.

La sentinelle avait exécuté le geste destiné à conjurer le mauvais sort, et Gawen ne fit rien pour dissimuler son tremblement de frayeur. Il connaissait maintenant le nom de la Déesse Raven qu'imploraient les
prêtres d'Avalon, et il n'avait pas besoin d'être druide
pour interpréter ce présage. Aujourd'hui même ils
affronteraient les guerriers des Tribus.

Gawen se retourna brusquement, le cœur battant,
en entendant le craquement sec d'une branche qui se
brise. Arius, qui marchait derrière lui, releva la tête,
écarlate et confus. Toujours sans un mot, Gawen
essaya une fois encore de montrer à son camarade
comment marcher sans bruit dans le taillis de genévriers et de fougères. Il mesurait aujourd'hui tout le
prix du savoir transmis par la Reine des Fées. Évidemment, il ne pourrait guère le transmettre en si
peu de temps à un jeune citadin comme son camarade, et de toute façon, si les Brigantes attaquaient
en force, les éclaireurs romains les entendraient bien
avant d'être repérés. Malgré tout, il sursautait au
moindre bruit d'Arius.

Pour l'instant, ils n'avaient localisé qu'une série
d'empreintes de sabots de cheval, conduisant aux
ruines encore fumantes d'une ferme isolée. C'était
apparemment une exploitation prospère autrefois,
car ils découvrirent parmi les décombres de la vais-

selle de Samian en argile rouge et des perles éparpillées. Ainsi que plusieurs cadavres, dont l'un avait été
décapité. Le maître des lieux avait prospéré sous la
domination romaine, et les insurgés l'avaient traité
en ennemi.

Arius avait blêmi en découvrant ce spectacle. Mais
les Brigantes avaient poursuivi leur chemin, et les
éclaireurs devaient faire de même. Les premiers sou-
lèvements avaient eu lieu près de Luguvallium[1], et
les rebelles faisaient route maintenant vers Eburacum, en suivant la route frontalière. Si jamais ils
bifurquaient vers le sud, les éclaireurs envoyés dans
cette direction donneraient l'alerte.

Les ordres de Bufo étaient clairs. Si Gawen et
Arius n'apercevaient aucune trace de l'adversaire
avant le milieu de la matinée, il fallait en conclure
que les Brigantes se dirigeaient vers l'est, en suivant
le chemin naturel conduisant à Eburacum. Ce qu'il
leur fallait, c'était un point d'observation privilégié
d'où ils pourraient voir venir les hordes ennemies, et
prévenir ensuite les Romains qui prenaient position
afin de défendre la ville. Gawen balaya le terrain d'un
œil exercé et gravit le premier la colline, vestige de
quelque séisme très ancien. Lorsqu'ils en atteignirent
le sommet surmonté d'un bosquet de pins noueux,
ils durent éponger leurs visages ruisselants, car la
journée s'annonçait belle. Après quoi, ils entreprirent
de ramasser du bois pour faire un feu destiné à donner l'alerte en cas de nécessité. Derrière eux, un val
verdoyant formait une route naturelle pour quiconque cherchait à atteindre les terres fertiles du
bord de mer. Que les rebelles aient décidé de poursuivre leur opération de pillage ou de rentrer chez
eux, ils passeraient forcément par ici. Au loin, le paysage ondulait, comme un océan nappé de brume. Et
Gawen se souvint d'Avalon.

Pendant six mois il avait vécu entièrement dans le
monde de son père, mais en se retrouvant ici tout à

---

1. Aujourd'hui, la ville de Carlisle sur la rivière Eden. Position stratégique
au carrefour de deux axes (Nord/Sud, Est/Ouest).

coup, dans ce lieu qui n'appartenait pas tout à fait à l'Angleterre, ni tout à fait à Rome, il prenait douloureusement conscience de sa double allégeance, et il s'interrogeait : existait-il un endroit qui soit véritablement chez lui ?

La voix d'Arius s'éleva dans son dos :

— Je me demande si le nouvel empereur va faire prendre des mesures concernant cette révolte. Cet Espagnol, Hadrien[1]...

— Aucun empereur ne s'est rendu en Angleterre depuis Claude, répondit Gawen, qui continuait de scruter le paysage alentour.

Était-ce un nuage de poussière qu'il apercevait là-bas au loin, ou bien la fumée d'un feu en train de mourir ? Il se redressa à moitié, en plissant les yeux, puis reprit sa position accroupie.

— Pour mériter son attention, ajouta-t-il, il faudrait que les Brigantes fassent une extraordinaire démonstration de force...

— Tu as raison. Les Anglais ne sont pas fichus de s'organiser. Même du temps où ils avaient un chef, lors de la bataille du Mont Graupius[2], ils ont été défaits. D'ailleurs, ce fut le chant du cygne des Tribus.

— C'est en tout cas ce que pensait mon père, dit Gawen, qui se souvenait avec quelle fierté son grand-père lui avait parlé de la carrière militaire de son fils. Il a participé à cette bataille.

Et Gawen se demandait s'il serait à la hauteur lorsque viendrait pour lui le moment de faire ses preuves.

— À moins qu'ils n'aient trouvé parmi eux un nouveau chef de la pointure de Calgacus, je doute, dit-il, qu'ils soient dangereux très longtemps.

Arius laissa échapper un soupir.

— Tout sera terminé dès que la Neuvième Légion aura rattrapé les Brigantes, cela ne fait aucun doute.

---

1. Nous sommes donc en 117-118 après J.-C.
2. Ou Mont Grampian. Victoire d'Agricole sur les Celtes du nord-est de l'Angleterre en 84 après J.-C.

Et si l'empereur Hadrien est tenu au courant, on lui expliquera qu'il s'agissait d'une simple escarmouche à la frontière. Cette bataille ne recevra même pas de nom.

« Aucun doute... », songea Gawen. Il connaissait maintenant la force de l'armée romaine. À moins d'un miracle, les hommes des Tribus n'y résisteraient guère. L'espace d'un instant son rêve où était apparue Raven, la Dame des Corbeaux, lui revint, mais ce n'était assurément qu'un fantasme nocturne. La réalité du jour, c'était la force inexorable des légions.

— Et ensuite, retour à la caserne pour tout le monde, reprit Arius. Et les exercices, les corvées... Ah, quel ennui !

— « Ils ont fait un désert et l'ont baptisé paix... », récita Gawen à voix basse. Voilà ce qu'a écrit Tacite à propos de la pacification du Nord.

Puis il reprit son poste de guet.

Ce fut Arius qui le premier repéra l'ennemi. Gawen vit à son tour le nuage de poussière qui s'élevait à l'ouest, là où déjà le ciel glissait vers les collines, prendre l'aspect d'une masse d'hommes et de chevaux en mouvement.

Toutefois, l'avancée des Brigantes était ralentie par les chars à bœufs razziés et chargés de butin. Une erreur tactique, se dit Gaius. Car une des plus grandes forces des Tribus résidait dans leur mobilité. En revanche, ils étaient bien plus nombreux qu'il ne l'avait supposé. Des milliers. Il tourna la tête vers le sud, là où la légion devait attendre, en essayant d'évaluer le temps et la distance.

— Nous attendrons que le gros de l'ennemi soit passé, après quoi nous allumerons le feu, déclara-t-il.

— Et ensuite ? demanda Arius. Si nous nous retrouvons coupés de nos lignes, nous allons manquer les réjouissances.

— Si nous attendons, la bataille viendra jusqu'à nous.

Gawen ne savait s'il devait l'espérer ou le redouter. Pour eux, pensa-t-il tout à coup, le plus grand danger

surviendrait entre le moment où ils allumeraient le
feu et l'intervention de l'armée romaine... À supposer
que les cohortes aient atteint leurs positions et
aperçu le signal.

L'ennemi se trouvait quasiment à leurs pieds maintenant. Des Brigantes assurément à en juger par leur
accoutrement, bien qu'il aperçoive quelques représentants des Tribus sauvages du Nord, installés sur
les chariots. Arius échangea un regard d'intelligence
avec son camarade et il sortit ses morceaux de silex.
Après plusieurs tentatives il obtint une étincelle.
Bientôt, un filet de fumée monta du tas de brindilles
sèches. Ils y ajoutèrent du petit bois, et les volutes
se transformèrent soudain en une flamme ardente.
L'ajout de quelques herbes choisies teinta le panache
de fumée blanche, qui s'intensifia et vint souiller le
ciel. Bientôt un mince filet gris raya l'azur, comme
un diamant de vitrier.

Les Romains l'apercevraient-ils ? Gawen tendu
scrutait l'horizon. Soudain, des points lumineux
scintillèrent au sommet de la plus lointaine colline.
C'étaient les reflets argentés des pointes de lances,
rehaussant le flamboiement doré de l'enseigne.
« L'Aigle... » En quelques secondes, une large tache
sombre apparut sur la colline, s'étendit et dévala la
pente, comme une marée que rien n'arrête. Malgré
la distance, on percevait la sonnerie des trompettes ;
et la gigantesque masse mouvante se scinda en trois
colonnes. Celle du milieu ralentissait, tandis que les
deux autres continuaient leur progression.

Les Brigantes eux aussi les avaient vus. Il y eut un
instant de flottement dans leurs rangs. Le beugle-
ment discordant de quelques cornes se fit entendre.
La horde parut onduler. Les guerriers, en effet,
décrochaient les boucliers fixés dans leur dos et pointaient leurs lances devant eux. Gawen et Arius, qui
amorçaient leur descente, se figèrent sur place. Les
hurlements de la horde montaient comme une
flamme. Tapis derrière un rideau de genévriers, ils ne
voulaient rien perdre de la scène.

La machine de guerre romaine avançait avec une

inflexible régularité : masse compacte d'hommes armés marchant droit devant elle, sur un rythme constant, tandis que les flancs se déployaient pour protéger le centre. En face, la déferlante celte fonçait en rugissant vers sa proie.

Les Anglais devinaient le plan des Romains, mais nul, pas même leurs propres chefs, ne pouvait prédire la réaction des guerriers celtes. Et au moment où il semblait que toutes les forces rebelles allaient être encerclées et broyées par la formation romaine, plusieurs bandes de guerriers, parmi les plus sauvages, se détachèrent brusquement de la masse.

— Regarde, ils s'enfuient ! s'exclama Arius, mais Gawen ne dit rien.

De fait, ils ne cédaient pas à la panique mais à la rage. En un instant, il devint clair que leur intention n'était pas de fuir, mais au contraire de charger les troupes romaines par le flanc. Et soudain, le terrain pentu qui avait permis aux Romains d'encercler leur adversaire jouait désormais contre eux, car les cavaliers celtes maintenant les dominaient. Ils dévalèrent la colline en hurlant, juchés sur leurs chevaux au pied sûr.

Sur ce terrain, aucun corps d'infanterie ne pouvait rivaliser avec une telle horde. Les légionnaires furent projetés à terre, piétinés par les chevaux ou par leurs propres camarades qui tentaient de fuir. La confusion se répandit dans les rangs. Du haut de leur point d'observation, les deux éclaireurs voyaient se défaire le bel agencement des soldats, les flancs se refermer sur la colonne du centre, au moment même où la première ligne entrait en contact avec la masse des guerriers celtes.

Gawen et Arius observaient avec une fascination horrifiée cette mêlée furieuse. Gawen se souvint d'un écureuil qu'il avait abattu d'un jet de pierre et qui était tombé dans un nid de guêpes. En quelques secondes la pauvre bête avait été dépecée par l'essaim. N'était-ce pas aujourd'hui le même spectacle ?

Mais les Romains, mieux protégés contre les piqûres mortelles de ces ennemis, ne furent pas totalement submergés. Beaucoup furent tués sur-le-champ, mais certains parvinrent à échapper à ce piège et à s'enfuir. L'état-major avait pris position sur un petit promontoire. Les capes écarlates se mirent en mouvement au moment où la première vague de soldats battant en retraite parvenait à leur hauteur. Donatus parviendrait-il à les rassembler ?

Gawen ne le saurait jamais. Il vit les capes écarlates reculer à leur tour, avant d'être submergées par la masse des soldats en déroute, puis il vit les éclairs des glaives ensanglantés lorsque les Anglais les rattrapèrent. L'Aigle de la Légion flotta encore quelques instants au-dessus de la mêlée, avant de disparaître dans une marée humaine.

— Jupiter Fides..., murmura Arius, le teint livide.

En voyant la nuée de corbeaux tournoyer au-dessus de la bataille, Gawen comprit, lui, que la divinité qui régnait sur cet affrontement sauvage n'était pas un dieu de Rome, mais la Grande Reine en personne, Raven la Dame des Corbeaux, Cathubodva.

— Viens, allons-nous-en, dit-il à voix basse. On ne peut plus rien faire pour eux.

Il se remit en route, et Arius le suivit d'un pas chancelant. Mais Gawen, qui se sentait lui aussi vacillant, tandis qu'ils dévalaient la colline, n'avait pas le temps de s'apitoyer. Tous ses sens étaient en alerte, à l'affût du moindre danger et lorsqu'il entendit tout à coup, par-dessus le tumulte du champ de bataille, le choc du métal contre la pierre, il poussa sans ménagement son camarade dans les fougères, le long d'un petit ruisseau, en lui faisant signe de ne plus bouger.

Ils demeurèrent tapis dans cette position, tels des lapins traqués par un chasseur, tandis qu'autour d'eux les bruits s'amplifiaient. À travers les fougères, Gawen apercevait des jambes nues couvertes d'égratignures, et il entendait des hommes chanter, échanger en riant des propos décousus qui formeraient ensuite un chant de victoire. Mais il avait du mal à comprendre le rude parler du Nord.

Soudain, un mouvement convulsif à ses côtés le fit sursauter. Il leva les yeux. Au-dessus des têtes des guerriers se balançait l'Aigle de la Légion. Sentant Arius se relever, Gawen voulut le retenir, mais celui-ci était déjà debout, et il sortait son glaive. Le reflet du soleil sur la lame d'acier interrompit les chants. Gawen se recroquevilla, à l'abri des fougères, son glaive à la main, tandis que les Brigantes, remis de leur surprise, s'esclaffaient.

— Donnez-moi l'Aigle ! ordonna Arius d'une voix enrouée.

— Donne-moi plutôt ton épée ! répliqua le plus grand des guerriers, en latin teinté d'un fort accent. Et peut-être qu'on te laissera la vie sauve.

— Pour servir d'esclave à nos femmes..., ajouta un de ses camarades, un colosse aux cheveux roux.

— À moins qu'elles l'utilisent pour leur plaisir !

— Oh, elles raffoleront de ces jolies boucles blondes... D'ailleurs, peut-être que c'est une fille en vérité. Elle a suivi son homme au combat !

Cette remarque fut suivie d'un torrent de plaisanteries épicées sur le sort que pourraient lui réserver les femmes.

À cet instant, Gawen surgit du bosquet.

— Ce jeune homme est un fou ! s'écria-t-il dans la même langue que ces hommes, en saisissant la tunique de son ami pour l'empêcher d'avancer. Les dieux le protègent.

— Nous sommes tous des fous !

Le chef de clan des Brigantes l'observait d'un œil étonné et méfiant. Pourquoi ce garçon habillé en Romain parlait-il anglais ?

— ... Et les dieux nous ont accordé la victoire ! ajouta-t-il.

— C'est exact, répondit Gawen, et ils ne vous laisseront pas déshonorer les dieux de votre adversaire vaincu. Ce garçon est leur prêtre. Rendez-lui l'Aigle et laissez-le partir.

— Qui es-tu pour nous donner ainsi des ordres ? demanda le chef, dont le visage s'était renfrogné.

— Je suis un Fils d'Avalon, répondit Gawen. Et j'ai vu Cathubodva tournoyer dans le ciel !

Un murmure de confusion parcourut le groupe des

guerriers, et pendant un court instant, Gawen reprit espoir, jusqu'à ce que le géant roux crache par terre en brandissant sa lance.

— Dans ce cas, tu es un traître et un imbécile dans un seul corps !

Au même moment, Arius se libéra d'un mouvement brusque. Gawen mit une seconde de trop à réagir. Déjà, la lance du Brigante fendait l'air.

Une cuirasse aurait peut-être pu lui résister, mais les éclaireurs ne portaient qu'une lourde tunique de peau. Frappé en pleine poitrine par la lance, Arius tituba, les yeux écarquillés d'effroi. En voyant son ami s'effondrer, Gawen comprit que la blessure était mortelle. Mais ce fut la dernière pensée cohérente qui prit forme dans son esprit, car soudain, le visage de Cathubodva se dressa devant lui, et il s'élança à son tour.

Il sentit la violence du choc lorsque son glaive s'enfonça dans la chair. D'instinct, il esquiva une attaque et plongea sous le bras tendu de son adversaire. Dans le corps à corps, les Celtes ne pouvaient utiliser leurs longues lances, mais un coup de poignard au bon endroit pouvait être fatal. Si son entraînement de légionnaire l'aidait à diriger ses attaques, sa formation de druide lui fournissait les imprécations qui sortaient de sa bouche, et pour ses ennemis, c'était un bien plus grand péril que son glaive.

Gawen sentit que ses ennemis hésitaient. Soudain, il n'y eut plus personne en face de lui. Haletant, déconcerté, il vit ses derniers adversaires disparaître de l'autre côté de la colline. Les autres gisaient près de lui, dans l'herbe rougie de sang. Gawen revint vers Arius. Immobile sur le sol, son ami fixait le ciel d'un œil vide. Mais à ses côtés, reposait l'Aigle de la Neuvième Légion.

Gawen, l'âme navrée, songeait aux honneurs funèbres dus à son ami. Arius méritait la sépulture d'un héros, avec l'Aigle en guise de monument funéraire. Mais il savait également qu'il n'en aurait pas la force. Du reste, à quoi bon ? Arius était mort. Les autres également. L'Aigle elle-même ne représentait plus rien.

« Ma place n'est pas ici... », se dit-il dans une sorte d'état second. Épuisé et tremblant, il laissa tomber son glaive, et défit sa tunique de cuir. Il se sentait mieux sans ce lourd attirail ; mais l'odeur du sang ne le quittait pas. Dans le silence soudain du champ de bataille, le murmure du petit ruisseau semblait l'appeler. D'un pas chancelant, il s'enfonça au milieu des fougères et plongea son visage dans l'eau glacée pour boire, là où le courant avait creusé un profond bassin ; il nettoya les traînées brunes qui maculaient ses bras et ses jambes. Il but encore et se sentit revigoré. Mais le sang des siens souillait encore son âme.

Enfin, il se releva. Au milieu des cadavres, les ailes dorées de l'Aigle projetaient des reflets sinistres dans la lumière du couchant.

— Toi, au moins, tu ne détruiras plus personne ! murmura-t-il.

Puis il jeta avec rage le symbole abhorré dans le bassin et l'eau éteignit son éclat.

Gawen se reprit. Qu'allait-il faire maintenant ? Il ne pouvait plus rejoindre les légions romaines. L'hérédité marquée sur les traits de son visage le dénoncerait aux hommes des Tribus, qui le maudiraient. En réalité, il n'y avait pour lui qu'un endroit au monde. Et soudain, il éprouva le désir impérieux, et douloureux, de retourner chez lui, là-bas à Avalon.

VI

Avalon reposait dans la paix de l'automne. Une lumière d'or filtrait à travers la frondaison d'un pommier. Elle teintait de rouge les volutes parfumées qui s'élevaient d'un creuset et rehaussait de pourpre les voiles des prêtresses assemblées. Une jeune fille aux cheveux blonds était assise au milieu d'elles, penchée

sur un bassin d'argent rempli d'eau. Son souffle en
rida la surface puis elle le retint. Caillean, qui avait
posé ses mains sur les épaules de Sianna, sentit
qu'elle se détendait à mesure que son état de transe
s'intensifiait. Elle esquissa un sourire. Voilà si longtemps qu'elle attendait ce jour. Elle avait toujours su
que la jeune fille possédait le Don de seconde vue,
mais tant que Sianna n'avait pas été ordonnée prêtresse, elle ne devait pas y faire appel. Puis Gawen
s'était enfui, et Sianna, désespérée, minée par le chagrin, était devenue si maigre que Caillean lui avait
formellement interdit tout acte de magie. Voilà seulement un mois qu'elle avait commencé à recouvrer ses
esprits. Au grand soulagement de Caillean. La fille de
la Reine des Fées était assurément la plus douée de
toutes les jeunes filles qui étaient venues ici pour
recevoir leur enseignement, et cela n'avait d'ailleurs
rien d'étonnant, vu ses origines. La Grande Prêtresse
s'était montrée plus exigeante avec elle qu'avec toutes
les autres, et pourtant, Sianna avait tenu bon. S'il
existait une jeune fille capable d'assimiler tous les
rites anciens et de les pratiquer quand elle-même ne
serait plus de ce monde, c'était bien elle.

— Cette eau est un miroir, lui murmura Caillean,
dans lequel tu peux voir des choses éloignées dans
l'espace et le temps. Cherche le sommet du Tor, et
dis-moi ce que tu y vois...

La respiration de Sianna se fit plus profonde.

— Je vois... les pierres du cercle qui brillent au
soleil... Le Val s'étend en contrebas... Je vois des
motifs... des sentiers lumineux qui traversent les îles,
la route étincelante qui vient de Dumnonia et continue vers la mer à l'est...

À travers ses paupières mi-closes, Caillean entrevit
l'agencement des collines, des bois et des champs, et
en dessous, les lignes de force, éclatantes. Comme
elle l'avait espéré, Sianna était capable de voir le
monde intérieur aussi bien que le monde extérieur.

— C'est bien, très bien, commenta-t-elle, mais
Sianna poursuivait, sans se soucier de ces remarques.

— ... J'emprunte le chemin lumineux, il conduit vers Albe au nord. La fumée s'élève dans le ciel, les frontières sont inondées de sang. Une bataille a eu lieu, et les corbeaux se régalent des dépouilles de ceux...

— Les Romains, dit Caillean dans un souffle.

En apprenant la nouvelle de la révolte, les druides avaient spontanément mis leur pouvoir au service des rebelles, et les prêtresses s'étaient jointes à eux d'un même élan. Caillean se souvenait encore de ce premier sentiment d'exaltation, à l'idée de pouvoir enfin chasser ces Romains abhorrés, puis le doute s'était installé : était-ce la meilleure façon d'utiliser le Pouvoir d'Avalon ?

— ... Je vois des Romains et des Anglais, leurs corps distincts jonchent le champ de bataille...

La voix de Sianna tremblait.

— Qui a remporté la bataille ? interrogea Caillean.

Avalon avait envoyé son pouvoir. Des combats, disait-on, avaient eu lieu. Les Romains en connaissaient l'issue, mais ils avaient empêché la nouvelle de se répandre.

— Les corbeaux se repaissent indifféremment des uns et des autres. Les maisons ne sont plus que ruines, des bandes de fugitifs errent à travers le pays.

La Grande Prêtresse se redressa, en fronçant les sourcils. Si les rebelles avaient été vaincus aisément, Rome aurait considéré ces troubles comme une simple explosion de violence sporadique. À l'opposé, si les hommes des Tribus avaient entièrement détruit les bataillons romains, l'Empire aurait peut-être renoncé à sa domination sur l'Angleterre. Mais ce désastre partagé ne ferait qu'attiser leur fureur.

— Gawen, où es-tu ? murmura Sianna, tremblante.

Caillean se raidit à ses côtés. Elle possédait quelques connaissances à Deva. Elle savait que le jeune garçon était allé rejoindre son grand-père, et qu'on l'avait enrôlé ensuite dans la Neuvième Légion à Eburacum. Depuis, elle vivait dans la crainte, à l'idée que Gawen ait pu se trouver mêlé à cette bataille.

Mais comment Sianna pourrait-elle le savoir ? L'intention initiale de Caillean n'était pas de demander à la jeune fille de le rechercher, mais elle n'ignorait pas le lien particulier qui les unissait tous les deux. À la faveur de cette intimité elle pouvait néanmoins apprendre ce qu'elle aussi désirait ardemment savoir.

— Laisse ta vision s'étendre, dit-elle à voix basse. Laisse ton cœur te mener à ton but.

Sianna était pétrifiée, les yeux fixés sur les tourbillons de fumée et de lumière dans le creuset.

— Il s'enfuit..., dit-elle enfin. Il essaye de retrouver le chemin de sa maison. Mais le pays regorge d'ennemis. Ma Dame, sers-toi de ta magie pour le protéger !

— Non, je ne peux pas, répondit Caillean. Mon pouvoir ne peut protéger que ce Val. Nous devons implorer les dieux.

— Si vous ne pouvez l'aider, il n'y a qu'une personne qui puisse le faire ; une personne plus proche que la Déesse, même si son pouvoir est moins puissant.

« Mère ! cria-t-elle. Ton fils adoptif est en danger ! Mère... Je t'en supplie ! Viens en aide à celui que j'aime !

Gawen se redressa brutalement, tous les sens en alerte, en entendant un murmure dans les bruyères. Le bruit s'intensifia. Il sentit sur sa joue une caresse glacée. Il se détendit : ce n'était que le vent. Comme toujours il se levait au coucher du soleil. « Pour cette fois », songea-t-il. Depuis trois jours, depuis cette terrible bataille, c'était une fuite éperdue d'animal pourchassé. Les bandes de Brigantes en maraude et les unités de légionnaires en déroute représentaient pour lui un égal danger. Le premier pâtre venu pouvait le dénoncer. Il avait survécu de petit gibier et de menus larcins dans les fermes, mais le temps continuait à se refroidir. Au nord comme au sud il n'était plus qu'une proie ou qu'un déserteur.

Parcouru d'un frisson, il resserra sur lui les pans de sa cape. Y avait-il encore sur cette terre un havre pour lui ? Avalon même l'accueillerait-il encore, lui qui portait le poids d'un double héritage ? En contemplant les derniers rayons du couchant, il sentit qu'il n'aurait bientôt plus d'espoir.

Cette nuit-là, il rêva d'Avalon. C'était la nuit sur le Tor. Les jeunes vierges dansaient entre les pierres. Il ne se souvenait pas de les avoir vues si nombreuses, et parmi elles il cherchait à distinguer l'éclatante chevelure de Sianna. Les silhouettes tissaient leur motif dans l'ombre et la lumière argentée de la lune, et l'herbe semblait leur renvoyer son flamboiement, comme si cette danse avait réveillé une force assoupie au sein de la colline.

— Sianna ! cria-t-il, tout en sachant qu'elle ne pouvait pas l'entendre.

Et pourtant, au moment où ce nom jaillissait de ses lèvres, une des silhouettes s'immobilisa, se retourna et tendit les bras vers lui. C'était elle ; il reconnut ses formes graciles, l'inclinaison de sa tête, l'éclat de sa chevelure. Et derrière elle, comme l'ombre de cette ombre, il aperçut la silhouette de sa mère, la Reine des Fées. Devant ses yeux ébahis, cette ombre grandit, jusqu'à prendre l'apparence d'une porte découpée dans les ténèbres. Il eut un mouvement de recul, craignant d'être aspiré. Un sens intime lui livra ce message : « *Le chemin qui conduit à tout ce que tu aimes passe par Moi...* »

Gawen se réveilla à l'aube, ankylosé, transi, mais presque serein. Les pièges qu'il avait posés la veille lui livrèrent un jeune lièvre, dont la tendre chair calma sa faim. C'est vers midi, alors qu'il s'était aventuré jusqu'à un petit ruisseau pour se désaltérer, que la malchance l'atteignit à nouveau. La sagesse eût été de ne pas s'attarder, mais le soleil avait réchauffé l'atmosphère. Il tombait de fatigue et s'octroya un léger somme.

Il se réveilla en sursaut, alerté par un bruit qui n'était pas le souffle du vent dans les arbres cette fois, ni le murmure du ruisseau. Des voix d'hommes lui parvenaient, accompagnées d'un martèlement de sandales cloutées. Il les apercevait maintenant à travers le rideau du feuillage. C'étaient des soldats romains, mais contrairement à ceux qu'il avait croisés, ceux-ci n'étaient pas des combattants hagards et égarés. Il s'agissait d'un détachement régulier, placé sous le commandement d'un centurion.

Nul doute qu'ils reconnaîtraient sa tunique de légionnaire, songea-t-il. Derrière lui une colline aux pentes boisées s'offrait comme refuge. Il venait de l'atteindre lorsque les soldats l'aperçurent. Une voix de commandement lui cria de s'arrêter, et comme il tardait à obéir, un javelot lancé avec force siffla dans les broussailles pour se ficher tout près de lui. D'instinct, Gawen le retourna à son expéditeur. Il entendit un juron et reprit sa course, comprenant trop tard son erreur. S'ils n'avaient pas eu, jusqu'à présent, l'intention de le poursuivre, il venait de les y décider.

Il croyait les avoir semés lorsque soudain il se trouva au bord d'un gouffre : à ses pieds, au fond d'un à-pic vertigineux, un amoncellement de rochers aux angles tranchants ; derrière lui ses poursuivants en armes.

Leurs visages empourprés par l'effort faisaient montre d'une détermination farouche. Il dégaina sa longue dague, regrettant doublement d'avoir renvoyé la lance. C'est alors qu'une voix prononça son nom.

Il se raidit. L'appel ne pouvait venir des légionnaires essoufflés, à supposer que son nom leur fût connu. Non, c'était le vent qu'il entendait siffler dans ses oreilles ; c'était le vent entre les rochers.

« *Souviens-toi, le chemin de la sécurité passe par moi...* »

« Le désespoir m'égare », songea-t-il, mais il lui semblait apercevoir maintenant un visage, des yeux noirs brillant dans un visage anguleux, encadré par des vagues de cheveux bruns. La peur l'abandonna dans un petit soupir. Au moment où les premiers légionnaires atteignaient le promontoire sur lequel il se tenait, Gawen sourit et fit un pas en avant, dans le vide.

Aux yeux des Romains, Gawen sembla plonger dans les ténèbres. Un vent glacé se leva soudain, pareil au souffle de l'hiver sur leurs âmes, et même les plus courageux d'entre eux renoncèrent à sonder l'abîme pour identifier sa dépouille. Si c'était un ennemi, il était mort de toute façon, et si c'était un ami, il avait perdu la raison. Ils redescendirent la colline. Curieusement, aucun d'eux ne semblait désireux d'évoquer ce qu'ils venaient de vivre, et quand ils rejoignirent le reste de la troupe, ce n'était plus qu'un mauvais rêve. Le centurion lui-même n'en fit nulle mention dans son rapport.

D'ailleurs, ils avaient d'autres préoccupations plus pressantes. Pendant ce temps, les rares survivants de la Neuvième Légion regagnèrent péniblement Eburacum, où les soldats de la Sixième, appelés en renfort de Deva, les accueillirent en masquant à peine leur mépris. Le nouvel empereur, Hadrien, était furieux, et l'on disait qu'il envisageait même de se rendre personnellement en Angleterre pour prendre les choses en main. Les survivants de la Neuvième Légion seraient transférés dans d'autres unités, à travers tout l'Empire.

Seul le centurion Rufinus, qui n'était pas insensible au sort des jeunes recrues placées sous son commandement, eut un mot pour le vieux soldat Macellius, venu lui aussi de Deva. Il se souvenait bien du jeune Macellius. Envoyé en éclaireur, celui-ci avait peut-être échappé à la bataille. Mais personne ne l'avait revu depuis ce triste jour.

Puis la Sixième Légion se mit en route, avec pour pénible et longue mission de pacifier à nouveau le nord du pays. Quant au vieux Macellius, il rentra chez lui à Deva, en continuant à s'interroger sur le sort de ce garçon qu'il avait appris à aimer en l'espace de quelques mois.

Cette année-là, l'hiver fut rude et pluvieux. Des orages se déchaînèrent dans le Nord, des pluies violentes transformèrent tout le Val d'Avalon en une mer grisâtre, et les collines devinrent de véritables îles sur lesquelles les habitants se regroupèrent et prièrent pour réclamer le retour du printemps.

Le matin de l'Équinoxe, Caillean se réveilla tôt, en frissonnant. Elle était emmitouflée dans des couvertures de laine, et sa litière de paille était recouverte de peaux de chèvres, mais l'humidité glacée de l'hiver la pénétrait jusqu'aux os. Ses articulations l'avaient fait souffrir et ce matin elle se sentait vieille. Un sentiment de panique s'empara d'elle. Son cœur se mit à battre la chamade. Elle ne pouvait se permettre de vieillir ! Avalon continuait de prospérer, même après une terrible saison comme celle-ci, mais rares étaient les prêtresses aguerries sur lesquelles elle pouvait compter. Si par malheur elle disparaissait prématurément, tout s'écroulerait.

Prenant une profonde inspiration, elle ramena son cœur au calme et parvint à se décontracter. « N'as-tu plus confiance dans la Déesse pour prendre soin de Ses disciples ? » se dit-elle intérieurement.

Cette pensée la rasséréna, mais elle savait par expérience que la Dame aidait plus volontiers celles qui avaient déjà fait un premier effort. Son devoir était de former son héritière spirituelle. Maintenant que Gawen n'était plus ici, les liens sacrés du sang pour lesquels Eilan avait offert sa vie étaient dissous. Raison de plus pour qu'Avalon, refuge de son œuvre et de son enseignement, continue d'exister.

Sianna, songea-t-elle, a prononcé ses vœux de prêtresse mais, tombée malade lors de la fête de Beltane, elle n'avait pu accomplir tous les rites. Cette année, il faut donc qu'elle achève sa consécration et s'offre à la Déesse.

Soudain quelqu'un gratta à sa porte.

— Ma Dame ! (C'était la voix de Lunet, essoufflée par l'excitation.) La barque de Marche-sur-l'eau vient d'accoster. Quelqu'un l'accompagne. On dirait Gawen ! Venez vite, ma Dame !

Caillean s'était déjà levée ; elle enfilait ses bottes en peau de mouton fourrées et sa longue cape. Quand elle ouvrit la porte de sa cabane, la lumière du jour l'éblouit, mais l'air, un instant plus tôt si glacial, la revigorait maintenant comme un vin tonique.

Les retrouvailles eurent lieu sur le chemin. En

contrebas, Marche-sur-l'eau, d'une poussée de sa longue perche, avait déjà détaché sa barque du rivage.
Aux cris de Lunet, les autres prêtresses s'étaient
réveillées. Elles fixaient maintenant Gawen avec stupeur, comme s'il revenait d'entre les morts.

Caillean le trouvait métamorphosé. Cette haute
silhouette longiligne, tout en muscles, ce visage aux
traits puissants étaient désormais ceux d'un adulte.

Caillean chassa les autres femmes.

— Que vous êtes bêtes ! Ce n'est pas Samhain,
quand les morts reviennent sur terre[1], ce n'est pas un
fantôme ! C'est un homme bien vivant. Allez donc lui
chercher une boisson chaude et des vêtements secs
au lieu de demeurer plantées là ! Allez !

Gawen s'arrêta et regarda autour de lui, hébété.
D'une voix douce, Caillean prononça son nom.

— Que s'est-il passé ? demanda-t-il, et son regard
se posa enfin sur elle. D'où vient toute cette eau ?
Je n'ai pourtant vu aucune pluie. Et comment des
bourgeons peuvent-ils apparaître sur des branches
qui viennent juste de perdre leurs feuilles ?

Caillean, intriguée, crut bon de préciser :

— C'est l'Équinoxe.

Gawen hocha la tête.

— Oui, la bataille remonte à une demi-lune, et
pendant plusieurs jours j'ai erré...

— Gawen, la grande bataille du Nord s'est déroulée à l'automne dernier. Il y a six mois !

Le garçon chancela. Elle crut un instant qu'il
allait tomber.

— Six lunes ? Mais six jours seulement se sont
écoulés depuis que la Dame des Fées m'a sauvé !

Caillean le prit par le bras ; elle commençait à
comprendre.

— Le temps s'écoule différemment dans l'Autre
Monde. Nous savions que tu étais en danger, mais
nous ignorions ce qui t'était arrivé. Nous devons
remercier la Dame des Fées de t'avoir protégé, semble-t-il. Ne te plains pas, mon enfant. Tu as échappé

---

1. Samhain, au début du mois de novembre, est le nouvel an celte.

à un hiver redoutable. Mais désormais, te voici de retour chez toi, et nous devons décider ce que tu vas faire.

Un peu tremblant, Gawen poussa un soupir, en parvenant toutefois à sourire.

— Chez moi... C'est seulement après la bataille que j'ai compris : jamais je ne serai chez moi en pays romain ou anglais. Ma place est ici, sur cette île qui n'appartient pas totalement au monde des humains.

— Je n'ai pas à choisir pour toi, déclara Caillean avec prudence, en s'efforçant de contenir sa joie intérieure. (Quel formidable chef il ferait pour les druides !) Mais sache que si tu n'as pas prononcé d'autres vœux, la voie que tu avais choisie t'es toujours ouverte.

— Encore une semaine et j'aurais prêté serment d'allégeance à l'Empereur, mais les Brigantes sont passés à l'attaque, et on nous a envoyés au combat sans attendre, expliqua Gawen. Le père Paulus sera fou de rage, dit-il avec un large sourire tout à coup. Je l'ai croisé alors que je gravissais la colline, et il m'a supplié de rejoindre ses frères. Mais je n'ai cessé de réfléchir au cours de ces six mois passés dans l'Autre Monde, même si le temps m'a paru si court. Je suis prêt désormais...

Il s'interrompit, embrassa d'un regard circulaire les cabanes malmenées par l'hiver, puis leva les yeux vers le Tor et sa couronne de pierre.

— ... prêt à affronter mon destin.

Caillean cligna des yeux. Un instant, elle avait vu le corps de Gawen irradier, comme celui d'un roi, une lumière d'or. Où était-ce le feu ?

— Ton destin est peut-être plus grand que tu ne l'imagines, dit-elle d'une voix altérée.

Puis la vision s'envola. Elle guetta la réaction de Gawen, mais il regardait derrière elle, et son visage ne portait plus nulle trace de fatigue. Caillean n'eut pas besoin de se retourner pour savoir que Sianna venait d'apparaître dans son dos.

La nouvelle lune était arrivée. Par la porte de la petite cabane de broussailles dans laquelle on l'avait installé, Gawen voyait juste sa fragile faucille caresser l'arête de la colline. Demain, c'était la Veille de Beltane. Depuis le coucher du soleil, alors que la nouvelle lune était déjà haute dans le ciel, il s'était installé à cet endroit. C'était un moment propice à la méditation, lui avait-on dit, pour préparer son âme. Il lui rappelait ces longues heures d'inconfort durant lesquelles Arius et lui avaient attendu que débute l'affrontement entre les Romains et les Brigantes.

Il était ici de son plein gré. Il lui aurait été facile de s'éclipser dans l'obscurité. Les habitants d'Avalon ne l'eussent pas chassé s'il avait changé d'avis. Mais s'il refusait cette initiation, tout en demeurant ici, il lui faudrait supporter en permanence la déception dans les yeux de Caillean. Quant à Sianna... Il aurait affronté des épreuves bien plus terribles que celles qui l'attendaient pour avoir ensuite le droit de prétendre à son amour.

La lune avait disparu. Bientôt minuit, pensa-t-il d'après la configuration du ciel ; dans un instant ils seront là.

Gawen avait bien songé s'enfuir. En choisissant finalement de se mettre tout entier au service d'une croyance, il espérait réaliser l'unité de sa double nature.

Dehors, il y eut un bruissement. Levant les yeux, il constata le mouvement des astres. Vêtus de leurs longues tuniques blanches, tels des fantômes dans la lumière stellaire, les druides s'assemblaient.

— Gawen, fils d'Eilan, je t'appelle, à l'heure où la lune est au zénith. Ton souhait est-il toujours d'accéder aux Mystères Sacrés ?

C'était la voix de Brannos. Gawen en fut réconforté. Le vieil homme semblait aussi âgé que les collines ; les doigts déformés par les rhumatismes, il ne pouvait plus jouer de harpe, mais à l'occasion il occupait encore son rang dans l'accomplissement des grands rites.

— Oui, répondit Gawen d'une voix qui lui parut étrangement rauque.

— Alors, avance-toi, afin que l'épreuve commence.

Ils le conduisirent au Puits Sacré, toujours dans l'obscurité. Le bruit de l'eau semblait différent. En baissant les yeux, Gawen constata que le flot avait été détourné. Il vit des marches qui s'enfonçaient à l'intérieur du puits, et sur le côté, une niche.

— Pour renaître par la pensée, tu dois d'abord être purifié, déclara Brannos. Descends dans le puits.

En frissonnant, Gawen ôta sa tunique et commença à descendre, d'un pas mal assuré. Tuarim, qui avait prononcé ses vœux l'année précédente, le suivit. Gawen sursauta lorsque celui-ci s'agenouilla pour lui attacher des fers aux pieds. Il savait, certes, qu'il pouvait toujours se libérer si jamais le cœur venait à lui manquer. Malgré tout, le poids et le contact glacé du métal autour de ses chevilles l'emplirent d'une peur irraisonnée. Mais il se tut quand l'eau, enfin libérée, se mit à monter rapidement dans le puits.

Elle était glacée, et pendant quelques instants, Gawen fut sur le point de renoncer. Mais chacun de ces prêtres dont il s'était souvenu avec mépris pendant sa formation militaire avait subi cette épreuve ; il ne pouvait se défiler. Alors, pour faire diversion, il se demanda si le vase sacré dont avait parlé le père Joseph se trouvait toujours dans la niche du puits, ou si Caillean l'avait caché en lieu sûr.

Lorsque l'eau atteignit sa poitrine, Gawen ne sentait quasiment plus ses membres inférieurs. S'il tentait de fuir maintenant, ses muscles ne lui refuseraient-ils pas tout service ? Tout cela n'était-il qu'une mise en scène destinée à le tuer sans qu'il proteste ? « Souviens-toi ! se dit-il. Souviens-toi de l'enseignement que tu as reçu ! Fais appel au feu intérieur ! »

L'eau glacée lui serra le cou comme un lacet étrangleur ; il claquait des dents. Désespérément, il cherchait à faire jaillir de sa mémoire l'image d'une flamme, d'une étincelle qui, dans l'obscurité de son âme, s'embraserait, exploserait comme un feu propagé. La lumière ! Il concentra toutes ses pensées sur ce rayonnement. Il perçut un tumulte d'ombres, traversées par un unique éclair qui sépara la lumière de l'obscurité comme s'il restaurait l'ordre du monde.

Il reprit alors conscience de son corps. Le rayonnement de son foyer intérieur faisait reculer l'obscurité ambiante. Il n'avait plus froid ; encore un peu, se dit-il, et la chaleur qui était en lui transformerait l'eau en vapeur. Quand elle atteignit ses lèvres, il éclata de rire.

C'est à ce moment que le niveau de l'eau commença à baisser. Très rapidement, le puits, dont on avait lâché les bondes et stoppé le flot, se vida. Les druides purent libérer Gawen, qui s'en aperçut à peine. Il était lumière ! Cette découverte occupait toutes ses pensées.

En contrebas du puits, on avait allumé un grand feu ; peut-être aurait-il servi à réchauffer l'initié en cas d'échec. On lui expliqua qu'il devait traverser les flammes afin de poursuivre l'épreuve, et Gawen éclata de rire de nouveau. Il était le feu ! Comment pourrait-il redouter les flammes ! Totalement dévêtu, il marcha sur les braises, qui ne laissèrent pas sur ses pieds nus la moindre trace de brûlure.

Brannos l'attendait de l'autre côté du feu.

— Tu as subi l'épreuve de l'eau et du feu, deux éléments primordiaux de l'univers. Restent la terre et l'air. Pour achever ton initiation, tu dois trouver le chemin jusqu'au sommet du Tor... si tu le peux...

Pendant que le vieux barde s'exprimait, les autres avaient apporté des pots de terre dans lesquels brûlaient des herbes, et les avaient disposés en cercle autour de lui. Une épaisse fumée montait dans le ciel, étouffante et douceâtre. Gawen reconnut l'âcre parfum des herbes d'où naissent les visions, mais jamais il n'en avait vu brûler une telle quantité. Saisi d'une quinte de toux, il aspira de nouveau, en luttant contre les vagues de vertige.

« *Accepte la fumée, domine-la*... » Il se remémorait les vieilles leçons. La fumée pouvait aider l'esprit à se détacher du corps, mais s'il n'était dompté, l'esprit se fourvoyait en de mauvais rêves. Mais lui qui était déjà habité par le feu sacré n'avait pas besoin d'aide pour transcender les perceptions ordinaires. À chaque aspiration, il sentait la fumée le pousser un peu plus en dehors des limites de son corps... Il regarda les druides et les vit entourés d'un halo de lumière.

— Gravis la colline sacrée et reçois la bénédiction des dieux...

La voix de Brannos résonna à travers les différents mondes.

Gawen observa en clignant des yeux la pente qui se dressait devant lui. L'ascension serait facile, même si son esprit était ailleurs. En sept ans, il avait escaladé si souvent le Tor que ses pieds le guideraient. Il fit un pas en avant... et sentit qu'il s'enfonçait en terre. Un pas de plus... Il avait l'impression de franchir une rivière à gué. Il scruta l'obscurité devant lui ; ce qu'il avait pris pour un feu de camp sur le sol embrumé avait maintenant l'apparence d'une lueur provenant de la terre elle-même, et la colline était transparente et brillante comme du cristal. La pierre qui marquait le début du chemin était une colonne de feu.

Cette lumière irradiée de son propre corps... Ces halos qui entouraient les druides... Tout est Lumière ! songea-t-il avec bonheur.

Mais ce n'était pas l'éclat du plein jour. Il était évident maintenant que le chemin sinueux qu'il croyait si bien connaître ne conduisait pas autour du Tor, mais à *l'intérieur*. La peur l'étreignit un instant. Et si sa vision l'abandonnait tout à coup ? S'il se retrouvait pris au piège sous la terre ? Mais l'attrait de cette nouvelle perception des choses était si fort qu'il ne pouvait résister à l'envie de découvrir le secret enfoui à l'intérieur de la colline sacrée.

Gawen prit une profonde aspiration, et la fumée cette fois, au lieu de le désorienter, aiguisa sa vision. La voie était dégagée. D'un pas décidé, il avança.

À l'extrémité ouest du Tor, le passage conduisait directement à l'intérieur de la colline. Il se retrouva en train de marcher dans une longue courbe, à travers une matière translucide, résistante comme l'eau et piquante comme le feu, mais qui n'était ni l'un ni l'autre. C'était, constata-t-il, comme si la substance même de son corps s'était altérée.

Il était maintenant si proche de la surface qu'il apercevait le monde extérieur comme à travers une paroi de verre. Mais le chemin d'un brusque détour s'enfonçait directement au cœur la colline.

Il avait plongé très profondément. La force qui palpitait au cœur de la colline était telle qu'il avait du mal à conserver son équilibre. Il continuait néanmoins d'avancer, pour atteindre ce noyau d'énergie. Il sentit en lui-même les premiers signes de désintégration extatique au moment où il débouchait dans un cul-de-sac. « *Ce chemin est barré*, lui dit une voix venue du fond de lui-même, *car tu n'as pas encore achevé ta métamorphose.* »

Gawen recula. Il voyait bien que la seule façon de ressortir c'était de poursuivre sa route. Il avança en titubant, emporté vers le cœur de la colline magnétisé par le champ de force qui irradiait dans tout le Tor.

Une voix proclama :

« *Le Pendragon*[1] suit le Chemin du Dragon... »

C'était comme la lumière du soleil qui se reflète sur les branches enveloppées de givre d'une forêt en hiver, c'était comme une sonnerie de trompettes, un scintillement de notes nées de toutes les harpes du monde ; ce n'était que joie et beauté. Il flotta vers ce foyer incandescent qui constituait le centre de l'univers.

Mais après une éternité il lui sembla que quelqu'un l'appelait par son nom terrestre.

« *Gawen...* »

L'appel était affaibli par la distance ; c'était une voix de femme qu'il aurait dû reconnaître.

« *Gawen, fils d'Eilan, reviens vers nous ! Abandonne la caverne de cristal !* »

---

1. Titre du chef suprême des Bretons d'Angleterre au temps de leur indépendance.

Pourquoi quitterait-il cet endroit, se dit-il, alors qu'ici s'accomplissaient tous les désirs ?

Le pourrait-il d'ailleurs ? se demanda-t-il, immergé dans ce flamboiement de beauté qui n'avait ni début ni fin.

Mais la voix insista, se divisa comme un chœur à trois voix distinctes, avant de chanter à nouveau à l'unisson. Il ne pouvait l'ignorer. Des images lui vinrent à l'esprit, d'une beauté moins parfaite sans doute, mais plus réelle. Il se souvint du goût d'une pomme, des muscles tendus dans l'effort d'une course, et de la simple douceur humaine procurée par les lèvres d'une fille sur les siennes.

— Sianna...

« Il faut que j'aille vers elle », se dit-il, les mains tendues vers la lumière éclatante. Mais il ne pouvait s'aventurer à l'aveuglette.

« *C'est l'épreuve de l'Air*, lui dit un autre souvenir. *Tu dois prononcer le Mot du Pouvoir.* »

Mais ils ne le lui avaient pas révélé.

Des fragments d'anciennes légendes contées par le vieux Brannos lui revinrent. Les mots contenaient de la magie, il s'en souvenait, mais avant de pouvoir nommer quiconque, il fallait se nommer soi-même.

— Je suis le fils d'Eilan, fille de Bendeigid..., murmura-t-il. Et il ajouta, à contrecœur :

— Je suis le fils de Galus Macellius Severus... Je suis un barde, un guerrier et un druide rompu à la magie. Je suis un enfant de l'Île Sacrée.

Que dire d'autre ?

— ... Je suis anglais et romain, et... (Un autre souvenir lui revint.) Je suis le Fils de Cent Rois...

Cette dernière phrase semblait ici revêtir une signification particulière, car la lumière vacilla un instant. Gawen entrevit le chemin. Malgré tout, il était toujours incapable de bouger.

— Je suis Gawen, dit-il et il se souvint de cette force qui l'avait poussé vers l'intérieur... Je suis le Pendragon...

À peine eut-il prononcé ce mot qu'il se sentit aspiré

dans un tunnel de lumière, jusqu'au sommet du Tor, à l'intérieur du Cercle de Pierres.

Gawen demeura allongé là quelques instants, le souffle coupé, les oreilles bourdonnantes. Puis il perçut au loin les premiers gazouillis des oiseaux qui allaient accueillir un jour nouveau. L'herbe était humide. Ses doigts s'enfonçaient dans le sol, il respirait l'odeur puissante de la terre mouillée. Avec un serrement de cœur, il s'aperçut qu'il était redevenu un simple humain.

Une foule l'entourait. Il se releva, se frotta les yeux et découvrit que la vie de tous les jours n'avait pas encore retrouvé son empire. Bien que le soleil ne se soit pas encore levé, les silhouettes qui l'environnaient étaient nimbées de lumière. Trois d'entre elles surtout, trois femmes voilées et vêtues de tuniques, arborant sur la poitrine et le front les ornements de la Déesse.

— Gawen, fils d'Eilan, je t'ai convoqué dans ce cercle sacré...

Les trois femmes parlaient à l'unisson. Il parvint à se lever fugitivement gêné de sa nudité. Devant *elles*, devant *elle*, c'était toujours pour lui le premier instant du monde.

— Ma Dame, dit-il d'une voix étranglée d'émotion, me voici.

— Tu as subi avec succès les épreuves que t'ont imposées les druides, tu les as surmontées. Es-tu prêt à Me prêter serment ?

L'une des silhouettes se détacha. Elle paraissait plus grande que les autres, plus fine aussi. Elle était couronnée d'une guirlande d'aubépines.

— Je suis la Vierge Éternelle, la Sainte Promise...

Sa voix était douce, envoûtante.

Gawen tenta d'apercevoir les traits dissimulés par le voile. Assurément, il s'agissait de Sianna, dont il était amoureux, et pourtant, son visage et ses formes ne cessaient de se modifier. Parallèlement, l'amour qu'il éprouvait pour elle était tour à tour celui d'un père, l'affection ardente d'un frère, et celui de l'amant qu'il rêvait d'être. Une seule évidence s'imposait à lui : il avait aimé cette jeune femme bien des fois auparavant, de bien des façons.

— Je suis tous les commencements, ajouta-t-elle. Je suis le renouveau de l'âme. Je suis la Vérité, qui ne peut être souillée ni menacée. Acceptes-tu de servir pour toujours la cause des Origines ? Gawen, es-tu prêt à me le jurer ?

Il inspira profondément l'air parfumé de l'aube.

— Je le jure.

Elle fit un pas de plus vers lui, en soulevant son voile. Ce fut Sianna qu'il vit en se penchant pour déposer un baiser sur ses lèvres, Sianna et quelque chose d'autre, dont la caresse était comme un feu blanc.

Mais déjà elle s'éloignait de lui. Tremblant de tous ses membres, Gawen se redressa, alors que s'avançait la figure centrale. Une couronne d'épis de blé surmontait son voile écarlate. Qui, se demanda-t-il, avaient-ils trouvé pour tenir ce rôle dans le rituel ? Seule, la silhouette parut plus petite l'espace d'un instant, et immense l'instant suivant ; créature imposante dont le trône était l'univers tout entier.

— Je suis la Mère, éternellement fertile, la Dame de la Terre. Je suis la force et la croissance, celle qui nourrit toute forme de vie. Je change, mais jamais ne meurs. Acceptes-tu de servir la cause de la Vie ? Gawen, es-tu prêt à me le jurer ?

Il connaissait cette voix ! Il essaya de percer le rempart du voile, et l'éclair des deux yeux noirs le tressaillir. Mais il avait reconnu, grâce à ses sens plus qu'à la vue, la Dame des Fées qui l'avait sauvé.

— Vous êtes la Porte de tout ce que je désire, dit-il à voix basse. Je ne vous comprends pas, mais je vous servirai.

Elle répondit par un rire.

— La semence comprend-elle le pouvoir qui l'arrache à l'obscurité pour la projeter dans la lumière du jour ? L'enfant comprend-il la force qui le propulse hors de la sécurité du ventre maternel ? Je n'exige de toi que ta volonté...

En disant cela, elle ouvrit les bras, et il s'y laissa

glisser. Quand il l'avait connue sous les traits de la
Dame des Fées, il y avait toujours eu une distance
entre eux. Mais dans la douceur de sa poitrine contre
laquelle il s'appuyait, il y avait un amour et une chaleur qui lui arrachèrent des larmes. Il était comme
un petit enfant, blotti entre des bras doux, rassuré
par une très vieille berceuse. C'était sa véritable mère
qui le serrait contre elle. Un souvenir qu'il avait
étouffé depuis l'enfance reconnaissait sa peau blanche et ses cheveux blonds, et pour la première fois,
dans sa vie consciente, il comprit qu'elle l'aimait...

Il s'était relevé, face à la Déesse, et la troisième
forme de la divinité avança vers lui, avec peine. Sa
couronne était faite d'ossements.

— Je suis la Vieille[1], déclara-t-elle d'une voix rauque, l'Ancêtre, la Dame de la Sagesse. J'ai tout vu,
tout enduré, tout donné. Je suis la Mort, Gawen, sans
qui rien ne peut subir de transformation. Veux-tu me
prêter serment ?

« Je connais la Mort », se dit Gawen, en repensant
aux regards vides, accusateurs, des hommes qu'il
avait abattus. La mort... Quel bienfait pouvait-elle
apporter ?

— Si elle a un sens..., répondit-il à voix basse, je
servirai même la mort.

— Enlace-moi..., dit la Vieille, debout face à lui, en
le regardant fixement.

Quelle que soit son aversion, il avait juré. Il dut
avancer à pesants pas. Déjà deux bras osseux se
refermaient autour de lui.

Et soudain, toutes les sensations s'envolèrent ; il
flottait dans une obscurité remplie d'étoiles. Il se
tenait immobile au milieu de ce néant, et face à lui,
il voyait la femme, dont les voiles flottaient autour
d'elle, avec dans les yeux une beauté plus profonde
que la jeunesse. C'était Caillean, et c'était une autre
femme qu'en des temps reculés il avait servie et
aimée. Il s'inclina très bas pour la saluer.

Et soudain, comme précédemment, il redevint lui-

---

1. *The Crone*, littéralement « la Vieille Taupe », qui symbolise ici la mort.

même, tremblant face aux trois prêtresses, noire, blanche et rouge. À l'est, les premières lueurs de l'aube embrasaient le ciel.

— Tu as juré, et ton serment a été accepté, déclarèrent-elles à l'unisson. Il ne reste plus qu'à convoquer sur terre l'esprit de Merlin, afin qu'il puisse te faire prêtre et druide, serviteur des Mystères.

Gawen s'agenouilla, tête baissée, tandis qu'elles se mettaient à chanter, et il attendit. Les notes égrenées d'une simple mélodie sans parole, jusqu'à ce qu'il en soit imprégné. Puis, dans une langue inconnue, des mots dont les seules sonorités exprimaient déjà le désir et la supplication.

— Toi, le Sage, récita-t-il, viens à nous, si tu le veux. Viens à travers moi. Car nous avons grand besoin de ta sagesse ici-bas !

Un bruit étouffé provenant d'une personne présente à l'intérieur du cercle le fit se redresser, en clignant des yeux dans la lumière vive. Tout d'abord, il crut que le soleil s'était levé, et que le Maître de la Sagesse n'était pas venu. Mais ce n'était pas le soleil.

Une colonne éclatante scintillait au centre du cercle. Gawen fit appel à sa propre lumière pour se protéger, et il vit alors, de manière déformée, l'Esprit qu'ils avaient appelé, ancêtre encore dans la fleur de l'âge, appuyé sur le bâton de sa fonction, avec sa barbe blanche de sage qui s'étalait sur sa poitrine, et sur le front, un bandeau incrusté d'une pierre brillante.

— Maître, il a prêté serment ! s'exclama Brannos. Veux-tu l'accepter ?

Merlin[1] balaya le cercle du regard.

— Oui, je l'accepte, bien que le moment ne soit pas encore venu pour moi de me joindre à vous. (Son regard revint se poser sur Gawen, et il sourit.) Tu as juré, tu as accepté la charge de la prêtrise, et pour-

---

1. Merlin, qui apparaît dans la littérature européenne dès le second tiers du XIIᵉ siècle (Geoffrey de Monmouth, *Prophetia Merlin*, 1134), jouera plus tard un rôle capital dans la légende arthurienne en favorisant les amours d'Ygerne et d'Uther Pendragon, d'où naîtra le roi Arthur. Né d'une vierge et d'un incube, il vit aux frontières de deux mondes.

tant, tu n'es pas un mage. Dans la caverne de cristal, tu t'es nommé. Dis-moi maintenant, mon fils, par quels Mots tu t'es libéré.

Gawen l'observait d'un air hébété. Il avait toujours entendu dire que les événements survenus en de tels moments devaient rester à tout jamais un secret entre un homme et ses dieux. Mais en repensant aux paroles qu'il avait prononcées, il commençait à comprendre pourquoi ces noms, contrairement à tous les autres, devaient être clamés.

— Je suis le Pendragon..., murmura-t-il. Je suis le Fils de Cent Rois...

Un murmure d'émerveillement parcourut le cercle. L'atmosphère s'éclaira. À l'est, le ciel était illuminé de bannières dorées et le feu du soleil ourlait les collines. Mais les yeux n'étaient pas tournés vers ce spectacle. Gawen sentit sur son front le poids éclatant d'un diadème d'or, et vit son corps enveloppé d'une tunique royale, brodée et ornée de pierres précieuses, comme aucun artiste vivant sur cette terre n'aurait su en confectionner.

— Pendragon ! Pendragon ! s'exclamèrent les druides.

Gawen leva les bras au ciel, pour accueillir cette clameur et en guise de salut. Alors, le soleil se leva face à lui et la splendeur envahit le monde.

VII

Les dragons tatoués sur les avant-bras de Gawen lui picotèrent la peau dans la chaleur de l'après-midi. Une fois encore, il les contempla, avec cet émerveillement qui ne l'avait pas quitté depuis l'apparition de Merlin. Les corps sinueux ondulaient autour de ses muscles durcis. Un vieil homme du Peuple des Marais les avait gravés sur sa peau à l'aide d'épines, et bleuis ensuite avec de la guède[1]. Gawen se trouvait encore dans un état de demi-transe quand l'opération avait débuté, et lorsque la douleur était apparue, il l'avait chassée de son esprit. La brûlure des premiers jours s'était atténuée et les picotements s'espaçaient.

Ils lui avaient conseillé de se reposer. Allongé sur un lit de peaux de chèvres, vêtu d'une longue tunique de lin brodée, Gawen ne pouvait ignorer ce qui lui était arrivé, mais il aurait été bien en peine de l'expliquer. Les druides l'appelaient désormais Pendragon et l'acclamaient en chef, comme ces grands prêtres qui régnaient jadis sur des terres aujourd'hui englouties. Mais le Val d'Avalon constituait à ses yeux un royaume trop petit. Était-il condamné, tel ce Christ que le père Joseph avait appelé roi, à posséder un royaume qui ne soit pas de ce monde ?

Peut-être qu'après cette nuit, songea-t-il en portant à ses lèvres le gobelet contenant du vin et de l'eau, Sianna et lui régneraient côte à côte, roi et reine du Pays des Fées. À cette pensée, son cœur s'emballa. Il ne l'avait pas revue depuis le début des préparatifs du rituel. Mais ce soir, elle danserait autour des Feux de Beltane. Et lui, tel un roi, s'avancerait au milieu des célébrants, avec le pouvoir de choisir la femme qui saurait retenir son attention. Mais il connaissait déjà son choix.

Si les choses s'étaient déroulées comme prévu, ils auraient été réunis l'année dernière, mais il l'avait abandonnée. L'avait-elle attendu ? Sachant les pressions subies par les prêtresses pour participer aux rites, il n'avait pas osé poser la question. Peu importe d'ailleurs. Par la pensée, elle lui appartenait. Du fond des marais lui parvenaient les battements assourdis de tambours. Gawen sentit son cœur battre à l'unisson et il sourit, tandis que ses paupières se fermaient une fois de plus. Bientôt. C'était pour bientôt...

---

1. Couleur bleue extraite du pastel.

L'année prochaine, songea Caillean en observant les danseurs et les danseuses, peut-être seraient-ils obligés d'organiser les festivités dans le pré au pied du Tor. La place commençait à manquer autour du Cercle de Pierres pour accueillir les druides et les jeunes prêtresses ; d'autant que les gens du Peuple des Marais continuaient d'affluer. La nouvelle s'était répandue à une vitesse proprement stupéfiante, colportée sans doute par le vieil homme convoqué pour tatouer les dragons sur les bras de Gawen.

Les prêtresses, elles savaient depuis ce matin ce qui s'était passé, lorsque les druides étaient redescendus radieux de la colline. Caillean croyait percevoir une intensité inhabituelle, qui venait s'ajouter à l'excitation liée à cette fête. Les jeunes femmes avaient apporté le plus grand soin à leur coiffure et à leur parure. Ce soir, le Roi avancerait parmi elles. Qui choisirait-il ?

Caillean n'avait pas besoin de lire l'avenir dans un bol en argent rempli d'eau pour connaître la réponse. Même si Gawen n'avait pas été amoureux de Sianna depuis l'enfance, il aurait suffi qu'il la voie ce matin dans le rôle de la Jeune Vierge Promise, pour que sa grâce et sa beauté emplissent son cœur. Évidemment, les prêtres et les prêtresses d'Avalon ne se mariaient pas, mais Caillean savait que ce soir aurait lieu un mariage royal, et cette union serait une bénédiction pour tout le pays.

Depuis toujours, elle avait la certitude que Gawen était promis à une grande destinée, mais qui aurait pu imaginer pareil événement ? Caillean sourit de son propre enthousiasme. À sa manière, elle était aussi éblouie que ses jeunes disciples, en rêvant de voir Gawen et Sianna, roi et reine sacrés, gouverner les druides de toute l'Angleterre, ici à Avalon, avec son aide discrète.

Pour la fête, on avait acheté deux bœufs, mis à rôtir sur des broches au pied de la colline. La viande était ensuite transportée jusqu'au sommet dans des paniers. Les gens du Peuple des Marais avaient apporté des venaisons et du gibier d'eau, ainsi que du poisson séché. De la bière de bruyère dans des outres et de l'hydromel contenu dans des pots de terre contribuaient à la liesse générale. Dans l'espace dégagé entre le demi-cercle des officiants et le Cercle de Pierres flamboyait le Feu de Beltane.

En regardant vers le sud-ouest, elle apercevait la lueur du feu qui avait été allumé sur la colline du Dragon tout là-bas. Elle savait que de cet endroit on pouvait apercevoir un autre feu, et ainsi de suite, jusqu'au Bout de la Terre. De même, le chemin préhistorique conduisant au grand Cercle de Pierres près de la colline sacrée était lui aussi symbolisé par une succession de feux.

« Cette nuit, se dit Caillean, toute l'Angleterre est constellée de lumières visibles par tous, même ceux qui sont nés sans le Don de seconde vue. »

Une jeune fille du Peuple des Marais, sa masse de cheveux noirs retenue par une couronne d'églantine, s'agenouilla devant elle avec une grâce empreinte de timidité pour lui tendre un panier contenant des baies séchées conservées dans du miel. Caillean souleva le voile bleu qui tombait devant son visage et en prit quelques-unes en souriant. Apercevant le croissant argenté qui brillait au-dessus de la demi-lune, plus petite, tatouée sur le front de la prêtresse, la jeune fille lui fit un salut révérencieux en s'empressant de détourner le regard.

Quand elle se fut éloignée, la Grande Prêtresse ne rabaissa pas son voile. C'était une nuit de fête, au cours de laquelle les portes entre les mondes s'ouvraient, et l'esprit pouvait s'envoler. Au diable les mystères ! D'ailleurs, le voile n'était qu'un symbole ; Caillean savait porter un masque quand il le fallait. Les jeunes filles éduquées par les prêtresses étaient convaincues que, à l'instar de la Reine des Fées, Caillean avait le pouvoir de surgir ou disparaître par magie.

Le son du tambour, comme les pulsations régulières d'un cœur, formait le fond sonore de la cérémonie. Soudain s'y mêlèrent les notes cristallines d'une harpe. Un jeune druide avait transporté son instrument au sommet du Tor. Il s'était assis à côté du joueur de tambour, un petit homme à la peau sombre. Bientôt, la plainte douce-amère d'un pipeau se joignit à la musique, bondissant par-dessus les accords de la harpe comme un jeune cabri dans une prairie printanière.

La jeune fille à la couronne d'églantine se mit à évoluer au rythme de la musique, en agitant les bras, balançait ses hanches fines sous sa robe en peau de daim. Hésitantes tout d'abord, puis s'abandonnant peu à peu, Dica et Lysanda l'imitèrent. Le rythme du tambour s'accélérait. Une fine pellicule de sueur perla vite sur leur front, la fine étoffe bleue de leur tunique collait à leur corps. Comme elles étaient belles, songea Caillean.

Mais soudain, un changement se fit dans les figures de danse qui attira son attention, une légère altération, comme le courant d'une rivière modifie par l'immersion d'un nageur. Gawen venait d'apparaître. Il portait le kilt blanc des rois, avec une ceinture d'or. Un très vieux médaillon royal scintillait sur son torse, des feuilles de chêne vert composaient sa couronne.

Les dragons bleus tatoués sur ses avant-bras étaient, avec cette relique, ses seuls ornements. Il n'avait besoin de rien d'autre. En quelques mois la rude vie des camps avait sculpté son torse, modelé puissamment ses cuisses et ses mollets. Son visage avait perdu ses dernières rondeurs enfantines ; ses traits saillants dessinaient une harmonie parfaite. Le garçon que Caillean avait aimé, pour qui elle avait tremblé, n'existait plus. Elle avait devant elle un homme.

Et un roi, songea-t-elle en voyant l'aura qui irradiait de tout son être. Le désirait-elle ? Caillean savait qu'elle possédait toujours le pouvoir d'éclipser la radieuse jeunesse de Sianna. Le lien qui les unissait, Sianna et lui, était une exigence de l'âme née dans la nuit des temps. Eût-elle les traits d'une harpie que Gawen l'aurait encore choisie comme compagne. Or, Sianna était jeune, resplendissante ; elle pourrait lui donner un enfant. Caillean, en dépit de tous ses pouvoirs magiques, ne pouvait à cet égard nourrir pour elle-même la moindre illusion.

« Gawen n'est pas l'élu de mon cœur, pensa-t-elle avec un soupçon de tristesse. L'homme qui devrait être mon compagnon n'a pas d'existence physique pour le moment. » Elle n'en était pas moins sensible au magnétisme viril qui émanait de lui ainsi qu'au pouvoir des Feux de Beltane. Ce soir, Gawen était adoré de tous, homme ou femme, jeune ou vieux.

Était-ce ainsi qu'Eilan avait vu venir à elle le père du garçon, près des Feux de Beltane ? Gawen était plus grand que Gaius, et même s'il avait hérité des Romains la courbe fière de son nez, il y avait quelque chose d'Eilan dans la forme de ses yeux. Mais en vérité, à cet instant, Gawen ne ressemblait à aucun de ses parents. Plutôt à quelqu'un d'autre que Caillean avait connu il y a fort longtemps, dans une autre vie.

— Le Roi de l'Année[1], murmurait-on sur son passage, tandis qu'il avançait au milieu des danseurs, et la Grande Prêtresse chassa un mauvais pressentiment.

Le père du garçon avait revendiqué ce titre juste avant de mourir. Mais Gawen portait les dragons sacrés. Il était le Pendragon ; il conduirait les druides vers la gloire.

Les jeunes filles l'encerclèrent pour l'entraîner dans la danse. Caillean le vit sourire, saisir les mains de l'une d'elles et la faire tournoyer, avant de l'abandonner, essoufflée et rieuse, pour passer à une fille qu'il étreignait brièvement, avant de la lancer dans les bras d'un des jeunes hommes. La danse se poursuivit jusqu'à ce que tout le monde soit à bout de souffle, à l'exception de Gawen qui semblait capable de tenir toute la nuit. Enfin, il se laissa entraîner vers un siège recouvert de fines peaux de daims, sembla-

---

1. Parfois désigné comme le « Roi de Mai », il symbolise dans de nombreuses mythologies les forces créatrices de la nature et le retour de la végétation.

ble à celui sur lequel trônait Caillean, de l'autre côté
du feu.

On lui apporta à manger et à boire. Les tambours
se turent, et seuls les trilles d'une flûte en os continuèrent à agrémenter le flot des paroles et des rires.
Caillean buvait du vin coupé d'eau, contemplant l'assemblée d'un air bienveillant.

Ce fut le retour des tambours, feutrés et réguliers
comme des battements de cœur, qui la fit se retourner. Le joueur de tambour, homme des marais lui-
même, savait sans doute ce qui allait se passer, mais
Caillean, perplexe, se demandait quelles étaient les
intentions de Marche-sur-l'eau et des ancêtres qui
l'accompagnaient. Rien d'hostile apparemment, car
à l'exception du couteau glissé dans une gaine à leur
ceinture, ils n'étaient pas armés. Mais quelque chose
de plus grave, plus solennel en tout cas, que le joyeux
abandon de la fête. Ils étaient escortés par trois jeunes hommes qui observaient Gawen avec des yeux
brillants. Que transportaient-ils ? Caillean se leva et
contourna lentement le feu.

— Tu es roi...

Prononcé par la voix gutturale de Marche-sur-
l'eau, ce n'était pas une question, mais une affirma-
tion. Son regard se posa sur les dragons qui ornaient
les bras de Gawen.

— Comme les anciens venus de la Mer. Nous
n'avons pas oublié. (Les ancêtres acquiescèrent.)
Nous gardons le souvenir des légendes anciennes.

— C'est exact, répondit Gawen, et Caillean comprit que son regard d'initié plongeait dans des vies
antérieures. Je suis revenu.

— Et nous t'offrons ceci, déclara le vieil homme.
À partir d'une étoile tombée, nos premiers artisans
l'ont forgée. Et quand elle a été brisée, un sorcier de
ton peuple l'a réparée. Désormais, seigneur, tu t'en
serviras pour nous protéger, et à ta mort, nous la
cacherons.

Il tendit le paquet qu'il portait, un objet de forme
allongée, enveloppé de peaux de bêtes teintes.

Le silence se fit au moment où Gawen acceptait

l'offrande. Caillean entendait battre son cœur. Si ses souvenirs ne la trompaient pas, ces peaux renfermaient une épée.

En effet, c'était une longue lame sombre, de la taille d'un sabre de cavalerie, et en forme de feuille comme les lames de bronze que les druides utilisaient pour leurs rituels. Mais aucun bronze ne possédait cet éclat. « Métal stellaire... » Elle avait entendu parler de ces fameuses lames, sans jamais en avoir vu. Qui aurait pu imaginer que le Peuple des Marais conservait un tel trésor ? C'étaient peut-être d'humbles gens, mais leur tribu existait depuis des temps immémoriaux.

— Je me souviens..., dit Gawen à voix basse.

La garde de l'épée semblait avoir été façonnée pour sa paume. Il brandit l'arme et les reflets du grand feu balayèrent les visages des spectateurs assemblés.

— Prends cette épée, et protège-nous, dit Marche-sur-l'eau. Jure !

L'épée restait dressée vers le ciel. Maniée par Gawen avec un art consommé, elle paraissait d'une surprenante légèreté. Quelle ironie ! songea Caillean. Ce sont les Romains qui lui ont appris à défendre ainsi leurs victimes.

— J'ai juré de servir la Dame, dit Gawen. Aujourd'hui, je jure devant vous, et sur cette Terre...

Il retourna l'épée. Sa pointe acérée effleura la partie charnue de sa paume. Aussitôt quelques gouttes de sang presque noir apparurent et tombèrent sur le sol.

— Pour cette vie, et ce corps, reprit-il. Quant à mon âme, je renouvelle mon serment...

Caillean fut parcourue d'un frisson. Qu'avait-il donc revu exactement à l'intérieur de la Colline ? Avec un peu de chance, les souvenirs s'effaceraient à mesure que le temps passait. Il était parfois difficile de vivre en se remémorant trop vivement ses existences antérieures.

— Dans la vie et dans la mort, seigneur, nous te servirons...

Du bout du doigt, Marche-sur-l'eau préleva une

goutte du sang tombé à terre et l'étala sur son front, qui fut marqué d'une traînée rouge. Les autres jeunes hommes l'imitèrent, puis vinrent se ranger autour de Gawen, comme une garde d'honneur. Les jeunes druides assistaient à cette scène d'un air médusé, et il y avait de quoi, essayant de comprendre la transformation de celui qui avait été un des leurs jusqu'à l'année dernière.

Caillean leva les yeux vers le ciel. À en juger par la position des étoiles, minuit approchait ; le feu commençait à décliner. Les courants astraux se modifiaient, on serait bientôt au cœur de la magie.

— Où est Sianna ? demanda Gawen à voix basse.

Caillean constata alors qu'il n'avait cessé de scruter la foule, avant même qu'on ne lui apporte l'épée.

— Pénètre dans le cercle. Appelle ta fiancée, et elle viendra.

La brusque lueur de son regard ne devait rien au feu. Sans un mot de plus, il fit demi-tour et se dirigea à grands pas vers le Cercle de Pierres. Son escorte le suivit, mais quand il eut franchi les deux colonnes qui flanquaient l'entrée, ils demeurèrent en deçà. Gawen, debout face à l'autel, leva son épée et la déposa, telle une offrande, devant la pierre. Les mains vides, il se retourna vers l'endroit d'où il venait.

— Sianna ! Sianna ! Sianna ! cria-t-il, et cet appel, porté par une intense ardeur, traversa les mondes.

Pendant un instant, le silence s'abattit sur le Tor. L'attente.

Et puis, on crut entendre tintinnabuler au loin des clochettes d'argent, bientôt accompagnées du tambour, sur un rythme rapide et entraînant qui faisait danser le cœur de joie. En scrutant le pied de la colline, Caillean vit des lumières s'agiter. Bientôt, elle entrevit des visages. C'étaient les survivants du Peuple des Marais, et d'autres créatures à demi humaines, autorisées à se mêler aux hommes en cette nuit où les portes des deux mondes s'entrouvraient.

Au milieu de ce groupe, on voyait remuer une tache blanche scintillante, une bande d'étoffe diaphane brandie tel un dais au-dessus de la personne qu'ils escortaient. La musique s'amplifia, des voix s'élevèrent en un chant nuptial ; les participants à la fête s'écartèrent pour laisser place au cortège qui venait d'atteindre le sommet de la colline.

Le couronnement d'un roi, le mariage d'un fiancé, l'initiation d'un prêtre, ces trois moments étaient réunis dans leur gloire divine. Et Gawen, qui regardait approcher sa promise, tenait les trois rôles.

Mais Sianna... Aussi grande soit la beauté du Dieu, celle de la Déesse la surpassait. Tandis qu'ils soulevaient le dais de fine toile blanche et que la jeune fille passait entre les colonnes pour rejoindre son roi, coiffée d'une couronne d'aubépine, Caillean dut s'avouer qu'elle n'aurait pu rivaliser avec elle, malgré ses pouvoirs. Car pendant que Gawen dormait, Sianna était retournée dans le royaume de sa mère, et c'étaient les joyaux de l'Autre Monde qui maintenant embellissaient la fille de la Reine des Fées.

Tout le corps de Gawen vibrait au rythme des battements précipités de son cœur. Heureusement qu'il avait déposé l'épée, pensa-t-il, car il tremblait tellement qu'il se serait sans doute blessé. Les porteurs de torches qui avaient accompagné Sianna avaient pris place autour du cercle. Alors que la jeune femme marchait vers lui, leur lumière se fit plus forte, au point d'éclipser le monde situé à l'extérieur du cercle.

À cet instant, il n'aurait pu dire si elle était belle. C'était un mot humain, et, si savant fût-il dans l'art des bardes, aucun mot ne lui venait à l'esprit pour traduire son émotion face à la femme qu'il aimait. Il aurait voulu s'agenouiller et embrasser le sol qu'elle foulait. En même temps, un sentiment tout aussi divin le poussait à sa rencontre. Il en voyait le reflet dans les yeux de Sianna.

— Tu m'as appelée, mon bien-aimé, et me voici...

Sa voix était douce, dans son regard brillait une étincelle qui rappelait la jeune fille humaine avec qui il ramassait jadis les nids d'oiseaux. Et cela l'aidait à supporter le pouvoir divin qui palpitait en lui.

— Notre union..., déclara-t-il avec peine, servira cette terre et son peuple. Mais crois-tu, Sianna, que cette union sera bénéfique pour *toi* ?

— Et si je répondais non, que ferais-tu ? dit-elle avec un sourire légèrement moqueur.

— J'en choisirais une autre... peu importe laquelle... et j'essaierais d'accomplir mon devoir. Mais ce serait l'affaire de mon corps, pas celle de mon cœur ni de mon âme. Tu es une prêtresse. Sache que je comprendrais si tu avais déjà...

Il la regardait fixement, essayant de lui faire comprendre ce qu'il n'osait formuler à voix haute.

— Mais je ne l'ai pas fait, lui répondit-elle. Et toi non plus.

Sianna se rapprocha et posa ses mains sur ses épaules, la tête renversée pour recevoir son baiser, et Gawen, les mains le long du corps, se pencha pour prendre ce qu'elle lui offrait. Et au moment où leurs lèvres s'unirent, il sentit le dieu le pénétrer entièrement.

C'était comme le feu qui l'avait envahi la nuit précédente, mais en plus doux, plus radieux aussi. Il avait conscience de cet autre lui-même qui savait, contrairement à lui, défaire le nœud compliqué de la ceinture de la Jeune Vierge, et détacher les broches qui retenaient sa tunique. Bientôt, elle fut entièrement nue devant lui ; la beauté de son corps aux courbes lisses faisait pâlir l'éclat des bijoux qu'elle portait encore.

À son tour, elle défit la ceinture dorée de Gawen et tira sur les cordons de son kilt, pour le libérer lui aussi. Émerveillé, il caressa ses seins, et puis, collés l'un à l'autre comme s'ils pouvaient ne former qu'un seul être, ils s'embrassèrent de nouveau.

— Où allons-nous nous allonger, mon amour ? murmura-t-il lorsqu'il retrouva enfin son souffle.

Sianna recula d'un pas et s'allongea sur la pierre de l'autel. Debout devant elle, Gawen sentit le courant puissant qui parcourait le Tor monter du cœur de la colline, traverser la plante de ses pieds et lui escalader l'épine dorsale, jusqu'à ce que cette force fasse vibrer tout son corps. Lentement, comme s'il craignait de se briser au moindre mouvement brusque, il se pencha au-dessus de Sianna, plongeant entre ses cuisses ouvertes et plaquant son corps contre le sien.

Au moment de leur union, il sentit céder la barrière de sa virginité, et il sut qu'elle n'avait pas menti, mais cela n'avait plus aucune importance. Il possédait l'être aimé, avec une douceur à laquelle ne s'attendait pas l'homme qui était en lui, et une certitude que le dieu accueillait avec joie. L'espace d'une respiration, ils demeurèrent immobiles, mais la force qui les avait réunis ne pouvait être ignorée plus longtemps.

Étreint par Sianna, Gawen se surprit à remuer au rythme de la plus ancienne des danses, et comprit alors qu'il n'était qu'un canal pour le pouvoir qui bouillonnait en lui, et qui le poussait à offrir toute la force qui l'habitait à cette femme dans les bras de laquelle il était allongé. Il la sentit s'enflammer sous lui, s'ouvrir davantage, et il se tendit vers elle, comme si à travers ce corps il pouvait atteindre une chose située au-delà de l'humanité.

À l'instant ultime, alors qu'il croyait avoir dépassé le stade de la pensée consciente, il l'entendit murmurer :

— Je suis l'autel...

Et il répondit :

— Moi, je suis le sacrifice.

Au même moment, il put enfin libérer la passion de l'homme et le pouvoir du dieu.

Le flot d'énergie, amplifié par l'union du Dieu et de la Déesse, se répandit comme une cascade à travers le Tor. Trop puissant pour suivre le canal principal, il s'engouffra dans tous les passages disponibles, envahissant les moindres veines qui sillonnaient le Tor pour propager sa bénédiction à travers tout le pays. Caillean, qui attendait à l'extérieur du cercle, sentit ce flot et se rassit dans un soupir. D'autres, devinant à leur façon ce qui s'était passé, firent des bonds de joie, les yeux brillants. Les tambours, qui avaient poursuivi leur martèlement régulier depuis le moment où Sianna avait rejoint Gawen à l'intérieur du cercle, explosèrent soudain dans un tonnerre d'exultation. Une voix unique, puis une seconde, reprirent ce cri, jusqu'à ce que toute la colline résonne de leur joie.

— Le Dieu s'est uni à la Déesse ! proclama Caillean. Le Seigneur à la Terre !

Après l'explosion initiale, les tambours avaient adopté un rythme plus gai, entraînant. Les rires fusaient de toutes parts. Chacun, même les druides les plus âgés, avait senti la tension se libérer. Avec elle avaient disparu la fatigue, et aussi les inhibitions, semblait-il. Ceux qui avaient assisté en spectateurs aux premières danses commencèrent à se balancer. Une jeune fille du Peuple des Marais attira le vieux Brannos devant le feu, et le barde se mit à sautiller et à tourner sur lui-même avec une agilité dont Caillean ne l'aurait jamais cru capable.

Si les flammes avaient diminué d'intensité, la chaleur, elle, avait monté. Rapidement, les danseurs se retrouvèrent en sueur. À la grande surprise de Caillean, ce fut une de ses prêtresses, Lysanda, qui la première se débarrassa de sa tunique, mais d'autres s'empressèrent de suivre son exemple. Un jeune homme et une jeune fille du Peuple des Marais, totalement nus, ne craignant plus d'enflammer leurs vêtements, se donnèrent la main et sautèrent par-dessus le feu pour se porter bonheur.

En les observant, la Grande Prêtresse songea qu'elle n'avait pas vu depuis bien longtemps une telle liesse lors de la fête de Beltane. Jamais peut-être, car à Vernemeton[1] la peur de la réprobation romaine pesait sur l'accomplissement des rites, et ils n'étaient pas encore familiarisés avec les coutumes de la terre d'Avalon. Mais l'union d'un fils des druides et d'une fille du Peuple des Fées y avait porté remède. Désormais, se dit-elle en regardant les danseurs effectuer

---

1. Voir *La Colline du dernier adieu*, Le Livre de Poche n° 13997.

des bonds de joie, ils pouvaient jouir pleinement des plaisirs de la fête.

Mais aucune nuit, aussi joyeuse soit-elle, ne peut durer éternellement. Deux par deux, des hommes et des femmes s'en allèrent célébrer leurs propres rites sur la colline. D'autres, enveloppés dans leurs capes, se couchèrent près du feu pour cuver la bière de bruyère. Les torches de ceux qui gardaient le cercle s'étaient éteintes depuis longtemps, mais les pierres elles-mêmes dressaient une barrière d'ombre pour protéger l'intimité de ceux qui étaient couchés à l'intérieur.

Un peu avant l'aube, quelques jeunes gens partirent couper l'Arbre de Beltane et ramasser des branches pour orner les maisons au pied du Tor. Les danses destinées à honorer l'arbre durant la journée, si elles étaient aussi joyeuses, étaient plus innocentes que les festivités nocturnes autour du feu. Ainsi les jeunes vierges non initiées et les enfants auraient, eux aussi, leur fête.

Pour Caillean, qui avait moins dansé et moins bu que les autres, l'état de veille n'était pas une épreuve. Elle le prolongea toute la nuit, assise sur sa chaise haute près du feu. Mais elle finit elle aussi par sombrer dans le sommeil, quand l'aube eut dissipé les ombres de la nuit.

C'était une magnifique journée. À travers le treillis des branches feuillues avec lesquelles ils avaient bâti une hutte pour préserver leur intimité, Gawen contemplait du sommet du Tor l'assemblage bigarré de lacs, de bois et de champs inondés par les rayons du soleil en cette matinée de Beltane. Sans doute aurait-il éprouvé le même sentiment, même en l'absence d'un bonheur comme le sien. Certes, il souffrait de courbatures et les tatouages qui ornaient ses avant-bras étaient zébrés d'égratignures qui lui causaient des élancements quand il bandait ses muscles. Mais ces douleurs étaient négligeables comparées au prodigieux bien-être qui coulait dans ses veines.

— Tourne-toi, lui dit Ambios, je vais te frotter le dos.

Il versa l'eau sur le linge. De l'autre côté du mur Sianna prenait un bain. On l'entendait rire avec ses jeunes suivantes.

— Merci, dit Gawen.

Tout nouvel initié pouvait s'attendre à être dorloté, mais il sentait chez Ambios une déférence qui le surprenait. Serait-ce toujours ainsi ? C'était extraordinaire de se sentir roi dans l'extase du rituel, mais qu'en serait-il lorsque la vie de tous les jours reprendrait ses droits ?

Une fois lavé, il enfila la tunique qu'on lui avait apportée : en lin, teinte d'un vert vif et brodée d'or. Il n'aurait jamais imaginé que les druides possédaient un habit aussi somptueux. Il noua la ceinture et accrocha l'épée. Si la lame paraissait inaltérée, son fourreau de cuir partait en lambeaux. Il devrait, songea-t-il en sortant de la hutte, s'en faire fabriquer un nouveau.

Cette idée s'envola dès qu'il aperçut Sianna. Elle portait comme lui une tunique d'un vert printanier et ajustait sur sa tête une couronne d'aubépine fraîchement tressée. Sous le soleil, ses cheveux étincelaient comme un or rouge.

— Ma Dame...

Il prit la main qu'elle lui tendait. « Es-tu aussi heureuse que moi ? » demandait sa caresse.

— Mon amour...

« Encore plus », répondirent les yeux de Sianna.

Soudain, il aurait aimé que la nuit soit déjà de retour, pour se retrouver seul avec elle. Elle n'était peut-être qu'une femme d'ici-bas, mais la Déesse qu'il avait hier soir tenue dans ses bras n'était pas plus belle.

— Gawen..., mon seigneur, balbutia Lysanda. Nous vous apportons à manger.

— Mieux vaut nous sustenter, dit Sianna. Le festin qu'ils préparent en bas ne débutera qu'après qu'ils auront dansé autour de l'arbre à midi.

— Je suis rassasié, répondit Gawen en serrant sa

main dans la sienne, mais je serai bientôt de nouveau affamé...

Sianna rougit, puis éclata de rire et l'entraîna vers la table où l'on déposait de la viande froide, du pain et de la bière.

Ils s'asseyaient quand des cris retentirent tout en bas.

— Faut-il que nous descendions déjà ? dit Sianna avec étonnement.

Il y avait dans ces appels des accents de panique qui détonnaient dans cette ambiance de fête.

— Fuyez !... Fuyez !...

Les mots étaient maintenant plus distincts.

— Ils arrivent... Partez vite !

— C'est Tuarim ! s'exclama Lysanda en regardant vers le bas de la colline. Que se passe-t-il ?

Gawen croyait avoir oublié sa formation militaire mais il se leva d'un bond et saisit d'instinct la poignée de son épée. Sianna voulut dire quelque chose, mais ayant croisé son regard, elle se retint et se leva à son tour pour se ranger à ses côtés.

— Raconte-moi...

D'un pas vif, il avança vers Tuarim qui gravissait péniblement les derniers mètres jusqu'au large sommet de la colline.

— Le père Paulus et ses moines..., dit-il en haletant. Ils viennent par ici avec des cordes et des marteaux. Ils disent qu'ils veulent abattre les Pierres Sacrées du Tor !

— Allons, ce sont des vieillards, dit Gawen d'un ton rassurant. Nous les tiendrons à distance des Pierres Sacrées. Ils ne réussiront pas à nous déloger, et encore moins les pierres, quand bien même ils seraient devenus fous.

Il avait du mal à croire au fanatisme des moines sympathiques avec lesquels il avait appris la musique, même après un an passé à écouter les serments rageurs et les invectives du père Paulus.

— Non, c'est plus grave..., dit Tuarim en avalant sa salive. C'est les soldats ! Il faut fuir, Gawen. Le père Paulus a fait venir les Romains !

Gawen prit une profonde inspiration ; son cœur battait avec violence. Pourvu qu'ils ne le remarquent pas ! songea-t-il. Il connaissait, lui, le sort que les Romains réservaient aux déserteurs. Il envisagea un instant de fuir. Mais il l'avait déjà fait une fois et si le déshonneur d'avoir quitté son rang dans une guerre qui n'était pas la sienne et dans une armée qui n'avait pas reçu son serment le poursuivait encore, qu'en serait-il désormais s'il abandonnait aujourd'hui le peuple qui l'avait proclamé Pendragon sur le Tor sacré ?

— Très bien ! déclara-t-il avec un sourire forcé. Les Romains sont des gens raisonnables ; ils ont pour ordre de protéger toutes les religions. Je m'expliquerai avec eux, et ils empêcheront les Nazaréens de toucher aux pierres.

À ces mots, le visage de Tuarim s'éclaircit et Gawen laissa échapper un soupir en espérant ne pas se tromper. D'ailleurs, il était trop tard pour changer de tactique, car le père Paulus en personne, le visage cramoisi par l'effort et la fureur, venait d'apparaître au sommet de la colline.

— Gawen ! Mon fils, mon fils, que t'ont-ils fait ?

Le prêtre avançait en se tordant les mains. Trois de ses frères surgirent derrière lui.

— T'ont-ils obligé à t'agenouiller devant leurs idoles ? Cette putain t'a-t-elle séduit pour t'entraîner dans la honte et le péché ?

L'amusement de Gawen se mua d'un coup en fureur ; il vint se placer entre Sianna et le vieil homme.

— Nul ne m'a forcé à faire quoi que ce soit et nul n'y parviendra jamais. Quant à cette femme, c'est mon épouse et je vous conseille de ravaler vos injures !

Les autres Nazaréens avaient atteint à leur tour le sommet du Tor ; ils étaient munis en effet de maillets et de lanières en cuir brut. Gawen fit signe à Tuarim d'emmener Sianna à l'écart.

— Cette femme est un démon ! Un piège du Grand Séducteur qui par l'intermédiaire d'Ève la tentatrice a livré l'humanité tout entière au péché ! s'exclama le père Paulus. Mais il n'est pas trop tard, mon garçon. Si tu fais pénitence, cette unique faute ne te sera pas reprochée. Éloigne-toi d'elle, Gawen... (Il lui tendit la main.) Viens avec moi !

Gawen l'observait d'un air hébété.

— Le père Joseph était un saint homme, répondit-il, un esprit béni qui prêchait l'amour. Lui, je l'aurais écouté, mais jamais il n'aurait parlé comme ça. Vous, vous n'êtes qu'un vieux fou !

Il foudroya tous les autres du regard, et quelque chose dans son expression les fit reculer d'un pas malgré eux.

— C'est moi maintenant qui vais donner des ordres ! s'écria Gawen, et il sentit la présence astrale d'une cape royale l'envelopper. Jadis, vous êtes venus à nous en suppliant et nous vous avons offert un sanctuaire ; nous vous avons laissés bâtir votre église à proximité de notre colline sacrée. Mais ce Tor appartient aux anciens dieux qui protègent cette terre. Vous n'avez pas le droit de vous y trouver, vos pieds souillent ce sol béni. Alors, je vous l'ordonne, allez-vous-en, si vous ne voulez pas que les puissantes forces que vous avez baptisées démons ne s'abattent sur vos têtes !

En disant cela, il leva la main, et bien qu'elle soit vide, les moines reculèrent comme s'il brandissait son épée. Gawen esquissa un sourire. Ils allaient décamper sans demander leur reste. Mais soudain, il entendit le raclement des sandales cloutées sur les pierres. Les Romains étaient là.

Il y avait là une dizaine de soldats, sous les ordres d'un décurion tout en eau. À peine essoufflés, ils observaient les Nazaréens furieux et les druides outragés avec le même air désapprobateur.

Remarquant la tunique brodée d'or de Gawen, et estimant qu'il s'agissait d'une marque d'autorité, le décurion s'adressa à lui :

— Je cherche Gaius Macellius Severus. On m'a dit que vous le reteniez peut-être ici.

Quelqu'un dans le dos de Gawen laissa échapper un petit hoquet de stupeur. Gawen secoua la tête, en espérant que ce décurion n'était pas en Angleterre depuis assez longtemps pour discerner en lui les traits qui portaient clairement l'empreinte de Rome.

— Nous célébrons en ce moment même un rite de notre religion, répondit-il avec calme. Nous n'obligeons personne à partager nos croyances.

— Qui es-tu pour dire cela ? demanda le décurion en fronçant les sourcils sous son casque.

— Je me nomme Gawen, fils d'Eilan...

— Mensonge ! s'écria le père Paulus. Celui qui vous parle n'est autre que Gaius lui-même !

Le Romain ouvrit de grands yeux.

— C'est votre grand-père qui nous envoie..., dit-il.

— Emparez-vous de lui ! lança Paulus. Il a déserté votre armée !

Quelques mouvements convulsifs agitèrent le groupe de soldats ; le père Paulus poussa un de ses frères vers le Cercle de Pierres.

— Êtes-vous le jeune Macellius ?

Le décurion l'observait d'un air perplexe. Gawen laissa échapper un soupir. Si son grand-père à Deva était prêt à prendre sa défense, peut-être les choses finiraient-elles par s'arranger.

— C'est mon nom romain, mais...

— Étiez-vous dans l'armée ? demanda le décurion d'un ton sec.

Gawen tourna brusquement la tête en entendant un marteau frapper la pierre. Deux moines avaient passé des lanières autour d'une des colonnes de pierre et s'y attelaient de toutes leurs forces, pendant qu'un troisième martelait à grands coups l'autre colonne.

— Au garde-à-vous, soldat, et réponds-moi !

Pendant trois longs mois, Gawen avait été conditionné à réagir à ce commandement. Il adopta d'instinct cette posture rigide que seul peut produire l'entraînement d'un légionnaire. Il voulut immédiatement se reprendre. Trop tard. Le mal était fait.

— Je n'ai jamais prêté serment ! s'écria-t-il.

— D'autres seront juges, répondit le décurion. Tu dois nous suivre.

Un grand craquement s'éleva du cercle, suivi du grincement sinistre de la pierre qui se fend. Une des femmes présentes poussa un hurlement. En se retournant, Gawen vit la colonne s'effondrer sur le sol en deux morceaux.

— Arrêtez-les ! demanda-t-il au décurion. Nul n'a le droit de profaner un temple ! Vous êtes dans un lieu sacré !

— Ces gens sont des druides, soldat ! éructa le Nazaréen. Vous pensiez que Paulinus et Agricola les avaient tous supprimés ? Leur religion est interdite[1]. Votre devoir est d'éliminer tous ceux qui restent !

Sur ce, il se précipita vers le second pilier, qui commençait à vaciller de manière inquiétante, et se mit à pousser pour le faire tomber. Encouragés par leur succès, les moines munis de maillets s'étaient attaqués à une autre pierre.

Devant ce spectacle insupportable, Gawen sentit un flot de rage balayer tous ses souvenirs du monde romain, ainsi que toute notion de danger. Ignorant les ordres du décurion, il se précipita vers le cercle.

« *Paulus, ce lieu appartient à mes dieux, pas aux vôtres ! Éloignez-vous de ces pierres !* »

La voix qui s'élevait ainsi n'était pas la sienne ; elle vibrait entre les pierres. Les autres moines, impressionnés, reculèrent, mais Paulus, lui, éclata de rire.

— Démons, je vous renie ! *Vade retro Satanas !* s'écria-t-il, s'acharnant de plus belle sur la colonne.

Les mains de Gawen se refermèrent sur les épaules osseuses du prêtre. D'un geste brusque, il l'écarta de la pierre et l'envoya rouler à terre. Au même moment, il entendit dans son dos le frottement caractéristique d'un glaive qu'on dégaine, et il pivota sur ses talons, la main sur la poignée de son épée.

Les légionnaires brandissaient leurs lances. Gawen fit effort pour relâcher son arme. « Je ne dois pas

---

1. Au dire de Pline l'Ancien (*Histoire naturelle*, 30, 13), le druidisme avait été mis hors la loi en Gaule, mais pas en Angleterre.

répandre le sang sur cette terre sainte ! Ils ne m'ont pas nommé chef de guerre, mais roi sacré », se dit-il.

— Gaius Macellius Severus, au nom de l'Empereur je t'arrête ! Baisse les bras !

La voix puissante du décurion résonnait dans l'espace vide qui les séparait.

— À condition que vous les arrêtiez *eux aussi*, répliqua Gawen en montrant les moines.

— Ta religion est interdite, et toi, tu es un renégat, rétorqua l'officier. Jette ton épée, ou j'ordonne à mes hommes de te transpercer de leurs lances.

« C'est ma faute, songea Gawen avec amertume. Si je n'avais pas courtisé Rome, jamais ils n'auraient su où se trouvait Avalon ! »

« Mais maintenant, ils savent, lui répondit une partie traîtresse de son esprit. À quoi bon perdre la vie pour défendre quelques pierres ? »

Gawen observa le cercle. Où était donc passé la magie qui avait embrasé ces pierres au moment où Merlin était apparu ? Désormais, elles paraissaient étrangement nues dans la lumière crue du jour, et il avait été bien sot de se prendre pour un roi. Mais si tout cela n'était qu'illusion l'amour que Sianna lui avait offert sur cet autel de pierre était bien réel, et il ne pouvait le laisser souiller par les mains indignes du père Paulus. Derrière la rangée de soldats, il aperçut Sianna et tenta de sourire, mais redoutant d'être entraîné par le désespoir de sa bien-aimée, il s'empressa de détourner la tête.

— Jamais je n'ai prêté serment à l'Empereur. Par contre, j'ai juré de protéger cette sainte colline ! déclara-t-il d'un ton froid, et la vieille épée que le Peuple des Marais lui avait offerte — la nuit dernière — sembla jaillir d'elle-même dans sa main.

Le décurion fit un geste. La pointe aiguisée d'un javelot capta les rayons du soleil. Presque au même moment, une pierre lancée avec force heurta un casque et le javelot, lâché prématurément, manqua sa cible.

Les druides étaient désarmés, mais les pierres ne

manquaient pas au sommet du Tor. Une grêle de projectiles s'abattit sur les légionnaires qui ne tardèrent pas à riposter. Gawen vit Tuarim s'effondrer, transpercé par un javelot. Les dieux soient loués, les prêtresses emmenaient Sianna.

Trois soldats se précipitaient vers Gawen, boucliers dressés, glaives en avant. Gawen se ramassa sur lui-même en position défensive, parant la première attaque grâce à l'esquive que lui avait enseignée Rufinus, et enchaînant avec une botte qui trancha les sangles retenant la cuirasse du soldat, avant que la lame ne s'enfonce dans son flanc. Le Romain tomba à la renverse en poussant un hurlement, mais déjà, Gawen pivotait sur lui-même pour attaquer le deuxième soldat, et cette fois, l'acier magnifique de son épée traversa littéralement l'armure. L'air surpris du soldat aurait pu faire sourire Gawen, si celui-ci avait eu le temps d'apprécier, mais le troisième homme fonçait vers lui. D'un bond, il se glissa sous sa garde, et tandis que le glaive de son ennemi en plongeant lui effleurait le dos, il enfonçait sa propre lame sous l'armure, jusqu'au cœur.

En tombant, le soldat faillit emporter l'épée avec lui, mais Gawen parvint à la récupérer en tirant violemment. Quatre jeunes druides gisaient dans l'herbe. Quelques hommes du Peuple des Marais étaient venus à la rescousse, mais leurs flèches et leurs traits demeuraient inefficaces face aux armures des Romains.

— Fuyez !... cria-t-il, avec de grands gestes.

Pourquoi ces fous ne prenaient-ils pas la fuite pendant qu'il était encore temps ? Les druides survivants, au lieu de s'enfuir, tendaient les mains vers lui, en scandant son nom.

L'attaque de Gawen avait surpris les Romains. Un des soldats tomba au premier coup d'épée ; le second eut le temps de brandir son bouclier et de riposter. La lame de son glaive entailla le bras de Gawen qui s'en aperçut à peine. Un coup dans le dos le fit vaciller ; mais déjà il se redressait pour contre-attaquer, tranchant la main de son adversaire. Restaient cinq soldats, sans compter le décurion, et il devinait leur inquiétude. Avec un rictus sauvage, il repartit à l'attaque. En quelques coups d'épée habiles, il se débarrassa de l'adversaire suivant après avoir lacéré son bouclier.

Les dragons bleus qui ornaient ses avant-bras étaient maintenant couverts d'écarlate. Il ne ressentait certes aucune douleur mais ce sang était bien le sien. Il cligna des paupières à la vue d'une ombre mouvante, fit un bond de côté afin d'esquiver de justesse une nouvelle attaque. Il n'avait plus la même agilité.

Était-ce un accès de faiblesse due à la perte de sang ? Il repoussa cette pensée. Mais dans le ciel si clair jusqu'à présent se répandait rapidement une brume sombre.

— Caillean et Sianna, pensa-t-il avec effroi. Ils vont les chasser d'ici. Je dois tenir bon.

Mais il lui restait cinq ennemis à affronter. Il fit tournoyer la lame flamboyante de son épée. Le légionnaire qui se dressait face à lui recula d'un bond, et Gawen éclata de rire. Mais au même moment, comme un éclair venu des cieux, quelque chose le frappa entre les omoplates. Gawen vacilla et tomba à genoux, sans comprendre ce qui l'attirait vers le sol, ni pourquoi il avait soudain tellement de mal à respirer.

Baissant les yeux, il découvrit la pointe maudite du javelot qui sortait de sa poitrine. Il secoua la tête, refusant encore d'y croire. Le ciel s'assombrissait de plus en plus vite, mais pas suffisamment pour empêcher les glaives des Romains de s'enfoncer dans son dos, ses jambes et ses épaules.

Gawen ne voyait plus rien. L'épée magique glissa entre les doigts de sa main inerte.

— Sianna..., murmura-t-il, et il s'effondra sur le sol béni d'Avalon, en soupirant comme il l'avait fait la nuit précédente, au moment où il avait déversé sa vie entre les bras de sa bien-aimée.

VIII

— Est-il mort ?

Délicatement, Caillean reposa la main de Gawen le long de son corps. À la recherche de traces de vie, son sixième sens n'en trouvait que des étincelles. Elle avait été obligée de tâter le pouls pour avoir une certitude.

— Il vit..., dit-elle, et sa voix se brisa. Mais seuls les dieux peuvent expliquer par quel miracle.

Il y avait tellement de sang répandu autour de lui ! La terre sacrée du Tor en était imbibée. Combien d'années de pluie faudrait-il, se demanda-t-elle, pour effacer cette souillure ?

— C'est le pouvoir du roi qui le garde en vie, déclara Riannon.

— Non, même le courage d'un roi ne peut lutter contre une telle sauvagerie, répondit Ambios.

Lui aussi était blessé, mais moins grièvement. Plusieurs de ses compagnons étaient morts. Mais tous les Romains avaient péri également, lorsque les ténèbres magiques envahirent le ciel, car alors, seuls ceux qui possédaient la Vision purent distinguer les amis des ennemis.

— J'aurais dû être là, murmura Caillean.

— Vous nous avez sauvés. Vous avez fait venir l'obscurité..., dit Riannon.

— Trop tard...

Sa gorge était nouée. Les ténèbres s'étaient dissipées ; si elle avait du mal à voir ce qui l'entourait, c'était à cause des larmes qui embuaient ses yeux.

— Trop tard pour le sauver, *lui*...

Au moment de l'arrivée des Romains, elle se reposait dans sa cabane en vue des festivités qui devaient avoir lieu dans l'après-midi. Elle n'avait aucune raison de se sentir coupable, lui disait-on. Comment aurait-elle pu deviner ?

Certes. Pourtant, aucune excuse ne pourrait lui faire oublier qu'Eilan était morte, car elle, Caillean, n'avait pas réussi à atteindre Vernemeton dix ans plus tôt. Et aujourd'hui, le fils d'Eilan, qu'elle avait appris à aimer, agonisait, car elle n'était pas là au moment où il avait eu le plus grand besoin de son aide.

— Peut-on le déplacer ? interrogea Riannon.

— Peut-être, répondit Marged, qui possédait quelques connaissances médicales. Mais pas très loin, ajouta-t-elle. Il serait préférable de bâtir un abri au-dessus de lui. Si nous coupons la hampe de lance, nous pourrons l'allonger sur le dos. Ce sera plus facile pour le soigner.

— Impossible de l'extraire ? demanda Ambios d'une voix timide.

— Si nous ôtons la lance, il mourra immédiatement.

« Rapidement, et sans comprendre ce qui lui arrive, songea Caillean. Au lieu de mourir plus tard, dans d'atroces souffrances. » Elle avait vu mourir des hommes blessés aux poumons. Il serait plus charitable de retirer la lance tout de suite. Cependant, même si ses heures étaient comptées, Gawen avait été le Pendragon, et la mort des rois ou des disciples ne ressemble pas à la mort des autres hommes.

Il fallait laisser à Sianna le temps de lui faire ses adieux, se disait-elle, mais au fond d'elle-même, Caillean savait bien que c'était son désir d'entendre une dernière fois la voix de son fils adoptif qui motivait sa décision, et non pas le chagrin de la jeune fille.

— Allez chercher l'abri de branchages que vous avez construit pour lui ce matin et installez-le ici. Nous couperons la hampe du javelot et nous le soignerons de notre mieux.

À pas lents, Caillean fit le tour du cercle. Pendant que Gawen combattait vaillamment les Romains, les Nazaréens avaient poursuivi leur travail de destruction. Les deux colonnes avaient été abattues, ainsi que trois pierres, parmi les plus petites, et une immense fissure défigurait l'autel. Par habitude, elle se déplaçait dans le sens du soleil, mais le pouvoir qui aurait dû s'éveiller sur son passage, vibrer d'une pierre à l'autre, s'écoulait paresseusement, sans énergie ni but. À l'instar de Gawen, le Tor était blessé, et son pouvoir se répandait tel du sang jailli des plaies des pierres.

Les pas de la Grande Prêtresse se ralentirent, comme si son cœur lui refusait service... « Vais-je mourir moi aussi ? » Et cette pensée était un soulagement.

À l'extérieur du cercle, Gawen gisait maintenant sur une couche de fortune, ses plaies nettoyées et bandées. Sianna était assise près de lui. Ils avaient stoppé l'hémorragie, mais la pointe de la lance restait plantée dans sa poitrine, et son esprit ne quittait plus la frontière de la mort et du rêve. Caillean volontairement se tenait à l'écart. S'il se réveillait, on l'appellerait immédiatement. Elle ne voulait pas priver Sianna du maigre réconfort qu'elle pouvait éprouver en restant seule avec lui.

Les dernières lueurs du jour recouvraient le paysage d'un voile doré, faisant rougeoyer les nappes de brume qui commençaient à se rassembler autour des collines les plus basses. Caillean n'apercevait aucun mouvement parmi les roseaux ou à la surface de l'eau. Rien ne bougeait dans les marécages ou sur les autres îles boisées. Où que portât son regard, la campagne semblait paisible. « Ce n'est qu'une illusion..., se dit-elle. En un jour aussi triste, la terre devrait exploser de rage et s'enflammer, le ciel se déchirer. »

Le flot de haine qui l'envahit lorsque ses yeux se posèrent sur les cabanes en clayonnage regroupées autour de l'église du père Joseph la prit au dépourvu. Paulus avait détruit le rêve de deux communautés vivant côte à côte, suivant deux chemins séparés qui conduisaient vers le même but ; ce rêve qu'elle avait partagé avec le vieux prêtre. Là-bas aussi tout était calme, elle n'apercevait âme qui vive. Les habitants des marais racontaient que les moines s'étaient tous enfuis lorsque était apparue l'obscurité, en récitant des prières frénétiques pour tenter de chasser les démons qu'eux-mêmes avaient réveillés.

Au-delà de l'église, la route d'Aquae Sulis s'éloignait en direction du nord. Blanche et déserte pour l'instant. Combien de temps s'écoulerait, se demanda-t-elle, avant que le vieux Macellius, inquiet du sort de ses soldats, n'envoie sur place un nouveau détachement pour savoir ce qu'ils étaient devenus ?

Gawen avait tué cinq Romains, et quand les ténèbres avaient surgi, les petits poignards redoutables des hommes des marais avaient éliminé les autres. Ils avaient ensuite emporté les corps pour les jeter dans les marécages, de crainte qu'ils ne polluent le Tor. Sans nul doute les moines étaient partis prévenir les Romains, et l'armée de l'Empereur exigerait un lourd tribut.

« Ils reviendront, et ils termineront ce qu'ils ont commencé sur l'île de Mona quand j'étais enfant. L'Ordre des Druides et la communauté de notre Déesse seront définitivement effacés... », songeait Caillean. Pourtant, à cet instant, tout cela lui importait peu. Immobile, elle contemplait le paysage, tandis que le soleil se couchait et que la lumière abandonnait peu à peu le monde.

Il faisait nuit lorsqu'une main posée sur son bras l'arracha à son état second. Cette longue méditation lui avait procuré un peu de sérénité, à défaut de lui apporter l'espoir.

— Que se passe-t-il ? Est-ce que Gawen...

Riannon secoua la tête.

— Il dort toujours. Mais nous avons besoin de votre présence, ma Dame. Tous les druides et toutes les prêtresses initiées sont réunis. Tout le monde a peur ; certains veulent fuir avant le retour des Romains, d'autres au contraire préfèrent rester pour se battre. Venez leur parler... Dites-nous ce que nous devons faire !

Caillean secoua la tête.

— Croyez-vous mon pouvoir si grand qu'il me suffit de murmurer une invocation pour que tout s'arrange ? Je n'ai pas réussi à sauver Gawen... Comment pouvez-vous croire que je puisse vous sauver ?

Dans la pénombre, elle vit la tristesse, mais aussi la colère, apparaître sur le visage de Riannon.

— Vous êtes la Dame d'Avalon ! Vous n'avez pas le droit de nous abandonner simplement parce que vous avez perdu espoir. Nous sommes tous aussi désespérés que vous l'êtes, mais vous nous avez toujours appris à ne pas laisser nos sentiments dicter nos actes, et au contraire à rechercher la sérénité, à laisser l'esprit éternel qui est en nous décider...

La Grande Prêtresse poussa un soupir. Il lui semblait que son propre esprit était mort au moment où Paulus avait fait tomber les Pierres Sacrées ; pourtant, elle se sentait toujours liée par les actes de la femme qu'elle avait été. « Il est vrai, se dit-elle, que les chaînes les plus solides sont celles que nous forgeons nous-mêmes. »

— Très bien, déclara-t-elle enfin. Cette décision modifiera à tout jamais nos existences. Je ne peux la prendre à votre place. Nous allons en discuter.

L'un après l'autre, les druides pénétrèrent d'un pas mal assuré à l'intérieur du cercle saccagé. Ambios alla chercher le fauteuil de Caillean qui s'y laissa tomber, prenant soudain conscience de son âge. Chacune de ses soixante années faisait sentir son poids.

Plusieurs lampes à huile avaient été disposées sur le sol. Dans les visages sombres et marqués que dévoilaient les lueurs tremblotantes, Caillean voyait un reflet de son désespoir et de sa peur.

— Nous ne pouvons pas rester ici, déclara Ambios. Je ne connais pas grand-chose des Romains, mais tout le monde sait de quelle façon atroce ils punissent ceux qui attaquent leurs soldats. En temps de guerre, les prisonniers sont vendus comme esclaves, mais si des civils se révoltent et se retournent contre leurs maîtres, ils sont crucifiés...

— Nous, Anglais, n'avons pas le droit de porter d'armes, de peur qu'on les utilise contre eux ! ajouta un druide.

— Faut-il s'en étonner ? lança Riannon avec une fierté teintée d'amertume. Voyez les dégâts causés par Gawen avec sa seule épée !

Tous les regards se tournèrent un instant vers la silhouette qui gisait sous l'abri de feuillage.

— Nul doute qu'ils n'auront pour nous aucune pitié, dans tous les cas, reprit Eiluned. J'ai entendu parler de ce qu'ils ont fait aux femmes de Mona. La maison de la Forêt a été fondée pour protéger les survivantes. Nous n'aurions jamais dû la quitter.

— Vernemeton n'est plus que ruines, répondit Caillean d'un ton las. Si ce lieu a survécu si longtemps, c'est uniquement parce que l'Archidruide, Ardanos, était devenu l'ami personnel de plusieurs Romains éminents. Et depuis, nous vivions en paix, car les autorités ignoraient où nous nous trouvions.

— Si nous restons ici, nous serons tous massacrés, ou pire. Mais où aller ? demanda Marged. Les montagnes de Demetia[1] elles-mêmes ne peuvent nous cacher. Faut-il demander au Peuple des Marais de nous construire des canots en osier pour voguer vers les îles situées au-delà de la Mer Occidentale ?

— Hélas, dit Riannon, le pauvre Gawen risque d'atteindre ces rivages avant nous.

— Nous pourrions fuir vers le nord, suggéra Ambios. Les Calédoniens ne se prosternent pas devant Rome.

— Erreur, ils l'ont fait du temps d'Agricola, rectifia Brannos. Qui nous dit qu'un nouvel empereur, tout aussi ambitieux, n'essaiera pas à nouveau de les soumettre ? En outre, les Peuples du Nord ont leurs propres prêtres. Nous risquons de ne pas être les bienvenus.

— Dans ce cas, l'Ordre des Druides d'Angleterre va disparaître, dit Riannon d'un ton grave. Nous devons renvoyer dans leurs foyers tous nos jeunes élèves ; quant à nous, nous devons fuir séparément chacun de notre côté, et tenter de survivre.

Brannos secoua la tête.

— Je suis trop vieux pour ce genre d'escapades. Je préfère rester ici. Les Romains n'auront qu'à se distraire avec mes vieux os s'ils le peuvent.

---

1. Les monts Cambriens, dans le Pays de Galles.

— Je resterai moi aussi, déclara Caillean. Dame Eilan m'a chargée de servir la Déesse sur cette colline sacrée, et je ne veux pas trahir mon serment.

— Mère Caillean, s'exclama Lysanda, nous ne pouvons pas...

Elle fut interrompue par une autre voix. Sianna s'était relevée et elle les appelait.

— Gawen s'est réveillé ! cria-t-elle. Venez vite !

« C'est étrange, songea Caillean en se levant précipitamment, comme ma fatigue, à défaut de disparaître, est devenue insignifiante tout à coup. » Elle fut la première à arriver près de Gawen. Agenouillée, elle promena ses mains au-dessus de son corps pour sentir les ondes de vie. Celles-ci étaient plus fortes qu'elle n'aurait osé l'espérer ; il est vrai que Gawen était jeune et en parfaite condition physique au moment du combat. Ce corps robuste refusait d'abandonner si aisément l'âme qu'il abritait.

— Je lui ai déjà raconté ce qui s'était passé après qu'il eut perdu connaissance, murmura Sianna, tandis que les autres les rejoignaient. Mais qu'avez-vous décidé depuis ?

— Il n'existe aucun refuge pour notre Ordre, dit Ambios. (Il regarda le visage livide de Gawen, et s'empressa de détourner la tête.) Nous devons nous disperser, en espérant que les Romains ne nous pourchasseront qu'avec négligence.

— Gawen ne peut être transporté, et je refuse de l'abandonner ! déclara Sianna avec emportement.

Apercevant le tressaillement de Gawen, Caillean posa sa main sur son front.

— Reste calme, dit-elle. Tu dois garder tes forces.

— Pour quoi faire ? demanda-t-il d'une voix à peine audible.

Chose incroyable, on voyait briller une étincelle d'humour dans son œil. Puis il tourna la tête vers Sianna.

— Elle ne doit pas... courir de danger... pour moi...

— Tu n'as pas abandonné les Pierres Sacrées, dit Caillean.

Il essaya de prendre une profonde inspiration et grimaça de douleur.

— Il y avait quelque chose... à défendre. Mais maintenant... je vais disparaître...

— Quelles raisons aurai-je de continuer à vivre dans ce monde si tu n'y es plus ? s'exclama Sianna en se penchant au-dessus de lui.

Ses longs cheveux blonds recouvraient d'un voile le corps de Gawen ; ses épaules étaient agitées par de violents sanglots. Un rictus déforma le visage de Gawen, en constatant qu'il n'avait même pas la force de lever son bras valide pour la réconforter.

Les yeux brillants de larmes, Caillean lui prit la main pour la poser sur l'épaule de Sianna. Au même moment, elle fut parcourue par un frisson glace. Levant la tête, elle aperçut dans le scintillement d'un souffle d'air la fine silhouette de la Reine des Fées.

— Si les prêtresses ne peuvent te protéger, ma fille, tu dois revenir près de moi, et l'homme aussi. Je me suis attachée à lui. Sous mon aile, il ne mourra pas.

Sianna se redressa. L'espoir et le chagrin s'affrontaient dans ses yeux.

— Et sera-t-il guéri ?

Le regard noir de la Fée se posa sur Gawen, avec une infinie compassion, et une infinie tristesse.

— Je ne sais pas, avoua-t-elle. Avec le temps peut-être... Mais que signifie le temps ?

— Ah, ma Dame, murmura Gawen, vous avez toujours été bonne avec moi, mais vous ne comprenez pas ce que vous demandez. Vous venez m'offrir une vie éternelle..., c'est-à-dire la souffrance éternelle de mon corps brisé, et la souffrance de mon âme quand je pense au peuple d'Avalon et aux Pierres profanées. Sianna, ma bien-aimée, notre amour est puissant, mais il ne survivrait pas à cette épreuve. Pourrais-tu me l'imposer ?

Il fut pris d'une quinte de toux, et sur le bandage qui enveloppait sa poitrine la tache rouge s'élargit.

Sianna secoua la tête en sanglotant.

— Je pourrais effacer ces souvenirs de ta mémoire, déclara sa mère.

Gawen tendit le bras. Le corps sinueux du dragon royal paraissait presque noir sur la peau exsangue.

— Pourriez-vous aussi effacer cela ? demanda-t-il dans un souffle. Je serais mort alors, car je ne serais plus moi-même...

« Son père a-t-il réagi ainsi au moment de mourir ? se demanda Caillean. Dans ce cas, Eilan a été plus clairvoyante que moi, et pendant toutes ces années, j'ai mal jugé son choix. » Quelle ironie de parvenir à cette conclusion maintenant.

La Reine les contemplait avec une profonde tristesse.

— Bien avant que le Haut Peuple ne traverse les mers, j'observais et j'étudiais déjà l'humanité. Et pourtant, je ne vous comprends toujours pas. Je vous ai envoyé ma fille pour apprendre votre sagesse ; vous lui avez enseigné aussi vos faiblesses. Mais je devine votre détermination, c'est pourquoi je vous dis qu'il existe une autre solution. Ce sera difficile, voire dangereux, et je ne peux prévoir ce qui arrivera, car au cours de ma longue existence je n'ai entendu parler que d'une ou deux tentatives semblables, et ce ne fut pas toujours un succès.

— Une autre solution pour quoi ? Que voulez-vous dire, Mère ?

Caillean se rassit sur ses talons, en plissant les yeux, attentive, car il lui semblait avoir entendu elle aussi des légendes à ce sujet.

— Il existe un moyen de séparer Avalon où vous vivez du reste du monde des humains... en le déplaçant juste assez pour que le temps avance sur une voie parallèle, qui n'est ni tout à fait dans le monde des Fées, ni tout à fait dans celui des humains. Aux yeux d'un simple mortel, Avalon sera enveloppé d'une brume magique que pourront franchir uniquement ceux et celles qui ont appris à domestiquer leurs pouvoirs.

Son regard sombre se posa sur Caillean, et elle demanda :

— Comprends-tu, Dame d'Avalon ? Es-tu prête à

entreprendre cette tâche pour sauver ceux que tu aimes ?

— Oui, répondit Caillean d'une voix rauque, même si cela doit me détruire. Je ferais bien plus encore au nom de la confiance par laquelle je suis liée.

— Cela ne peut se faire que lorsque les courants de force sont à leur apogée. Mais si vous attendez le Solstice d'Été, vos ennemis risquent de passer à l'offensive, et d'ailleurs, je doute que Gawen puisse tenir jusque-là.

— Les flots de Beltane commencent à peine à se retirer, et le rite qui fut célébré en ce lieu la nuit dernière a engendré de puissantes forces, déclara Caillean. C'est pourquoi nous agirons sans retard.

L'heure était déjà très avancée quand ils furent enfin prêts. Il ne leur serait pas possible de transporter tout le Val d'Avalon ; le déplacement des sept îles sacrées représentait à lui seul une tâche dépassant l'imagination. Caillean avait envoyé ses disciples par deux, un prêtre et une prêtresse, marquer les emplacements avec des torches enflammées par les braises du grand Feu de Beltane. Pendant ce temps, les autres étaient rassemblés sur le Tor.

Au moment où les étoiles s'immobilisaient, à minuit, Brannos, au sommet de la colline, fit entendre sa corne. Si ses doigts déformés par la vieillesse ne lui permettaient plus de jouer de la harpe, son souffle était intact. Doucement tout d'abord, l'appel de la corne monta dans l'air nocturne, s'amplifiant peu à peu comme s'il puisait de la force dans la nuit elle-même, emplissant les ténèbres d'une musique si profonde que les étoiles semblaient y répondre par leurs propres vibrations. Caillean fut parcourue d'un frisson annonçant l'imminence de la transe, et elle comprit que ce son qu'elle entendait n'était pas uniquement physique, car quel son émanant d'un humain était capable de remplir le monde ? Et comment le corps pouvait-il le percevoir ? Ce qu'entendait son esprit n'était autre que la manifestation de la volonté exercée du vieux druide.

Elle balaya le cercle du regard. Ils l'avaient réparé de leur mieux, redressant les pierres effondrées et attachant avec des lanières les morceaux brisés, mais cette nuit, le véritable cercle était fait de corps et d'esprits humains. Le peuple d'Avalon avait pris position tout autour : un cercle à l'intérieur et un autre cercle à l'extérieur, extensions vivantes des symboles de pouvoir que représentaient les pierres. Les danses dont ils avaient été privés cet après-midi, ils les exécuteraient maintenant. Caillean fit signe à Riannon de commencer à jouer.

Celle-ci entama un air tout à la fois solennel et guilleret, tel un héron qui avance au milieu des roseaux ; un air déjà ancien à l'époque où les druides avaient débarqué sur cette île. Les deux groupes de danseurs se mirent à tourner autour du Cercle de Pierres, dans le sens du soleil. Les couples se séparaient devant chaque pierre, se redonnant ensuite la main après avoir échangé leurs positions, si bien que les pierres étaient entourées de méandres lumineux. Les danseurs et les danseuses entraient et ressortaient du cercle, en se croisant, tandis que le rythme de la mélodie s'accélérait à chaque tour.

Caillean sentait enfler le flot d'énergie ; la lumière des torches était la manifestation visible du Pouvoir qui tourbillonnait autour du cercle. Il vacillait légèrement en frôlant les pierres brisées, comme l'eau qui rencontre un obstacle dans le lit d'un ruisseau. Mais le flot indifférent poursuivait sa route, emporté par la détermination des danseurs.

Alors que la musique continuait de s'accélérer, l'énergie jaillissait du cercle magique, irradiant vers l'extérieur, en perdant de sa densité. Mais le Pouvoir qui se déplaçait à l'intérieur, enfermé, était entraîné par son propre élan dans un autre tourbillon, moins rapide, parfois heurté aux endroits où les pierres avaient été endommagées, mais puissant malgré tout. L'esprit de la Grande Prêtresse vrilla le sol pour s'ancrer dans la terre du Tor. Malgré l'habitude, il y avait toujours un court instant de surprise et d'appréhension lorsque la force jaillissait réellement.

À l'intérieur du cercle, l'air devenait plus dense. Elle cligna des paupières ; les pierres et les danseurs étaient enveloppés d'un voile de brume dorée et ondulante. Caillean leva les mains pour le saisir. Dans une autre dimension séparée par un souffle, la Reine des Fées attendait. Si les druides réussissaient à faire surgir un assez grand pouvoir, et si Caillean était assez forte pour le canaliser, la Fée pourrait alors s'en servir pour attirer Avalon entre les mondes.

L'énergie s'élevait par vagues étourdissantes, et les distorsions provoquées par les pierres brisées s'amplifiaient. Caillean devait lutter pour conserver son équilibre. Elle repensa à cette nuit d'orage où elle avait traversé les flots pour regagner le Tor, la barque se cabrait comme un cheval sauvage, et Marche-sur-l'eau avait le plus grand mal à la dompter. Des mains secourables les attendaient pour les entraîner à l'abri, à condition que Caillean parvienne à lancer la corde sur le rivage. Elle y avait mis toutes ses forces, manquant de basculer par-dessus bord. En vain. Finalement, seule une accalmie temporaire de la tempête les avait sauvés.

Elle éprouvait les mêmes sensations à cet instant. Elle vacillait, ballottée par l'énergie jaillissante, incapable de retrouver son équilibre. Elle parvenait bien à canaliser la force, mais pas à la guider.

« *Abandonne !* »

Caillean ignorait si cette voix venait de l'extérieur ou de l'intérieur. De toute façon, elle n'aurait pas pu continuer bien longtemps. Alors que faiblissait sa volonté, le flot d'énergie explosa, et elle s'effondra.

— Je suis désolée... Je n'étais pas assez forte...

Était-ce un rêve ? Elle était assise par terre, adossée à l'autel ; des visages blêmes entraient dans son champ de vision, puis s'éloignaient.

— Je suis désolée, répéta-t-elle d'une voix plus ferme. Je ne voulais pas vous donner des frayeurs. Aidez-moi à me relever.

Les autres, eux aussi, paraissaient ébranlés, mais ils étaient debout. Elle avait, elle, l'impression d'avoir été piétinée par une horde de chevaux, mais les battements affolés de son cœur s'apaisaient.

Un mouvement à l'extérieur du cercle attira son attention. Que faisaient-ils ? Quatre jeunes gens avaient installé Gawen sur une civière et ils le transportaient à l'intérieur du cercle.

— C'est lui qui l'a exigé, ma Dame..., expliqua Ambios, et son ton semblait dire : « Même mourant, il reste le roi. »

Ils approchèrent des bancs pour y déposer la civière. Les muscles crispés de la mâchoire de Gawen se relâchèrent lorsque enfin on l'immobilisa, et au bout d'un moment, il ouvrit les yeux.

Caillean le regarda de sa hauteur.

— Pourquoi ? demanda-t-elle.

— Pour vous apporter toute l'aide dont je suis encore capable quand vous essaierez de nouveau..., répondit Gawen.

— De nouveau ? (Caillean secoua la tête.) J'ai fait tout ce que...

— Il faut essayer d'une autre façon, déclara Sianna qui les avait rejoints. N'est-ce pas vous qui nous avez enseigné le pouvoir d'une triade dans une pareille entreprise ? Trois points offrent un meilleur équilibre qu'un seul.

— Veux-tu parler de Gawen, de toi et de moi ? Allons, le simple fait de demeurer à l'intérieur du cercle est un danger pour lui. Il mourrait en essayant de canaliser une telle force !

— Je vais mourir de toute façon. De mes blessures ou quand les Romains reviendront, répondit Gawen, calmement. J'ai entendu dire que la mort d'un roi était empreinte de magie. Agonisant, il me semble que je possède plus de pouvoir que j'en aurais eu la semaine dernière quand j'étais bien portant. Vous voyez, je me *souviens* maintenant qui je suis, et qui j'ai été. Le peu de vie qui me reste est un faible prix à payer pour une si grande victoire.

— Sianna est-elle de cet avis ? demanda Caillean d'un ton amer.

— Il est l'homme que j'aime... (En disant cela, la voix de la jeune femme trembla à peine.) Comment pourrais-je le contredire ? Pour moi, il a toujours été un roi.

— Nous nous retrouverons... (Il leva les yeux vers elle, puis vers la Grande Prêtresse.) Ne nous avez-vous pas enseigné que la vie n'était pas tout ?

En croisant son regard, Caillean crut que son propre cœur allait se briser. À cet instant, ce n'était pas uniquement Gawen qu'elle voyait clairement, mais Sianna aussi, et elle comprit que cet esprit qui brillait dans les yeux de la jeune femme était celui qu'elle avait tour à tour aimé et combattu, autrefois.

— Qu'il en soit ainsi, dit-elle dans un soupir. Nous courrons le risque tous les trois, car il me semble que nous sommes tous les trois liés par la même chaîne.

Elle se redressa et se tourna vers les autres.

— Si vous êtes déterminés vous aussi à tenter cette expérience, vous devez reprendre vos places autour du cercle en vous donnant la main. Mais nous ne danserons pas cette fois. Les pierres endommagées ne peuvent plus contenir l'énergie. Nous devons la faire tournoyer dans le sens du soleil à travers nos mains jointes, en chantant...

Une fois de plus, le silence s'abattit sur le Tor. Prenant une profonde inspiration, Caillean ancra tout son corps dans la terre et se mit à fredonner la première note de l'accord sacré. À mesure que d'autres voix se joignaient à la sienne, la note enflait, jusqu'à ce que Caillean *voie* les vibrations du son sous forme d'une brume flottant dans l'air. Une fois la note donnée, elle avait cessé de chanter. Sianna et Gawen étaient muets eux aussi, mais elle sentait qu'ils utilisaient le son pour rassembler toute leur énergie.

Cela était encourageant, ou peut-être commençait-elle simplement à glisser dans un état plus profond dans lequel elle assistait à tous les événements extérieurs d'un œil froid. Faisant appel à toute sa concentration, elle entonna la deuxième note de l'accord.

Tandis que l'harmonie s'amplifiait, la brume lumineuse devenait plus éclatante. Si l'énergie provoquée
par la danse était plus vivace, celle-ci paraissait en
revanche plus stable. Les druides les plus expérimen-
tés avaient pris position à côté des pierres endommagées, et leur force psychique palliait ces défauts.

Une fois de plus, Caillean rassembla ses propres
forces et libéra la troisième note dans l'air pesant.

Assurément, il se passait quelque chose, songea-
t-elle, alors que les voix plus hautes des jeunes filles
complétaient l'accord, car elle distinguait maintenant dans la lumière un scintillement arc-en-ciel, qui
se mettait peu à peu à tournoyer dans le sens du
soleil. Ce n'était pas une force qu'il fallait contrôler,
mais chevaucher, en se laissant porter en douceur
par le flot grossissant. Il n'y avait plus qu'à lui indiquer la direction.

— Je chante les Pierres Sacrées d'Avalon, psalmodia-t-elle sur une quatrième note soutenue par le
chœur.

— Je chante le cercle de lumière et de musique...,
lui répondit Sianna.

— Je chante l'esprit qui, au-delà de la douleur,
s'envole...

La voix de Gawen était étonnamment forte.

— Béni est ce haut lieu qui nous accueille...

— Verte est l'herbe qui pousse sur ses collines...

— Fleurs portées par le vent...

Les incantations s'enchaînaient, les voix cristallines s'élevaient tour à tour. Dans la lumière irisée,
Caillean voyait des images d'Avalon : le brouillard qui
recouvre d'un voile les lueurs roses du Lac au lever
du soleil, les reflets vif-argent de la lumière à midi,
les éclats enflammés au milieu des bancs de roseaux
à la tombée de la nuit. Les voix évoquèrent la beauté
du Tor au printemps, enguirlandé de pommiers en
fleur, dans la force verte de l'été, enveloppé des brumes grises et silencieuses de l'automne. La chanson
parlait des îles vertes, des chênes qui se tendaient
vers le ciel, ou encore des baies sucrées protégées par
la bruyère.

Débordant le cercle intérieur le Pouvoir gagnait maintenant les limites du territoire revendiqué par les druides.

Et soudain, Caillean crut entendre une autre voix, adoucie par la distance, une voix venue de l'Autre Monde. Elle aussi évoquait Avalon, mais les beautés dont parlait sa chanson étaient transcendantes et éternelles ; elles appartenaient à cet Avalon du cœur qui existe entre les mondes.

Aucune créature mortelle n'aurait pu résister à cet appel. L'esprit de Caillean s'envola comme un oisillon qui explore le ciel.

Elle ne voyait plus les pierres du cercle, uniquement ses deux compagnons qui flottaient dans une brume lumineuse. Elle comprit alors qu'ils n'étaient plus dans leur corps, car Gawen se dressait fièrement sur ses deux jambes, comme la nuit précédente, avec Sianna à ses côtés. Caillean tendit le bras et leurs mains se joignirent. À ce contact, elle fut traversée par une violente décharge, suivie d'une grande sensation de paix.

— L'opération est accomplie..., dit une voix au-dessus d'eux.

Levant la tête tous les trois, ils découvrirent la Reine des Fées, telle qu'elle se présente de l'autre côté, vibrant d'une sorte d'éclat dont le masque de beauté qu'elle revêt parfois parmi les hommes n'est qu'un indice ou un déguisement.

— Vous avez réussi. Il ne reste plus qu'à appeler les nuages pour dissimuler l'île d'Avalon aux yeux du monde. Vous, mes enfants, regagnez votre corps. Il suffit que la Dame d'Avalon, habituée à de plus longs voyages hors de son enveloppe charnelle, soit présente pour porter témoignage et transmettre le sorti-lège grâce auquel on franchit ce rideau de brume pour accéder au monde extérieur.

Caillean s'écarta d'un pas. Sianna, le sourire aux lèvres, commença à faire demi-tour, mais Gawen secoua la tête.

— Le lien qui me rattachait à cette forme est brisé.

Sianna ouvrit de grands yeux horrifiés.

— Tu es mort ?

À la surprise générale, Gawen sourit.

— Ai-je l'air mort ? C'est mon corps seulement qui a renoncé. Maintenant, je suis libre.

« Et perdu pour moi..., songea Caillean. Oh, mon tendre garçon, mon fils ! » Elle voulut tendre la main vers lui, puis laissa retomber son bras. Elle ne pouvait plus l'atteindre désormais.

— Dans ce cas, je resterai ici avec toi ! déclara Sianna en l'agrippant avec force.

— Ce lieu n'est qu'un seuil, dit sa mère, bientôt il disparaîtra. Gawen doit poursuivre son chemin, et toi, tu dois retourner parmi les humains.

— Avalon est à l'abri désormais ! s'exclama la jeune femme. Pourquoi dois-je retourner dans le monde ?

— Si tu n'as aucun amour pour cette vie que tu n'as pas encore vécue, retourne là-bas pour l'enfant que tu portes en toi...

Les yeux de Sianna s'écarquillèrent, et Caillean sentit renaître en elle un espoir qu'elle ignorait avoir perdu. Mais c'était surtout Gawen qui paraissait de plus en plus radieux, comme si à chacun de ses mouvements les contraintes de la chair perdaient de leur importance.

— Vis, ma bien-aimée. Vis et élève notre enfant, afin qu'il reste quelque chose de moi.

— Vis, Sianna ! s'écria à son tour Caillean, car tu es jeune et forte, et j'aurai grandement besoin de ton aide à l'avenir.

Gawen la prit dans ses bras ; tout son être brillait d'une telle lueur maintenant que sa lumière semblait irradier à travers le corps de Sianna.

— Le temps te paraîtra court. Et le jour où ton heure sonnera, nous serons à nouveau réunis !

— Tu me le promets ?

Gawen éclata de rire.

— Seule la vérité peut être prononcée en ce lieu...

Et au moment où il disait cela, la lumière devint aveuglante. Caillean ferma les yeux, mais elle l'entendit ajouter : « Je t'aime... » Et même si ces mots étaient adressés à Sianna, c'est son âme qui les entendit et elle comprit qu'ils lui étaient adressés à elle aussi.

Quand elle rouvrit les yeux, elle se tenait sur le rivage boueux des marécages, là où le courant charriait les reflux saumâtres de la Sabrina. À ses côtés se trouvait la Reine des Fées, revêtue une fois encore de son déguisement de la forêt, même si quelques vestiges de la splendeur de l'Autre Monde continuaient à l'envelopper. La nuit était morte, et à chaque seconde, le ciel devenait plus clair. Au-dessus de leurs têtes, des mouettes tournoyaient, en poussant des cris ; dans l'air moite flottait l'odeur forte de la mer lointaine.

— C'est fait ? demanda-t-elle dans un murmure.

— Regarde derrière toi...

Caillean se retourna. Pendant un instant, elle crut que rien n'avait changé. Et soudain, elle s'aperçut que le Cercle de Pierres au sommet du Tor était de nouveau intact, comme si ce lieu n'avait jamais été profané, et le versant derrière le Puits Sacré, là où se dressaient autrefois les cabanes en forme de ruche du père Joseph et de ses moines, n'était plus qu'une vaste étendue d'herbe.

— Les brumes vous protégeront... Appelle-les...

De nouveau, Caillean regarda à l'ouest. Une fine couche de brume s'élevait en tournoyant au-dessus de l'eau, de plus en plus dense à mesure que s'éloignait le regard, jusqu'à se fondre dans le mur compact de brouillard marin né avec l'aube.

— Avec quelle formule magique dois-je les appeler ?

La Dame sortit de la bourse accrochée à sa ceinture un petit objet enveloppé dans du lin jauni. Il s'agissait d'une petite tablette en or gravée d'étranges caractères. Cette vision réveilla des souvenirs anciens, et Caillean comprit que ces mots avaient été écrits par les hommes venus de ces terres puissantes aujourd'hui englouties. Et quand elle posa la main sur la tablette, bien que ses oreilles de mortelle n'eussent jamais entendu ce langage, elle sut d'instinct quels mots elle devait prononcer.

Au loin, les brumes épaisses semblèrent se déplacer, et tandis qu'elle continuait de réciter les mots, elles approchèrent du rivage en ondulant, roulant par-dessus les arbres, les roseaux et l'eau, jusqu'au rivage boueux, tournoyant autour d'elle dans une étreinte fraîche qui apaisa ses dernières douleurs.

D'un geste, elle répandit les tourbillons de brume de chaque côté. « *Enveloppe-nous, encercle-nous, entraîne-nous au plus profond du brouillard, là où nul fanatique ne pourra hurler ses injures ni lancer ses malédictions, où seuls les dieux pourront nous trouver. Entoure Avalon d'une brume où nous serons éternellement à l'abri !* »

Elle commençait à sentir les assauts du froid. Aux franges de sa vision, le brouillard épais flottait au-dessus de l'eau, et elle sentit que, derrière, le paysage familier qu'elle avait un jour traversé en venant de Deva avait disparu, remplacé par une chose étrange, troublante, en partie invisible aux yeux des simples mortels.

Depuis combien de temps était-elle à cet endroit ? Plusieurs minutes ? Plusieurs heures ? Son corps était ankylosé, raide, comme si elle avait porté tout Avalon sur ses épaules durant un long et difficile trajet.

— C'est fait, dit la Reine d'une voix tremblante.

Elle paraissait plus petite, comme si le dur travail de la nuit l'avait épuisée elle aussi.

— Ton île se dresse maintenant entre le monde des hommes et celui des Fées. Dorénavant, quiconque cherche Avalon trouvera l'île sainte des Nazaréens, à moins d'avoir reçu les enseignements de l'ancienne magie. Tu peux transmettre la formule à quelques hommes des marais si tu les en juges dignes, mais sinon, seuls tes initiés pourront emprunter ce chemin.

Caillean acquiesça. L'air humide semblait purifié, renouvelé. « Désormais, nous vivrons sur une terre

propre, sans qu'empereur ou prince nous fasse plier
le genou, guidés par nos seuls dieux... »

— Déesse, dit-elle dans un souffle, bénis-moi
comme je bénis cette terre !

Caillean parle...

« Dès l'instant où les brumes des Fées nous enveloppèrent, la vie d'Avalon suivit une voie qui n'était
pas celle du monde extérieur. De la fête de Beltane à
Samhain, et de Samhain à Beltane, les années se sont
succédé et reproduites, et depuis ce jour jusqu'à
maintenant, nul profane n'a foulé le Tor. Quand je
regarde en arrière, tout cela me semble encore si
proche. Pourtant, l'enfant que portait Sianna est
maintenant une femme, promise à la Déesse elle
aussi. Et Sianna, même si elle n'en porte pas encore
le nom, est la nouvelle Dame d'Avalon.

« Comme je ne puis aujourd'hui me déplacer sans
efforts, mes pensées se tournent davantage vers l'intérieur. Les jeunes filles s'occupent de moi avec tendresse et font semblant de ne rien remarquer lorsque
j'appelle l'une d'elles du nom de sa mère. Je ne souffre
pas, mais il est vrai que les choses du passé sont souvent plus vivantes dans mon esprit que celles du présent. On dit que les Grandes Prêtresses ont le don de
savoir quand leur heure est venue, et je pense que je
ne séjournerai plus très longtemps dans ce corps.

« À chaque saison de nouvelles jeunes filles viennent recevoir notre enseignement, certaines pour
une année ou deux seulement, d'autres choisissent
de rester et de prononcer leurs vœux de prêtresses.
Malgré tout, les changements sont rares, comparés
aux bouleversements qui ont lieu au-delà de notre
Val. Trois ans après la mort de Gawen, l'empereur
Hadrien en personne se rendit en Angleterre pour
ordonner à ses armées d'ériger un mur immense
dans le Nord[1]. Mais cela suffira-t-il à contenir pour

1. En 121-122 après J.-C.

toujours les Tribus sauvages sur leurs landes ou dans leurs montagnes ?

« Je n'en suis pas sûre. Les murs ne sont pas plus solides que les hommes qui les construisent. Je pense que ce mur sera une barrière aussi longtemps, seulement que durera la volonté des Romains de conserver cette terre.

« Évidemment, il en va de même d'Avalon.

« Durant la journée, je repense au passé, mais la nuit dernière, j'ai rêvé que je dirigeais les rites de la pleine lune au sommet du Tor. En plongeant mon regard dans le bol d'argent, j'ai vu s'y refléter les images de l'avenir. J'y ai vu un empereur nommé Antonin marcher vers le nord en partant du mur d'Hadrien pour en bâtir un second, à Albe[1]. Mais les Romains n'ont pas réussi à le défendre, et quelques années plus tard, ils ont détruit leurs forts et rebroussé chemin. Aux temps de paix ont succédé les saisons de guerre. Une nouvelle confédération des Tribus du Nord a franchi le Mur et un autre empereur, Sévère, s'est rendu en Angleterre pour écraser la rébellion, avant de retourner à Eburacum pour y mourir.

« Dans mes visions, j'ai vu s'écouler presque deux cents ans, et pendant tout ce temps, les brumes n'ont cessé de protéger Avalon. Dans le sud du pays, les Anglais et les Romains devenaient peu à peu un seul et même peuple. Un nouvel empereur est apparu, Dioclétien, qui a entrepris de guérir l'Empire des maux de ses récentes guerres civiles[2].

« Au milieu de ces images fugitives de conflits, j'ai vu mes prêtresses, génération après génération, adorer la Déesse sur le Tor sacré ou bien repartir pour épouser des princes et diffuser un peu de l'ancienne sagesse dans le monde extérieur. Parfois, il me semblait qu'un de ces hommes avait les traits de Gawen, ou bien une jeune fille possédait la beauté d'Eilan, ou une fillette brune ressemblait à la Reine des Fées.

---

1. La nouvelle ligne fortifiée ou *limes* fut construite à partir de 143 sous le règne d'Antonin le Pieux (86-161).
2. 245-313. Il fut proclamé empereur en 284 et régna jusqu'en 305.

« Mais je ne me suis pas vue ressuscitée à Avalon. D'après l'enseignement des druides, certaines personnes sont empreintes d'une telle sainteté que lorsque la mort les libère de leur enveloppe charnelle, elles voyagent à tout jamais au-delà des cercles des mondes. Je ne pense pas être cette âme exemplaire. Peut-être, si la Déesse est bonne, permettra-t-elle à mon esprit de veiller sur mes enfants jusqu'à ce qu'il soit nécessaire que je reprenne apparence humaine. »

Deuxième partie

L'IMPÉRATRICE
285-293 après J.-C.

IX

Depuis le milieu de la matinée, il n'avait cessé de pleuvoir ; une pluie fine et pénétrante qui alourdissait les capes des voyageurs et drapait les collines environnantes de légers voiles de brume. Les quatre affranchis engagés pour escorter la Dame d'Avalon jusqu'à Durnovaria[1] avançaient voûtés sur leurs chevaux, la tête rentrée dans les épaules ; l'eau dégoulinait des épais gourdins de chêne qui battaient leurs flancs. La jeune prêtresse et les deux druides qui l'accompagnaient avaient abaissé sur leurs visages les capuchons de leurs pèlerines de laine.

Dierna soupira ; elle aurait aimé faire de même, mais sa grand-mère lui avait répété bien souvent que la Dame d'Avalon devait montrer l'exemple, et elle-même avait toujours chevauché la tête haute jusqu'au jour de sa mort. Même si elle l'avait voulu, Dierna ne pouvait ignorer cette discipline gravée en elle. Fort heureusement, la fin du calvaire approchait. Déjà la route s'élevait, et ils croisaient des voyageurs en plus grand nombre. Ils seraient à Durnovaria avant la tombée de la nuit. Espérons, se disait-elle, que la jeune fille qu'ils étaient venus chercher valait le déplacement.

Conec, le plus jeune des druides, tendit le doigt pour désigner quelque chose, et tournant la tête,

---

1. Dorchester.

Dierna découvrit l'élégante courbe de l'aqueduc qui semblait enjamber les arbres.

— C'est une merveille, en effet, dit-elle. Et grâce à cet aqueduc, les habitants de Durnovaria peuvent puiser désormais en ville de l'eau dans des puits. Il a été construit par un ancêtre du prince des Durotriges[1], afin d'imiter les riches Romains qui passent à la postérité en faisant bâtir de magnifiques ouvrages d'art pour leur ville.

— Le prince Eiddin Mynoc s'intéresse davantage aux moyens de défense de sa ville, dit Lewal, le druide le plus âgé, un homme robuste aux cheveux blond-roux qui était leur Guérisseur, et les avait accompagnés dans ce voyage afin d'acheter des herbes qu'ils ne pouvaient faire pousser à Avalon.

— Et il a bien raison, renchérit l'un des affranchis. Avec ces satanés pirates de la Manche dont les attaques sont plus nombreuses chaque année...

En entendant ces mots, la jeune Erdufylla rapprocha son cheval de celui de Dierna, comme si elle redoutait de voir surgir soudain une bande de pirates du prochain bosquet au bord de la route.

Alors qu'ils atteignaient le sommet de la petite colline, Dierna découvrit enfin la ville, dressée sur un promontoire calcaire, surplombant la rivière. Les fossés et les remparts étaient comme dans son souvenir, mais juste devant, on avait érigé un tout nouveau mur de pierre. La rivière coulait au pied de la falaise, silencieuse et brunâtre, bordée de boue noire. *La marée doit être basse,* pensa-t-elle en observant à travers le rideau de crachin l'étendue de grisaille plus profonde, là où le ciel se fondait dans la mer. Les mouettes vinrent tournoyer au-dessus de leurs têtes en lançant leurs cris de bienvenue, puis repartirent. Les druides se redressèrent sur leurs selles, et les chevaux eux-mêmes, devinant la fin du voyage, se mirent à avancer d'un pas plus vif.

Dierna eut un long soupir qui chassait toute son

---

1. Habitant la région située — approximativement — entre Exeter et Southampton.

inquiétude accumulée jusqu'à présent. Ce soir enfin, ils seraient à l'abri et au chaud entre les nouveaux remparts érigés par Eiddin Mynoc. Maintenant elle pouvait laisser ses pensées dériver vers cette jeune fille qui était le but de ce long voyage sous la pluie.

La villa où résidait le prince des Durotriges lorsqu'il séjournait dans la cité de ses ancêtres était d'inspiration romaine, décorée par des artisans locaux qui avaient tenté d'interpréter leur propre mythologie dans un style romain, et meublée sans aucun souci d'harmonie, mais avec un réel sens du confort. Ainsi, les dalles froides du sol de la chambre dans laquelle on avait conduit les prêtresses étaient recouvertes d'épais tapis de laine, délicieusement chauds et doux pour les pieds glacés par cette longue chevauchée. Un couvre-lit en peaux de renards assemblées était étalé sur le lit. Dierna le considérait avec envie, en sachant que si, par faiblesse, elle s'y laissait tomber, elle aurait le plus grand mal ensuite à se relever.

Les esclaves du prince leur avaient apporté des bassines d'eau chaude pour qu'elles puissent se laver, et c'était avec bonheur qu'elle avait quitté la culotte et la tunique du voyage pour enfiler la longue robe bleue à manches amples des prêtresses d'Avalon, avec une longue *stola*[1] drapée autour des épaules et tenue par une ceinture. À l'exception du petit croissant de lune qui pendait au bout de la corde tressée autour de sa taille, elle ne portait aucun bijou, mais sa robe était faite d'une laine finement tissée, teinte de ce bleu intense aux reflets subtils, dont le secret de fabrication appartenait à l'Île Sacrée.

Elle s'empara du miroir de bronze et coinça une mèche indisciplinée sous la couronne de tresses qu'elle avait façonnée avec son abondante chevelure, puis elle fit passer la stola par-dessus sa tête et croisa les plis devant sa poitrine afin que l'extrémité pende

---

1. Robe longue des matrones romaines. Le mot *stola* signifie également « dame de qualité ».

dans son dos. Sa tenue et sa coiffure étaient sévères, mais la laine souple de la robe épousait les courbes généreuses de ses seins et de ses hanches, et sur ce fond d'un bleu profond, ses longs cheveux bouclés, rendus encore plus rebelles par la pluie, flamboyaient.

Elle observa Erdufylla qui essayait vainement d'ajuster les pans de sa stola, et elle ne put s'empêcher de sourire.

— Il est temps d'y aller, dit-elle. Le prince sera fâché si nous arrivons en retard au dîner...

La jeune prêtresse soupira.

— Je sais. Mais les autres femmes porteront des tuniques brodées et des colliers en or, et moi, je me sens si banale dans cette tenue.

— Oui, je comprends. Au début, lorsque j'accompagnais ma grand-mère dans ses voyages hors d'Avalon, j'éprouvais le même sentiment. Mais elle me disait de ne pas envier ces femmes, car leurs atours sont seulement la preuve qu'elles ont épousé des hommes capables de satisfaire leurs désirs. Toi, tu as mérité cette robe que tu portes. Quand tu te retrouveras parmi ces femmes, sois fière de toi, marche la tête haute, et ce seront elles qui t'envieront, malgré leurs belles tenues.

Avec son visage étroit et ses cheveux ternes, Erdufylla ne serait jamais belle, mais en entendant les paroles stimulantes de Dierna, la jeune fille redressa les épaules, et quand la Grande Prêtresse se dirigea vers la porte, elle la suivit avec cette démarche gracieuse, souple, qui était un don d'Avalon.

La villa du prince était une grande maison composée de quatre ailes qui entouraient un jardin intérieur. L'hôte et ses invités s'étaient rassemblés dans une vaste pièce située dans l'aile la plus éloignée de la route. Sur un des murs étaient peintes des scènes du mariage du Jeune Dieu avec la jeune Fille Fleur, sur un fond ocre ; le sol était recouvert d'une élégante mosaïque. Les autres murs étaient ornés de boucliers et de lances, et une peau de loup recouvrait le fau-

teuil dans lequel le prince Eiddin Mynoc les attendait.

C'était un homme d'un certain âge, avec des cheveux et une barbe noirs parsemés de filaments argentés. Son physique autrefois puissant s'était empâté,
et seule une lueur fugitive dans son regard trahissait
à certains moments l'intelligence dont il avait hérité
de sa mère, qui avait été une fille d'Avalon. Aucune
de ses sœurs n'avait jamais fait preuve du moindre
don méritant d'être développé, mais à en croire le
message expédié par Eiddin Mynoc, sa fille cadette,
ravissante au demeurant, était habitée par tant
« d'étranges pulsions et d'idées bizarres qu'elle ferait
sans doute bien de se rendre à Avalon ».

Dierna balaya la pièce du regard, répondant au
salut muet du prince par un mouvement de tête gracieux et tout aussi discret. Voilà encore une chose
que sa grand-mère lui avait apprise. Dans son
monde, la Dame d'Avalon était l'équivalent d'un
empereur. Les invités — plusieurs matrones vêtues à
la mode romaine, un homme corpulent portant la
toge des cavaliers, et trois jeunes gens costauds
qu'elle supposait être les fils d'Eiddin Mynoc — l'observèrent avec un mélange de respect et de curiosité.
La jeune fille qu'elles étaient venues chercher était
encore occupée à se pomponner, ou bien était-elle
trop timide pour affronter tout ce monde ?

Une des femmes évitait son regard avec ostenta-
tion. Voyant qu'elle portait autour du cou un poisson
en argent au bout d'une fine chaîne, la prêtresse comprit qu'il s'agissait sans doute d'une chrétienne.
Dierna avait entendu dire qu'on en trouvait beaucoup désormais, à l'est de l'Empire principalement.
Pourtant, même si une communauté de moines avait
vécu sur l'île d'Avalon qui appartenait toujours au
monde extérieur, depuis presque aussi longtemps
que les druides eux-mêmes, leur nombre restait rela-
tivement réduit dans le reste de la province. D'après
ce qu'on racontait à leur sujet, ils étaient si enclins
aux querelles et aux bagarres qu'ils risquaient fort de
s'entre-détruire sans que l'Empereur ait à intervenir.

— Vos murs se dressent rapidement, mon seigneur, dit l'homme à la toge. Depuis ma dernière visite, ils ont déjà fait le tour de la moitié de la ville !

— La prochaine fois que vous viendrez, ils en feront tout le tour ! déclara Eiddin Mynoc avec fierté. Que ces satanés loups de mer aillent hurler ailleurs pour réclamer leur pitance, il n'y a rien pour eux sur les terres des Durotriges.

— C'est un cadeau magnifique pour votre peuple, dit l'homme à la toge.

Dierna s'aperçut alors qu'elle l'avait déjà rencontré ; il s'agissait de Gnaeus Claudius Pollio, un des grands magistrats de cette cité.

— C'est le seul cadeau que les Romains nous autorisent, grommela un des fils. Ils nous interdisent d'armer notre peuple, et ils retirent les troupes qui devraient nous protéger pour les envoyer combattre de l'autre côté de la Manche.

Son frère confirma d'un vigoureux hochement de tête.

— C'est injuste ! Prélever des impôts sans rien nous offrir en échange. Au moins, avant l'arrivée des Romains, nous avions le droit de nous défendre !

— Puisque l'empereur Maximien[1] ne veut pas nous aider, il nous faut notre propre empereur, déclara le troisième fils.

Il avait parlé sans hausser la voix, mais Pollio lui jeta un regard réprobateur.

— Et qui choisirais-tu, jeune coq ? Toi-même ?

— Allons, allons, intervint le prince, il n'est pas question ici de trahison. C'est le sang de ses ancêtres, qui ont défendu les Durotriges bien avant que Jules César ne débarque de Gaule, qui brûle dans ses veines. Il est vrai que dans les périodes d'agitation l'Angleterre semble devenir le dernier des soucis de l'Empire ; malgré tout, nous sommes mieux à l'intérieur de ses frontières, en paix, plutôt que de nous chamailler...

---

1. 250-310. Il partagea le pouvoir avec Dioclétien et fut vaincu puis exécuté par son gendre Constantin.

Dierna, qui suivait cette conversation avec intérêt, se retourna avec agacement en sentant qu'on la tirait par la manche. C'était la femme la plus richement vêtue, Vitruvia, l'épouse de Pollio, qui voulait ainsi attirer son attention.

— Ma Dame, on m'a dit que vous possédiez une grande connaissance des herbes et des médecines...

C'est dans un murmure qu'elle décrivit ces palpitations cardiaques qui lui avaient fait si peur. Sous les couches de fard et les bijoux, Dierna sentit percer la véritable angoisse de cette femme, et se força à l'écouter.

— Avez-vous noté un changement dans votre cycle menstruel ? demanda-t-elle.

— Je suis toujours fertile ! s'exclama Vitruvia, et ses joues s'enflammèrent sous le maquillage.

— Oui, pour l'instant, répondit calmement Dierna, mais vous commencez à quitter l'état de Mère pour entrer dans la Sagesse. Cette transformation peut parfois durer plusieurs années. Pendant ce temps, je vous recommande de prendre une préparation à base d'agripaume[1]. Avalez-en quelques gouttes quand votre cœur vous inquiète, et vous serez soulagée.

De la pièce voisine leur parvenait l'odeur alléchante d'une viande rôtie, et soudain, Dierna prit conscience du temps qui s'était écoulé depuis leur repas du matin. Elle avait cru que la fille du prince se joindrait à eux pour le dîner, mais peut-être Eiddin Mynoc était-il un père de l'ancienne école qui pensait que les filles non encore mariées devaient rester recluses. Un esclave apparut sur le seuil pour annoncer que le dîner était servi.

Tandis qu'ils marchaient dans le couloir pour se rendre à la salle à manger, Dierna sentit un souffle d'air dans son dos, comme si une porte venait de s'ouvrir quelque part. Tournant la tête, elle vit tout au bout du couloir, parmi les ombres, se déplacer une forme pâle : une silhouette de femme qui avan-

---

1. Le nom latin de cette labiacée est *lesnurus cardiaca* en raison des vertus thérapeutiques qui lui sont prêtées.

çait à petits pas rapides, comme poussée par le vent.
La Grande Prêtresse s'arrêta si brutalement qu'Erdufylla qui marchait derrière elle la percuta.

— Que se passe-t-il ?

Dierna ne pouvait répondre. Une partie de son
esprit voyait une jeune femme tout juste sortie de
l'enfance, aussi grande et mince qu'un saule penché,
la peau blanche et les cheveux noirs, avec dans la
mâchoire et le front un soupçon de l'ossature puissante d'Eiddin Mynoc. Mais c'était un autre sentiment qui l'avait réduite au silence, l'impression de
reconnaître quelqu'un.

Le cœur de Dierna s'emballait, comme celui de la
pauvre Vitruvia. Clignant des yeux, elle vit, brièvement, la jeune fille fragile avec des cheveux clairs,
vêtue de la robe des prêtresses, et puis toute petite,
avec des reflets auburn dans ses boucles sombres, les
bras ornés de bracelets en or qui s'enroulaient
comme des serpents.

« Qui est-elle ? se demanda Dierna. Qui *était*-elle,
et qui ai-je été autrefois, pour accueillir son retour
avec une telle joie teintée d'inquiétude ? » Un nom
traversa son esprit. « Adsartha... »

Et soudain, la fille fut devant elle ; ses yeux sombres s'écarquillèrent en voyant les robes bleues. Avec
grâce, elle se laissa tomber à genoux, s'empara de
l'extrémité de la stola de la Dame pour l'embrasser.
La Grande Prêtresse regardait cette tête inclinée,
incapable de réagir.

— Ah, voici ma fille lunatique. (La voix puissante
d'Eiddin Mynoc résonna dans son dos.) Allons,
debout, Teleri, ma chérie ! Que va penser de toi la
Dame ?

Elle se nomme Teleri... Les autres noms, les autres
visages furent chassés par la présence de la fille
devant elle, et Dierna sentit qu'elle pouvait recommencer à respirer.

— De fait, tu m'honores, ma fille, dit-elle d'une
voix douce. Mais ce n'est ni le moment, ni le lieu,
pour t'agenouiller devant moi.

— Y aura-t-il d'autres occasions ? demanda Teleri

en prenant la main que lui tendait Dierna pour l'aider à se relever.

Déjà, sur son visage, l'appréhension avait cédé place à un sourire radieux.

— Est-ce là ton souhait ? demanda la Dame, sans lâcher sa main. Je te poserai de nouveau la question devant toutes les prêtresses, mais je te le demande dès maintenant. Est-ce de ton plein gré, sans aucune contrainte, aucune forme de coercition, venant de ton père ou de quiconque, que tu souhaites rejoindre la communauté sacrée d'Avalon ?

Elle savait qu'Erdufylla la regardait d'un air hébété, mais depuis qu'elle avait été ordonnée Grande Prêtresse, rarement éprouva-t-elle un tel sentiment de certitude.

— Sur la lune, les étoiles et la terre verte, je le jure ! s'exclama Teleri.

— Eh bien, en gage de l'accueil que te réserveront mes sœurs à notre retour, je te souhaite la bienvenue.

Sur ce, Dierna prit le visage de Teleri entre ses mains et se pencha pour déposer un baiser sur son front.

Cette nuit-là, Teleri resta longuement éveillée. Une fois le dîner terminé, Eiddin Mynoc, faisant remarquer que les prêtresses avaient effectué une longue route, leur avait souhaité une bonne nuit et envoyé sa fille se coucher. En son for intérieur, Teleri savait que son père avait raison, et elle-même aurait dû remarquer la fatigue de leurs invitées. Certes, elle pourrait leur parler durant le voyage de retour vers Avalon, se disait-elle. Elle avait toute la vie pour parler avec les prêtresses. Mais son cœur souffrait d'avoir dû les abandonner si vite ce soir.

Teleri s'attendait à être impressionnée par la Dame d'Avalon. Tout le monde avait entendu des récits merveilleux concernant le Tor qui était dissimulé, à l'instar du Royaume des Fées, par des brouillards que seuls les initiés pouvaient franchir. Certains pensaient que c'étaient des légendes, car quand les prêtresses faisaient une apparition dans le monde, elles revêtaient généralement un déguisement. Mais dans les anciennes familles royales des clans, on connaissait la vérité, car grand nombre de leurs filles avaient passé une saison ou deux sur l'Île Sacrée, et de temps à autre, quand la santé de la terre l'exigeait, une des prêtresses était envoyée pour sceller le Grand Mariage avec un chef de clan, lors des Feux de Beltane. Malgré cela, Teleri ne pouvait imaginer qu'en voyant la Grande Prêtresse, il lui semblerait retrouver un être cher d'autrefois.

« Sans doute me prend-elle pour une folle exubérante ! se dit la jeune femme en se tournant une fois de plus dans son lit. Je ne suis certainement pas la seule à l'idolâtrer. » Dans tous les récits, la Dame d'Avalon apparaissait comme un personnage imposant, et c'était la vérité. Dame Dierna ressemblait à un feu qui flamboie dans la nuit et sert de guide. À côté de cet éclat, Teleri se faisait l'impression d'un fantôme. « Peut-être, pensa-t-elle, suis-je réellement l'esprit d'une personne ayant connu Dierna dans une autre vie ? »

Elle rit de cette idée. Bientôt, elle allait s'imaginer dans la peau de Boudicca[1], ou Impératrice de Rome. « J'étais plus certainement la servante de Dierna ! » Le sourire aux lèvres, elle finit par s'endormir.

Teleri aurait aimé partir dès le lendemain matin, mais comme l'avait fait remarquer son père, il ne serait guère charitable de renvoyer leurs visiteurs d'Avalon sans leur accorder une journée de repos après leur long voyage. De plus, ils devaient faire quelques emplettes au marché de Durnovaria. Au cours de cette journée, Teleri devint l'ombre de Dierna. Cet instant de parfaite intimité qu'elles avaient partagé au moment de leur rencontre ne s'était pas reproduit ; cependant, elle était étonnée de se sentir aussi à l'aise en compagnie de la Dame.

Peu à peu, Teleri s'aperçut qu'il n'existait pas entre elles une différence d'âge aussi grande qu'elle l'avait

1. La reine des Icéniens, qui avait été — en 60 après J.-C. — l'âme d'une sanglante révolte contre les Romains. Voir p. 113.

supposé. Si Teleri avait dix-huit ans, la Grande Prêtresse n'en avait que dix de plus. Ce qui faisait la différence entre elles, c'étaient l'expérience et la responsabilité. Le premier enfant de Dierna, une fille, avait
seulement un an quand sa mère était devenue
Grande Prêtresse, à vingt-trois ans, et déjà on l'avait
envoyée dans une famille d'accueil. En y pensant,
Teleri se sentait comme une enfant elle aussi. Et c'est
avec une excitation juvénile qu'elle s'endormit ce
soir-là, impatiente de se mettre en route dès le lendemain matin.

Ils quittèrent Durnovaria dans une aube humide et
pluvieuse, laissant derrière eux la ville encore enveloppée de sommeil. La Grande Prêtresse tenait à partir tôt, car la première partie de leur voyage serait
longue. L'affranchi qui leur ouvrit les portes de la cité
bâillait et se frottait les yeux, et Teleri se demanda
s'il se souviendrait de ces voyageurs matinaux.
Emmitouflées dans leurs longues capes noires, les
deux prêtresses passèrent comme des ombres, et les
hommes qui composaient leur escorte semblaient
avoir absorbé eux aussi un peu de leur anonymat.

Teleri, elle, était parfaitement réveillée ; elle avait
l'habitude de se lever tôt, et l'impatience l'avait tirée
du lit bien avant l'heure du réveil. Le ciel menaçant
ne parvenait pas à tempérer son enthousiasme. Trottinant sur sa jument, elle écoutait le chant des premiers oiseaux qui saluaient le jour naissant.

Ils descendaient la colline en direction de la rivière
lorsqu'elle entendit un cri d'oiseau qu'elle ne
connaissait pas. C'était l'automne, il est vrai, et de
nombreux spécimens traversaient cette région pour
migrer vers le sud. Intriguée, Teleri scruta les alentours pour essayer de repérer cette espèce inconnue.
On disait qu'autour d'Avalon les marais regorgeaient
de gibier d'eau. Nul doute qu'elle découvrirait là-bas
bien d'autres oiseaux. Le même appel retentit et cette
fois, les oreilles de sa jument se dressèrent. Avec un
soupçon d'inquiétude, elle repoussa sa capuche pour
mieux voir.

Soudain, quelque chose remua au milieu des saules. Elle tira sur les rênes de sa monture et glissa un mot au serf affranchi le plus proche. Celui-ci se redressa aussitôt sur sa selle et porta sa main à son gourdin, en regardant dans la direction qu'elle indiquait. Un sifflement retentit alors, les branches des saules frémirent, et l'instant d'après, le chemin fut envahi d'hommes armés.

— Fuyons ! s'écria le plus jeune des deux druides, celui qui chevauchait en tête.

Une lance jaillit. Teleri vit le visage du druide se crisper, sa monture se cabra en hennissant, et il fut désarçonné, mortellement touché. Sa propre jument fit un écart lorsque la jeune fille tira avec force sur les rênes pour lui faire effectuer un demi-tour et s'enfuir. Mais, constatant que Dierna demeurait sans protection, elle revint vers la Dame.

Le chemin était bloqué par leurs agresseurs. Les pointes des lances scintillaient dans la lumière naissante ; elle vit briller le métal d'une épée. Les affranchis distribuaient autour d'eux des coups de gourdin, mais ces pauvres armes ne pouvaient rivaliser avec des lames aiguisées. L'un après l'autre, ils furent désarçonnés ; leurs hurlements faisaient vibrer l'air. Affolée par l'odeur du sang, la jument de Teleri se cabra. Un visage hideux, déformé par un rictus de concupiscence, se tendait vers elle, et soudain, elle sentit une main râpeuse emprisonner sa cheville. D'un coup de cravache, elle frappa l'homme qui chancela.

Dierna avait lâché les rênes de sa monture pour lever les bras et tracer d'étranges signes dans les airs. Et alors qu'elle se mettait à chanter, Teleri sentit ses oreilles bourdonner ; autour d'elle le chaos s'atténua. Dans son dos s'éleva un grand cri. Se retournant, elle vit une lance voler en direction de la Grande Prêtresse ; alors elle éperonna sa monture. Mais elle était trop loin. Ce fut Erdufylla, qui n'avait pas osé s'éloigner de Dierna, qui vint se placer courageusement entre la Dame et la lance.

Horrifiée, Teleri regarda la pointe acérée s'enfoncer dans la poitrine de la jeune femme et l'entendit hurler, tandis qu'elle tombait à la renverse dans les bras de Dierna. Les chevaux, affolés par tous ces cris, se cabrèrent, et les deux femmes furent jetées à terre. Teleri tenta de repousser un nouvel agresseur d'un coup de cravache. L'homme poussa un juron rageur, mais parvint à s'emparer des rênes de la jument pour l'immobiliser. Teleri voulut les lui arracher des mains, mais les rênes lui échappèrent. Tâtonnant sous sa cape, elle s'empara de son poignard et s'en servit pour frapper le premier homme qui tentait de se jeter sur elle, mais soudain, des bras puissants la saisirent par-derrière et l'arrachèrent à sa selle.

Elle hurla, sans cesser de se débattre, jusqu'à ce qu'un coup de poing lui fasse perdre connaissance. Quand elle retrouva ses esprits, elle était allongée dans le bois, les pieds et les poings liés. À travers les arbres, elle vit les bandits, montés sur les chevaux de leurs victimes, s'éloigner au triple galop. Ils avaient abaissé leurs capuchons pour masquer leurs visages. Les deux hommes qui avaient reçu ordre de rester ici pour surveiller les prisonniers n'avaient pas besoin de dissimuler leurs cheveux blond filasse.

Des pirates ! pensa-t-elle avec effroi. Des Saxons, ou peut-être des Frisons venus de Belgique. Toutes ces discussions à la table de son père qu'elle trouvait si ennuyeuses prenaient brutalement un sens. Refoulant des larmes de rage, elle détourna la tête.

Dierna gisait à ses côtés. Un instant, Teleri crut que la Grande Prêtresse était morte, avant de constater qu'elle aussi était ligotée. Ces bandits n'auraient pas pris cette peine pour une morte. Malgré tout, Dierna restait totalement immobile. Sa peau blanche était encore plus pâle, et Teleri voyait apparaître une vilaine contusion sur son front. Mais à la naissance du cou, son pouls, bien que très faible, battait encore, sa poitrine se soulevait et retombait.

Derrière la prêtresse, d'autres corps jonchaient le sol, là où on les avait abandonnés après les avoir traînés à l'écart du chemin. Il y avait là le jeune druide, et les serfs affranchis. Le cœur navré, Teleri aperçut également Erdufylla. Évidemment, se dit-elle, nul ne pouvait survivre à pareille blessure. Outre Dierna et elle-même, le seul survivant de leur petit groupe était Lewal.

Teleri chuchota son nom. Tout d'abord, elle crut qu'il n'avait pas entendu, puis il se tourna vers elle.

— L'ont-ils frappée ? demanda-t-elle en désignant la prêtresse d'un mouvement du menton.

Le druide secoua la tête.

— Non, je crois qu'elle a reçu un coup de sabot en tombant de cheval, mais ils m'ont interdit de l'examiner.

— Est-ce qu'elle vivra ? demanda Teleri d'une voix encore plus faible.

Lewal ferma les yeux un instant.

— Si les dieux lui sont propices. Elle a reçu un coup à la tête ; on ne peut qu'attendre. Même si j'étais libre de mes gestes, je ne pourrais pas faire grand-chose d'autre que de lui tenir chaud.

Teleri frissonna. La pluie avait cessé, mais le ciel demeurait gris et menaçant.

— Glissez-vous vers elle, je ferai la même chose, murmura-t-elle. Peut-être la chaleur de nos deux corps l'aidera-t-elle à se réveiller.

— J'aurais dû y penser !...

Une petite lueur d'espoir réapparut dans les yeux du vieux druide. Avec prudence, s'immobilisant chaque fois qu'un de leurs agresseurs se tournait vers eux, ils rampèrent vers Dierna.

Les instants qui suivirent leur parurent interminables, mais en réalité, deux heures à peine s'étaient écoulées quand ils entendirent revenir le gros de la bande. Teleri connaissait la tactique de ces bêtes brutes : une fois leur forfait accompli, ils s'enfuyaient en emportant leur butin, avant que leurs pauvres victimes ne trouvent la force de réagir.

Un des bandits obligea sans ménagement Teleri à se relever ; ses doigts épais et sales couraient sur la laine fine de sa robe. Quand ses mains lui pétrirent les seins, elle lui cracha au visage. Il éclata de rire et s'adressa à ses compagnons dans une langue incompréhensible. Lewal, qu'on avait mis debout de force lui aussi, répondit en employant le même langage.

— Je leur ai dit que vous étiez riche et qu'ils pouvaient espérer une bonne rançon. J'ai appris les rudiments de leur langue afin de pouvoir me procurer des herbes, expliqua-t-il à Teleri.

Un des brigands se pencha au-dessus de Dierna, visiblement déconcerté par le contraste entre les mains blanches de la jeune femme et ses grossiers habits de voyage. Finalement, il haussa les épaules et dégaina son poignard.

— Non ! hurla Teleri. Elle est *sacerdos, opulenta* ! C'est une prêtresse ! Très riche !

Certains de ces hommes comprenaient certainement le latin. Elle jeta un regard désespéré à Lewal.

— *Gytha ! Rica !* cria-t-il à son tour.

Le Saxon semblait perplexe ; malgré tout, il rangea son poignard, souleva le corps inerte de Dierna et le hissa par-dessus son épaule. Les hommes qui tenaient Teleri et Lewal firent de même avec leurs prisonniers, et quelques instants plus tard, tous les trois se retrouvèrent couchés sur les chevaux volés. Et ils repartirent.

Quand enfin ils s'arrêtèrent, Teleri regretta de ne pas être évanouie elle aussi, comme la Grande Prêtresse.

Le bateau des pirates avait jeté l'ancre dans une crique isolée, et ils avaient installé leur campement sur le rivage. Des tentes rudimentaires protégeaient le butin périssable, le reste était simplement entreposé ici et là. Les prisonniers furent déchargés rudement à côté d'un empilement de sacs de grain, où on sembla les oublier, tandis que les bandits allumaient des feux et partageaient la nourriture qu'ils avaient volée, surtout le vin.

— Avec un peu de chance, ils nous oublieront, dit Lewal, alors que Teleri se demandait au contraire si on leur donnerait à manger. Jusqu'à demain matin au moins, ajouta le druide, lorsqu'ils auront cuvé leur vin.

S'étant redressé au prix de quelques reptations, il

posa le revers de sa main sur le front de Dierna. Elle avait laissé échapper un faible gémissement quand on l'avait déposée à terre. Si elle paraissait sur le point de reprendre connaissance, elle conservait néanmoins les yeux clos.

La nuit tomba. Un semblant d'ordre s'installa dans le camp, tandis que les hommes prenaient place autour des feux. Parmi les têtes blondes des Saxons et des Frisons on apercevait un grand nombre de cheveux bruns ou châtains ; des bribes de latin grossier se mêlaient aux accents gutturaux des langues germaniques. Des déserteurs et des esclaves en fuite avaient grossi les rangs des barbares. Le goût du sang, la force du bras pour manier la rame ou l'épée, voilà le lien qui les rassemblait. Une odeur de cochon rôti fit venir l'eau à la bouche de Teleri, mais elle s'efforça de détourner la tête en essayant de se souvenir de ses prières. Elle avait plongé dans un demi-sommeil confortable lorsqu'un crissement de pas tout près d'elle la réveilla en sursaut.

Elle allait se retourner au moment où un coup de pied dans les côtes la fit se redresser brutalement, en lançant un regard noir. Le pirate qui l'avait frappée s'esclaffa. Il n'était pas plus propre que ses compagnons, mais la masse d'or qu'il portait par-dessus son gilet en peau de bête laissait deviner qu'il s'agissait du chef de la bande. Saisissant Teleri par les épaules, il la mit debout face à lui, et comme elle se débattait, il la plaqua contre sa poitrine d'un seul bras, immobilisant ses poignets liés. Son autre main glissa dans ses cheveux. Il eut en la dévisageant un large sourire édenté, avant de coller sa bouche sur la sienne.

Quand enfin il recula, quelques-uns de ses hommes lancèrent des cris de joie, tandis que d'autres faisaient la grimace. Teleri essayait de reprendre son souffle, refusant encore de croire à ce qui venait de se passer. Et soudain, la main calleuse du pirate plongea dans le décolleté de sa robe pour lui pétrir les seins, et cette fois, ses intentions ne faisaient plus aucun doute.

— Non, non, je vous en prie... (Elle ne pouvait pas

bouger, mais elle pouvait au moins tourner la tête).
S'il me fait du mal, vous ne toucherez pas la rançon !
lança-t-elle aux autres. Obligez-le à me lâcher !

Il y en avait quand même quelques-uns dans le
nombre qui comprenaient le latin, se dit-elle. De fait,
deux ou trois hommes se levèrent, et l'un d'eux fit un
pas vers le chef. Teleri ne comprit pas ce qu'il disait,
mais visiblement, il s'agissait d'un défi, car le chef
cessa de s'occuper d'elle pour s'emparer de son épée.
L'espace d'un instant, tout le monde s'immobilisa.
Teleri vit le regard foudroyant du chef glisser d'un
homme à l'autre, et elle les vit abandonner toute velléité de révolte ; un par un ils baissèrent les yeux, et
elle devina que son destin était scellé lorsqu'il éclata
de rire.

Elle se débattit et s'agita violemment quand son
bourreau la souleva dans ses bras, mais celui-ci
l'étreignit encore plus fort. Tandis qu'il l'emportait
vers le matelas de peaux de bêtes de l'autre côté du
feu, Teleri entendit les rires de tous les hommes.

Dierna avait longuement erré dans un monde de
brouillards et d'obscurité. S'agissait-il des marais en
contrebas d'Avalon ? se demandait-elle. Les nuages
restaient toujours accrochés aux frontières entre la
sphère protégée autour du Tor sacré et le monde
extérieur. Au moment où lui venait cette pensée, la
scène s'éclaircit. Elle se trouvait sur un des nombreux îlots où quelques saules s'agrippaient à un
tertre au-dessus des roseaux. Des plumes jonchaient
le sol boueux ; elle hocha la tête, sachant que le nid
de colverts n'était pas très loin. Elle distinguait maintenant ses petits pieds nus et l'ourlet trempé de sa
robe. Mais il fallait qu'elle se souvienne d'une chose.
Elle jeta des regards inquiets aux alentours.

— Dierna ! Attends-moi !

La voix avait retenti dans son dos. Elle se retourna
brusquement, en se souvenant tout à coup qu'elle
avait interdit à sa jeune sœur de la suivre quand elle
partait chercher des œufs d'oiseaux, et la fillette
avait désobéi.

— J'arrive, Becca ! Ne bouge pas surtout !

À onze ans, Dierna connaissait suffisamment bien les marécages pour s'y aventurer seule. Ce jour-là, elle était partie chercher des œufs pour une des prêtresses malade. Becca n'avait que six ans ; elle était trop petite pour sauter d'un monticule à l'autre, et Dierna ne voulait pas que sa sœur la retarde. Mais depuis que leur mère était morte un an plus tôt, la fillette était devenue l'ombre de son aînée. Comment avait-elle fait pour venir seule jusqu'ici ?

Dierna s'enfonça dans l'eau noire des marais, en scrutant les alentours. Au loin, un canard poussa un cri, mais autour d'elle, rien ne bougeait.

— Becca, où es-tu ? Si tu ne peux pas crier, fais du bruit dans l'eau !

Une fois qu'elle aurait récupéré sa petite sœur, elle se promit de lui donner une bonne fessée pour lui apprendre à obéir. C'était trop injuste ! se dit-elle. N'avait-elle pas droit à quelques moments de liberté, sans toujours être responsable de cette enfant ?

Soudain, de l'autre côté du tertre qui se dressait devant elle, Dierna entendit un grand plouf, et elle se raidit, en tendant l'oreille, jusqu'à ce que le même bruit se reproduise. Alors, elle voulut hâter le pas, mais elle avait dû mal juger les distances, et elle poussa un petit cri de stupeur en sentant son pied s'enfoncer dans la boue. De plus en plus profondément. Paniquée, elle agrippa une branche de saule qui pendait et s'y accrocha, prenant appui sur son autre pied qui reposait sur la terre ferme pour tirer sur sa jambe prisonnière et l'arracher enfin à l'étau de la boue.

Dierna avait maintenant de l'eau jusqu'à la taille. Tremblante d'effroi, elle appela de nouveau sa sœur. De derrière les arbres lui parvenaient des grands flocs, comme quelqu'un qui se débat dans l'eau.

— Dierna ! Je peux plus bouger... Au secours !

Dierna qui croyait avoir connu la peur quelques secondes plus tôt fut envahie à cet instant par une terreur qui lui glaça le sang. En s'accrochant aux roseaux qui lui lacéraient les paumes, elle continua d'avancer, enjambant les racines des arbres et se frayant un chemin à travers les herbes hautes, pour finalement atteindre l'autre côté du tertre, sans cesser d'appeler sa sœur. Le brouillard épais masquait le paysage et elle ne voyait rien. Mais elle entendait les gémissements de Becca ; désorientée un instant, elle continua d'avancer en se fiant à son ouïe.

Le chemin était barré par le tronc d'un saule déraciné. Dierna se faufila au milieu des branches ; ses pieds glissaient sur l'écorce pourrie.

— Becca ! Becca ! Où es-tu ? Réponds-moi !

— À l'aide ! À l'aide !

Le même appel continuait de résonner.

Les flammes dansaient sur les paupières closes de Dierna ; elle laissa échapper un gémissement. Elle était dans les marais... D'où venait ce feu alors ? Peu importe, sa sœur l'appelait à la rescousse, elle devait la rejoindre... Elle retint son souffle. Elle ne pouvait plus bouger ! Était-elle prisonnière de la boue elle aussi ? Un frisson la parcourut. Elle s'efforça de retrouver la conscience de son corps, et les sensations réapparurent, accompagnées d'une terrible douleur.

Quelqu'un riait... Dierna s'immobilisa. Puis sa sœur hurla de nouveau.

Dierna se redressa en position assise, sa tête tournait. Mais quand elle voulut assurer son équilibre, elle constata que ses mains étaient attachées, et elle retomba. À travers ses paupières mi-closes, elle vit le feu, les visages obscènes et le corps blanc de la femme qui se débattait sous l'homme au gilet en peau de bête. Il avait baissé son pantalon ; les muscles de ses fesses roses se crispaient, tandis qu'il essayait de plaquer sauvagement sa victime sur le sol.

La prêtresse observait ce spectacle sans pouvoir réagir. Elle ne savait pas où elle se trouvait, mais elle comprit ce qui se passait devant ses yeux et soudain, c'était de nouveau sa jeune sœur qui l'appelait à l'aide. Avec un grognement de rage, elle brisa les liens qui entravaient ses poignets et se redressa.

Les pirates ne faisaient pas attention à elle ; ils assistaient à la scène, en pariant sur la durée du combat. Dierna prit une profonde inspiration, non pas pour se calmer, mais tenter au contraire de canaliser sa fureur.

— Briga..., murmura-t-elle. Grande Mère, offre-moi ta magie pour sauver cette enfant !

Que faire ? Même si elle avait pu affronter tous ces hommes, aucune arme ne se trouvait à portée de main. Mais il y avait le feu. Prenant une nouvelle inspiration, elle projeta toute sa volonté dans ces flammes bondissantes. La chaleur intense brûla son âme, mais après le souvenir de l'eau glacée des marais, c'était un réconfort. Elle saisit la fournaise à bras le corps, pour se fondre en elle, et se leva, jusqu'à se dresser de toute sa hauteur au cœur du feu.

Aux yeux des témoins médusés, ce fut comme si un vent invisible avait attisé la fureur des flammes, les faisant s'élever dans les airs en tournoyant, pour finalement laisser apparaître une femme de feu. L'espace d'un instant, elle demeura immobile, les étincelles jaillissaient de ses cheveux. Puis elle avança. Tous les pillards s'étaient maintenant levés. Certains reculèrent, en faisant des signes destinés à conjurer les mauvais esprits. L'un d'eux lança son poignard qui traversa les flammes et retomba bruyamment sur les pierres.

Seul le violeur n'avait rien remarqué. Il avait réussi à immobiliser les jambes de la jeune femme et tentait de la déshabiller.

— Toi qui désires l'amour du feu, reçois mon étreinte et consume-toi ! cria la déesse.

À ces mots, des bras enflammés se tendirent vers le chef des pirates qui s'écarta brusquement de sa victime, en hurlant. Il poussa un second hurlement en découvrant la cause de cette brûlure soudaine et roula sur le côté. Le feu semblait planer au-dessus de lui, tandis qu'il essayait de reculer, empêtré dans son pantalon qui lui emprisonnait les chevilles. Mais dès qu'il se fut éloigné de sa victime, les flammes frappèrent de nouveau, le clouant au sol comme il avait cloué la jeune femme. En quelques secondes, son gilet de peau et ses cheveux s'embrasèrent. Ses cris redoublèrent de violence, mais demeurèrent aussi vains que ceux de Teleri quelques instants plus tôt, car ses hommes détalaient en tous sens, trébuchant sur leurs affaires et se percutant dans leur panique.

Le feu ignorait les hurlements lui aussi. Tant que sa proie continua à remuer, il refusa de la lâcher ; c'est seulement après les derniers soubresauts que les flammes se dispersèrent en une cascade d'étincelles, avant de disparaître.

— Dierna...

La prêtresse réintégra brusquement son corps, en laissant échapper un petit cri. Elle sentit le sang revenir dans ses mains enfin libérées et se mordit la lèvre pour supporter la douleur. À l'aide d'un couteau abandonné par les pillards, Lewal s'attaquait aux liens qui entravaient ses chevilles. En quelques secondes, il parvint à se libérer à son tour, et la sensation de brûlure qui envahit ses membres inférieurs lui arracha un frisson.

— Dierna... Regardez-moi !

Un autre visage apparut dans son champ de vision, pâle, encadré de longs cheveux bruns emmêlés.

— Oh, Becca, tu es vivante..., murmura-t-elle, puis elle cligna des yeux, car ce n'était pas une enfant, mais une jeune femme, la robe déchirée, le regard encore assombri par le souvenir de la terreur, les joues ruisselantes de larmes.

— C'est moi, ma Dame, Teleri... Vous ne me reconnaissez pas ?

Les yeux de la prêtresse glissèrent vers le feu et la chose carbonisée à quelques mètres de là, avant de revenir se poser sur le visage de Teleri.

— Oui, je me souviens maintenant. Je croyais que tu étais ma sœur...

Elle frissonna, car elle revoyait les clapotis à la surface de l'eau noire, et une tache pâle en dessous. Dierna avait sauté dans l'eau glacée, en tendant le bras au maximum, jusqu'à ce que ses doigts agrip-

pent un morceau d'étoffe, puis le bras de sa jeune
sœur. Elle revoyait la scène, et sa respiration s'accéléra. Elle tirait de toutes ses forces, plongeait sous
l'eau, ressortait la tête pour respirer et s'accrochait à
un rondin qui flottait à la surface... À force de se
démener, elle avait réussi à le coincer contre la rive
et s'en était servie comme point d'appui pour tirer
encore une fois...

— Elle était prisonnière des sables mouvants...,
expliqua-t-elle. Je l'entendais crier, mais quand je
suis arrivée sur place, elle avait déjà été engloutie, et
je n'avais pas assez de force pour la libérer...

Dierna ferma les yeux. Tout en sachant qu'il n'y
avait plus d'espoir, elle était restée dans l'eau, tenant
sa sœur d'une main, et le rondin de l'autre. C'était
dans cette position que l'avaient découverte les hommes partis à sa recherche avec des torches pour
affronter l'obscurité des marais.

— Non, ne pleurez pas, ma Dame ! dit Teleri en se
penchant au-dessus d'elle. Vous êtes arrivée à temps
pour me sauver !

— Oui... Tu es ma sœur désormais.

Dierna leva les yeux et parvint à grimacer un sourire. Elle tendit les bras vers Teleri qui s'y glissa. Tout
naturellement. « Cette fois, je saurai la protéger du
danger, se jura la Grande Prêtresse. Je ne la perdrai
pas ! »

— Êtes-vous en état de monter à cheval, Ma
Dame ? s'enquit Lewal. Nous devons fuir avant le
retour de ces bêtes sauvages ! Rassemblez de la nourriture et des outres. Pendant ce temps, je vais seller
trois chevaux et libérer les autres.

— Des bêtes sauvages..., répéta Dierna, tandis que
Teleri l'aidait à se relever. Non... aucun animal n'est
aussi cruel avec ses semblables. Le mal est le privilège des hommes. (Sa tête la faisait souffrir, mais elle
avait appris depuis longtemps à dominer les lamentations de son corps.) Aidez-moi simplement à monter en selle et je pourrai chevaucher, ajouta-t-elle.
Mais toi, petite ? Ce monstre t'a-t-il fait du mal ?

Teleri jeta un bref regard en direction de ce tas de

chairs calcinées qui avait été autrefois un être
humain, et elle déglutit avec peine.

— J'ai quelques traces de coups, murmura-t-elle,
mais je suis toujours vierge.

« Vierge de corps, se dit Dierna, mais ce démon a
violé son âme. » Prenant appui sur l'épaule de Teleri,
elle se redressa et tendit la main.

— Celui-ci ne violera plus aucune femme, mais ce
n'était qu'un monstre parmi beaucoup d'autres. Que
le feu de la Déesse les consume tous ! Par l'eau et par
le feu, je les maudis ! Par les vents du ciel et la terre
sacrée sur laquelle nous nous trouvons, je les maudis ! Que la mer se déchaîne contre eux et qu'aucun
port ne leur offre refuge. Que ceux qui ont vécu par
l'épée trouvent un ennemi dont l'épée les terrassera !

X

Teleri sortit une autre poignée de laine brute du
panier et l'ajouta à la quenouille qu'elle tenait dans
sa main gauche. De la main droite, elle tira sur le
fil, vérifia la tension ; un petit mouvement rapide du
poignet actionna le fuseau qui pendait et ses doigts
recommencèrent à guider la laine. Un soleil de printemps précoce réchauffait son dos et ses épaules. En
hiver, elle aimait venir s'asseoir dans ce coin de verger abrité du vent ; maintenant que le soleil faisait
fleurir les premiers bourgeons, c'était un endroit
encore plus agréable.

— Ton fil est si fin, soupira la petite Lina en levant
les yeux du fil de laine grossier enroulé autour de son
fuseau pour admirer le brin si lisse de Teleri.

— C'est une question d'habitude, répondit cette
dernière avec un sourire. Même si jamais je n'aurais
pensé avoir besoin de ce talent ici. Mais aussi longtemps que les princes et les prêtresses devront se
vêtir, il faudra bien, je suppose, que quelqu'un file la

laine comme nous le faisons maintenant. Dans la
villa de mon père, les femmes ne parlaient que des
hommes ou des enfants. Ici au moins, les paroles que
nous échangeons en filant ont un sens.

En disant cela, elle se tourna vers la vieille Cigfolla
qui leur avait expliqué dans quelles circonstances la
Maison des Prêtresses était venue s'installer à Avalon.

Lina l'observait d'un air perplexe.

— Pourtant, dit-elle, les prêtresses elles aussi ont
des enfants. Dierna elle-même en a mis trois au
monde. Ils sont adorables. Je rêve de tenir un enfant
dans mes bras.

— Eh bien, pas moi, déclara Teleri. Les femmes
avec lesquelles j'ai grandi ne pouvaient rien faire
d'autre. Peut-être est-il naturel de rêver de ce que l'on
n'a pas.

— Au moins avons-nous le choix, dit une des
autres filles. Les prêtresses d'Avalon peuvent faire des
enfants, mais elles ne sont pas obligées. Nos enfants
naissent de la volonté de la Déesse et de la nôtre, et
pas pour le plaisir d'un homme !

« Dans ce cas, je n'en aurai jamais... », songea
Teleri en saisissant une nouvelle poignée de laine
brute.

Grâce au bon vouloir de la Déesse et à la magie de
Dierna, elle était encore vierge, et bien heureuse de
l'être. Dans tous les cas, elle était vouée à la chasteté
jusqu'à ce qu'elle ait achevé son enseignement et prononcé ses vœux ultimes. Après avoir été la plus jeune
de la maisonnée de son père, elle était devenue la
plus âgée de la Maison des Vierges d'Avalon. Même
les filles de sang royal envoyées ici pour parfaire leur
éducation avant le mariage venaient généralement
plus jeunes. Elle avait craint tout d'abord que les
autres filles ne se moquent de son ignorance ; elle
avait perdu tellement de temps, et il y avait tant de
choses à apprendre ! Mais à la suite de son voyage
avec Dierna, la Grande Prêtresse semblait lui avoir
communiqué une partie de son charisme, et ses
camarades la traitèrent d'emblée comme une grande
sœur. Quoi qu'il en soit, elle ne resterait plus très

longtemps parmi les jeunes vierges. Voilà plus d'un an qu'elle vivait ici. Quand viendrait l'été, elle prononcerait ses vœux et deviendrait la plus jeune des prêtresses.

Son seul regret était de voir si rarement Dierna. Dès leur retour, les tâches et les responsabilités de la Grande Prêtresse d'Avalon l'avaient accaparée. Pour se consoler, Teleri se disait qu'elle devrait s'estimer heureuse d'avoir partagé si longtemps la compagnie de la Dame. Les autres filles l'enviaient à cause de ce voyage ; elles ignoraient qu'aujourd'hui encore, alors que six lunes déjà s'étaient écoulées, elle se réveillait en sanglotant la nuit, car elle revoyait dans ses cauchemars le chef des pirates se jeter sur elle.

Le fuseau commençait à peser dans sa main, alourdi par le poids de la laine, alors elle le laissa pendre, jusqu'à ce que l'extrémité repose sur une pierre plate qui lui permettait de tournoyer, et elle étira le fil entre ses doigts. Dès qu'elle aurait fini de filer ce qui restait dans son panier, il lui faudrait mettre la laine en écheveau.

La vieille Cigfolla, qui malgré ses articulations raidies savait encore filer mieux que quiconque, tira de son panier un fil de lin très fin. Si la laine provenait de leurs moutons, le lin leur était échangé ou offert. Peut-être, songea Teleri, celui-ci provenait-il des propres entrepôts de son père et faisait-il partie des cadeaux ayant accompagné son arrivée à Avalon.

— Nous filons la laine pour avoir chaud, et le lin épais pour nous vêtir, dit Cigfolla. Mais que ferons-nous d'un fil si fin à votre avis ?

Le fuseau continuait de tournoyer et le fil, si fin qu'il en devenait presque invisible, s'étira encore.

— Nous le tisserons pour en faire des voiles destinés aux prêtresses, car c'est ce qu'il y a de plus beau ? demanda Lina.

— En effet, ce lin produit une étoffe de la plus grande finesse. Mais cela ne veut pas dire que votre propre travail ne doit pas être lisse et régulier, ajouta la vieille femme d'un ton sévère. Le pommier n'est pas plus noble que le chêne, ni le blé que l'orge. Chacun a sa propre utilité. Certaines d'entre vous deviendront prêtresses, d'autres retourneront dans leur foyer pour se marier. Aux yeux de la Déesse, toutes les voies sont honorables. Vous devez donc vous efforcer de faire au mieux le travail qu'Elle vous confie, quel qu'il soit. Même s'il s'agit simplement de filer du chanvre pour de la toile à sac, vous devez y consacrer tous vos efforts. Vous comprenez ?

Une douzaine de paires d'yeux croisèrent son regard chassieux et se détournèrent aussitôt.

— Vous pensez que l'on vous demande de tisser la laine afin de vous occuper ? Eh bien, non, dit Cigfolla en secouant la tête. Nous pourrions troquer nos habits, comme nous le faisons pour d'autres marchandises. Mais les vêtements confectionnés ici à Avalon possèdent des vertus. Le filage est une activité magique, le saviez-vous ? Quand nous parlons de choses sacrées en travaillant, ce ne sont pas seulement la laine ou le lin que l'on tisse. Observez votre travail... regardez comme les fibres s'entortillent. Isolées, elles ne sont que des brins dans le vent, mais une fois réunies, elles prennent de la force. Et encore plus si vous chantez en filant, si vous accompagnez chaque brin d'une incantation.

— Quelle incantation, sage Dame, doit-on chanter pour imprégner le lin qui tissera les voiles de la Dame d'Avalon ? demanda Teleri dans le silence.

— Dans ces fils se trouvent toutes les choses dont nous avons parlé, lui répondit Cigfolla. Les cycles et les saisons, qui s'en vont et reviennent, comme tourne le fuseau. D'autres éléments s'y joindront au moment du tissage : le passé et le présent, le monde au-delà des brumes et cette terre sacrée, la chaîne et la trame tissant un nouveau destin.

— Et la teinture ? demanda Lina.

Cigfolla sourit.

— C'est l'amour de la Déesse qui pénètre et colore tout ce que nous faisons...

— Peut-Elle veiller sur notre sécurité ici ? murmura Lina.

— Oui, Elle nous protège, dit la vieille femme.

Depuis que je suis née, ou presque, l'Angleterre vit en paix au sein d'un Empire uni. Et nous avons prospéré.

— Certes, les marchés regorgent de marchandises, mais les gens n'ont pas les moyens d'acheter ! objecta Teleri. Peut-être n'en avez-vous pas conscience en vivant ici, mais pendant trop longtemps j'ai entendu les lamentations de ceux qui venaient supplier mon père pour ne pas comprendre ce qui se passe. Tous les produits que nous importons des autres coins de l'Empire sont de plus en plus chers, alors les gens réclament des salaires plus élevés pour pouvoir les acheter, et nous sommes obligés ensuite d'augmenter nos prix nous aussi.

— Mon père dit que c'est la faute de Postumus[1] qui a essayé de séparer toute la moitié occidentale de l'Empire, intervint Adwen qui devait prononcer ses vœux en même temps que Teleri.

— Postumus a été vaincu, fit remarquer Lina.

— Peut-être, mais la réunification de l'Empire ne semble pas avoir arrangé les choses. Les prix continuent d'augmenter, on envoie tous nos jeunes hommes combattre à l'autre bout du monde, mais il n'y a personne pour défendre nos côtes ! s'exclama Teleri avec fougue.

— C'est vrai ! dirent les autres en chœur. Les pirates sont de plus en plus téméraires.

Cigfolla prit une autre poignée de lin et recommença à faire tourner son fuseau.

— Le monde tourne comme ce fuseau, dit-elle. Et rien ne dure éternellement. Le mal et le bien se succèdent, c'est notre seule certitude. Sans changement, il n'y aurait pas d'évolution. Parfois, je m'inquiète moi aussi, mais j'ai vu mourir trop d'hivers pour ne pas croire que le printemps revient toujours...

Elle leva les yeux vers le soleil en disant cela, et Teleri vit son visage s'illuminer.

---

1. Postumus parvint à usurper le pouvoir impérial sur la Gaule, la Germanie et la Bretagne. Il fut tué en 267 par ses soldats auxquels il avait refusé le pillage.

« Elle a raison, se dit-elle. Je dois me persuader que même le cauchemar le plus terrible prendra fin à l'aube ! »

À mesure que les jours allongeaient, le temps se réchauffait ; l'herbe poussait verte et drue dans les prairies au bord des rives, dans les marais les eaux amorçaient leur décrue. Au-delà d'Avalon, les chemins et les routes n'étaient plus transformés en fondrières ; négociants et voyageurs parcouraient à nouveau le pays, colportant marchandises et rumeurs, particulièrement abondantes en ce printemps, car si le retour du beau temps avait permis aux bateaux marchands de reprendre la mer, les pirates qui en faisaient leurs proies les avaient imités.

Sans quitter Avalon, Dierna était parfaitement informée. Les nouvelles lui venaient des femmes jadis formées dans l'Île Sacrée, de ses obligés, des druides errants, et de tout un réseau qui couvrait l'ensemble du pays. Les moyens de communication dont elle disposait n'étaient pas aussi rapides que ceux du Gouverneur romain, mais beaucoup plus variés, et les conclusions auxquelles elle parvenait bien différentes.

Alors que la lune serait bientôt pleine, juste avant le Solstice d'Été, la Grande Prêtresse se retira dans une hutte sur l'île de Briga pour méditer. Pendant trois jours elle demeura là, sans manger, buvant uniquement l'eau du Puits Sacré. Toutes les informations rassemblées devaient être analysées et ordonnées, et ensuite, peut-être que la Dame lui indiquerait ce qu'il fallait faire.

La première journée était toujours la plus pénible. Elle ne cessait de penser à toutes les tâches, et toutes les personnes, qu'elle avait laissées en partant. La vieille Cigfolla s'y entendait mieux qu'elle pour diriger les affaires d'Avalon, et elle pouvait compter sur Ildeg, de peu son aînée, pour veiller à la discipline des jeunes filles à la Maison des Vierges. Plusieurs fois déjà elle leur avait délégué ses pouvoirs lorsqu'elle s'était absentée d'Avalon.

Les prêtresses comprenaient la raison de cet isolement volontaire, mais ses enfants ? Comment leur expliquer qu'ils ne devaient pas essayer de la voir, tout en sachant qu'elle était si près d'eux ? Elle ne cessait de revoir leurs visages : sa première fille, mince et brune — on disait d'elle qu'elle était une Fille des Fées —, et les jumeaux, roux et pleins d'entrain. Comme elle aurait voulu les tenir dans ses bras ! Mais elle savait que ses filles étaient nées, comme elle, pour servir Avalon, et il n'était pas trop tôt pour leur faire découvrir le prix de cette vocation. Sa première fille l'avait déjà quittée pour être élevée dans une famille du sang d'Avalon qui avait bâti sa maison avec les pierres de Mona, l'ancien sanctuaire des druides. Les jumeaux la suivraient bientôt. Peut-être était-il préférable que le fils ne s'attachât pas trop à sa mère... et peut-être devrait-elle envoyer sa sœur jumelle avec lui...

Dierna se reprit : tout cela n'était que pensées futiles et diversions coutumières. Une fois de plus, elle fixa son regard sur la flamme vacillante de la lampe à huile.

Lorsque l'aube du lendemain éclaira le seuil de la hutte, Dierna avait atteint ce stade de concentration parfaite où elle pouvait mettre en ordre et analyser toutes les informations qu'elle avait collectées. Elle demeura tout le jour assise et contemplative, considérant avec détachement les moissons, les récoltes et les guerres, le mouvement des troupes et celui du commerce, l'ascension et la chute des empereurs. Le soir, elle se laissa emporter par un rêve éveillé. Il lui semblait qu'elle sortait de son corps pour s'élever au-delà des frontières d'Avalon. Dans cet état, elle voyait les forces qui submergeaient le pays flamboyer d'un point à l'autre en lignes de lumière. Son esprit les parcourait avec la vitesse de la pensée, notant au passage les plus puissantes ou les plus faibles, ainsi que les endroits où l'énergie se perdait sans retour dans les flots.

Au lever du jour, Dierna sombra dans un véritable sommeil. À son réveil, quelques heures plus tard, elle découvrit que sa jeune servante, issue du Peuple des Marais, avait déposé pour elle un plein panier de ces champignons aux vertus puissantes, dont les siens connaissaient le secret. Dierna sourit. Après les avoir soigneusement lavés, hachés, elle les jeta dans un petit chaudron avec les herbes qu'elle avait apportées. Elle alluma ensuite un feu pour les faire mijoter, puis le laissa s'éteindre peu à peu afin de permettre au brouet d'infuser tout l'après-midi. Penchée au-dessus du chaudron, elle se mit à psalmodier, en remuant régulièrement le mélange.

La préparation elle-même était un acte magique, et avant même de boire cette infusion, les vapeurs âcres qui s'élevaient de sa surface noirâtre avaient commencé à modifier ses perceptions. Elle filtra le contenu du chaudron dans un calice en argent qu'elle emporta dehors.

La cabane où elle avait cherché refuge était entourée d'une haie de ronces. Au-dessus de l'entrelacs de feuilles luisantes, le soleil commençait juste à se coucher. La lune, qui serait pleine dans trois jours, avait déjà parcouru un quart du chemin à l'horizon ; sa silhouette ovale brillait d'une lueur pâle comme un coquillage ; des oiseaux s'élevaient et tournoyaient dans le ciel doré. À l'intérieur de l'enclos, le sol était tapissé de mousse et d'herbe tendre ; au centre se dressait un autel de pierre. Debout face à la lune, Dierna brandit le calice en signe de salut.

— À toi, Dame de la Vie et de la Mort, j'offre cette coupe, mais c'est moi-même qu'en vérité je t'offre. Si c'est ma mort que tu réclames, elle est entre tes mains, mais si tu le souhaites, accorde-moi plutôt ta bénédiction... la vision de ce qui est et doit être, et la sagesse de comprendre.

Il y avait toujours une part d'incertitude, comme avec n'importe quelle autre herbe magique, car la différence entre la dose de potion efficace et la dose fatale était infime, et surtout, elle dépendait de la qualité des champignons qui la composaient, de l'état de santé de celui qui la buvait, et également, comme Dierna l'avait appris, du bon vouloir des

dieux. Après une brève hésitation, elle porta le calice
à ses lèvres et but. L'amertume du breuvage lui
arracha une grimace, puis elle reposa la coupe dans
l'herbe. Elle s'enveloppa ensuite dans son long manteau de laine brute, écrue, et s'allongea sur le bloc de
pierre grise.

Au début, il y avait un moment où, immanquable-
ment, Dierna avait l'impression qu'elle allait vomir et
que tout le temps passé à préparer la décoction serait
ainsi perdu. Elle inspira puis expira profondément
en comptant les secondes puis fit effort pour détendre chacun de ses muscles au point d'avoir l'impression qu'elle allait bientôt se fondre dans la pierre
froide. Au-dessus d'elle, le cercle du ciel s'assombrissait ; les reflets violets du crépuscule prenaient une
teinte grise. Les yeux fixés sur la voûte céleste, elle
aperçut entre deux battements de cils le scintillement
de la première étoile.

Presque au même moment, une ondulation lumineuse sembla parcourir le ciel. Sa respiration s'accéléra. Elle sut l'apaiser car des années de pratique lui
avaient appris à refréner toute velléité de fuite ou de
révolte. Autrement, elle eût couru à sa perte. Elle
avait vu une jeune prêtresse sombrer dans la folie,
faute d'une force de caractère suffisante pour s'abandonner au tumulte des sens qui agitaient tout son
corps, tandis que l'essence du breuvage magique
s'emparait de son âme.

Maintenant les étoiles irradiaient comme autant
d'arcs-en-ciel. Dierna fut prise de vertige au moment
où les cieux semblèrent se retourner. Elle inspira
profondément une fois encore et concentra toutes
ses pensées sur ce point lumineux qui, en elle, rayonnait au centre de son crâne. Pris dans un tourbillon
de spirales lumineuses et multicolores, son « moi »
qui contemplait ce fabuleux spectacle avait su préserver son calme, son équilibre, son rythme. Des formes monstrueuses jaillirent de l'obscurité, mais elle
les chassa, comme elle avait chassé précédemment
les pensées indésirables de son esprit.

Et bientôt, le tumulte s'apaisa, les visions se firent

plus nettes. Pour finir, elle eut à nouveau conscience d'être allongée sur la pierre, les yeux levés vers le ciel noir. Mais ce n'était pas simplement l'heure qui avait changé. La dalle sur laquelle elle était couchée était chaude, et en concentrant son attention sur cette sensation, elle sentit les énergies de la terre remonter à travers la masse de la pierre. Mais c'étaient les cieux qu'elle scrutait. Elle les observait avec une intensité qui eût dépassé les forces d'un être normalement conscient.

Le ciel était limpide. La lune éclairait l'horizon à l'est, et seules les étoiles les plus puissantes étaient visibles, mais Dierna gardait les yeux fixés sur cette immensité constellée où l'on pouvait s'abîmer dans une chute sans fin. Elle prenait plaisir à se laisser inonder par le scintillement rayonnant des cieux. Mais là n'était pas son but. Faisant appel à sa vision intérieure, elle suivit le tracé des grandes constellations qui gouvernent le ciel. Un simple mortel ne pouvait percevoir qu'une masse confuse d'étoiles éparpillées. Mais dans son état de transe, l'esprit de Dierna voyait les formes spectrales dont ces étoiles n'étaient que les repères, et qui donnaient leur nom aux constellations.

Là, très haut dans le ciel, la Grande Ourse marchait d'un pas lourd autour du pôle. À mesure que la nuit progressait, elle se déplacerait vers l'ouest, avant de plonger vers l'horizon. La Grande Ourse était l'équivalent céleste des îles du Val d'Avalon : en observant les autres étoiles avec lesquelles elle partageait le ciel, Dierna saurait quelles forces gouvernaient l'avenir proche. Cette nuit, les étoiles de la Grande Ourse semblaient briller d'un éclat redoublé.

Son regard dériva vers le sud, vers la constellation baptisée l'Aigle. S'agissait-il de l'Aigle de Rome ? Il brillait lui aussi, mais moins vivement que le Dragon lové au centre du ciel. Tout près de là trônait la Vierge, immaculée et majestueuse.

Ayant tourné légèrement la tête, elle cherchait à discerner l'éclat plus intense des étoiles vagabondes, et aperçut à l'extrémité nord de l'horizon, le scintillement liquide de la Dame d'Amour. La rougeoyante planète du dieu de la guerre émergeait à ses côtés.

Une nouvelle ondulation colorée traversa les cieux. Dierna suffoquait, le cœur battant. Elle fit effort pour reprendre son souffle. Le breuvage, maintenant, faisait sentir son plein effet. Il l'entraînait vers ces régions supérieures où l'Apparence et la Signification ne faisaient plus qu'un. L'éclat des deux planètes se mit à flamboyer au point qu'elle eut sous les yeux les deux personnes divines dont elles portaient le nom. Le dieu poursuivait la déesse qui, succombant, transformait sa défaite en radieuse victoire.

« La clé de toute chose c'est l'amour, pensa-t-elle. L'amour sera la magie qui liera le guerrier à notre cause... » En se déplaçant vers le sud, le long de la ligne d'horizon, son regard découvrit la planète du roi céleste. « Mais la souveraineté se trouve au sud... »

Sa vision fut soudain envahie par l'image de colonnes de marbre et de portiques dorés, de processions, et de gens... plus qu'elle n'en avait jamais vu rassemblés en un même lieu. S'agissait-il de Rome ? Déployant son regard, elle découvrit les aigles dorées qui conduisaient les légions vers un temple blanc où une petite silhouette drapée de pourpre s'apprêtait à les accueillir.

C'était un spectacle magnifique, mais lointain. Comment ces gens pouvaient-ils se soucier de l'Angleterre en étant à l'autre bout de l'Empire ?

« Que l'Aigle veille sur les siens ! C'est le Dragon que nous devons convoquer pour défendre son peuple, comme il le fit autrefois... » Et au moment même où ces pensées lui venaient, le Dragon étoilé se transforma en un serpent irisé qui ondula dans le ciel en direction du nord.

Et ce fut un maelström de visions qu'elle ne pouvait plus interrompre ni contrôler en dépit de sa discipline. Des nuages multicolores flottaient au-dessus d'une mer déchaînée. Les rugissements du vent et de l'orage étaient assourdissants. Ses forces rassemblées ne lui savaient plus qu'à dompter sa frayeur.

Sur l'eau, les bateaux chahutés étaient plus vulnérables qu'elle devant la fureur des éléments, car ils n'étaient faits que de planches de bois et de cordes. Leurs pilotes n'étaient que des êtres de chair et de sang. Son esprit se porta vers le plus gros d'entre eux. Elle vit des hommes agrippés à leurs rames. Ils semblaient auréolés de peur. Ils avaient affronté bien des orages, mais celui-ci était trop puissant. Ballottés et chavirés, ils ne savaient plus où chercher refuge. Parmi cet équipage, seul un homme demeurait debout impavide, solidement campé sur ses deux jambes, il suivait le roulis et le tangage du bateau. C'était un individu de taille moyenne avec une tête ronde et un torse large, et des cheveux blonds plaqués par la pluie. Mais comme les autres, il scrutait l'étendue des flots. Où était donc le rivage ?

Dierna reprit en esprit sa route, au cœur de l'orage. Elle découvrit des falaises formant un promontoire. En contrebas les vagues explosaient contre les rocs déchiquetés. Mais au-delà, la mer était calme. À travers les rideaux de pluie, elle entrevit la courbe pâle d'une plage et le scintillement de quelques lumières sur le rivage.

Par simple compassion, elle se mit en quête du capitaine. Mais en approchant du bateau, elle sentit toute la force qui émanait de lui, et la fermeté d'esprit qui jamais ne se laisserait abattre. Était-ce le chef qu'elle recherchait ? Était-ce enfin lui ?

Puisant dans l'énergie brute de l'orage, elle façonna une forme mentale visible par des yeux de simples mortels. Vêtue de blanc, celle-ci marcha sur les flots. Un des marins poussa un cri, et aussitôt, tous les regards se tournèrent dans cette direction. Par la volonté, Dierna fit se lever le bras du spectre, pointé en direction de la terre...

— Là-bas... Vous ne voyez pas ? Regardez, la revoici ! hurlait le proreta[1] installé à la proue du bateau. Une femme en blanc, qui marche sur l'eau !

Le vent gifla les flots avec violence, balayant les vagues et les fragiles embarcations qu'elles portaient.

---

1. Vigie, matelot en observation à la proue d'un navire.

L'escadrille de Dubris s'était dispersée. Marcus Aurelius Mauseus Carausius[1], leur navarque, s'agrippa à l'étambot de l'*Hercule* et essuya les embruns qui brouillaient sa vision pour tenter de scruter l'horizon.

— Accrochez-vous ! s'écria Aelius, le capitaine du bateau. Faites attention aux rochers !

Soudain, une vague aussi haute qu'une maison souleva l'*Hercule* par tribord, et la grande paroi lisse brilla dans l'éclat de la lune qui avait réussi à percer les nuages l'espace d'un instant. Le pont de la trirème se dressa brutalement, les longues rames s'agitèrent dans le vide comme les pattes d'un insecte couché sur le dos, mais à bâbord retentirent les grincements inquiétants du bois prêt à craquer, tandis que les rames, plongées dans l'eau, se brisaient sous la tension.

— Par Neptune ! s'exclama le capitaine alors que l'embarcation se cabrait une fois de plus, en tremblant. Une autre bourrasque comme celle-ci et on chavire pour de bon !

Carausius acquiesça. Ils ne s'attendaient pas à affronter pareil orage en cette saison. Ils avaient quitté Gesoriacum[2] à l'aube, avec l'intention de traverser la Manche à l'endroit où elle est la plus étroite et d'atteindre Dubris[3] avant la tombée de la nuit. C'était compter sans cette tempête surgie de l'enfer. Ils se trouvaient beaucoup plus à l'ouest que prévu, et désormais, seuls les dieux pouvaient les conduire à bon port. Les dieux... ou cette apparition repérée par le proreta. Carausius scruta la mer. Était-ce véritablement une silhouette tout de blanc vêtue qu'il apercevait au loin ou le reflet de la lune sur les vagues ?

— Commandant...

Une forme sombre avançait vers lui en titubant sur

---

1. Carausius, né en Gaule Belgique, s'était distingué dans la lutte que Rome avait eu à mener en 270 après J.-C. contre les Bagaudes (paysans gaulois) révoltés. Le présent récit se situe entre 286 et 293.
2. Boulogne-sur-Mer.
3. Douvres.

la passerelle, et il reconnut Pausarius ; celui-ci
n'avait pas lâché le marteau dont il se servait pour
donner le rythme aux rameurs.

— Nous avons six rames brisées et deux hommes
avec des bras cassés qui ne peuvent plus ramer.

Des murmures parcouraient les rangs des marins,
et l'on sentait monter des accents de panique, tandis
que des gerbes d'écume continuaient d'asperger les
bancs.

— Les Dieux nous ont abandonnés !

— Non, ils nous ont envoyé un guide !

— Silence !

La voix forte de Carausius mit fin à ces bavardages.
Il se tourna vers le capitaine. Le commandement de
l'escadrille était entre ses mains, si l'un de ses
bateaux en réchappait, mais l'*Hercule* appartenait à
Aelius.

— Capitaine, déclara-t-il d'un ton mesuré, les
rames sont inutiles avec cette mer, mais nous aurons
besoin d'une poussée équilibrée quand le calme
reviendra...

Aelius cligna des paupières, perplexe, puis une
lueur de compréhension s'alluma dans son regard.

— Ordonnez au proreta de faire passer des hommes d'un bord à l'autre afin d'équilibrer leur nombre,
et rentrez les rames.

Carausius se tourna de nouveau vers la mer. Et là,
l'espace d'un court instant, il vit ce qu'avait vu l'officier posté à la proue : la silhouette d'une femme
vêtue de blanc. L'inquiétude se lisait sur son visage,
mais assurément, ce n'était pas pour elle qu'elle
tremblait, car ses pieds frôlaient à peine les vagues.
Leurs yeux se croisèrent et elle lui jeta un regard suppliant et désespéré, en désignant l'ouest. Puis une
vague sembla s'abattre sur elle, la traverser, et
l'image disparut.

Le navarque cligna des yeux. S'il ne s'agissait pas
d'un produit de son imagination, né de la lune, il
venait d'entr'apercevoir un esprit, qui n'était pas mal-
faisant apparemment. Dans la vie, songea-t-il, venait

parfois un moment où un homme devait tout risquer sur un coup de dés.

— Capitaine, ordonnez à votre timonier de virer à bâbord jusqu'à ce qu'on ait le vent en poupe.

— Nous allons foncer tout droit vers les récifs si nous faisons ça !

— Peut-être, mais je pense que nous sommes trop à l'ouest maintenant pour courir ce risque. De toute façon, mieux vaut s'échouer que chavirer, comme cela va certainement se produire à la prochaine lame de fond !

Carausius avait grandi au milieu des bancs de vase à l'embouchure du Rhin, et les récifs des côtes de la Belgique lui paraissaient inoffensifs en comparaison de cette mer déchaînée.

Le bateau continuait de se cabrer sous ses pieds, mais le changement de cap avait imprimé une certaine régularité à leurs mouvements. Maintenant, l'action conjuguée des vagues et du vent les poussait droit devant eux. Chaque fois que la proue s'enfonçait dans les flots, ils craignaient qu'elle ne refît plus surface, mais avant qu'ils ne sombrent, la vague suivante relevait le bateau, et des trombes d'eau jaillissant de la figure de proue et du bélier de bronze s'abattaient en cascade sur le pont.

— Encore un peu plus à bâbord ! ordonna-t-il au timonier.

Seuls les dieux savaient où ils se trouvaient désormais, mais ce bref éclat de lune lui avait permis de s'orienter, et si l'apparition n'avait pas menti, ils trouveraient un havre quelque part sur les côtes anglaises.

Le tangage diminua légèrement dès qu'ils commencèrent à couper les vagues, même si de temps à autre une vague redoutable venue par le travers s'écrasait avec force sur le flanc de l'embarcation. La moitié des membres d'équipage étaient occupés à écoper. Le bateau aurait besoin de toute la force de son héros protecteur pour survivre jusqu'à l'aube.

Mais curieusement, Carausius n'avait plus peur. Quand il était enfant, une vieille pythie de son peuple, dans le delta du Rhin, avait lu son avenir dans un jeu de bâtons et lui avait prédit un grand destin. Être nommé navarque d'une escadrille apparaissait comme une belle réussite pour un garçon issu de la tribu des Ménapiens, une des plus petites de Germanie. Mais si cette apparition divine les conduisait à bon port, la prophétie de jadis prenait tout son sens. Un nouvel avenir lui était sans doute promis. Après tout, d'autres que lui, d'une origine tout aussi humble, s'étaient élevés à la pourpre.

Plongé dans ses rêves de gloire, le navarque contemplait les flots. « Qui es-tu ? Qu'attends-tu de moi ? » criait son esprit. Mais la femme en blanc avait disparu. Il ne voyait que les crêtes des vagues, qui retombaient enfin à mesure que la tempête s'éloignait.

Dierna reprit connaissance peu avant l'aube. La lune s'était couchée, et des nuages gris venus du sud-est masquaient les étoiles. La tempête ! Ce n'était donc pas un rêve. La tempête était bien réelle et elle venait défier la terre. Un vent humide balaya sa chevelure et ses muscles ankylosés protestèrent. Dierna frissonna, rongée par un terrible sentiment de solitude. Mais avant de rejoindre les autres, elle devait rapporter des profondeurs de ses visions les images qui guideraient ses décisions dans les mois à venir. Elle se souvenait très nettement du mouvement des étoiles. Mais de sa dernière vision, elle n'avait conservé que des fragments... Il y avait un bateau... malmené par une mer déchaînée, et il y avait un homme...

Elle tourna la tête vers l'orage qui approchait et leva les mains au ciel.

— Protège-le, Déesse. Quel qu'il soit, invoqua-t-elle dans un murmure.

Le soleil commençait juste à briller au milieu des nuages, au-dessus de la Manche, arrachant des reflets irisés aux flaques d'eau brune sur le rivage et aux vagues grises sur la mer, quand un jeune pêcheur

de Clausentum[1], en quête de morceaux de bois reje-
tés par les vagues, se raidit et scruta la surface des
flots, au-delà de la silhouette floue de l'île de Vectis[2].

— Une voile à l'horizon !

Son cri fut repris par d'autres. Les gens se rassemblèrent sur la grève, échangeant des murmures et
montrant du doigt ce carré de toile maculé de sel qui
grossissait au loin. Même à terre ils avaient essuyé la
violence de cette terrible tempête de la nuit. Comment un bateau avait-il pu échapper à pareil enfer ?

— Un liburne[3] ! s'exclama quelqu'un.

— Avec un navarque à bord, ajouta un autre en
voyant un pavillon grimper vers le haut du mât en
claquant au vent.

— Par les mamelles d'Amphitrite, c'est l'*Hercule* !
s'écria un marchand, un colosse qui ne perdait
jamais une occasion de rappeler qu'il avait passé
vingt ans dans la marine. J'ai été timonier sur ce
bateau durant mes deux dernières années à Dubris,
avant la fin de mon engagement. Je parie que Carausius lui-même se trouve à bord !

— Celui qui a mis en déroute les deux bateaux de
pirates le mois dernier ?

— Oui. Celui qui a toujours défendu nos intérêts
sans chercher à s'enrichir à nos dépens ! J'offrirai un
agneau au dieu qui lui a sauvé la vie ! promit le
marchand. Sa mort aurait été pour nous une terrible perte.

Lentement, le bateau approchait des côtes. Il
contourna la presqu'île et mit le cap vers le port de
Clausentum.

Pêcheurs et marchands descendirent en procession vers le rivage, bientôt suivis par les habitants du
village alertés par tous ces cris.

L'*Hercule* resta en cale sèche sur le rivage presque

1. Southampton.
2. L'île de Wight.
3. Le liburne est un navire de guerre léger à deux rangs de rameurs, de
forme effilée, muni d'un éperon. Conçu par les pirates illyriens, il avait été
adopté par la marine romaine au 1er siècle après J.-C. Les liburnes jouèrent
un rôle déterminant à la bataille d'Actium.

une semaine, tandis qu'un essaim de menuisiers pansaient ses plaies. Clausentum était un port très fréquenté, et même si les réparations n'étaient pas effectuées tout à fait dans les règles, les artisans locaux connaissaient leur métier. Carausius profita de cette escale forcée pour s'entretenir avec les magistrats et tous les marchands présents dans le port, pour mieux comprendre la tactique des pirates. Mais au cours de ses instants de loisir, on remarqua qu'il passait de longues heures à marcher sur la plage, seul. Mais nul n'osa lui demander d'où lui venait son air sombre et soucieux.

Juste avant le Solstice d'Été, c'est avec un *Hercule* remis à neuf que Carausius reprit la mer, mettant le cap une fois de plus vers Gesoriacum.

La mer était d'huile.

Les très vieux rituels du Solstice d'Été suivaient des coutumes déjà anciennes à l'époque où les druides étaient venus s'installer sur ces terres. Teleri s'aperçut qu'elle était fascinée par les enseignements des druides qui lui expliquaient de quelle manière les sages des Terres Englouties avaient montré aux peuples de ces îles comment calculer les mouvements du soleil. Pour les anciens, le moment où la lumière du jour commençait à décliner était chargé de sens spirituel ; pour ceux qui cultivaient les champs du Pays d'Été, c'était le moment de réclamer protection pour les récoltes et les troupeaux contre tous les dangers que recelait le reste de la saison.

Au pied du Tor, le bétail meuglait, car il sentait l'odeur des feux que les druides avaient allumés pour leur bénédiction. Teleri se réjouissait d'avoir été choisie pour chanter avec les autres jeunes filles autour de l'autre feu, les flammes sacrées qui avaient été ranimées au sommet de la colline. Elle lissa sa robe blanche, en admirant la grâce avec laquelle Dierna jetait de l'encens sur le feu. Chaque geste de la Grande Prêtresse possédait une telle... *autorité*, voilà le mot qu'elle cherchait, révélait l'expérience de toute une vie. Elle-même était entrée si tardivement au service de la Déesse. Elle doutait de pouvoir un jour imprimer à son maintien cette majesté sacrée.

Tout en bas, on conduisait le bétail au milieu des feux, tandis que les officiants appelaient la bénédiction des dieux. Au sommet de la colline, des chants liturgiques rappelaient que chaque chose, la lumière comme les ténèbres, avait une fin. La pleine lune pâlissait, avalée par la nuit, pour renaître sous la forme d'une faucille d'or. Le cycle du soleil durait plus longtemps, mais elle savait que cet instant, le jour le plus long, marquait le début de son déclin. Et pourtant, au cœur des ténèbres et de l'hiver, le soleil renaîtrait lui aussi.

Ce schéma cyclique se retrouvait-il ailleurs ? se demanda Teleri. L'Empire romain occupait la moitié de la terre. Très souvent il avait été menacé, et toujours, l'Aigle avait riposté avec une force grandissante. Viendrait-il un moment où Rome, ayant atteint l'apogée de son pouvoir, commencerait à décliner ? Son peuple saurait-il reconnaître ce jour lorsqu'il viendrait ?

Dierna s'écarta du feu et s'inclina devant Ceridachos, le plus âgé des druides, afin de commencer le rituel. C'était le zénith de la journée la plus longue, le moment où le pouvoir de la lumière était le plus grand ; il était logique et juste que les prêtres dirigent cette cérémonie. Quand viendrait la nuit, les prêtresses prendraient la relève. Le vieil homme balaya l'horizon d'un large geste, faisant battre les manches de sa tunique.

— Qu'y avait-il au commencement ? Essayez d'imaginer... le néant, un vide immense ? Un corps fécondé, la matrice qui portait le monde ? Si vous pouvez l'imaginer, il existait déjà virtuellement, et pourtant, il ne ressemblait à rien de ce que vous pouvez imaginer, car c'était la Force, c'était le Néant. Il existait sans exister. Une Unité éternelle, immuable...

Il s'interrompit et Teleri ferma les yeux, se laissant bercer par l'idée de cette immensité. Le druide reprit la parole, et cette fois, sa voix avait pris un ton incantatoire.

— ... Mais vint le changement... une vibration agita l'immobilité...

« Une inspiration dans un cri silencieux,
Et tout ce qui était caché soudain prend feu...
Obscurité Divine et Lumière Grandiose,
Le Temps et l'Espace explosent,
Seigneur et Dame, Couple Sacré...
Sœurs, Frères, appelez-les ! »

— Nous L'appelons Lugos ! s'écrièrent les druides, Seigneur de la Lumière !

Derrière eux, les voix des jeunes garçons accompagnaient cette psalmodie en sourdine.

— Nous L'appelons Rigantona, la Grande Reine ! répliquèrent les prêtresses rassemblées de l'autre côté du cercle.

Teleri ouvrit la bouche pour les soutenir avec une note plus haute d'un tiers de ton que celle chantée par les druides.

— Nous L'appelons Cernunnos, Seigneur des Bêtes ! clamèrent les prêtres.

La réponse fut immédiate :

— Elle se nomme Arianhrod, Dame de la Roue d'Argent !

Le chant des prêtres baissa encore d'un ton, tandis que celui des prêtresses s'élevait, jusqu'à ce que le Son fasse vibrer l'air au-dessus du Tor.

Ils appelèrent ensuite Maponus, la Jeunesse Divine, et Modron, sa mère ; Nodens Faiseur de Nuages, pourvoyeur de richesses, et Dame Sulis des eaux bienfaisantes ; Rigisamus et Nemetona, seigneur et dame du Bosquet Sacré ; Briga la Mère des Peuples, et Teutates, seigneur du clan ; Taranus, qui pousse sa roue dans les cieux, et Ceridwen, gardienne du Chaudron, et enfin, Camulos dieu des Soldats, ainsi que Cathubodva, la déesse de la Guerre qui a les traits du corbeau.

Ces noms résonnaient aux oreilles de Teleri

comme autant d'explosions lumineuses qui l'aveuglaient. Elle sentait croître la force captée par les prêtres assemblés près de l'autel de pierre, elle sentait croître la même énergie parmi les prêtresses. Il ne s'agissait pas, dans cette cérémonie, de laisser un unique officiant invoquer une seule divinité. Ici, c'étaient aux forces multiples des dieux et des déesses que faisaient appel tous les hommes et toutes les femmes d'Avalon, enfin unis en un seul Seigneur, une seule Dame, incarnant leur totalité.

Une fois de plus, Dierna s'avança, en levant les bras au ciel.

Tandis qu'elle parlait, Teleri sentit ses paroles résonner dans sa propre gorge, et comprit que la Grande Prêtresse s'exprimait pour elles toutes.

« Je suis l'Océan de l'Espace et la Nuit Première,
De moi naissent les Ténèbres comme la Lumière ;
Je suis le flux informe, le repos éternel,
La matrice d'où toute matière s'éveille ;
Je suis la Mère Cosmique, le Gouffre Infini,
Où la vie émerge et retourne à la nuit... »

Ceridachos s'avança d'un pas pour lui faire face, de l'autre côté de l'autel. Teleri tressaillit, car à la place du vieil homme, elle voyait maintenant un jeune guerrier, un père et un guérisseur, au pouvoir rayonnant. Et quand il répondit à la prêtresse, elle entendit un concert de voix résonner en même temps que la sienne.

« Je suis le Vent du Temps, Jour sans fin,
Je suis le bâton de vie, je suis le Chemin ;
Je suis le Mot du Pouvoir, l'étincelle première,
Acte déclencheur et mouvement circulaire ;
Je suis le Père Cosmique, le rayon radieux
Source d'énergie, la semence de Dieu ! »

Dierna tendit la main au-dessus du tas de petit bois qu'on avait déposé sur l'autel de pierre.

— De mon ventre...

— Par ma volonté..., dit le druide en tendant la main.

Leurs doigts se touchaient presque. Éberluée, Teleri crut voir l'air scintiller entre leurs paumes.

— La Lumière de la Vie apparaît ! s'exclamèrent en chœur le prêtre et la prêtresse, et soudain, les brindilles entrecroisées s'enflammèrent.

— Ainsi brûle le Feu Sacré ! s'écria le druide. C'est le triomphe de la Lumière... et à cet instant, nous réclamons son pouvoir. Grâce à l'union de nos forces nous entretiendrons ce feu durant les heures les plus sombres, jusqu'à la victoire !

— Ce feu sera une balise, une lumière visible d'un bout à l'autre du pays, dit Dierna. Que son éclat fasse venir à nous un Défenseur, qui saura préserver la paix et la sécurité de l'Angleterre !

Elle piocha dans le feu une brindille enflammée.

Le prêtre l'imita et brandit la brindille à bout de bras.

— Prions pour qu'il en soit ainsi !

L'un après l'autre, les druides et les prêtresses prirent des brindilles dans le feu, venant se placer ensuite côte à côte, jusqu'à ce que le brasier central soit entouré d'un cercle de flammes, comme si le soleil qui étincelait de toute sa splendeur au-dessus de leurs têtes avait dardé ses rayons afin d'enflammer ceux et celles qui se trouvaient en dessous.

La tête renversée, Teleri dut mettre sa main en visière pour se protéger de l'éclat aveuglant du ciel. Elle se frotta les yeux ensuite, car elle voyait une tache noire se déplacer sur le fond bleu. D'autres l'avaient vue. Ils tendirent le doigt, mais demeurèrent muets, émerveillés de découvrir qu'il s'agissait en réalité d'un aigle venu de la mer. Il se rapprochait en battant lentement des ailes, comme attiré par les flammes.

Il était maintenant au-dessus de leurs têtes. Il plongea, tournoya trois fois au-dessus de l'autel, puis il reprit de l'altitude en tournoyant dans les cieux jusqu'à se fondre dans la lumière éclatante.

XI

— Ah, quelle joie de vous revoir... Nous avions presque perdu tout espoir après cette terrible tempête.

Maximien Hercule leva les yeux de ses tablettes avec un sourire.

Carausius se mit au garde-à-vous, son avant-bras vint frapper sa poitrine en signe de salut. Il ne s'attendait pas à trouver à Gesoriacum le collègue de l'empereur Dioclétien[1]. Dans tout l'Occident, Maximien, homme trapu et grisonnant, avec un début d'embonpoint, incarnait le pouvoir absolu. Presque vingt ans dans l'armée avaient conditionné Carausius à réagir comme si Dioclétien lui-même se trouvait dans la pièce.

— Les dieux ont été bons avec moi, répondit-il. Un de mes bateaux a sombré, mais l'autre a pu rejoindre Dubris. Moi-même, égaré en pleine mer, j'ai eu la chance d'atteindre Clausentum avant de m'échouer sur les rochers ou de couler au large.

— En effet. Mais les dieux aiment celui qui continue de se battre quand tout espoir semble perdu. La chance est avec vous, Carausius, et c'est une chose encore plus rare que le talent. Nous aurions été fort peinés de vous perdre.

Maximien lui fit signe de s'asseoir. Il y avait également dans la pièce un homme plus jeune, qui prit lui

1. Suivant l'exemple de Marc-Aurèle, l'empereur Dioclétien (245-313) avait décidé de partager le pouvoir suprême. Il s'était associé en 286 l'un de ses anciens compagnons d'armes, Maximien Hercule, qui portait ainsi le titre d'Auguste (empereur). Le principat devint presque collégial en 293, avec l'institution de la tétrarchie.

aussi une attitude plus détendue. Son maintien raide, comme s'il portait une invisible cuirasse, trahissait en lui le soldat de métier. Il avait une demi-tête de moins que Carausius, et sa blonde chevelure commençait à s'éclaircir.

— Je crois que vous connaissez déjà Constance Chlore[1] ? reprit l'Empereur.

— Uniquement de réputation, dit Carausius.

Constance était un homme très populaire à l'époque où il servait en Angleterre. D'après la rumeur, il avait choisi pour concubine une femme du pays. Depuis, il avait remporté plusieurs grandes batailles sur la frontière de la Germanie. Carausius l'observa plus attentivement cette fois : Constance souriait, et à cet instant, son visage était aussi ouvert, confiant, que celui d'un enfant. Mais brusquement, il se referma. « Un idéaliste, songea Carausius, qui a appris à dissimuler son âme. » De tels individus pouvaient s'avérer de précieux amis... ou de dangereux ennemis.

Et lui-même, quelle image offrait-il ? Avec ses cheveux décolorés par des années passées en mer, la peau tannée et brunie par le soleil et les embruns, sans doute ressemblait-il à n'importe quel loup de mer, à moins qu'un reflet de cette vision apparue durant la tempête ne continuât à briller dans ses yeux.

— Vous serez ravi d'apprendre que les cargaisons volées que vous avez reprises à ces pirates le mois dernier nous ont rapporté une coquette somme, déclara Maximien. Vous ne cessez de me répéter que nous aurions besoin d'une nouvelle base sur la côte sud... Encore quelques succès comme celui-ci et nous disposerons des fonds dont vous avez besoin.

Son sourire s'accompagnait, sembla-t-il, d'une étrange espérance. Carausius ne put s'empêcher de froncer les sourcils, car il devinait un mystère dans

---

1. Né vers 250, il allait être élevé à la dignité impériale par Maximien en 305. C'est le père du futur empereur Constantin. Son surnom, *Chlorus*, signifie « le Pâle ».

ces paroles. Les dieux étaient témoins, voilà long-temps qu'il défendait cette idée, sans grand espoir d'être entendu un jour.

— Qui commandera cette base ? demanda-t-il avec prudence.

— Qui me conseilleriez-vous ? répondit l'Empereur. Le choix vous revient, Carausius... Car je vous confie le commandement de la flotte britannique et des forts de la Côte Saxonne.

Sans doute laissa-t-il voir son étonnement et sa joie, car Constance lui-même esquissa un sourire. Mais Carausius le remarqua à peine, car soudain, sa vision fut envahie par l'image de cette femme en blanc qui marchait sur les flots.

— Nous devons désormais coordonner vos dispositifs des deux côtés de la Manche, reprit Maximien sans transition. De quelles forces voudriez-vous disposer, et comment seront-elles réparties ? Je ne peux pas trop m'engager pour le moment, mais je ferai de mon mieux...

Carausius prit une profonde inspiration, s'efforçant de concentrer ses pensées sur son vis-à-vis.

— Tout d'abord, dit-il, nous avons besoin de cette nouvelle base. Il existe déjà sur la côte un bon port qui pourrait être fortifié, en dessous de Clausentum. L'île de Vectis le protège, et l'approvisionnement peut venir de Venta Belgarum[1].

Tandis qu'il s'exprimait, l'image de la femme s'évanouit, remplacée par des rêves qui lui étaient venus alors qu'il arpentait le pont d'un liburne[2] durant les interminables traversées de la Manche.

Teleri n'avait pas voulu quitter Avalon. Quand Dierna l'avait choisie, peu de temps après le Solstice d'Été, pour faire partie de son escorte pour ce voyage, elle avait protesté. Mais lorsqu'elles atteignirent enfin Venta Belgarum, elle ne put continuer à feindre l'indifférence. L'ancienne cité (*civitas*) des

1. Winchester.
2. Voir note p. 235.

Belges[1] était nichée au cœur d'une paisible vallée parsemée de prairies vertes et de majestueux bosquets. Après les marécages qui entouraient le Tor, la riche terre qu'elle foulait avait quelque chose de solide, de réconfortant. Il flottait en ce lieu une atmosphère de tranquille assurance, un air d'immuabilité, sans rapport toutefois avec ces échos d'un lointain passé qu'elle percevait à Avalon, comme si rien ici n'avait jamais changé. Malgré l'effervescence de ce jour de marché, Venta lui parut reposante.

Les prêtresses avaient reçu l'hospitalité du duumvir Quintus Julius Cerialis, le plus éminent des magistrats locaux, descendant en vérité de l'ancienne maison royale, bien que nul n'eût pu s'en douter en le voyant. Individu corpulent et suffisant, Cerialis était plus romain que les Romains, et sa demeure, avec ses feuilles d'acanthe couvertes d'or sur les moulures et ses mosaïques représentant des dauphins dans la salle à manger, n'aurait pas déparé la Ville aux Sept Collines. Il préférait s'exprimer en latin, par goût, et Teleri, qui avait appris dans son enfance à parler cette langue en même temps que l'anglais, dut souvent servir de traductrice pour Adwen et Crida. Dierna elle-même sollicita plusieurs fois son aide, car même si la Grande Prêtresse comprenait la langue des Romains, certaines subtilités lui échappaient parfois dans les réunions officielles.

Malgré tout, les autres auraient pu fort bien se débrouiller sans elle. Toutes les jeunes filles que les prêtresses acceptaient de former parlaient déjà l'anglais couramment. Par conséquent, Teleri continuait de se demander pourquoi, avant même qu'elle n'eût prononcé ses vœux, on l'avait arrachée à la tranquillité d'Avalon.

Le temps doux et clair persista. Cette année, la récolte de foin et de grain serait bonne, malgré les

---

1. Ce peuple celte, originaire de la région située entre la Moselle et le Danube, avait essaimé dans toute l'Europe à partir du VIe siècle avant J.-C. Il occupait, notamment, le sud de l'Angleterre. Sous la conduite de leur chef Catuvellauni, les Belges opposèrent une vive résistance aux premières tentatives conquérantes des Romains, au début du Ier siècle avant J.-C.

violents orages en début de saison. De toute évidence, comme aimait à le faire remarquer Cerialis, les dieux et les déesses se montraient bienveillants. Mais un cercle de collines mettait Venta à l'abri du vent, et à mesure que les jours devenaient plus chauds, Teleri en vint à regretter la fraîcheur de la brise marine qui soufflait à Durnovaria. Aussi, quand Dierna annonça qu'elles allaient se rendre sur la côte pour la consécration rituelle de la nouvelle forteresse maritime, elle s'en réjouit.

— Ah, un peu de brise ! s'exclama Cerialis. L'air marin vous fera du bien : vous êtes toutes rouges, mes petites.

Teleri soupira. Le duumvir, qui traitait Dierna et Crida avec respect, comme des vestales, prenait avec les plus jeunes prêtresses un air paternel qu'elles jugeaient pesant. Mais cette brise était la bienvenue, pour Cerialis également. À en juger par son teint écarlate, son chapeau à larges bords ne devait guère le protéger de la chaleur.

À la sortie d'un virage, Teleri entrevit le bleu de l'eau entre les arbres. La route, récemment construite, s'enfonçait vers l'intérieur et s'éloignait de la côte sud-ouest à partir de Clausentum, où ils avaient dormi la nuit précédente. Un bon cavalier aurait pu couvrir le trajet en une journée en partant de Venta, mais Cerialis semblait croire que ces dames avaient besoin d'égards particuliers.

— Pensez-vous, demanda-t-elle, que cette nouvelle forteresse suffira à décourager les Saxons ?

Luttant contre le balancement de la litière tirée par deux chevaux, elle leva les yeux vers Cerialis.

— Sans aucun doute ! répondit-il, hochant la tête avec un air d'augure. Chaque mur, chaque bateau est un message adressé à cette racaille, à ces écumeurs de mer : l'Angleterre tiendra bon !

Sur ces mots, il se redressa sur sa selle, et Teleri crut un instant qu'il allait se mettre au garde-à-vous.

— Je ne suis pas de cet avis, déclara son fils Allectus en portant sa jument à leur hauteur. Ce sont les soldats et les marins, à l'intérieur de cette forteresse, à bord de ces bateaux, qui feront la différence. Sans hommes, les bateaux ne sont que des morceaux de bois qui pourrissent, et les murs des pierres qui s'effritent.

Le fils du duumvir avait le même âge que Teleri, un peu plus jeune peut-être, se dit-elle. C'était un garçon frêle, aussi sec et nerveux que son père était rebondi et placide, avec un visage en lame de couteau et des yeux très sombres, pénétrants. On eût dit qu'une grave maladie l'avait frappé dans son enfance. Peut-être était-ce pour cette raison qu'il ne s'était pas engagé dans l'armée.

— Oui, c'est juste... évidemment.

Cerialis lança un regard gêné à son fils.

Teleri réprima un sourire. Le duumvir passait pour un homme d'affaires avisé, mais d'après la rumeur, son fils était en dépit de sa frêle apparence un magicien des chiffres. De fait, c'était son intelligence qui avait donné à la fortune familiale assez d'essor pour financer des travaux publics et construire les lieux de divertissements qu'un magistrat de haut rang se doit de subventionner. Et Cerialis le savait. Allectus était un coucou dans le nid d'un pigeon bien gras. Ou peut-être un oiseau plus noble, songea Teleri en observant ce profil aiguisé : un épervier. Quoi qu'il en soit, il était évident que le vieil homme ne comprenait guère son fils.

— Ce nouveau navarque a convaincu les empereurs de renforcer nos défenses, déclara-t-elle avec entrain. Cela prouve bien qu'il est au moins digne de notre confiance.

— En effet. Quand les chefs ne sont pas à la hauteur, même les hommes les meilleurs échouent, déclara Cerialis d'un ton sentencieux.

Dans le regard d'Allectus apparut une lueur de mépris, si rapidement dissipée que Teleri se demanda si elle avait bien vu.

— Ou les femmes, ajouta-t-elle d'un ton sec.

Elle doutait fort que l'armée romaine, en dépit de toutes ses traditions et de sa discipline, fût à la hauteur d'Avalon et de ses prêtresses. Son regard dériva vers la litière de tête à bord de laquelle Dierna voyageait en compagnie de la petite Adwen. Elle éprouva un sentiment vite réprimé de futile jalousie. Peut-être que la Grande Prêtresse lui demanderait de voyager avec elle au retour.

La route descendait maintenant vers le rivage. Teleri se redressa sur les coussins de la litière au moment où ils émergeaient de la limite des arbres, et elle contempla le paysage. Assurément, le nouveau navarque était un fin stratège, et il connaissait le pays. Le terrain qui avait été déboisé pour accueillir le fort s'étendait à la pointe nord-est d'un port de belle taille relié à la mer par un étroit chenal. Le site offrait une protection parfaite, aussi bien contre les orages que contre les pirates, même s'il était difficile d'envisager de telles calamités par une si belle journée d'été.

Cette forteresse promettait d'être imposante. Déjà, des tranchées avaient été creusées pour y dresser les murs, formant un carré de plusieurs hectares, délimité à chaque coin par un bastion en U. Ce serait le plus grand de tous les forts, précisa Cerialis, plus grand même que Rutupiae. Tandis qu'ils approchaient du chantier, il observait les ouvriers avec une fierté de propriétaire. Teleri croyait que les bâtiments de ce genre étaient toujours construits par des militaires, mais elle constatait que certains des hommes qui creusaient les tranchées étaient vêtus différemment.

— Très juste, dit Cerialis en suivant le regard de la jeune femme, après qu'elle lui eut fait part de son étonnement. En réalité, ces gens sont des esclaves venant de mes diverses propriétés et envoyés ici pour participer aux travaux. Il m'a semblé qu'une forteresse destinée à protéger Venta illustrerait plus utilement ma magistrature qu'un nouvel amphithéâtre en ville.

Les lèvres fines d'Allectus dessinèrent une moue énigmatique. Désapprouvait-il cette décision ? Non, se dit Teleri, en repensant à ses paroles précédentes.

Au contraire, c'était sans doute lui qui avait suggéré cette idée à son père.

— Je suis sûre que le nouveau commandant saura apprécier cette aide comme il convient, dit-elle avec enthousiasme. C'est une idée excellente !

À la légère rougeur qui colora les joues creuses du jeune homme, elle comprit qu'elle avait vu juste.

Mais ses yeux restaient fixés sur les ouvriers. Plusieurs hommes marchaient le long des tranchées pour superviser les travaux d'excavation. Où était le navarque ? se demanda Teleri. Soudain, elle vit Dierna se redresser et mettre sa main en visière pour se protéger du soleil. Allectus avait tiré sur les rênes de sa jument, le corps raidi comme un bon chien de chasse. Teleri suivit son regard. Un officier élégamment vêtu d'une tunique pourpre, ornée d'une ceinture faite de plaques de bronze doré, avançait vers eux, suivi par un homme trapu aux épaules larges portant une tunique de marin sans manches, tellement délavée par le soleil et le sel marin qu'on ne pouvait deviner sa couleur d'origine.

Allectus descendit de cheval pour les accueillir. Mais ce fut le deuxième homme qu'il salua. Était-ce sur le compte de cet homme aux cheveux blonds plaqués par la sueur, au large front rougi par le soleil, que couraient tant d'histoires ? se demanda Teleri avec étonnement. Il avait une démarche chaloupée de vieux loup de mer, et tandis qu'il approchait, elle vit que son regard mobile, sans perdre son sourire, allait de la mer aux bois environnants pour revenir aux nouveaux arrivants, en un continuel va-et-vient. Curieusement, Teleri songea à la façon dont Dierna observait l'assemblée des prêtresses avant le début d'une cérémonie.

D'ailleurs, Dierna regardait Carausius (car c'était de lui qu'il s'agissait) d'un air étrangement approbateur. Parvenu à leur hauteur, il donna l'accolade à Allectus. Soudain il aperçut la Grande Prêtresse et la fugace fixité de son regard ne put échapper à Teleri. Puis tout cela se perdit dans le brouhaha des présentations. En y repensant par la suite, Teleri interpréta ce regard comme une marque de réminiscence. Mais sans doute se faisait-elle des idées, car Dierna elle-même avait affirmé n'avoir jamais rencontré ce Carausius.

Au-delà du bras de terre qui protégeait le port, le soleil se couchait. Immobile devant les fondations de sa forteresse, en compagnie de ses officiers, Carausius regardait les prêtresses préparer la cérémonie. Les légionnaires avaient été réunis en formation devant ce qui serait un jour la porte ; les ouvriers étaient alignés derrière eux.

Une lune plus tôt, lorsque avaient débuté les travaux, un prêtre était descendu du temple de Jupiter Fides à Venta Belgarum pour sacrifier un bœuf, pendant qu'un haruspice[1] interprétait les présages et les jugeait encourageants. En vérité, Carausius n'avait jamais vu le moindre devin manquer de découvrir une interprétation favorable dans les entrailles d'une victime sacrificielle lorsque les plans avaient été dessinés et les fonds assemblés.

— Pendant mille ans et deux fois mille ans, ces fondations résisteront au temps pour glorifier le nom de Rome sur cette terre...

Une excellente prophétie, songea le navarque, qui n'avait pas oublié ces paroles. Pourtant, l'haruspice lui-même, un individu alerte et grandiloquent, qui possédait le meilleur cuisinier de Venta, n'inspirait guère confiance. En observant les prêtresses vêtues de leurs longues robes bleues, il comprit pour quelle raison la cérémonie romaine lui paraissait insuffisante, et pourquoi, en apprenant que la Dame d'Avalon était en visite dans la région, il avait sollicité sa présence. Certes, la forteresse d'Adurni était romaine, mais le sol qu'elle se promettait de défendre était anglais.

Il avait assisté à tout le rituel romain, transpirant à grosses gouttes dans sa toge sous le soleil de midi.

---

1. Les haruspices sont les maîtres étrusques de la divination. Discrédités à la fin de la période républicaine pour excès de complaisance politique, ils jouissaient sous l'Empire d'un regain de prestige.

Ce soir, il portait une tunique de lin écarlate, avec des broderies, et une légère cape de laine retenue par une broche en or. Cette tenue assez semblable au costume traditionnel de son peuple[1] faisait resurgir en lui des souvenirs issus d'un passé auquel il avait renoncé le jour où il avait juré de servir Rome. Le peuple de son père adressait ses offrandes à Nehalennia[2]. Quelle déesse, se demanda-t-il, priaient-elles en cette occasion ?

À l'ouest, le ciel s'embrasa soudain. Le navarque tourna la tête, juste à temps pour voir le soleil rougeoyer l'espace d'un bref instant au-dessus de la colline, comme un anneau de métal fondu. Lorsqu'il disparut, un autre éclat, moins puissant, attira son regard. Une des femmes avait allumé les torches. Elle les brandit, et pendant un instant, il crut voir une déesse aux mains de lumière. Mais il cligna des yeux et s'aperçut qu'il s'agissait en réalité de la plus jeune des prêtresses ; la fille, disait-on, de quelque roitelet local. Elle lui avait paru distante et froide, mais maintenant que les flammes brillaient dans ses cheveux bruns et embrassaient sa peau pâle, il la trouvait belle.

La Grande Prêtresse, le visage dissimulé derrière son voile, lui emboîta le pas, suivie par les deux autres, la première portant une branche de sorbier, et l'autre une branche de pommier sur lesquelles tintaient des clochettes d'argent.

La voix de Dame Dierna s'éleva derrière son voile :

— C'est l'heure entre le jour et la nuit où nous pouvons passer d'un monde à l'autre. Les murs que vous érigerez ici seront faits de pierre, assez solides pour repousser les armes des hommes. Mais en arpentant ce lieu, nous dresserons une barrière d'un autre genre, un bouclier de l'âme capable de vaincre les esprits de vos ennemis. Portez témoignage, vous qui servez l'Angleterre et Rome !

---

1. Originaire d'une région située entre l'Yser et l'Escaut, Carausius est naturellement proche des Celtes d'Angleterre.
2. Déesse de la fertilité dans l'Europe du Nord.

— Je suis votre témoin, déclara Carausius.

— Et moi aussi, ajouta la voix frêle d'Allectus derrière lui.

— Moi aussi, déclara Cerialis d'un ton solennel.

Dierna reçut leur engagement d'une légère inclination de la tête. Avec une majesté impériale, songea Carausius. Il prêtait à la Dame d'Avalon, dans sa propre sphère, le prestige et l'autorité d'une impératrice. N'était-ce pas, en vérité, la femme de sa vision ? Et dans ce cas, le savait-elle ? Son comportement vis-à-vis de lui était étrange ; il n'aurait su dire si elle l'appréciait, ou si elle ne s'inclinait que devant son rang.

Mais déjà les prêtresses entamaient leur marche lente autour de la forteresse. Le tintement des clochettes d'argent lui parvenait de manière encore plus lointaine.

— Combien de temps doit-on rester ici ? demanda Cerialis au bout d'un moment.

Arrivées au premier angle de la future forteresse, les prêtresses s'étaient arrêtées pour faire des offrandes aux esprits de la terre.

— Je ne comprends pas pourquoi elle voulait qu'on assiste à cette cérémonie, ajouta-t-il. Il n'y a rien à voir.

— Rien à voir ? répéta Allectus d'une voix tremblante. Tu ne sens donc pas ? Elles sont en train de bâtir un mur de pouvoir avec leur chant ! Ne vois-tu pas l'air scintiller sur leur passage ?

Cerialis se racla la gorge, en jetant un regard gêné au navarque, comme pour dire : « Ce n'est encore qu'un enfant, il déborde d'imagination. » Mais Carausius avait vu la Dame d'Avalon marcher sur les flots. Et même si présentement il ne voyait rien, il lui semblait qu'un sixième sens corroborait les paroles d'Allectus.

Ils attendirent que les prêtresses poursuivent leur lente marche jusqu'à l'autre bout du rectangle, avant de revenir vers eux. Le long crépuscule du nord s'éternisait, et les couleurs du soleil couchant passèrent du doré au rose, puis du rose au pourpre, comme si l'on avait étendu dans le ciel la cape d'un empereur. Après avoir béni l'angle le plus proche des spectateurs, la procession se dirigea vers l'endroit où se dresserait un jour la porte principale du fort.

— Approchez, vous qui défendez ce lieu contre nos ennemis ! s'exclama la Dame d'Avalon.

Carausius ne réagit pas immédiatement. Et soudain, il s'aperçut que c'était *lui* qu'elle montrait du doigt, et il s'empressa de la rejoindre. Il s'arrêta devant la Grande Prêtresse. Malgré le voile qui masquait son visage, il sentait l'intensité de son regard.

— Qu'êtes-vous prêt à donner, homme de la mer, pour assurer la protection des habitants de ces terres ?

Elle s'exprimait d'une voix douce, mais ses paroles étaient lourdes de sens.

— J'ai déjà fait le serment de défendre l'Empire, déclara-t-il. Il la vit secouer la tête.

— Ce n'est pas une question de volonté, mais de cœur, lui dit-elle. Êtes-vous prêt à verser votre sang, s'il le fallait, pour protéger cette terre ?

Cette terre..., se dit-il. Depuis plusieurs années qu'il était affecté à la flotte de la Manche, il pensait que l'Angleterre avait gagné son affection, comme n'importe quel soldat s'attache à sa ville de garnison au bout d'un certain temps. Mais ce n'était pas ce que voulait dire la prêtresse.

— Je suis né dans un pays situé de l'autre côté de la mer, et béni à ma naissance par ses dieux..., dit-il.

— Oui, mais vous avez traversé cette mer, et le pouvoir de la Déesse que je sers vous a redonné la vie, répliqua Dierna. Vous en souvenez-vous ?

Perplexe et intrigué, il tentait de discerner les traits de la Grande Prêtresse, dissimulés par le voile, comme ils l'avaient été par l'orage.

— C'était *vous* !

Elle acquiesça d'un air solennel.

— Aujourd'hui, je viens réclamer mon dû. Tendez votre bras.

Sa voix était empreinte d'une conviction inébranla-

ble, et lui qui d'un mot pouvait envoyer toute la flotte
britannique au large obéit.

Les lumières des torches faisaient scintiller la
petite faucille qu'elle tenait dans la main. Sans lui
laisser le temps de s'interroger, elle fit courir la
pointe aiguisée de la lame au creux du bras que
l'homme lui tendait, là où la peau était la plus tendre.
Carausius se mordit les lèvres pour réprimer un cri
de douleur et regarda le sang presque noir s'échapper
de la blessure et goutter sur le sol.

— Vous nourrissez cette terre comme elle vous a
nourrie, murmura la Dame. Sang pour sang et âme
pour âme. Si votre devoir est de la protéger, le sien
est de subvenir à vos besoins ; le destin vous a liés
par un pacte d'entraide... (Soudain, elle leva les yeux
vers lui, et lorsqu'elle reprit la parole, sa voix tremblait.) Vous ne vous souvenez pas ? Votre corps vient
de la tribu des Ménapiens, mais votre âme, elle, est
beaucoup plus ancienne. *Vous avez déjà accompli
cette tâche* !

Carausius fut parcouru d'un frisson ; il contempla
les taches noires laissées par son sang sur le sol. En
effet, il avait déjà vécu cette scène... Le parfum des
bois, mêlé à l'odeur de la mer dans la fraîcheur de la
nuit, fit naître en cet instant l'ombre d'un souvenir.
Malheureusement, le crépitement d'une torche le
replongea dans la réalité présente. Mais il en avait
assez vu pour comprendre la profondeur de ses sentiments pour l'Angleterre. Désormais, il défendrait
cette terre jusqu'à son dernier souffle, non par ambi-
tion, mais par amour.

Dierna fit un geste à la jeune prêtresse, celle qu'ils
nommaient Teleri et qui avait tendu les torches à ses
compagnes. La jeune fille essuya le bras du navarque
avec un linge glissé dans sa ceinture, l'air grave et
concentré, avant de panser sa blessure à l'aide d'une
bande de lin blanc.

La Grande Prêtresse dessina un sceau à l'endroit
où le sang de Carausius avait imprégné la terre.

— À celui qui vient en paix, ce chemin toujours

restera ouvert, psalmodia-t-elle. Mais toujours il sera interdit à ceux qui viennent pour faire la guerre !

Sur ce, elle se tourna vers l'est en levant les bras, et comme pour lui répondre, la lune apparut au-dessus du port, tel un bouclier d'argent.

Le lendemain, Cerialis invita les officiers romains à un banquet en plein air, sur le rivage. Debout à l'ombre d'un chêne, Dierna regardait les serviteurs dresser les tables et installer les bancs, quand les invités romains arrivèrent. Afin de faire honneur à leur hôte, Carausius avait revêtu une tunique militaire blanche rayée de rouge ; sa ceinture et ses sandales en cuir teint en rouge s'ornaient de clous et de ferrets dorés. Ainsi paré, on reconnaissait aussitôt l'officier romain de haut rang. Mais la nuit précédente, quand elles avaient béni les fondations de sa forteresse, il avait l'apparence d'un roi...

Quel avait été, pour lui, le sens de cette cérémonie ? se demanda-t-elle. Il ne s'attendait pas à ce qu'elle le convoque, mais il avait répondu à son appel. De fait, elle n'avait nullement l'intention de le lier par un serment. Mais quand elles étaient arrivées à la porte de la future forteresse, l'image de l'homme sur le pont de son bateau et celle de l'homme qui assistait au rituel au sommet de la colline s'étaient confondues, et elle avait compris à cet instant que ce ne serait pas la pierre, ni le mortier, qui protégeraient son pays, mais le sang de ceux qui avaient juré de le défendre. Maintenant la terre le connaissait, et les dieux également, mais lui-même comprenait-il ? Il manquait encore une chose qui lui insufflerait le *désir* d'accomplir son nouveau devoir.

Un des esclaves de Cerialis lui tendit un panier contenant des baies, pour calmer son appétit avant le festin. Dierna en prit une en remerciant le garçon d'une inclinaison de tête.

— Si le repas n'est pas pour tout de suite, dit-elle, je vais marcher un peu sur la plage. Va demander au commandant romain s'il veut bien m'accompagner.

En regardant le jeune esclave se diriger vers le

groupe des Romains, Dierna comprit que, depuis sa vision, elle agissait sous la dictée des dieux.

Le navarque savait se conduire. Il se tenait à distance respectueuse le long du rivage tandis qu'ils cheminaient lentement, assez proche d'elle, toutefois, pour pouvoir la retenir si jamais elle glissait sur les galets, le regard aux aguets comme s'il marchait à l'ennemi.

— Vous vous demandez où vous avez mis les pieds. Et vous ne me faites pas confiance, dit-elle à voix basse. Rien d'étonnant après ce que vous avez vécu. Dès que l'excitation retombe, le doute s'insinue. Le lendemain matin après mon initiation, j'avais envie de fuir Avalon. N'ayez crainte, rien n'a été fait qui porte atteinte à votre honneur.

Il haussa les sourcils, et l'espace d'un instant, les traits sévères et burinés de son visage s'adoucirent. Dierna nota ce changement avec un étrange pincement au cœur. « J'aimerais tant le voir rire, » songea-t-elle.

— Tout dépend, dit-il, du serment que j'ai fait...

— Vous avez juré de défendre l'Angleterre, jusqu'à la mort...

— Tel était déjà mon devoir. Il s'agissait d'autre chose. Avez-vous eu recours à la magie pour me contraindre ?

Ils continuèrent de marcher en silence, pendant que Dierna réfléchissait. Qu'il soit conscient du pouvoir engendré par le rite, c'était une bonne chose, mais cela signifiait qu'elle devait faire attention à ce qu'elle lui disait.

— Je ne suis pas une sorcière, mais une prêtresse de l'Ordre de la Grande Déesse, et en entravant votre volonté, j'irais à l'encontre de mes propres serments... Et pourtant, je pense que votre destin a déjà été tracé. Par les dieux eux-mêmes..., ajouta-t-elle. Avant même que l'on ne se rencontre.

— La nuit où je vous ai vue au cœur de l'orage ?

Une fois de plus, son expression se modifia ; ce n'était pas un rire, mais quelque chose de plus profond, presque de la peur. Et une fois de plus, Dierna ressentit cet étrange pincement, plus violent, comme un couteau planté dans le cœur.

— Comment un être humain peut-il marcher sur les flots ?

— Mon corps était en état de transe... c'est mon enveloppe spirituelle que vous avez vue, elle est capable de voyager grâce à une discipline mentale qui est l'un des Mystères d'Avalon.

— La tradition druidique ? demanda-t-il, méfiant.

— La sagesse que les druides ont préservée, et que leur ont enseignée ceux qui sont venus il y a bien longtemps des Terres Englouties de l'autre côté de la mer. Tout ce qui subsiste de ce savoir est sous la garde de notre sainte communauté. Avalon détient encore un grand pouvoir, ajouta-t-elle, un pouvoir qui pourrait vous être précieux pour défendre cette terre. Avec notre aide, vous pourriez savoir par avance quand les pirates vont frapper et les prendre par surprise.

— Comment se manifestera cette aide ? demanda Carausius avec un sourire de scepticisme. Ma tâche m'obligera à parcourir sans relâche cette côte, d'un bout à l'autre, et à traverser la mer. Vous ne pouvez tout de même pas demeurer en permanence près de moi sous la forme d'un esprit pour me conseiller !

— Il est vrai que j'ai moi aussi, dans mon propre monde, des tâches tout aussi absorbantes que les vôtres. Mais si une de mes disciples restait à vos côtés, elle pourrait vous apporter son aide pour certaines choses, et dans des situations plus graves, communiquer avec moi par la pensée. Je vous propose une alliance, et pour la sceller, je vous donne une de mes prêtresses.

Carausius secoua la tête.

— Jamais l'armée ne m'autorisera à avoir auprès de moi une femme qui...

— Elle sera votre épouse, déclara Dierna. J'ai entendu dire que vous n'étiez pas marié.

Il ouvrit de grands yeux, et elle vit son visage, pourtant buriné par le soleil, s'empourprer.

— Je suis un soldat avant tout..., répondit-il, sans

grande conviction. Quelle épouse verriez-vous pour moi ?

Intérieurement, Dierna poussa un soupir de soulagement.

— Vous n'avez plus l'habitude de recevoir des ordres, dit-elle, et sans doute me trouvez-vous très autoritaire. Je le sais. Mais je pense à votre bien-être autant qu'à la sauvegarde de cette terre. La jeune femme que je vous donnerais se nomme Teleri, elle est la fille d'Eiddin Mynoc. Elle est d'assez noble origine pour que cette alliance soit jugée digne de vous, et elle est très belle.

— S'agit-il de la jeune fille qui portait les torches à la cérémonie d'hier soir ? Elle est jolie, en effet, mais je lui ai à peine dit deux mots.

Dierna secoua la tête.

— Je ne lui imposerai pas cette alliance. Dès que j'aurai son consentement, j'irai parler à son père, et tout le monde croira que cette union a été arrangée entre lui et vous, conformément à la tradition.

Teleri regretterait sans doute de devoir quitter Avalon, songea la prêtresse, mais elle apprécierait certainement l'occasion qui lui était offerte d'épouser un homme aussi puissant. Dierna n'était pas insensible à la carrure athlétique du navarque. Son cœur battit plus vite. Un instant, elle rêva de s'unir à lui lors des Feux de Beltane.

Mais Teleri était plus jeune, plus belle. Dierna continuerait d'accomplir sa tâche à Avalon, et Carausius serait heureux dans les bras de Teleri.

Le ciel commençait à s'assombrir. Teleri s'épongea le front avec son voile et inspira une bouffée d'air lourd et humide. Le balancement de la litière qui les ramenait vers Venta Belgarum sur le chemin cahoteux lui donnait la nausée, et cette chaleur étouffante n'arrangeait pas les choses. Ça ne ferait qu'empirer, elle le savait, jusqu'à ce que les nuages éclatent.

Au moins avait-elle le privilège d'effectuer le trajet du retour avec Dierna. Elle jeta un regard à la Grande Prêtresse, qui, hiératique, les yeux clos, paraissait plongée dans ses méditations. Quand elles avaient quitté Portus Adurni, Teleri s'était réjouie, car elles approchaient d'Avalon. Mais plus Dierna demeurait silencieuse, plus elle sentait croître sa nervosité.

À mi-chemin de Clausentum, ils durent éviter un groupe de soldats occupés à niveler et paver la route. À partir de là, le chemin était recouvert de gravier et le voyage devint plus confortable. Comme si ce changement de rythme l'avait éveillée, la Grande Prêtresse remua enfin.

Teleri ouvrit la bouche pour parler, mais Dierna la devança.

— Voilà plus d'un an que tu es avec nous à Avalon. Bientôt, tu auras le droit de prononcer tes vœux. As-tu été heureuse là-bas parmi nous ?

La jeune fille lui jeta un regard surpris.

— Heureuse, dites-vous ? Avalon est l'endroit de tous mes rêves. Jamais je n'avais connu le bonheur avant de vous rejoindre !

Dierna esquissa un sourire, mais son regard était triste.

— J'ai étudié aussi durement que possible, dit Teleri. Les prêtresses ne sont pas satisfaites de moi ?

Le visage de la Grande Prêtresse s'adoucit.

— Oh si. Tu as été parfaite. (Il y eut un silence, puis Dierna demanda :) Quand nous avons béni la forteresse, qu'as-tu vu ?

Surprise par cette question, Teleri demeura bouche bée un instant. Elle revit mentalement le champ éclairé par la lumière des torches et le scintillement des étoiles.

— Je crois que nous avons suscité un pouvoir magique. J'ai senti des picotements sur la peau...

— Et le commandant romain, Carausius, qu'as-tu pensé de lui ?

— Il paraît robuste... compétent... et chaleureux, je suppose. J'avoue avoir été surprise quand vous avez prélevé son sang pour la consécration.

— Lui aussi, répondit Dierna avec un bref sourire.

Avant le Solstice d'Été, quand je me suis isolée pour chercher des visions, je l'ai vu.

Teleri sentit ses yeux s'écarquiller en entendant cette confession.

— ... Il est l'Aigle qui nous sauvera, il est le Défenseur Élu, reprit Dierna. Je lui ai offert une alliance avec Avalon.

Teleri fronça les sourcils, perplexe. Pour elle, Carausius n'avait rien d'un héros, et il lui paraissait vieux. Mais elle se garda d'interrompre Dierna :

— La Déesse nous a ménagé cette occasion. Cet homme n'est certes pas de notre sang, possède une âme ancienne. Hélas, il n'en a pas réellement conscience. Il a besoin d'une compagne à ses côtés pour lui rappeler sa véritable nature, et lui servir de lien avec Avalon...

Teleri sentit soudain réapparaître ses nausées.

Dierna lui prit la main.

— Ce ne serait pas la première fois qu'une novice d'Avalon serait offerte à un roi ou à un chef militaire pour le rattacher aux Saints Mystères. Quand j'étais enfant, Eilan, une princesse des Démètes[1], nommée Hélène en langage romain, fut donnée à Constance Chlore. Mais il dut quitter l'Angleterre. Aujourd'hui, une telle alliance est redevenue nécessaire.

Teleri déglutit avec peine, et demanda dans un murmure :

— Pourquoi me racontez-vous ça à *moi* ?

— Car tu es la plus jolie et la plus douée de nos jeunes vierges qui n'ont pas encore prononcé leurs vœux, et de plus, tu es bien née, ce qu'apprécieront les Romains. C'est donc toi qui dois devenir l'épouse de Carausius.

Teleri eut un mouvement de recul instinctif en repensant tout à coup aux mains rugueuses du pirate saxon sur son corps. Submergée par une vague de nausée, elle s'accrocha au rebord de la litière, en écartant les rideaux. Elle entendit Dierna ordonner

---

1. Peuple celte habitant le Pays de Galles. Hélène, la femme de Constance Chlore, est la mère de Constantin le Grand.

aux esclaves qui conduisaient les chevaux de s'arrêter. Peu à peu, les spasmes se calmèrent et elle reprit
conscience du monde qui l'entourait.

— Descends, dit la voix douce de la prêtresse. Il y
a un ruisseau un peu plus bas, où tu pourras te laver
et te désaltérer. Tu te sentiras mieux ensuite.

Teleri, chancelante, rouge de honte, mit pied à
terre, en s'appuyant sur les esclaves. Elle sentait
peser sur elle les regards inquisitoriaux des autres
prêtresses, et devinait l'inquiétude d'Allectus.

— Voilà, ça va aller mieux maintenant, lui dit
Dierna lorsqu'elle revint quelques minutes plus tard.

Teleri s'essuya la bouche. L'eau fraîche l'avait revigorée, et elle se sentait mieux, en effet, sur la terre
ferme. Elle apercevait maintenant les nuages mena-
çants, le rouge écarlate des coquelicots dans l'herbe
et le scintillement du ruisseau avec une netteté inhabituelle. Un souffle d'air agita les mèches de cheveux
mouillés plaquées sur son front.

— Ce que vous me demandez..., dit-elle à voix
basse, je ne peux pas le faire. J'ai choisi de vivre à
Avalon pour servir la Déesse. Et vous mieux que quiconque savez pourquoi je ne peux me donner à un
homme.

Dierna laissa échapper un soupir.

— Quand ils m'ont nommée Grande Prêtresse,
confia-t-elle, j'ai eu envie de fuir. J'étais enceinte de
mon premier enfant, et je savais que si j'acceptais
ce destin, jamais je ne pourrais être sa mère... pas
réellement du moins, car ma première préoccupa-
tion serait toujours le bonheur d'Avalon. Pendant
toute une nuit, j'ai erré dans les marais, en pleurant,
au milieu des tourbillons de brume. Finalement, j'ai
compris qu'il existait d'autres personnes pour veiller
sur mes enfants, mais j'étais alors seule à pouvoir
assumer les lourdes fonctions de Dame d'Avalon. Évidemment, je me lamentais de ne pouvoir connaître
le simple bonheur d'être mère. Surtout, j'avais peur
de me sentir coupable toute ma vie si je refusais de
me vouer à la déesse. Et ce sentiment l'emportait sur
la crainte de ne pas pouvoir consacrer toute mon

énergie à mes enfants. La mort est, je le pense, plus douce que ma douleur d'alors.

« Mais juste avant le lever du soleil, après que j'eus pleuré toutes les larmes de mon corps, je fus envelop-pée par une sorte de chaleur, semblable aux bras d'une mère. Et à cet instant, je compris que mon enfant aurait tout l'amour dont il avait besoin, car la Déesse veillerait sur lui, et je ne devais pas craindre de décevoir tous ceux qui dépendaient de moi, car Elle s'exprimerait à travers moi.

« Voilà pourquoi, aujourd'hui, je peux te demander de faire ce sacrifice, Teleri, tout en sachant combien c'est dur. Quand nous jurons fidélité à Avalon, nous faisons le serment de servir la Dame selon Sa volonté, pas la nôtre. Crois-tu que je ne préférerais pas te garder à mes côtés, te voir grandir et embellir comme un jeune pommier ?

Dierna lui tendit la main de nouveau, et cette fois, Teleri ne recula pas.

— Les présages sont trop clairs pour être ignorés, ajouta la prêtresse. L'Angleterre a besoin de cet homme. Tu dois incarner la Déesse à ses côtés, ma douce, et le réveiller !

La voix de Dierna s'étrangla. En la regardant, Teleri comprit que la Grande Prêtresse l'aimait véri-tablement.

Teleri leva le bras pour caresser les cheveux blonds de son aînée, et celle-ci la serra dans ses bras.

Sentant des traces humides sur ses joues, Teleri se demanda s'il s'agissait de ses propres larmes ou si c'était la Dame Elle-même qui pleurait dans le ciel.

XII

Tout le blé avait été rassemblé en meules, le foin avait été fauché et la paix régnait sur la campagne. Au-delà du Val d'Avalon, les champs étaient parsemés d'or. Un bon présage, se dit Dierna en regardant les brumes former un rideau à l'horizon. Habituellement, les mariages étaient célébrés au printemps ou au début de l'été, mais il serait préférable que Carausius se marie au début de l'hiver, lorsque les pirates cessaient temporairement leurs attaques, pour avoir le temps d'apprendre à connaître son épouse avant de retourner se battre. Et si elle se sentait fatiguée, c'est que depuis deux lunes elle ne ménageait pas sa peine pour préparer Teleri à ce mariage.

C'était sans doute pour la même raison que Teleri paraissait si pâle. Alors que les deux femmes montaient à bord de la litière couverte envoyée par Eiddin Mynoc pour les conduire à Durnovaria, Dierna lui donna une petite tape rassurante. La jeune fille avait travaillé durement, nuit et jour, pour achever sa formation et apprendre à scruter la surface de l'eau afin d'y déceler des visions.

Évidemment, la tâche était plus aisée dans l'Étang Sacré, mais un bol en argent faisait également l'affaire si la Prophétesse exhalait suffisamment de fumée sacrée et si l'eau était bénie comme il convient. Le Pouvoir ne résidait pas dans l'eau, mais dans celui qui la contemplait. Dierna maîtrisait si bien cet art qu'en cas de nécessité elle pouvait faire naître des visions dans une mare de boue, juste avec quelques profondes inspirations, sans l'aide d'aucune herbe. Parfois même, le Don s'imposait sans qu'elle l'ait provoqué, et ces visions impérieuses se révélaient souvent les plus importantes.

Malgré tout, Teleri croyait au caractère sacré de certains objets. Elle emportait toujours sur elle un coffret renfermant un vieux bol en argent, gravé de spirales en forme de labyrinthe qui captaient le regard, et plusieurs cruches contenant l'eau de l'Étang Sacré.

Teleri gardait les yeux fixés sur l'interstice entre les rideaux de cuir de la litière, comme si elle espérait percer les brouillards qui enveloppaient le Tor. Mais on ne voyait que l'église des chrétiens et les quelques cabanes éparpillées tout autour qui abritaient les

moines vivant ici. Plus haut sur la colline, au-delà du
Puits Sacré, se trouvaient les maisons de la sainte
communauté des femmes. Et au-dessus se dressait
le sommet arrondi du Tor, nu depuis l'époque de la
première Grande Prêtresse, quand les moines avaient
abattu les Pierres Sacrées. Parfois, il était difficile
d'imaginer, en voyant ce paysage de l'extérieur, que
ceux qui avaient le pouvoir de traverser ces brumes
découvraient de l'autre côté le manoir d'Avalon et la
Maison des Vierges, le Chemin de Procession et les
Pierres Levées.

Dierna se renversa contre le dossier rembourré au
moment où la litière s'ébranlait et laissa retomber
les rideaux. Teleri avait déjà fermé les yeux. Mais ses
mains serrées indiquaient qu'elle ne dormait pas. La
prêtresse fronça les sourcils en découvrant à quel
point ses poignets étaient devenus fins. Une fois passée sa première réaction de révolte, la jeune fille
n'avait plus émis d'objection à ce mariage. De fait,
elle s'était pliée à toutes les exigences, aussi obéis-
sante que n'importe quelle disciple d'Avalon. Dierna
en avait conclu que Teleri s'était résignée, mais elle
se demandait maintenant si elle n'avait pas profité de
la pression des préparatifs pour échapper aux questions.

— Teleri..., dit-elle d'une voix douce, et elle vit battre les paupières de sa protégée. Sache que ce Don
de seconde vue marche dans les deux sens. Chaque
soir tu contempleras la surface de l'eau pour voir ce
qui se passe en Angleterre, grâce à des images que je
t'enverrai, ou que tu apprendras à faire apparaître
toi-même avec le temps. Mais sache que l'eau peut
également servir à envoyer des messages. Quand tu
es en transe, si tu t'es préparée convenablement, et
si ta volonté est assez forte, tu peux toi aussi m'adresser un message. Si jamais il se passe quelque chose,
si tu es dans le besoin, appelle-moi et je viendrai.

Teleri répondit sans ouvrir les yeux.

— Pendant trois ans j'ai vécu à Avalon. Après tout
ce temps, je m'attendais à connaître la consécration
et non pas le mariage. C'était un rêve juste et beau.

Aujourd'hui, on m'oblige à retourner dans le monde extérieur. Vous m'affirmez que l'homme auquel on me donne est bon. Mon sort n'est pas plus terrible, je suppose, que celui de toute autre jeune fille de noble extraction. Mieux vaut que la séparation soit nette...

Dierna soupira.

— Comme tu le dis, tu as passé trois ans au milieu des prêtresses. Avalon a imprimé sa marque sur toi, Teleri, même si tu ne portes pas le croissant sur le front. Ta vie ne sera plus jamais comme avant, car tu n'es plus comme avant. Même si tout se passe bien, je serais heureuse et soulagée d'avoir de tes nouvelles.

Elle attendit. Comme aucune réponse ne venait, elle enchaîna :

— Tu es en colère contre moi, et peut-être as-tu raison. Mais n'oublie jamais que la Déesse est là pour te réconforter, même si tu refuses de te tourner vers moi.

En entendant ces mots, Teleri se redressa et la regarda.

— Vous êtes la Dame d'Avalon..., dit-elle lentement. Pour moi, vous êtes la Déesse.

Sur ce, elle détourna la tête de nouveau.

« Oh, ma Dame, qu'ai-je donc fait ? » se demanda Dierna en observant le profil de la jeune femme, aussi pure et inflexible qu'un bas-relief romain. Trop tard, c'était déjà fait, ou en passe de l'être, et les circonstances qui avaient motivé cette trahison — s'il s'agissait d'une trahison — demeuraient. À son tour, elle ferma les yeux. « Ma Dame, vous connaissez les cœurs. Cette enfant ne peut comprendre que le sacrifice que Vous nous demandez est aussi cruel pour moi que pour elle. Accordez-lui le réconfort qu'elle ne veut pas puiser auprès de moi, et l'amour... »

Carausius releva l'extrémité de sa toge qui pendait sur son épaule, en essayant de se remémorer les paroles prononcées à l'instant par Pollio. Ce dernier était un important propriétaire terrien du territoire des Durotriges, un homme qui possédait autant d'influence que de relations et faisait commerce avec

Rome. Mais presque tous les invités du prince Eiddin Mynoc pour le mariage de sa fille étaient nobles ou puissants, ou les deux à la fois. Vêtus de toges ou de robes en lin brodées, ils auraient pu participer à un rassemblement aristocratique n'importe où dans l'Empire. Seules les prêtresses avec leurs tuniques bleues, debout près de la porte, étaient là pour rappeler que l'Angleterre possédait ses propres dieux et ses propres mystères.

— Une excellente union, répéta Pollio. Évidemment, nous avions déjà appris avec satisfaction que Maximien vous avait donné le commandement, mais cette union avec une de nos familles les plus éminentes suggère un attachement plus personnel à l'Angleterre.

Carausius tendit l'oreille cette fois. Les prêtresses avaient organisé ce mariage dans le but d'établir un rapprochement. Y avait-il dans cette union une dimension politique qui lui avait échappé ?

Pollio prit un biscuit sur le plateau que lui tendait un des esclaves, avant de poursuivre :

— Je suis allé à Rome. Après trois siècles, ils continuent de penser que nous vivons au bout du monde. Quand la situation se dégrade, quand leurs défenses sont menacées, nous sommes les derniers auxquels ils pensent. Nous en avons eu la preuve à l'époque où ils ont retiré les troupes de notre frontière pour participer à des guerres de succession.

— J'ai juré fidélité à l'Empereur..., répliqua Carausius, mais Pollio n'avait pas terminé.

— Il existe de nombreuses façons de servir. Et peut-être serez-vous moins prompt à poursuivre vos ambitions à Rome s'il y a ici quelqu'un qui vous attend, non ? Assurément, votre jeune épouse est suffisamment belle pour inciter n'importe quel homme à rester chez lui... (Le sourire entendu de Pollio fit se raidir le navarque.) Je me souviens encore de l'adolescente empruntée qu'elle était autrefois ; on peut dire qu'elle s'est épanouie durant ces dernières années !

Le regard de Carausius se dirigea vers l'autre bout

de la salle, où Teleri bavardait avec son père, debout
sous une guirlande d'épis de blé et de fleurs séchées.
Il avait du mal à l'imaginer sous les traits d'une adolescente un peu gauche. Parfumée, ornée de bijoux,
drapée dans une tunique en soie écarlate importée
des contrées orientales de l'Empire, elle était encore
plus belle que le soir où il l'avait rencontrée, sur le
site de la forteresse. Elle était habillée comme la fille
d'un roi, mais ses atours ne servaient qu'à mettre en
valeur sa beauté et son élégance naturelles.

Comme si elle sentait peser le poids du regard de
son époux, elle tourna la tête, et pendant un court
instant, il put distinguer les traits purs de son visage
à travers les brumes rosées de son voile. On eût dit
la statue d'une déesse. Il s'empressa de détourner la
tête. Ses désirs étaient ceux de n'importe quel
homme, et à mesure qu'il montait en grade, ses
conquêtes féminines s'étaient multipliées. Pourtant,
il n'avait jamais, même durant ses séjours à Rome,
couché avec une femme de lignée royale, ou même
une femme aussi belle. Il lui serait facile de l'idolâtrer, songea-t-il. En revanche, il craignait de ne pas
se montrer à la hauteur dans son rôle d'époux.

Soudain, quelqu'un lui pinça l'épaule.

— Alors, nerveux ? lui demanda Aelius, qui avait
abandonné l'*Hercule* à Clausentum pour une remise
en état et était venu soutenir Carausius dans cette
épreuve. Je te comprends ! Mais il paraît que tous les
jeunes mariés ressentent la même chose. Ne t'en fais
pas... toutes les femmes se ressemblent plus ou
moins une fois qu'on a éteint les torches. Tu n'as qu'à
imaginer que tu conduis un bateau dans le delta du
Rhin et tout se passera bien. Vas-y en douceur et
n'oublie pas de sonder le fond régulièrement !

Aelius éclata de rire, sous le regard noir de Carausius.

Ce dernier fut soulagé de sentir une main se poser
sur son bras, lui offrant ainsi une excuse pour se
détourner. Il découvrit le regard sombre, ardent, du
jeune homme frêle qui se tenait devant lui, et pendant un instant, son nom lui échappa.

— Commandant, j'ai passé beaucoup de temps à... réfléchir depuis l'été dernier, dit le garçon. C'est formidable ce que vous faites pour l'Angleterre.

On percevait dans sa voix un léger bégaiement, comme si son élocution ne pouvait se hisser à la hauteur de ses émotions.

Allectus, tel était son nom. Carausius se contenta de hocher la tête, tandis que le garçon poursuivait :

— Quand j'étais plus jeune, ma santé précaire m'a interdit d'entrer dans l'armée. Mais pour atteindre vos objectifs, il vous faudra de l'argent. Beaucoup plus, me semble-t-il, que l'Empereur vous en donnera. L'argent, ça me connaît, commandant. Si vous m'engagez dans votre état-major, je vous servirai avec dévouement !

Le front plissé, Carausius jaugea le jeune homme avec l'œil du soldat de métier. Certes, Allectus ne serait jamais un guerrier digne de ce nom, mais il paraissait malgré tout en bonne santé, et si ce qu'on disait à son sujet était vrai, il ne se vantait pas. En tout cas, il avait raison : le navarque avait constaté que les espoirs placés en lui par les citoyens de ce pays dépassaient le résumé que lui en avait fait Maximien.

— Qu'en pense ton père ?

Une lumière s'alluma dans l'œil d'Allectus.

— Il est favorable à cette idée. Je crois même qu'il en serait fier.

— Très bien. Je t'accepte dans mon état-major... officieusement. Tu pourras te joindre à nous dès cet hiver. Si tu fais tes preuves, nous régulariserons ta situation quand la campagne débutera au printemps.

— Merci, commandant !

Allectus esquissa un semblant de salut militaire avec un enthousiasme maladroit qui le fit paraître soudain plus jeune encore. Il s'ensuivit un moment de gêne, le temps qu'Allectus contrôle ses émotions.

Carausius eut pitié de lui.

— Ta première mission consistera à venir me chercher quand la cérémonie sera sur le point de commencer.

Allectus redressa les épaules et s'éloigna à grands pas en singeant la démarche militaire. Le navarque se demanda s'il avait bien fait de le prendre avec lui. Ce jeune Britannique était un curieux mélange d'inexpérience et de maturité, à la fois timide et maladroit en société, tout en ayant la réputation d'être un redoutable homme d'affaires. L'armée avait besoin de recrues aux talents divers. Si Allectus était capable de supporter les exigences physiques du service, et de tolérer la discipline militaire, il pourrait se révéler très utile.

Le navarque demeura un instant plongé dans ses pensées, le front plissé. Finalement, ce fut un sens plus profond que l'ouïe qui le ramena dans la réalité. Quand il leva la tête, Dierna se tenait devant lui.

Prenant une profonde inspiration, il désigna la foule réunie dans la pièce.

— Vous avez bien œuvré, et tout le monde se soumet à vos désirs. Êtes-vous satisfaite ?

— Et vous ? répliqua-t-elle en soutenant son regard.

— Aucune bataille n'est jamais gagnée avant le coucher du soleil.

Surprise, Dierna haussa un sourcil.

— Avez-vous peur ?

— Depuis que je vous ai rencontrée, j'entends d'étranges histoires au sujet d'Avalon. On raconte que Rome a vaincu les druides, mais pas leurs prêtresses ; que vous êtes des sorcières, comme celles qui vivaient autrefois sur l'île de Sena[1] en Armorique, les héritières des pouvoirs anciens.

Carausius avait fait face à des hommes décidés à le tuer, mais il avait besoin de toute sa volonté pour soutenir le regard de cette femme.

— Nous sommes de simples mortelles, répondit la prêtresse, même si notre formation est très difficile, mais peut-être est-il vrai que nous conservons certains mystères que les Romains ont perdus.

— Je suis un citoyen de l'Empire romain, pas un

---

1. L'île de Sein.

Romain de naissance. (Il arrangea une fois de plus les pans de sa toge.) Chez les Ménapiens il y avait des prêtresses dans les marécages de Germanie quand j'étais enfant. Elles possédaient leur propre forme de sagesse, mais je sens en vous quelque chose de plus discipliné, qui me rappelle certains prêtres que j'ai rencontrés lors de mon séjour en Égypte.

— C'est possible, dit-elle en l'observant avec intérêt. On raconte que ceux qui ont fui les Terres Englouties ont trouvé refuge dans bien des pays, et que les Mystères de l'Égypte sont semblables aux nôtres. Vous vous en souvenez ?

Carausius tressaillit, troublé par quelque chose de particulier dans son ton. Elle lui avait posé une question similaire à Portus Adurni.

— Si je m'en souviens ? répéta-t-il.

Elle secoua la tête, en souriant.

— Ça n'a pas d'importance. Et de toute façon, aujourd'hui vous devez penser uniquement à votre épouse...

Tous les deux se tournèrent vers Teleri.

— Elle est très belle. Mais je ne m'attendais pas à l'épouser au cours d'une cérémonie romaine aussi traditionnelle.

— Son père voulait s'assurer que cette union serait reconnue, expliqua Dierna. Il y a quelques années, une femme de chez nous a été donnée à un officier romain conformément à nos propres rites, et nous avons entendu dire qu'elle était maintenant considérée comme sa concubine.

— Et quels sont les rites d'Avalon ? demanda-t-il d'une voix aussi calme que celle de Dierna.

— L'homme et la femme s'unissent en tant que prêtre et prêtresse du Seigneur et de la Dame. Il détient le pouvoir du Cornu qui donne vie au champ et au bétail, et son épouse le reçoit comme Grande Déesse, la Mère et la Fiancée.

Il y avait dans sa voix une note troublante. Le temps d'un souffle, il sentit remonter en lui un souvenir oublié depuis longtemps, mais d'une importance vitale. Malheureusement, les bêlements de l'agneau sacrificiel se firent entendre au-dehors, et le charme fut rompu.

— Je n'aurais pas refusé une telle cérémonie, dit-il. Mais il est temps maintenant d'assister aux rites de Rome. Donnez-nous votre bénédiction, Dame d'Avalon, et nous ferons de notre mieux.

L'haruspice apparut dans l'encadrement de la porte, leur faisant signe de venir. Carausius se redressa. Il sentait ses avant-bras parcourus par le picotement familier de l'excitation, au début d'une grande bataille. Au fond, se dit-il en prenant la tête du cortège, cette cérémonie c'est un peu la même chose. Il allait assister à un rite mais en même temps il voguerait sur une mer étrange et inconnue où à la moindre fausse manœuvre, c'était le naufrage.

Hors de la chambre, la fête se poursuivait. Le prince, ayant, contre toute attente, marié sa fille à un homme important, n'avait pas lésiné sur le vin de Gaule. Ses invités y faisaient honneur. Carausius, lui, observant son épouse à la dérobée regrettait bien un peu de ne pas pouvoir les suivre, mais, en bon officier, il ne buvait jamais pendant le service.

Car il avait le sentiment d'être en service. La femme qui l'attendait dans le grand lit était belle, sans doute d'humeur égale et certainement point sotte pour avoir suivi l'enseignement d'Avalon. Mais pour lui c'était une étrangère.

Contre toute attente il éprouvait un sentiment d'embarras. Il avait eu dans son lit bien des courtisanes ou des filles à soldats. Les présentations étaient le plus souvent expéditives. Mais il s'apercevait tout à coup qu'il attendait davantage de cette union. Teleri avait remonté le drap jusqu'à son menton, aux aguets comme une biche menacée. Elle était son épouse selon la loi romaine, mais d'après la coutume des Anglais, comme celle de son propre peuple, la cérémonie de mariage n'était pas achevée tant que la fête n'était finie et l'épouse déflorée.

— Veux-tu que je souffle la lampe ? demanda-t-il.

Elle répondit d'un hochement de tête muet. Carausius regretta sa question. À quoi bon, se dit-il, épouser une jolie femme si l'on ne peut admirer son corps ? L'éclat d'une trop grande beauté aurait pu le priver de ses moyens, tandis que dans l'obscurité toutes les femmes se ressemblaient. Il repoussa les couvertures et entendit le lit grincer en s'allongeant à côté d'elle, mais Teleri ne dit rien. Avec un soupir, il caressa ses cheveux. Sa peau était parfaitement lisse. Sans qu'il ait besoin de réfléchir, ses doigts glissèrent de sa joue à son cou, puis vers les rondeurs fermes de sa poitrine. Teleri retint son souffle et se raidit, en tremblant sous cette caresse.

Devait-il chercher à l'amadouer avec des paroles d'amour ? Ce silence le troublait et il avait du mal à trouver des mots. Mais si son esprit était désorienté, son corps, lui, réagit rapidement au contact de cette peau lisse et élastique que ses doigts exploraient. Carausius essaya néanmoins de se contrôler, d'attendre qu'elle soit prête elle aussi, mais Teleri demeurait passive et soumise, tandis qu'il lui écartait les cuisses. Finalement, il ne put se retenir plus longtemps. Dans un grognement, il se laissa tomber sur elle, en l'agrippant par les épaules. Elle poussa un gémissement et commença à se débattre sous lui, mais déjà il exigeait sa récompense.

Ce fut rapidement terminé. Aussitôt après, Teleri se roula en boule sur le flanc, en lui tournant le dos. Carausius demeura immobile un long moment, allongé sur le dos, écoutant la respiration de son épouse, essayant de capter d'éventuels sanglots. Mais elle ne faisait aucun bruit. Peu à peu, il se détendit. Ça s'était plutôt bien passé pour une première fois, se disait-il, et ils apprendraient à mieux se connaître. Sans doute ne fallait-il pas espérer de l'amour, mais nul doute que le respect et l'affection mutuels finiraient par s'installer et se développer entre eux, à force de partager la même existence. Combien de couples pouvaient en dire autant ?

Malgré tout, Carausius n'avait pas l'habitude de partager son lit, et le sommeil fut long à venir cette nuit-là. Sa tête était remplie de mouvements de troupes, de questions d'intendance, et il regrettait de ne pas pouvoir allumer une lampe pour travailler. Mais il ignorait si son épouse dormait, et il craignait de la réveiller. Au bout d'un moment, il sombra finalement dans un rêve agité où il se voyait sur le pont d'un navire qui tanguait, en train de combattre des ennemis invisibles.

En entendant frapper à la porte, il crut tout d'abord que c'était le bruit d'un bélier qui venait heurter les flancs de son bateau. Mais il entendait des voix également, et peu à peu, les paroles devinrent plus distinctes.

— Voyons, ma Dame, il est trois heures du matin ! Vous ne pouvez pas le déranger maintenant !

— S'il est furieux, j'en supporterai seule les conséquences, répondit une voix de femme. Voulez-vous prendre la responsabilité de lui cacher une nouvelle capitale ?

— Une nouvelle capitale ? répondit le garde. Aucun messager n'est venu...

— Je n'ai pas besoin de messager humain.

La voix de la femme avait changé, et Carausius, qui déjà s'était levé et enfilait sa tunique, fut parcouru d'un frisson qui ne devait rien à la froideur de la nuit.

— Doutez-vous de ma parole ? demanda la femme dans le couloir.

Le pauvre garde, ne sachant s'il devait respecter sa consigne ou céder à l'ascendant de la prêtresse, fut tiré d'embarras par l'intervention de Carausius qui ouvrit la porte de sa chambre.

— S'agit-il d'une attaque ?

La tension qui se lisait sur le visage de Dierna une seconde plus tôt disparut, remplacée par un sourire. Elle avait jeté une cape par-dessus sa tunique et ses cheveux défaits pendaient sur ses épaules comme des flammes. Puis son expression redevint grave.

— J'ai eu la vision d'une ville en flammes... d'une attaque de pirates... Je crois qu'il s'agissait de Clausentum... et deux navires ancrés près des côtes. Ils prendront leur temps pour le pillage, persuadés qu'aucune aide ne viendra. À condition de faire vite, vous pouvez profiter de la marée du matin et les attendre au-delà de l'île de Vectis quand ils reprendront le chemin de leur camp.

Carausius acquiesça. Le garde, lui, demeurait bouche bée, mais il se remit au garde-à-vous dès que le navarque lança des ordres d'un ton sec, en réprimant un sourire ; les miasmes de la nuit venaient de s'envoler, balayés par l'imminence du combat. Voilà qu'il retrouvait son terrain.

Ils passèrent l'hiver à Dubris. Teleri pensait détester cet endroit qui n'était pas Avalon. Mais la villa située au sommet des falaises calcaires où Carausius avait élu domicile était très confortable. En outre, les gens de Cantium[1], grands et blonds, même s'ils étaient différents de ses compatriotes de l'Ouest, plus enjoués, lui réservèrent un accueil chaleureux. Son mari, souvent absent, surveillait les travaux de la nouvelle forteresse de Portus Adurni, ou encore les améliorations apportées à la protection de Dubris. Une partie du butin repris aux pirates par Carausius le lendemain même de son mariage avait été restituée à ses propriétaires. Il avait demandé à Rome l'autorisation de vendre tous les objets dont on ne pouvait retrouver les propriétaires et de consacrer cet argent à la défense de la Côte Saxonne.

Même quand il était chez lui, Carausius passait le plus clair de son temps en compagnie de ses officiers, penché sur des cartes, à élaborer ses plans stratégiques. Au début, Teleri était soulagée de le côtoyer si rarement. Elle craignait que le contact d'un homme ne ravivât le souvenir du pirate qui avait essayé de la violer, mais grâce à la discipline d'Avalon elle avait pu surmonter cette épreuve. Il lui avait suffi de détacher son esprit de son corps pour ne rien sentir, ni douleur, ni peur. Elle n'aurait pas pensé que son mari pût s'en apercevoir, mais au bout d'un moment, elle en vint à le soupçonner de garder délibérément

---

1. En gros, la région du Kent.

ses distances. Intriguée et un peu honteuse, elle avait fait un effort pour se montrer plus accueillante.

Alors que s'étiraient les longues journées grises de l'hiver, Carausius convia de plus en plus fréquemment ses officiers supérieurs sous son toit.

Teleri se retrouvait souvent en compagnie d'Allectus, lui offrant une oreille compatissante quand les exigences de la vie militaire mettaient son endurance à rude épreuve.

— Notre système financier est absurde ! s'exclamait-il en se promenant avec elle sur les falaises. Les impôts sont levés en Angleterre, l'argent est expédié à Rome, et ensuite, selon le bon vouloir de l'Empereur, une maigre partie nous est restituée au compte-gouttes. Aucun commerçant ne pourrait tenir dans de telles conditions ! Ne serait-il pas plus logique de calculer la somme requise pour la défense de l'Angleterre et la déduire directement des impôts payés à Rome ?

Teleri acquiesça. En effet, ainsi présenté, c'était logique. Habituée au gouvernement civil, en grande partie financé par les contributions des riches commerçants qui occupaient les postes de magistrats, elle n'avait jamais réfléchi aux problèmes posés par la défense globale de toute la province.

— Ne pourrait-on pas, suggéra-t-elle, réclamer des contributions aux gens d'ici qui sont protégés par les forts de Carausius ?

— Nous y serons contraints, si Maximien n'envoie pas plus d'argent.

Allectus se retourna, les mains sur les hanches, pour contempler la mer. La vie militaire semblait lui avoir fait du bien, songea Teleri. Son regard n'avait rien perdu de son intensité, mais les heures passées au grand air avaient hâlé sa peau. Il se tenait plus droit également et l'entraînement quotidien avait musclé sa frêle silhouette.

— J'ai placé une partie de notre argent à intérêt, jusqu'au début de la prochaine campagne, et cela devrait nous rapporter quelques bénéfices, expliqua-t-il. Mais il faudrait vraiment beaucoup d'argent pour arriver à un résultat substantiel. Réclamer une contribution financière aux magistrats est une excellente idée. (Il la gratifia de ce large sourire qui transformait totalement son visage.) Mais pour leur soutirer de l'argent, la logique et le bon sens ne suffiront pas. Ils savent se montrer prodigues lorsqu'il s'agit d'éblouir leurs voisins. Mais comment leur faire comprendre que leur intérêt véritable est de contribuer aussi aux fortifications qui mettront également les terres des clans voisins à l'abri des incursions saxonnes ? Venez avec moi, Teleri, votre charme suscitera leur générosité. Aucun d'entre eux, j'en suis sûr, ne pourra résister à votre sourire...

Teleri rougit malgré elle, en songeant une fois encore que l'armée avait été bénéfique pour Allectus, bien qu'il n'eût cessé de se plaindre. Jamais il n'aurait osé lui faire un tel compliment un an auparavant.

Le temps se réchauffa enfin, même si parfois des orages continuaient de s'abattre sur la côte. Carausius partit s'installer dans l'enceinte même de sa forteresse, en emmenant avec lui son épouse. L'alliance avec le prince Eiddin Mynoc jointe à l'aura d'Avalon représentait en soi un atout considérable, mais ce n'était pas la raison principale de son mariage avec Teleri. Le moment était venu de vérifier si le but secret de cette union pouvait être atteint. Teleri avait pris l'habitude, sans qu'il lui en coûtât, de se retirer tôt dans ses appartements quand Carausius devait passer la soirée en compagnie de ses hommes. Ces derniers ignoraient qu'elle se levait à l'aube pour tenter d'accueillir, penchée sur un bol d'argent rempli d'eau, les nouvelles en provenance d'Avalon.

Au début, elle avait le plus grand mal à se concentrer, mais avec le temps, elle en vint à considérer ce moment de solitude comme le plus agréable de la journée. Au cours de ces heures paisibles, quand toute la forteresse dormait encore, elle pouvait presque s'imaginer de retour dans la Maison des Vierges. Pour occuper son esprit, Teleri repensait à tout ce qu'elle avait appris là-bas. Elle n'avait presque rien

oublié et sa capacité de compréhension s'était développée. Ce fut pour elle une heureuse surprise.

Une nuit, vers la fin du mois de mars, sa pensée
vagabonde vint se fixer sur l'image de Dierna mais
avec un sentiment de tristesse et non d'amertume,
comme auparavant. Et alors, comme l'eau d'un bar-
rage brusquement libérée par le simple déplacement
d'une pierre, ce changement d'attitude fit apparaître
les traits de la Grande Prêtresse dans l'eau qu'elle
contemplait.

Dierna écarquillait les yeux. Et Teleri comprit
qu'elle la voyait elle aussi. Elle en eut le cœur serré
tant ce regard était empli de paix et d'amour. Les
lèvres de Dierna remuèrent. Teleri n'entendit rien,
mais elle « sentit » la question et répondit par un sourire, puis fit un geste interrogateur, comme pour
demander des nouvelles d'Avalon. Dierna ferma les
yeux, le front plissé. Son image devint trouble. Pendant un instant, Teleri entrevit Avalon, paisible sous
les étoiles. Elle vit la Maison des Vierges et la rési-
dence des prêtresses, les ateliers de tissage et de teinture, les cuisines, la remise où elles faisaient sécher
les herbes. Elle voyait également le verger, le bosquet
de chênes et le scintillement du Puits Sacré, et,
surplombant tout cela, la silhouette majestueuse du
Tor.

Teleri ferma les yeux à son tour. Elle se représenta
la forteresse de Dubris et le port où les navires de
guerre à l'ancre dansaient sur les flots. Ses pensées
glissèrent ensuite vers Carausius, ses larges épaules
et son visage énergique, sa chevelure encore abondante, où étaient apparues quelques nouvelles
mèches d'argent depuis l'année dernière. Et soudain,
sans qu'elle l'ait voulu, l'image d'Allectus apparut à
ses côtés, le regard pétillant d'excitation. Mais rapidement, son esprit qui n'avait plus l'habitude d'un tel
effort vacilla ; elle cligna des paupières et ne vit plus
dans le bol que le pâle reflet de l'eau, et par la fenêtre,
la faible lueur de l'aube naissante.

Dès lors, Dierna lui apparut presque chaque nuit.
Mais ce n'est qu'une semaine plus tard que la Grande

Prêtresse, au lieu de lui montrer l'image d'Avalon, lui fit découvrir les eaux sombres d'un estuaire entre deux rives couvertes d'arbres. Teleri sentit son cœur s'emballer et sa vision se troubla. Elle retint son souffle, en essayant de se concentrer au maximum, et aperçut alors les ondulations argentées des flots et distingua les contours de six embarcations qui remontaient le courant à vive allure, propulsées par plusieurs rangées de rameurs. Des Saxons. Mais où étaient-ils ? Par un effort de la pensée, elle posa la question à Dierna, et fut récompensée presque aussitôt en découvrant l'image d'un pont et d'une entrée de port fortifiée.

« *Durobrivae...* » Teleri n'aurait su dire si elle avait pensé ou entendu ce mot. Mais il s'accompagnait d'un sentiment de certitude auquel elle avait appris à se fier. Brusquement, la vision disparut. Étourdie, le cœur battant, elle s'efforça de retrouver son souffle. Après quoi, elle prit la lampe à huile et retourna dans la chambre pour réveiller Carausius.

D'un point de vue militaire, la saison qui suivit fut un grand succès. Les visions de Dierna n'étaient pas toujours justes, et Teleri ne parvenait pas toujours à les capter. Parfois également, Carausius se trouvait déjà en mer et ne pouvait être averti. Malgré tout, conformément à la promesse de la Grande Prêtresse, l'alliance avec Avalon offrit au navarque un avantage qui lui permit, sinon d'anéantir l'ennemi, du moins de conserver un certain équilibre. Si les Romains n'arrivaient pas toujours à temps pour empêcher les pirates de mettre à sac un village ou un campement, très souvent ils parvenaient à faire justice. Et les bateaux des marchands qui partaient des ports d'Angleterre croulaient sous le butin que Carausius expédiait à Rome.

À la fin de l'été, alors que les meules de foin se dressaient dans les champs et que l'orge s'offrait à la faux du moissonneur, Carausius convoqua une réunion des chefs anglais de tous les territoires de la Côte Saxonne. Ils se rassemblèrent dans la grande basilique de Venta Belgarum, l'endroit le plus facile-

ment accessible pour tous et suffisamment vaste
pour les accueillir.

Carausius se leva, donnant aux plis de sa toge, d'un
geste mécanique, le drapé gracieux des statues
romaines. Au cours de ces deux dernières années, il
avait si souvent revêtu cette tenue qu'il avait fini par
y prendre goût. Et tandis qu'il levait la main pour
réclamer le silence de l'assemblée, il songea que les
grands mouvements majestueux imposés par le port
de la toge n'étaient pas sans rapport avec l'idéal
romain de *dignitas*.

— Mes amis, déclara-t-il, je ne possède pas ce don
d'orateur que l'on cultive à Rome. Je suis un soldat.
Si je n'assumais pas les fonctions de *Dux tractus
Armoricani et Nervicani*[1], je ne serais pas ici devant
vous, et si je m'exprime avec la franchise d'un soldat,
pardonnez-moi.

Carausius marqua une pause pour observer les
hommes assis sur les bancs devant lui, drapés eux
aussi dans leurs toges. Il avait l'impression en les
voyant ainsi vêtus de s'adresser au Sénat de Rome,
mais çà et là un visage à la peau claire surmonté de
cheveux roux trahissait la présence d'un sang celtique.

— Si je vous ai réunis ici, reprit-il, c'est pour vous
parler de la défense de ces terres qui vous ont vus
naître et sont devenues ma patrie.

— C'est le travail de l'armée ! lança un homme
assis sur un des bancs du fond. Et vous avez fait de
l'excellent travail d'ailleurs. Je ne vois pas en quoi
cela me concerne.

— Excellent travail, dites-vous ? s'exclama un
autre membre de l'auditoire en foudroyant du regard
le premier, avant de se retourner vers Casaurius avec
colère. Il y a moins de deux mois, ces bandits ont
attaqué Vigniacis et détruit tous mes ateliers. Où
étiez-vous à ce moment-là, hein ?

---

1. « Commandant des côtes armoricaines et belges. »

Carausius fronça les sourcils. Allectus qui se trouvait à ses côtés lui glissa à l'oreille :

— Cet homme se nomme Trebellius et il possède une fonderie de bronze. C'est lui qui fournit une grande partie des équipements de nos bateaux.

— Je poursuivais justement une bande de pirates qui venait de couler un navire transportant une de vos cargaisons, me semble-t-il, répondit le navarque d'un ton égal. Je dois dire que nous avons toujours été satisfaits de votre travail et je prie les dieux pour que vous repreniez bientôt votre production. Vous ne pensez tout de même pas que je prendrais le risque de voir disparaître une industrie dont j'ai tant besoin ?

Cette dernière remarque fut saluée par des murmures d'approbation.

— La flotte fait de son mieux pour nous protéger, Trebellius. Cessons de nous plaindre, déclara Pollio, qui avait participé à l'organisation de cette réunion.

— *Nous* faisons de notre mieux, en effet, reprit Carausius, mais parfois, comme l'a souligné notre ami ici présent, ça ne suffit pas. Le nombre de nos bateaux n'est pas illimité, et ils ne peuvent pas être partout. Si nous pouvions améliorer les forteresses que nous possédons déjà et en construire de nouvelles, et si nous avions assez de bateaux pour les défendre, vous ne seriez pas en train de vous lamenter sur le pillage de vos maisons et l'incendie de vos ateliers.

— C'est bien beau tout ça, répondit un homme de Clausentium, mais qu'attendez-vous de nous ?

Carausius s'absorba un instant dans la contemplation de la fresque murale où un Jupiter ressemblant étrangement à Dioclétien offrait une couronne à un Hercule possédant les traits de Maximien, avant de répondre :

— J'attends que vous remplissiez votre devoir de pères et de chefs de vos villes respectives. Vous avez l'habitude d'assumer les coûts des travaux et des bâtiments publics. Je vous demande simplement de consacrer une partie de ces dépenses à leur protection. Aidez-moi à bâtir mes forteresses et à nourrir mes hommes !

À ces mots, des protestations s'élevèrent parmi l'assemblée.

— Vous les avez atteints en plein cœur, glissa Allectus à l'oreille de Carausius.

Pollio se leva de son banc pour assumer le rôle de porte-parole :

— Bâtir nos villes, c'est une chose, déclara-t-il. Notre éducation nous y porte, et nos ressources sont suffisantes — tout juste — pour accomplir cette tâche. Mais les questions de défense dépendent de l'Empereur. Sinon, pourquoi taxer nos concitoyens si lourdement et envoyer tout l'argent à Rome ? Si nous payons encore plus pour assurer notre défense, l'Empereur ne risque-t-il pas de gaspiller cet argent en Syrie ou en se lançant dans une nouvelle campagne contre les Goths ?

— Que les impôts prélevés ici en Angleterre servent à subventionner notre gouvernement local et nous serons ravis de payer pour assurer notre défense, déclara le prince Eiddin Mynoc. Mais il n'est pas juste de tout prendre et de ne rien donner en échange.

Les murs de la grande basilique tremblèrent sous les acclamations.

— L'Empereur doit nous aider ! cria quelqu'un. Si vous adressez une demande en ce sens à Dioclétien, nous vous soutiendrons. Mais il doit faire un geste ! Quiconque revendique le titre d'empereur d'Angleterre doit mériter ce titre !

— Que comptes-tu faire ? demanda Teleri à voix basse.

Cerialis avait installé les sofas dans le jardin. La lumière de cette fin d'été étendait une brume dorée, comme un voile, sur les arbres, à travers laquelle elle entendait le doux clapotis de la rivière contre les bancs de roseaux. Briser ce rêve de quiétude en évoquant la guerre ressemblait à un sacrilège.

— Nous enverrons un messager à l'Empereur, répondit Carausius à voix basse, comme s'il craignait d'être entendu, bien que seuls Allectus et Aelius fussent à proximité. Nous n'avons pas d'autre solution ; mais je sais combien ses finances sont sollicitées et je n'espère pas grand-chose de Rome.

Il vida son gobelet d'un trait et le tendit à un esclave pour qu'il le remplisse à nouveau.

— Je ne comprends vraiment pas votre myopie à vous, Anglais. Il est inutile de réclamer à l'Empereur des fonds qu'il doit utiliser pour le bien de tout l'Empire ! Je vous demande juste un petit sacrifice, pour le bien de l'Angleterre !

— C'est là que le bât blesse, dit Cerialis d'un ton grave. Il est déjà difficile de convaincre mes compatriotes de regarder au-delà des murs de leurs propres cités, et encore plus au-delà de nos côtes. Ils seraient disposés à payer pour la défense de l'Angleterre, mais pas pour l'Empire...

— J'ai fait tout ce que je pouvais pour réunir de l'argent, mais nos sources de financement ne sont pas extensibles à l'infini, dit Allectus, comme pour s'excuser.

— Nos sources de financement..., répéta le navarque. (Il se dressa sur un coude et regarda ses interlocuteurs d'un air sombre.) Les dieux savent que j'ai essayé de suivre les règles du jeu ! Mais si mon devoir exige que je les détourne, alors je le ferai. Quand nous capturons un bateau, la loi de l'Empereur m'accorde une part du butin. Désormais, l'Angleterre recevra une partie des prises de guerre. Je compte sur toi, Allectus, pour rédiger des rapports qui... masqueront habilement nos agissements.

XIII

Le sifflet du guetteur résonna à travers les marais, aigu et pur. Il parvint jusqu'au pied du Tor où quelques trilles transmirent le message vers le sommet.

« *Quelqu'un vient. Assemblez les brumes et faites venir la barque qui conduira le visiteur à Avalon !* »

Drapée dans son long voile, en proie à une excitation inhabituelle, Dierna quitta la pénombre de sa cabane pour émerger dans la lumière éclatante de cette journée d'été. Elle promena un regard critique sur les prêtresses qui l'attendaient.

Ce regard n'avait pas échappé à Crida, qui demanda :

— Craignez-vous que nous ne vous fassions guère honneur ? Pourquoi tant de précautions ? Ce n'est qu'un Romain après tout !

— Non, pas tout à fait, répondit la Grande Prêtresse. Il provient d'une tribu pas très différente de la nôtre, obligé par la suite, comme tant de nos jeunes hommes, de se fondre dans le moule romain. C'est un homme marqué par les dieux...

Vexée, Crida masqua elle aussi son visage derrière son voile. D'un signe de tête, Dierna entraîna le petit groupe sur le chemin qui descendait en serpentant. Alors qu'elles approchaient du rivage, Ceridachos vint à leur rencontre, accompagné de Lewal, qui avait déjà rencontré leur visiteur.

Comment ce dernier voyait-il le Tor ? se demandait Dierna. Au fil des ans, les premières constructions en clayonnage enduit de torchis blanc avaient été remplacées par la pierre, mais elles se nichaient timidement contre le flanc de la colline. Seule la longue voie processionnelle rappelait, à sa manière, la majesté de Rome. Quant aux pierres qui couronnaient le sommet du Tor, elles étaient déjà vieilles à l'époque où Rome n'était encore qu'un hameau.

La grande barque d'Avalon était amarrée près du rivage, à l'ombre des pommiers. Elle avait été construite du temps de la mère de Dierna, suffisamment grande pour transporter des chevaux aussi bien que des hommes, et était munie de plusieurs rames, contrairement à ces embarcations de taille plus réduite que les habitants des marais faisaient avancer avec des perches au milieu des roseaux. Sur l'ordre de Dierna, les passeurs se mirent à l'œuvre et la barque glissa en silence sur le Lac. Devant eux, une brume éclatante scintillait à la surface de l'eau, enveloppant les lointaines collines d'un voile d'or. Alors qu'ils atteignaient le milieu du Lac, la Grande Prêtresse se leva, avec un sens parfait de l'équilibre né d'une longue pratique.

Elle avait dressé les bras ; ses doigts semblaient filer une laine invisible. Les passeurs soulevèrent leurs rames et la barque s'immobilisa au seuil des deux mondes. L'incantation qui faisait naître les brumes prenait naissance dans son esprit, avant de se manifester dans le monde visible. Elle ferma les yeux, invoquant la Déesse et rassemblant toute son énergie en un seul et puissant acte de volonté.

Elle savait combien cet instant était dangereux. Depuis que Dame Caillean avait fait apparaître cette barrière de brume pour les protéger, il y a des années, de nombreuses prêtresses avaient appris la formule magique. Mais à chaque siècle, une ou deux d'entre elles, lorsqu'elles avaient été mises à l'épreuve, avaient disparu en essayant d'écarter le rideau de brouillard et s'étaient perdues entre les mondes.

Soudain, une humidité glaciale tournoya autour d'elle. Ouvrant les yeux, Dierna vit l'eau grise et une masse floue d'arbres, puis, lorsque les brumes se dissipèrent, la cape écarlate de l'homme qui l'attendait sur le rivage. Teleri n'était pas avec lui. « Elle m'en veut toujours », se dit la Grande Prêtresse. Jusqu'à cet instant, Dierna avait espéré qu'elle viendrait. Mais de toute évidence, la jeune femme considérait encore comme une punition cette nécessité qui avait fait d'elle l'épouse du navarque.

— Bienvenue dans le Val d'Avalon, déclara Dierna, tandis que la barque retraversait les brumes en glissant sur l'eau calme, vers le Tor.

Carausius cligna des paupières et se redressa, comme quelqu'un qui émerge d'un rêve. Les membres de son escorte étaient demeurés de l'autre côté où ils attendaient, mécontents, avec les chevaux.

Mais la prêtresse, habituée à lire sur les visages, avait vu du soulagement dans leurs regards, car sans doute avaient-ils entendu eux aussi des légendes concernant l'Île Sacrée. Les princes des maisons royales d'Angleterre eux-mêmes étaient rarement autorisés à en fouler le sol. Lorsqu'il le fallait, les prêtresses se déplaçaient pour aller bénir une terre.

Ce n'était pas à cause du rang et du pouvoir de Carausius dans le monde romain que Dierna lui avait transmis cette invitation, mais parce qu'elle avait fait un rêve. Le prompt acquiescement du navarque à sa demande, en une saison où il était si souvent sollicité, était de bon augure pour ses projets. Il est vrai que la flotte romaine avait réalisé ces derniers temps quelques extraordinaires prises de guerre, dont les bénéfices permettaient d'accélérer le renforcement des navires et la protection des côtes. Peut-être l'ennemi était-il trop abattu pour se montrer désormais menaçant.

Des prêtresses en robe bleue attendaient sous les pommiers, devant une rangée de druides. Alors que la barque approchait, elles se mirent à chanter.

— Que disent-elles ? demanda Carausius, car les paroles étaient un ancien dialecte de la langue anglaise.

— Elles saluent le Défenseur, le Fils de Cent Rois...

Le navarque parut interloqué par cette réponse.

— C'est un trop grand honneur s'il m'est destiné. Mon père conduisait une barque assez semblable à celle-ci sur les canaux du delta, là où le Rhin se jette dans la mer du Nord.

— L'âme possède une royauté qui transcende le sang. Mais nous reparlerons de cela une autre fois, répondit-elle.

La barque accosta, et Carausius prit pied sur le rivage. Crida s'avança pour lui offrir la coupe de bienvenue, faite de vulgaire argile, mais remplie de l'eau claire, au goût ferreux, du Puits Sacré. Dierna se réjouit de porter un voile pour masquer une éventuelle trace de ressentiment sur son visage.

Leur hôte fut ensuite confié à Lewal qui se chargerait de lui donner à manger et de lui faire visiter les maisons regroupées au pied du Tor, tandis que Dierna ramenait les prêtresses à leurs tâches. Ils ne se reverraient qu'après le dîner.

— Les rites des druides se déroulent sur le Tor dans la journée, expliqua Dierna en conduisant Carausius vers le chemin de Procession. Mais la nuit, la colline appartient aux prêtresses.

— Les Romains affirment qu'Hécate gouverne les heures de la nuit et que les sorcières sont ses filles, qui accomplissent à la faveur de son ombre des actes qui offusqueraient le plein jour.

— Vous nous prenez pour des sorcières ?

Les piliers qui gardaient le chemin se dressaient devant eux. Dierna percevait chez le navarque une certaine tension qui n'existait pas quelques instants plus tôt.

— Parfois, reprit-elle, cela peut être vrai, quand l'intérêt de notre terre l'exige. Mais je peux vous assurer que je ne vous veux aucun mal, et je n'utiliserai aucune magie pour enchaîner votre volonté.

Il la suivit entre les piliers, puis s'arrêta brusquement, en clignant des yeux.

— Peut-être n'en aurez-vous pas besoin... Il y a ici assez de magie pour désorienter n'importe qui.

Dierna soutint son regard troublé.

— Ainsi, vous la sentez ! Vous êtes un homme courageux, Carausius. Si vous conservez votre sang-froid, vous n'avez rien à craindre du Tor. Mais sachez-le : si mes visions ne m'ont pas trompée, vous avez déjà gravi ce chemin...

La lune, qui demain serait pleine, s'était levée au-dessus des collines et poursuivait son ascension à l'est. Ils suivaient le chemin circulaire alternativement plongé dans l'ombre et la clarté. Lorsqu'ils atteignirent le sommet, la lune flottait au milieu des cieux ; les Pierres Levées projetaient des ombres nettes et noires dans le cercle, mais l'autel installé au centre était illuminé, et le calice d'argent posé dessus et rempli d'eau brillait comme s'il était éclairé de l'intérieur.

— Pourquoi m'avez-vous conduit jusqu'ici, ma Dame ? Je suis un soldat, pas un prêtre. Je ne connais rien aux choses spirituelles...

— Faites silence, Carausius, dit-elle dans un souffle, en allant se placer de l'autre côté de l'autel de pierre. Quand vous êtes sur le pont de votre bateau, est-ce que vous n'écoutez pas le vent, est-ce que vous n'essayez pas de deviner l'humeur de la mer ? Ne dites rien et écoutez ce que vous disent les pierres. Regardez dans le calice d'argent, et dites-moi ce que vous y voyez...

Dans le profond silence qui se prolongeait, elle eut le sentiment d'avoir déjà rencontré cet homme de l'autre côté d'un autel, dans un autre lieu, en un autre temps.

Elle le vit soudain chanceler. Sa tête plongea vers l'avant. Dierna, ses deux mains posées sur les siennes, déploya tout son pouvoir pour contrebalancer celui qui le happait. À son tour, elle se pencha au-dessus du calice, et lorsque les images commencèrent à se former, elle comprit que Carausius et elle voyaient la même chose.

La lune éclairait la surface de l'eau. Dierna découvrit une île entourée par une mer d'argent. Elle ne l'avait jamais vue de ses propres yeux, mais elle reconnut aisément les anneaux de terre et d'eau alternés, les champs fertiles en bord de mer et les bateaux dans le port intérieur, et au centre, une île au cœur d'une île escarpée, aux flancs en terrasses, couronnée de temples qui luisaient faiblement dans l'éclat de la lune. Elle était aussi vaste que le Val d'Avalon dans son ensemble, mais sa forme ressemblait à celle du Tor sacré. C'était l'ancienne terre, la mère des Mystères. Dierna savait qu'elle contemplait l'île qu'avaient fuie les maîtres des druides, et qui gisait aujourd'hui au fond de la mer.

Sa vision s'élargit ; elle voyait maintenant l'île à partir d'une terrasse ceinte d'une balustrade en marbre. Un homme se tenait à ses côtés. Des dragons

tatoués en spirales ornaient ses avant-bras muscu-
leux qui tenaient le garde-corps, et le diadème royal
du Soleil, dont la lune faisait pâlir le disque, luisait
sur son front. Ses cheveux étaient bruns, ses traits
aquilins, mais Dierna connaissait l'esprit qui regardait à travers ses yeux.

Il se tourna vers elle et ses yeux s'écarquillèrent.

— Cœur de Feu !

Elle sentit que son propre désir allait emporter sa
volonté. Il tendit la main vers elle, et soudain, la
vision fut engloutie par un déluge qui s'abattit sur
eux sous la forme d'une vague gigantesque.

Le cœur battant à tout rompre, Dierna fit appel à
toute sa discipline de toute une vie pour se ressaisir.
Lorsqu'elle se fut ressaisie, Carausius se relevait.
L'eau du calice renversé tombait goutte à goutte de
la pierre. Elle se précipita vers lui.

— Respirez à fond, murmura-t-elle, en le tenant
par les épaules jusqu'à ce que les tremblements ces-
sent. Dites-moi... ce que vous avez vu ?

— Une île... au clair de lune... (Il se mit en position
accroupie, en se massant les avant-bras, et il leva les
yeux vers elle.) Vous étiez là, je crois... (Il secoua la
tête.)... Je ne me souviens plus...

Dierna laissa échapper un soupir ; elle avait envie
de le prendre dans ses bras, comme elle avait étreint
cet homme, il y a si longtemps. Mais ce n'était pas à
elle d'évoquer le lien qui les unissait s'il n'en avait
pas conscience. À vrai dire, elle n'était pas certaine
du sens de cette vision, uniquement de l'émotion qui
l'avait accompagnée. Elle avait été amoureuse de cet
homme, et en repensant à tout le temps écoulé
depuis leur première rencontre, elle comprenait
qu'elle l'aimait toujours. C'était une prêtresse, formée à contrôler son cœur comme sa volonté, et
même pour les hommes qui avaient engendré ses
enfants elle n'avait jamais rien ressenti d'autre que
du respect, et une passion née du rituel. Comment
avait-elle pu être aveugle à ce point ?

— Vous avez été roi de la mer, dit-elle, il y a fort
longtemps, sur une terre aujourd'hui disparue. Le

plus solide rempart de l'Angleterre a toujours été la mer. Et ici, une petite partie de cette tradition survit. Je pense que vous êtes peut-être ressuscité afin de lui servir encore une fois de protecteur.

— J'ai juré de servir l'Empereur..., répondit Carausius d'une voix mal assurée. Pourquoi m'a-t-on fait voir cette scène ? Je ne suis pas roi.

Dierna haussa les épaules.

— Le titre importe peu. Seul compte le dévouement, et vous avez déjà prouvé le vôtre en donnant votre sang pour consacrer votre forteresse. Votre âme est royale, seigneur de la mer, et liée aux Mystères. Je pense que le jour est proche où vous devrez sans doute choisir d'accepter ou de renier votre destin.

La prêtresse sentit l'esprit du navarque se rebeller. Elle avait agi conformément aux souhaits de la Déesse et s'inclinerait devant le choix de Carausius. Sans un mot, elle le ramena au pied de la colline.

Au petit matin, un message urgent transmis par le Peuple des Marais parvint à Carausius. Dierna fit venir le messager jusque sur l'île, les yeux bandés, et attendit que le navarque sorte le parchemin de son étui en cuir.

— Des pirates ? demanda-t-elle en voyant son visage se figer.

Il acquiesça ; son expression était un mélange de colère et d'inquiétude.

— Oui, des pirates... mais pas des Saxons... des Romains cette fois ! Ces crapules exigent mon rappel et ma condamnation, car ils m'accusent d'être de mèche avec les pirates, de les laisser s'échapper tranquillement pour partager le butin avec eux !

— Mais vous avez toujours dépensé cet argent pour aider l'Angleterre !

— Oui, mais qui me croira ? Je suis convoqué à Rome pour y être jugé, et même si je suis acquitté, on m'enverra certainement à l'autre bout de l'Empire, et jamais plus je ne pourrai revenir en Angleterre.

— N'y allez pas dans ce cas ! s'exclama-t-elle.

Carausius secoua la tête.

— Impossible, j'ai juré fidélité à l'Empereur...

— Vous avez également juré fidélité à cette terre, et vous avez prêté d'autres serments avant cela, afin de protéger les Mystères. Y a-t-il dans toutes les armées de Dioclétien un autre homme capable de faire la même chose ?

— Si je refuse de me rendre à Rome, je deviens un rebelle. Ce sera la guerre civile.

Il leva les yeux vers elle ; son visage était grave.

— Qui peut vous arrêter ? Maximien est empêtré avec les Francs sur le Rhin, et Dioclétien combat les Goths sur le Danube. Ils n'ont pas les moyens de ramener dans le rang un navarque entêté qui, quoi qu'ils pensent de ses méthodes, protège l'Empire. Même si la guerre éclate, ce ne sera pas la première fois, dit-elle en soutenant son regard dur. Dioclétien lui-même est le fils d'un esclave. Sa gloire lui fut annoncée jadis par une druidesse de Gaule[1]. Mes paroles ont autant de poids que les siennes.

— Je ne cherche pas à devenir empereur !

Dierna eut un large sourire.

— Regagnez votre flotte, Carausius, et voyez si vos hommes vous soutiennent. Je prierai les dieux pour qu'ils vous apportent leur aide. Et s'il faut en découdre, peut-être découvrirez-vous que vous n'avez d'autre choix que d'accepter les fruits de la victoire !

Alors que l'été cédait place à la saison des récoltes, Dierna apprit que Carausius avait dénoncé ses accusateurs, et sans aller jusqu'à défier ouvertement Dioclétien, il refusa d'obéir à ses ordres. La prophétie de la prêtresse s'avéra juste lorsque les empereurs, accaparés de toutes parts, se résignèrent à cette situation. Ravi de cette aubaine qui lui avait permis d'atteindre sans conflit son objectif, Carausius continua à mener la vie dure aux pirates saxons, n'hésitant pas, à plusieurs reprises, à suivre les bateaux des

---

1. On peut lire cette anecdote dans l'*Histoire Auguste* (éd. R. Laffont, coll. Bouquins, 1994), *Vie de Carus, Carin et Numérien*, XIV, 3 : « Ne plaisante pas, Dioclétien, tu seras empereur quand tu auras tué un sanglier. » Comme on le voit, les épreuves de qualification pour la fonction suprême étaient assez largement accessibles.

pillards jusqu'à leurs bases pour incendier les villages qu'ils avaient construits sur les îles boueuses au milieu des marécages.

Pendant encore un an, l'équilibre fut ainsi maintenu. Délivrés de ce fléau qui épuisait leurs ressources, les marchands anglais étaient plus florissants que jamais, et cette prospérité économique se propagea peu à peu à travers toute la province. Ils commençaient à comprendre l'intérêt d'une flotte puissante. Ils savaient reconnaître leur bienfaiteur. Le nom de Carausius était sur toutes les lèvres. Dans les temples, on l'invoquait à l'égal d'un empereur.

Cet été, les dieux donnèrent la victoire à Maximien également, et à la fin de la saison, il avait imposé une paix temporaire parmi les Francs de Belgique. Carausius tenait Gesoriacum, mais les pêcheurs qui effectuaient la navette sur la Manche lui avaient appris que l'empereur second[1] faisait construire des bateaux en Armorique. Dierna envoya un message au navarque pour le mettre en garde, car l'heure du choix approchait. Il ne lui donna aucune réponse, mais ses visions lui montrèrent une intense activité également dans les chantiers navals d'Angleterre. Carausius se préparait ; si les dieux voulaient le nommer seigneur d'Angleterre, il leur en offrirait l'occasion. Lorsque le printemps céda la place à l'été, Dierna, fidèle à sa promesse, se leva chaque jour avant l'aube pour arpenter les chemins de l'esprit, en quête d'informations concernant les ennemis du navarque.

Debout sur l'arrière-pont de l'*Orion*, Carausius se balançait au rythme du tangage de la trirème, ballottée par la houle, voiles ferlées. Le rang inférieur de rameurs suffisait à la maintenir en position, tandis que leurs compagnons se reposaient. Les autres bateaux placés sous les ordres du navarque formaient trois colonnes parfaites, à l'exception d'un

1. On se souvient que Dioclétien avait confié une partie du pouvoir à Maximien. Voir note p. 241.

liburne rapide qu'il avait envoyé en éclaireur pour
repérer l'ennemi. La côte dessinait un halo vert à
bâbord, succession de collines basses et de sablon-
nières cédant place à des falaises à l'ouest. Le rivage
paraissait tranquille, mais parfois, des sillons à la
surface de l'eau, coupant la ligne des vagues, trahissaient quelques courants cachés.

L'*Orion*, le plus grand navire placé sous les ordres
de Carausius, avait été achevé cet hiver. Ses dimensions rappelaient les immenses trirèmes d'autrefois,
et son bois presque blanc scintillait sous le soleil. À
la proue, le chasseur sculpté visait un ennemi invisible. Le symbole était romain, mais c'était Dierna qui
avait suggéré le nom du navire. Il y avait dans la
constellation d'Orion, expliqua-t-elle, une force qui
lui apporterait la victoire. La chapelle installée à l'arrière abritait une déesse coiffée d'un casque, armée
d'un bouclier et d'une lance. Les officiers romains lui
donnaient le nom de Minerve, mais ce choix, lui
aussi, avait été inspiré par la Grande Prêtresse, qui
avait conseillé à Carausius de prier la Déesse sous le
nom Briga, celle que l'on honorait à Avalon sur l'île
des Vierges.

— Faites que le Chasseur localise ma proie,
Déesse, murmura Carausius, et prêtez force à nos
bras au moment de la rencontre.

Il jeta une autre poignée d'orge sur l'autel et versa
un peu de vin pour la libation. Menecrates, l'homme
qu'il avait nommé capitaine de l'*Orion*, prit une pincée d'encens qu'il répandit sur les braises. L'odeur
forte de la mer se mélangea agréablement à la douceur de l'encens brûlant dans la chapelle.

La nuit précédente, le navarque avait dormi dans
la forteresse d'Adurni. Teleri l'avait réveillé à l'aube,
porteuse d'un message de mise en garde de la part
de Dierna : la flotte de Maximien avait pris la mer et
ses bateaux traversaient la Manche. Teleri les avait
vus elle aussi par la pensée : trois escadrilles de dix
bâtiments chacune, remplis d'hommes. Carausius
disposait d'une force plus importante, mais il devait
la disperser afin de protéger toute la province, alors

que Maximien était libre de concentrer toute sa puissance sur la cible qu'il avait choisie. La Grande Prêtresse avait promis de lever les vents contre lui, mais elle ne pouvait que retarder l'affrontement inévitable.

Pour livrer cette bataille, Carausius disposait des escadrilles de Dubris et Portus Adurni, auxquelles il avait ajouté plusieurs liburnes devant servir d'éclaireurs et de messagers. Les forces en présence seraient inégales, mais après plusieurs années de campagne, les équipages anglais, soldats et marins, étaient aguerris, tandis que Maximien devait s'appuyer sur des esclaves et des pêcheurs réquisitionnés, agrémentés de quelques officiers prélevés dans les régiments de Méditerranée et du Rhin. L'Empereur espérait certainement acculer son adversaire au rivage et provoquer un abordage qui lui permettrait d'utiliser les légionnaires embarqués sur ses navires.

Les bateaux de la flotte anglaise devaient compenser leur infériorité numérique par la rapidité de leurs manœuvres, et chercher à prendre l'adversaire de vitesse afin de pouvoir l'éperonner. Carausius savait qu'il devait se garder de toute confiance excessive. Les Saxons qu'il avait l'habitude de combattre, s'ils étaient de bons marins, faisaient de piètres guerriers, cherchant la gloire individuelle avant la victoire collective. Cependant, les hommes de Carausius n'avaient jamais affronté des navires placés sous commandement romain. Mais l'ennemi ne connaissait pas la Manche, et cela suffirait peut-être à faire pencher la balance.

Il s'aperçut que ses hommes l'observaient, alors il acheva sa prière et referma les portes de la chapelle. Menecrates prit l'encensoir et dispersa les cendres sur la mer. Carausius regarda autour de lui, avec un large sourire. Il avait un bon bateau, de l'éperon de bronze qui fendait les flots juste sous la ligne de flottaison aux épaisses voiles de lin. Et il avait des hommes de valeur, des officiers aguerris au cours des deux années de lutte contre les pirates, deux douzaines de légionnaires professionnels et cent soixante-deux rameurs, hommes libres entièrement dévoués à la défense de leur pays. En outre, les dieux lui avaient envoyé une belle journée de printemps, avec juste quelques filaments nuageux dans le ciel et un léger vent arrière qui formait un ourlet d'écume sur les vagues aussi bleues que du lapis, un jour parfait pour accueillir joyeusement la mort ou célébrer la victoire.

Cette victoire, il aurait aimé la partager avec Allectus, dont l'intelligence et l'humour sardonique avaient égayé bien des heures mornes. Mais si le jeune homme s'était révélé d'une aide précieuse pour régler les problèmes de financement et d'approvisionnement, et s'il avait amplement mérité sa place au sein de l'état-major du navarque, il souffrait d'un incurable mal de mer.

Les mouettes tournoyaient autour du mât, puis repartaient vers la terre en piqué, pirates plus avides encore que n'importe quel Saxon. « Patience, se dit le navarque, bientôt vous aurez de quoi vous nourrir. »

Juchée sur la proue, la vigie poussa une exclamation et Carausius se raidit. La main en visière pour se protéger du soleil, il scruta la mer.

— Le liburne revient ! lança le guetteur. Il approche toutes rames dehors !

— Quel est le signal ? s'écria le navarque en dévalant deux par deux les marches de la passerelle entre les rangées de rameurs et se précipitant vers l'avant du bateau.

— Ennemi en vue !

En effet, Carausius voyait maintenant le mât qui se balançait au loin, et les gerbes d'écume provoquées par les rames qui plongeaient dans l'eau en cadence. Peu à peu, la petite embarcation grandit, jusqu'à venir côtoyer l'*Orion* comme un caneton qui revient se réfugier près de sa mère.

— Combien sont-ils ? cria le navarque, agrippé au garde-fou.

— Trois escadrilles... Elles avancent en formation de croisière, sous voiles !

Carausius acquiesça. Cette information confirmait la vision de Teleri.

— Ils projettent de débarquer à Portus Adurni,

avec dans l'idée d'attendre la tombée de la nuit au large pour nous prendre par surprise. Eh bien, c'est nous qui allons les surprendre !...

Il se tourna vers son équipage.

— Hissez le pavois !

En s'élevant, le pavois doré capta les reflets du soleil comme une étoile morte. C'était un risque, mais même si un ennemi à l'œil aiguisé apercevait cet éclat suspect, il serait bien en peine de l'interpréter en ne voyant aucune voile à l'horizon. Dans le dos de Carausius, on enroula l'auvent qui protégeait les rameurs de la chaleur, dans un froissement de toile. Les hommes vérifièrent qu'ils avaient leur épée à portée de main. Les rames s'étaient immobilisées.

Le clapotis des vagues contre la coque du navire semblait résonner dans ce silence brutal. Une ombre passa au-dessus du pont avant. Levant la tête, Carausius découvrit la forme pure d'un grand aigle des mers. Le soleil était presque à son zénith, l'oiseau se découpait en ombre chinoise sur le fond du ciel. Il s'éloigna en planant, vira de bord dans un éclair de plumes blanches et noires et tourna au-dessus du bateau, plusieurs fois. Puis, en poussant un cri strident, il repartit à tire-d'aile vers l'ouest, comme s'il voulait entraîner les Anglais vers leurs ennemis.

Menecrates le suivit longtemps, les yeux écarquillés.

— Un présage..., commenta-t-il.

— Oui. Le Seigneur des Cieux Lui-même nous les offre en pâture. En avant ! L'Aigle nous a montré le chemin !

Il sentit le pont trembler sous ses pieds lorsque plus de cent rames se dressèrent avant de plonger bruyamment dans l'eau. L'*Orion* fit une embardée, tangua un court instant, puis se mit à glisser sur les flots, tandis que les rameurs trouvaient leur rythme, emporté par l'élan grandissant qui l'aidait à franchir les vagues. Derrière, la colonne de trirèmes les imita. L'alignement des mâts ne permettait pas de les dénombrer avec précision. Sur les flancs, les petites embarcations suivaient la cadence, sans briser la belle ordonnance de la formation, constata Carausius avec satisfaction, car c'était le signe d'une parfaite maîtrise de la mer.

Il cligna des yeux et mit sa main en visière. Le scintillement blanc réapparut au loin, et il sourit.

— Venez, mes mignons, dit-il à voix basse, venez... Vous ne pouvez pas voir combien nous sommes... Dites-vous que nous serons une proie facile, et approchez !

L'ennemi semblait l'avoir entendu. Alors que surgissait au loin la flotte de Maximien, il vit se replier les voiles et les vagues blanches exploser en gerbes d'écume sous les assauts des rames qui les avaient remplacées. La formation en triangle se resserra, sans réduire sa vitesse. L'affrontement était proche. Carausius fit signe à son sonneur de trompette.

Menecrates lança un ordre d'un ton sec. Le timonier de l'*Orion* se pencha sur le gouvernail et le pont s'inclina, tandis que le grand bateau entamait un virage à tribord en douceur. Derrière lui, l'alignement des mâts se rompit, à mesure que les autres bâtiments de la colonne l'imitaient. Les rameurs de l'*Orion* poursuivaient leurs mouvements réguliers, mais les bateaux de derrière avaient accéléré la cadence, et les embarcations formant les deux colonnes externes, plus petits et plus rapides, venaient encadrer le navire de tête.

— Orion, murmura Carausius, voici venir tes chiens de chasse ! Que les dieux leur donnent du bon gibier !

Il savait que sa force résidait dans son expérience de la mer, alors que Maximien misait avant tout sur le nombre de ses soldats. Le commandant romain chercherait à monter à l'abordage, selon la tactique habituelle, en sachant que sa supériorité numérique pouvait arracher la victoire. L'objectif de la flotte anglaise consistait, au contraire, à détruire ou du moins immobiliser le maximum de navires ennemis, avant d'en découdre.

La distance entre eux fondait à vue d'œil. Le valet de Carausius lui apporta son bouclier et son casque.

On avait également sorti les javelots, et les marins de
l'*Orion* les empilaient sur les ponts avant et arrière,
tandis que les frondeurs préparaient leurs pierres.
On distinguait maintenant les reflets des armures de
l'ennemi sur le pont de la trirème de tête. Carausius
jeta un dernier regard autour de lui. En tant que
navarque, il pouvait établir un plan stratégique, mais
il revenait à chaque capitaine de commander son
bateau, et de juger, en tenant compte d'une situation
qui évoluait à chaque instant, de quelle manière exé-
cuter les ordres qu'il avait reçus. Maintenant que les
dés étaient jetés, se dit Carausius avec un étrange
sentiment de soulagement, il ne comptait pas davantage que n'importe quel membre d'équipage.

L'*Orion* tangua lorsqu'un ordre émanant de Menecrates lui fit modifier sa course pour se diriger vers
le plus petit des bateaux ennemis, qui avait été choisi
comme première proie. Voyant venir le danger, l'adversaire vira de bord et se déroba aux coups de l'éperon ennemi. Malgré tout, l'élan de la trirème anglaise
rendait la collision inévitable. Les rames à tribord se
dressèrent hors de l'eau au moment où les deux navires entraient en collision et l'éperon de bronze de
l'*Orion*, récemment affûté, se fraya un chemin au
milieu des rames de l'ennemi et s'enfonça dans la
coque en creusant une profonde entaille dans le bois.
S'il n'était pas entièrement détruit, le bateau était
pour l'instant hors d'état de nuire. Un javelot fendit
l'air et retomba avec fracas sur le pont de l'*Orion* sans
faire de victime. Les rameurs se remirent à l'œuvre
avec ardeur pour dégager leur navire et se mettre à
l'abri, avant de repartir à l'attaque.

Des clameurs et des sonneries de trompettes
venues de chaque côté informèrent Carausius que les
escadrilles placées sur les ailes commençaient à
encercler la formation de l'ennemi par-derrière, là où
même des embarcations plus légères pouvaient provoquer d'importants dommages en éperonnant la
poupe.

L'adversaire suivant, concentré sur l'approche de
l'*Hercule*, découvrit trop tardivement cette nouvelle

menace qui fondait sur lui. Carausius bondit sur la passerelle et agrippa un des étançons pour se retenir au moment où l'*Orion* percutait sa cible. Le bois gémit, quelques javelots s'envolèrent en sifflant, mais déjà, les hommes de Menecrates ramaient en marche arrière pour dégager l'*Orion* avant que sa victime ne puisse s'accrocher à lui comme un mourant s'accroche à son bourreau. Un des hommes d'équipage s'effondra, touché à l'épaule par un javelot, mais ses compagnons ne ripostèrent pas immédiatement, en sachant que la mer le vengerait bientôt.

En entendant des hurlements et le vacarme des armes qui s'entrechoquaient, Carausius comprit que quelqu'un avait réussi à lancer un grappin pour retenir le bateau et le combat s'était engagé. Mais l'*Orion*, lui, poursuivait sa course en avant. Les mâts chancelaient sur l'eau comme des arbres dans la tempête. Au-delà, le navarque apercevait les falaises qui bordaient le rivage, de plus en plus proches.

Un essaim de pierres lancées par les frondeurs passa au-dessus de sa tête dans un bourdonnement, et la vigie s'effondra. Aussitôt, un des marins se précipita pour relever le guetteur, mortellement blessé à la tempe. Le bateau d'où étaient venus les projectiles se tournait vers eux, mais pas assez vite. Sur un ordre hurlé par Menecrates, l'*Orion* fonça vers le flanc à découvert.

La collision fut terrible. Le vent éparpilla comme de vulgaires brindilles les débris des rames pulvérisées sous le choc. Un éclat de bois se ficha comme une flèche dans le cou d'un des rameurs qui s'écroula. La proue de l'*Orion* s'enfonça, entraînée par le poids de son ennemi. Des grappins s'envolèrent, en vue de l'abordage, mais les marins parvinrent à les repousser. Pendant un instant, Carausius craignit qu'ils ne restent coincés, mais une fois de plus, ils parvinrent à se dégager. Le rivage continuait de se rapprocher cependant. Carausius jeta un regard en direction du soleil, effectua un rapide calcul et comprit que la marée de l'après-midi les entraînait vers la terre. Saisissant le sonneur de trompette par le bras, il lui cria un ordre dans l'oreille.

Presque aussitôt, le signal de la retraite couvrit les clameurs des combattants et les râles des agonisants. L'*Orion* se dégageait à la hâte, et les Romains poussèrent des cris de joie. Mais ils ne connaissaient pas cette côte ni ses courants.

Tandis que les navires anglais se repliaient, les Romains essayèrent de les poursuivre, mais leurs bâtiments, plus lourds et manœuvrés moins habilement, se déplaçaient avec lenteur. Ils lançaient des imprécations, tandis que leurs adversaires, plus agiles, se regroupaient, attendant que le courant se renforce et entraîne inexorablement les Romains vers la côte hostile. Lorsque les capitaines romains prirent enfin conscience du danger, ils abandonnèrent le combat contre les hommes pour tenter de lutter contre la mer. Quelques bateaux déjà, trop proches du rivage pour fuir, pointaient leur poupe vers la terre, en quête d'une crique pour accoster. Les autres, dans un bouillonnement d'écume provoqué par les coups de rame frénétiques, s'écartaient lentement de la côte pour regagner le large.

Carausius, lui, attendait, absorbé par de savants calculs de temps et de distance, tandis que l'*Orion* suivait les déplacements de ses ennemis, prêt à s'élancer pour leur couper la route s'ils s'éloignaient trop du rivage. Au-delà des falaises, la côte formait une petite baie peu profonde. En l'apercevant, le navarque se pencha de nouveau vers l'homme à la trompette pour lui donner un ordre.

La sonnerie retentit au-dessus des flots pour sonner l'hallali et lancer les chiens à l'attaque encore une fois. Carausius désigna le plus grand des bateaux restants ; Menecrates ordonna le changement de cap, et le pont s'inclina, tandis que l'*Orion* exécutait un demi-tour. Le rythme des rames s'accéléra encore, soutenu par une énergie farouche et brève qui permit de combler les dernières longueurs séparant les deux adversaires.

Carausius distinguait maintenant des visages sur

le pont du bateau ennemi. Il reconnut un centurion avec lequel il avait fait ses premières armes dans l'armée du Rhin. En guise de salut, il brandit son glaive dans sa direction. À la vue du danger, le navire impérial tenta de virer de bord. Trop tard. Les Romains ramaient contre le courant qui propulsait l'*Orion* de toute sa force. Les deux navires se télescopèrent dans un vacarme d'enfer, avec une violence qui les souleva l'un et l'autre ; des hommes furent projetés par-dessus bord.

Carausius lui-même se retrouva à genoux, mais il eut tôt fait de se relever, en voyant une nuée de soldats en armes s'abattre autour de lui. Sous la violence du choc l'*Orion* s'était encastré au beau milieu de l'autre bateau ; pas besoin de lancer des grappins pour immobiliser l'adversaire, cette fois, et impossible de compter sur la force des rameurs pour se dégager. D'ailleurs, ces derniers avaient abandonné leurs postes pour s'emparer de leurs armes. Soudain, le navarque entr'aperçut l'éclat d'une épée. Il eut juste le temps de brandir son bouclier pour se protéger. Désormais, une seule pensée occupait son esprit : défendre sa peau.

Les hommes qu'il devait affronter étaient rompus à ce genre de combats. Ils s'étaient rapidement remis du choc et déjà ils se regroupaient pour se frayer un chemin à coups de glaive sur le pont avant de l'*Orion*, avec une redoutable efficacité. Carausius parait de son mieux avec son bouclier. Un coup asséné sur son casque le fit tituber, mais au même moment, un soldat et un rameur engagés dans un corps à corps mortel bousculèrent dans leur élan l'agresseur de Carausius et l'expédièrent par-dessus bord.

En adressant quelques paroles de remerciements aux dieux, le navarque se redressa. Les corps se débattaient dans l'eau ou bien gisaient entre les rames. De tous côtés ce n'étaient qu'affrontements, à l'épée, au javelot, à mains nues. Le combat s'était étendu à l'autre bateau, mais Carausius n'aurait su dire qui avait le dessus à cet instant. Levant la tête, il retint son souffle en voyant les falaises se dresser devant eux.

Leur ombre s'abattit sur les deux navires encastrés, et quelques hommes levèrent la tête eux aussi, mais la plupart étaient trop occupés à se battre. Et soudain, il fut trop tard pour réagir. Le navire romain heurta les rochers à bâbord, se retrouva au sommet d'une vague et fit entendre en retombant de sinistres craquements de bois éventré, tandis que la vague expirait. La proue de l'*Orion*, délogée par le choc, se retira en gémissant.

Le navire romain était mort, mais son équipage pouvait encore remporter la victoire en transportant le combat sur le pont de l'*Orion*. Carausius serra les dents et rassembla ce qui lui restait d'énergie, alors que de nouveaux légionnaires enjambaient le bastingage du bateau ennemi pour envahir le pont.

La bataille lui avait semblé acharnée jusqu'alors. Elle devint en un instant dix fois plus violente, plus sauvage, qu'aucun combat jamais mené contre les pirates saxons, ou les barbares d'outre-Rhin. Le bras qui maniait son épée commençait à faiblir, celui qui tenait le bouclier l'élançait à force d'amortir les coups. Une dizaine de blessures au moins le vidaient de son sang. Et même si aucune n'était réellement mortelle, il sentait décliner ses forces. Libéré du bateau romain, l'*Orion* flottait maintenant à la dérive, à la merci du courant ; il n'y avait plus personne pour tenir le gouvernail.

Partout, des corps gisaient. Carausius vit le centurion et un autre homme enjamber les cadavres pour se précipiter vers lui en brandissant leurs glaives. Campé sur ses deux jambes, il se prépara à rendre coup pour coup. Son état-major lui avait conseillé de se contenter de préparer l'attaque et de rester à terre ; c'était assurément ce qu'avait fait Maximien. La victoire serait vaine s'il mourait, et s'ils étaient vaincus, ils auraient besoin de lui pour organiser la retraite. Les hommes jeunes n'imaginaient jamais qu'ils pouvaient être tués, se dit-il au moment où un violent

coup d'épée s'abattait sur son casque, tranchant la
lanière et l'arrachant de sa tête. Les hommes plus
âgés non plus, pensa-t-il en obligeant son bras lourd
à se lever encore une fois pour parer le coup suivant.

Malheureusement, il glissa sur une flaque de sang
et tomba à genoux. À cet instant, ce ne fut pas le
visage de Teleri, mais celui de Dierna qui lui vint à
l'esprit. « Je suis désolé..., pensa-t-il. J'ai essayé... »
Le temps d'un souffle, il sentit sa présence, et puis,
comme elle le lui avait enseigné, il fit appel à la
Déesse dont il avait juré de défendre la terre.

Une ombre s'éleva au-dessus de sa tête. Carausius
tenta de se protéger avec son bouclier, tout en
sachant qu'il était trop tard. Et soudain, il sentit un
tremblement sous lui, et le pont se mit à bringueba-
ler, si bien que le coup d'épée qui aurait dû lui fendre
le crâne manqua sa cible. Avisant alors la nuque
offerte de son adversaire, il frappa ; le sang jaillit
dans une gerbe écarlate, tandis que le Romain s'ef-
fondrait.

Cherchant à reprendre son souffle, le navarque prit
appui sur un genou et son glaive. Il n'y avait plus
aucun homme vivant autour de lui. Il se releva avec
peine et constata que le rivage ne tanguait plus. Le
sol de l'Angleterre lui-même était venu à son
secours ; l'*Orion* s'était échoué.

Sur le pont, le combat avait cessé. Les survivants
regardaient autour d'eux d'un air hébété, et sous le
sang qui maculait leurs visages, Carausius reconnut
ses hommes. D'autres bateaux flottaient à quelques
encablures du rivage, anglais pour la plupart. Il aperçut le porteur de trompette qui s'agrippait au mât.
D'un geste las, le navarque lui fit signe de sonner la
victoire.

Ce soir-là, quelques-uns des navires anglais, les
plus grands, jetèrent l'ancre dans les hauts fonds de
la crique, avec leurs prises de guerre en remorque,
tandis que les embarcations plus petites furent his-
sées sur la grève. Les hommes installèrent leur campement dans les prés juste au-dessus et partagèrent

leurs provisions, mais à mesure que la nouvelle du combat se propageait à travers la campagne, des charrettes descendirent vers le bord de mer pour apporter des victuailles afin de fêter comme il se doit la victoire.

Ils avaient installé leur commandant sur un trône fait de morceaux d'épave recouverts de manteaux confisqués à leurs ennemis. Carausius savait qu'il aurait dû distribuer des ordres, dresser de nouveaux plans, mais sa tête tournait, à cause de tout le sang perdu, mais aussi du vin que quelqu'un avait découvert à bord du navire ennemi. Et il était trop heureux. La soirée était douce, et ses hommes étaient les meilleurs, les plus courageux qu'ait jamais dirigés un navarque. Il les couvait tous d'un sourire radieux, semblable au soleil couchant, et ceux-ci lui renvoyaient sa chaleur avec des louanges qui s'amplifiaient à mesure que le vin circulait.

— Désormais, ils ne se moqueront plus de nous en nous traitant de rustres ! s'exclama un des rameurs.

— Les navires anglais sont les meilleurs, et leurs équipages aussi !

— C'est pas normal qu'on soit aux ordres d'un idiot de Rome..., grommela un des marins.

— Cette mer appartient à l'Angleterre, et on la défendra !

— Oui, Carausius est là pour la défendre !

Son nom résonna le long du rivage.

— Carausius empereur ! lança Menecrates en brandissant son glaive.

— *Imperator ! Imperator !...*

L'un après l'autre, tous les hommes reprirent ce slogan.

Carausius se sentit submergé par l'émotion. Dierna l'avait pressé de prendre une décision, mais il était impossible de résister à cette vague d'enthousiasme, pas plus qu'on ne peut résister à la force du courant. Quand ils le hissèrent sur leurs boucliers pour le porter en triomphe, il leva les bras pour montrer qu'il acceptait leur amour, et leur terre.

XIV

Parfois, quand l'air s'emplissait au-dessus des collines et quand le brouillard recouvrait la lande, en contrebas du Mur, Teleri croyait avoir sous les yeux le paysage d'Avalon. Et ce bref mirage lui laissait toujours un sentiment de tristesse qui la déconcertait. Non, ce n'était pas le Pays d'Été, se disait-elle, tandis qu'elle chevauchait sur la route, mais les marécages des terres des Brigantes ; et elle n'était plus une prêtresse d'Avalon, désormais elle était impératrice d'Angleterre.

L'homme qui chevauchait devant elle ramena sa monture au pas et se tourna vers la jeune femme d'un air interrogateur, comme s'il l'avait entendue soupirer. Teleri parvint à esquisser un sourire. Depuis deux ans que Carausius avait été proclamé empereur, Allectus était devenu pour elle un excellent ami. Certes, les longues marches excédaient ses forces, et il n'avait pas le pied marin, mais derrière un bureau, il faisait merveille. Or, un empereur, plus encore qu'un chef militaire, avait un besoin vital de gens comme lui.

D'ailleurs, Teleri s'étonnait parfois que Carausius ait conservé sa position si longtemps déjà. Lorsque l'armée l'avait acclamé et qu'il s'était octroyé le titre d'*Imperator*, elle s'était attendue à voir Rome réagir par le fer et par le feu avant la fin de l'année. Mais apparemment, le maître de l'Angleterre pouvait se rebeller plus impunément que le général de toute autre province... du moins, s'il avait la maîtrise de la mer et bénéficiait des faveurs d'Avalon. D'ailleurs, Carausius lui-même avait paru surpris de la réaction de Maximien qui, après sa défaite sur mer, lui avait adressé un message solennel et guindé qui reconnaissait son statut d'empereur frère.

Les Romains avaient assurément leurs raisons. Maximien continuait à lutter contre les Francs pour les empêcher de dominer la Gaule, tout en essayant de pacifier les Alamans sur les rives du Rhin ; quant à Dioclétien, il combattait les Sarmates et les Goths sur le Danube. On parlait également de troubles en Syrie. Ils n'avaient pas assez d'hommes pour lutter sur d'autres fronts. Tant que l'Angleterre ne menaçait pas le reste de l'Empire, les empereurs estimaient sans doute qu'ils pouvaient la laisser livrée à elle-même. Et Carausius découvrait que gouverner ce pays ne se limitait pas à défendre la Côte Saxonne.

Teleri jeta un regard inquiet en direction de la longue muraille grise qui ondulait à travers les collines. Au-delà de ce rempart, les Pictes vivaient en liberté. Le même sang celte que celui des Brigantes, en deçà du Mur d'Hadrien, coulait dans leurs veines. Mais les Tribus sauvages d'Albe n'en inspiraient pas moins la terreur à leurs cousins romanisés : une terreur tout aussi forte mais plus durable encore que celle des Anglais du Sud à l'égard des barbares Saxons.

Teleri abaissa son capuchon sur sa tête, tandis que le brouillard s'épaississait. Du monde elle ne percevait plus qu'une étroite portion de route encadrée d'une masse grise et floue. L'humidité avait laissé quelques taches sombres sur le chemin et pailleté d'étincelles les bruyères. Bientôt, il faudrait allumer des torches. L'après-midi n'était pourtant guère avancé. Soudain, leur guide s'arrêta, en levant la main. La jeune femme stoppa elle aussi sa monture, l'oreille tendue. Difficile de distinguer la nature et la provenance des bruits dans cet univers cotonneux, mais assurément, quelque chose approchait.

Les soldats de son escorte se déployèrent, arme au poing. Ils pouvaient se battre, mais ce serait une folie d'essayer de fuir alors qu'on ne voyait pas à dix mètres. À force d'attention, Teleri parvint à capter des bruits de pas rythmés accompagnés de cliquetis. Ce n'était pas assurément le vacarme désordonné des cavaliers pictes. Quoi qu'il en soit, le bruit s'amplifiait. Allectus fit faire demi-tour à son cheval pour se dresser sur le chemin devant l'impératrice. Teleri entendit le raclement de l'acier lorsqu'il dégaina son épée. Saurait-il s'en servir ? se demanda-t-elle. Certes, il s'était entraîné avec un centurion, mais il avait à peine deux ans de formation. Malgré tout, elle fut heureuse de le voir s'interposer ainsi entre elle et le danger.

Rien ne bougeait alentour. Soudain, quelques silhouettes émergèrent du brouillard. C'était un détachement de légionnaires qui vint s'arrêter juste devant Teleri.

— Gaius Martinus, *optio* (sous-officier) de la garnison de Vindolanda. J'ai reçu ordre d'escorter l'impératrice.

Un brusque salut accompagna ces propos.

— Dame Teleri possède déjà une escorte..., dit Allectus.

— Nous sommes ici pour assurer votre sécurité jusqu'à Corstopitum, déclara l'*optio* d'un ton maussade. La nuit dernière, les Pictes ont fait une percée à Vercovicium. L'empereur leur a donné la chasse, évidemment, mais il nous a ordonné de vous rejoindre pour veiller sur vous.

Apparemment, cette mission d'escorte ne l'enchantait guère à l'heure où ses compagnons d'armes étaient à la fête.

Carausius aurait préféré qu'elle demeurât protégée à l'abri à Eburacum, Teleri comprenait maintenant pourquoi. Le Mur à ses yeux formait une barrière aussi infranchissable que les brumes d'Avalon. Mais que valait en définitive ce fragile ruban de pierre face à l'immensité de la lande ? Ce n'était que l'œuvre des hommes, et ce qu'un groupe d'hommes avait construit, un autre pouvait le détruire.

Le temps qu'ils atteignent Corstopitum, la nuit commençait à tomber et la brume s'était transformée en une pluie fine pénétrante. La ville occupait un emplacement stratégique sur la rive nord de la rivière, là où la route militaire croisait l'ancien chemin préhistorique conduisant à Albe. Les premières années, sa population avait augmenté grâce à l'afflux de tous les artisans venus fabriquer du matériel militaire, ainsi que tous ceux qui géraient les greniers à blé de l'Empire. Mais aux yeux de Teleri, qui gravissait la Grand-Rue en direction du manoir, tandis que l'humidité imprégnait sa nuque et ses jambes endolories, cet endroit paraissait sinistre. La plupart des bâtiments avaient été abandonnés, et d'autres avaient bien besoin d'être rénovés.

Mais au fil des ans, tous les empereurs qui étaient venus inspecter le Mur avaient fait halte à Corstopitum, et l'auberge officielle était aussi spacieuse que confortable. S'il n'y avait pas de mosaïques, les planchers étaient recouverts d'épais tapis aux motifs caractéristiques des tribus locales, et l'art brut des scènes de chasse peintes sur les murs par des artistes-soldats n'était pas sans charme. Des vêtements secs, un grand feu : Teleri cessa bientôt d'être frigorifiée. Lorsqu'elle rejoignit Allectus dans la grande salle à manger, elle était de nouveau prête à écouter complaisamment ses lamentations.

— L'empereur est un homme fort, et nos dieux le protègent, répondit-elle comme Allectus se demandait pour la troisième fois si Carausius avait trouvé un abri pour la nuit. Un homme habitué à rester sur le pont d'un navire en pleine tempête ne prête guère attention à une vulgaire averse.

Allectus frissonna et lui sourit ; les rides d'inquiétude qui le vieillissaient s'effacèrent.

— Il saura prendre soin de lui, répéta-t-elle. Et je me réjouis de vous avoir auprès de moi.

— Je me réjouis de notre... collaboration.

Ayant dit cela, il retrouva aussitôt sa réserve, mais son visage conserva cette expression juvénile qui faisait fondre le cœur de Teleri.

— L'empereur détient la force et le pouvoir qui incitent les hommes à le suivre, ajouta-t-il. Moi, je possède l'esprit qui calcule, rappelle et anticipe ce que l'homme d'action n'a pas le temps de voir. Et vous, ma Dame, vous êtes la reine sacrée. C'est votre amour qui donne son prix à chaque chose !

L'amour ? Teleri haussa les sourcils, mais ne dit rien ; elle ne voulait pas altérer ce bel enthousiasme. Elle avait aimé Dierna et Avalon, et on les lui avait volés. Et même si Carausius honorait son lit plus souvent depuis qu'il était empereur et qu'il lui fallait un héritier, elle n'avait toujours pas d'enfant. Son mari lui inspirait du respect, de l'affection, mais ce qui l'unissait à lui c'était le devoir. Aimait-elle l'Angleterre ? Quel était le sens de ce mot ? Elle se sentait bien au pays des Durotriges où elle était née, mais elle n'avait rien vu dans ces landes du Nord qui pût susciter son amour. Peut-être, si on lui avait permis d'étudier les Mystères aussi longtemps que Dierna, aurait-elle appris à aimer une abstraction elle aussi.

C'était d'ailleurs parce que Dierna faisait grand cas des abstractions que Teleri avait connu l'exil. Cette dernière ne souhaitait pas plus devenir impératrice d'Angleterre que gouverner Rome. À ses yeux, ces deux mondes étaient tout aussi irréels. Seuls les gens l'intéressaient : Dierna, son père, sa vieille nurse quand elle était enfant. À cet instant, le jeune homme qui était assis en face d'elle, en train de se réchauffer les mains au-dessus du feu, comptait plus pour elle que le royaume de son mari.

Des nouvelles de Carausius leur parvinrent une heure à peine avant que l'empereur lui-même ne soit ramené à Corstopitum sur une litière, avec une large plaie à la cuisse, œuvre d'un cavalier picte qui avait pris sa garde en défaut.

— Je sais me battre à bord d'un bateau, même quand le pont tangue sous mes pieds en pleine tempête, leur dit-il en grimaçant de douleur, tandis que le chirurgien de l'armée changeait ses pansements. Mais combattre à dos de cheval, ce n'est pas la même chose ! Malgré tout, nous avons réussi à les stopper. Une demi-douzaine d'entre eux tout au plus ont pu s'enfuir pour annoncer à leurs chefs que l'empereur d'Angleterre saura défendre ces terres aussi bien, et même mieux, que du temps où elles appartenaient à Rome.

— Mais vous ne pouvez pas être partout à la fois, mon seigneur, même si vous aviez à cheval l'aisance d'un Sarmate[1]. La force du Mur réside dans les hom-

---

1. Peuple cavalier par excellence puisqu'il est issu des Scythes et des Amazones, selon Hérodote (IV, 111-117).

mes, mais ils ont besoin de quelque chose à défendre. Le dernier empereur à entreprendre des travaux de fortification fut Sévère, et c'était il y a deux générations. Dans toute cette région nos fortifications doivent être reconstruites, mais nous manquons de moyens pour faire venir du bois et des pierres.

— C'est exact, répondit Carausius, mais la population est moins nombreuse qu'autrefois, et beaucoup de maisons ont été abandonnées. Leur démolition nous fournira des pierres qui serviront à renforcer les autres. Elles seront plus petites, mais plus solides... (Il étouffa un gémissement lorsque le chirurgien serra le pansement autour de la plaie.) À l'image de l'Angleterre..., conclut-il.

Des gouttes de sueur perlaient sur son front. Allectus secoua la tête d'un air impatient.

— C'est grave ? demanda-t-il au chirurgien qui commençait à ranger ses instruments. Cette blessure va-t-elle le faire souffrir longtemps ?

Le chirurgien, un Égyptien qui continuait à s'envelopper de châles et d'écharpes après plusieurs années passées loin de son soleil natal, répondit par un haussement d'épaules et un sourire.

— L'empereur est robuste. J'ai soigné bien des blessures plus graves, dont les hommes se sont remis pour repartir au combat.

— Je vais préparer votre chambre de convalescent, déclara Teleri à son mari. Quand une impératrice ordonne, l'empereur lui-même doit obéir.

Le chirurgien acquiesça.

— S'il reste immobile et laisse son corps se reposer, il guérira vite, mais il gardera une cicatrice.

— Une de plus, vous voulez dire..., ajouta Carausius d'un air sombre.

— Voilà ce qu'on gagne à risquer sa vie dans un combat que n'importe quel commandant de cavalerie avec quelques années d'expérience aurait pu mener ! s'exclama Allectus d'un ton de reproche.

— Oui, si nous en avions un à notre disposition, répondit l'empereur. Voilà le problème. Maintenant que nos impôts ne s'envolent plus vers Rome, l'Angle-terre est plus prospère, mais elle attire davantage les loups, qu'ils viennent de la terre ou de la mer. On a interdit aux hommes des Tribus du Sud de porter des armes pendant si longtemps qu'ils sont incapables de former une milice, et d'ailleurs, la plupart d'entre eux refuseraient de quitter leur foyer pour servir dans l'armée. C'était la même chose à Rome, m'a-t-on dit, au début de l'Empire romain.

— Et qu'ont fait les Romains ? s'enquit Teleri.

— Ils ont recruté[1] des soldats dans les provinces récemment conquises sur les barbares, des hommes qui n'avaient pas encore oublié le métier de la guerre.

— Je doute, dit Allectus, que Dioclétien vous autorise à recruter sur ses terres.

— Exact... Pourtant, il me faut trouver des hommes quelque part...

Sur ce, Carausius plongea dans le silence, et il ne protesta même pas lorsque le chirurgien ordonna qu'on le laisse seul pour qu'il se repose.

Quand la douleur se dissiperait, ce serait un malade difficile, songea Teleri. Mais pour l'instant, couché là devant elle, il paraissait étrangement impuissant et désespéré, et il lui inspira un sentiment nouveau de compassion.

Durant tout l'hiver, pendant que sa blessure guérissait lentement, Carausius n'eut qu'une idée en tête : comment trouver un équilibre entre ses finances et ses besoins en hommes ? Grâce à l'administration d'Allectus, l'argent ne manquait pas mais à quoi servait-il s'il dormait au fond des coffres ? Son meilleur emploi eût été la solde des troupes. Les Tribus sauvages du Nord ? Il n'y fallait compter, eussent-elles même consenti à le servir. C'était l'ennemi héréditaire, honni des Anglais romanisés du Sud. Il devait tourner ailleurs ses regards.

De plus en plus souvent, Carausius se surprenait à

1. Depuis Auguste, par le versement régulier d'une solde, l'octroi d'une retraite puis l'attribution du droit de cité.

repenser à la lande sablonneuse et aux marais bordés
de roseaux de son pays natal, le sol riche des champs
conquis sur la mer. Les hommes qui cultivaient ces
champs étaient robustes, et c'étaient de valeureux
guerriers. En outre, il n'y avait jamais assez de terres
pour leurs descendants. Nul doute, songeait-il, que
s'il leur envoyait un message, certains d'entre eux
répondraient favorablement à son appel.

Quant aux Saxons... sur leur côte inhospitalière, à
l'est du Jutland, la terre était aussi avare que chez les
Ménapiens. Ils survivaient à grand-peine. Quand ils
se livraient à des expéditions de pillage, ce n'était pas
uniquement pour la gloire, mais parce que le butin
leur permettait de nourrir les bouches affamées qui
les attendaient chez eux. En venant à eux comme un
compatriote, peut-être parviendrait-il à les lier par
un traité, et s'il devait verser un tribut pour assurer
la sécurité de son royaume, il ne serait pas le premier
empereur à utiliser les impôts pour acheter ses ennemis.

Aux ides de mars, trois voiles apparurent au large
des côtes des Cantiaciens. Au cours des dernières
années, même le plus humble des bergers avait
appris à reconnaître l'assemblage hétéroclite formé
par les voiles de cuir d'un navire saxon. Les cloches
résonnèrent dans les villages pour mettre en garde
les habitants, puis se turent, tandis que passaient les
drakkars. Les guetteurs de Rutupiae, qui n'avaient
pas oublié leurs ordres, les regardèrent d'un œil sombre pénétrer dans l'estuaire de la Stour et remonter
la rivière à la rame. À la tombée du jour, ils atteignirent Durovernum Cantiacorum, la cité tribale des
Cantiaciens, dont les murs de pierre récemment érigés rosissaient dans la lumière du soleil couchant.

Debout sur le perron de la basilique, Carausius
regardait les chefs de clan germains remonter la
Grand-Rue en compagnie de leurs guerriers, suivis
de près par des légionnaires portant des torches,
troublés à l'idée qu'ils pourraient être obligés de
défendre ces anciens ennemis contre la haine

des habitants de la cité. Si les Saxons perçurent cette tension, ils n'en laissèrent rien paraître. Mais les sourires qu'ils prodiguaient de temps à autre alentour indiquaient peut-être que le présent danger n'était à leurs yeux qu'un plaisant défi.

Carausius, cependant, avait formulé son invitation en des termes qu'ils pouvaient comprendre. S'il avait, lui, perdu l'usage de leur langue, les jeunes guerriers ménapiens qu'il avait fait venir de Germanie Inférieure[1] pour lui servir de gardes du corps seraient là pour l'assister. Mais il ne se fiait pas simplement à la force des mots. Il s'était fait confectionner une tenue à la mode germanique : un long pantalon resserré aux chevilles, en fine laine teinte d'un or éclatant, avec une tunique en lin bleue ornée d'une profusion de bandes de brocart grec, sans oublier des bracelets autour des bras et un torque en or. À sa ceinture, où brillaient des médaillons dorés, pendait un glaive romain bosselé par l'usage, pour leur rappeler qu'il était avant tout un guerrier. Enfin, il avait jeté sur ses épaules la pourpre impériale, dont les pans étaient retenus par une broche en or massif, pour qu'ils n'oublient pas qu'il était également empereur.

Ils avaient devant eux un chef de haut rang et un homme de pouvoir, disait sa tenue, et non pas un Romain sournois prêt à vendre son honneur contre de l'or. Un roi avec qui un libre combattant pouvait nouer une alliance honorable. Toutefois, en regardant ses hôtes avancer vers lui, Carausius songeait moins à la valeur symbolique de sa tenue qu'à son confort. Les festivités puis les négociations qui l'attendaient mettraient son endurance à l'épreuve. Il voulait au moins préserver ses aises.

Une longue table avait été installée dans la basilique pour le banquet. Carausius trônait à l'extrémité, flanqué des chefs germains. Leurs hommes étaient assis sur des bancs, de chaque côté, servis par des esclaves qui remplissaient leurs coupes de vin de Gaule. Les Anglais avaient l'habitude de considérer

---

1. Au nord du Rhin, autour de Cologne.

tous les pirates comme des Saxons, mais ils prove-
naient en réalité de différentes tribus. L'homme de
grande taille assis à la droite de l'empereur était Hlodovic, un Franc Salien de la race de ceux qui en ce
moment même donnaient du fil à retordre à Maximien. À ses côtés, l'individu trapu à la barbe grise
était un des derniers Hérules du Nord, qui avait joint
ses guerriers aux partisans de Wulfhere, l'Angle.
Venait ensuite un Frison renfrogné nommé Radbod.

— Votre vin est excellent, déclara Wulfhere en
vidant sa coupe d'un trait et en la tendant pour qu'on
la remplisse.

— Je bois à votre santé, répondit Carausius en
levant son verre.

Il avait pris la précaution de faire remplir à moitié
sa coupe avec de la cire avant le banquet. Dans la
marine, il avait appris à tenir l'alcool, mais la capacité des guerriers germains était légendaire, et il
devait se montrer à la hauteur.

— Nous buvons votre vin avec plaisir, mais nous
avons chez nous des amphores aussi bonnes,
déclara Hlodovic.

— Achetées au prix du sang, répliqua Carausius.
Mieux vaut recevoir ce vin en cadeau, et verser son
sang pour de nobles causes.

Hlodovic s'esclaffa.

— Vraiment ? Est-ce que votre vin ne vient pas de
Gaule ? Est-ce que vos stocks n'ont pas baissé depuis
que vous êtes en froid avec Maximien ?

— Depuis quelques saisons, il a fort à faire avec
vos cousins de Belgique, dit Carausius en riant lui
aussi. Il n'a pas assez de bateaux, ni assez d'hommes,
pour empêcher le commerce avec l'Angleterre.

— Le vin, c'est très bon, dit Radbod, mais l'or, c'est
encore mieux.

— J'ai également de l'or... pour mes amis. Et de
l'argent qui provient des mines de Mendip.

Carausius adressa un signal aux esclaves et ceux-
ci commencèrent à apporter des paniers de pain et
des plats contenant des œufs, du fromage et des huî-
tres, suivis par du veau et du gibier rôtis.

— Et quel cadeau attendez-vous de vos « amis » en échange ? demanda Hlodovic en découpant une large tranche dans le jarret posé devant lui.

Ils se tenaient à table comme les barbares, mais les chefs de clans, qui appréciaient ces choses autant que n'importe quel Romain, mangeaient dans des assiettes en argent et buvaient dans des coupes en verre.

— Que vos jeunes guerriers aillent chercher la gloire sur d'autres rivages. Les récompenses seront encore plus grandes si vous faites la guerre à ceux qui sont susceptibles de nous attaquer par la mer.

— Vous-même, mon seigneur, êtes un noble guerrier. Pourquoi ne pas relever vous-même ce défi ? demanda Wulfhere en riant et en vidant sa coupe d'un trait.

— Il est vrai que je préférerais me battre en mer. Mais maintenant que je suis Grand Roi de ce pays, je dois passer énormément de temps dans le Nord, à guerroyer contre les Peuples Peints[1].

— Et vous seriez prêt à confier la garde de la bergerie aux loups en votre absence ?

Wulfhere secoua la tête, amusé par cette idée.

— Si les loups sont des créatures honorables, je leur fais plus confiance qu'à des chiens, répliqua Carausius.

Les premiers plats avaient été dévorés ; les guerriers et leurs chefs s'attaquaient maintenant au sanglier entier rôti glacé avec du miel et entouré de pommes.

Wulfhere s'arrêta de manger pour regarder l'empereur.

— Vous n'êtes pas romain, même si tous vous appellent *Imperator*...

Carausius sourit.

— Je suis né dans les marais de Ménapie, en effet. Mais désormais, j'appartiens à l'Angleterre.

— Nous autres loups sommes affamés, et nous avons beaucoup de louveteaux à nourrir, déclara

1. Traduction littérale du latin *Picti*. Il s'agit des Calédoniens.

Radbod. Quelle somme êtes-vous disposé à nous donner ?

Alors que les viandes cédaient place à des plats de compote de fruits accompagnés de pain au miel et de pâtisseries, la discussion devint plus précise. L'une après l'autre, les amphores de vin de Gaule se vidaient, et Carausius suivait le rythme de ses hôtes, en espérant se souvenir demain matin de tout ce qui avait été dit.

— Je crois que nous sommes tombés d'accord, déclara enfin Hlodovic. Il ne me reste plus qu'une chose à vous demander.

— De quoi s'agit-il ? répondit Carausius qui sentait le vin lui tourner la tête, à moins que ce ne soit le parfum de la victoire.

— Il faut absolument nous raconter de quelle manière vous avez vaincu la flotte de l'empereur Maximien...

Carausius se leva lentement, en se tenant à la table jusqu'à ce que le sol ait cessé de tanguer, puis, à pas précautionneux, il entama le long voyage jusqu'à la porte. Il avait réussi ! Au nom de Jupiter Fides, il avait juré de payer tribut. En échange, les chefs des clans barbares lui avaient juré fidélité, au nom de Saxnot et d'Ing. Maintenant, ils étaient tous affalés sur la table, la tête posée sur les bras, pendant que leurs hommes ronflaient sur les lits qu'on leur avait installés à même le sol du réfectoire. Mais lui, Carausius, sortait vainqueur de la beuverie et des négociations, car il était le seul à pouvoir quitter la salle à manger sur ses deux jambes et sans aucune aide.

Il rêvait de son lit. Ou plus exactement, de celui de Teleri. S'en revenant tout droit du champ de bataille, il lui offrirait sa victoire. Aedfrid, le plus jeune des Ménapiens, attendait à la porte. L'empereur prit appui sur l'épaule du garçon et éclata de rire en s'entendant bégayer. Mais il réussit quand même à se faire comprendre et Aedfrid le conduisit dans les couloirs, jusqu'à la maison située de l'autre côté de la rue, qui appartenait au premier magistrat de la cité et dans laquelle logeait la suite impériale.

— Avez-vous besoin d'aide, mon seigneur ? demanda Aedfrid alors qu'ils approchaient de la chambre. Dois-je appeler votre esclave ou...

— Non, non, répondit Carausius avec un geste vague. J'suis un marin, pas vrai ? Dans la marine... on s'moquerait d'un gars qui... sait pas tenir le vin. J'vais me déshabiller et... (Il trébucha et dut s'appuyer contre le mur pour ne pas tomber). P't'être que ma femme voudra bien m'aider...

Il éclata de rire encore une fois.

Sans un commentaire, le jeune guerrier ouvrit la porte de la chambre de l'impératrice en brandissant sa torche au-dessus de la tête de Carausius pour éclairer la pièce.

— Teleri ! J'ai réussi ! J'ai gagné !

Il avança vers le lit en titubant ; la lumière de la torche projetait des ombres mouvantes et déformées sur les murs.

— Les loups de mer ont conclu un pacte avec moi !

Toute la soirée il avait parlé la langue germanique, et il l'utilisait encore sans même s'en rendre compte.

Les draps se soulevèrent. La lueur de la torche lui découvrit les yeux écarquillés de son épouse dans un visage blême avant qu'elle ne pousse un hurlement.

Effrayé lui aussi, Carausius recula d'un pas et s'effondra. La dernière chose dont il se souvint, alors que le vin bu durant le banquet faisait sentir ses effets, fut la terreur dans le regard de Teleri.

L'été s'écoula, et avec lui s'acheva une année plus paisible que toutes celles qu'avaient connues la plupart des habitants du sud de la province. Les Saxons, leurs serments encore présents sur leurs lèvres et leurs bourses remplies d'or anglais, avaient jeté leur dévolu sur d'autres rivages. Malheureusement, rien de tel ne retenait les Irlandais. Lorsqu'ils commencèrent à razzier les régions des Silures et des Démètes, l'empereur et toute sa suite se rendirent dans l'Ouest pour défendre les contrées attaquées.

Teleri avait demandé à rester avec son père, mais l'empereur, sachant toute l'importance que les Tribus de l'Ouest accordaient à leurs reines, jugea plus habile de gagner leur confiance, se faisant accompagner de son épouse. Peut-être nourrissait-il l'espoir, songeait Teleri, de réussir à l'attirer de nouveau dans son lit. Elle avait essayé de se raisonner, mais depuis le banquet de Cantiacorum, elle était incapable de supporter le contact de son époux. Cette nuit-là, en voyant sa silhouette se découper au-dessus d'elle dans la lumière de la torche, elle avait revu l'espace d'un instant le pirate saxon qui avait tenté de la violer quatre ans plus tôt. Maintenant encore, même quand il ne portait pas sa tenue de Ménapien, quand il n'était pas accompagné de son garde du corps barbare, elle voyait en lui un ennemi.

En tant qu'impératrice, elle avait bien évidemment ses propres serviteurs et sa suite. Elle voyageait à bord d'une litière au milieu de ses gens, et si elle refusait de partager la couche de son mari, il lui était facile d'expliquer qu'elle était fatiguée par le voyage et préférait dormir seule. Mais quand ils arriveraient à Venta Silurum, où ils vivraient sous le même toit, la situation deviendrait plus délicate. C'est pourquoi, alors qu'ils approchaient de l'embouchure de la Sabrina, elle demanda la permission de se rendre à Aquae Sulis, au sud, pour prendre les eaux.

Le soir précédant la séparation des deux époux, ils firent halte à Corinium, là où la voie romaine coupait la grande route menant vers l'ouest. C'était une petite ville, mais riche et célèbre par ses ateliers de mosaïque. La demeure seigneuriale était somptueuse, se dit Teleri en s'asseyant sur un des canapés. Assurément, on ne trouverait rien de plus luxueux même à Rome. Teleri fut d'autant plus déconcertée, lorsque la porte s'ouvrit, de voir Dierna entrer dans la pièce. Elle se leva.

Comme toujours, la Grande Prêtresse éclipsait son environnement qui parut soudain tapageur et vulgaire par contraste avec la simplicité classique de sa robe bleue. Mais Teleri se souvint qu'elle-même était maintenant impératrice, et donc d'un rang supérieur à n'importe quelle prêtresse. Elle composa son attitude pour demander à Dierna ce qui lui valait l'honneur de sa visite.

— Mon devoir, tout simplement. Je viens m'entretenir avec ton époux, et avec toi.

La prêtresse prit place sur une des banquettes. Teleri l'observa en plissant les yeux, et remarqua les mouvements nerveux de ses mains, qui démentaient son calme apparent.

— Sait-il que vous êtes ici ?

Teleri se rassit, en ajustant les plis de sa *palla*[1] écarlate.

Dierna n'eut pas besoin de répondre à cette question, car au même moment, la porte s'ouvrit de nouveau et Carausius en personne fit son entrée, accompagné d'Allectus. Derrière eux, elle entr'aperçut la large silhouette de son garde du corps barbare et se raidit malgré elle. Puis la porte se referma sur lui.

L'empereur salua Dierna.

— C'est un honneur pour nous, ma Dame.

— En effet, je vous honore, répondit la prêtresse, mais vous ne m'honorez pas, *vous*, en portant ces habits barbares...

Teleri retint son souffle. Dierna avait fait mouche ! Carausius regarda en rougissant son pantalon de Germain, mais quand il releva la tête, son visage était redevenu impassible.

— Je suis né barbare, répondit-il avec calme. Ces vêtements sont ceux de mon enfance ; je m'y sens à l'aise.

Les yeux de Dierna lancèrent des éclairs.

— Rejetez-vous les dieux qui vous ont hissé si haut ? Il n'est pas honteux pour un porc de se vautrer dans la boue, mais un homme devrait se méfier. Vous êtes monté au sommet du Tor sacré, vous avez entendu le chant des étoiles. Vous portiez les dragons tatoués sur vos bras avant qu'Atlantis ne soit engloutie sous les flots. Voulez-vous renier la sagesse accu-

---

1. Grand morceau d'étoffe ; d'où : vêtement de femme.

mulée au cours de tant de vies pour vous enfoncer à nouveau dans la fange des premiers âges ? Désormais vous appartenez à l'Angleterre ! Ne l'oubliez pas !

— L'arbre qui protège les peuples tend ses bras vers le ciel, répondit Carausius sans se départir de son calme, mais il doit plonger ses racines dans la terre s'il ne veut pas mourir. Avalon n'est pas toute l'Angleterre. Au cours de mes voyages, j'ai rencontré des hommes venus de tout l'Empire dont les fils chérissent cette terre comme la leur. Et je veux tous les protéger, tous ceux qui m'ont été confiés. Qui pourrait me blâmer de m'appuyer sur eux ?

En prononçant ces mots, il regarda Teleri, avant de détourner la tête.

— Votre plus ferme soutien, ce sont les princes d'Angleterre ! s'exclama Allectus. De ces hommes au sang celte qui vous ont fait empereur ! Voulez-vous gratifier de leurs présents des esclaves ?

Carausius se redressa ; son visage s'enflamma une fois de plus.

— Toi aussi, Allectus, tu es contre moi[1] ? Je croyais pouvoir compter sur ta loyauté !

— Dans ce cas, peut-être auriez-vous intérêt à reconsidérer la vôtre, répliqua Allectus, amer. Si vous souhaitez revenir à vos racines, souffrez que moi aussi je me souvienne que mes pères ont été rois parmi les Belges.

Carausius l'observa un long moment, avant de reporter son attention sur Dierna, puis sur Teleri. Cette dernière dut détourner la tête. Il soupira.

— Il y a à Moridunum des hommes de toutes les races qui versent leur sang pour vous défendre. Ma place est à leurs côtés. Je vous laisse à vos débats philosophiques.

L'impératrice d'Angleterre avait décidé de se rendre à Aquae Sulis pour prendre les eaux et faire des

---

1. C'est l'apostrophe célèbre de César à Brutus. On verra pourquoi par la suite.

offrandes à la déesse de ce lieu. Mais Teleri, la femme, venait chercher dans ces bains à l'odeur âcre un remède pour soigner son âme blessée. Le trouverait-elle ? Dierna avait décidé de l'accompagner, et même une impératrice ne pouvait s'opposer à la volonté de la Dame d'Avalon. Mais tandis que sa litière cahotait sur le pont de pierre qui enjambait l'Avon, Teleri leva les yeux vers les collines boisées surplombant la ville et sentit en elle les prémices d'une quiétude retrouvée.

L'enceinte du Temple avait été bâtie par l'empereur Hadrien dans le style hellénique. Autrefois, songea Teleri en approchant de la chapelle, il devait être magnifique. Mais les ans avaient poli les pierres et délavé les fresques. Il lui semblait que cet endroit était devenu comme un prolongement de la Déesse elle-même, doux et confortable comme une robe qui finissait par épouser les formes de celle qui la portait.

Dans la cour, elle s'arrêta devant l'autel et jeta quelques pincées d'encens sur les braises. Elle sentait la présence de Dierna à ses côtés, et son pouvoir masqué derrière le voile qui la dissimulait telle la lumière derrière un rideau. Les prêtresses de Sulis avaient accueilli la Dame d'Avalon comme une consœur, mais dans cette communauté, elle ne possédait aucune autorité, et Teleri en retirait une certaine satisfaction.

Elles traversèrent la cour et gravirent les quelques marches menant au Temple, surveillées par le regard noir de la gorgone montant la garde sur le fronton, au milieu des nymphes. À l'intérieur, des lampes à huile éclairaient faiblement l'image grandeur nature de Minerva Sulis, dont le visage doré luisait sous le casque de bronze. En dépit de son harnachement martial, son expression était empreinte d'un calme réfléchi.

« Ma Dame, se dit Teleri en levant les yeux vers la Déesse, pouvez-vous m'enseigner la sagesse ? Pouvez-vous m'accorder la paix ? » Malgré elle, elle fut assaillie par des souvenirs de prêtresses chantant sur le Tor sacré, inondées par l'éclat argenté de la lune.

Elle avait alors ressenti la présence de la Déesse qui l'emplissait de lumière. Ici, elle ne percevait plus qu'un écho affaibli de ce pouvoir divin. Était-ce dû à la nature du Temple, ou à l'inquiétude de son âme ? Elle n'aurait su le dire.

Le deuxième jour, elle prit un bain d'eau sulfureuse. On avait interdit l'accès de l'enceinte à tous les autres visiteurs pour préserver l'intimité de l'impératrice et de sa suite. À travers les colonnes qui entouraient le Grand Bain, elle voyait la cour et l'autel où elle avait prié la veille. La lumière qui se reflétait à la surface de l'eau scintillait sur les poutres du plafond ; une brume d'humidité provenant du bassin chauffé de la salle voisine enveloppait les ombres de mystère. L'eau était tiède, et l'on s'habituait rapidement à l'odeur de soufre qui s'en dégageait. Teleri se laissa aller sur le dos, portée par l'eau, en essayant de se détendre. Mais elle ne parvenait pas à oublier la tristesse qu'elle avait vue dans les yeux de son mari au moment de le quitter, et la douleur, tout aussi intense même si elle avait un motif différent, dans ceux d'Allectus. Son âme souffrait de les voir s'affronter.

La prêtresse de Sulis leur ordonna de passer dans le bain chaud, alimenté, comme les autres, par la source sacrée, mais chauffé par un hypocauste. Teleri suffoqua sous l'effet de la chaleur, mais Dierna, elle, s'enfonça dans l'eau comme si elle pénétrait dans le Lac d'Avalon. Alors, Teleri se mordit la lèvre et s'obligea à la suivre. Pendant un instant, elle fut incapable de penser à autre chose qu'aux réactions de son corps. Les battements de son cœur s'étaient accélérés ; la sueur ruisselait sur son front.

Au moment où elle croyait qu'elle allait s'évanouir, leur guide l'aida à sortir du bassin et l'accompagna jusqu'au frigidarium dont les eaux glacées lui parurent à peine froides. Puis, avec des picotements dans tout le corps, le sang bourdonnant dans les veines, elle put retourner dans le Grand Bain. Ces brusques écarts de température l'avaient à la fois stimulée et épuisée. Cette fois, elle s'abandonna sans peine à une douce rêverie.

— C'est le ventre de la Déesse, murmura Dierna à ses côtés. Les Romains l'appellent Minerva, et ceux d'avant la nommaient Sulis. Pour moi, elle porte le nom de Briga, la Dame de cette terre. Quand je flotte dans ces eaux, je rejoins ma source et suis régénérée. Je te remercie de m'avoir permis de t'accompagner.

Teleri se tourna vers la prêtresse, perplexe. Elle se dit qu'une remarque aussi courtoise méritait une réponse.

— Vous êtes la bienvenue. Je ne peux malheureusement me targuer de si nobles méditations, mais je trouve la paix en ce lieu.

— La paix règne à Avalon aussi. Je regrette maintenant de t'en avoir éloignée. Certes, mon but était louable, mais c'était un terrible sacrifice pour une jeune femme réticente. J'aurais dû trouver une autre solution.

Dierna se laissait flotter sur l'eau verte ; ses longs cheveux dessinaient des spirales de bronze autour de son visage, ses seins lourds, aux pointes assombries par les maternités, crevaient la surface.

L'étonnement de Teleri était à son comble. Elle avait sacrifié trois ans de sa vie, et voilà que son mentor laissait entendre que cela était peut-être inutile.

— Vous m'avez fait comprendre que le sort de l'Angleterre dépendait de ma coopération. Quelle autre solution y avait-il ?

— L'erreur fut de te lier par un mariage tel qu'il se pratique entre citoyens romains, dit Dierna en se redressant. (L'eau dégoulina de ses cheveux.) Je n'avais pas compris que Carausius était destiné à devenir roi, et qu'il devait être uni à une reine sacrée selon le rite ancien.

— Les erreurs commises ne peuvent être réparées..., dit Teleri, mais la prêtresse secoua la tête.

— C'est faux. Il est encore plus important d'unir l'empereur aux anciens Mystères maintenant qu'il est tenté de suivre d'autres voies. Il faut que tu le conduises à Avalon, et nous accomplirons le rituel là-bas.

Teleri se leva si brusquement qu'une grande vague vint troubler la surface du bassin.

— Non, je ne retournerai pas à Avalon ! s'écria-t-elle. Je le jure sur la déesse de cette source sacrée ! Vous m'en avez chassée et je refuse d'y revenir en courant uniquement parce que vous avez changé d'avis. Vous pouvez bien utiliser toute votre magie pour convaincre Carausius, la terre tremblera et les cieux tomberont avant que je revienne auprès de vous à genoux !

Dans un bouillonnement d'eau, elle se dirigea vers le bord escarpé du bassin où des esclaves attendaient avec des serviettes. Elle sentait peser le regard de Dierna dans son dos, mais elle ne se retourna pas.

Quand Teleri se réveilla le lendemain matin, on lui apprit que la Dame d'Avalon était partie. L'espace d'un instant, elle en éprouva du regret. Puis elle se souvint de leur dispute, et elle se réjouit. Avant le déjeuner, des trompettes annoncèrent une arrivée. C'était Allectus, et Teleri était trop heureuse de le revoir pour lui demander pourquoi il n'était pas avec l'empereur. Les collines boisées autour d'Aquae Sulis étaient devenues pour elle une prison. Soudain, elle se surprit à regretter les collines vallonnées au-dessus de Durnovaria, et le spectacle de la mer au loin.

— Emmenez-moi chez mon père, Allectus ! s'écria-t-elle. Ramenez-moi à la maison !

Le visage du jeune homme s'empourpra un court instant, et il déposa un baiser sur sa main.

XV

Cet hiver-là, un général en poste en Égypte suivit l'exemple de Carausius et se proclama empereur. Les maîtres de Rome ripostèrent en offrant à deux de leurs plus jeunes généraux les pouvoirs et le titre de césar[1] : Galère qui seconderait Dioclétien en Orient, et Constance Chlore, Maximien en Occident. Une décision fort judicieuse, semble-t-il, car si les Égyptiens furent ainsi rappelés à leurs devoirs, Maximien put, grâce à l'aide de Constance, contenir les Francs et les Alamans sur le Rhin. Une fois la paix rétablie dans le reste de l'Empire, les empereurs purent enfin s'intéresser à quelques problèmes de moindre importance, comme l'Angleterre.

Lorsqu'au retour de la belle saison la mer s'ouvrit de nouveau à la navigation, un liburne arborant les couleurs de Constance doubla l'île de Thanet et remonta l'estuaire de la Tamise jusqu'à Londinium. Le parchemin qu'il transportait contenait un message fort clair. Dioclétien et Maximien sommaient Carausius de restituer le pouvoir qu'il avait usurpé sur la province d'Angleterre et rentrer dans le devoir après avoir renouvelé son serment de fidélité aux empereurs. En outre, il était convoqué à Rome pour y être jugé. En cas de refus, il serait considéré comme un hors-la-loi. Toutes les forces de l'Empire seraient contre lui.

Assis dans son bureau dans le Palais du Gouverneur à Londinium, l'empereur d'Angleterre fixait sans le voir le message de Dioclétien qu'il connaissait par cœur. À l'intérieur régnait un silence sépulcral, mais au-dehors le murmure de la foule assemblée, comme le gonflement régulier d'une vague, montait périodiquement à l'assaut du majestueux édifice.

— Les gens s'impatientent, commenta Allectus, qui était assis plus près de la fenêtre. Ils ont le droit d'être entendus. Vous devez leur faire part de vos intentions.

— Je les entends, répondit Carausius. Ecoute... leurs voix sont comme le rugissement des flots. Mais

---

1. C'est en 293 de notre ère que fut instaurée la tétrarchie. Dans cette forme de gouvernement, le pouvoir suprême est partagé entre deux augustes (ici Dioclétien et Maximien) assistés de deux césars (Constance et Galère).

je comprends l'océan, alors que les habitants de Londinium sont bien plus imprévisibles, et plus dangereux. Si je m'oppose à cet ordre, me soutiendront-ils ? Quand j'ai revêtu la pourpre, ils m'ont acclamé. Je leur ai apporté la prospérité. Mais je crains qu'ils n'accueillent mon vainqueur avec le même enthousiasme, si par malheur j'échouais.

— Peut-être, répondit Allectus d'un ton neutre, mais ce n'est pas par l'indécision que vous pourrez les gagner à votre cause. Ils veulent avoir la certitude que vous savez ce que vous faites, que leurs vies et leurs maisons seront protégées. Dites-leur que vous défendrez Londinium et ils seront satisfaits.

— Je veux plus que ça. Je veux que ce soit vrai. (Carausius repoussa sa chaise et se mit à faire les cent pas sur le sol en mosaïque.) Et ce n'est pas en installant mon armée sur la route de Dubris pour attendre l'arrivée de Constance que j'atteindrai mon but.

— Que pouvez-vous faire d'autre ? Londinium est le cœur de l'Angleterre, c'est elle qui donne au pays tout son sang. Sinon, pourquoi y auriez-vous établi un Hôtel de la Monnaie ? Cette ville doit être défendue.

Carausius se tourna vers Allectus.

— Le pays tout entier doit être protégé ! Et cette défense passe par le contrôle de la mer. Le renforcement des forts de la Côte Saxonne n'est pas une réponse suffisante. Je dois aller à la rencontre de mes ennemis. Pas un seul légionnaire ne doit poser les pieds sur ce sol !

— Comptez-vous vous rendre en Gaule ? demanda Allectus. Notre peuple va penser que vous l'abandonnez.

— Si par malheur Constance s'empare de Gesoriacum, notre base avant est perdue... et avec elle nos chantiers navals et toutes les voies d'approvisionnement qui nous relient à l'Empire.

— Et si vous perdez la bataille ?

— Je les ai déjà écrasés ! s'exclama Carausius en serrant les poings avec rage.

— Votre flotte venait de vaincre les Saxons en ce temps-là, elle était au sommet de sa puissance, fit remarquer Allectus. Aujourd'hui, la moitié de vos marins sont partis dans le Nord afin de renforcer les garnisons du Mur. Allez-vous faire appel à vos alliés barbares ?

— S'il le faut...

— Ne faites pas ça ! (Allectus s'était levé à son tour.) Vous leur avez déjà fait trop de concessions. Si vous remportez la victoire grâce à eux, ils se montreront plus exigeants encore. Je suis attaché autant que vous à la défense de la liberté de l'Angleterre, mais je préfère encore la domination de Rome à celle des loups saxons !

— Sache que tu es gouverné actuellement par un Ménapien !

Sentant monter sa colère, Carausius fit effort sur lui-même et poursuivit d'un ton plus modéré :

— Les gouverneurs d'Angleterre sont toujours venus de Gaule, de Dalmatie ou d'Hispanie ; les légions qui vous défendent portent des noms étrangers.

— Peut-être ces soldats sont-ils nés barbares, mais ils ont été civilisés. Dans ce pays, nous apprécions ce qu'il y a de meilleur dans les deux cultures, mais les Saxons, eux, ne rêvent que de se remplir la panse ! Jamais leur race ne parviendra à prendre racine dans le sol anglais !

Carausius poussa un soupir.

— Peut-être as-tu raison,... Tu es né ici...

Soudain, il se souvint que la prêtresse avait fait couler son sang pour abreuver la terre.

— J'irai dans le Sud, déclara-t-il, là où les gens n'ont pas oublié que j'ai sauvé leurs maisons, et je lèverai une armée de marins pour voguer avec moi jusqu'à Gesoriacum. Toi, Allectus, tu comprends ces marchands de Londinium. Reste ici et gouverne à ma place en mon absence.

Une rougeur aussi soudaine que fugace empourpra les joues blêmes du jeune homme. Carausius s'en étonna. Assurément, après tout ce temps, Allectus savait combien l'empereur avait confiance en lui. Mais ce n'était plus le moment de se préoccuper des sentiments d'autrui. Ouvrant la porte du bureau, il appela son secrétaire, préparant déjà la liste des instructions qui devraient être distribuées avant son départ.

Sur le Tor, le début de l'été était traditionnellement consacré à la teinture des écheveaux de lin et de laine qui avaient été filés durant les longs mois d'hiver. La coutume voulait également que la Dame d'Avalon participe à cette tâche, en principe pour donner l'exemple aux jeunes filles. Dierna, quant à elle, avait toujours pensé que la pérennité de cette pratique avait une autre raison : pour une Grande Prêtresse chargée de responsabilités, ce travail consistant à préparer la teinture et à y plonger les écheveaux constituait un excellent dérivatif. Non qu'il s'agisse d'une tâche mécanique. Pour bien mélanger les teintures et calculer le temps de trempage afin d'obtenir exactement la nuance de bleu souhaitée, il fallait de l'expérience et du coup d'œil. Ildeg était la responsable de la teinture, et Dierna se réjouissait de travailler sous ses ordres.

Plusieurs écheveaux de laine, dégoulinants, pendaient déjà aux branches du saule derrière elle, dont l'écorce était encore légèrement teintée après avoir servi de la même façon l'année précédente. Un peu plus loin au bord du ruisseau, d'autres chaudrons fumaient. Ildeg allait de l'un à l'autre pour s'assurer que chaque opération était effectuée selon les règles de l'art. La petite Lina, qui aidait Dierna, apporta deux écheveaux qu'elle déposa sur la natte, avant d'ajouter une bûche dans le feu. Il était important que le liquide frémisse en permanence sans bouillonner.

Dierna s'empara d'un des écheveaux et le plongea délicatement dans le chaudron. La teinture utilisée était de la guède, d'un bleu aussi profond que les vagues de l'océan dans cette lumière. Une seule fois elle s'était aventurée au large, hors de vue des côtes,

lorsque Carausius l'avait conduite jusqu'à la Manche
sur son navire. Il s'était moqué de son ignorance,
affirmant qu'elle avait besoin de connaître les eaux
qui protégeaient son île adorée. En plongeant les
yeux dans le chaudron, elle revit la mer ; sa louche
créait les courants et les remous, l'écume blanche sur
les crêtes des vagues.

Carausius était peut-être en mer en ce moment
même, songea-t-elle. En train de livrer combat.
Dierna avait entendu dire qu'il voguait vers Gesoriacum avec tous les bateaux dont il disposait. Mais il
n'avait pas emmené Teleri, et même si la prêtresse
avait eu la vision d'une chose capitale, sans la présence d'une autre initiée pour recevoir le message,
sans le rituel de la mise en condition et les herbes
sacrées pour accroître ses propres pouvoirs, il lui
était impossible de communiquer ce qu'elle voyait.

— Il faut ressortir la laine du bain maintenant, ou
sinon, elle sera trop foncée...

La voix d'Ildeg ramena brutalement Dierna à la
réalité. Elle souleva l'écheveau et l'emporta, fumant,
vers le saule, tandis que Lina partait en chercher
d'autres.

Dierna prit une profonde inspiration avant de se
rapprocher du chaudron, car les vapeurs de teinture
pouvaient donner des vertiges, puis elle plongea
l'écheveau suivant dans la mer d'un bleu profond...
Une feuille tomba à la surface et tournoya en cercles
paresseux. La prêtresse voulut l'ôter, mais elle laissa
échapper sa louche en poussant un petit cri de stupeur. Ce n'était pas une feuille, mais un bateau,
entouré d'une douzaine d'autres, qui apparaissaient
et disparaissaient dans le flot tourbillonnant. Elle
agrippa les bords du chaudron, sans se soucier de
l'intense chaleur qui lui brûlait les paumes, et se pencha en avant pour essayer de voir.

Sa vision était celle d'une mouette virevoltant au-
dessus des bateaux qui livraient bataille. Elle distinguait nettement l'*Orion* et reconnaissait d'autres
embarcations. Même sans les connaître, elle les
aurait identifiées uniquement grâce à la vitesse et la

grâce de leur déplacement. Les autres navires, plus gros, plus lourds et maniés de manière plus maladroite, appartenaient sans aucun doute à l'ennemi romain. Au-delà, elle apercevait une grande langue de sable ; en y regardant de plus près, elle découvrit que l'affrontement se déroulait à l'intérieur d'un port immense. L'habileté manœuvrière supérieure des unités britanniques était neutralisée. Comment Carausius avait-il pu se laisser enfermer dans ce piège ? Son combat contre la flotte armoricaine de Maximien avait été une affaire de marins, mais cette fois, à mesure que les navires romains parvenaient, l'un après l'autre, à aborder leur victime, il devenait évident que cette bataille serait remportée par la force brute.

« *Fuyez ! Vous ne pouvez pas gagner ce combat, vous devez vous libérer !* » Cette exhortation venait du cœur. Penchée en avant au-dessus du chaudron, Dierna plissait les yeux, et l'espace d'un instant, elle vit nettement Carausius, un glaive ensanglanté à la main. Il leva la tête. L'avait-il vue ? L'avait-il entendue ? Soudain, une vague rouge balaya son champ de vision. La mer était de sang ! N'avait-elle pas hurlé pour de bon ? Tout à coup, elle entendit des voix lointaines l'appeler, et des mains douces la tirèrent en arrière.

— L'eau est rouge..., murmura-t-elle. Il y a du sang dans l'eau...

— Mais non, ma Dame, dit Lina, la teinture est bleue ! Oh, ma Dame, regardez vos mains !

Dierna eut le souffle coupé par les premiers assauts de la douleur. Les autres jeunes filles s'étaient toutes rassemblées autour d'elle, et occupées à soigner et panser ses brûlures, aucune ne songea à lui demander ce qu'elle avait vu.

Dès le lendemain matin, elle ordonna à Adwen de préparer ses bagages, à Lewal et à un jeune druide de l'escorter, et aux hommes des marais de les conduire en barque à travers les marais, jusqu'aux frontières du monde extérieur. Quelque chose en elle décourageait par avance les questions. Elle se gardait d'ailleurs d'évoquer sa vision, s'il s'agissait du moins d'une authentique vision, et non pas d'une simple émanation de son âme inquiète. Si Carausius avait été effectivement vaincu, les survivants ou les nouvelles de leur défaite parviendraient d'abord à Dubris, et c'était là qu'elle comptait se rendre. S'il avait survécu, il aurait besoin de son aide. Il fallait qu'elle sache.

Après une semaine de voyage épuisant, ils atteignirent enfin Venta Belgarum. Les blessures de Dierna avaient eu le temps de se cicatriser, mais ses inquiétudes n'étaient pas moins vives. Les mauvaises nouvelles se déplacent à la vitesse du vent, et tout l'ouest du pays savait déjà qu'une grande bataille s'était déroulée à Gesoriacum. Le navire de Carausius était rentré au port avec l'empereur à son bord, mais les bateaux qui le suivaient étaient peu nombreux. La flotte qui avait semé la terreur chez les pirates saxons avait été détruite, en même temps que la plupart des hommes d'équipage, et Constance Chlore rassemblait maintenant une armée pour envahir l'Angleterre.

À Portus Adurni l'air était oppressant, en dépit des brises marines. Dierna aurait senti qu'il se passait quelque chose de grave même si elle n'avait pas entendu les rumeurs. À l'intérieur de la forteresse ce n'était pas encore le vent de la défaite, mais l'appréhension était presque palpable. L'officier de garde la laissa librement passer quand elle se présenta pour voir l'empereur. Ce relâchement de la consigne en disait long. En tant que civile, elle n'aurait pas pu naguère pénétrer si facilement dans cette enceinte militaire qui serait bientôt une zone de guerre. Mais de toute évidence, les derniers soldats de Carausius étaient suffisamment désespérés pour accueillir avec joie l'aide incertaine d'une sorcière locale.

Il était penché sur une carte de l'Angleterre, occupé à déplacer des petits morceaux de bois symbolisant les positions et les déplacements des forces en présence. En entendant des pas de femme, il releva brus-

quement la tête. Son visage exprima un sentiment
d'espoir vite dissipé quand il reconnut sa visiteuse.
Peut-être éprouvait-il de la peur.

— Ma Dame..., dit-il d'un ton brusque. Venez-vous
me prédire la chance ou le malheur ?

Il avait une vilaine balafre sur la joue, et un bandage autour du genou. Dierna eut un sourire
contraint.

— Ni l'un ni l'autre. Je viens pour vous aider, si je
le peux.

Il fronça les sourcils ; il réfléchissait.

— Vous êtes venue bien vite si vous étiez à Avalon.
À moins que Teleri ne vous ait...

Quand elle secoua la tête, elle vit de la tristesse
dans son regard, rapidement voilée.

— Elle n'est pas ici avec vous ? demanda-t-elle.

— Non. Elle est à Durnovaria, chez son père.

Il y eut un bref silence.

C'était au tour de Dierna de froncer les sourcils.
Mais son impression de malaise était trop confuse
pour qu'elle puisse la formuler. Alors, elle s'approcha
de la table, près de lui, et contempla la carte.

— À votre avis, où va débarquer Constance, et
quelles forces pouvez-vous lui opposer ?

— Je suppose qu'il voudra s'emparer avant tout de
Londinium, répondit Carausius.

Dierna constata que l'examen de cette question
stratégique lui faisait du bien. Car c'était déjà une
forme d'action, et l'empereur n'était pas homme à
accepter passivement son destin, comme le prescri-
vaient les prêtres chrétiens à leurs fidèles.

— Il peut essayer d'attaquer directement, reprit-
il, mais un débarquement sera difficile si la cité est
défendue. Alors, peut-être essaiera-t-il plutôt de
débarquer à Tanatus et de traverser Cantium, mais il
sait que ce canton me soutient énergiquement. À sa
place, je tenterais une attaque en tenailles et je débar-
querais dans un deuxième endroit avec d'autres soldats, peut-être entre ici et Clausentum. C'est là que se
trouve l'annexe de l'Hôtel de la Monnaie d'Allectus, et

Constance serait bien avisé de s'en emparer le plus tôt possible.

Tout en parlant, il déplaçait les morceaux de bois colorés sur la carte, et l'espace d'un instant, Dierna vit, comme si elle contemplait la surface du Puits Sacré, des soldats marchant dans la campagne. Elle secoua la tête pour chasser cette image et reporta son attention sur la carte.

— Allez-vous rassembler toutes vos défenses ?

— Allectus tient Londinium. J'ai dépouillé les garnisons du Mur et les hommes sont maintenant en marche vers le sud pour venir renforcer la capitale. J'ai l'intention également d'envoyer des renforts à Venta. Nous devons privilégier la défense des villes... à l'exception des forteresse navales, nous n'avons aucune force basée dans le Sud. Depuis l'époque de Claude, tous les combats se sont toujours déroulés sur les côtes et sur la frontière du nord. Vous pourriez m'aider, si vous le souhaitez, en vous rendant à Durnovaria pour demander au prince Eiddin Mynoc de lever une petite armée parmi ses jeunes hommes.

— Mais Teleri...

— Teleri m'a quitté, déclara-t-il d'un ton morne. Je ne suis pas en quête de propos consolateurs. Mieux que quiconque vous savez que notre mariage n'était que le symbole d'une alliance. J'ai toujours besoin de cette alliance, et je ne peux pas lui demander de plaider ma cause.

Son visage affichait cette absence totale d'émotion qui n'est souvent que le masque de la souffrance. Dierna se mordit la lèvre ; faire preuve de compassion serait une insulte. Elle avait cru agir pour le bien de tous, mais apparemment, il n'en était résulté que de la souffrance pour la jeune femme qu'elle aimait comme une sœur et cet homme qu'elle... respectait. Dierna ne savait plus comment définir ses sentiments à son égard. Mais cela n'avait aucune importance. Elle faisait effort pour analyser clairement ses propos.

— J'irai, bien évidemment, répondit-elle, songeant que Teleri aurait peut-être besoin de réconfort elle aussi. Mais je serais plus rassurée, ajouta-t-elle, si vous placiez Londinium sous le commandement de quelqu'un d'autre.

— Un officier plus expérimenté ? demanda Carausius. Allectus possède suffisamment de connaissances pour suivre les conseils en matière militaire du commandant de la garnison. C'est la population civile qui doit soutenir notre cause, et il se trouve qu'Allectus est en excellents termes avec tous les marchands de Londinium. Si quelqu'un peut les convaincre, c'est lui et personne d'autre. Je lui fais d'autant plus confiance qu'il n'appartient pas à l'armée régulière. Un officier de carrière, confronté aux légionnaires de César, risque de se souvenir qu'il a jadis prêté serment à Dioclétien. Or, je suis certain que jamais Allectus ne soumettra de son plein gré l'Angleterre à la loi romaine.

— Vous avez raison, dit Dierna, en songeant aux liens du sang royaux. Mais est-il aussi loyal envers vous qu'il l'est envers cette terre ?

Carausius se raidit et la regarda ; la prêtresse se figea, sentant naître une tension entre eux soudain.

— En quoi cela vous intéresse-t-il ? demanda-t-il d'un ton las.

Dierna demeura immobile et silencieuse, incapable de répondre.

— Vous ne vouliez pas un empereur pour l'Angleterre, vous vouliez un roi, dit-il. Vous avez utilisé votre magie pour m'attirer sur cette île et vous m'avez donné une épouse royale ; vous m'avez convaincu de renier mon serment d'allégeance et mon propre pays. Mais Allectus, lui, est né ici. Jamais il ne vous fera honte en portant les habits d'un barbare...

La tristesse contenue dans son sourire déchira le cœur de Dierna, mais l'instant suivant, elle vit dans son regard non seulement la douleur, mais aussi la fierté.

— Je suis peut-être né barbare, ma Dame, mais je ne suis pas un sot. Je n'étais certes qu'un outil entre vos mains. Croyez-vous que cela m'ait échappé ? Parfois, un outil se brise, et dans ces cas-là, l'artisan en prend un autre. Pourriez-vous me regarder en face et affirmer que vous cesseriez vos manœuvres si j'échouais ?

Dierna eut les larmes aux yeux. Elle ne pouvait détourner son regard de lui. Carausius méritait une réponse.

— Non..., murmura-t-elle enfin, mais c'est la Déesse qui manie les outils, et je ne suis, comme vous, qu'un objet entre Ses mains...

— Alors, pourquoi pleurez-vous ? demanda-t-il en faisant un pas vers elle. Dierna ! Si nous sommes tous les deux enchaînés, pourquoi ne pas me dire la vérité ?

— Si je pleure, dit-elle, c'est que je vous aime.

Pendant un instant, Carausius demeura pétrifié. Elle vit toute la tension l'abandonner, sans savoir s'il s'agissait d'un aveu de défaite, ou de victoire. Et soudain, cette aura de pouvoir qui donnait toujours l'impression qu'il dominait physiquement son entourage réapparut. À pas vifs, il se dirigea vers la porte et s'adressa au garde posté dans le couloir. Puis il la ferma d'un geste ferme, et se retourna vers la prêtresse.

— Dierna...

Son cœur s'emballa ; elle semblait clouée sur place. La prenant par les épaules, Carausius se pencha pour l'embrasser, comme un homme assoiffé se désaltère. Elle soupira, ses yeux se fermèrent, et lorsqu'il sentit qu'elle s'abandonnait, il l'attira contre lui. Dierna, tremblante, partageait déjà son désir.

Il s'en prit aux attaches de sa tunique sans qu'elle protestât ou tentât de l'empêcher, car ses propres mains exploraient le corps de Carausius avec une égale fébrilité. Cette infime partie de son esprit qui n'avait pas encore succombé constata avec amusement qu'elle était aussi intimidée qu'une jeune vierge. Jamais, il est vrai, elle n'avait véritablement connu un homme en dehors des rites de fertilité druidiques ; jamais elle ne s'était offerte par plaisir à un amant. Confusément, elle se demanda comment ils pourraient consommer leur union, car cette pièce était bien évidemment dépourvue de lit.

Carausius l'embrassa de nouveau, elle se laissa couler vers lui, comme la rivière se jette dans la mer. Puis il la souleva et l'étendit sur la carte d'Angleterre posée sur la table. Dierna en sourit. Ce détail symbolique portait la marque de la Déesse qui, à sa façon, bénissait ainsi leur brève étreinte. Sans préméditation ni cérémonie, la prêtresse et l'empereur célébraient enfin le Grand Rite.

Les murs qu'Eiddin Mynoc avait fait construire autour de sa ville étaient hauts et épais. Teleri pouvait marcher toute la journée si elle le souhaitait, sans jamais être obligée de regarder la mer. Depuis qu'elle était arrivée d'Aquae Sulis, elle avait passé de longues heures à se promener, au grand dam des servantes que son père avait désignées pour s'occuper d'elle. Et depuis la visite de Dierna, elle ne tenait plus en place.

Parfois, Teleri se demandait ce que la Grande Prêtresse aurait voulu lui dire. Elle avait refusé de la recevoir, craignant que Dierna n'essaye de la persuader de retourner auprès de son mari, ou à Avalon. Mais la prêtresse avait longuement discuté avec le prince, et peut-être ne s'intéressait-elle pas au sort de Teleri finalement ? Quoi qu'il en soit, la prêtresse était repartie maintenant, et les frères de Teleri s'amusaient à pratiquer avec leurs amis des manœuvres équestres sur le dos de leurs pur-sang, apprenant à adapter les techniques de chasse au champ de bataille. Bientôt, ils partiraient eux aussi, et alors, il n'y aurait plus rien ni personne pour lui rappeler le souvenir de Carausius et de sa guerre.

Une mouette criarde croisa sa route en rase-mottes. Teleri sursauta, conjurant aussitôt d'un geste ce mauvais présage.

— Allons, ma Dame, il ne faut pas vous laisser aller à de telles superstitions, dit sa servante Julia, devenue récemment chrétienne. Les oiseaux ne sont pas mauvais, seuls les hommes le sont.

— Peut-être n'était-ce pas un véritable oiseau, mais une illusion du Malin, ajouta Beth, la seconde servante, en riant, pendant que Julia se signait.

Teleri détourna la tête ; leurs chamailleries lui semblaient aussi ineptes que les cris de l'oiseau.

— Allons au marché voir les assiettes et les bols.

— Mais, ma Dame, nous y sommes déjà allées avant-hier..., protesta Julia.

— Ils attendent un nouvel arrivage de poteries, déclara Teleri, en s'éloignant d'un pas si rapide que la servante manqua de souffle pour poursuivre ses objections.

Quand enfin elles revinrent au palais de son père, les servantes portant soigneusement deux poteries brunes ornées de bas-relief représentant des scènes de chasse, le soleil se couchait à l'ouest. L'achat de ces objets ménagers avait distrait Teleri quelques instants, mais déjà elles avaient cessé de l'intéresser, et quand les deux jeunes filles lui demandèrent ce qu'elles devaient en faire, elle haussa les épaules, en répondant qu'elles pouvaient les porter à la gouvernante ou les jeter aux ordures, c'était le cadet de ses soucis.

De retour dans ses appartements, Teleri se jeta sur le canapé, pour se relever aussitôt. Malgré sa fatigue, elle craignait de s'endormir, car très souvent elle faisait des cauchemars. Elle venait de se rasseoir quand une des esclaves de la maison se présenta à sa porte, en s'inclinant.

— Ma Dame, votre père m'envoie vous chercher. Le seigneur Allectus est ici !

Teleri se releva si brutalement qu'elle fut prise de vertiges et dut se retenir au dossier incurvé du canapé. Allectus venait-il plaider la cause de l'empereur, ou pour une tout autre raison ? N'ayant pas oublié la manière dont il l'avait regardée quand il l'avait quittée à Corinium, elle ôta la *stola* qu'elle portait pour se rendre au marché, car elle était tachée.

— Demande qu'on m'apporte de l'eau pour me laver, et dis à Julia de sortir la tunique en soie rose et le voile assorti !

Lorsque Teleri rejoignit son père et son hôte dans la salle à manger, elle avait retrouvé son calme, en apparence du moins. Dès qu'elle se fut assise, les deux hommes, qui parlaient de l'imminente invasion, reprirent leur conversation.

— Et d'après vos espions, les Romains comptent passer bientôt à l'attaque ? demanda le prince.

— Je doute que Constance possède suffisamment de moyens de transport pour acheminer tous les hommes dont il aura besoin ; il devra également faire construire de nouveaux navires de guerre. Même s'il a vaincu Carausius à Gesoriacum, nos gars leur ont donné une sacrée leçon !

Allectus porta sa coupe de vin à ses lèvres ; son regard glissa sur le côté vers Teleri. Il avait rougi lorsqu'elle était entrée, mais son accueil était resté froid. Il semblait en forme, songea-t-elle ; la peau brunie à force de chevaucher sous le soleil. Et il paraissait avoir mûri également... ses traits avaient perdu leur douceur juvénile.

— Et nos jeunes gars à nous, dit le prince, croyez-vous qu'ils pourront donner « une bonne leçon » aux Romains, comme vous dites ?

— Oui, si nous sommes unis, répondit Allectus. Mais en voyageant, j'entends des rumeurs. Le vieux sang celte de notre peuple se réveille et se révolte. Se libérer de la domination romaine est une bonne chose, mais certains affirment que nous devrions aller plus loin, et choisir un roi qui ne soit pas lui-même un étranger.

Le regard de Teleri se reporta sur son père, qui continuait de peler une pomme.

— Et de quelle façon serait choisi ce roi ? demanda le prince. Si notre peuple avait été capable de s'unir, César, je parle du premier, n'aurait jamais réussi à poser un seul pied sur ces côtes[1]. Tel est notre drame : nous avons toujours été plus prompts

---

1. Il s'agit de la grande expédition conduite par Jules César en 54 avant J.-C. dont le récit figure au livre V de la *Guerre des Gaules*.

à nous battre entre nous qu'à combattre l'ennemi étranger.

— En supposant qu'ils tombent d'accord ? S'il existait un signe qui désigne l'homme que nos dieux ont choisi ? demanda Allectus.

— Il existe énormément d'augures, beaucoup d'interprétations. Le moment venu, un chef de clan doit savoir juger en fonction de ce qu'il voit...

Teleri les observait l'un et l'autre, bouche bée, en se demandant si elle rêvait, à moins que ce soit eux qui rêvent. Et Carausius ? Mais déjà la conversation avait dérivé vers d'autres sujets : la formation des futurs soldats, l'approvisionnement des troupes, et les routes permettant d'acheminer l'un et l'autre.

La nuit était douce, et une fois le repas terminé, Allectus proposa à Teleri de se promener avec lui dans l'atrium. Ils marchèrent un moment en silence. Et soudain, Allectus s'arrêta.

— Teleri... pourquoi l'avez-vous quitté ? S'est-il montré cruel ? Vous a-t-il fait du mal ?

Elle secoua la tête avec lassitude. Elle s'attendait à une demande de ce genre.

— Me faire du mal ? Non, il aurait fallu pour cela qu'il s'intéresse à moi. Carausius ne m'a rien fait, mais en le regardant, j'ai vu un Saxon.

— Vous n'avez jamais été amoureuse de lui ?

Elle se retourna pour lui faire face.

— Jamais. Mais pour vous, Allectus, il a toujours été un héros ! Que voulez-vous m'entendre dire ?

— J'ai cru qu'il sauverait l'Angleterre ! Hélas, ce ne fut qu'un changement de maître. Et moi, j'étais toujours dans l'ombre. Et vous lui apparteniez...

— Étiez-vous sincère tout à l'heure avec mon père, ou était-ce simplement une façon de le tester ?

Allectus exhala un long soupir.

— Je pourrais diriger ce pays, Teleri. Un gouvernement s'appuie sur l'argent, et c'est moi qui tiens les cordons de la bourse. Je descends des princes de Belgique, et des Silures par ma mère. Ça ne suffit pas, je le sais. Mais si vous m'aimiez... ils me suivraient sans hésiter si vous consentiez à devenir ma reine.

La jeune femme serra les pans de sa robe dans ses poings.

— Et vous, m'aimez-vous ou ne voyez-vous en moi, comme *lui*, qu'une clé menant au pouvoir ?

Levant les yeux, elle constata qu'Allectus tremblait.

— Teleri, murmura-t-il, ne savez-vous pas ce que j'éprouve pour vous ? Vous n'avez cessé de hanter mes rêves. Mais quand je vous ai rencontrée vous étiez prêtresse d'Avalon, et soudain, vous êtes devenue l'épouse de Carausius. Je vous offrirais mon cœur sur un plateau pour vous séduire, mais je préfère vous offrir l'Angleterre. Donnez-moi votre amour et vous serez, non pas impératrice, mais Grande Reine.

— Que faites-vous de mon époux ?

Le regard d'Allectus, brillant et enthousiaste l'instant d'avant, se durcit.

— Je saurai lui faire entendre raison...

L'empereur accepterait peut-être de renoncer à elle ; malgré tout, Teleri doutait que Carausius abandonne le pouvoir de son plein gré. Mais Allectus s'agenouillait devant elle, et comment pouvait-elle résister ? Il lui prit la main et l'embrassa, puis la retourna délicatement et déposa un baiser dans sa paume.

Que ce contact était doux ! pensa-t-elle. Allectus ne chercherait pas à la retenir si elle pivotait sur ses talons et s'éloignait. Mais en regardant sa tête inclinée, Teleri fut envahie par un sentiment de pitié protectrice, et pour la première fois, elle découvrit qu'elle aussi possédait un pouvoir. Carausius s'était servi d'elle. Allectus avait besoin d'elle.

Doucement, elle caressa ses cheveux, et quand il leva les yeux, elle s'abandonna à son étreinte.

Le messager que le prince Eiddin Mynoc avait envoyé à l'empereur annonça que les hommes du prince quitteraient Durnovaria aux ides de juin pour emprunter la route de Londinium. Il recommandait l'envoi d'un officier pour les prendre en charge à Sorviodunum, là où la grand-route venant du sud-ouest croisait les routes qui descendaient d'Aquae Sulis et Glevum.

Quelques jours avant le Solstice d'Été, Carausius, exaspéré par une semaine de débats avec les sénateurs de Venta, décida de partir personnellement à leur rencontre. À cheval il portait toujours son pantalon de Germain, mais sur les instances de ses conseillers, il avait fait endosser à ses gardes du corps ménapiens une tenue romaine. Si bien qu'ils ressemblaient à n'importe quelles recrues envoyées au fin fond de l'Empire, constata-t-il en regardant par-dessus son épaule ces hommes qui chevauchaient en file indienne derrière lui.

Quand ils atteignirent Sorviodunum, les Durotriges n'étaient pas encore arrivés. Le temps était chaud et ensoleillé, une belle journée pour être dehors, au lieu de rester enfermé. Mais ce qu'aurait préféré Carausius, songeait-il, tandis qu'il guidait ses hommes sur la route de Durnovaria, c'eût été, bien sûr, le pont d'un navire. Ah, quelle merveilleuse journée pour naviguer ! Hélas, il devait se contenter du tangage de sa monture et des vallons verdoyants en guise de houle.

Il n'était pas loin de midi quand un des Ménapiens poussa un cri, et en levant la tête, Carausius aperçut un nuage de poussière au loin sur la route. Au cours de ces dernières années, il avait appris à juger les mouvements de troupe, et il estimait à une quarantaine le nombre de cavaliers qui venaient vers eux, en poussant leur monture avec un excès qu'aurait désapprouvé un commandant expérimenté. Par goût de l'exubérance assurément, plus que par nécessité. Lui aussi lança sa monture au galop et les Ménapiens s'élancèrent derrière lui.

Bien qu'il ait déjà deviné l'identité de ces cavaliers, il esquissa un sourire en reconnaissant le frère aîné de Teleri, plus solidement bâti que sa sœur, mais avec les mêmes cheveux bruns. Ces soldats avaient fière allure, songea-t-il en les passant en revue, même si leurs tenues recherchées, couvertes d'ornements, semblaient plus adaptées à la parade qu'à la bataille.

Mais ils paraissaient énergiques et déterminés. Et bien évidemment, ils chevauchaient avec grâce.

À l'exception de l'un d'entre eux. Mettant sa main en visière, Carausius finit par reconnaître Allectus. Il lui fallut un certain temps pour l'identifier, car il avait toujours vu le jeune homme habillé en Romain, et celui-ci arborait maintenant une tunique couleur safran avec une cape rouge écarlate, en prince de Belgique qu'il était.

De toute évidence, Carausius n'était pas le seul à ressentir l'appel de ses origines, maintenant qu'ils combattaient la domination de Rome, pensa-t-il. Avec un grand sourire, il leva la main en guise de salut, tandis que les Durotriges s'arrêtaient devant lui dans un tourbillon de poussière.

— Allectus, mon garçon, que fais-tu ici ? Je te croyais à Londinium.

— C'est ici ma terre, et mon peuple, répondit Allectus. Ma place est ici.

Carausius, intrigué, fronça les sourcils, sans toutefois se départir de son sourire.

— En tout cas, tu as su amener les Durotriges jusqu'ici à bon train.

En disant cela, il se tourna vers les autres cavaliers, et son sentiment de malaise s'accrut, car aucun d'eux ne souriait.

Le frère de Teleri s'avança sur son cheval.

— Pensez-vous que les Romains, ou les Germains devrais-je dire, étaient les seuls à savoir se battre ? Les guerriers celtes ont fait trembler les murs de Rome quand votre peuple pataugeait encore dans la fange.

Un des Ménapiens gronda, mais Carausius lui fit signe de se tenir coi.

— Si je ne faisais pas fonds sur votre valeur, répondit-il calmement, je n'aurais pas demandé votre aide à votre père. L'Angleterre a besoin que tous ses fils combattent en son nom, ceux dont les ancêtres ont affronté César, et les enfants des légions, venus de Sarmatie et d'Hispanie, et de tous les coins de l'Empire pour prendre racine sur cette terre. Nous sommes tous Anglais désormais.

— Tous sauf vous, lança l'un des Durotriges. Vous êtes né de l'autre côté de la mer.

— J'ai donné mon sang pour l'Angleterre, répliqua Carausius. La Dame d'Avalon elle-même a accepté mon offrande.

Même à cet instant, il sentait son cœur s'animer en évoquant Dierna. À Portus Adurni, il n'avait pas seulement donné son sang ; il avait également déversé sa semence, sa vie même, lors de cette étreinte, et il y avait puisé une force nouvelle.

— La Dame des Anglais n'en veut pas ! déclara Allectus. (Les guerriers écartèrent leurs montures pour le laisser s'avancer.) La fille d'Eiddin Mynoc n'est plus votre épouse. L'alliance est rompue. Ne comptez plus sur notre allégeance.

Carausius se raidit. Allectus avait-il perdu la tête ?

— Les clans engendrent des hommes courageux, dit-il dans une dernière tentative de conciliation, mais depuis trois cents ans, ils n'ont pas porté d'armes, sauf pour chasser. Sans l'aide des légions britanniques vous serez un gibier facile pour Constance quand il débarquera.

— Les légions, répliqua Allectus avec un reniflement de mépris, suivront celui qui les paye. N'est-ce pas l'histoire de votre Empire ? Or, les Hôtels de la Monnaie m'appartiennent. Que ce soit par amour ou pour l'argent, toute l'Angleterre combattra l'envahisseur. Mais les guerriers doivent être conduits par un homme de sang ancien.

Une veine palpitait sur la tempe de l'empereur.

— Par toi ?

Allectus acquiesça.

— La situation serait peut-être différente si Teleri vous avait donné un fils, mais elle a rejeté votre semence. Elle m'a confié la souveraineté.

Carausius le regardait sans le voir. Il savait qu'il n'avait jamais conquis l'amour de Teleri, mais il ignorait qu'elle le haïssait. Et cette constatation lui faisait mal, car il pensait toujours à elle avec affection, même si Dierna lui avait montré ce que signifiait le mot aimer. La partie de son cerveau qui était toujours capable de raisonner lui disait qu'Allectus cherchait avant tout à le blesser. Et peut-être y serait-il parvenu si Dierna ne s'était pas offerte à lui si pleinement. Mais grâce au souvenir de son amour qui coulait en lui comme une eau vive, aucune attaque d'Allectus ne pouvait ébranler sa virilité. C'était Dierna, et non pas Teleri, qui accordait la souveraineté.

Mais de toute évidence, les Durotriges avaient foi en Allectus, et il ne pouvait trahir Dierna en leur parlant du cadeau qu'elle lui avait fait.

— Ces hommes ne sont liés par aucun serment, dit-il, mais toi, Allectus, tu m'as juré fidélité. Comment peuvent-ils te faire confiance si tu me trahis ?

Allectus haussa les épaules.

— J'ai juré sur les dieux de Rome, ces mêmes dieux sur lesquels vous avez juré de servir Dioclétien. Un serment brisé entraîne un serment brisé... « Œil pour œil », comme disent les chrétiens.

Carausius s'approcha sur son cheval, obligeant le jeune homme à affronter son regard.

— Nous n'étions pas seulement liés par un serment, Allectus, dit-il. Je pensais que tu m'aimais.

Allectus secoua légèrement la tête.

— J'aime davantage Teleri.

« Teleri, pensa Carausius, pas l'Angleterre. »

— Tu peux la prendre avec ma bénédiction, déclara-t-il d'un air sombre. Qu'elle te soit d'un plus grand réconfort qu'elle ne le fut pour moi. Quant à l'Angleterre, j'imagine que les légions ne sont pas assez stupides pour obéir à un gamin inexpérimenté, même s'il a de l'or à foison. Et peut-être que les autres tribus hésiteront à obéir au descendant d'un peuple qui les a envahies avant l'arrivée des Romains. Libre à toi d'essayer, Allectus, mais je doute que la population de ce pays te suive, et je n'abandonnerai pas ceux qui m'ont juré fidélité...

Avec mépris, il tira sur les rênes de son cheval pour faire demi-tour. À peine s'était-il éloigné de quelques mètres qu'un des Ménapiens poussa un cri de mise en garde. Carausius eut le temps de se retourner, si bien que la lance catapultée par le frère de Teleri ne l'atteignit pas dans le dos mais au flanc.

Pendant un instant, il ne perçut que la violence du choc. Puis la lance entraînée par son propre poids s'arracha à la plaie et retomba bruyamment sur la route. Carausius sentit une intense chaleur sous les côtes, suivie du premier coup de poignard de la douleur. Il entendit des cris, et le bruit métallique des épées qui s'entrechoquaient. Un cheval hennit. Il cligna des paupières car la douleur maintenant l'aveuglait. Un de ses gardes du corps s'effondra.

« Je ne suis pas encore mort, se dit-il, et des hommes meurent pour moi ! » Une profonde inspiration lui procura un moment de lucidité, et il dégaina son épée. Il lança sa monture en direction d'Allectus, mais il y avait trop d'hommes entre eux. Le scintillement d'une épée fonça vers lui ; il l'écarta et porta une botte à la manière d'un escrimeur ; il sentit l'acier s'enfoncer dans la chair et vit son ennemi tomber de cheval. Il avait eu de la chance, pensa-t-il, mais sa rage de guerrier se ranimait soudain, et il sentait ses forces décupler. Le voyant se battre comme un lion, ses Ménapiens se lancèrent à leur tour dans la mêlée avec une égale fureur.

Le temps cessa d'exister. Et soudain, Carausius constata qu'il n'avait plus aucun ennemi devant lui. Il entendit des bruits de sabots, et constata que les Durotriges battaient en retraite, en se regroupant autour d'Allectus.

— Mon seigneur ! s'exclama un de ses hommes. Vous saignez !

Carausius remit son épée au fourreau et plaqua sa main sur son flanc.

— Ce n'est pas grave..., dit-il d'une voix haletante. Déchire un bout de ta cape pour arrêter le sang. Ils sont plus nombreux que nous, mais nous les avons mis en déroute. Si nous nous retirons maintenant, sans doute y réfléchiront-ils à deux fois avant de nous poursuivre.

— Pour retourner à Sorviodunum ? demanda Aedfrid.

L'empereur secoua la tête. La trahison d'Allectus avait ébranlé toutes ses certitudes, et tant que sa blessure n'était pas soignée, il ne voulait faire confiance à personne. Il tourna la tête pour examiner la plaie qui continuait de saigner abondamment. Pour autant qu'il pouvait en juger d'après tout ce sang, elle devait être profonde. Il avait voulu se montrer rassurant, mais sans doute cette blessure excédait-elle les compétences d'un chirurgien local — sauf à Londinium, peut-être. Il se redressa sur sa selle, le regard tourné vers l'ouest, là où les collines s'enfonçaient dans une brume bleutée.

— Bande-moi le ventre, ordonna-t-il à Theudibert.

— La blessure est très profonde, mon seigneur. Il faut trouver de l'aide.

— Par là..., dit Carausius en tendant le doigt. Il n'y a qu'un endroit pour soigner cette blessure : le Pays d'Été. Nous ferons demi-tour comme si nous retournions en ville, et dès que nous serons hors de vue, nous couperons à travers champs. Nos adversaires perdront du temps à nous chercher sur la route. Au galop maintenant, et ne ralentissez pas à cause de moi. Si je ne tiens pas à cheval, attachez-moi sur ma selle ; et si je n'ai plus la force de parler, demandez à tous ceux que vous croiserez le chemin d'Avalon.

XVI

Dierna eut le souffle coupé par la douleur qui lui transperçait le flanc. Le fil de laine se brisa entre ses doigts, le fuseau roula dans l'herbe.

— Ma Dame ! Que vous arrive-t-il ? s'écria Lina en l'entendant haleter. Avez-vous été piquée par une guêpe ? Vous êtes-vous blessée ?

Le brouhaha des autres femmes qui, pleines d'inquiétude, se pressaient autour de la Grande Prêtresse recouvrit ses paroles.

La prêtresse plaqua sa main sur son flanc et prit une profonde inspiration pour contrôler sa douleur. Ce n'était pas son cœur, la brûlure venait de plus bas, sous ses côtes, comme si quelque chose s'était brisé là. Et la souffrance n'était pas uniquement interne. Sa peau elle-même était à vif. Dierna palpa avec prudence le point douloureux. Pourtant, lorsque sa tunique fut dégrafée, il n'y avait pas de lésion apparente.

— Elle a été frappée par un esprit, déclara la vieille Cigfolla d'un ton grave. Soulevez-la délicatement, jeunes filles. Nous devons la conduire jusqu'à son lit.

Dierna retrouva sa voix :

— Non... ce n'est pas... *ma*... douleur. Je dois me reposer, mais... toi, Adwen... va au Puits Sacré. Quelqu'un approche... Tu as le don de voir à distance... Tu pourras peut-être l'identifier.

Tout l'après-midi, Dierna resta couchée dans la pénombre fraîche de sa cabane, mobilisant tout son savoir spirituel pour prolonger cet état de transe qui la maintenait au-delà de la douleur. Peu à peu, la souffrance physique cessa de l'oppresser. Son corps s'accoutumait à cet état, mais elle éprouvait un sentiment croissant d'inquiétude. Elle eut bientôt la certitude que Carausius était en danger. Eût-elle perçu ici même le son de sa voix ou reçu la caresse de sa main que sa conviction n'eût pas été plus forte. Elle comprit alors qu'au cours de leur étreinte ; elle ne lui avait pas simplement fait don de son corps ; elle lui avait abandonné une partie de son âme.

Le plan était bon, se dit Carausius en tirant sur les rênes de son cheval et en inspirant à petites bouffées, mais il avait surestimé son endurance. Malgré le bandage qui lui enserrait le ventre, à chaque pas de sa monture la douleur irradiait. Lorsqu'il dut choisir une première fois entre faire une halte ou perdre connaissance, il estima qu'ils perdraient moins de temps en s'arrêtant. Mais depuis, il était obligé de mettre pied à terre de plus en plus souvent, et lors de leur halte précédente, l'arrière-garde était arrivée au galop pour annoncer que les Durotriges les talonnaient.

— Restons ici, mon seigneur, et défendons-nous ! proposa Theudibert.

Carausius secoua la tête. Le sous-bois était à la fois trop dense pour se battre, et pas assez touffu pour offrir une retraite sûre.

— Dans ce cas, dit Theudibert, que certains d'entre nous continuent à descendre dans la vallée où le sol est plus tendre et où nos empreintes seront plus visibles, pendant que vous vous enfuyez à travers la lande. Avec un peu de chance, ils nous suivront.

L'empereur acquiesça. De cette façon au moins, quelques-uns de ses hommes auraient la vie sauve. C'était la seule façon, il le savait, de convaincre certains d'entre eux de le quitter. Si Allectus était un traître, ces hommes avaient prêté le serment de *comitatus*[1], et jamais ils ne survivraient à leur chef de leur plein gré.

— Que Nehalennia[2] vous garde et vous protège, murmura-t-il en les regardant s'éloigner au triple galop.

— Remettons-nous en route, dit Theudibert, pendant que les bruits de leurs chevaux couvrent les nôtres.

Theudibert tenait maintenant ses rênes, car Carausius avait besoin de toutes ses forces pour se maintenir en selle. Il réprima un cri de douleur. Les ondes de souffrance déclenchées par les mouvements de sa monture étaient si fortes qu'il crut en perdre la raison.

Cette même scène se répéta plusieurs fois durant les deux jours qui suivirent. Si les Ménapiens étaient des hommes courageux, habitués à voyager dans des conditions difficiles, les Durotriges, eux, connaissaient le terrain. Le subterfuge des Ménapiens parve-

---

1. Ici, cour d'un souverain ; suite d'un prince.
2. Déesse germanique de la fertilité.

nait à détourner leurs poursuivants un certain temps.
Mais au bout du compte Allectus et ses hommes
finissaient toujours par retrouver leur trace. Carausius s'accrochait à l'espoir qu'en atteignant Avalon, il
serait enfin protégé par le respect des Anglais pour
l'Île Sacrée.

L'après-midi du troisième jour, venant de l'est, ils
atteignirent les marais du Pays d'Été. À ce moment-
là, Carausius n'avait plus même la force de se tenir
seul en selle, et était attaché à Theudibert à l'aide
d'une corde. Ce type de terrain était familier aux
Ménapiens, mais pas à leurs chevaux. Deux hommes
furent désarçonnés. Il ne restait plus maintenant que
l'animal sur lequel voyageait Carausius. Les six derniers soldats de l'empereur se frayèrent un chemin à
pied autour du Lac, à la recherche du village habité
par les hommes des marais, qui pourraient conduire
leur maître jusqu'à Avalon.

Ils n'avaient pas songé que les Anglais, qui
connaissaient bien le pays, ayant deviné leur destination, chevaucheraient à bride abattue en suivant la
crête afin de les prendre de vitesse et leur bloquer la
route. Carausius, lui, aurait sans doute déjoué ce
piège, malheureusement, il n'était plus en état de
réfléchir. Il ne releva la tête qu'en sentant le choc
d'un arrêt brutal et en entendant un juron lancé par
Theudibert.

Bientôt la nuit allait tomber. Sur l'autre rive se
dressaient les cabanes des hommes des marais, sur
leurs pilotis. Carausius et sa troupe avaient devant
eux une levée de terre qui descendait vers le Lac en
plan incliné. Et là, se découpant à contrejour dans la
lumière du couchant, des cavaliers alignés les attendaient.

— Je vais vous cacher dans les marais, dit Theudibert, en détachant la corde qui les liait l'un à l'autre
et en nouant l'extrémité autour de la taille de l'empereur.

— Non..., protesta Carausius d'une voix rauque et
faible. Je préfère mourir en combattant. Mais je veux

que tu envoies Aedfrid dans ce village, pour qu'il les supplie de prévenir la Dame d'Avalon.

Quelques instants plus tôt, il était incapable de bouger, mais en découvrant soudain ses ennemis face à lui, Carausius retrouva assez d'énergie pour descendre de cheval et dégainer son épée.

— C'est très bien ainsi, déclara Theudibert en voyant les cavaliers avancer vers eux. Moi aussi je suis las de fuir.

Il sourit, et Carausius lui rendit son sourire.

Au bout du compte tout était toujours d'une terrible simplicité. C'est ce qu'il ressentait avant le début d'une bataille lorsqu'il n'était plus question de plans ni de préparatifs et qu'il se retrouvait face à l'adversaire. Mais jusqu'à maintenant, il avait toujours commencé le combat indemne. Aujourd'hui, il pouvait tout au plus espérer porter un ou deux bons coups avant que ses ennemis ne l'achèvent.

Le martèlement des sabots grondait dans ses oreilles. Allectus avait lancé la charge. Un des chevaux de tête trébucha et tomba, mais les autres s'envolèrent sur l'obstacle avec une aisance merveilleuse. Carausius chancelant parvint à frapper un cavalier qui passait à sa hauteur. La lance de Theudibert partit comme un éclair et l'Anglais s'effondra. Mais déjà, un autre soldat fonçait sur eux ; Carausius recula dans l'eau boueuse, en titubant. Soudain, le cheval s'arrêta, en sentant le sol s'enfoncer sous ses pieds. Son cavalier dut s'accrocher à la crinière de l'animal pour ne pas tomber, et l'épée de Carausius plongea dans son flanc.

Les minutes qui suivirent ne furent qu'une succession d'images disjointes. Theudibert et l'empereur se tenaient dos à dos, à demi appuyés l'un à l'autre. Carausius sentit soudain une vive brûlure dans tout le corps, puis une autre, et comprit qu'il avait été touché à deux reprises, mais il avait dépassé le stade de la douleur. Il ferma les yeux, les ouvrit à nouveau sans pouvoir distinguer grand-chose autour de lui. Était-ce déjà la nuit ou tout simplement l'effet de ses blessures, d'où le sang coulait abondamment ? D'autres cavaliers arrivaient, derrière lui. Soudain, Theudibert laissa échapper un cri de stupeur, et Carausius faillit basculer à la renverse lorsque son soutien s'effondra. Dans un dernier sursaut de rage, il se retourna en faisant tournoyer son épée. La lame atteignit au cou le meurtrier de Theudibert, au moment où il se penchait pour récupérer sa lance.

Titubant, à demi aveuglé, Carausius rassembla ses dernières forces pour soulever encore une fois son épée. Mais il n'y avait plus de combattants. Une douzaine de corps jonchaient le sol autour de lui, agonisants ou raidis par la mort. Là-haut sur la crête, il entendait les bruits de la bataille, mais il ne voyait rien. Puis les bruits disparurent à leur tour. « Mes valeureux Ménapiens m'ont offert ce dernier répit..., se dit-il. Je ne dois pas le gâcher. »

Sur sa droite, les saules formaient un enchevêtrement qui descendait jusqu'au bord de l'eau. S'il se cachait au milieu de leurs branches tombantes, personne ne le remarquerait. Il était pris de vertiges et si sa vision s'assombrissait ce n'était pas uniquement à cause de l'obscurité ; malgré tout, il trouva quelque part en lui la force de se traîner jusqu'à l'abri des arbres.

Pendant trois jours et trois nuits, Dierna n'avait cessé de veiller, l'esprit tendu vers l'homme qu'elle aimait. À la fin du deuxième jour, le contact s'établit enfin, de manière intermittente, comme si le blessé oscillait au bord de l'inconscience. Le troisième jour, la souffrance se réveilla, accompagnée d'une angoisse presque insupportable. C'est un peu après minuit seulement qu'elle sombra dans un sommeil agité, rempli de cauchemars dans lesquels elle s'enfuyait, poursuivie par des démons sans visage, luttant dans une mer de sang.

Dierna se réveilla alors que la lueur blême du jour le plus long découpait l'encadrement de sa porte, et découvrant que c'étaient justement des coups frappés à la porte qui l'avaient réveillée.

— Entrez..., murmura-t-elle.

Elle se redressa sur sa couche, se sentant enfin libérée de la douleur pour la première fois depuis trois jours. Carausius était-il mort ? Non, elle ne le pensait pas, car un poids continuait de peser sur son esprit.

La silhouette de Lina se découpait sur le fond du ciel.

— Ma Dame, un homme du Peuple des Marais est venu jusqu'à nous. Il affirme qu'un combat a eu lieu en bordure du Lac. Un des guerriers a réussi à atteindre leur village, expliquant de manière confuse qu'ils devaient retrouver son seigneur et le conduire auprès de la Dame d'Avalon...

Dierna se leva, surprise de se sentir vaciller ; elle rassembla les pans de son long manteau. Lina portait déjà le panier dans lequel elle rangeait ses médecines. La prêtresse dut s'appuyer sur l'épaule de la jeune fille tandis qu'elles descendaient le chemin, mais lorsqu'elles atteignirent la barque qui les attendait, l'air frais l'avait revigorée.

Après avoir traversé les brumes, elles arrivèrent au village sur pilotis qui se dressait au milieu des roseaux. Les petits êtres à la peau mate s'affairaient déjà, et parmi eux, un grand jeune homme aux cheveux blonds faisait les cent pas sur le rivage en scrutant les environs d'un air soucieux.

— *Domina !* lança-t-il en latin, à la manière des soldats. Les Durotriges nous ont attaqués... Allectus était à leur tête. Durant le combat, l'empereur Carausius a été blessé. Il nous a demandé de le conduire jusqu'ici. Et par tous les dieux saints, nous lui avons obéi.

— Où est-il ? demanda Dierna, impatiente.

Le jeune homme secoua la tête d'un air dépité.

— Il m'a envoyé au village chercher de l'aide. Mais les habitants ont vu le combat et ont pris peur. Et je comprends... (En disant cela, il regarda autour de lui les petits hommes des marais.) On dirait des enfants, même si je sais que ce sont des hommes. En retournant sur le champ de bataille, je n'ai vu que des morts. Mais le corps de mon empereur n'était pas parmi eux. Les petits hommes n'ont pas voulu bouger durant la nuit, par peur des démons. Depuis le lever du jour, nous sommes à la recherche de Carausius. En vain !

L'empereur d'Angleterre dont le torse reposait encore sur le rivage était à demi plongé dans le Lac ; il regardait son sang teinter l'eau boueuse de reflets écarlates, dans la lumière du jour naissant. Il n'aurait jamais cru que l'aube pût être aussi belle. La nuit avait été remplie d'horreurs. Il avait lutté pendant des heures, lui semblait-il, rampant par-dessus les racines des arbres, pataugeant dans la boue qui tentait de l'aspirer dans son étreinte visqueuse. À son état fiévreux avait succédé le froid, un froid si intense qu'il ne sentait plus ses membres inférieurs. Ce n'était pas ainsi qu'il avait imaginé sa fin.

La silhouette blanche d'un cygne émergea de la brume qui recouvrait à la surface de l'eau et passa lentement devant lui, avec la gracieuse irréalité d'un rêve. De l'endroit où il était allongé il ne pouvait apercevoir les collines. Il pouvait se croire dans les marais de sa terre natale, là où le Rhin, le père de tous les fleuves, se dispersait en d'innombrables canaux avant de rejoindre la mer. Il se souvenait qu'à l'embouchure on avait sacrifié des hommes aux dieux par une triple mort. Un rictus tordit ses lèvres, en songeant qu'il avait déjà subi deux tiers du châtiment : transpercé par des épées et des lances en des dizaines d'endroits, et à demi noyé.

« C'est un cadeau des dieux, se dit-il. Au lieu de sombrer dans la démence, j'ai retrouvé mes esprits. À moi maintenant d'achever tout cela dans l'honneur... » La corde qui avait servi à l'attacher à Theudibert sur le cheval était toujours enroulée autour de sa taille. De ses doigts engourdis, il défit le nœud, le serra autour de son cou et passa l'autre extrémité autour d'une racine saillante. Aussi longtemps qu'il le pourrait, il resterait debout, car l'aube était magnifique. Mais ses instants étaient comptés.

Quelque part au-delà de ces brumes se trouvait

l'impératrice de son cœur. Saurait-elle combien il
l'avait aimée ? « Ce cadeau est pour toi, pensa-t-il, et
pour la Déesse que tu sers. Je suis né de l'autre côté
de la mer, mais ma mort appartient à l'Angleterre. »
Peut-être était-ce sans importance finalement ?
Dierna lui avait expliqué un jour que derrière les
visages qu'ils portaient, tous les dieux n'en faisaient
qu'un. Son seul regret était de ne pas avoir revu la
mer une dernière fois.

Le soleil poursuivait maintenant son ascension ;
ses rayons dansaient à la surface de l'eau. Ces vaguelettes pailletées d'or, n'était-ce pas, pour un homme
de mer comme lui, la promesse d'un beau jour ? Sa
pensée confuse fit naître l'illusion qui, insensible-
ment, s'imposa. Oui, il avait retrouvé son élément.
Le chant qu'il entendait, c'était le sifflement du vent
dans les agrès, et son vertige n'avait d'autre cause que
le balancement du navire qui l'emportait à pleines
voiles. Si tous les dieux ne faisaient qu'un, il en allait
de même pour les océans. Et c'est d'eux qu'était sortie la plus vénérable des déesses.

Devant lui, une île jaillissait de l'océan, ourlée de
falaises de pierre rouge et de prairies verdoyantes.
En son centre se dressait une colline conique au
sommet de laquelle un temple au toit doré défiait le
soleil.

Il connaissait cet endroit, et il s'y vit soudain, avec
l'insigne de prêtre tracé sur le front, et sur les avant-
bras, les dragons symboles de la dignité royale. Alors,
il s'avança, les bras levés en guise de salut, sans se
soucier du corps inerte qu'il avait laissé derrière lui,
effondré sur lui-même entre ses liens.

De l'autre côté du Lac, il entendait la voix d'une
femme qui, d'une vie à l'autre, avait toujours été sa
bien-aimée et sa reine. Et cette voix l'appelait.

Dierna avançait à grands pas sur la berge, en criant
le nom de son amant. Maintenant que Carausius
était si près, se disait-elle, le lien qui les unissait l'atti-
rerait assurément vers lui. Elle savait que les autres
la suivaient, mais elle marchait les yeux fermés, sui-

vant une piste mentale qui serpentait entre les mondes. Et soudain, les deux niveaux de perception sentirent la proximité de la deuxième moitié de son âme.

Ouvrant les yeux, Dierna découvrit le corps d'un homme au milieu des racines, à demi plongé dans le Lac, à ce point maculé de boue et couvert de roseaux qu'il semblait déjà faire partie de cette terre qui s'était offerte à lui pour son dernier sommeil. Aedfrid la dépassa en courant, puis resta figé sur place en découvrant la corde qui enserrait le cou de Carausius. Il salua sa dépouille avec déférence avant de tendre ses mains tremblantes pour défaire la corde et hisser le corps de son seigneur sur le rivage.

Les hommes des marais échangeaient des murmures horrifiés, mais Aedfrid jetait un regard suppliant à la Grande Prêtresse.

— Ce n'est pas une mort honteuse. Comprenez-vous ?

La gorge serrée, elle acquiesça. « Ne pouvais-tu pas attendre encore un peu ? hurla son cœur. Ne pouvais-tu pas attendre pour me dire au revoir ? »

— Je l'emporterai. Il aura les funérailles d'un héros..., déclara le jeune guerrier, mais Dierna secoua la tête.

— Carausius a été choisi par notre Déesse pour être roi. Dans cette vie ou dans une autre, il est lié à cette terre. Et à travers lui..., ajouta-t-elle en prenant conscience d'une nouvelle réalité, à travers lui, c'est tout votre peuple qui est lié à l'Angleterre. Et un jour, vous lui appartiendrez. Enveloppez-le dans mon manteau et allongez-le au fond de la barque. Nous lui donnerons une sépulture dans l'île d'Avalon.

Durant toute la journée, la plus longue de l'année, la Dame d'Avalon resta assise à l'intérieur du Bosquet Sacré, au-dessus du puits, à contempler le corps de son empereur couché à ses côtés. Parfois, le souffle du vent portait jusqu'à ses oreilles des bribes du chant des druides sur le Tor. Ildeg assurait les fonctions de la Grande Prêtresse. Dierna avait appris à faire taire ses émotions quand le devoir l'appelait, mais elle savait aussi que venait un moment où l'expérience elle-même ne pouvait dominer le cri du cœur. Une adepte avait la responsabilité de savoir reconnaître ce moment et de se retirer, de crainte que la magie n'emprunte de mauvais chemins.

« Si je pénétrais à l'intérieur du cercle aujourd'hui, nul doute que je le détruirais, se dit Dierna en observant les traits figés de Carausius. Certes, je suis encore dans mes années de fertilité, mais je sens la présence de cette Vieille qui incarne la mort... »

Elles avaient baigné Carausius dans l'eau du Puits Sacré et bandé ses horribles blessures. En ce moment même on lui creusait une tombe à côté de celle de Gawen, fils d'Eilan, qui d'après certaines légendes avait lui aussi du sang romain. Elle l'enterrerait comme un roi, mais ce serait un lit bien froid pour un homme avec qui elle avait connu la joie dans l'étreinte.

« Si j'osais, je me jetterais dans la tombe avec lui, et je célébrerais le Grand Rite comme le faisaient les Anciens, lorsque la reine suivait son seigneur dans l'au-delà... » Mais elle n'était pas son épouse, et ce regret pesait encore plus lourd sur ses épaules que cette disparition ; elle maudissait la fierté qui l'avait rendue sourde aux appels de son cœur. Car tout cela était sa faute, elle le comprenait maintenant... Qui d'autre, sinon elle, avait imposé à Carausius et Teleri une union sans amour, ayant provoqué la trahison d'Allectus ? Sans son intervention malencontreuse, Carausius continuerait à voguer sur sa mer bien-aimée, et Teleri aurait connu la vie heureuse d'une prêtresse d'Avalon. Les bras noués autour du torse, Dierna se balançait en pleurant sur leurs sorts.

C'est bien plus tard seulement, après que les échos des rites se furent évanouis, alors que le long crépuscule du Solstice d'Été voilait la terre, que la douleur qui l'étreignait sauvagement relâcha enfin son étau, comme lassée. Dierna se redressa et regarda autour d'elle, l'air ébahi. Elle se sentait vidée, comme si ses larmes avaient emporté tous les autres sentiments. Mais une pensée demeurait. Si le chagrin l'accablait ce soir, d'autres femmes s'endormiraient dans les bras de leur mari, à proximité de leurs enfants qui dormaient paisiblement, grâce à Carausius qui avait défendu l'Angleterre.

Un battement de tambour, aussi lent que ceux de son cœur, faisait vibrer l'air tout à coup. Dierna se mit debout, tandis que la procession des druides en robes blanches descendait le chemin sinueux du Tor. Elle s'écarta pour les laisser soulever le cercueil, et prit place juste derrière, alors qu'ils se remettaient en marche. À pas lents, ils descendirent jusqu'au bord du Lac où la barque drapée de noir attendait pour emmener le seigneur de la mer accomplir son dernier voyage.

La tombe avait été creusée sur l'île du Guet, la plus éloignée à l'intérieur des brumes, la porte d'Avalon. Pour ceux qui ne pouvaient franchir cette barrière, c'était un lieu sans intérêt, si ce n'est un pauvre petit village d'habitants des marais niché au pied. De même qu'on ne voyait que quelques ermitages de chrétiens au pied du Tor. Mais il y a longtemps, un autre défenseur d'Avalon y avait été enterré, afin que son esprit continue à défendre le Val. Les druides avaient salué Carausius avec ce titre lorsqu'il était venu ici la première fois. Il était juste qu'il repose désormais auprès de l'homme pour lequel la chanson avait été composée.

Lorsqu'ils atteignirent la colline du Guet, la nuit était tombée. Des torches entouraient la tombe, et leur lumière projetait des reflets de vie illusoires sur le visage de l'homme qui gisait à côté, faisait chatoyer les tuniques blanches des druides et les robes bleues des prêtresses. Dierna, elle, était entièrement vêtue de noir, et même si les flammes crépitaient et faisaient scintiller comme des étoiles les parcelles d'or tissées dans son voile noir, elles ne parvenaient pas à percer ce rempart obscur, car ce soir, elle était la Dame des Ténèbres.

— Le soleil nous a quittés..., dit la prêtresse à voix basse une fois que le chant eut cessé. En ce jour, il a régné en maître, mais maintenant, la nuit lui a succédé. Dès lors, le pouvoir de la lumière va décroître, jusqu'à ce que la froidure du Solstice d'Hiver submerge le monde.

Tandis qu'elle prononçait ces mots, la lumière des torches elle-même sembla faiblir. L'enseignement des Mystères accordait une grande importance au cycle de la Nature ; cette nuit, elle les comprenait au plus profond de son âme.

— L'esprit de cet homme nous a quittés..., reprit-elle d'une voix qui tremblait à peine. Comme le soleil, son règne a resplendi, et comme le soleil, il s'est couché. Où va le soleil quand il nous quitte ? On nous dit qu'il poursuit sa route vers les terres du Sud. Ainsi, cet esprit voyage maintenant en direction du Pays d'Été. Nous pleurons sa disparition. Mais nous savons qu'au cœur même de l'obscurité du Solstice d'Hiver la lumière renaîtra. C'est pourquoi nous redonnons ce corps à la terre d'où il est sorti, avec l'espoir que son esprit éclatant reprendra forme un jour pour revenir parmi nous, lorsque l'Angleterre aura de nouveau besoin de lui.

Au moment où ils déposaient le corps au fond de la tombe et commençaient à la remplir, Dierna entendit des sanglots, mais ses yeux étaient secs. Ses paroles ne lui avaient pas redonné espoir, elle était bien au-delà du réconfort. Mais Carausius n'avait pas abandonné le combat quand le mauvais sort s'était abattu sur lui, et elle savait qu'elle ferait de même.

— Carausius a finalement remporté la victoire. Mais dans le monde de l'esprit. Dans le monde où nous vivons, son meurtrier vit toujours, et il peut se vanter de son geste infâme. Le coupable se nomme Allectus ! Allectus qu'il aimait tant ! Allectus qui doit maintenant payer pour sa trahison ! À cet instant où les courants du Pouvoir se tournent vers la désintégration et le déclin, je jette sur lui ma malédiction !

Dierna prit une profonde inspiration et leva les bras au ciel.

— Forces de la Nuit, je vous implore, sans avoir recours à la magie, en faisant appel aux anciennes lois de la Nécessité, de frapper le meurtrier. Que plus

un seul jour ne lui semble radieux, que plus aucun
feu ne le réchauffe, qu'il ne connaisse plus un seul
amour authentique, jusqu'à ce qu'il ait expié son
crime odieux !

Elle se retourna, les bras tendus vers le Lac en
contrebas, agité de faibles clapotis.

— Forces de la Mer, ventre d'où nous sommes tous
sortis, océan puissant dont les courants nous empor-
tent, faites que toutes ses entreprises échouent ! Ô
toi, Mer, dresse-toi pour engloutir le meurtrier, et
entraîne-le dans tes tourbillons noirs !

Elle s'agenouilla près de la tombe et plongea ses
doigts dans la terre meuble.

— Forces de la Terre, à qui nous abandonnons
maintenant ce corps, faites que son assassin ne
connaisse jamais le repos sur ton sol, qu'il doute de
chacun de ses pas, de chaque homme dont il dépend,
de chaque femme dont il est amoureux, jusqu'à ce
que l'abîme s'ouvre sous ses pieds et l'engloutisse.

Dierna se releva, en adressant un sourire crispé
aux visages hébétés qui l'entouraient.

— Je suis la Dame, et je jette sur Allectus, fils de
Cerialis, la malédiction d'Avalon. Ainsi en ai-je
décidé, et ainsi sera-t-il !

Le temps des moissons était revenu, et si le climat
demeura clément, une tempête de rumeurs balaya le
pays. L'empereur avait disparu. Certains disaient
qu'il était mort, assassiné par Allectus. Mais d'autres
refusaient d'y croire. Où était son corps ? deman-
daient-ils. Non, il se cachait pour échapper à ses
ennemis, disait-on. D'autres affirmaient qu'il avait
pris la mer pour faire à Rome sa soumission. Une
seule certitude : Allectus s'était proclamé Grand Roi,
et avait envoyé ses messagers à travers tout le pays
afin de convoquer les chefs de clans et les chefs militaires pour qu'ils lui prêtent serment au cours d'une
immense cérémonie à Londinium.

La population de Londinium était en liesse. Teleri
tressaillit en entendant résonner cette clameur, et

elle ferma les rideaux en cuir de sa voiture attelée. Tant pis pour la chaleur, elle ne pouvait supporter tout ce bruit, à moins que ce ne soit le poids de tous ces regards, tous ces esprits, fixés sur elle. Les choses s'étaient passées différemment la première fois, avec Carausius. Il est vrai que lorsqu'elle l'avait rejoint dans cette ville, il avait déjà été proclamé empereur. La différence aujourd'hui, c'était qu'elle était au centre de la cérémonie. Elle aurait dû être excitée et fière. Pourquoi, alors, se faisait-elle l'impression d'une esclave exhibée par quelque conquérant romain triomphant ?

Aux abords de la basilique elle se sentit mieux, même si la foule était encore trop dense. Des tables avaient été dressées par la foule pour le banquet. Les princes et les magistrats présents l'observaient avec intérêt. Les langues allaient bon train. Teleri s'efforçait de garder la tête haute, accrochée au bras de son père.

— De quoi as-tu peur ? lui demanda le prince. Tu es déjà impératrice. Si j'avais pu deviner, lorsque tu étais enfant, que j'élevais la future Dame d'Angleterre, je t'aurais offert un précepteur grec.

Elle lui jeta un regard à la dérobée, vit briller une lueur de malice dans son œil, et s'efforça de sourire.

Le flamboiement de couleurs au bout de la longue allée centrale prit l'apparence de figures humaines. Elle remarqua parmi elles Allectus, vêtu d'une cape pourpre par-dessus une tunique écarlate, et qui paraissait encore plus frêle au milieu des hommes robustes qui l'encadraient. Lorsqu'il la vit, son regard s'illumina.

— Prince Eiddin Mynoc, soyez le bienvenu, déclara-t-il d'un ton cérémonieux. Vous m'amenez votre fille. Acceptez-vous de me la donner comme épouse ?

— Seigneur, c'est pour cela que nous sommes ici...

Le regard de Teleri allait de l'un à l'autre. Personne n'allait donc lui demander *son* avis ? Mais peut-être, songea-t-elle, avait-elle donné son accord il y a longtemps, ce soir-là à Durnovaria, et tout le reste — le

meurtre de Carausius et tout ce qui avait suivi —
n'était que les conséquences. Elle s'avança, et Allectus lui prit la main.

Les festivités lui parurent interminables. Teleri
mangeait du bout des dents, en écoutant d'une oreille
distraite les conversations autour d'elle. On évoquait
le cadeau offert par Allectus à ses soldats lors de sa
proclamation. C'était la coutume quand un empereur
était couronné, surtout dans le cas d'un usurpateur,
mais la contribution d'Allectus avait été particulièrement généreuse. Les commerçants, quant à eux, semblaient attendre d'autres faveurs. Seuls les chefs de
clans de sang celte s'intéressaient à elle, et Teleri
constata que son père avait raison : s'ils étaient venus
aujourd'hui, c'était en partie à cause d'elle.

Lorsque vint le moment pour les deux époux de se
retirer, Allectus avait bu plus que de raison. Et tandis
qu'il titubait contre elle, Teleri s'aperçut qu'elle ne
l'avait jamais vu autrement qu'en pleine possession
de ses moyens. Les étreintes de son premier mari
avaient été pour elle une épreuve, mais alors qu'elle
aidait Allectus à se déshabiller, elle se demanda si le
second serait seulement capable d'assurer ses
devoirs conjugaux.

Après avoir couché Allectus dans le grand lit, Teleri
s'allongea à ses côtés. Maintenant qu'ils étaient enfin
seuls, elle avait plusieurs choses à lui demander, et
en particulier de quelle façon Carausius était mort.
Mais lorsqu'elle se retourna vers lui, il ronflait déjà.
En plein milieu de la nuit, Allectus se réveilla en sursaut, en hurlant que Constance débarquait avec une
gigantesque armée d'hommes brandissant des lances
ensanglantées. Il s'accrocha à son épouse en sanglotant, et Teleri dut le calmer comme un enfant.

Au bout d'un moment, il commença à l'embrasser,
son étreinte devint plus brutale, et pour finir, il la
posséda avec une fougue pleine de désespoir. Aussitôt après, il se rendormit, mais Teleri, elle, demeura
éveillée un long moment dans l'obscurité, et peu à
peu, elle comprit qu'une fois de plus, elle avait laissé

les autres choisir à sa place. À elle maintenant d'en supporter les conséquences.

Alors qu'elle sombrait dans un sommeil agité, elle se surprit à prier la Déesse, comme elle ne l'avait pas fait depuis des années, rêvant de s'échapper, loin du château de son père.

À Avalon, Dierna souffrait elle aussi. Lorsque vint le temps des récoltes, elle comprit que le retard de son cycle menstruel n'était pas dû au stress et au chagrin. Elle portait l'enfant de Carausius. Et à mesure que le bébé se développait dans son ventre, Dierna sembla se renfermer sur elle-même, à l'instar de la communauté d'Avalon. L'Angleterre avait rejeté le roi choisi par Avalon, on verrait bien comment elle se débrouillait sans la bénédiction de l'île sainte. Dierna avait lancé sa malédiction sur Allectus. Aux forces supérieures de l'accomplir maintenant.

Mais on aurait dit que ses forces demeuraient indifférentes. Son enfant vit le jour juste après la fête de Samhain ; c'était une fille qui avait hérité du regard pénétrant de son père. L'accouchement fut difficile, mais le bébé l'aida à s'accrocher à la vie, et alors que le printemps cédait place à l'été, Dierna commença à se rétablir. Arriva le premier anniversaire de la mort de Carausius, et le monde continua de tourner comme avant. La prêtresse attendait, sans savoir quoi au juste.

Une autre année s'écoula. Si l'Angleterre était mécontente du règne d'Allectus, nul n'osait protester de manière trop bruyante. Mais le nouvel empereur continuait à verser de l'argent aux barbares, et la Côte Saxonne demeurait en paix. Quant à la flotte de Constance, bien que victorieuse, elle avait subi de sérieux dégâts, et comme l'avait prédit Carausius, il faudrait du temps et beaucoup d'argent pour construire suffisamment de navires afin de maintenir les envahisseurs à l'écart de l'île.

Mais un jour, peu de temps après le Solstice d'Été, Lina, chez qui le Don de seconde vue s'était développé récemment, revint du Puits Sacré où elle avait veillé, avec le teint blême et les yeux écarquillés. Elle avait vu des bateaux sur la mer : une flotte faisait route vers Londinium, et pendant que les navires anglais la repoussaient, une seconde escadre, dissimulée par un brouillard bienveillant, débarquait son chargement de soldats à Clausentum. Et la vision, continuant de se dérouler, lui avait montré les hommes en armes marchant vers Calleva, puis une bataille au cours de laquelle Allectus fut capturé et tué[1], pendant que la première escadre, de retour, s'attaquait aux légions en déroute et les chassait de Londinium.

Cet été, pendant que Constance Chlore se délectait de l'adulation de la population de la capitale, des pluies torrentielles s'abattirent sur tout le pays. Dans le Val d'Avalon, les nuages enveloppèrent le Tor d'un linceul et se répandirent à la surface du Lac, comme si les brumes qui protégeaient ce lieu avaient éclipsé le monde extérieur. Pourtant, en dépit de ce ciel chargé, Dierna avait le sentiment d'être libérée d'un poids énorme, et ses prêtresses, encouragées par son humeur, parlaient de construire de nouveaux murs autour de l'enclos à moutons et de remplacer le vieux toit de chaume du temple.

Un matin, peu de temps après l'Équinoxe, la jeune fille chargée de surveiller les moutons vint trouver Dierna en pleurs, car une des brebis dont elle avait la garde s'était enfuie en franchissant la clôture temporaire. Et parce qu'un fin crachin avait succédé à une semaine de violentes averses, et que derrière les nuages perçaient quelques timides rayons de soleil, parce que après plusieurs mois de lassitude et d'inactivité elle ressentait soudain le besoin de faire de l'exercice, Dierna se proposa pour partir à sa recherche.

Ce n'était pas une tâche facile. Des pluies abondantes avaient fait monter le niveau de l'eau et des

---

1. En 297, par Asclépiodote, un général de Constance Chlore. La malédiction de Dierna atteignit donc son but au bout de trois ans.

endroits habituellement secs s'étaient transformés eux aussi en marécages. Dierna choisissait son chemin avec soin, en se demandant ce qui avait poussé cette brebis idiote à quitter la colline. Heureusement, le sol détrempé avait conservé les empreintes de l'animal, et il lui suffisait de suivre les traces qui contournaient la colline au-dessus du Puits Sacré, avant de descendre à travers les vergers. La brebis avait continué son chemin en longeant le Lac, vers la petite colline de Briga, dont la chapelle était entourée de pommiers.

Arrivée à cet endroit, Dierna s'arrêta, en fronçant les sourcils, car la colline qui, habituellement, n'avait d'île que le nom était devenue une véritable île. Le brouillard flottait à la surface de l'eau, trop épais encore pour permettre d'apercevoir le ciel, même s'il scintillait dans la lumière du soleil. Pourtant, il lui semblait distinguer une forme grise sous les arbres. Elle savait où se trouvait le chemin, bien qu'elle ne puisse pas le voir. Ramassant un bâton échoué sur le rivage afin de sonder le sol, elle s'aventura dans l'eau.

La brume l'enveloppait d'un tourbillon, simple voile tout d'abord, puis après quelques pas, véritable rideau opaque masquant son objectif, mais aussi l'endroit d'où elle venait. Une panique ancienne la fit s'immobiliser, tandis que l'eau boueuse venait lécher ses chevilles. « Je suis sur ma terre ! Je connais tous ces chemins depuis que j'ai l'âge de marcher... Je pourrais m'orienter les yeux fermés ou même dans un rêve ! » Elle prit une profonde inspiration, faisant appel à toute la maîtrise qu'elle avait assimilée depuis qu'elle vivait à Avalon pour retrouver son calme.

Et alors que le bourdonnement s'atténuait dans ses oreilles, elle entendit un cri :

— Dierna... À l'aide !

Le cri était affaibli par la distance ou la fatigue, difficile à dire, car le brouillard étouffait tous les sons. Malgré tout, Dierna se remit en marche en pataugeant.

— Oh, je vous en prie... Est-ce que quelqu'un m'entend ?

Dierna laissa échapper un petit hoquet de stupeur ; les souvenirs venaient obscurcir sa vision.

— Becca ! s'exclama-t-elle d'une voix brisée. Continue à appeler ! J'arrive, Becca ! Je viens te chercher !

Elle avançait en titubant, sondant le sol avec son bâton.

— Oh, Déesse, ayez pitié... Il y a si longtemps que je cherche mon chemin...

Les paroles n'étaient plus que des marmonnements indistincts. Mais c'était suffisant. Dierna bifurqua et se retrouva dans l'eau profonde, assaillie par des sens qui dépassaient l'ouïe ou la vue, comme lorsqu'elle était partie à la recherche de Carausius, et enfin elle aperçut la silhouette floue d'un arbre et là, accroché à ses racines, un corps de femme.

Elle vit des cheveux bruns emmêlés, semblables à des élodées, et une petite main fine couverte de boue. Le corps qu'elle hissa sur la berge était aussi léger qu'un corps d'enfant. Mais il ne s'agissait pas d'un enfant. Dierna serra la jeune femme contre sa poitrine, en plongeant son regard dans celui de Teleri.

— J'ai cru..., dit-elle, l'esprit rempli de confusion, j'ai cru que tu étais ma sœur...

L'étonnement disparut sur le visage de Teleri, et elle ferma les yeux.

— Je me suis perdue dans le brouillard, murmura-t-elle. Depuis que vous m'avez renvoyée, je crois que je suis perdue. J'essayais de revenir à Avalon.

Dierna l'observait, sans mot dire. En apprenant la nouvelle du mariage de Teleri avec Allectus, elle avait eu envie de l'englober elle aussi dans sa malédiction, mais l'énergie lui manqua. Apparemment, Teleri avait été punie par ces mêmes forces qui avaient condamné le meurtrier de Carausius. Mais Teleri était toujours en vie. La brume les enveloppait comme un voile moite. Du monde entier, elle ne voyait plus rien de vivant, excepté Teleri elle-même et le pommier.

— Tu as réussi à franchir les brumes..., dit-elle.

Seules les prêtresses en sont capables, à moins de passer par le monde des Fées.

— Ce n'est pas moi que vous cherchiez... pardonnez-moi...

Les pensées remontaient lentement à la surface. Pourrait-elle pardonner à cette femme, pour l'amour de qui Allectus avait trahi son maître ? Pourrait-elle se pardonner à elle-même, tellement persuadée de connaître la volonté de la Déesse qu'elle les avait tous entraînés dans cette malédiction ? Dierna poussa un long soupir, libérant un fardeau qu'elle portait sans le savoir.

— Le crois-tu ? « Je fais le serment d'aimer chaque femme de ce temple comme ma sœur, ma mère et ma fille... »

La voix de la prêtresse enfla à mesure qu'elle récitait le serment d'Avalon.

— Dierna...

Teleri leva vers elle ses yeux noirs, toujours aussi beaux au milieu de son visage ravagé, et remplis de larmes. Dierna s'efforça de sourire, mais elle aussi s'était mise à pleurer, et elle ne pouvait que serrer la jeune femme contre son sein, en la berçant comme une enfant.

Elle n'aurait su dire combien de temps s'était écoulé lorsqu'elle reprit ses esprits. Elles étaient toujours entourées d'un nuage blanc, et il faisait froid.

— Apparemment, nous sommes bloquées ici, dit-elle avec un entrain qui contredisait ses paroles. Mais nous ne mourrons pas de faim, car il y a encore des pommes sur cet arbre.

Délicatement, elle déposa Teleri contre le tronc et se redressa pour cueillir une pomme. Au même moment, elle remarqua un mouvement dans l'atmosphère au-delà de l'île, et soudain, comme jaillie hors du brouillard, la silhouette d'une femme conduisant à l'aide d'une perche une petite barque plate comme celles utilisées par les hommes des marais.

Dierna se figea, en plissant les yeux. Cette femme avait quelque chose de familier, et pourtant, elle ne parvenait pas à se souvenir de son visage ou de son nom. Malgré la froidure, l'étrangère était pieds nus, vêtue seulement d'une peau de daim, avec une couronne de baies écarlates sur la tête.

— Bonjour..., dit la prêtresse en retrouvant enfin sa voix. Votre embarcation peut-elle ramener deux égarées jusqu'au Tor ?

— Dame d'Avalon vous êtes, et Dame d'Avalon vous resterez, c'est pour cela que je suis ici...

En entendant cette réponse, Dierna tressaillit. Puis, comprenant qui était venu les chercher, elle s'inclina.

Rapidement, de crainte que la Fée ne disparaisse comme elle était venue, Dierna aida Teleri à monter dans la barque, avant d'y grimper à son tour. Quelques secondes plus tard, la frêle embarcation s'enfonçait en douceur au milieu des nuages. Le brouillard était très épais à cet endroit, et brillant, comme lorsqu'on le traversait parfois pour rejoindre le monde extérieur.

Mais l'éclat qui les accueillit lorsqu'elles émergèrent des brumes était bien la lumière limpide d'Avalon.

Dierna parle...

« La nuit dernière, alors que la lune était pleine pour la première fois depuis l'Équinoxe de Printemps, ma fille Aurelia a gravi le siège de prophétie. Voilà bien longtemps que cette forme de Vision n'avait plus été pratiquée, depuis l'époque de Dame Caillean à vrai dire, avant que les prêtresses ne viennent s'installer à Avalon, mais les mémoires anciennes des druides ont préservé ce rituel. La Vision me visite de plus en plus rarement, or, nous en avions grand besoin et l'expérience valait la peine d'être tentée malgré les risques. Aurelia a hérité du courage de son père.

« Teleri, qui est devenue ma main droite, sera Grande Prêtresse après moi. Mais nous nous accordons à penser que le destin d'Aurelia est de diriger

Avalon. C'est un choix judicieux, car quel que soit l'héritage de son père, elle a reçu bien plus encore de Teleri, qui a été sa mère autant que moi.

« Si Carausius avait vécu, peut-être aurait-elle grandi dans un palais. Mais si Carausius avait réussi à repousser les Romains, Constance n'aurait pas gouverné l'Angleterre, et peut-être son fils Constantin n'aurait-il pas été acclamé sous le nom d'Auguste quand son père a trouvé la mort à Eburacum. Aujourd'hui, Constantin[1] gouverne le monde, et les chrétiens, qui pendant un temps semblaient sur le point de succomber à leurs propres querelles, ont forgé leur unité sous les persécutions de Dioclétien et se présentent maintenant comme les favoris de son successeur. Les dieux de Rome étaient heureux de pouvoir participer à la dévotion du peuple d'Angleterre sans les supplanter. Mais le dieu des chrétiens est un maître jaloux.

« Et donc, Aurelia a gravi le haut siège, ses cheveux blonds scintillant dans l'éclat de la lune, et les herbes sacrées lui ont offert la vision de ce qui serait.

« Elle a vu Constantin régner avec magnificence, avant que ne lui succèdent des fils indignes. Un autre empereur, venu plus tard, lutta pour faire renaître les dieux anciens et mourut jeune sur une terre lointaine[2]. À son époque, les barbares reprirent leurs attaques contre l'Angleterre, et après eux vinrent les hommes d'Érin. Ce qui n'empêcha pas notre île de prospérer comme jamais auparavant. Seuls les temples sans toit des anciens dieux, pillés par les chrétiens qui traitaient notre Déesse de démon, adressaient des reproches au ciel.

« Plus tard, un autre général se proclama empereur et vogua avec ses légions vers la Gaule. Mais il fut vaincu, et les hommes qu'il avait emmenés demeurèrent en Armorique. Désormais, des vagues

---

1. Constantin le Grand, fils de Constance Chlore et d'Hélène, avait été tout d'abord proclamé césar par les légions de Grande Bretagne en 306. C'est en 324 seulement que l'Empire fut à nouveau unifié sous son sceptre.
2. Il s'agit de l'empereur Julien, mort en 363.

successives de barbares commençaient à envahir l'Empire, en venant de Germanie, pour finalement franchir les portes de Rome. L'Angleterre, abandonnée par les Légions, proclama enfin son indépendance.

« Plus d'un siècle s'était écoulé et les Peuples Peints descendus du Nord dévastaient le pays. Aurelia parla alors d'un nouveau seigneur, que les hommes baptisaient Vortigern, le Grand Roi. Par son sang il appartenait à l'ancienne lignée, comme Allectus, mais comme Carausius, afin de protéger son peuple, il dut acheter des guerriers saxons de l'autre côté de la mer.

« J'ai tenté d'arrêter le flot de la Vision, de demander quel rôle jouerait Avalon dans cet étrange futur.

« Aurelia a crié une réponse muette, possédée par des images trop chaotiques pour être comprises. Teleri et moi nous sommes empressées alors de la ramener à elle-même, car elle avait voyagé très loin.

« Aurelia dort présentement ; elle est jeune et en pleine santé, elle retrouvera rapidement sa force et sa sérénité. C'est ma paix qui est maintenant brisée, car tandis que je me repose, les images qu'elle a vues vivent dans ma mémoire, et dans un pays qui rejette la Déesse, toute Son œuvre et Sa sagesse, je tremble pour les prêtresses qui nous succéderont sur cette Île Sacrée. »

Troisième partie

LA FILLE D'AVALON
440-452 après J.-C.

XVII

Une vague de froid inhabituelle enserrait l'Angleterre dans un étau de glace. Alors que Samhain n'était que dans dix jours, la dernière tempête avait délavé le paysage et laissé une pellicule de givre dans chaque ornière ; le vent était tranchant comme une lame. Même sur les voies romaines bien droites et nivelées, il était dangereux de voyager. L'île de Mona[1], séparée du reste du pays par un étroit bras de mer, était enveloppée d'une quiétude glacée. Les habitants n'avaient pas vu passer un étranger depuis plusieurs jours.

Viviane fut d'autant plus surprise, en regardant par la porte de l'étable, de voir un voyageur s'engager sur le chemin menant à la ferme. Le grand mulet efflanqué qu'il chevauchait était maculé de boue jusqu'au ventre ; lui-même était à ce point emmitouflé dans des manteaux et des capes que l'on n'apercevait que ses pieds, recouverts d'une croûte de boue séchée, si bien que ses gros souliers ressemblaient à des moignons. La jeune fille plissa les paupières, certaine, un instant, de le connaître. Mais évidemment, c'était impossible. Elle se pencha pour soulever le lourd seau de lait et reprit le chemin de la maison ; ses petits pieds faisaient craquer la glace qui s'était formée dans les flaques du chemin.

— Papa ! On a de la visite ! Un étranger... !

---

1. Rappelons qu'il s'agit d'Anglesey.

Sa voix fluette possédait l'accent chantant du Nord, bien qu'elle soit née en un lieu que l'on nommait le Pays d'Été. Son frère adoptif lui avait murmuré un jour qu'elle venait en réalité d'un endroit encore plus étrange, une île baptisée Avalon, et qui n'appartenait pas à ce monde. Leur père l'avait fait taire aussitôt, et en vérité, au cours de la journée, Viviane n'y croyait pas. Car comment un endroit situé au milieu du pays pourrait-il être une île ? Mais parfois dans ses rêves, certains souvenirs semblaient remonter à la surface, et elle se réveillait avec un sentiment de frustration. Sa vraie mère était la Dame de cet endroit ; voilà la seule chose qu'elle savait.

— Quel genre d'étranger ?

Neithen, son père, déboucha au coin de la maison, s'en revenant du bûcher avec une brassée de petit bois. Leur demeure douillette était construite en pierres grises de la région, coiffée d'un toit en chaume pentu qui les protégeait de la neige, suffisamment grande pour abriter le chef de famille et son épouse, les fils qu'il y avait élevés, leur fille adoptive qui y vivait encore, et deux vieux esclaves.

— Il ressemble à un amas de haillons, emmitouflé de la tête aux pieds pour se protéger du froid. Nous aussi, d'ailleurs, ajouta-t-elle avec un large sourire.

— Referme vite la porte sur toi, ma fille ! s'exclama Neithen faisant mine de la menacer avec sa charge de bois, sinon le lait sera bientôt transformé en glace !

Viviane éclata de rire et rentra d'un pas traînant, mais Neithen demeura dehors, malgré le froid, pour regarder le mulet et son cavalier gravir le chemin. En reposant enfin son seau et en se débarrassant de sa cape d'un mouvement d'épaules, Viviane entendit des voix devant la maison. Elle s'immobilisa et tendit l'oreille. Bethoc, sa mère adoptive, arrêta de remuer le contenu de la marmite pour écouter elle aussi.

— Ainsi, c'est vous..., disait Neithen. Quel mauvais vent vous a poussé par ici ?

— Le vent d'Avalon, qui n'attendra pas que le temps se remette à sourire, lui répondit l'étranger.

Sa belle voix de basse faisait impression, même si le froid l'avait légèrement éraillée.

À ces mots, Viviane se raidit, les yeux écarquillés ; son épais fichu en laine glissa de ses cheveux bruns. Un messager d'Avalon ! Était-il envoyé par sa mère ?

— Vous êtes envoyé par la Dame ? (La question de son père fit écho aux pensées de Viviane.) Elle a vécu sans penser à sa fille pendant toutes ces années. Qu'a-t-elle de si important à lui dire désormais ?

Il y eut un silence. Puis Neithen reprit :

— Je doute que vous ayez accompli tout ce chemin uniquement pour souhaiter à Viviane une joyeuse fête de Samhain de la part de sa mère. Mais entrez donc, monsieur, avant de périr de froid ! Il ne sera pas dit que le meilleur barde d'Angleterre est mort gelé devant ma porte. Non... entrez pendant que je vais mettre votre mulet à l'abri avec mes vaches.

La porte s'ouvrit, et c'est un homme grand, svelte sous ses couches de vêtements superposés, qui franchit le seuil de la maison. Viviane fit un pas en arrière pour mieux l'observer. Tandis qu'il commençait à se dévêtir, de petites stalactites de glace tombaient avec un bruit de grelot et fondaient aussitôt sur les pierres récurées devant la cheminée. Sous toutes ces épaisseurs de vêtements, il portait une tunique en laine blanche, d'une texture aussi fine que son dessin était sobre. La déformation grotesque de sa silhouette provenait en réalité d'un étui de harpe en peau de phoque, qu'il fit glisser de son épaule et déposa précautionneusement au sol.

Il se redressa en poussant un soupir de soulagement. Il avait de belles mains, constata Viviane, des cheveux si pâles qu'elle n'aurait su dire s'ils étaient d'or ou d'argent, et qui laissaient son large front dégagé. On ne peut deviner son âge, songea-t-elle, mais en fait, il lui semblait déjà vieux. Remarquant soudain que Viviane l'observait, il écarquilla les yeux à son tour.

— Tu n'es encore qu'une enfant ! s'exclama-t-il.

— Je vais sur mes quinze ans, et je suis en âge de me marier ! rétorqua-t-elle en redressant la tête.

Elle fut surprise par la douceur soudaine de son sourire.

— Oui, évidemment..., dit-il. J'avais oublié que tu ressemblais à ta mère, qui, en vérité, atteint à peine mon épaule, même si quand je pense à elle je la vois toujours grande.

Il leva ses mains comme pour la bénir puis les lui tendit.

Viviane les prit dans les siennes, et ses idées s'éclaircirent.

« *C'est Taliesin... un barde et un druide, comme ceux qui vivaient sur l'île avant l'arrivée des Romains. Est-il surprenant, dans ce cas, de se sentir apaisé par son contact ?* »

Le barde se tourna alors pour adresser le même salut à la mère adoptive de Viviane, dont le visage crispé s'adoucit, la fureur cédant place à une sorte de résignation triste.

— Que cette maison et sa maîtresse soient bénies, déclara-t-il d'une voix douce.

— Béni soit le voyageur qui honore notre foyer, répondit Bethoc. Pourtant, je doute que vous soyez porteur d'une bénédiction.

— Moi non plus, renchérit Neithen en entrant à son tour.

Tandis qu'il accrochait son manteau, son épouse versa du lait dans un bol en bois et le tendit à leur visiteur, en ajoutant :

— Je vous souhaite néanmoins la bienvenue. Voici du lait encore chaud de la vache pour chasser le froid de vos os. Le repas sera bientôt prêt.

— Du lait, à cette époque de l'année ? s'exclama Taliesin.

— Grâce à notre Viviane. La vieille Oreille-Rouge s'est retrouvée en chaleur tardivement. On aurait dû tuer le veau, mais notre fille a insisté pour l'élever malgré l'hiver.

— Que veut donc ma mère ? s'enquit Viviane d'un

ton serein qui ne trahissait pas ses inquiétudes. Quelles nouvelles nous apportez-vous ?

— Pas de nouvelles bien plaisantes. Votre sœur Anara est morte, et votre mère a désormais besoin de vous.

— S'agit-il de la jeune femme qui était mariée au fils de Vortigern ? demanda Bethoc à mi-voix.

Son mari secoua la tête.

— Non, elle c'était Idris, mais elle est morte elle aussi, en couches, me semble-t-il.

— Oh, mon Dieu !... s'exclama Viviane. Mais mon foyer est ici. Je ne souhaite pas retourner à Avalon.

Le visage de Taliesin s'assombrit.

— Je suis désolé de l'apprendre, dit-il, mais pour Dame Ana c'est sans importance et elle a besoin de toi.

— Comment peut-elle penser ainsi ? Elle n'a pas le droit de m'arracher au foyer de mon père. D'ailleurs, Neithen lui-même ne souhaite pas me voir partir !

— Si tu étais la fille de ce brave homme, elle n'aurait aucun droit, dit le messager. Mais ce n'est pas le cas, et Neithen le sait bien.

Viviane, qui s'était assise à table, se leva d'un bond.

— Comment osez-vous ? Père, dites-moi que ce n'est pas vrai ! Cet homme est un druide... comment peut-il dire cela, alors que notre foi proclame que la Vérité toujours doit prévaloir ?

— Il n'a pas trahi sa foi, répondit Neithen d'une voix calme, mais son visage s'était empourpré et il n'osait pas croiser le regard de Viviane. Taliesin a énoncé une vérité que j'espérais t'épargner.

La jeune fille se tourna vers lui, en s'exclamant :

— De qui suis-je la fille alors ? Vous dites que vous n'êtes pas mon père ! Allez-vous me dire maintenant que la Dame n'est pas ma mère ?

— Oh non, c'est bien ta mère, répondit Neithen d'un air sombre. Elle nous a donné cette maison, à Bethoc et à moi, quand elle t'a confiée à nous, avec la promesse que cette terre nous appartiendrait pour toujours, et que tu resterais notre fille, à moins que par malheur, tes deux sœurs ne décèdent sans laisser

de fille. Si l'aînée, qu'elle gardait auprès d'elle pour
en faire une prêtresse, est morte, tu es désormais sa
seule héritière.

— Et je suppose qu'elle a déjà arrangé mon
mariage ? déclara Viviane avec amertume.

Neithen avait évoqué avec une famille de la rive
sud de Mona une union possible avec leur fils, et
celui-ci avait eu l'heur de plaire à Viviane. Il restait
encore sur cette île assez de vieux sang druidique
pour que le Don de seconde vue qui lui donnait l'accès d'un monde invisible aux yeux des autres n'ait
rien eu d'exceptionnel, et elle avait rêvé de devenir
à son tour maîtresse d'un foyer où s'ébattraient ses
propres enfants.

— Si tu es amenée à devenir prêtresse, répondit
Neithen, la voix nouée par l'émotion, la seule union
que tu connaîtras sera le Mariage Sacré de la Dame
et du Dieu.

Viviane se sentit blêmir.

— Et si je dis que je ne veux pas y aller, ça ne
changera rien ?

— Absolument rien. L'intérêt d'Avalon doit l'emporter sur tous nos désirs, répondit Taliesin d'un ton
qui se voulait apaisant. Je le regrette, Viviane.

Elle redressa fièrement les épaules, en refoulant
ses larmes.

— Dans ce cas, je ne peux vous en vouloir. Quand
devons-nous partir ?

— Je voudrais répondre « dès maintenant », mais
mon pauvre mulet a besoin de repos, faute de quoi il
va s'écrouler en chemin. Mais nous devrons partir
dès demain matin.

— Si vite ! Pourquoi ma mère ne m'a-t-elle pas
prévenue plus tôt ?

— C'est la mort, mon enfant, qui n'a pas prévenu.
Tu es déjà d'un âge trop avancé pour commencer ton
enseignement, et bientôt, les conditions climatiques
nous interdiront de voyager. Si je ne te conduis pas
immédiatement à Avalon, tu ne pourras pas t'y rendre avant le printemps. Va donc faire tes bagages,
mais ne prends que les vêtements nécessaires pour

le voyage. Une fois à Avalon, tu endosseras la robe de la Maison des Vierges.

Son ton n'admettait pas de réplique.

Alors qu'elle grimpait dans le grenier pour rassembler ses affaires, elle ne put retenir ses larmes plus longtemps. Avalon représentait un beau rêve, mais elle ne pouvait se résoudre à quitter cet homme et cette femme qui avaient été sa famille, ni cette île rocailleuse qu'elle avait appris à aimer. Mais personne ne se souciait de ses désirs. Elle comprit alors qu'il lui faudrait arracher elle-même à la vie toutes les choses auxquelles elle aspirait.

Taliesin était assis près du feu, un bol de cidre chaud dans la main. C'était la première fois qu'il avait aussi bien dormi depuis plusieurs jours, sans souffrir du froid. La paix régnait dans cette maison. Ana avait fait le bon choix en confiant l'éducation de sa fille à Neithen. Quel dommage qu'elle ne puisse la laisser vivre ici, se dit-il. Sa mémoire exercée fit resurgir dans son esprit le visage de la Dame tel qu'il l'avait vu pour la dernière fois, le large front creusé par des rides nouvelles, la bouche pincée au-dessus du menton volontaire. Une petite femme laide, auraient pensé certains, mais depuis le premier jour où Taliesin avait été accueilli par les druides, vingt ans plus tôt, elle avait toujours incarné à ses yeux l'image de la Déesse.

Soudain, un mouvement attira son regard ; il leva la tête. Deux jambes, vêtues d'un pantalon et entourées de guêtres, émergeaient du grenier. Il regarda cette étrange apparition, enveloppée d'une tunique ample, descendre l'échelle, puis, arrivée en bas, se retourner vers lui avec un air de défi. Il fronça les sourcils mais ne put retenir bien longtemps un éclat de rire que Viviane lui rendit.

— Portes-tu les vêtements de ton frère adoptif ? demanda-t-il.

— J'ai appris à monter à cheval comme un homme, pourquoi ne m'habillerais-je pas en homme pour chevaucher ? Je vous vois faire la grimace, crai-gnez-vous que ma mère ne désapprouve cette tenue ?

Un rire vite réprimé contracta les lèvres du barde.

— Je doute que cela lui plaise, en effet.

« Sainte Briga ! pensa-t-il. Elle est exactement comme Ana ! Ces prochaines années ne manqueront pas d'intérêt. »

— Tant mieux ! répliqua Viviane en s'asseyant à ses côtés, les coudes posés sur les genoux. Je n'ai pas envie de lui plaire. Si elle me fait une remarque, je lui rétorquerai que je ne voulais pas être arrachée de chez moi !

Taliesin laissa échapper un soupir.

— Je ne peux pas t'en vouloir. Sans doute n'oserai-je jamais contredire ta mère en public, mais je pense qu'elle a eu tort de t'envoyer loin d'Avalon si jeune, pour te faire revenir ensuite sans même te prévenir, comme si tu étais une marionnette qu'on déplace ici et là pour l'exhiber. Hélas, ajouta-t-il comme s'il se parlait à lui-même, Ana a toujours aimé qu'on lui obéisse. Moi-même, j'ai souvent senti peser le poids de son autorité.

Voyant le visage de Viviane se crisper, il comprit qu'elle avait entendu sa remarque. Il ébaucha d'ins-tinct un geste apaisant de la main gauche, et la surprise disparut du visage de la jeune fille. Elle prit un bol. Il fallait qu'il soit plus prudent à l'avenir, se dit-il. Cette enfant possédait peut-être les dons de sa mère, même s'ils avaient encore besoin d'être affinés. Or, il n'avait jamais rien pu cacher à la Dame d'Ava-lon.

Le soleil qui avait atteint son zénith commençait à décliner quand ils se mirent en route, Taliesin sur son mulet et Viviane chevauchant un de ces petits poneys trapus et solides qu'on trouve dans le Nord. L'étendue d'eau qui séparait l'île du continent avait gelé, et ils purent effectuer la traversée à cheval. Après être passés par le village qui s'était développé près de la forteresse de la légion à Segontium, ils empruntèrent la route que les Romains avaient construite sur les hauteurs du pays des Deceangles, en direction de Deva.

Viviane, qui n'avait jamais chevauché plus loin que l'autre bout de son île, se fatigua rapidement. Malgré tout, elle parvint à ne pas se laisser distancer, sans trahir la moindre faiblesse, bien que le druide, habitué à ignorer les protestations de son corps, n'ait pas conscience du calvaire que pouvaient représenter pour une jeune fille ces longues heures de route. Mais Viviane, aussi petite et frêle soit-elle, possédait la constitution robuste des hommes bruns des marais, dont elle avait hérité l'apparence, accompagnée d'une profonde détermination. Elle n'avait pas revu sa mère depuis l'âge de cinq ans, mais elle sentait qu'au moindre signe de faiblesse de sa part, son esprit serait broyé.

Alors, elle chevauchait sans protester ; ses larmes gelaient sur ses joues, et quand elle se couchait le soir, elle était trop fatiguée pour dormir, tous ses muscles lui faisaient mal. Mais peu à peu, alors qu'ils avançaient vers le sud, à travers la vallée de la Wye, elle finit par s'habituer à l'exercice. Malgré ce fichu poney qui semblait possédé par le démon de l'indépendance, car il insistait toujours pour suivre son chemin, qui n'était pas celui de Viviane.

Entre Deva et Glevum, Rome n'avait guère imprimé son empreinte sur le pays. À la nuit tombée ils cherchaient refuge auprès de bergers ou de gardiens de troupeaux, ou de petites familles qui tentaient d'arracher leurs moyens de subsistance à ce sol aride. Si ces gens vénéraient le druide comme un dieu en visite chez les hommes, ils accueillaient Viviane comme une des leurs. À mesure qu'ils approchaient des terres du Sud, même si le froid persistait, les routes devenaient meilleures, et ici et là, ils apercevaient le toit de tuiles d'une villa romaine entourée de vastes champs cultivés.

Aux abords de Corinium, Taliesin s'engagea sur le chemin conduisant à l'une de ces habitations, une vieille demeure confortable, composée de plusieurs maisons réunies autour d'une cour.

— Fut un temps, dit le druide alors qu'ils pénétraient dans la cour, où un prêtre de mon rang aurait été accueilli avec les honneurs dans n'importe quelle maison anglaise, et traité par les Romains avec le plus grand respect, comme le prêtre d'une foi amie. Hélas, de nos jours, les chrétiens ont empoisonné bien des esprits, en accusant les adeptes des autres religions d'adorer des démons, même s'il s'agit des dieux compatissants ; voilà pourquoi je voyage sous le déguisement d'un barde errant, et ne révèle mon vrai visage qu'aux partisans des anciens rites.

— Et quelle est donc cette maison ? demanda Viviane, tandis que les chiens se mettaient à aboyer et que des gens sortaient la tête aux fenêtres et aux portes pour observer les arrivants.

— Ces gens sont des chrétiens, mais pas des fanatiques. Junius Priscus est un homme bon qui se préoccupe de la santé de ses proches et de ses animaux, et les laisse se débrouiller avec leurs âmes. Et surtout, il adore écouter jouer de la harpe. Nous recevrons ici un accueil chaleureux.

Un homme à la large carrure, avec une couronne de cheveux roux, sortait de la maison pour les accueillir, entouré de ses chiens. Le poney de Viviane choisit cet instant pour tenter de s'emballer, et elle dut le maîtriser, sous le regard amusé de leur hôte.

Ils dînèrent à la mode romaine : les hommes allongés, tandis que les femmes étaient assises sur des bancs près de l'âtre. La fille de Priscus, une enfant de huit ans aux yeux écarquillés, fascinée par cette visiteuse, était assise sur un tabouret bas à ses pieds, lui offrant à manger chaque fois qu'elle n'avait plus rien dans son assiette. Autant dire souvent. Viviane avait l'impression de ne pas avoir mangé à sa faim, ni d'avoir eu véritablement chaud, depuis un siècle. Or, elle était à un âge où cela comptait.

Elle mangeait sans prêter attention aux conversations autour d'elle, mais son appétit finit par se calmer, et elle constata alors que la discussion portait sur le Grand Roi.

— Mais peut-on critiquer aussi sévèrement l'ac-

tion de Vortigern ? demanda Taliesin en reposant sa
coupe de vin. Avez-vous oublié combien nous étions
désespérés lorsque l'évêque Germanus est venu nous
rendre visite de Rome, à tel point qu'on le chargea
de diriger des troupes, contre les Pictes, sous prétexte
qu'il avait servi dans les légions avant d'entrer les
ordres ? L'année même où cette enfant est née...

En disant cela, il sourit à Viviane, avant de se
retourner vers son hôte.

— Les Saxons installés dans le Nord par Vortigern
ont su maintenir à distance les Peuples Peints ; en
déplaçant les Votadiniens à Demetia et les Cornoviens à Dumnonia, il a placé des tribus puissantes là
où elles peuvent nous protéger des Irlandais. Quant
à ce chef de clan venu de Germanie, Hengest, il
défend avec ses hommes la Côte Saxonne. Nous pouvons bien, en temps de paix, nous payer le luxe de
querelles intestines, mais je trouve injuste que Vortigern soit payé de ses succès par une guerre civile.

— Les Saxons sont trop nombreux, déclara Priscus. Vortigern a donné à Hengest la totalité de Cantium pour subvenir aux besoins de son peuple, sans
même l'autorisation de son roi. Tant que le Conseil
soutenait Vortigern, je l'ai accepté, mais notre empereur légitime est Ambrosius Aurelianus, comme son
père avant lui. J'ai combattu pour lui à Guollopum[1].
Si l'un ou l'autre camp avait remporté une victoire
décisive, nous saurions à quoi nous en tenir. Hélas,
cette pauvre Angleterre risque de connaître le sort de
cet enfant que le roi Salomon proposa de partager
en deux : massacré pour calmer leur orgueil.

Taliesin secoua la tête.

— Ah, je crois pourtant me souvenir que la
menace du roi fit entendre raison aux deux femmes

---

1. Vortigern, dont le nom signifierait « Haut Roi » et qui est qualifié par
saint Gildas de *tyrannus superbus*, est la personnalité marquante des années
d'anarchie qui suivent la mort de l'empereur Constance III. On ne sait presque rien de cet Ambrosius Aurelianus qui l'affronta peu avant 440 à Guollopum. Ce qui est certain, c'est que Vortigern, pour s'affranchir de Rome,
facilita la venue des Saxons (*adventus Saxorum*).

qui se disputaient l'enfant, et peut-être nos chefs feront-ils de même.

Son hôte soupira.

— Mon pauvre ami, il faudrait bien plus qu'une simple menace. Il faudrait un véritable miracle.

Il conserva un air préoccupé, puis finalement se leva, en souriant à son épouse et aux deux filles.

— Voilà une discussion bien sombre pour un soir aussi glacial. Maintenant que je vous ai nourri, Taliesin, voulez-vous avoir la gentillesse de nous égayer avec une de vos chansons ?

Ils demeurèrent deux nuits à la villa, et Viviane regretta de devoir repartir. Mais les druides apprenaient à leurs prêtres à interpréter le ciel, et Taliesin déclara que s'ils ne reprenaient pas la route immédiatement, ils n'atteindraient pas Avalon avant la neige. La petite Priscilla s'accrocha à Viviane au moment des adieux, en promettant de ne jamais l'oublier, et cette dernière, devinant toute la bonté de cette enfant, se demanda si elle trouverait une amie si proche là-bas à Avalon.

Ils chevauchèrent à un rythme soutenu ce jour-là et le lendemain, dormant juste quelques heures dans une cabane de berger au bord de la route. Viviane parlait peu durant ce long trajet, à l'exception parfois d'un juron étouffé adressé à son poney. La nuit suivante, ils la passèrent dans une auberge d'Aquae Sulis. Viviane conserva de cette ville l'image de constructions jadis magnifiques qui commençaient à se délabrer, et le souvenir d'exhalaisons sulfureuses, mais ils n'avaient pas le temps de faire du tourisme, et dès le lendemain matin, ils repartirent en empruntant la route de Lindinis.

— Est-ce que nous atteindrons Avalon ce soir ? demanda Viviane dans son dos.

Taliesin se retourna ; la route montait vers les collines de Mendip et leurs montures avaient ralenti le pas.

Il fronça les sourcils.

— Avec de bons chevaux, j'aurais répondu oui sans

hésiter, mais ces fichues montures n'en font qu'à leur tête. Nous essaierons néanmoins.

Mais en milieu d'après-midi, il sentit une goutte sur sa main, leva les yeux et constata que le ciel s'était couvert de nuages gris qui maintenant partaient en flocons. Curieusement, la température sembla se réchauffer avec la venue de la neige, mais le barde savait que c'était une illusion. La jeune fille ne s'était pas plainte une seule fois, mais lorsque la nuit commença à tomber, peu de temps après qu'ils eurent traversé la route desservant les mines de plomb, Taliesin s'engagea de son propre chef sur un chemin menant à un ensemble de bâtiments entourés d'arbres.

— L'été, ils fabriquent des tuiles dans cet endroit, expliqua-t-il, mais en cette saison, les installations seront désertes. Du moment que nous allons chercher du bois pour remplacer celui que nous utilisons, ils accepteront de nous laisser dormir ici, je l'ai déjà fait.

Le froid humide qui régnait en ces lieux désaffectés était réfractaire à la chaleur du feu. Viviane s'assit en grelottant tout près des flammes, tandis que le barde faisait chauffer de l'eau pour préparer la bouillie d'avoine.

— Merci, dit-elle lorsque le repas fut prêt. S'il est vrai que je n'ai jamais demandé à accomplir ce voyage, je vous remercie de prendre soin de moi de cette façon. Mon père... mon père adoptif, veux-je dire, n'aurait pas pu se montrer plus prévenant.

Taliesin lui jeta un regard furtif, avant de plonger sa cuillère dans son bol de bouillie. Avec le froid la peau olivâtre de Viviane avait pris un teint cireux, mais des étincelles crépitaient dans ses yeux sombres.

— Êtes-vous mon père ? demanda-t-elle brusquement.

Taliesin demeura un instant interdit. En vérité, durant ce long trajet, lui aussi s'était posé la même question. Il venait juste d'être ordonné prêtre lors de la fête au cours de laquelle Viviane avait été conçue, participant pour la première fois en tant qu'homme aux Feux de Beltane. Et ce soir-là, Ana, bien qu'elle ait cinq ans de plus que lui et ait déjà donné naissance à deux filles, arborait la beauté de la Déesse comme une couronne.

Il se souvenait de l'avoir embrassée, et le goût de l'hydromel qu'elle avait bu était comme du miel sur ses lèvres. Mais tout le monde était ivre cette nuit-là, les couples se formaient et se défaisaient dans l'euphorie de la danse. Et parfois, un homme et une femme se touchaient, s'enlaçaient et disparaissaient en titubant dans l'obscurité pour accomplir la plus ancienne de toutes les danses. Il se souvenait d'une femme pleurant dans ses bras, tandis qu'il déversait en elle sa semence et son âme. Mais cette première fois, l'extase l'avait submergé, et il avait oublié le nom et le visage de cette femme.

Viviane attendait ; elle avait droit à une réponse.

— Il ne faut pas me poser cette question, dit-il en parvenant à esquisser un sourire. Aucun homme pieux ne peut prétendre avoir donné un enfant à la Dame. Même les rustres Saxons savent cela. Tu appartiens à la lignée royale d'Avalon, voilà tout ce que moi, ou n'importe quel autre homme, peut te dire.

— Vous avez juré de servir la Vérité, dit-elle en fronçant les sourcils. Ne pouvez-vous pas me dire la vérité ?

— N'importe quel homme serait fier de passer pour ton père, Viviane. Tu as supporté admirablement les rigueurs de ce voyage. Quand toi aussi tu auras participé aux Feux de Beltane, peut-être comprendras-tu pourquoi je ne peux répondre à ta question. La vérité, c'est que... c'est possible, mais je n'en sais rien.

Viviane leva la tête et elle soutint son regard si longtemps que Taliesin, en dépit de sa formation, fut incapable de se détourner.

— Puisqu'on m'a privée d'un père, dit-elle enfin, je dois en trouver un autre, et parmi les hommes que je connais, c'est vous que je préfère appeler « père ».

Taliesin la regardait, blottie comme un petit oiseau

au plumage marron près du feu, et pour la première fois depuis qu'il avait été nommé barde les mots lui manquèrent. Mais dans son esprit, le tumulte régnait. « Ana regrettera peut-être de m'avoir chargé de cette mission. Cette fille n'est pas du genre, comme Anara, à obéir facilement aux ordres de la Dame, qu'il s'agisse d'aller chercher de l'eau ou de marcher vers sa mort. Mais moi je ne regretterai rien... quelle recrue de choix pour Avalon ! »

Viviane attendait toujours.

— Peut-être est-il préférable de ne pas parler de ça à ta mère, répondit-il enfin. Mais je te fais une promesse : je serai pour toi un aussi bon père que je le peux.

Ils atteignirent les rives du Lac au moment du crépuscule. Viviane balaya les lieux du regard, sans enthousiasme. La neige de la veille avait durci la boue et recouvert les roseaux ; elle continuait d'ailleurs à tomber. Les flaques étaient gelées, la glace formait par endroits à la surface de l'eau couleur d'étain des plaques qui scintillaient faiblement dans la lumière déclinante. Plus loin sur la rive, elle apercevait quelques cabanes, dressées sur pilotis au-dessus de la vase des marais. De l'autre côté du Lac, elle distinguait une colline dont le sommet était couronné de nuages. Alors qu'elle regardait dans cette direction, elle perçut au loin le tintement d'une cloche.

— Est-ce là que nous allons ?

Un sourire illumina brièvement le visage de Taliesin.

— J'espère que non. Mais si nous n'appartenions pas au peuple d'Avalon, ce serait la seule île sainte qui s'offrirait à nos regards.

Il décrocha une corne de vache, ornée de motifs en spirale, qui pendait à la branche d'un saule, et en tira quelques sons puissants et rauques qui résonnèrent longuement dans l'air immobile. Viviane était curieuse de savoir ce qui allait s'ensuivre. Le barde regardait dans la direction des cabanes, et ce fut elle qui perçut les premiers frémissements dans le paysage, en voyant bouger ce qu'elle prit tout d'abord pour un amoncellement de broussailles.

Il s'agissait en réalité d'une vieille femme, emmitouflée dans plusieurs épaisseurs de laine, avec pardessus une cape en fourrure grise rapiécée. À en juger par sa petite taille et ses yeux noirs, le seul détail de son visage qu'apercevait Viviane, elle appartenait certainement au Peuple des Marais. La jeune fille était intriguée par les regards étranges que lui jetait Taliesin, à la fois amusé et méfiant, comme s'il avait découvert une vipère sur son chemin.

— Gracieux seigneur et jeune dame, la barque ne peut venir vous chercher avec ce froid. Accepterez-vous de vous reposer sous mon toit en attendant un moment plus propice pour la traversée.

— Non, nous n'y tenons guère, répondit Taliesin avec fermeté. J'ai fait le serment de conduire cette enfant à Avalon le plus vite possible, et nous sommes épuisés. Voudriez-vous me forcer à commettre un parjure ?

La vieille femme eut un petit rire. Viviane fut parcourue d'un frisson ; mais peut-être n'était-ce que le froid.

— Le Lac est gelé. Peut-être pouvez-vous le traverser à pied. (Elle se tourna vers Viviane.) Si tu es née prêtresse, tu possèdes le Don de seconde vue, et tu connaîtras le chemin le plus sûr. As-tu le courage d'essayer ?

La jeune fille la regardait fixement, sans rien dire. Certes, elle avait déjà « vu » des choses, des fragments, des éclairs, depuis aussi longtemps qu'elle s'en souvienne, mais elle savait que l'on ne pouvait guère se fier à ce Don de seconde vue, s'il n'était pas exercé. Malgré tout, un sixième sens lui permettait de capter certains indices dans cette conversation qu'elle ne comprenait pas.

— La glace est dangereuse. Elle paraît solide. Soudain, elle cède et vous tombez dans l'eau, dit le barde. Il serait regrettable, après avoir conduit cette enfant jusqu'ici, de la voir se noyer...

Ces paroles restèrent suspendues dans l'air glacé, et Viviane crut voir la vieille femme tressaillir, mais sans doute n'était-ce qu'une illusion, car déjà elle s'était retournée et tapait dans ses mains en lançant des paroles dans une langue que Viviane ne connaissait pas.

Immédiatement, une multitude de petits hommes à la peau brune, vêtus de fourrures, dévalèrent les échelles de leurs maisons, avec une rapidité révélant qu'ils observaient sans doute la scène depuis un moment. Des roseaux, ils tirèrent une longue barque plate, assez large pour accueillir les montures des voyageurs, et dont la proue était enveloppée d'une sorte d'étoffe sombre. La glace se fendait et craquait à mesure que la barque avançait, et Viviane se réjouit de ne pas avoir voulu faire étalage de son savoir. La vieille femme l'aurait-elle laissée prendre ce risque ? se demanda-t-elle. Car elle savait, à n'en pas douter, que la glace était trop fragile.

Des fourrures étaient entassées au fond de la barque, et Viviane s'y blottit avec plaisir, car lorsque les passeurs poussèrent sur leurs longues perches et que l'embarcation s'éloigna du rivage, elle sentit courir sur sa peau les doigts glacés du vent. Elle s'étonna de voir la vieille femme, qu'elle avait prise pour une habitante des marais, s'asseoir à l'avant de la barque, face au vent, comme si elle était insensible au froid. Elle n'était plus la même maintenant. Viviane avait d'ailleurs l'impression de l'avoir déjà rencontrée.

Ils atteignirent le milieu du Lac. Les hommes des marais avaient troqué leurs perches contre des rames, et tandis que le vent s'amplifiait, la barque se balançait sur la houle. Viviane discernait maintenant, à travers le rideau ondoyant et floconneux de la neige qui tombait, le rivage sombre de l'île, avec son église ronde de pierre grise. Déjà les passeurs relevaient leurs rames pour laisser la barque s'immobiliser.

— Ma Dame, voulez-vous appeler les Brumes ? demanda l'un d'eux en langue anglaise.

Viviane, horrifiée, crut tout d'abord qu'il s'adressait à *elle*. Mais, à sa grande surprise, elle vit la vieille femme se lever. Elle ne paraissait plus si petite désormais, ni si vieille. L'étonnement de la jeune fille dut se lire sur son visage, car elle entrevit un sourire sur celui de la Dame, avant qu'elle ne se tourne face à l'île. Viviane n'avait pas revu sa mère depuis l'âge de cinq ans, et elle ne pouvait se remémorer consciemment ses traits. Pourtant, en cet instant précis, elle la reconnut ! Elle lança un regard accusateur à ce traître de Taliesin ; il aurait quand même pu la prévenir !

Mais son père — s'il s'agissait bien de son père ! — avait les yeux fixés sur la Dame, qui semblait gagner en taille et en beauté à chaque instant, tandis qu'elle levait les bras au ciel. Le temps d'un souffle, elle se tint immobile et cambrée, se préparant à invoquer la Déesse. Puis un chapelet de syllabes étranges sortit de ses lèvres, en un long appel cristallin, et ses bras, ondulant comme des serpents, retombèrent lentement.

Viviane ressentit jusque dans ses os ce tremblement qui marquait le passage d'un monde à l'autre. Avant même que la brume ne scintille, elle comprit ce qui se passait, mais ses yeux étaient toujours écarquillés d'émerveillement lorsque le brouillard s'écarta. Avalon apparut soudain dans tout l'éclat du couchant. Un soleil qui avait négligé le monde des simples mortels embrasait sur l'île sainte ses derniers feux. Il n'y avait pas de neige sur les pierres couronnant le sommet du Tor, mais le rivage était recouvert d'une couche blanche scintillante tout comme les pommiers qui paraissaient chargés d'une abondante et crémeuse floraison, car Avalon n'était pas entièrement isolé du monde des humains. Mais aux yeux ébahis de Viviane, c'était une vision de lumière, et jamais au cours de sa vie future, elle ne contempla rien d'aussi beau.

Les passeurs replongèrent leurs rames dans l'eau, en riant, et conduisirent rapidement la barque jusqu'au rivage. On les avait vus arriver : des druides portant des tuniques blanches, des filles et des femmes vêtues de laine écrue ou arborant le bleu des prêtresses, dévalaient la colline pour venir à leur rencontre. La Dame d'Avalon, se débarrassant des couches de vêtements qui la dissimulaient, débarqua la première et se retourna pour tendre la main à Viviane.

— Sois la bienvenue à Avalon... ma fille.

Viviane qui s'apprêtait à saisir cette main tendue se figea, et toutes les contrariétés du voyage se muèrent en un flot de paroles.

— Si je suis la bienvenue comme vous dites, pourquoi avez-vous attendu si longtemps pour envoyer quelqu'un me chercher, et si je suis votre fille, pourquoi m'avez-vous arrachée, sans même me prévenir, à la seule famille que j'aie jamais connue !

— Je ne donne jamais mes raisons.

La voix de la Dame se fit tout à coup glaciale.

Et soudain, Viviane fut à nouveau envahie par le souvenir de ce ton brutal, lorsqu'elle était enfant : elle s'attendait à une caresse, et à la place c'était cette même froideur, plus terrible encore qu'une correction.

D'une voix radoucie, la Dame ajouta :

— Viendra peut-être un jour, ma fille, où tu feras de même. Mais dans l'immédiat, pour ton propre bien, tu dois te soumettre à la même discipline que n'importe quelle novice sur cette île, née de parents paysans. As-tu compris ?

Viviane demeura bouche bée, tandis que la Dame — elle ne pouvait se résoudre à penser à elle en tant que « mère » — adressait un geste à une des filles.

— Rowan, conduis-la à la Maison des Vierges, et donne-lui la robe d'une prêtresse novice. Elle prêtera serment avant le repas du soir dans le Temple.

La fille prénommée Rowan était svelte, avec des cheveux blonds qui apparaissaient sous le châle noué autour de sa tête. Dès qu'elles furent à l'abri des regards de la Dame, elle glissa à Viviane :

— N'aie pas peur...

— Je n'ai pas peur. Je suis furieuse !

— Dans ce cas, pourquoi trembles-tu tellement que tu ne peux même pas me tenir la main ? répliqua la jeune fille blonde en riant. Je t'assure, tu n'as pas de raison d'avoir peur. La Dame ne mord pas. Elle aboie même rarement du moment que tu écoutes ce qu'elle dit. Un jour viendra, crois-moi, où tu seras heureuse ici.

Viviane secoua la tête, en songeant : « Si au moins elle s'emportait, je pourrais peut-être croire qu'elle m'aime... »

— Elle ne nous interdit jamais de poser des questions. Parfois, elle s'énerve, mais tu ne dois jamais lui montrer que tu as peur d'elle... ça la met encore plus en colère. Et surtout, tu ne dois jamais pleurer devant elle.

« Dans ce cas, j'ai parfaitement réussi mes débuts », se dit Viviane. Quand elle pensait à sa mère autrefois, ce n'était pas ainsi qu'elle imaginait leurs retrouvailles.

— C'est la première fois que tu vois la Dame ? demanda Rowan.

— C'est ma mère, répondit Viviane, ravie de voir la stupéfaction se peindre sur le visage de la jeune fille. Mais je suis sûre que tu la connais mieux que moi, s'empressa-t-elle d'ajouter. Je ne l'ai pas revue depuis que j'étais toute petite.

— Je m'étonne qu'elle ne nous ait rien dit ! Mais peut-être craignait-elle que l'on ait peur de toi, ou que l'on te traite différemment. Ou peut-être que nous sommes toutes, d'une certaine façon, ses enfants. Nous sommes actuellement quatre novices, ajouta Rowan. Il y a toi, moi, Fianna et Nella. Nous dormirons toutes les quatre dans la Maison des Vierges.

Elles l'avaient atteint, maintenant. Rowan aida sa nouvelle camarade à se débarrasser de ses vêtements salis par le voyage et à se laver. À cet instant, Viviane aurait été heureuse d'enfiler un sac de toile, pourvu qu'il eût été propre et sec. Mais la robe que Rowan fit passer par-dessus sa tête était faite d'une laine épaisse couleur grège ; une cape de laine grise, fixée sur ses épaules à l'aide d'une broche, complétait sa tenue.

En pénétrant dans le Temple, elles constatèrent que la Dame s'était changée elle aussi. Elle n'avait plus rien de la vieille femme qui les avait accueillis au bord du Lac. Elle se dressait, majestueuse, dans une tunique et un manteau bleu foncé ; une couronne de baies d'automne ceignait son front. En plongeant son regard dans ces yeux sombres, Viviane reconnut, non pas la mère dont elle se souvenait, mais le visage qu'elle voyait quand elle se mirait dans un étang dans la forêt.

— Jeune vierge, pourquoi es-tu venue à Avalon ?

— Parce que vous êtes venue me chercher.

Viviane vit la colère embraser les yeux de sa mère, mais elle se souvint des paroles de Rowan et l'affronta courageusement. Les gloussements nerveux qui avaient parcouru la rangée de jeunes filles derrière elles moururent aussitôt, devant le regard noir de la Dame.

— Sollicites-tu de ton plein gré ton admission parmi les prêtresses d'Avalon ? demanda la Dame d'un ton sec en soutenant le regard de sa fille.

« Cette question est importante, se dit Viviane. Elle a pu envoyer Taliesin jusqu'à Mona pour me chercher, mais celui-ci ne peut pas m'obliger à rester ici, et elle non plus, malgré son immense pouvoir. Elle a besoin de moi, et elle le sait. » L'espace d'un instant, elle fut tentée de refuser.

Finalement, ce ne fut ni l'amour de sa mère, ni la peur qui motivèrent sa décision, pas même la pensée du monde gris et froid qui l'attendait à l'extérieur. Mais au cours de cette traversée du Lac, et avant cela, durant le voyage avec Taliesin, des sens qui étaient en sommeil du temps où elle vivait sur l'île de Mona s'étaient réveillés. Elle avait goûté à cette magie qui constituait son héritage, et elle n'en était pas rassasiée.

— Quelle que soit la raison qui m'a conduite ici,

je souhaite y rester... de mon plein gré, déclara-t-elle d'une voix haute et claire.

— Dans ce cas, je t'accepte au nom de la Déesse. Te voilà ainsi dévouée à Avalon.

Et pour la première fois depuis son arrivée, sa mère la prit dans ses bras.

Les autres événements de cette soirée se déroulèrent dans une sorte de confusion : le serment de considérer toutes les femmes de la communauté comme des membres de sa famille ; la présentation de toutes les prêtresses, l'une après l'autre ; sa promesse de demeurer pure. La nourriture était simple, mais bien préparée, et dans son état de fatigue avancée la douce chaleur du feu la plongea dans un demi-sommeil avant même la fin du repas. En riant, les autres jeunes filles la portèrent jusqu'à la Maison des Vierges, lui désignèrent son lit et lui donnèrent une chemise de nuit en lin parfumée de lavande.

En dépit de sa fatigue le sommeil semblait la fuir. Elle n'était habituée ni à ce lit, ni à la respiration de ses nouvelles camarades, ni aux grincements des murs sous les assauts du vent. Tout ce qu'elle avait vécu depuis l'arrivée de Taliesin à la ferme de ses parents adoptifs repassait dans sa mémoire comme dans un rêve éveillé.

Dans le lit voisin, elle entendait Rowan remuer. À voix basse, elle l'appela.

— Qu'y a-t-il ? Tu as froid ? demanda Rowan.

— Non. (« Pas physiquement », se dit Viviane.) Je voulais te demander... car tu vis ici depuis un certain temps... qu'est-il arrivé à Anara ? Comment est morte ma sœur ?

Il y eut un long silence, et puis un soupir.

— Nous n'avons entendu que des rumeurs. Je ne sais pas vraiment. Mais... quand elle eut terminé sa formation, on l'a envoyée au-delà des brumes pour qu'elle retrouve seule son chemin. Mais on ignore ce qui s'est passé, peut-être que la Dame elle-même ne le sait pas. Surtout, ne dis à personne que je t'en ai parlé... depuis le drame, personne ne prononce le nom d'Anara. J'ai seulement entendu dire qu'en ne la voyant pas revenir, on est parti à sa recherche, et on l'a retrouvée qui flottait dans les marais, noyée...

XVIII

La Dame d'Avalon se promenait dans le verger au-dessus du Puits Sacré. Sur les branches des arbres, de petites pommes vertes et dures revêtaient leurs premières couleurs. À l'image de ces jeunes filles assises aux pieds de Taliesin, songea-t-elle, elles ne tarderaient pas à mûrir et à se développer. Elle percevait les voix des novices, et celle du druide, plus grave, qui leur répondait. S'enveloppant de ce charme magique qui lui permettrait de passer inaperçue, elle se rapprocha du petit groupe.

— Il existe quatre trésors qui sont soigneusement conservés à Avalon depuis l'arrivée des Romains sur cette terre, disait le barde. Savez-vous quels sont ces trésors, et pourquoi ils sont considérés comme sacrés ?

Les quatre novices étaient assises côte à côte dans l'herbe, la tête renversée pour regarder leur professeur, avec leurs cheveux coupés ras : blonds, roux, bruns et châtains. On les avait tondues pour des raisons pratiques, comme le voulait l'usage en été. Ana avait entendu dire que Viviane avait protesté à cette occasion, évidemment, car ses cheveux étaient ce qu'elle avait de plus beau, brillants et aussi épais qu'une crinière. Mais si elle pleura, elle le fit quand elle était seule.

La jeune fille blonde, Rowan, leva la main pour répondre.

— L'un de ces trésors est l'Épée des Mystères, n'est-ce pas ? Celle que portait Gawen, un des anciens rois ?

— Gawen portait cette épée, en effet, mais elle est

beaucoup plus ancienne, forgée qu'elle fut par le feu du ciel...

La voix du barde adopta le rythme de la poésie pour narrer cette légende.

Viviane, captivée, n'en perdait pas une miette. Ana avait envisagé un instant de lui expliquer qu'on ne leur avait pas coupé les cheveux en guise de punition. Mais la Dame d'Avalon n'avait pas pour habitude de justifier ses actes ; en outre, ce ne serait pas rendre service à cette enfant que de la dorloter. Soudain, elle eut le souffle coupé en voyant surgir l'image du visage blême d'Anara sous l'eau, ses longs cheveux emmêlés parmi les roseaux, se superposant à celle de Viviane. Une fois de plus, elle se répéta qu'Anara était morte parce qu'elle manquait de vigueur. Pour son bien, Viviane devait accomplir et endurer tout ce qui pouvait accroître son endurance.

— Quels sont donc les autres trésors ? demandait Taliesin.

— Je crois qu'il y a une Lance, dit Fianna, dont les cheveux couleur d'automne luisaient dans le soleil.

— Et un Plat aussi, ajouta Nella, aussi grande que Viviane, bien que plus jeune, avec sa tignasse de cheveux châtains emmêlés.

— Et la Coupe..., ajouta Viviane dans un murmure, qui est comme le Chaudron de Ceridwen, dit-on, et le Graal qu'Arianrhod conservait dans son temple de cristal, orné de perles.

— En effet, il est toutes ces choses, car il les contient, tout comme il est et contient à la fois l'eau sacrée du puits. Et pourtant, si vous étiez amenées à contempler ces trésors sans y avoir été préparées, sans doute vous sembleraient-ils d'une grande banalité. Ceci pour bien nous montrer que les choses de la vie quotidienne peuvent, elles aussi, être sacrées. Mais si vous les touchiez... (il secoua la tête en signe de mise en garde), alors là, ce serait plus grave, car toucher aux Mystères sans préparation est un geste mortel. Voilà pourquoi nous les cachons.

— Où ça ? interrogea Viviane, avec une lueur dans le regard.

De curiosité ? se demanda sa mère. De vénération ? Ou était-ce le goût du pouvoir ?

— Cela fait partie également des Mystères, répondit Taliesin, que seuls connaissent les initiés appelés à devenir leurs gardiens.

Déçue, Viviane fit la grimace, tandis que le barde poursuivait son exposé :

— Il vous suffit de savoir quels sont les Trésors, et de connaître leur signification. On nous apprend que le Symbole n'est rien, et que la Réalité est tout... et la réalité contenue dans ces symboles est celle des quatre éléments dont chaque chose est faite : la Terre, l'Eau, l'Air et le Feu.

— Ne nous avez-vous pas dit que les symboles étaient importants ? demanda Viviane. Nous parlons des éléments, sans vraiment pouvoir les comprendre. Nos esprits utilisent les symboles pour créer de la magie...

Taliesin eut pour elle un sourire attendri. Ana en ressentit un pincement au cœur inattendu. « Elle est trop passionnée..., se dit-elle. Il faut la mettre à l'épreuve ! »

Viviane, parcourue d'un frisson, se retourna. En dépit du sortilège qui l'enveloppait comme un voile, la jeune fille découvrit sa mère qui les observait. Ana fit un masque de ses traits, et au bout d'un moment, Viviane détourna la tête en rougissant.

La Dame fit demi-tour et repartit d'un pas vif entre les arbres du verger. « Je suis dans ma trente-cinquième année, se dit-elle, et je suis toujours fertile. Je peux donner naissance à d'autres filles. Mais en attendant, Viviane est ma seule enfant. Elle porte l'espoir d'Avalon. »

Viviane accroupie se massait les reins. Derrière elle, les pierres récurées du chemin laissaient échapper une légère fumée. Devant elle, les pierres encore sèches attendaient. Elle avait mal aux genoux également ; ses mains étaient rougies et gercées à force de plonger dans l'eau. En séchant, les pierres qu'elle venait de nettoyer ressemblaient à celles qui s'éten-

daient devant elle ; ce qui n'avait rien d'étonnant vu
qu'elle les lavait pour la troisième fois. Une première
fois, c'était compréhensible, car le chemin avait été
souillé par les vaches s'en revenant des pâturages. De
même, il était juste que cette tâche lui incombât,
étant donné que c'était elle qui conduisait le trou-
peau.

Mais à quoi bon laver les pierres une deuxième et
une troisième fois ? Les corvées ne lui faisaient pas
peur ; elle avait l'habitude de travailler dur à la ferme
de son père adoptif, mais quel bénéfice spirituel y
avait-il à recommencer un travail qu'elle avait effectué soigneusement ? Ou même à conduire des bêtes
aux pâturages, une tâche qui ne se distinguait pas
des travaux qu'elle accomplissait naguère à la
ferme ?

Ils auraient voulu la convaincre qu'Avalon était sa
nouvelle maison, pensa-t-elle le cœur gros, en plongeant une fois de plus la brosse dans le seau, pour
frotter négligemment la pierre suivante. Mais une
maison, c'était un endroit où l'on vous aimait... Or,
la Dame s'était montrée parfaitement claire : si elle
avait fait revenir sa fille à Avalon, ce n'était pas par
amour, mais par nécessité. Et Viviane réagissait en
faisant ce qu'on lui demandait d'un air morose, sans
ardeur ni joie.

Peut-être les choses se seraient-elles passées différemment, se dit-elle en s'attaquant à une autre
pierre, si elle avait appris la magie. Hélas, cet enseignement était réservé aux disciples plus âgés. Les
novices n'avaient droit qu'aux contes pour enfants, et
au privilège de servir la communauté. Dire qu'elle ne
pouvait même pas s'évader ! De temps à autre, une
fille plus âgée accompagnait la Dame durant un de
ses voyages, mais les plus jeunes ne quittaient jamais
Avalon. Si Viviane tentait de partir seule, ce serait à
coup sûr une longue errance dans les brumes puis
une noyade dans les marais, comme sa pauvre sœur.

Peut-être Taliesin accepterait-il de l'emmener, si
elle l'en priait. Elle savait qu'il éprouvait de l'amour
pour elle. Mais il était totalement entre les mains de

la Dame. Risquerait-il d'encourir sa colère pour une fille qui n'était peut-être même pas la sienne ? Depuis un an et demi qu'elle vivait ici, Viviane avait déjà vu une fois sa mère véritablement furieuse, en apprenant que le Grand Roi avait répudié son épouse, une femme élevée à Avalon, pour se remarier avec la fille de Hengest le Saxon. La cible de sa fureur se trouvant hors de portée, à Londinium, la rage de la Dame n'avait pu trouver d'exutoire, et l'atmosphère d'Avalon s'était chargée d'une telle tension que Viviane, en levant les yeux, s'était étonnée de constater que le ciel était toujours bleu. De toute évidence, ce que disaient ses professeurs sur la nécessité d'apprendre à maîtriser ses émotions était vrai.

« Je serai obligée de me montrer patiente, se dit Viviane, en avançant de quelques centimètres sur le chemin de pierres. J'ai le temps. Quand j'aurai l'âge d'être initiée et qu'ils m'enverront au-delà des brumes, je m'en irai d'ici tout simplement... »

Dans le soleil couchant les nuages se déployaient comme des bannières d'or. L'air était plein de ce silence qui règne lorsque le monde hésite encore entre le jour et la nuit. Viviane comprit qu'il lui fallait se hâter si elle voulait avoir terminé cette corvée avant l'heure du dîner. Il n'y avait presque plus d'eau dans le seau. Elle se releva en maugréant et suivit le chemin pour aller en chercher, accompagnée par les grincements du seau de fer qui lui battait les jambes.

Un vieux muret de pierres entourait le puits, découvert seulement lors de certaines cérémonies. Un sillon conduisait l'eau jusqu'à l'Étang Miroir où les prêtresses lisaient l'avenir, et de là, le trop-plein était dévié, au milieu des arbres, vers une citerne affectée aux divers usages domestiques.

En passant devant l'Étang Miroir, Viviane se surprit à ralentir. Ainsi que le lui avait enseigné Taliesin, c'était la réalité qui comptait, et non les symboles ; et la réalité, c'était que l'eau de la citerne était exactement la même que celle de l'étang. Elle jeta des regards autour d'elle. Le temps passait, et il n'y avait personne pour la voir... Alors, elle fit rapidement un pas sur le côté et se pencha pour plonger son seau dans l'eau.

L'étang était en feu !

Le seau lui échappa, roula bruyamment sur les pierres, mais Viviane n'y prit garde, fascinée par les images qui s'offraient à elle.

Une ville était en feu. Des flammes rouges léchaient les maisons, dardant des langues dorées chaque fois qu'elles découvraient un nouveau combustible, et une gigantesque colonne de fumée noire se dressait dans le ciel. Des silhouettes couraient en tous sens, ombres chinoises se découpant sur le fond du brasier, fuyant les maisons les bras chargés. Tout d'abord, elle crut que les gens essayaient simplement de soustraire leurs biens à l'appétit dévorant des flammes, mais soudain, elle vit briller l'éclair d'une épée. Un homme s'effondra, tandis qu'une gerbe de sang jaillissait de son cou, et dans un grand éclat de rire, le meurtrier lança la cassette que transportait sa victime sur une couverture où s'entassaient déjà d'autres fragments de vie.

Des corps jonchaient les rues. Au premier étage d'une maison, elle aperçut à une fenêtre un visage, la bouche grande ouverte dans un hurlement muet. Mais les barbares aux cheveux blonds étaient partout, sabrant et massacrant à tour de bras avec de grands rires. Son champ de vision se déplaça, s'élargit, et finit par englober une scène plus étendue. Sur les routes qui s'éloignaient de la ville c'était une fuite éperdue de charrettes attelées ou de charrettes à bras chargées de tout ce que les victimes avaient pu sauver. Les plus démunis tiraient à grand-peine de lourds ballots. Ceux qui n'avaient rien — et ce spectacle était le plus poignant — s'avançaient d'un pas titubant, les mains vides. Leurs regards étaient sans expression mais on pouvait y lire encore les horreurs dont ils avaient été les témoins.

Elle avait vu le nom de « Venta » sur une pierre renversée, mais les vastes terres qui entouraient la cité étaient plates et marécageuses ; il ne s'agissait donc pas de la Venta des Silures. Cette scène devait se dérouler bien plus loin, vers le sud-est, aux abords de la capitale des anciennes terres des Icéniens. L'esprit de Viviane se raccrochait désespérément à ces suppositions, comme s'il cherchait à se détacher de ce qu'elle avait vu.

Mais son effroyable vision ne la lâchait pas. Elle vit la vaste cité de Camulodunum dont la grande porte avait été détruite par les flammes, et bien d'autres villes romaines ravagées par l'incendie. Les béliers des Saxons effondraient les murs et enfonçaient les portes. Les corbeaux s'éloignaient en sautillant lorsque les hordes de pillards envahissaient les rues désertées, avant de revenir se gaver des corps abandonnés. Un chien galeux traversa le forum au petit trot, avec un rictus triomphant, en tenant dans sa gueule une main tranchée.

Dans la campagne la destruction était moins totale, mais la terreur avait balayé de son aile noire toute présence humaine. Viviane vit les habitants des villas isolées enterrer leurs biens et s'enfuir vers l'ouest, après avoir piétiné le blé mûr. Le monde entier semblait fuir devant les loups saxons.

Le feu et le sang se mélangeaient en tourbillons écarlates, tandis que ses yeux s'emplissaient de larmes. Elle sanglotait, sans pouvoir toutefois se détacher de ce spectacle. Et peu à peu, elle prit conscience d'une voix qui lui parlait, depuis un long moment déjà.

— Respire profondément... oui, comme ça... ce que tu vois est très loin d'ici, tu n'as rien à craindre... inspire et souffle lentement, calme-toi, et dis-moi ce que tu vois...

Viviane exhala dans un frisson, inspira de nouveau, plus facilement, et chassa ses larmes d'un battement de paupières. La vision était toujours présente, mais maintenant, elle avait l'impression de voir défiler les images d'un rêve. Sa conscience flottait hors de son corps, quelque part, et elle savait, sans y prêter attention, qu'on lui posait des questions, et elle entendait sa voix qui y répondait.

— Je suppose que cette fille est digne de foi ? Il

n'est pas possible qu'il s'agisse d'une hystérique, ou qu'elle ait tout inventé pour se faire remarquer ? demanda le vieux Nectan, chef des druides d'Avalon.

Ana lui adressa un sourire sardonique.

— Allons, ne cherchez pas à vous rassurer en pensant que je protège ma fille. Les prêtresses vous diront que je ne l'ai jamais favorisée, et je n'hésiterais pas à la tuer de mes propres mains si je pensais qu'elle avait profané les Mystères. Mais à quoi bon inventer pareille histoire alors qu'elle n'avait pas d'auditoire ? Viviane était seule quand son amie, inquiète de ne pas la voir au dîner, est partie à sa recherche. Lorsqu'on m'a prévenue, elle était dans un état de transe profonde, et vous admettrez que je suis capable de faire la différence entre une authentique vision et une scène de comédie.

— Une transe profonde..., répéta Taliesin. Pourtant, Viviane n'a pas encore reçu l'enseignement !

— En effet, mais j'ai dû faire appel à toute mon expérience pour la ramener à elle !

— Et ensuite, vous avez continué à l'interroger ? demanda le barde.

— Quand la Déesse envoie une vision si brutale, si forte, nous devons l'accepter. Nous n'avons pas osé rejeter cette mise en garde, répondit la Dame, en réprimant elle aussi un sentiment de malaise. De toute façon, le mal était fait. Nous pouvions uniquement essayer d'en apprendre le plus possible, et nous occuper ensuite de la fille...

— Pourra-t-elle s'en remettre ? demanda Taliesin.

Son visage avait blêmi, et Ana fronça les sourcils. Elle n'avait pas remarqué qu'il était si attaché à Viviane.

— Elle se repose. Je pense qu'il est inutile de s'inquiéter... Elle est d'une race solide, répondit la Dame d'un ton sec. À son réveil, elle aura le corps endolori, mais si elle se souvient de quelque chose, cela lui paraîtra lointain, comme un rêve.

Nectan se racla la gorge pour interrompre cet échange.

— Très bien. S'il s'agit d'une authentique vision, qu'allons-nous faire ?

— La première chose à faire, c'était d'envoyer un messager à Vortigern, et je l'ai fait. Nous sommes au cœur de l'été, et Viviane a vu des champs prêts pour la récolte. Si la mise en garde lui parvient maintenant, il disposera d'un peu de temps pour réagir.

— À condition qu'il accepte d'en tenir compte, déclara Julia, une des prêtresses, d'un ton sceptique. Cette sorcière saxonne le mène par le[1]...

Le regard noir d'Ana la réduisit au silence.

— Même si Vortigern décide de rassembler toutes ses troupes pour affronter Hengest, il sera impuissant, fit remarquer Taliesin. Les barbares sont trop nombreux. Rappelez-nous quels sont ces mots que Viviane a criés à la fin ?

— « Les Aigles se sont envolés pour toujours. Désormais, le Dragon Blanc se réveille et dévore le pays... », récita Ana dans un murmure, sans pouvoir réprimer un frisson.

— Le désastre que nous redoutions tant est arrivé ! s'exclama Talenos, un jeune druide. La malédiction que nous espérions ne jamais voir.

— Et que proposez-vous, à part nous lamenter en nous frappant la poitrine comme le font les chrétiens ? demanda Ana d'un ton acerbe.

La situation était aussi terrible qu'elle l'avait décrite, et même plus, songea-t-elle en repensant aux horreurs contenues dans les paroles de Viviane. Depuis qu'elle les avait entendues, son estomac noué l'empêchait de manger. Malgré tout, elle ne devait

---

1. Les historiens de ces temps de troubles évoquent en effet le mariage de Vortigern avec la fille d'un chef saxon dont il avait facilité l'implantation dans l'Est. Cette tradition a certes pour objectif de justifier après coup la naissance éventuelle d'une dynastie saxonne. Elle n'a rien toutefois d'invraisemblable. Dans l'*Historia Brittonum* de Nennius (IXe siècle), qui est l'une des sources de la « matière arthurienne », il est dit que Vortigern « gouverna l'Angleterre et fut durant son règne conduit par la peur des Pictes, des Scots et des Romains ». Dans ces conditions, une alliance renforcée avec les Saxons prend tout son sens — alliance que les excès de ses partenaires vont discréditer.

Le Secret d'Avalon

pas leur montrer qu'elle était rongée par la peur. Elle était la Dame d'Avalon.

— Oui, que pouvons-nous faire ? demanda la vieille Elen. Avalon a été écarté du monde extérieur pour servir de refuge, et depuis l'époque de Carausius nous avons toujours gardé notre secret. Nous devons attendre que l'incendie autour de nous s'éteigne de lui-même. Au moins sommes-nous en sécurité ici...

Les autres lui jetèrent des regards chargés de mépris. Honteuse, Elen se tut.

— Nous devons prier la Déesse pour qu'elle nous accorde son aide, dit Julia.

Taliesin secoua la tête.

— Ça ne suffit pas. Si le roi ne peut, ou ne veut pas se sacrifier pour son peuple, dans ce cas, c'est au Merlin d'Angleterre de s'en charger[1].

— Mais nous n'avons pas de...

Nectan n'acheva pas sa phrase ; ses joues rougeaudes pâlirent et Ana, malgré un pincement d'inquiétude provoqué par la remarque de Taliesin, ne put s'empêcher d'éprouver un certain amusement teinté d'amertume devant la peur évidente du vieux prêtre craignant qu'on lui demande d'assumer ce rôle.

— Pas de Merlin ? conclut Taliesin à sa place. Nous n'en avons plus depuis l'époque où les Romains ont envahi l'Angleterre pour la première fois, lorsqu'il est mort afin que Caractacus[2] puisse poursuivre son combat.

— Le Merlin est un des maîtres, un être rayonnant qui a refusé de s'élever au-dessus de cette sphère pour pouvoir continuer à veiller sur nous, dit Nectan, en se rasseyant sur son banc. En reprenant forme humaine, il serait affaibli. Nous pouvons prier pour

---

1. Merlin n'est pas simplement l'enchanteur — mi-diabolique, mi-chrétien — de la légende arthurienne. C'est aussi un acteur de l'histoire anglaise. Dans les littératures galloise, écossaise, anglaise, il est considéré comme le symbole de l'esprit breton.

2. Ou Caradoc. Roi breton qui résista aux troupes romaines dans le Pays de Galles. Trahi par l'un de ses alliés, il fut capturé puis conduit à Rome vers 50 après J.-C. L'empereur Claude l'avait en haute estime.

solliciter ses conseils, mais pas lui demander de revenir parmi nous.

— Même si c'est la seule chose qui puisse nous sauver ? répliqua Taliesin. S'il est aussi clairvoyant, il saura s'il doit accepter ou refuser. Une chose est sûre cependant, il ne viendra pas si on ne l'appelle pas !

Julia intervint :

— Ça n'a pas marché du temps de Caractacus. Le roi a survécu, certes, mais il a été capturé et les Romains ont massacré les druides sur l'Île Sacrée.

Nectan acquiesça.

— Ce fut une catastrophe. Et pourtant, ces Romains qui nous avaient alors vaincus, nous déplorons aujourd'hui leur destruction ! Ne peut-on espérer vivre un jour en paix avec ces Saxons comme nous vivions en paix avec Rome ?

Tous les regards se portèrent sur lui, et il se tut à son tour.

« Les Romains, pensa Ana, possédaient une armée, mais aussi une civilisation. Les Saxons ne sont guère plus évolués que les loups sauvages des collines.

— Même s'il renaissait demain, déclara-t-elle, tout serait consommé lorsqu'il atteindrait l'âge d'homme.

— Il existe, paraît-il, un autre moyen, déclara Taliesin, à voix basse. Lorsqu'un homme vivant ouvre son âme pour laisser entrer l'Autre dans[1]...

— Non ! s'écria Ana, et la peur transforma sa voix en coup de fouet. Au nom de la Déesse, je l'interdis ! Je n'ai pas besoin du Merlin... J'ai besoin de vous, ici !

Elle soutint le regard de Taliesin, en rassemblant tout son Pouvoir, et après un dur affrontement qui sembla s'éterniser, elle vit s'éteindre la flamme héroïque qui brillait auparavant dans les yeux du barde.

— La Dame d'Avalon a parlé, et j'obéis, murmurat-il. Mais sachez que, tôt ou tard, il faudra accomplir un sacrifice.

---

1. Selon certains auteurs, Merlin serait né d'une vierge et d'un incube. Il a donc partie liée avec les puissances sataniques.

Allongée dans son lit dans la Maison des Vierges, Viviane regardait les atomes de poussière danser dans le dernier rayon de soleil qui filtrait derrière le rideau tendu devant la porte. Elle se sentait profondément contusionnée. Au dire des prêtresses adultes, si elle souffrait ainsi, c'est qu'elle avait reçu sa vision sans préparation suffisante. Tout son corps s'était raidi pour résister à la tension, ses muscles s'étaient étirés dans tous les sens, et c'était un miracle qu'elle n'ait rien de cassé. Son esprit lui aussi, entraîné de vive force dans cette autre réalité, avait été mis à l'épreuve. Si sa mère n'avait pas ouvert les portes de son esprit pour se lancer à sa recherche, sans doute serait-elle maintenant perdue.

La Dame d'Avalon était une prêtresse expérimentée. Viviane possédait sans doute les dons de sa mère, peut-être même plus développés, mais tant qu'elle n'apprendrait pas à les utiliser, elle représenterait un danger pour elle-même et tout son entourage.

Cette pénible expérience l'avait calmée bien plus efficacement que n'aurait pu le faire n'importe quelle punition infligée par sa mère. Et elle devait avouer qu'elle l'avait bien mérité. Certes, l'hiver qui avait suivi son arrivée à Avalon avait été un des plus rudes, de mémoire de prêtresse. La glace, qui n'était à l'époque de Samhain qu'un souffle déposé sur les eaux, avait totalement recouvert le Lac au moment du Solstice d'Hiver, et les hommes des marais leur avaient apporté la nourriture sur des traîneaux. Pendant un certain temps, on était bien trop occupé par les questions de subsistance pour songer à l'enseignement des novices. Mais depuis, Viviane se contentait de faire machinalement ce qu'on lui demandait, comme pour défier sa mère de faire son éducation.

Le rideau de la porte s'écarta, et Viviane perçut une odeur qui lui fit venir l'eau à la bouche. Rowan se faufila entre les lits et déposa sur un banc, avec un grand sourire, un plateau recouvert d'un linge.

— Tu as encore dormi toute la nuit et toute la journée. Tu dois mourir de faim !

— Oh que oui !...

Elle grimaça en voulant prendre appui sur son coude. Rowan souleva le linge, découvrant un bol de ragoût, dans lequel Viviane plongea avidement sa cuillère. Il contenait quelques morceaux de viande, ce qui l'étonna, car les prêtresses en cours de formation suivaient généralement un régime allégé destiné à purifier leur corps et à accroître leur réceptivité. Mais ses aînées estimaient sans doute qu'elle n'avait pas besoin d'aviver encore sa sensibilité, et Viviane partageait cet avis.

Pourtant, malgré son appétit, elle ne put aller au-delà de la moitié du bol. Elle se recoucha en soupirant.

— As-tu encore envie de dormir ? demanda Rowan. J'avoue que tu as l'air mal en point, comme si l'on t'avait rouée de coups.

— C'est exactement ce que je ressens. J'ai envie de me reposer, mais j'ai peur de faire des cauchemars.

Sans chercher à dissimuler sa curiosité, Rowan se pencha vers elle.

— Les prêtresses disent seulement que tu as vu un désastre. De quoi s'agit-il ? Qu'as-tu vu exactement ?

Viviane réprima avec peine un frisson ; cette simple question suffisait à faire renaître en elle d'horribles images. Soudain, elles entendirent des bruits au-dehors, et Rowan se redressa. Viviane poussa un soupir de soulagement en voyant une main écarter le rideau pour laisser entrer la Dame d'Avalon.

— Ah, je vois qu'on s'est occupée de toi, déclara Ana d'un ton sec, tandis que Rowan après la révérence d'usage faisait promptement retraite.

— Merci de m'avoir... ramenée, dit Viviane.

Il s'ensuivit un silence gêné. Pourtant, il lui semblait que les joues de sa mère avaient pris un peu de couleurs.

— Je n'ai pas la fibre très maternelle, avoua Ana, non sans peine. Mais c'est peut-être bien ainsi, puisque les responsabilités de prêtresse doivent l'emporter sur celles de mère. Si je n'avais pas été ta mère, j'aurais agi de la même manière. Mais je suis heureuse de voir que tu te remets.

Viviane acquiesça. Certes, elle avait rêvé de paroles plus chaleureuses lorsque dans son enfance elle songeait à sa mère. Mais Ana venait de lui témoigner à cet instant plus de tendresse qu'au cours des neuf mois écoulés depuis son arrivée à Avalon. Oserait-elle en réclamer davantage ?

— Oui, je vais mieux, mais j'ai toujours peur de m'endormir... Si Taliesin venait me jouer un peu de harpe, sans doute ferais-je de plus beaux rêves.

Le visage de sa mère s'assombrit momentanément. Puis une pensée sembla lui traverser l'esprit, et elle acquiesça.

Quand le barde vint s'asseoir au chevet de Viviane, plus tard ce soir-là, lui aussi paraissait soucieux et tendu. Elle lui demanda pourquoi, mais Taliesin se contenta de sourire, en disant qu'elle avait eu son compte de soucis pour la journée et il ne voulait pas l'accabler davantage avec les siens. En revanche, il n'y avait aucune tristesse dans la musique qu'il tira des cordes brillantes de sa harpe, et quand la nature vint exiger son dû, la jeune fille sombra dans un sommeil sans rêves.

L'année qui suivit prouva que Viviane possédait un véritable don prophétique. La confirmation de sa vision lui conféra une certaine aura parmi les prêtresses ; malgré tout, elle aurait préféré endurer leurs sarcasmes, car les nouvelles qui commencèrent à leur parvenir, avec les moissons, bien qu'atténuées par la distance, étaient épouvantables. Hengest le Saxon, se plaignant que Vortigern n'avait pas honoré ses promesses financières, avait fait pleuvoir sur les villes d'Angleterre un déluge de sang et de feu. En quelques mois seulement, le sud et l'est du pays furent dévastés ; les réfugiés affluaient dans l'Ouest.

Mais aussi nombreux soient-ils, les Saxons n'avaient pas les troupes nécessaires pour occuper toute l'île. Cantium était aux mains de Hengest ; les territoires des Trinovantes au nord de la Tamise étaient le terrain de chasse des Justes, et les terres des Icéniens étaient dominées par leurs alliés germains ; les Angles[1]. Partout ailleurs, les pillards frappaient, puis repartaient. Mais les Anglais chassés de chez eux ne revenaient pas ensuite occuper leurs maisons ; comment auraient-ils pu vivre en l'absence de marchés pour vendre leurs produits et leurs marchandises ? Les terres conquises étaient comme un furoncle sur le corps de l'Angleterre, et tous les endroits environnants sombraient dans la paralysie avant même d'être atteints par la fièvre.

Plus loin à l'ouest, la vie suivait son cours tant bien que mal, n'était la peur omniprésente des barbares. Avalon avait beau être séparé du monde, les prêtresses ne pouvaient tirer de cette sécurité une sérénité sans mélange. De temps à autre, un réfugié était découvert errant dans les marais par les petits hommes bruns. Les chrétiens étaient accueillis par les moines sur leur île ; mais plusieurs exilés vinrent à Avalon.

Pendant ce temps, le Grand Roi, malgré son épouse saxonne, ne demeurait pas inactif. Par bribes, les prêtresses apprirent de quelle façon Vortigern avait défendu Londinium, et comment ses fils tentaient de rallier la population afin de récupérer leurs terres, en quête de soldats et d'un soutien financier dans les territoires épargnés par les barbares.

Au printemps de l'année suivante, alors que Viviane venait d'avoir dix-sept ans, un homme des marais franchit les brumes, porteur d'un message différent. Le fils du Grand Roi venait réclamer l'aide d'Avalon.

Dans la Maison des Vierges, les jeunes filles s'étaient regroupées, emmitouflées dans leurs couvertures, car ce n'était que le début du printemps, et il faisait encore froid.

1. Peuple germanique originaire du Schleswig et qui envahit l'Angleterre dans la seconde moitié du Ve siècle.

— Mais tu l'as *vu*, chuchota la petite Mandua, qui les avait rejointes l'été précédent. Est-il beau ?

Elle était encore jeune, mais précoce, et Viviane pensait qu'elle ne resterait pas ici assez longtemps pour devenir prêtresse d'Avalon. Elle-même était encore une novice, et à défaut d'être la plus grande, elle était désormais la plus âgée. Des jeunes filles qui étaient là lors de son arrivée, il ne restait que son amie Rowan.

— Tous les princes sont beaux, répondit cette dernière en riant. Et les princesses sont toutes belles. Ça fait partie de leurs fonctions.

— N'est-ce pas lui qui a été marié à ta sœur ? demanda la dénommée Claudia, réfugiée d'une grande famille de Cantium, bien qu'elle n'y fasse jamais allusion.

Viviane secoua la tête.

— Non, ma sœur Idris était l'épouse de Categirn. Nous parlons du cadet de la famille, Vortimer.

Elle avait entr'aperçu, en effet, lors de son arrivée sur l'île : un homme mince, aussi brun qu'elle, mais plus grand. Malgré tout, elle l'avait trouvé ridiculement jeune pour porter une épée, jusqu'à ce qu'elle le voie de ses yeux.

La porte en bois située à l'autre bout de la salle s'ouvrit, et toutes les jeunes filles tournèrent la tête.

— Viviane ! lança une des prêtresses. Ta mère veut te voir. Enfile ta robe de cérémonie et rejoins-la tout de suite.

Viviane se leva, en se demandant ce que signifiait cette convocation. Cinq paires d'yeux écarquillés la regardèrent poser sa cape sur ses épaules, mais nulle n'osa dire un mot. « Serai-je encore vierge à mon retour ? » songea Viviane. Elle avait entendu parler des rites magiques nécessitant une telle offrande. Cette idée la fit frissonner, mais au moins, si cela arrivait, elles seraient obligées de la nommer prêtresse.

La Dame l'attendait avec les autres dans le Temple, déjà parée de la tenue violette de la Mère, alors qu'E-len, toute de noir vêtue, s'était vu confier le rôle de la Vieille, la Dame de la Mort. Nectan était habillé de noir lui aussi ; quant à Taliesin, il resplendissait dans sa tenue écarlate. Mais nul n'était vêtu de blanc comme elle. « Nous attendons le prince », se dit alors Viviane, qui commençait à comprendre.

Soudain, sa mère tourna la tête, bien qu'elle-même n'ait rien entendu, et lui ordonna d'abaisser son voile. Le prince Vortimer entra, frissonnant dans une tunique en laine blanche empruntée à un jeune druide. Ses yeux se posèrent sur la Dame d'Avalon, et il s'inclina.

« *As-tu peur ? C'est normal.* » Viviane sourit derrière son voile, tandis que, sans dire un mot, la Dame les entraînait hors du Temple. Mais alors qu'ils entamaient l'ascension du Tor, elle s'aperçut qu'elle aussi avait peur.

Cette nuit, la lune était encore vierge, mais déjà son arc scintillant s'étendait vers l'ouest, tandis que le monde se tournait vers un nouveau jour. « Comme moi », songea Viviane, les yeux levés vers le ciel. Elle frissonna, car les torches plantées de chaque côté de l'autel ne dégageaient aucune chaleur, à peine une lumière faible et irrégulière, puis elle prit une profonde inspiration comme on le lui avait appris, pour rendre son corps insensible à la morsure de l'air glacé.

— Vortimer, fils de Vortigern, déclara la Dame d'une voix douce, qui pourtant emplissait tout le cercle. Pourquoi es-tu venu ici ?

Les deux autres prêtres s'avancèrent, escortant le prince afin qu'il se retrouve face à la Dame, de l'autre côté de l'autel de pierre. Placée aux côtés de sa mère, Viviane vit ainsi les yeux du jeune homme s'écarquiller, et elle comprit qu'il ne contemplait pas seulement cette petite femme ratatinée, mais la Grande et Majestueuse Prêtresse d'Avalon.

Vortimer déglutit, mais parvint, malgré son émotion évidente, à s'exprimer d'une voix calme.

— Je viens pour l'Angleterre. Les loups s'acharnent sur son corps, et les prêtres des chrétiens ne

peuvent rien faire, hormis nous répéter que nous
souffrons à cause de nos péchés. Mais quel est le
péché des jeunes enfants brûlés vifs dans leurs maisons, quel est le péché des bébés dont on fracasse le
crâne sur les pierres ? J'ai vu ces horreurs, ma Dame,
et je brûle de les venger. Voilà pourquoi aujourd'hui
je fais appel aux anciens dieux, je réclame l'aide des
anciens protecteurs de mon peuple !

— Tu parles bien, mais sache que leurs dons ont
un prix..., répondit la Grande Prêtresse. Nous servons la Grande Déesse, celle qui n'a pas de nom et
qu'on nomme de bien des façons, et qui, si elle n'a
pas de forme humaine, a de nombreux visages. Si tu
viens en ce lieu pour mettre ta vie à Son service, alors
peut-être entendra-t-Elle ton appel.

— Ma mère fut éduquée sur cette île sainte, et elle
m'a élevé dans l'amour des anciens rites. Je suis prêt
à payer le prix des faveurs d'Avalon.

— Y compris avec ta vie ? demanda Elen en
s'avançant, et le jeune Vortimer déglutit avec peine,
mais il hocha la tête.

Le rire de la vieille femme était sec et rocailleux.

— Ah ah, peut-être un jour exigera-t-on ton sang,
mais pas aujourd'hui...

Ce fut au tour de Viviane de prendre la parole.

— Ce n'est pas ton sang que je réclame, dit-elle
dans un murmure. Mais ton âme.

Il se tourna vers elle et la regarda fixement, comme
si ses yeux incandescents pouvaient percer le voile.

— Elle vous appartient...

— Le corps et l'esprit doivent se donner en même
temps, déclara Ana d'un ton sévère. Si tu es de bonne
volonté, offre-toi sur l'autel de pierre.

Vortimer, parcouru de frissons, se débarrassa de sa
tunique blanche et s'allongea sur la pierre froide. « Il
pense qu'on va le tuer, se dit Viviane. En dépit de
mes paroles. » Il paraissait encore plus jeune allongé
ainsi, nu, et elle se dit qu'il avait à peine un ou deux
ans de plus qu'elle.

Elen et Nectan vinrent se placer respectivement au
nord et au sud, pendant qu'elle-même prenait place

à l'est, et Taliesin à l'ouest. En fredonnant, la Grande
Prêtresse s'approcha du bord du cercle et, se déplaçant dans le sens de la rotation du soleil, elle dansa
entre les pierres. Une fois, deux fois, trois fois, elle
serpenta autour du cercle, et à chaque passage,
Viviane sentait sa conscience se modifier, et sa vision
altérée lui fit voir des lumières tremblotantes semblant se déplacer au milieu des pierres, comme suspendues en l'air. Finalement, la Grande Prêtresse
revint au centre du cercle.

Viviane se redressa de toute sa taille, et les pieds
solidement campés sur le sol, elle tendit les bras vers
le ciel ; le parfum des pommiers en fleur envahit le
cercle, alors qu'elle appelait par leurs anciens noms
secrets les forces qui protégeaient la Porte de l'Est.

La voix de la Vieille Elen résonna dans la nuit, tandis que la chaleur du Sud remplissait le cercle, puis
Taliesin appela l'Ouest d'une voix mélodieuse, et
Viviane se sentit soulevée par une vague de Pouvoir.
C'est seulement quand Nectan invoqua les gardiens
du Nord qu'elle se sentit reprendre pied sur terre.
Mais le cercle dans lequel elle était retombée n'appartenait plus totalement au monde. Vortimer lui-
même avait cessé de trembler, et de fait, il régnait
maintenant une douce chaleur à l'intérieur du cercle.

Ana avait débouché le flacon de verre qui pendait
à sa ceinture, et l'odeur capiteuse de l'huile flottait
dans l'air. Elen s'en versa sur les doigts et se pencha
vers les pieds de Vortimer afin de tracer le sceau du
Pouvoir.

— Je te lie à la terre sacrée, murmura-t-elle. Vivant
ou mort, tu appartiens désormais à ce pays.

La Grande Prêtresse fit couler elle aussi de l'huile
dans ses mains pour en oindre délicatement le phal-
lus du jeune prince qui ne put s'empêcher de rougir
en le sentant gonfler sous cette caresse.

— Je réclame la semence de vie que tu portes en
toi, afin que tu puisses servir la Dame avec tous tes
pouvoirs.

Elle tendit le flacon à Viviane, qui se dirigea vers

la tête de Vortimer pour tracer le troisième sceau sur son front.

— Tous tes rêves et toutes tes aspirations, l'esprit sacré qui t'habite, je les dédie à la Déesse..., récita-t-elle, étonnée par la douceur de sa voix qui parvenait à ses oreilles.

Soulevant son voile, elle se pencha pour embrasser les lèvres de l'homme, et pendant un court instant, elle vit le reflet d'une déesse dans ses yeux.

Elle vint ensuite rejoindre sa mère et la vieille Elen aux pieds de Vortimer. Au moment où elles nouaient leurs bras, elle fut prise de vertiges et d'un sentiment de panique, en sentant disparaître son être d'autrefois. Elle se mit à trembler. Elle avait déjà assisté à ce phénomène, sans jamais en faire l'expérience.

Et soudain, sa propre conscience fut absorbée par Celle dont l'existence embrassait le monde. Les trois personnages qui se tenaient dans le cercle attestaient Sa présence et témoignaient de Sa triple nature. Pourtant l'unicité de Son Être s'imposait, et c'est d'une seule voix qu'Elle s'adressa à l'homme couché devant elle.

« *Toi qui cherches la Déesse et qui crois connaître ce que tu as demandé... apprends que je ne serai jamais ce que tu attends et espères, mais toujours autre chose, quelque chose de plus...* »

Vortimer s'était redressé pour s'agenouiller sur la pierre. Comme il semblait petit, frêle.

« *Tu écoutes Ma voix, mais c'est dans le silence que tu M'entendras. Tu désires Mon amour, mais quand tu le recevras, tu connaîtras la peur. Tu Me supplies de t'accorder la victoire, mais c'est dans la défaite que tu comprendras Mon Pouvoir...*

... Fort de savoir, es-tu toujours prêt à Me faire cette offrande ? Acceptes-tu de te donner à Moi ? »

— Je suis né de Vous..., répondit Vortimer. (Sa voix tremblait, mais il poursuivit.) C'est à vous seule que je peux rendre ce qui Vous appartient... ce n'est pas pour moi que je forme ma requête, mais pour le peuple d'Angleterre.

Alors que le Prince s'exprimait, l'éclat lumineux s'intensifia à l'intérieur du cercle.

« *Je suis la Grande Mère de toutes les choses vivantes..., telle fut Sa réponse. J'ai de nombreux enfants. Crois-tu qu'il suffise d'une simple intervention humaine pour ruiner cette terre, ou pour te séparer de Moi ?* »

Vortimer baissa la tête.

« *Tu possèdes un cœur bon, mon enfant, et voilà pourquoi ton désir sera accompli. Ce qu'un homme peut faire au cours de sa vie, ton bras l'accomplira, et pourtant, ce sera un autre homme, pas encore incarné, qui fera tomber les Saxons sous son joug, ce sera lui dont l'histoire se souviendra. Ton œuvre préparera le chemin... Es-tu satisfait ?* »

— Il le faut. Ma Dame, j'accepte Votre volonté..., répondit-il à voix basse.

Son visage s'illumina lorsque la Déesse se pencha pour l'envelopper dans Ses bras, et lorsque Son étreinte s'acheva, il demeura recroquevillé sur l'autel de pierre, pleurant comme un enfant.

XIX

C'était la fin de l'été. Le soleil resplendissait dans un ciel sans nuages et transmuait en or l'herbe des prés. Les druides avaient creusé à l'extrémité du Lac un bassin où les prêtresses pouvaient se baigner. Lorsqu'il faisait si chaud, on pouvait se passer de vêtements, et après avoir étendu leurs habits dans l'herbe, les femmes se laissaient sécher au soleil, ou bien bavardaient, assises sur des bancs à l'ombre du grand chêne.

Les cheveux de Viviane avaient poussé depuis la dernière coupe annuelle ; malgré tout, il lui suffisait de s'ébrouer pour les sécher. Elle s'était habituée à porter les cheveux courts, et les jours de chaleur

comme maintenant, il lui était bien agréable de ne
rien sentir sur sa nuque. Étendant sa tunique dans
l'herbe, elle s'y allongea, laissant au soleil le soin de
parachever intégralement son bronzage. Sa mère
était assise sur une souche, le corps à l'ombre, mais
la tête rejetée en arrière pour capter les rayons du
soleil, pendant que Julia lui brossait les cheveux.

Habituellement, la Dame portait ses cheveux rele-
vés en chignon sur sa tête, et maintenus par des épin-
gles, mais quand elle les laissait pendre, ils tombaient jusqu'aux fesses. Tandis que le peigne
soulevait chaque mèche brune, des reflets auburn y
ondulaient en vagues enflammées. À travers ses yeux
mi-clos, Viviane regarda Ana s'étirer voluptueuse-
ment comme un chat. Elle avait pris l'habitude de
voir sa mère sous les traits d'une petite femme laide,
au visage anguleux et renfrogné, sauf, bien évidemment, quand elle arborait la beauté de la Déesse lors
des rites. Mais à cet instant, Ana n'était plus une
femme laide.

Assise sous cet arbre, elle ressemblait à une sta-
tuette de Vénus, au corps taillé dans un vieil ivoire,
son ventre lisse zébré par les marques argentées de la
maternité, ses seins hauts et fermes. Elle avait même
l'air heureux. Intriguée, la jeune femme laissa son
regard errer dans le vague, comme on le lui avait
enseigné. Elle n'en pouvait plus douter maintenant.
De sa mère émanait une aura de lumière rose, qui
était plus vive autour de son ventre. Même un profane s'en serait rendu compte.

Elle frissonna sous l'effet d'un brusque soupçon.
Indignée, elle se redressa et, traînant sa tunique derrière elle, elle rejoignit sa mère sous le chêne.

— Vos cheveux sont magnifiques, dit-elle d'un ton
qui se voulait anodin.

Ana ouvrit les yeux, sans cesser de sourire. Assurément, quelque chose en elle avait changé.

— Il est vrai, ajouta Viviane, que vous avez eu le
temps de les laisser pousser. Vous avez été ordonnée
prêtresse à l'âge de quinze ans, n'est-ce pas ? Et vous
avez eu votre premier enfant l'année suivante, ajouta-

t-elle, songeuse. Je viens d'avoir dix-neuf ans. Ne croyez-vous pas que le moment est venu de faire mon initiation, mère, afin que je puisse moi aussi laisser pousser mes cheveux ?

— Non.

Le ton était sans réplique.

Ana n'avait pas changé de position, mais une tension nouvelle avait envahi tout son corps.

— Pourquoi ? Je suis déjà la novice la plus âgée de la Maison des Vierges. Suis-je destinée à devenir la plus vieille vierge de l'histoire d'Avalon ?

Cette fois, Ana se redressa. La colère qui montait en elle n'avait pas encore tout à fait submergé son humeur bienveillante.

— Je suis la Dame d'Avalon, et c'est à moi de décider quand tu seras prête !

— Dans quel domaine suis-je ignorante ? Dans quelle tâche ai-je échoué ? s'écria Viviane.

— L'obéissance !

Une superbe fureur fulgura dans les yeux noirs de la prêtresse. La jeune fille sentit, comme une bourrasque d'air chaud, tout le Pouvoir de sa mère.

— Vraiment ? (Viviane s'empara alors de la seule arme encore à sa disposition.) Ou bien attendez-vous simplement de pouvoir vous débarrasser de moi, quand vous aurez mis au monde l'enfant que vous portez !

Voyant le visage de sa mère s'empourprer, elle comprit qu'elle avait fait mouche.

— Vous devriez avoir honte ! rugit-elle. Être enceinte une fois de plus, à un âge où je devrais vous faire grand-mère !

Elle sentit elle aussi son visage s'enflammer, sous l'effet de la colère alors qu'elle aurait voulu demeurer froide et cynique. Lorsque sa mère éclata de rire, Viviane pivota sur ses talons. Le rire de sa mère l'accompagna comme une malédiction, tandis qu'elle s'enfuyait.

Elle s'éloignait sans savoir où elle allait, mais ses pieds choisirent un chemin sûr qui contournait le Lac, dans une direction opposée au Tor. Le soleil de ces mois d'été avait asséché une bonne partie des marais, et bientôt, elle se retrouva plus loin d'Avalon qu'elle ne l'avait jamais été depuis le jour de son arrivée. Malgré tout, elle continua de courir.

Finalement, ce ne fut pas la fatigue qui la fit s'arrêter, mais la brume, qui se leva brusquement pour masquer la lumière du soleil. Viviane ralentit, le cœur battant à tout rompre. Ce n'était qu'une nappe de brouillard, se dit-elle, provoquée par la chaleur sur la terre imbibée des marécages. Mais de tels brouillards apparaissaient généralement lorsque la nuit rafraîchissait l'air. Or, quand elle avait vu le soleil pour la dernière fois, il était encore haut dans le ciel. Sa lumière avait été remplacée par une lueur argentée qui semblait provenir de tous les côtés.

Viviane s'immobilisa pour scruter les environs. On racontait qu'Avalon avait trouvé refuge à mi-chemin entre le monde des humains et celui des Fées. Seuls ceux qui connaissaient les sortilèges pouvaient franchir ce rideau de brume pour atteindre les rivages de la terre des hommes. Mais parfois, un dérèglement se produisait et un homme ou une femme s'égarait dans l'autre royaume.

« Ma mère aurait été plus avisée, songea Viviane, tandis que la sueur formait en séchant une pellicule moite sur son front, de me laisser affronter les brumes dans l'autre sens. »

Mais le voile s'atténuait. Elle avança encore d'un pas, puis se figea. La colline qu'elle découvrait soudain était verdoyante, luxuriante, constellée de fleurs inconnues. C'était un spectacle magnifique, mais une terre inexplorée.

De l'autre côté de la colline, quelqu'un chantait. Viviane fronça les sourcils, car cette voix, bien que douce et agréable, avait du mal à rester dans le ton. Prudemment, elle écarta les fougères et risqua un œil sur l'autre versant de la colline.

Un vieil homme chantait, assis au milieu des fleurs. Il arborait la tonsure des druides, mais était vêtu d'une sorte de tunique de laine sombre, et sur sa poitrine pendait une croix en bois. Sans doute

Viviane fit-elle du bruit sans s'en apercevoir, car l'homme se retourna, la vit et lui sourit.

— Soyez bénie, ma belle, dit-il d'une voix douce, comme s'il craignait qu'elle ne disparaisse.

— Que faites-vous ici ? demanda Viviane en descendant la colline.

— Je pourrais vous retourner la question, répondit l'homme en remarquant les jambes écorchées de la jeune fille et la sueur sur son front. Car même si vous semblez appartenir au Peuple des Fées, vous avez l'apparence d'une jeune mortelle.

— Vous pouvez les *voir* ? s'exclama-t-elle.

— Oui, j'ai reçu ce don, et même si mes frères de foi me mettent en garde en affirmant que ces créatures sont des démons ou des illusions, je ne peux me résoudre à jeter le blâme sur tant de beauté.

— Dans ce cas, vous êtes un moine bien différent des autres, d'après tout ce que j'ai entendu dire, commenta Viviane, en s'asseyant à ses côtés.

— Oui, j'en ai peur, car je ne peux m'empêcher de penser que notre Pelagius[1] avait raison de prêcher qu'un homme pouvait accéder au ciel en menant une existence vertueuse, en paix avec ses semblables. J'ai été ordonné prêtre par l'évêque Agricola, et j'ai pris le nom de Fortunatus. À ses yeux, la doctrine d'Augustin selon laquelle tous les hommes naissent dans le péché et ne peuvent espérer le salut qu'en s'abandonnant au bon vouloir de Dieu était une hérésie. Mais ils pensent différemment à Rome, voilà pourquoi nous sommes persécutés ici en Angleterre. Les frères d'Ynis Witrin m'ont accueilli et chargé de veiller sur la chapelle de l'île des Oiseaux.

---

1. Pélage. La doctrine qui porte son nom, d'inspiration stoïcienne, niait le péché originel et enseignait que l'homme peut toujours faire le bien s'il le veut vraiment. Elle fut combattue par saint Augustin et condamnée par plusieurs conciles au ve siècle. Pélage était originaire d'Angleterre ou d'Irlande, mais son enseignement se répandait surtout en Orient. La diffusion du pélagianisme en Angleterre vers 420-430 sous l'influence d'un clerc nommé Agricola est bien attestée. Cette doctrine sous-tendait l'esprit de fronde, sinon de dissidence, à l'égard de Rome d'une fraction de l'aristocratie locale.

Il sourit, puis ses yeux s'étrécirent et il désigna un point derrière Viviane.

— Chut, la voici, la plus jolie. La voyez-vous ?

Lentement, la jeune fille tourna la tête, juste au moment où le scintillement irisé qui émergeait d'un sureau se transformait en une silhouette élancée couronnée de fleurs blanches et enveloppée de draperies luisantes d'un bleu très foncé, presque noir.

— Bonne mère, je vous salue, murmura Viviane en inclinant la tête, tandis que ses mains exécutaient le geste rituel de salutation.

— Mes sœurs, voici une jeune vierge de sang ancien. Faisons-lui bon accueil !

Lorsque la nymphe prononça ces mots, l'air fut envahi soudain par une nuée d'êtres lumineux, vêtus de mille couleurs. Ils se mirent à tourbillonner autour d'elle ; sa peau fut parcourue de picotements sous les caresses de ses mains irréelles. Et brusquement, dans un éclat de rire cristallin, ils s'envolèrent.

— Ah, je comprends maintenant. Vous venez de l'*autre* île, d'Avalon, dit le père Fortunatus.

Elle acquiesça.

— Je m'appelle Viviane.

— On raconte que c'est une île bénie où il fait bon vivre, dit-il. Pourquoi l'avez-vous quittée ?

— J'étais en colère. Ma mère est enceinte... à son âge... et elle continue à me traiter comme une enfant !

Viviane secoua la tête, dépitée. Elle avait du mal soudain à comprendre ce qui avait provoqué en elle une telle colère.

Le père Fortunatus haussa les sourcils.

— Rien ne m'autorise à vous donner un conseil, d'autant que je sais peu de choses des femmes, mais nul doute qu'une nouvelle naissance mérite que l'on se réjouisse, à plus forte raison s'il s'agit d'une sorte de miracle. Votre mère aura besoin de votre aide pour s'occuper de cet enfant. N'éprouverez-vous pas de la joie à tenir un bébé dans vos bras ?

C'était au tour de Viviane de marquer son étonnement, car, aveuglée par le ressentiment, elle n'avait pas véritablement songé à la venue de cet enfant. Pauvre petit. Pendant combien d'années la Dame pourrait-elle le materner ? Même si Ana n'avait pas besoin de sa fille auprès d'elle, cet enfant, lui, aurait besoin de sa présence. Le père Fortunatus était un curieux personnage, assurément, mais Viviane se sentait mieux depuis qu'elle avait discuté avec lui. Levant la tête vers le sommet de la colline, en se demandant si elle parviendrait à retrouver son chemin, elle constata que la lumière argentée, venue de tous les côtés, prenait l'aspect d'un crépuscule pourpre, traversé d'éclairs féeriques.

— Vous avez raison, il est temps de retourner dans le monde, déclara le prêtre.

— Comment avez-vous trouvé le chemin ?

— Vous voyez cette pierre là-bas ? Elle est si ancienne qu'elle se trouve également sur l'île des Oiseaux, et en posant le pied dessus, je peux pénétrer légèrement dans le Royaume des Fées. Il existe de nombreux lieux de pouvoir semblables, je suppose. Des endroits où les voiles entre les mondes sont extrêmement fins. Je m'y rends le dimanche après avoir dit la messe, afin de rendre gloire à Dieu dans Sa création, car s'Il est le Créateur de toute chose, il a également créé cet endroit, et je n'en connais pas de plus beau. Je vous invite à m'y accompagner, jeune fille. Il y a sur l'île de Briga de saintes femmes qui pourront vous offrir l'asile...

« C'est l'occasion que j'attendais, se dit Viviane, de pouvoir m'enfuir et suivre enfin ma propre voie. » Pourtant, elle secoua la tête.

— Il faut que je rentre chez moi. Peut-être découvrirai-je un autre de ces endroits où les barrières s'estompent.

— Libre à vous, mais souvenez-vous de cette pierre. Si vous avez besoin de moi, vous serez toujours la bienvenue.

Sur ce, le vieil homme se leva et tendit les mains en signe de bénédiction, et Viviane, comme si elle se trouvait face à un vieux druide, s'inclina pour la recevoir.

« Déesse, guide-moi, implora-t-elle alors qu'elle disparaissait dans le crépuscule. J'ai parlé avec courage, mais j'ignore où se trouve le chemin. »

Elle s'arrêta et ferma les yeux, faisant surgir dans son esprit l'image d'Avalon, que la paix du soir baignait d'une lumière mauve, alors que les dernières lueurs rosées du ciel se reflétaient dans l'eau du Lac en contrebas. Et tandis que ses pensées étaient au repos, les premières notes de musique tombèrent dans le silence comme une pluie d'argent. Leur beauté était surnaturelle. Mais de temps à autre, la mélodie marquait un temps d'hésitation, et de cette imperfection humaine, Viviane pouvait comprendre que ce n'était pas la musique des elfes qu'elle entendait, mais la chanson d'un joueur de harpe divinement doué.

Si le ciel du Pays des Fées n'était jamais totalement clair, il ne connaissait pas non plus l'obscurité complète. Le crépuscule aux reflets pourpres éclairait les pas de la jeune fille qui, lentement, se dirigea vers la musique. Celle-ci était plus forte désormais, si plaintive qu'elle portait aux larmes. De ces harmonies déchirantes se dégageait un poignant sentiment de nostalgie. Le harpiste chantait la tristesse, il chantait une quête inassouvie ; à travers les collines et les marais, il appelait le voyageur pour le ramener chez lui.

« La neige de l'hiver est blanche et splendide
Elle a disparu, et maintenant je me lamente.
Elle fond et laisse la terre nue et humide,
       Oh, peut-être reviendra-t-elle
Mais plus jamais elle ne sera la même. »

Guidée par la musique, Viviane se retrouva finalement dans un pré où la brume du soir commençait tout juste à monter du sol humide. Au loin, la forme familière du Tor se détachait nettement sur le fond du ciel. Mais son regard était fixé sur un autre point, plus proche, sur la silhouette de Taliesin, assis sur une pierre grise polie par le temps, en train de jouer de la harpe.

« La fleur qui éclôt annonce le printemps...
Elle a disparu, et maintenant je me lamente.
Pour que le fruit naisse, il faut qu'elle meure.
        Oh, peut-être reviendra-t-elle
Mais plus jamais elle ne sera la même. »

Parfois, les visions engendrées par la musique de Taliesin s'animaient à tel point qu'il pensait pouvoir les toucher en abandonnant un instant les cordes de son instrument. La fine silhouette de la jeune fille qui marchait vers lui, enveloppée dans les brumes du Pays des Fées, n'en était-elle pas la preuve ? Elle avançait la tête haute, d'un pas si léger qu'il n'aurait su dire si ses pieds touchaient le sol. Mais s'il s'agissait d'une vision, elle ne pouvait venir que d'Avalon, car cette démarche feutrée était assurément celle d'une prêtresse.

« Les blés mûrs, en été, brillent comme de l'or... »

Elle s'approchait. Il la regardait fixement, tandis que ses doigts parcouraient les cordes avec agilité. Il la connaissait et pourtant, c'était une étrangère, car son cœur avait appelé l'enfant qu'il aimait, et il découvrait soudain une jeune femme d'une radieuse beauté.

« ... Fauché pour faire du pain avant la froidure de l'hiver. »

Elle cria son nom, et le charme fut brisé. Il eut juste le temps de poser sa harpe avant qu'elle n'éclate en sanglots dans ses bras.

— Viviane, ma chérie..., dit-il en lui caressant le dos, conscient que ce corps qu'il étreignait n'était pas celui d'une enfant. J'étais inquiet pour toi.

Elle se recula et leva les yeux vers lui.

— Vous aviez peur... Je l'ai senti dans votre chan-

son. Et ma mère, avait-elle peur elle aussi ? Je me
demande s'ils sont en train de draguer les marécages
pour essayer de me retrouver.

Taliesin effectua un retour en arrière. Après la disparition de Viviane, la Dame n'avait pas exprimé ses
sentiments, mais il avait pu lire la peur dans ses
yeux.

— Oui, elle tremblait elle aussi. Pourquoi t'es-tu
enfuie ?

— J'étais en colère. Mais ne craignez rien. Je ne
recommencerai pas... même quand l'enfant sera né.
Saviez-vous qu'elle attendait un enfant ? demanda-
t-elle brusquement.

Elle avait droit à la vérité, pensa-t-il en hochant
la tête.

— Cela s'est produit durant les Feux du Solstice
d'Été.

Il vit à son regard qu'elle avait tout compris, et se
demanda pourquoi il en éprouvait de la gêne.

— Cette fois, dit-elle d'une petite voix, vous n'avez
pas oublié. Désormais, aucun de vous n'avez plus
besoin de moi, ni elle ni vous.

— Mais non, Viviane, tu te trompes !

Taliesin aurait voulu protester, dire qu'il serait toujours un père pour elle, surtout maintenant que sa
mère portait son enfant, mais en cet instant, face à
cette fille qui était sans doute le vivant portrait d'Ana
dans sa jeunesse, il devait admettre que ses sentiments n'étaient pas uniquement ceux d'un père, et il
ne savait que dire.

— Jamais elle ne fera de moi une prêtresse ! se
lamenta Viviane. Oh, que vais-je devenir ?

Taliesin était avant tout un druide, et malgré la
confusion qui régnait dans son esprit d'homme, le
prêtre en lui réagit immédiatement à ce cri de désespoir.

— Il y a une chose que tu peux faire, justement
parce que tu es encore vierge, répondit-il. Une chose
dont nous avons grand besoin. Les Quatre Trésors
sont sous la protection des druides. L'Épée et la
Lance peuvent être gardées par nos prêtres, et le Plat

par une femme, mais la Coupe doit être confiée aux
soins d'une jeune vierge. Acceptes-tu cette mission
de confiance ?

— Ma mère sera-t-elle d'accord ?

Taliesin vit que son visage angoissé prenait un air
craintif.

— Je pense que tel est le souhait de la Déesse,
répondit-il. La Dame d'Avalon ne peut s'y opposer.

Viviane lui sourit, mais la tristesse demeurait dans
le cœur de Taliesin, et dans son esprit naquit une
nouvelle strophe qui semblait faire partie de sa chanson mélancolique :

« L'enfant qui aimait rire et courir...
A disparu, et maintenant je me lamente.
Voilà que dans le soleil une femme approche
          Oh, peut-être reviendra-t-elle,
Mais plus jamais elle ne sera la même. »

Dans l'ouest du pays, les paysans se hâtaient
d'achever leurs moissons, car les Saxons poursuivaient eux aussi les leurs dans le sang, à coups
d'épée. Un vol noir de rumeurs parcourait la campagne comme un croassement de mort : un groupe de
guerriers, commandé par Hengest, avait incendié
Calleva, tandis qu'une autre troupe, conduite celle-ci
par son frère Horsa, faute d'avoir pu prendre Venta
Belgarum, avait mis à sac Sorviodunum en représail-
les. Assurément, si leur intention était de poursuivre
leur route, ils continueraient vers le nord, vers les
terres riches d'Aquae Sulis et les Mendip. Mais il
existait un autre chemin, moins fréquenté, qui
conduisait directement à Lindinis.

Trop peu nombreux pour s'établir sur ces terres,
les Saxons l'étaient assez pour causer d'énormes
dégâts qui feraient de ces lieux des proies faciles
pour de prochaines vagues de pillards. Les barbares,
disait-on, n'avaient que faire des maisons ou des ateliers. Après avoir bu tout le vin qu'ils avaient trouvé,
ils poursuivaient leurs libations à la bière. Ce qui les

intéressait, c'était la terre, une terre fertile et élevée, qui ne risquait pas d'être engloutie, comme l'avait été leur terre natale, par les vagues salées de la mer.

Entre eux les habitants du Pays d'Été se flattaient de la sécurité relative procurée par leurs marais, mais en raison de la sécheresse il avait fallu cette année faucher les hautes prairies pour faire du foin. Là où jadis régnaient les eaux s'étendait maintenant le tapis verdoyant du regain.

Mais Viviane avait d'autres préoccupations. Même si les barbares dévoraient tout le pays, elle savait qu'ils n'atteindraient jamais Avalon. Elle demeura indifférente également lorsque la grossesse de sa mère devint plus évidente, car Taliesin avait tenu parole, et au moins possédait-elle un but désormais. En compagnie des autres novices, elle avait étudié les légendes des Quatre Trésors ; elle découvrait maintenant que cela constituait à peine un commencement, même si c'était bien plus que n'en sauraient jamais la plupart des gens. Ce dont elle avait besoin désormais, ce n'était pas de connaissances nouvelles, car le commerce avec les objets saints ne requérait pas la perspicacité de l'intelligence, mais celle du cœur. Non, pour devenir la Gardienne du Graal, elle devait subir une transformation.

D'une certaine façon, c'était un apprentissage aussi ardu que son noviciat, mais bien plus précis. Chaque jour, elle se baignait dans les eaux du Puits Sacré. Cette eau avait toujours été la boisson des prêtresses, mais Viviane mangeait encore plus légèrement désormais ; son régime se composait de fruits et de légumes, avec seulement quelques céréales, pas même de lait ni de fromage. Elle maigrissait, et parfois elle était prise de vertiges ; elle se déplaçait dans le monde comme si elle marchait sous l'eau, mais dans cette lumière scintillante, tout devenait transparent à ses yeux, et de plus en plus nettement, elle commençait à voir entre les mondes.

À mesure que se poursuivait sa préparation, Viviane comprenait pourquoi il n'était pas facile de trouver une jeune femme pour accomplir cette tâche.

Une fille trop jeune n'aurait pas la force physique et mentale nécessaire, mais habituellement, une jeune femme de son âge aurait déjà été ordonnée prêtresse, et exercé son droit de participer aux Feux de Beltane. De fait, elle se réjouissait de constater que les plus jeunes, qui s'étaient demandé jusqu'alors quelle faute avait retardé son initiation, la regardaient désormais avec une sorte de respect mêlé de crainte.

Tandis que la grossesse déformait le corps de sa mère, Viviane évoluait avec grâce et sérénité, se réjouissant par contraste de sa propre virginité. Elle sentait bien que le Graal, à l'instar de la Déesse, pouvait se manifester sous bien des formes, mais il lui semblait évident que la plus importante était celle vénérée par les druides : le vase radieux d'une absolue pureté.

La veille de l'Équinoxe d'Automne, quand l'année hésite sur le seuil entre le soleil et l'ombre, les druides vinrent chercher Viviane pour qu'elle revête une tunique plus immaculée que les leurs. En procession silencieuse, ils la conduisirent dans une pièce souterraine. Une épée était posée sur un autel de pierre ; le fourreau en cuir, craquelé, s'écaillait sous les assauts du temps. Contre le mur était posée une lance. Juste à côté, deux niches avaient été creusées dans la pierre. Dans celle du bas, un grand plat en argent reposait sur un linge blanc. Dans celui du haut... Viviane eut le souffle coupé en voyant pour la première fois le Graal.

Quel aspect prendrait-il aux yeux d'un non-initié ? elle n'aurait su le dire. Une coupe en terre cuite peut-être, un calice en argent, ou un bol en verre que faisait scintiller une mosaïque de fleurs couleur d'ambre. Ce que voyait Viviane, c'était un récipient d'une telle transparence qu'il semblait fait, non de cristal, mais d'eau, et qui avait pris la forme d'une coupe. Assurément, songea-t-elle, ses doigts de mortelle passeraient au travers. Mais on lui avait dit qu'elle devait le prendre dans ses mains, alors elle avança vers l'objet sacré.

En approchant, elle sentit d'abord une résistance,

puis un courant fluide contre lequel elle devait lutter, comme si elle remontait un ruisseau. Ou peut-être, pensa-t-elle confusément, était-ce une vibration, car soudain, si ce n'était pas un bourdonnement d'oreilles, il lui semblait percevoir un murmure. Bien que diffus, il submergea rapidement tous les autres sons. En se rapprochant encore, elle craignait qu'il ne lui pulvérisât les os.

Cette pensée lui arracha un frisson de peur. Elle se retourna... Les druides l'observaient avec l'air d'attendre quelque chose, l'encourageant à continuer. Et s'il s'agissait d'un complot ourdi par Taliesin et sa mère pour se débarrasser d'elle ? Vérité ou lubie, Viviane savait qu'elle risquait la mort en touchant le Graal si elle était habitée par la peur. Elle se dit alors que rien ne l'obligeait à aller jusqu'au bout. Elle pouvait encore renoncer, faire demi-tour et vivre dans la honte. Mais si la mort était préférable à la vie qu'elle avait connue, alors elle n'avait rien à perdre en la prenant à bras le corps.

De nouveau, elle se tourna vers le Graal, et cette fois, elle vit un chaudron qui renfermait l'océan de l'espace, rempli d'étoiles. Une voix s'éleva de cette obscurité, si faible qu'elle l'entendit à peine, et pourtant, elle la sentait au plus profond d'elle-même.

« *Je suis la dissolution de tout ce qui n'existe plus ; de Moi jaillit tout ce qui sera. Étreins-Moi, et Mes eaux noires t'emporteront, car Je suis le Chaudron du sacrifice. Mais Je suis également la coupe de la naissance, et de Mes profondeurs, tu pourras peut-être renaître. Fille, veux-tu venir à Moi, et emporter Mon Pouvoir dans le monde ?* »

Viviane sentit les larmes couler sur ses joues, car dans cette voix, ce n'était pas Ana qu'elle entendait, mais la vraie Mère, celle qui lui avait toujours manqué. Elle s'avança jusqu'à ce point d'équilibre entre les Ténèbres et la Lumière, et s'empara du Graal.

La pulsation d'une double lumière, radieuse et noire à la fois, envahit la chambre souterraine. Un des druides s'enfuit à grands cris ; un autre s'évanouit. Sur les visages de leurs compagnons se lisaient la stupéfaction et l'émerveillement, et lorsque la Jeune Vierge, consciente de ne plus être simplement la petite Viviane, brandit le calice, la joie les illumina.

Elle avança au milieu des druides et gravit l'escalier, tenant l'objet sacré entre ses mains. À pas mesurés, elle emprunta le chemin conduisant au Puits Sacré, et là, où l'eau coulait en permanence de ses sources secrètes, elle s'agenouilla et remplit le calice. Comme une réponse, une lueur éclaira la niche creusée à l'intérieur du puits, où était caché le flacon contenant le sang béni que le père Joseph avait confié à la garde des prêtresses. L'eau jaillissait de la source divine, claire et pure, mais elle laissait des traces sanglantes sur la pierre. Et lorsque Viviane leva de nouveau le Graal, rempli à ras bord, celui-ci était animé de reflets rosés.

Cette magnifique lumière brillait comme l'aube à minuit, tandis que Viviane continuait à descendre le chemin menant au Lac. Arrivée sur le rivage, elle souleva le calice à bout de bras une fois encore et versa son contenu dans la vaste étendue d'eau, en un flot scintillant. L'eau du puits sembla entraîner avec elle un rougeoiement qui se répandit en particules miroitantes, jusqu'à ce que toute la surface du Lac soit recouverte d'une pellicule opalescente. Tout ce que touchait cette eau, elle le savait, recevrait une partie de la bénédiction, pas uniquement à Avalon, mais aussi dans tous les autres mondes.

Pour Viviane, la cérémonie du Graal laissa derrière elle un grand sentiment de paix. Mais dans le monde extérieur, les Saxons continuaient de semer la terreur. À la tombée de la nuit, alors que les jours commençaient à raccourcir à l'approche de Samhain, une des jeunes filles revint du Lac à toutes jambes pour annoncer qu'une barque approchait. Celle-ci était conduite par Héron, un des hommes des marais qui connaissait le sortilège permettant de franchir les brumes d'Avalon, mais son passager, à en juger par son habit, était un des moines d'Ynis Witrin. Avant que la Grande Prêtresse n'ait eu le temps de dire un mot, toutes les personnes présentes autour d'elle se hâtèrent de descendre vers le Lac.

La barque s'arrêta en glissant sur le fond boueux et l'homme des marais, laissant le moine assis à l'avant, les yeux bandés, pataugea jusqu'au rivage.

— Père Fortunatus ! s'exclama Viviane en accourant.

Ana lui lança un regard étonné, mais elle n'avait pas le temps de l'interroger.

— Héron, pourquoi avoir conduit cet étranger jusqu'ici sans mon autorisation ?

Frappé par le ton cinglant de la Grande Prêtresse, le passeur tomba à genoux. Il s'inclina, front contre terre, tandis que le moine, assis au fond de la barque, tournait la tête comme s'il pouvait voir avec ses oreilles. Viviane remarqua qu'il n'essaya même pas d'enlever le bandeau qui lui masquait les yeux, bien qu'il n'ait pas les mains attachées.

— Ma Dame, dit Héron, je l'amène pour qu'il parle à ma place ! Le peuple des loups...

Il secoua la tête et se tut, en frissonnant.

— Il veut parler des Saxons, intervint Fortunatus. Après avoir mis à sac Lindinis, ils sont venus jusqu'ici. Le village de cet homme, situé sur la rive sud du Lac, est déjà la proie des flammes. Les siens ont trouvé refuge dans notre abbaye, mais si les Saxons arrivent jusqu'à nous ce qui est fort probable, nous ne pourrons pas les repousser.

« ... N'en voulez pas à cet homme, ajouta-t-il. C'est moi qui ai eu l'idée de venir vous trouver. Mes frères de l'Abbaye et moi sommes prêts à subir le martyre pour nos croyances, mais il nous paraît injuste et inhumain de voir périr des innocents, des hommes, des femmes et de jeunes enfants. Nous n'avons pas ménagé notre peine pour les convertir, mais ils conservent davantage de foi dans leurs anciens dieux. Aucun pouvoir de ma connaissance ne peut les protéger, sauf le Pouvoir d'Avalon.

— Si vous croyez cela, vous êtes un bien étrange moine ! s'exclama la Grande Prêtresse.

— Cet homme voit les Fées, et celles-ci ont confiance en lui, déclara Viviane.

Le moine inclina la tête dans sa direction, et il sourit.

— Est-ce vous, jeune fée ? Je me réjouis de savoir que vous avez retrouvé votre chemin.

— J'ai entendu votre requête, mais une telle décision ne peut se prendre à la légère, déclara Ana. Il faudra attendre que je demande l'avis de mon Conseil. Le mieux, c'est que Héron vous ramène chez vous. Si nous décidons de venir à votre aide, vous n'aurez pas besoin de nous montrer le chemin !

Le débat organisé dans la grande salle du Temple dura une bonne partie de la nuit.

— Depuis l'époque de Carausius, Avalon est toujours demeuré caché du monde, déclara Elen. Avant cela, ai-je entendu dire, les Grandes Prêtresses se mêlaient parfois des affaires du monde, et il n'en résultait que des ennuis. Je pense que ce serait une erreur de modifier une politique qui nous a été si profitable.

Un des druides renchérit avec vigueur.

— Parfaitement ! Il me semble que l'horreur de ces agressions justifie notre isolement !

— Les Saxons eux-mêmes sont des païens, déclara Nectan. Peut-être nous rendent-ils service finalement en nettoyant le pays de ces chrétiens qui considèrent notre Déesse comme un démon et massacrent ses adorateurs.

— Mais les Saxons ne tuent pas que les chrétiens ! fit remarquer Julia. S'ils massacrent tous les hommes des marais, qui conduira les barques pour nous mener dans le monde extérieur et nous ramener ?

— Ce serait une honte d'abandonner ces gens qui nous ont servis si longtemps et si bien, ajouta un jeune druide.

— En outre, les chrétiens de l'Abbaye sont différents des autres, souligna Mandua, timidement. Mère Caillean elle-même ne s'était-elle pas liée d'amitié avec leur père fondateur ?

— Quand utiliser notre Pouvoir, sinon maintenant ? demanda le jeune druide. À quoi bon apprendre la magie si nous ne nous en servons pas quand nous en avons besoin ?

— Nous devons attendre le Sauveur que les dieux nous ont promis, déclara Elen. Il s'emparera de l'Épée et chassera ces démons du pays !

— Puisse-t-il naître rapidement ! soupira Mandua.

Les deux camps continuaient à s'affronter lorsque Viviane, incapable de contenir plus longtemps son exaspération, quitta la salle. Le père Fortunatus lui avait simplement accordé sa bénédiction, et pourtant, elle était incapable de le chasser de sa mémoire. Tous les chrétiens ne pouvaient être des fanatiques tant qu'il restait des hommes tels que lui dans leurs rangs. En outre, elle savait qu'il existait toujours un lien entre Avalon et Ynis Witrin. En dépit de cette protection magique dont se vantaient les prêtresses, elle ne pouvait s'empêcher de se demander de quelle manière Avalon risquait d'être affecté par la destruction d'Ynis Witrin.

Comme souvent ces derniers temps, Viviane découvrit que ses pas l'avaient conduite au sanctuaire où étaient conservés les Trésors. Elle avait le droit de s'y promener à sa guise désormais, et le druide de garde s'écarta pour la laisser passer.

« Pourquoi veille-t-il sur ces objets ? » se demanda-t-elle en contemplant ce scintillement de Pouvoir qui luisait derrière les voiles qui les masquaient. Certes, elle avait utilisé le Graal pour bénir la terre, mais Avalon était déjà un lieu saint. La terre qui avait besoin d'être bénie se trouvait dans le monde extérieur. Nul n'avait manié l'Épée depuis Gawen ; et elle ne savait même pas depuis quand le Plat ou la Lance n'avaient pas été utilisés. Pour *qui* conservaient-ils ces trésors ?

Comme s'il avait capté ses pensées, une lueur se mit à rougeoyer dans la direction du Graal. « Telle est sa volonté, songea Viviane, émerveillée. Oui, il veut exercer ses pouvoirs dans le monde extérieur ! »

Bien que les restrictions rituelles en vigueur

durant les semaines précédant l'Équinoxe aient été
assouplies, elle avait fini par s'habituer à ce régime
strict, et à cause de tous les événements de la journée, elle n'avait rien mangé depuis midi. De même,
elle avait pris son bain à l'aube. Inspirant profondément, elle marcha vers le Graal.

— Que fais-tu ?

Taliesin venait d'apparaître sur le seuil ; la peur
brillait dans ses yeux.

— Je fais ce qui doit être fait. Vous êtes tous trop
divisés pour agir ; moi, je ne vois que la nécessité, et
je sens que le Graal désire répondre. Voulez-vous me
priver de ce droit ?

— Non, ce droit t'appartient. Tu es la Gardienne,
répondit-il, comme à contrecœur. Mais admettons
que tu aies mal compris.

— C'est ma vie que je risque, et cela aussi c'est
mon droit, répondit-elle avec sérénité.

— Comment feras-tu pour passer sur l'autre île ?

— Si mon destin est de m'y rendre, nul doute que
le Graal a le pouvoir de me montrer le chemin.

Taliesin s'inclina.

— C'est juste, dit-il. Va jusqu'au puits et fais-en
trois fois le tour, en te concentrant sur l'endroit où
tu souhaites te rendre, et après le troisième tour, tu
y seras. Je ne peux sans doute pas t'en empêcher,
mais je t'accompagnerai, si tu le permets, pour veiller
sur toi...

Viviane acquiesça, puis le sentiment de gloire
balaya toute perception humaine au moment où elle
saisissait le Graal.

Taliesin comprit que les Pouvoirs d'Avalon avaient
préservé tous leurs secrets, car la Jeune Vierge qui
s'éloignait en emportant le Graal n'était plus Viviane.
Mais il conservait personnellement suffisamment de
lucidité pour ressentir dans toute leur ampleur la
peur et l'effroi mêlés d'admiration, tandis qu'ils passaient d'un monde à l'autre. Et soudain, la douce
obscurité d'Avalon fut remplacée par une odeur de

fumée et le chant nocturne des crickets par les hurlements des agonisants.

Les hommes du Dragon Blanc attaquaient Ynis
Witrin. Certaines habitations isolées étaient déjà en
feu. Les petits hommes des marais tentaient courageusement de défendre leurs terres mais ils tombaient comme des enfants sans défense devant la
puissance des Saxons. Le combat qui avait éclaté
autour de la vieille église et l'ermitage s'était propagé
à travers le verger des moines et les abris qu'ils
avaient bâtis en contrebas du puits.

Debout devant le puits, la Jeune Vierge contemplait la scène. Le Graal, toujours enveloppé de son
voile, était blotti contre sa poitrine, et tout son corps
semblait scintiller. Dans les profondeurs du puits,
semblable à un reflet, elle aperçut une lueur rougeoyante. Au même moment, quelqu'un la vit qui
tenait le Graal et poussa un grand cri. Les hommes
des marais demeurèrent en retrait, mais les Saxons,
en entendant le mot « trésor », se précipitèrent vers
elle, la langue pendante, comme des loups sur la
piste d'une proie.

Les Saxons avaient attaqué avec le feu. Il était normal, songea Taliesin, que le pouvoir de l'Eau les com-
batte. Malgré son désir de se lancer à son tour dans
la bataille, tandis que les Saxons chargeaient en
poussant des hurlements sauvages, il demeura derrière la Jeune Vierge qui leur faisait face avec une
sérénité imperturbable. Et soudain, au moment où il
voyait la lumière dansante des flammes se refléter
sur les dents du guerrier de tête, elle souleva le voile
qui masquait le Graal.

— Ô hommes de sang, regardez le sang de votre
mère ! lança-t-elle d'une voix claire, et en prononçant
ces mots, elle répandit l'eau puisée dans le puits
d'Avalon. Hommes avides, recevez le trésor que vous
convoitiez, et venez à Moi !

Taliesin vit alors une rivière de Lumière se déver-
ser vers les assaillants, si éclatante qu'il avait du mal
à la regarder. Et les Saxons, comme aveuglés, s'arrêtèrent brutalement, en se percutant et en poussant

des hurlements stridents. Puis l'eau les submergea et les engloutit.

Au cours des jours qui suivirent, nombreux furent les récits de cet événement. Chaque témoin, ou presque, avait sa propre version. Certains moines jurèrent que le saint père Joseph lui-même était apparu, et le flacon contenant le sang du Christ qu'il avait apporté avec lui en Angleterre resplendissait dans sa main. Les rares Saxons qui survécurent affirmèrent avoir vu la grande reine des Enfers elle-même, juste avant que le fleuve qui entoure le monde ne se soulève pour les balayer. Quant aux hommes des marais, avec un petit sourire en coin, ils évoquaient entre eux la déesse du puits qui était venue à leur secours une fois de plus, au moment le plus désespéré.

Toutefois, ce fut Taliesin qui s'approcha le plus de la vérité, peut-être, lorsqu'il rapporta à la Grande Prêtresse ce qui s'était passé, car il avait en lui assez de sagesse pour savoir que les paroles peuvent seulement déformer la réalité lorsqu'un événement transcende le monde.

Viviane quant à elle ne conserva que le souvenir d'un instant glorieux, et de la part du père Fortunatus, transmise par un homme des marais, une couronne de fleurs du Pays des Fées.

XX

L'hiver s'écoula paisiblement. Les premiers froids avaient renvoyé les pillards dans leurs tanières, à l'est du pays. Leurs victimes pouvaient panser leurs blessures et commencer à reconstruire leurs maisons. Des nouvelles affirmaient que les fils de Vortigern avaient réussi à repousser Hengest jusque sur l'île de Tanatus, où il était assiégé. Patiemment, tout le monde attendait le printemps ; et à Avalon, tous attendaient la naissance de l'enfant que portait la Dame.

Après le raid des barbares, Viviane avait demandé une fois de plus à recevoir l'initiation, sans toutefois s'étonner du refus de sa mère. Comme cette dernière l'avait souligné, Viviane aurait mérité d'être punie pour avoir agi de son propre chef. Heureusement, son acte téméraire avait été couronné de succès ; c'était sa seule excuse. Jamais le Conseil n'aurait autorisé rien de tel, mais l'échec aurait constitué le châtiment. Or, ce que le Graal lui-même avait approuvé, la Grande Prêtresse ne pouvait le condamner. Malgré tout, rien ne l'obligeait à récompenser le comportement présomptueux de sa fille.

Mais cette fois, Viviane ne protesta pas devant ce refus. Sa mère et elle savaient qu'il lui était possible désormais de quitter Avalon quand elle le souhaitait. Après la venue au monde de l'enfant, une décision serait prise, car s'il s'agissait d'un garçon ou une fille, capable de supplanter Viviane, sa naissance apporterait de profonds changements. Voilà pourquoi mère et fille attendaient le printemps avec la même impatience grandissante.

La fête de Briga passa ; les fleurs des pommiers tombèrent les unes après les autres. Tandis que le printemps approchait de son équinoxe, les prairies, verdoyantes après les pluies abondantes de l'hiver, commencèrent à se parer de dents-de-lion safranées, de petites orchidées pourpres, et des premières étoiles blanches du cerfeuil sauvage. Dans les marécages on voyait les fleurs blanches des renoncules flottantes, et ici et là, les parcelles d'or des œillets des marais ; sur les rivages, les iris jaunes montraient leur éclat, et les premiers myosotis parsemaient le sol comme des morceaux de ciel tombés sur terre. Le temps était changeant, orageux un jour avec des vestiges de froidure d'hiver, et radieux le lendemain, porteur d'une promesse d'été. L'enfant d'Ana continuait à grandir dans le sein de sa mère.

Ana se leva du banc à l'aide de son bâton et reprit son ascension. Jamais elle n'aurait cru avoir autant de mal à faire ce que les autres prêtresses, plus jeunes, accomplissaient une dizaine de fois par jour, mais dans son état présent, elle était bien heureuse de trouver ce banc qui avait été installé là, à mi-chemin entre le Lac et le Temple, pour permettre aux membres âgés de la communauté de se reposer. Le bâton ne lui servait pas à marcher, mais à conserver son équilibre, à l'empêcher de tomber si par malheur son pied glissait sur une pierre inaperçue.

Elle contempla la courbe de son ventre avec un mélange d'exaspération et de fierté. Elle devait ressembler à un cheval attelé à un chariot, se dit-elle. Cette grossesse qui aurait conféré une allure majestueuse à une autre femme lui donnait un air grotesque. Taliesin était un homme svelte, mais grand, et Ana devinait que son enfant lui ressemblerait. Elle se rappela qu'elle avait porté et mis au monde ses deux premières filles sans aucune peine, et pourtant, elles étaient grandes et robustes elles aussi.

« Il est vrai, se dit-elle en grimaçant, que j'étais loin d'approcher la quarantaine en ce temps-là. » À seize ans, elle grimpait et dévalait le Tor à toute allure, sans même s'arrêter pour reprendre haleine, jusqu'au jour de l'accouchement. Maintenant, même si l'enthousiasme de la maternité l'avait aidée à supporter les deux premiers tiers de la grossesse, ces trois derniers mois avaient apporté la preuve que son corps n'était plus aussi résistant qu'autrefois. « Ce sera mon dernier enfant... »

Un sens plus subtil que l'ouïe la fit s'arrêter en chemin. Levant la tête, elle découvrit sa fille qui l'observait. Comme toujours, l'apparition de Viviane provoquait à la fois douleur et fierté. Les traits saillants de la jeune fille ne trahissaient aucune émotion, mais Ana sentait en elle ce même mélange d'envie et de mépris qui habitait Viviane depuis qu'elle avait appris l'existence de cet enfant. Toutefois, à mesure que le ventre de sa mère grossissait, l'envie avait diminué.

« Elle commence à comprendre maintenant. Si seulement elle prenait conscience que tout le reste... la tâche d'une prêtresse, surtout le rôle de la Dame d'Avalon, procurait autant de souffrances que de joie ! D'une manière ou d'une autre, je dois lui faire comprendre cela ! »

Absorbée par la pensée de sa fille, Ana était moins attentive au chemin, et lorsqu'elle dérapa sur une plaque de boue, son bâton ne suffit pas à la retenir. Elle tenta, dans sa chute, de se retourner sur le flanc. Une violente douleur musculaire lui vrilla le bras qui avait amorti le choc. Malheureusement, rien ne put empêcher son ventre gonflé de supporter le reste de son poids. Elle en eut le souffle coupé, et pendant un instant, elle perdit totalement connaissance.

Quand enfin elle rouvrit les yeux, Viviane était agenouillée à ses côtés.

— Mère, ça va ?

Ana se mordit la lèvre, alors qu'une petite contraction comme celles qu'elle éprouvait à intervalles réguliers depuis environ une semaine tendait les muscles de son abdomen. Mais cette fois, la douleur dans son ventre fut plus intense, plus profonde.

— Oui, ça va aller, répondit-elle. Aide-moi simplement à me relever.

Prenant appui sur le bras vigoureux de Viviane, elle parvint à se mettre à genoux, puis à se relever. À cet instant, elle sentit un filet chaud couler entre ses cuisses, et baissant la tête, elle vit les premières gouttes de ses eaux imbiber le sol.

— Que se passe-t-il ? s'exclama Viviane. Tu saignes ? Oh..., fit-elle, se souvenant des notions d'obstétrique inculquées à chaque novice.

Elle regarda sa mère, un peu plus pâle qu'un instant auparavant, et elle déglutit avec peine.

Ana ne put s'empêcher d'esquisser un sourire devant la confusion de sa fille.

— Eh oui, dit-elle. C'est commencé...

Viviane regardait avec fascination le ventre de sa mère se déformer à chaque contraction. Ana cessa de marcher et agrippa le bord de la table, en retenant sa respiration. Elle ne pouvait supporter le moindre vêtement, et on avait attisé le feu dans la cheminée pour lui tenir chaud. Viviane sentait qu'elle transpirait dans sa robe légère, mais Julia, la plus expérimentée de leurs sages-femmes, et la vieille Elen qui discutaient près du feu ne semblaient pas souffrir de la chaleur.

Depuis plusieurs heures qu'avait commencé le travail d'Ana, Viviane avait songé plus d'une fois que c'était là un moyen extrêmement curieux et déplaisant de venir au monde ; il était presque plus facile de croire aux légendes romaines qui parlaient d'œufs de cygne et autres naissances insolites. Quand elle était enfant, elle avait vu des animaux mettre bas à la ferme de Neithan, mais c'était il y a longtemps, et même si elle avait encore le souvenir des bébés qui glissaient hors du ventre de leur mère, tout visqueux, le processus était moins visible que maintenant, car elle voyait les muscles se contracter sous la peau nue de sa mère.

Cette dernière soupira et se redressa, en cambrant le dos.

— Voulez-vous que je vous masse ? proposa Julia.

Ana acquiesça et prit appui contre la table, tandis que la sage-femme commençait à lui masser les reins.

— Comment pouvez-vous continuer à marcher, mère ? demanda Viviane. Vous devez être fatiguée. Ne serait-il pas préférable de vous allonger ?

Elle désigna le lit, où un drap propre couvrait une litière de paille fraîche.

— Oui, je suis fatiguée, répondit sa mère. Mais non..., dit-elle en serrant les dents, faisant signe à Julia d'interrompre ses massages jusqu'aux prochaines contractions. Ce n'est pas plus facile allongée, pas pour moi du moins. Si je reste debout, le poids du bébé l'aide à descendre ; elle viendra plus vite.

— Vous semblez si convaincue qu'il s'agit d'une fille ! s'exclama Viviane. Et si vous portiez un garçon ? Peut-être est-ce le futur Défenseur de l'Angleterre qui lutte en ce moment même pour venir au monde.

— À cet instant, répondit la parturiente d'une voix haletante, j'accueillerais l'un ou l'autre avec plaisir.

Julia fit signe à Viviane de rester à l'écart, et la jeune fille tressaillit. Il y eut de nouvelles contractions, plus violentes que les précédentes, et quand elles s'achevèrent, la sueur ruisselait sur le front d'Ana.

— Mais tu as peut-être raison, dit la Grande Prêtresse. Je crois que... je vais m'allonger un peu.

Elle lâcha le bord de la table et Viviane l'aida à s'allonger. Il était évident que dans cette position les contractions étaient encore plus douloureuses, mais pour l'instant, le simple fait de ne plus être debout était un soulagement.

— Chaque travail a un sens... quand bien même on aimerait l'oublier... (Ana ferma les yeux sous l'assaut d'une nouvelle vague de contractions.)... Les filles réclament leur mère... Même les prêtresses. Je l'ai souvent entendu. Moi-même je l'ai fait, la première fois.

Viviane se rapprocha, et quand les douleurs réapparurent, Ana lui saisit la main. À en juger par la force avec laquelle elle la serrait, la jeune femme devinait l'effort effectué par sa mère pour ne pas crier.

— Avez-vous atteint ce stade ?

Ana acquiesça. Viviane la regardait de sa hauteur ; elle dut se mordre la lèvre elle aussi en sentant les doigts de sa mère s'enfoncer dans sa paume. « Elle a enduré la même chose pour me mettre au monde... » Cette pensée avait quelque chose d'apaisant. Au cours de ces cinq dernières années, elle avait combattu sa mère sans états d'âme, dans l'espoir, tout au plus, d'affirmer son indépendance. Mais désormais, Ana se trouvait entre les mains de la Déesse, incapable de résister à Son Pouvoir. Jamais Viviane n'aurait cru que sa mère se montrerait à elle dans un tel instant de vulnérabilité.

Les contractions passèrent une fois de plus, laissant Ana haletante et en sueur. Plusieurs secondes s'écoulèrent sans nouvelles douleurs. Peut-être était-ce comme les averses qui se succèdent durant un orage, à mesure que passent les nuages.

Viviane se racla la gorge.

— Pourquoi vouliez-vous que je sois présente ?

— Assister à la naissance d'un enfant fait partie de ta formation...

— Pourquoi *votre* enfant ? J'aurais pu assister à cette expérience en aidant une des femmes des marais...

Ana secoua la tête.

— Elles pondent leurs enfants comme des chatons. Moi aussi, les deux premières fois. Elles disent que les enfants suivants viennent encore plus rapidement, mais je crois que mon ventre a oublié comment faire. (Elle soupira.) Je voulais te montrer... qu'il y a certaines choses que même la Dame d'Avalon ne peut commander.

— Vous ne voulez même pas me nommer prêtresse. Pourquoi serais-je concernée ?

Le chagrin aiguisait la voix de Viviane.

— C'est ce que tu penses ? Oui, évidemment, je crois que je comprends. La raison... (Sa voix se brisa ; elle secoua la tête.) Vois-tu, les exigences d'une mère et celles d'une prêtresse sont rarement conciliables. Cet enfant sera peut-être un garçon, ou une fille sans aucun don. En tant que Grande Prêtresse, il est de mon devoir d'élever celle qui me succédera. Je ne peux risquer de te perdre avant de savoir...

Une nouvelle vague de douleur lui coupa le souffle.

« *Et en tant que mère ?* »

Viviane n'osa pas prononcer ces mots.

— Aide-moi à me remettre debout, dit Ana d'une voix rauque. Si je reste allongée, ça durera encore plus longtemps.

Elle se redressa en s'agrippant au bras de Viviane, et prit appui sur l'épaule de sa fille. Cette dernière avait la taille idéale pour la soutenir. Ana lui avait toujours paru si imposante qu'elle n'avait encore jamais remarqué à quel point elles étaient semblables.

— Parle-moi..., dit Ana, tandis qu'elles marchaient lentement à travers la pièce, s'arrêtant chaque fois que réapparaissaient les contractions. Parle-moi de... Mona... et de la ferme.

Viviane lui jeta un regard surpris. Sa mère n'avait jamais paru s'intéresser à l'enfance de sa fille jusqu'à présent. Parfois, elle se demandait si elle se souvenait même du nom de Neithan. Mais cette femme qui s'accrochait à son bras, en haletant, n'était plus la mère qu'elle avait détestée, et la pitié ouvrait son cœur, en même temps que sa mémoire. Alors, elle lui parla de cette île verte, balayée par les vents, où les arbres se blottissaient sur le rivage qui faisait face au continent, pendant que l'autre extrémité affrontait courageusement la mer grise. Elle lui parla de ces pierres éparpillées qui avaient été autrefois un temple druidique, et des rites que continuaient de pratiquer les familles descendant des survivants du massacre de Paulinus[1]. Enfin, elle parla de la ferme de Neithan, et du veau qu'elle avait sauvé.

— Je suppose, dit-elle, que c'est une vieille vache, maintenant, avec beaucoup de petits veaux.

— Tu me décris une vie saine et heureuse... comme je l'espérais lorsque je t'ai confiée à Neithan.

Alors que la douleur s'atténuait, Ana se redressa et elles se remirent à marcher, plus lentement.

— Allez-vous également confier cet enfant à d'autres ? demanda Viviane.

— Il le faut... même s'il s'agit de toute évidence d'une prêtresse-née. Mais je me demande dans quel lieu elle pourra grandir en toute sécurité de nos jours.

— Pourquoi ne pourrait-elle pas rester ici ? Tout le monde disait que j'étais déjà trop âgée quand je suis arrivée pour commencer ma formation.

---

1. voir Marion Zimmer Bradley, *La Colline du dernier adieu*, Le Livre de Poche, n° 13997.

— Je crois..., dit Ana, qu'il vaut mieux que je m'allonge...

Un mince filet de sang coulait entre ses cuisses. Julia s'approcha pour examiner la parturiente, déclarant que tout se passait normalement,. ce qui n'était pas l'impression ressentie par Viviane.

— Il est préférable..., déclara Ana, qu'un enfant... possède une expérience du monde extérieur. Anara a été élevée ici. Je pense que, d'une certaine, façon, cela l'a rendue plus faible.

Son regard sembla se tourner vers l'intérieur ; les muscles de sa mâchoire se crispèrent, tandis qu'elle serrait les dents pour lutter de nouveau contre la douleur.

— Que lui est-il arrivé ? murmura Viviane en se penchant vers sa mère. Comment est morte ma sœur ?

Un instant, elle crut que sa mère allait lui répondre. Puis elle vit glisser une larme sous ses paupières closes.

— Elle était si belle, mon Anara... pas comme nous, dit Ana. Ses cheveux blonds brillaient comme un champ de blé sous le soleil. Et elle essayait toujours de bien faire...

« Pas comme nous, en effet », songea Viviane avec amertume, sans faire de remarque.

— Elle m'a dit qu'elle était prête à subir l'épreuve, et j'avais envie de la croire... Je voulais qu'elle en soit capable. Alors, je l'ai laissée partir. Oh, Viviane, je prie..., dit-elle en lui serrant le bras, pour que jamais tu ne tiennes contre toi le cadavre de ta propre fille !

— Est-ce pour cette raison que vous avez toujours retardé mon initiation ? demanda la jeune femme, abasourdie par cet aveu. Parce que vous aviez peur ?

— Avec les autres, je suis capable de juger, mais pas avec toi... (Une nouvelle douleur lui arracha un petit gémissement, puis son visage se détendit.) Je croyais savoir quand Anara serait prête... je croyais savoir !

Julia s'approcha d'elles, en jetant un regard noir à Viviane.

— Allons, il faut vous détendre, ma Dame. Votre fille va vous laisser, je vais m'occuper de vous.

— Non..., murmura Ana. Viviane doit rester elle aussi.

Julia fronça les sourcils, mais elle n'insista pas, se contentant de masser délicatement le ventre gonflé d'Ana. Dans le silence qui suivit, Viviane perçut les échos d'une musique lointaine, et de fait, elle les entendait depuis un certain temps déjà, se dit-elle. Aucun homme n'avait le droit de pénétrer dans la salle d'accouchement, mais Taliesin avait dû prendre place à l'extérieur, devant la porte.

« Ah, dommage qu'il ne soit pas là ! pensa Viviane avec colère. J'aimerais que chaque homme puisse voir ce qu'endure une femme pour lui donner un enfant. »

Le rythme des contractions s'était accéléré. Désormais, Ana semblait à peine avoir le temps de reprendre son souffle avant que tout son corps ne soit pris de nouvelles convulsions. Elen lui tenait la main, Viviane avait pris l'autre, pendant que Julia était penchée entre ses cuisses ouvertes.

— Ce sera long ? demanda la jeune femme, tandis que la respiration de la parturiente devenait de plus en plus haletante, entrecoupée de gémissements.

Julia répondit par un haussement d'épaules.

— Non, ça va aller vite maintenant. Nous avons atteint le stade où l'utérus finit de s'ouvrir totalement pour se préparer à expulser l'enfant. Restez calme, ma Dame..., dit-elle à Ana en lui massant le ventre avec ses doigts agiles.

— Oh, Déesse..., chuchota Ana... Déesse, par pitié !

C'était intolérable, se dit Viviane. Elle se pencha en avant, en murmurant n'importe quelles paroles d'encouragement et d'apaisement. Les yeux de sa mère, dilatés par la douleur, se fixèrent sur elle, et soudain, un changement sembla se produire. L'espace d'un instant, elle parut plus jeune ; ses longs cheveux trempés de sueur ne formaient plus qu'une masse de boucles emmêlées.

— Isarma ! dit-elle dans un murmure. Aide-moi, aide l'enfant !

Et, tel un écho, des paroles surgirent dans l'esprit de Viviane : « *Que le fruit de nos vies soit lié et soudé à toi, Ô Mère, Ô Femme Éternelle, toi qui tiens la vie intime de chacune de tes filles entre tes mains, sur ton cœur...* » Et en observant ce visage blanc devant elle, elle comprit que l'autre femme entendait ses paroles elle aussi. À cet instant, elles n'étaient plus mère et fille, mais deux femmes unies, âmes sœurs liées l'une à l'autre et à la Grande Mère, d'une vie à l'autre, depuis longtemps, bien avant que les Sages ne franchissent les mers.

Ce souvenir s'accompagna d'un autre savoir, acquis dans une autre vie, dans un autre temple dont les coutumes de naissance étaient plus profondes que tout ce que connaissaient les femmes d'Avalon. De sa main libre, elle traça le sceau de la Déesse sur le ventre gonflé.

Ana laissa retomber sa tête sur le drap, et Viviane, réintégrant sa personnalité avec une brutalité étourdissante, éprouva un moment de peur absolue. Mais sa mère rouvrit les yeux, illuminés par une détermination nouvelle.

— Levez-moi ! dit-elle entre ses dents serrées. C'est le moment !

Julia lança des ordres. Les femmes présentes aidèrent Ana à poser les pieds par terre, si bien qu'elle était accroupie pendant qu'Elen et Viviane s'agenouillaient dans la paille pour la soutenir.

Julia s'empressa d'étendre un linge propre sous elle, et attendit, tandis que la Grande Prêtresse gémissait et poussait de toutes ses forces. La tenir, c'était comme essayer de maîtriser une force de la nature. Mais Julia l'encourageait à continuer de pousser, en disant qu'elle apercevait la tête du bébé. Allez, encore ! Encore une grande poussée, et il sortirait !

Viviane, qui sentait tous les tremblements qui parcouraient le corps de sa mère, se surprit à implorer la Déesse elle aussi, avec une ferveur qu'elle n'avait

jamais connue. Elle retint son souffle et sentit la chaleur exploser en elle, comme si elle avait aspiré une
boule de feu. La lumière embrasa chacun de ses
membres, une force bien trop énorme pour rester
contenue dans un corps humain, mais à cet instant,
elle *était* la Grande Mère, donnant naissance au
monde.

Elle exhala et le Pouvoir jaillit d'elle avec la violence d'un éclair et parcourut le corps de la femme
qu'elle soutenait, et qui, secouée de convulsions,
continuait de pousser de toutes ses forces. Julia cria
que la tête arrivait, et Ana poussa de nouveau, avec
un hurlement qui dut s'étendre jusqu'à Ynis Witrin,
et une chose humide et rouge glissa en se tortillant
dans les mains tendues de la sage-femme.

Une fille... Dans le silence soudain et assourdissant, tous les regards convergèrent vers cette vie nouvelle qui venait d'apparaître sur terre. Puis, le bébé
tourna la tête et le silence fut brisé par un braillement.

— Ah, voici une jolie demoiselle, murmura Julia,
en essuyant le petit visage avec un linge soyeux,
tenant le bébé à bout de bras pour laisser le sang
s'écouler le long du cordon. Elen, occupe-toi de la
Dame pendant que Viviane me donne un coup de
main.

Viviane savait ce qu'elle avait à faire, mais ses
mains tremblaient lorsqu'elle coinça le cordon à
l'aide de deux pinces, avant de s'emparer d'un couteau pour le trancher.

— Parfait, dit Julia. Maintenant, tiens l'enfant
pendant que je récupère le placenta. Le linge pour
l'envelopper est sur la table.

Viviane osait à peine respirer lorsque la sage-
femme déposa le bébé dans ses bras. Sous les traînées de sang, la peau était toute rose, et les quelques
cheveux plaqués sur le crâne promettaient d'être
clairs. Ce n'était pas une Enfant des Fées, elle appartenait au peuple blond de la race des rois.

Elen demandait quel serait le nom de l'enfant.

— Igraine[1]..., murmura Ana. Elle se nommera Igraine...

Comme si elle avait entendu son nom, la petite créature ouvrit les yeux, et Viviane sentit son cœur se fendre. Mais alors qu'elle plongeait les yeux dans ce regard bleu, la Vision s'abattit sur elle brusquement. Elle voyait une jeune femme blonde dans laquelle elle reconnaissait cette enfant devenue adulte, tenant à son tour un bébé dans ses bras. Mais il s'agissait d'un garçon robuste, et juste après, elle le vit adulte lui aussi, s'élançant au cœur d'une bataille sur son cheval, avec dans les yeux l'étincelle du héros, et accrochée à sa ceinture l'Épée d'Avalon.

— Elle se nommera Igraine... (Sa propre voix semblait venir de très très loin.)... Et de son ventre naîtra le Défenseur de l'Angleterre...

Assis près de la cheminée dans la grande salle du Temple, Taliesin jouait de la harpe. Il avait beaucoup joué depuis l'arrivée du printemps. Les prêtres et les prêtresses souriaient en l'entendant, et disaient que leur barde exprimait ainsi l'allégresse collective, à laquelle faisaient écho les cris du gibier d'eau que les premiers beaux jours avaient ramené dans les marais d'Avalon. Taliesin souriait lui aussi, en hochant la tête, et continuait à jouer, espérant dissimuler sa mélancolie. Nul sourire, en effet, ne brillait dans ses yeux.

Pourtant, il aurait dû être heureux. Même s'il ne pouvait pas la revendiquer, il était le père d'une jolie fille, et Ana avait survécu à l'accouchement.

Mais elle se remettait difficilement. Elle n'avait pas hurlé au moment de la délivrance, comme certaines femmes, mais il était assis suffisamment près de la porte pour entendre ses râles et ses gémissements pendant toute la durée du travail. Il avait continué à jouer de la harpe malgré tout, pour ne pas entendre ces plaintes autant que pour encourager les femmes

---

1. Autre nom d'Ygerne, qui épousera Uther Pendragon au début des *Dames du Lac.*

qui se trouvaient à l'intérieur. Comment faisaient-ils, ces hommes qui engendraient un enfant chaque année ? Comment un homme pouvait-il supporter de savoir que la femme qu'il aimait par-dessus tout risquait la mort pour expulser de son ventre le bébé qu'il y avait déposé ?

Peut-être n'aimaient-ils pas leurs épouses comme il aimait la Dame d'Avalon. Ou peut-être n'étaient-ils pas affligés tout simplement de cette sensibilité exacerbée par l'enseignement des druides qui avait permis à Taliesin de partager les souffrances d'Ana. Le joueur de harpe avait le bout des doigts à vif à force de pincer les cordes de son instrument avec vigueur pour essayer de former avec sa musique une protection contre la douleur.

Et il avait maintenant une nouvelle raison de se lamenter. De la naissance de Viviane, il n'avait que des souvenirs confus ; il était occupé par ses tâches habituelles en ce temps-là, et l'accouchement s'était déroulé sans problème. En outre, il ignorait si cet enfant était le sien. Mais quel que soit son véritable géniteur, elle était sa fille désormais, et Ana avait enfin donné l'autorisation pour son initiation. Taliesin ne savait pas comment il pourrait la laisser partir.

Alors, il continuait à jouer. La grande harpe pleurait sur toutes ces choses qui disparaissent, et qui, même si elles s'en reviennent un jour, ne sont plus les mêmes. Et dans la musique, sa douleur et ses peurs se transformaient en harmonie.

Viviane marchait au bord du Lac en observant, sur la berge opposée, la forme pointue du Tor. Si elle avait encore eu besoin de se convaincre qu'elle n'était plus dans le monde où elle venait de vivre cinq ans, cette vision aurait suffi, car à la place du Cercle de Pierres familier, elle apercevait maintenant au sommet de la colline une tour inachevée. Celle-ci était dédiée à un dieu nommé Mikael, lui avait-on dit, bien qu'on l'appelle *angelos*. C'était un Dieu de Lumière que les chrétiens avaient convoqué pour combattre le Pouvoir-Dragon de la Déesse de la terre qui avait jadis habité cette colline.

« Et qui l'habite encore, songea-t-elle en fronçant les sourcils. À Avalon. » Mais quelles que soient les intentions de ses architectes, cette tour phallique représentait moins une menace pour la terre qu'un défi lancé au ciel, une balise servant à marquer le flux du Pouvoir. Ces chrétiens avaient hérité tant de choses des anciennes croyances, et pourtant ils comprenaient si mal leur signification profonde. Mais sans doute devrait-elle se réjouir, se dit-elle, qu'une partie des Mystères soit ainsi préservée, même sous cette forme dénaturée.

Ce serait d'ailleurs le seul Mystère qu'elle verrait désormais, si elle ne parvenait pas à retourner à Avalon. Viviane se retourna pour contempler le pays derrière elle, là où le lit majeur de la Brue s'étirait dans un entrelacs de marais et de prairies, en direction de l'estuaire de la Sabrina. En respirant profondément, elle s'imaginait capter les effluves puissants et salés de la mer lointaine.

Elle continua à pivoter sur elle-même et vit le tracé blanc et sinueux de la route qui formait trois grandes boucles jusqu'aux crêtes grises des collines de Mendip, et de l'autre côté, les paisibles sommets des Poldens. Quelque part, juste derrière, se trouvaient Lindinis et la Voie romaine. Viviane songea alors qu'elle pouvait suivre n'importe quelle direction et découvrir une nouvelle vie. Elle ne possédait rien d'autre que la robe qu'elle portait et le petit couteau en forme de serpe qui pendait à sa ceinture, mais pour la première fois de sa vie, elle était libre.

Elle s'assit sur une souche érodée par les intempéries et s'amusa à observer un martin-pêcheur qui tournoyait et s'élevait dans le ciel à toute allure, tel l'esprit du ciel. Le soleil scintillait à la surface de l'eau et faisait rougeoyer le bois usé de la petite embarcation plate amarrée là à son intention, une barque semblable à celles utilisées par les hommes des marais. L'air avait conservé la chaleur de la mi-journée, mais une légère brise s'était levée à l'ouest,

charriant avec elle le souffle frais de la mer. Viviane
sourit, laissant le soleil détendre les muscles crispés.
Avoir le choix constituait en soi une victoire, mais
elle savait déjà quelle serait sa décision.

Trop souvent la nuit elle avait rêvé de cet instant,
elle se représentait chaque moment, imaginant ce
qu'elle devrait faire. Ce serait navrant de gaspiller
toute cette préparation. Pourtant, ce n'était pas ce
qui avait motivé sa décision. Peu lui importait désormais de savoir qui deviendrait Grande Prêtresse,
Igraine ou elle ; en revanche, elle avait besoin de
prouver à sa mère que dans ses veines coulait le sang
ancien. L'euphorie ayant succédé à la naissance
s'étant dissipée, Viviane savait que sa mère et elle
continueraient à se quereller... elles étaient trop semblables. Pourtant, elles se comprenaient mieux
désormais.

L'objectif de Viviane n'avait pas changé, mais ses
motivations profondes n'étaient plus les mêmes. Afin
de conserver cette nouvelle clairvoyance, elle devait
apporter la preuve de ses qualités de prêtresse. De
plus, elle avait *envie* de revenir, pour se chamailler
avec sa mère et voir grandir Igraine, écouter Taliesin chanter.

Tout cela est parfait, songea-t-elle en se relevant
pour poursuivre son chemin sur les bords du Lac.
Encore fallait-il qu'elle *réussisse*.

« *La magie*, lui avait-on appris, *consiste à concentrer toute la volonté disciplinée. Mais il est parfois
nécessaire également de l'abandonner. Le secret
consiste à savoir à quel moment exercer ce contrôle
et à quel moment y renoncer.* » Le ciel était dégagé
maintenant, mais alors que le vent marin se renfor-
çait, les brumes n'allaient pas tarder à apparaître,
venant de la Sabrina par vagues moites, aussi inexo-
rables que la marée.

Ce n'était pas les brumes qu'elle devait transformer, mais elle-même.

— Dame de la Vie, viens à mon aide, car sans Toi
je ne pourrai jamais rejoindre Avalon. Montre-moi le
chemin... aide-moi à comprendre, murmura-t-elle, et

puis, devinant qu'il ne s'agissait pas d'un échange, mais d'une simple constatation, elle ajouta : Je suis ton offrande...

Viviane s'installa plus confortablement sur la souche, en croisant les chevilles pour assurer son équilibre, les mains posées sur les genoux, paumes ouvertes. La première étape consistait à localiser son point central. Elle inspira, retint son souffle, puis l'expulsa lentement, en même temps que toutes les pensées qui l'encombraient et risquaient d'interférer avec son objectif. Inspirer, expirer, elle répéta plusieurs fois l'opération, en comptant, tandis que sa conscience refluait vers l'intérieur et qu'elle se sentait flotter dans une paix intemporelle.

Quand son esprit fut vidé de toutes ses pensées, à l'exception d'une seule, Viviane prit une profonde inspiration et projeta sa conscience vers le bas, le plus profondément possible dans la terre. À cet endroit, au milieu des marais, c'était comme s'enfoncer dans l'eau, non pas cette base solide et compacte du Tor qui permettait de s'ancrer, mais une sorte de matrice fluide et fuyante sur laquelle on devait flotter. Pourtant, même si ces profondeurs étaient instables, c'était un puits de Pouvoir. Viviane l'aspirait à travers les racines que son esprit avait plantées, dans un fourmillement qui jaillissait comme une fontaine du sommet de son crâne pour tenter d'atteindre les cieux.

Lors de cette première exaltation, elle crut que son âme allait quitter son corps, mais des réactions devenues instinctives refoulèrent l'énergie vers le bas, la renvoyant le long de son épine dorsale, jusque dans la terre d'où elle venait. De nouveau, le Pouvoir remonta dans tout son corps, et cette fois, Viviane se leva, en tendant les bras, tandis que cette force pulsait en elle. Peu à peu, le courant se transforma en vibration, une colonne d'énergie reliant la terre au ciel, elle-même servant de canalisation entre les deux.

Ses bras retombèrent lentement, s'écartèrent, en même temps que son esprit s'élargissait afin d'englober tout ce qui se trouvait dans un plan horizontal. Elle sentait toutes les choses qui l'entouraient. Le Lac, les marais, les prairies, jusqu'aux collines et à la mer, comme des ombres de lumière à l'intérieur de son champ de vision. Le brouillard formait un voile mouvant devant ses perceptions, frais sur la peau, mais fourmillant de Pouvoir. Sans ouvrir les yeux, elle se tourna lentement pour lui faire face, rassemblant tout son désir dans un appel muet.

Alors, le brouillard avança telle une gigantesque vague grise, masquant les prés, les marais et le Lac lui-même, si bien que Viviane semblait être la seule chose vivante au monde. Quand enfin elle ouvrit les yeux, cela ne fit pas une grande différence. Le sol dessinait une ombre plus sombre à ses pieds, l'eau était un soupçon de mouvement droit devant. À tâtons, elle avança, jusqu'à ce qu'apparaisse la longue silhouette de la barque, aussi floue que si le brouillard avait délavé sa substance en même temps que sa couleur.

Mais l'embarcation demeurait suffisamment présente, même pour ses sens altérés, et lorsqu'elle y monta et poussa sur la perche, elle sentit le balancement familier, tandis que la barque s'éloignait du rivage. En quelques secondes seulement, les masses assombries de la berge eurent disparu. Désormais, Viviane n'avait même plus la terre en guise d'ancre, et ses yeux de simple mortelle n'apercevaient aucune destination. Deux possibilités seulement s'offraient à elle : elle pouvait rester assise sans bouger jusqu'à l'aube, lorsque le vent venu de la terre chasserait le brouillard, ou bien essayer de trouver son chemin au milieu des brumes pour atteindre Avalon.

Des profondeurs de son esprit, elle fit resurgir le sortilège. Celui-ci était légèrement différent, avait-elle appris, en fonction de la personne qui l'utilisait ; et parfois, il semblait changer chaque fois qu'il était utilisé. Les mots eux-mêmes n'étaient pas l'élément primordial, contrairement aux réalités dont ils

étaient la clé. Et il ne suffisait pas de réciter le sortilège, les paroles n'étaient qu'un déclencheur, une formule mnémotechnique destinée à catalyser une
transformation de l'esprit.

Viviane pensa à une montagne qu'elle avait vue et
qui, dans une certaine lumière, prenait l'aspect d'une
déesse endormie. Elle pensa au Graal, lui-même simple calice lorsqu'on ne le voyait pas avec les yeux de
l'esprit. Qu'était donc le brouillard, quand il n'était
pas brouillard ? Et qu'était, réellement, cette barrière
entre les mondes ?

« *Il n'y a pas de barrière...* » Cette pensée s'engouffra dans sa conscience.

— Qu'est-ce donc le brouillard ?

« *Il n'y a pas de brouillard... il n'y a qu'une illusion.* »

Viviane réfléchissait. Si le brouillard n'était qu'une
illusion, que penser alors de ce lieu qu'il dissimulait ?
Avalon n'était-il qu'un mirage, ou bien était-ce l'île
des chrétiens qui n'avait pas d'existence réelle ? Peut-
être qu'aucun des deux n'existait en dehors de son
esprit, mais dans ce cas, qu'était donc cet être qui
les avait imaginés ? La pensée pourchassait l'illusion
dans une spirale sans fin de déraison, perdant un peu
de sa cohérence à chaque tournant, tandis que disparaissaient de nouvelles frontières grâce auxquelles les
humains définissaient l'existence.

« *L'Être n'existe pas...* »

Cette pensée qui avait été autrefois Viviane frémit
au contact de la désintégration. Une vision fugitive
et tremblotante lui apprit que c'était là, dans cette
obscurité, qu'Anara s'était noyée. Voilà donc la
réponse ? Absolument rien n'existait ?

« *Rien... et Tout...* »

— Qui êtes-vous ? cria l'esprit de Viviane.

« *Ton Être...* »

Son Être n'était rien, un point tremblotant proche
de l'extinction ; et puis, au même moment, ou avant,
ou après, car ici le Temps non plus n'existait pas, il
devint l'Unique, un éclat qui emplit toutes les réali-

tés. Pendant un instant éternel, elle participa à cette extase.

Et ensuite, comme une feuille trop lourde pour flotter dans le vent, elle retomba, vers le sol, vers l'intérieur, réintégrant toutes les parties perdues. Toutefois, la Viviane qui retourna dans son corps n'était plus exactement celle qui avait été arrachée à sa personnalité. Et pendant qu'elle se recréait, elle retrouva sa voix et chanta les syllabes magiques du sortilège permettant de traverser les brumes, recréant simultanément le monde tout entier.

Elle comprit, avant même que les brumes ne s'écartent, ce qu'elle avait réalisé. Elle se souvenait de ce jour où elle avait émergé d'un bois touffu, convaincue de marcher dans la mauvaise direction, jusqu'à ce que soudain, entre deux pas, elle sente ce changement dans son cerveau, et trouve le bon chemin.

Plus tard, en se demandant pourquoi elle avait réussi là où Anara avait échoué, Viviane se dit que, peut-être, ces cinq années d'affrontement avec sa mère l'avaient obligée à se bâtir une personnalité capable de résister au contact du Vide lui-même. Mais ce n'était pas l'unique raison. Certaines apprenties prêtresses se perdaient durant l'épreuve, car leurs âmes étaient déjà si proches de l'Unique qu'elles s'y fondaient sans distinction, comme une goutte d'eau ne fait plus qu'un avec l'océan.

L'extase de cette union était encore suffisamment présente pour que Viviane repousse quelques larmes en la sentant s'évanouir. Avec une angoisse soudaine, elle se souvint comme elle avait pleuré lorsque sa mère l'avait remise entre les mains de Neithan. Jamais jusqu'à aujourd'hui elle ne s'était autorisée à repenser à ce jour.

— Ma Dame... ne me laisse pas seule ! murmura-t-elle.

Tel un écho, elle reçut cette réponse en elle : « *Je ne t'ai jamais abandonnée ; je ne t'abandonnerai jamais. Tant que durera la vie, et même au-delà, je serai là...* »

Mais si la lumière intérieure faiblissait, le brouillard, lui, en s'étiolant, s'était transformé en un scintillement éclatant, et soudain Viviane se retrouva aveuglée par les rayons du soleil.

Elle cligna des yeux face aux reflets sur l'eau, les pierres pâles des constructions et le vert vif de l'herbe de Tor ; et elle comprit qu'il n'existait pas de plus beau paysage dans aucun des mondes. Quelqu'un poussa un cri. Mettant sa main en visière pour mieux voir, elle reconnut les cheveux clairs de Taliesin. Elle scruta la colline, cherchant à apercevoir sa mère, en se raidissant pour combattre cette vieille douleur. Taliesin guettait son retour, sans doute depuis le moment où elle était partie. Sa mère se moquait-elle maintenant de savoir si Viviane avait réussi ou pas ?

Mais soudain, elle retrouva le sourire, car elle devina que sa mère s'était cachée pour ne pas avoir à reconnaître combien elle était heureuse de savoir que sa fille aînée était de retour à la maison, saine et sauve.

XXI

— Allez, soulève-moi encore ! Je veux monter ! glapissait Igraine, ses petits bras potelés tendus vers Viviane qui se pencha pour hisser l'enfant sur ses épaules, en riant.

Elles avaient joué à ce jeu dans tout le jardin ; la fillette voulant tour à tour marcher pour explorer les lieux, et se faire porter ensuite pour mieux dominer la situation.

— Ouh..., fit Viviane, je crois qu'il est temps que je te repose, ma chérie, je commence à avoir mal au dos !

À quatre ans, Igraine était déjà presque moitié aussi grande que Viviane. Aucun doute, c'était bien la fille de Taliesin, car même si ses cheveux étaient d'un blond légèrement plus roux, les yeux étaient du même bleu profond.

À peine posée sur le sol, Igraine roucoula de bonheur et s'enfuit en trottinant sur le chemin, à la poursuite d'un papillon.

« Douce Déesse, songea Viviane en admirant les reflets du soleil dans les boucles dorées de sa sœur, cette enfant deviendra une véritable beauté ! »

— Non, non, ma chérie ! s'écria-t-elle tout à coup à la vue d'Igraine qui se précipitait vers la haie de mûres sauvages. Non ! Ces fleurs n'aiment pas qu'on les cueille !

Trop tard. Igraine avait déjà refermé la main sur les fleurs et quelques gouttelettes de sang perlaient sur ses doigts éraflés. Son visage rond s'empourpra, et elle inspira profondément, avant de se mettre à hurler, tandis que Viviane accourait pour la prendre dans ses bras.

— Là, là, mon cœur, ce n'est rien. Cette vilaine fleur t'a mordue ? Tu vois, il faut faire attention. Je vais te faire un baiser sur la main et tu ne sentiras plus rien.

Les sanglots et les cris s'atténuèrent peu à peu, tandis que Viviane la berçait dans ses bras.

Malheureusement, les poumons d'Igraine étaient aussi vigoureux que le reste de son anatomie, et ses cris ameutèrent tout ce qui était à portée de voix, c'est-à-dire la population d'Avalon dans son ensemble.

— Ce n'est qu'une égratignure, expliqua Viviane, mais parmi les premières personnes accourues se trouvait sa mère, et soudain, elle se sentit redevenir la jeune novice de jadis, en dépit du croissant bleu qui ornait désormais son front.

— Je croyais que je pouvais te faire confiance pour veiller sur elle ! s'exclama Ana.

— Ce n'est vraiment rien ! protesta Viviane. Et puis, il n'est pas mauvais qu'elle apprenne la prudence de cette façon, avec des choses inoffensives. Vous ne pouvez pas la couver en permanence !

Ana tendit les bras et, à contrecœur, Viviane lâcha la fillette.

— Tu seras libre d'élever tes enfants comme bon te semble, quand tu en auras. Mais pour les miens, je n'ai pas à recevoir de conseils de toi ! lui lança au visage la Grande Prêtresse, tandis qu'elle emmenait Igraine.

« Si vous êtes une si bonne mère, comment se fait-il que les deux filles que vous avez élevées soient mortes et que seule ait survécu celle dont vous vous êtes débarrassée ? » Rouge de honte, car cet échange avait eu de nombreux témoins, Viviane retint sa réplique. Elle n'était pas assez en colère pour tenir à sa mère des propos qu'elle ne lui pardonnerait certainement jamais, parce que c'était la stricte vérité.

Elle épousseta sa robe et jeta un regard sévère à Aelia et Silvia, deux jeunes novices récemment arrivées à Avalon.

— Alors, avez-vous fini de récurer votre peau de chèvre ? Venez, dit-elle en lisant la réponse dans leurs yeux baissés, ce n'est pas en la laissant traîner qu'elle perdra son odeur. Il faut encore la nettoyer et la saler.

D'un pas martial, Viviane se dirigea vers la tannerie, située à l'écart des autres bâtiments à cause des odeurs, suivie par les deux jeunes filles qui ne disaient mot. Dans des moments comme celui-ci, elle se demandait pourquoi elle avait voulu devenir prêtresse. Elle faisait le même travail qu'auparavant. Seule différence, elle avait beaucoup plus de responsabilités désormais.

Alors qu'elles approchaient du Lac, elle vit une barque, poussée par un des hommes des marais, filer à la surface de l'eau.

— C'est Héron ! s'exclama Aelia. Que veut-il ? Il semble sacrément pressé !

Viviane s'immobilisa ; elle repensa à l'attaque des Saxons. Non, se dit-elle, ça ne pouvait pas être ça. Deux ans plus tôt, Vortimer avait repoussé Hengest jusqu'à Tanatus pour la seconde fois. Déjà, les deux

jeunes filles couraient vers le rivage. D'un pas plus
mesuré, elle les suivit.

— Ma Dame !

En dépit de sa hâte inquiète, Héron prit le temps
de mettre un genou en terre pour la saluer. Depuis
l'intervention salvatrice de Viviane avec le Graal, le
Peuple des Marais l'honorait, à son corps défendant,
à l'égal de la Dame d'Avalon.

— Que se passe-t-il, Héron ? Un danger menace
ta tribu ?

— Non, pas nous ! répondit le petit homme brun
en se relevant. Le bon prêtre... le Père Bienheureux...
ils l'ont emmené !

Viviane fronça les sourcils.

— Hein ? Quelqu'un a emmené le père Fortunatus ? Mais pourquoi ?

— Ils disent qu'il a des idées mauvaises qui ne
plaisent pas à leur dieu...

Il secoua la tête, visiblement dépassé par l'événement.

La jeune prêtresse partageait son désarroi, bien
qu'elle ait entendu déjà le père Fortunatus dire que
ses idées passaient pour « hérétiques » — c'était le
mot qu'elle avait retenu — aux yeux de certains chrétiens.

— Venez, ma Dame ! Vous, ils vous écouteront !

Viviane en doutait. La foi de cet homme était
émouvante, mais il lui semblait plus facile de faire
fuir une bande de guerriers saxons que d'affronter
une dispute entre chrétiens. En outre, elle n'était pas
persuadée que les supérieurs du père Fortunatus
seraient favorablement impressionnés par un plai-
doyer venant d'Avalon.

— Héron, dit-elle, je ne peux pas t'accompagner
pour l'instant, mais je vais en parler immédiatement
à la Dame d'Avalon. C'est tout ce que je peux te promettre...

Viviane s'attendait à ce que sa mère rejette la
requête de Héron avec quelques mots polis de regret.

Quelle ne fut pas sa surprise de voir l'inquiétude se peindre sur le visage de la Grande Prêtresse !

— Certes, dit celle-ci en fronçant les sourcils, nous sommes séparés d'Ynis Witrin, mais un lien puissant et secret continue de nous unir. Si les chrétiens fanatiques inondent l'île sous la peur et la fureur, nul doute que nous n'en ressentions les effets à Avalon.

— Mais que peut-on faire ?

— Depuis quelque temps déjà, je me dis qu'il serait bon pour Avalon d'en savoir plus sur les puissants de ce monde et sur leur politique. Autrefois, la Dame d'Avalon allait fréquemment conseiller les princes. Cela était devenu trop risqué avec l'arrivée des Saxons. Mais depuis quelques années, le pays est plus sûr.

— Avez-vous l'intention d'entreprendre un tel voyage, ma Dame ? demanda Julia, déconcertée.

Ana secoua la tête.

— En fait, j'envisageais d'envoyer Viviane. En chemin elle pourra en profiter pour enquêter sur le sort réservé à Fortunatus. Cette expérience lui sera très utile.

Viviane regardait sa mère avec des yeux écarquillés.

— Mais... je ne connais rien à la politique ni aux princes, mère...

— Je ne t'enverrai pas seule. Taliesin t'accompagnera. Aux Romains, tu diras que tu es sa fille... c'est une chose qu'ils comprendront sans peine.

Viviane jeta un bref regard interrogateur à sa mère. Était-ce la réponse à la question que ni Taliesin ni elle n'osaient poser ? Ou bien la Dame voulait-elle lui dicter ses sentiments ? Quelles que soient les raisons de la Grande Prêtresse, songea la jeune femme en préparant son bagage, elle n'aurait pu rêver meilleur compagnon de voyage.

La piste de Fortunatus les conduisit jusqu'à Venta Belgarum. Ses épais remparts portaient, certes, les cicatrices des attaques saxonnes mais ils étaient toujours debout. Le premier magistrat de la cité, un certain Elafius, accueillait l'évêque en déplacement, ce même Germanus qui, dix ans auparavant, avait été d'un tel secours dans la lutte contre les Pictes. Mais au cours de cette visite, il semblait avoir réservé toutes ses attaques à ses frères chrétiens. Deux évêques anglais avaient été destitués, et un certain nombre de prêtres incarcérés jusqu'à ce qu'ils confessent leurs erreurs.

— Nul doute que Fortunatus figure parmi eux, dit Taliesin, alors qu'ils franchissaient le portail fortifié. Noue ton châle sur tes cheveux, ma chère enfant. N'oublie pas que tu es une jeune vierge pudique, une fille de bonne famille.

Viviane lui jeta un regard indocile, mais obéit malgré tout. Il lui avait fallu déjà renoncer à la tenue d'homme pour le voyage, mais elle s'était bien juré que si un jour elle devenait Dame d'Avalon, elle s'habillerait à sa guise.

— Parlez-moi donc de Germanus, dit-elle. Il est peu probable qu'il m'adresse la parole, mais il est toujours bon de connaître son ennemi.

— C'est un disciple de Martin, l'évêque de Caesarodunum en Gaule, universellement vénéré comme un saint aujourd'hui. Il servait dans les armées de l'Empereur lorsqu'il choisit la voie du Christ. Ému de découvrir un jour d'hiver un pauvre homme qui n'avait pas de manteau il partagea le sien avec lui. Puis il se dépouilla de tous ses biens et fonda un monastère. Germanus, qui prêche la répartition des richesses, s'est taillé un grand succès auprès du peuple.

— Il n'y a là rien de condamnable, fit remarquer Viviane retenant de la bride son poney pour qu'il reste à la hauteur du mulet de Taliesin.

Après Lindinis et Durnovaria, elle commençait à s'habituer aux villes, mais Venta était de loin la plus grande qu'elle ait vue. Son poney, apeuré comme elle par la foule, faillit la jeter bas.

— Non, en effet, répondit le barde, mais il est plus facile d'agir sur le peuple par la peur que par la raison. Alors, il dit aux gens qu'ils iront brûler en Enfer s'ils n'ont pas la foi et si leur dieu décide de ne pas leur pardonner. Bien évidemment, seuls les prêtres de l'Église de Rome ont le pouvoir de dire si le dieu a pardonné ou pas. Il affirme également que le sac de Rome par les Vandales[1], et que les maux infligés à notre île par les Saxons sont le châtiment divin des péchés commis chez nous par les riches. En des temps troublés comme les nôtres, il y a là de quoi séduire beaucoup de monde.

Viviane acquiesça.

— Oui, je comprends. Nous cherchons tous un bouc émissaire pour nos malheurs. Et je suppose que Pélage et ses partisans ne partagent pas ce point de vue ?

Ils chevauchaient maintenant dans l'artère conduisant au forum. Le gardien du portail leur avait appris que les hérétiques étaient actuellement jugés dans la basilique.

— Pélage est mort il y a de nombreuses années[2]. Ses disciples se recrutent principalement parmi les gens évolués de culture romaine habitués à penser par eux-mêmes. Il leur semble plus logique qu'un dieu récompense les manifestations de bienfaisance et les actions justes, plutôt qu'une foi aveugle.

— En d'autres termes, ils donnent plus de prix aux comportements qu'aux propos ou aux croyances, alors qu'aux yeux des prêtres romains, c'est justement l'inverse, résuma Viviane, et Taliesin eut un sourire approbateur.

Le poney de la jeune prêtresse se cabra lorsque deux hommes passèrent devant eux en courant. Taliesin se pencha pour saisir les rênes de l'animal, puis se redressa pour voir ce qui se passait un peu plus loin ; sa grande taille et sa monture lui permettaient de dominer la scène.

---

1. Rome fut pillée à trois reprises au cours du Ve siècle : en 410 par les Wisigoths ; en 455 par Genséric et ses Vandales ; puis en 476 par Odoacre qui déposa Romulus Augustule et mit fin définitivement à l'Empire d'Occident.

2. Vers 420. Voir note p. 417.

— On dirait une sorte d'émeute, commenta-t-il. Sans doute ferait-on mieux de rester ici et...

— Non ! le coupa Viviane. Je veux savoir ce qui se passe.

Ils poursuivirent leur chemin, plus lentement, jusqu'à ce qu'ils atteignent la grande place.

Une foule grondante s'était rassemblée devant la basilique. Elle ondulait comme un champ de blé avant l'orage. Elle était composée pour l'essentiel d'ouvriers et d'artisans aux tuniques grossières. Mais on distinguait ici et là parmi eux quelques spectateurs revêtus de vêtements aujourd'hui tachés et élimés, mais qui avaient dû jadis avoir belle apparence. Taliesin se pencha vers son voisin pour lui demander ce qui se passait.

— On juge des hérétiques ! lui répondit l'homme en crachant sur les pavés. L'évêque Germanus saura les punir comme il convient, pour sûr, et sauver ce pays souillé par le péché.

— Apparemment, nous avons trouvé ce que nous cherchions, déclara Taliesin.

Si sa voix resta neutre, son visage s'était assombri.

« Oui, mais trop tard... », se dit Viviane, muette d'effroi.

La porte de la basilique s'ouvrit ; deux hommes portant la tenue des gardes sortirent et prirent position de chaque côté. Le grondement de la foule s'amplifia. Dans un scintillement doré, un prêtre apparut à son tour, vêtu d'une cape brodée, par-dessus une tunique blanche. À moins qu'il ne s'agisse de l'évêque en personne, se dit Viviane, car il était coiffé d'un étrange chapeau et tenait à la main une sorte de bâton de berger, orné de dorures.

— Peuple de Venta ! s'exclama-t-il, et la foule ne fit plus entendre qu'un murmure. Je sais que vous avez cruellement souffert de l'Épée des païens. Des hommes assoiffés de sang ont déferlé sur ce pays comme des meutes de loups. Vous avez imploré Dieu ! À genoux vous Lui avez demandé la cause de ce fléau.

En disant cela, l'évêque promena son bâton au-dessus de leurs têtes, et les hommes s'inclinèrent, en se lamentant. Germanus les observa un instant, avant de poursuivre, plus calmement :

— Vous aviez raison de poser la question, mes enfants, mais vous feriez mieux de réclamer la miséricorde de notre Seigneur, car Il agit selon Sa volonté, et seule Sa miséricorde nous permettra d'échapper à la damnation.

— Priez pour nous, Germanus ! s'écria une femme.

— Je vais faire mieux que ça... je vais purifier cette terre. Chacun d'entre vous est né dans le péché, et il n'y a que la foi qui puisse le sauver. Mais en ce qui concerne l'Angleterre, ce sont les péchés de vos seigneurs qui ont attiré cette malédiction sur vous. Aujourd'hui, les puissants sont détrônés. Les païens ont été la faux dans la main de Dieu. Ceux qui festoyaient mendient maintenant leur pain, et ceux qui étaient vêtus de soie sont aujourd'hui en haillons.

Il s'avança, balayant l'air de son bâton recourbé.

— C'est juste ! C'est la vérité ! Que Dieu ait pitié de nous ! criaient les gens en se frappant la poitrine, en se prosternant sur le sol en pierre.

Germanus enchaîna :

— Ils prétendaient trouver le salut par leurs seuls actes. Ils affirmaient avec vanité que leur richesse prouvait que Dieu les aimait. Où est l'amour de Dieu désormais ? Les folles hérésies de Pélage vous ont égarés, mais par la grâce de notre Père céleste nous les éliminerons tous !

Les yeux de Germanus étaient exorbités par la fureur, constata Viviane. Des gerbes de postillons accompagnaient ses hurlements. Comment pouvait-on s'y laisser prendre ? se demandait-elle. Et pourtant, tous ces gens rassemblés sur cette place clamaient leur approbation, emportés par une même extase. Son poney vint se rapprocher du mulet de Taliesin, comme pour chercher protection auprès de lui.

Les vociférations de la foule s'amplifièrent lorsque d'autres gardes franchirent la porte de la basilique, en poussant trois hommes devant eux. Viviane se raidit, refusant de croire que l'une de ces pauvres créatures qui marchaient en traînant les pieds pouvait être son ami. Comme s'il avait perçu cette pensée, celui qui avançait en tête se redressa, contemplant la foule avec un petit sourire amer. Déjà les gardes les poussaient en bas des marches.

— Hérétiques ! Hérétiques ! cria le peuple. Démons ! Vous avez attiré les païens !

Si seulement c'était vrai, songea Viviane. Avec une armée de païens, elle aurait pu disperser cette populace.

— Lapidons-les ! hurla quelqu'un.

En un instant, toute la foule réunie sur le forum avait repris ce cri.

La chaussée fut dépavée. Une pluie de pierres s'abattit sur les pauvres victimes, que la foule dérobait aux regards de Viviane.

L'évêque, quant à lui, observa longuement cette scène sans réagir, avec un mélange de satisfaction et d'épouvante. Puis, comme à regret, il fit un signe à ses gardes. Les soldats, avec leurs lances, se frayèrent un chemin dans la mêlée, à coups de hampe.

Exposée à son tour à la violence, la foule se désintégra, avant de se disperser par petits groupes récalcitrants, tenus en respect par les soldats. L'évêque était retourné à l'intérieur de la basilique dès le début des troubles. Lorsque le forum fut dégagé, Viviane éperonna les flancs de son poney.

— Viviane, où vas-tu ?

Taliesin s'élança à sa poursuite sur son mulet, dont les sabots martelaient bruyamment les pavés.

Mais la jeune femme avait déjà atteint les corps allongés et recroquevillés des victimes de la lapidation. Certaines commençaient à se relever en gémissant, mais trois d'entre elles demeuraient immobiles, au milieu des pierres éparpillées.

Viviane mit pied à terre et se pencha au-dessus de Fortunatus qui ne respirait plus. Un mince filet de sang à la tempe était sa seule blessure apparente. Son visage respirait la sérénité. Taliesin arrêta son mulet à la hauteur de Viviane ; elle leva vers lui des yeux remplis de larmes.

— Il est mort, mais je n'abandonnerai son corps à personne. Aidez-moi à l'emporter.

Le barde se retourna sur sa monture, et traça de la main un signe magique accompagné d'une formule sacrée propre à égarer l'adversaire. Comprenant son intention, Viviane se joignit à lui pour donner plus de force à l'incantation. « *Vous ne nous voyez pas... Vous ne nous entendez pas... Il ne s'est rien passé...*, psalmodia-t-elle. Les chrétiens croiront que Fortunatus a été emporté par des démons si ça leur chante. L'essentiel, c'est qu'ils ne voient rien. »

Taliesin hissa le vieux prêtre en travers de sa selle, puis aida Viviane à remonter sur son poney, après quoi il recouvrit le corps de sa longue cape, prit les rênes des deux montures et leur fit traverser la place en sens inverse.

Le sortilège les protégea jusqu'à ce qu'ils aient quitté la cité. Viviane aurait aimé enterrer le vieil homme sur son Île Sacrée, près de la pierre qui donnait accès au Pays des Fées. Heureusement, Taliesin connaissait une chapelle, aujourd'hui abandonnée, mais toujours en terre sacrée. Et c'est là qu'ils l'inhumèrent, selon les rites des druides, et Viviane qui se souvenait de cet instant où elle avait été unie à la Lumière, au milieu des Brumes, découvrant que toutes les Vérités n'étaient qu'Une, pensa que Fortunatus n'y trouverait rien à redire.

Si la première partie de leur voyage s'acheva par un échec, la suite fut plus heureuse, même si Viviane avait eu du mal à se concentrer sur sa mission. Ils chevauchèrent jusqu'à Londinium, où le Grand Roi luttait pour maintenir un semblant d'ordre, vigoureusement secondé par un de ses fils. Viviane reconnut Vortimer, bien qu'il eût vieilli. Pour sa part, il la prit tout d'abord pour sa mère, et Viviane ne lui avoua pas qu'elle avait incarné la prêtresse voilée lorsqu'il avait subi le rite. Il était fier de ses succès contre les barbares, légitimement, mais sans excès, et elle ne doutait pas de sa loyauté envers Avalon.

On ne pouvait en dire autant de son père, Vortigern. Vieux renard, marié maintenant à une renarde saxonne rousse, il avait gouverné longtemps et survécu à mille dangers. Il accueillerait avec plaisir toute alliance, estima Viviane, susceptible de l'aider à s'accrocher au pouvoir. Elle évoqua l'évêque Germanus dont le fanatisme divisait le pays, mais elle doutait que le Grand Roi souhaite, ou puisse, s'opposer à lui. Malgré tout, il écouta le message de la Dame d'Avalon ; et pour la sauvegarde de l'Angleterre, il acceptait de s'entretenir avec son vieux rival, s'il était possible d'organiser la rencontre en terrain neutre.

Leur chemin les conduisit ensuite vers les forteresses de l'Ouest, où les Saxons n'étaient pas encore arrivés. À Glevum, Ambrosius Aurelianus, dont le père s'était lui-même proclamé empereur, contestant sa souveraineté à Vortigern, rassemblait des troupes. Il écouta avec intérêt le message de la Dame, car s'il était lui-même chrétien, du genre éclairé et rationnel, il respectait les druides qu'il considérait comme des philosophes, et avait déjà rencontré Taliesin.

Il était de haute taille, âgé d'une quarantaine d'années. Ses cheveux bruns surmontaient un visage trahissant son ascendance romaine, mais la plupart de ses guerriers étaient encore jeunes. L'un d'eux, un garçon efflanqué aux cheveux blonds, nommé Uther, avait tout juste l'âge de Viviane. Taliesin la taquina en disant qu'elle avait gagné un admirateur, mais elle les ignora l'un et l'autre. Comparé au prince Vortimer, Uther n'était qu'un enfant.

Ambrosius écouta avec une certaine sympathie les récriminations de Viviane contre Germanus, car il venait du même monde que ces hommes de culture qui constituaient la cible favorite de l'évêque gaulois. Mais Venta Belgarum se trouvait sur une partie de l'île qui ne faisait plus serment d'allégeance, ni à lui ni à Vortigern. De toute façon, un seigneur séculier n'avait presque aucun pouvoir sur les hommes

d'Église. Même si sa réaction fut beaucoup plus courtoise que celle du Grand Roi, Viviane pressentait qu'il
n'en ferait pas davantage.

Sur le chemin du retour elle fut sur le point de
maudire les assassins de Fortunatus. Ce qui l'en
retint, ce fut la conviction profonde que le vieux prêtre lui-même leur avait sans doute déjà pardonné.

En persuadant Vortigern et Ambrosius, Viviane
avait semé les germes de l'unité anglaise, mais il fallut attendre l'année suivante pour voir apparaître les
premiers bourgeons. Des rumeurs affirmaient que les
Saxons rassemblaient de nouvelles forces à l'est de
Cantium, et Vortimer, bien décidé cette fois à les
écraser, fit appel à Avalon. Aussi, peu de temps avant
Beltane, la Dame d'Avalon quitta l'île sainte pour se
rendre dans l'Ouest afin de rencontrer les princes
d'Angleterre, en compagnie de sa fille, de ses prêtresses et de son barde.

L'endroit choisi pour le Grand Conseil était Sorviodunum, une petite ville située sur les berges d'une
rivière où le chemin venant du nord croisait la route
principale de Venta Belgarum. Ce carrefour était un
endroit agréable, ombragé par les arbres, s'ouvrant
au nord sur l'immensité de la plaine. Quand le petit
groupe d'Avalon l'atteignit, une floraison printanière
inédite de tentes bigarrées parsemait les prairies
d'alentour.

— Nous, les peuples de l'Est, avons versé notre
sang pour défendre l'Angleterre, déclara Vortigern,
assis sur son banc sous le chêne.

Il n'était pas très corpulent mais toujours robuste.
Ses cheveux avaient blanchi depuis que Viviane
l'avait vu précédemment.

— ... Au cours de la dernière campagne, mon fils
Categirn a donné sa vie en échange du frère de Hengest, au gué de Rithergabail. Les corps de nos soldats
ont formé le rempart qui nous a protégés des
Saxons...

D'un geste, il désigna les toits de tuiles de Sorvio-dunum qu'un paisible soleil réchauffait.

— Et toute l'Angleterre vous en est reconnaissante, dit Ambrosius, assis de l'autre côté du cercle.

— Vraiment ? répliqua Vortimer. Il est facile de prononcer des mots, mais les mots n'arrêteront pas les Saxons !

Il semblait avoir vieilli lui aussi ; ce n'était plus le jeune homme fougueux qui s'était offert à la Déesse, mais un guerrier éprouvé. Malgré tout, il avait toujours les mêmes traits émaciés, et cette lueur d'aigle farouche dans ses yeux verts.

« Un héros, songea Viviane qui l'observait de son siège, aux côtés de sa mère. C'est lui le Défenseur maintenant. » Tout le monde savait que cette rencontre au sommet avait été organisée par la prêtresse, mais il aurait été mal venu de le reconnaître publiquement. On avait installé les représentants d'Avalon à l'ombre d'une haie d'aubépines, d'où ils pouvaient voir et entendre les débats.

— Existe-t-il un moyen de les arrêter ? demanda un des hommes plus âgés. Nous avons beau les tuer par milliers, les forêts de Germanie sont d'une fécondité inépuisable...

— Si nous sommes assez forts, peut-être chercheront-ils une proie plus facile. Qu'ils s'attaquent à la Gaule, comme l'ont fait les Francs. Il est possible de les repousser ! Il suffit désormais d'une seule campagne. Ce qui me préoccupe davantage, c'est le moyen de les maintenir à l'écart de nos côtes.

— En effet, confirma Ambrosius.

Ce dernier paraissait méfiant, comme s'il cherchait un sens caché dans les paroles de Vortimer. Soudain, Vortigern s'esclaffa. La rumeur affirmait qu'il était venu ici uniquement sur les instances de son fils, sans placer de grands espoirs dans cette réunion.

— Vous savez aussi bien que moi ce qu'il nous faut, dit le Grand Roi. Pendant des années, votre père et moi nous sommes querellés à ce sujet. Qu'on le baptise empereur ou roi, il ne doit y avoir qu'un seul homme pour gouverner toute l'Angleterre. C'est uni-

quement de cette façon que Rome a pu repousser les
barbares pendant des siècles.

— Et vous voudriez que tout le monde se range
derrière *vous,* je suppose ? s'exclama un des hommes
d'Ambrosius. Que l'on offre toute la bergerie à l'individu qui l'a livrée aux loups !

Vortigern répliqua aussitôt, et Viviane comprit soudain comment le vieil homme avait réussi à conserver le pouvoir aussi longtemps.

— J'ai lancé les loups contre les loups, comme
l'ont toujours fait les Romains eux-mêmes, à de nombreuses reprises. Mais avant de conclure un accord
avec Hengest, je m'étais usé la voix en vain pour
convaincre mon propre peuple de prendre les armes
afin d'assurer sa défense... en le suppliant, comme je
vous supplie aujourd'hui à votre tour !

— Nous n'avons pas été en mesure de verser l'argent promis à Hengest, alors il s'est retourné contre
nous, ajouta Vortimer, plus calmement. Depuis, le
peu que nous ont laissé ses hordes a servi à le combattre. Et vous, qu'avez-vous fait, tranquillement
assis, là-bas dans vos collines paisibles ? Il nous faut
des hommes, il nous faut des moyens pour les entretenir, et pas seulement pour cette campagne, mais
chaque année, si nous voulons défendre ce que nous
avons reconquis.

Vortigern reprit la parole immédiatement :

— Nos terres sont meurtries, mais quelques
années de paix leur suffiraient à panser leurs blessures. Dès lors, nos forces enfin unies seront suffisantes
pour opérer une percée au travers des marais et des
forêts derrière lesquelles les Angles se retranchent, et
pour reprendre les terres des Icéniens.

Ambrosius ne disait rien, mais son regard restait
fixé sur Vortimer. Conformément à la nature des choses, il pouvait espérer survivre au vieux roi ; le jeune
serait son véritable rival, ou son allié.

— Vous avez gagné le respect de tous les hommes
grâce à votre courage et à vos victoires, déclara enfin
Ambrosius. Et l'Angleterre doit vous être reconnaissante, cela ne fait aucun doute. Sans vous, les loups

nous auraient déjà sauté à la gorge. Mais les gens
veulent pouvoir choisir celui qui dépense leur argent,
celui à qui ils doivent obéir. Votre peuple vous doit
loyauté et fidélité. Les hommes de l'Ouest n'ont pas
cette obligation.

— Mais *vous*, ils vous suivront ! s'exclama Vortimer. Je vous demande uniquement, à vous et aux
vôtres, de combattre à mes côtés !

— Peut-être ne demandez-vous rien de plus, en
effet, mais il me semble que votre père, lui, désire
autre chose, répondit Ambrosius.

Après un lourd silence, le prince de l'Ouest ajouta :

— Je veux bien accéder à votre requête cependant.
J'ouvrirai nos entrepôts et vous enverrai des vivres.
Mais il m'est impossible, en toute conscience, de che-
vaucher sous la bannière de Vortigern.

La réunion s'acheva en une controverse confuse.
Viviane sentit des larmes de déception lui monter
aux yeux, mais tandis qu'elle les chassait d'un battement de cils, elle remarqua que Vortimer l'observait,
le regard chargé d'attente désespérée. La sagesse des
hommes l'avait trahi. Que pouvait-il faire désormais,
sinon chercher les conseils d'Avalon ? Aussi ne fut-
elle pas surprise de le voir tourner le dos aux autres
pour avancer à grands pas vers leur petit groupe.

Toute sa vie Viviane avait entendu parler de la
Danse des Géants, sans jamais s'y rendre. Et tandis
qu'ils chevauchaient vers le nord, en longeant la
rivière, elle guettait avec avidité la première tache
d'une pierre émergeant de la plaine. Mais ce fut
Taliesin, le plus grand de tous, qui la vit avant tout
le monde, la désignant d'abord à Vortimer, puis à
Viviane et Ana. Viviane était reconnaissante au
prince d'avoir provoqué ce voyage. Quand il avait
demandé à la Dame d'Avalon de prédire l'avenir, elle
lui avait répondu que le meilleur moyen serait de
faire appel au Pouvoir émanant d'un ancien site
sacré tout proche. Malgré tout, Viviane se demandait
si c'était la véritable raison, ou si sa mère ne souhaitait pas tout simplement soustraire ses pratiques

magiques aux yeux et aux oreilles de profanes indif-
férents.

De fait, la perspective d'une chevauchée de près de
trois heures avait suffi pour décourager les simples
curieux. Malgré la chaleur dispensée par le soleil de
l'après-midi, Viviane frissonna. La plaine paraissait
infinie sous ce ciel immense et dégagé, et la jeune
prêtresse se sentait étrangement mal à l'aise, vulnéra-
ble, comme une fourmi traversant une route. Mais
peu à peu les taches noires grossirent ; on distinguait
maintenant les pierres.

Viviane était habituée au Cercle de Pierres situé au
sommet du Tor, mais celui-ci était plus large, entouré
d'un vaste fossé. Les pierres avaient été taillées avec
précision. Celles qui tenaient debout étaient pour la
plupart coiffées de linteaux. L'ensemble évoquait un
édifice plus qu'un bosquet sacré. Les pierres gisant à
terre avaient conservé leur pouvoir. Si l'herbe était
épaisse et verte autour du cercle, à l'intérieur, elle
était beaucoup plus rare et sèche. Viviane avait
entendu dire que la neige ne tombait jamais à l'intérieur du cercle ; de même, elle ne restait pas sur les
pierres.

Çà et là, des fragments de pierre émergeaient du
sol. Le grand cercle était doublé d'un plus petit, fait
de piliers. Quatre trilithes émergeaient, qui entouraient l'autel de pierre d'une demi-lune. À quels mondes ces portes obscures donnaient-elles accès ? se
demanda Viviane. Ayant mis pied à terre, ils entravè-
rent les chevaux, car il n'y avait aucun arbre dans la
plaine où les attacher. Intriguée, Viviane parcourut
le talus surplombant le fossé.

— Alors, qu'en penses-tu ? lui demanda Taliesin
lorsqu'elle revint vers eux.

— C'est étrange, je n'arrête pas de penser à Avalon... ou plutôt à Ynis Witrin. Difficile de trouver
deux endroits plus différents, et pourtant le demi-
cercle de trilithes a presque les mêmes dimensions
que le cercle de cabanes regroupées autour de l'église
là-bas.

— En effet, répondit vivement Taliesin, tout son-

geur. (Il jeûnait depuis la veille en vue de tenir son
rôle dans la cérémonie magique maintenant toute
proche.) D'après nos légendes, cet édifice est l'œuvre
des sages venus d'Atlantis à travers les mers, en des
temps très reculés, et nous croyons également que le
saint qui fonda la communauté d'Ynis Witrin était
l'un d'entre eux, ressuscité. Assurément, c'était un
adepte de l'ancienne sagesse qui connaissait la loi des
proportions et des nombres. Mais si tu sens la présence d'Avalon en ce lieu, c'est pour une autre raison
également... (Il tendit le bras dans la direction de
l'Ouest.) Une des lignes de Pouvoir traverse la campagne en passant tout près d'ici, jusqu'au Puits
Sacré.

Viviane acquiesça et tourna de nouveau la tête
pour contempler le paysage. À l'est, une rangée de
tumulus marquaient les tombes des anciens rois,
mais c'était l'unique trace d'humanité, et seuls quelques bosquets d'arbres vigoureusement modelés par
le vent brisaient l'immensité plate de la prairie.
C'était un endroit solitaire, et si quelque part ailleurs
le peuple d'Angleterre se préparait à célébrer de
joyeuses fêtes de Beltane, il y avait en ce lieu une
austérité qui s'accordait mal avec l'innocence du
printemps.

« Et aucun d'entre nous ne repartira d'ici comme
il est venu... », pensa Viviane. Et cette pensée lui
arracha un nouveau frisson.

À l'horizon, le soleil déclinait, et les ombres allon-
gées des pierres projetaient de grands tentacules
noirs dans l'herbe. Instinctivement, Viviane s'en éloigna, et ses pas la conduisirent devant le pilier solitaire qui montait la garde au nord-est, défendant l'accès du site sacré. Entre-temps, Taliesin avait franchi
le fossé et se dirigeait vers une longue pierre plate
gisant au sol. Il s'y agenouilla ; le porcelet qu'ils
avaient apporté, bien que ligoté, se débattait dans
ses bras.

Sous les yeux horrifiés de Viviane, le barde dégaina
son couteau et enfonça la lame dans le cou de l'animal, d'un geste précis. Après quelques vigoureux sou-

bresauts accompagnés de couinements suraigus la victime, inerte, retomba dans le silence. Le barde la garda dans ses bras ; ses lèvres récitaient une prière muette, tandis qu'un sang écarlate jaillissait sur la surface grêlée de la pierre.

— Nous allons d'abord essayer la méthode des druides, dit Ana à voix basse, s'adressant à Vortimer. Le barde nourrit son âme et celle de la terre.

Quand l'animal se fut vidé de son sang, après que son esprit l'eut quitté, Taliesin détacha à l'aide de son couteau une lanière de peau et trancha un petit morceau de viande dont le soleil couchant rehaussait l'écarlate.

— Viens..., murmura Ana à sa fille, tandis que le barde se dirigeait vers le Cercle de Pierres d'un pas de somnambule.

Viviane tressaillit lorsqu'elle franchit le fossé et passa devant la pierre sacrificielle, car elle retrouvait, en moins intense la même sensation qu'en franchissant la barrière des brumes qui protègent Avalon.

Le druide s'arrêta de nouveau, juste devant le site sacré. Au bout d'un moment, il retira de sa bouche le morceau de viande mastiqué, le déposa au pied d'une pierre et récita une prière à voix basse.

— Prince, nous avons atteint le lieu du Pouvoir, dit Ana au prince. Vous devez redire pourquoi vous nous avez conduits jusqu'ici.

Vortimer répondit d'une voix posée :

— Ma Dame, je veux savoir qui gouvernera l'Angleterre et qui conduira ses soldats à la victoire.

— Druide, vous avez entendu la question... Pouvez-vous apporter la réponse ?

Le regard de Taliesin était tourné vers eux, sans les voir. Avec la même lenteur somnambulique, il passa sous le linteau de pierre pour pénétrer dans le cercle. Le soleil avait presque atteint la ligne d'horizon et les silhouettes noires des pierres étaient nimbées d'un halo incandescent. En lui emboîtant le pas, Viviane se sentit désorientée une fois de plus. Lorsqu'elle parvint à rassembler ses esprits, il lui sembla voir danser devant ses yeux des lumières tremblotantes. Le druide leva les mains dans l'obscurité naissante et murmura une nouvelle incantation, les paumes vers son visage.

Laissant échapper un long soupir, il se recroquevilla contre la pierre plate dressée au centre, le visage enfoui dans ses mains.

— Et maintenant ? demanda Vortimer dans un souffle.

— Nous attendons, répondit la Grande Prêtresse. C'est le sommeil de la transe, d'où surgira l'oracle.

Ils attendirent, tandis que le ciel virait au gris. Pourtant, alors que la nuit tombait, tout ce qui se trouvait dans le cercle demeurait visible, comme éclairé par une lumière venue de l'intérieur. Les étoiles étincelantes entamèrent leur traversée du ciel. Mais la durée ne signifiait plus rien. Viviane n'aurait su dire combien de temps s'écoula avant que Taliesin ne bouge enfin et se mettre à marmonner.

Ana s'agenouilla devant lui, tandis qu'il se redressait en prenant appui sur la pierre.

— Dormeur, réveille-toi, au nom de Celle qui donne naissance aux étoiles, je t'appelle. Exprime-toi dans la langue des humains et dis-nous ce que tu as vu.

— Trois rois lutteront pour le pouvoir : le Renard qui gouverne présentement, et après lui, le Faucon et le Dragon Rouge qui chercheront à dominer le pays.

Taliesin parlait d'une voix extrêmement lente, comme s'il était encore dans son rêve.

— Réussiront-ils à vaincre les Saxons ? demanda Vortimer.

— Le Faucon mettra en fuite le Dragon Blanc, mais seul le Dragon Rouge enfantera un fils pour aller le combattre ; c'est lui que l'on nommera le vainqueur du Dragon Blanc.

— Et le Faucon... ? voulut demander Vortimer, mais Taliesin l'interrompit.

— De son vivant, le Faucon ne régnera jamais, mais dans la mort il pourra protéger l'Angleterre éternellement... (La tête du druide retomba lourdement sur sa poitrine, sa voix se transforma en murmure.) Ne cherchez pas à en savoir plus...

— Je ne comprends pas..., dit Vortimer en se laissant tomber à genoux. Je me suis déjà offert à la Déesse. Qu'attend-Elle de moi ? Désormais, j'en sais trop ou pas assez. Convoquez la Déesse que je puisse entendre Sa volonté.

Viviane lui jeta un regard inquiet ; elle aurait voulu le mettre en garde, car chaque parole prononcée en ce lieu, à cet instant, était chargée de Pouvoir.

Taliesin secoua la tête en clignant des yeux, comme s'il émergeait des profondeurs aquatiques.

— Convoquez la Déesse ! répéta Vortimer sur un ton de commandement princier, et le druide, encore plongé dans un état de transe, s'exécuta.

Viviane fut parcourue de soubresauts lorsque les énergies qui scintillaient à l'intérieur du cercle réagirent à cet appel. Mais celles-ci se focalisèrent sur sa mère. Vortimer demeura bouche bée en voyant brusquement la frêle silhouette de la Grande Prêtresse prendre une dimension plus qu'humaine. Un rire rauque monta des pierres. Pendant un instant, elle demeura immobile, les bras tendus devant elle, remuant les doigts, comme pour s'assurer qu'ils bougeaient, puis elle se figea, observant alternativement le visage effrayé de Viviane et celui de Taliesin, dont la consternation indiquait qu'il comprenait soudain ce qu'il venait de faire, sans préparation ni concertation.

Mais Vortimer, le regard enflammé par l'espoir, s'était jeté aux pieds d'Ana.

— Ma Dame, aidez-nous ! cria-t-il.

— Que me donneras-tu en échange ? répondit-elle d'une voix indolente et moqueuse.

— Ma vie...

— Tu me l'as déjà offerte, et j'exigerai mon dû un jour. Mais pas maintenant. Ce que je réclame cette nuit... (en disant cela, elle regarda autour d'elle, en riant de nouveau), c'est le sacrifice d'une vierge...

Le silence choqué qui suivit parut interminable. Viviane eut le temps de se demander si sa mère avait enfin trouvé un moyen de se débarrasser d'elle, avant que Taliesin, agrippant solidement le manche de son couteau comme s'il craignait qu'il ne lui échappe, n'intervienne :

— Contentez-vous du sang de ce porcelet, ma Dame, dit-il. Cette fille ne vous est pas destinée.

La Déesse l'observa un long moment. En la regardant, Viviane crut voir voler les silhouettes des corbeaux en ombres chinoises, et elle comprit que c'était la Dame Noire du Chaudron qui leur était apparue ce soir.

— Vous avez juré... vous tous... de Me servir, répondit la Déesse d'un ton sévère. Et voilà que vous repoussez ma demande.

Viviane se surprit à parler, sans en avoir l'intention, en entendant sa voix trembler.

— Qu'avez-Vous à y gagner ?

— *Moi*, rien. J'ai déjà tout... (Sa voix avait retrouvé son ton amusé.) C'est *vous* qui apprendriez... que la vie ne peut survenir qu'à travers la mort, et que parfois la défaite apporte la victoire.

« C'est un test », songea Viviane en repensant à la Voix dans les Brumes.

Elle détacha sa cape et la fit glisser de ses épaules.

— Druide, dit-elle, en tant que prêtresse d'Avalon et au nom des Pouvoirs que nous avons juré de servir, je te donne un ordre. Attache-moi, de crainte que la chair ne défaille, et fais ce qu'exige la Prêtresse.

Ayant dit cela, elle marcha jusqu'à la pierre.

Alors que Taliesin, tremblant, prenait la ceinture qu'elle lui tendait pour lui attacher les bras le long du corps, Vortimer retrouva enfin sa voix.

— Non ! Vous ne pouvez pas faire ça !

— Prince, m'obéiriez-vous si je vous suppliais de ne pas participer au combat ? Tel est mon choix, telle est mon offrande.

La voix de Viviane était claire, mais semblait venir de très loin.

« Je suis devenue folle, pensa-t-elle, tandis que Taliesin la hissait sur la pierre plate. Les noirs esprits de ce lieu m'ont envoûtée. » Au moins mourrait-elle proprement ; elle l'avait vu tuer le porcelet. La femme qui était et n'était pas sa mère assistait à la scène d'un air impassible, au pied de la pierre. « Mère, si vraiment tout cela est de votre faute, je tiendrai enfin ma vengeance, car je serai libre, mais quand vous redeviendrez vous-même, ce souvenir vous poursuivra. »

La pierre était désormais moins froide. Silhouette sombre découpée sur le ciel étoilé, Taliesin avait sorti son couteau dont la lumière faisait scintiller le fil, tandis que le tremblement de sa main se communiquait à la lame. « Père, ne me trahis pas... », se dit-elle en fermant les yeux.

Et dans cette obscurité, elle entendit une fois de plus le rire de la Déesse.

— Jette ce couteau, druide. C'est un sang d'un autre genre que j'exige, et c'est le prince qui doit accomplir le sacrifice...

Tout d'abord, Viviane ne comprit pas ce qu'Elle voulait dire. Mais soudain, elle entendit le tintement d'un couteau lancé contre une pierre. Taliesin, effondré, était en larmes. Vortimer, quant à lui, semblait gagné par l'immobilité minérale du décor.

— Prends-la..., dit la Déesse d'un ton plus doux. Croyais-tu que même moi j'aurais pu exiger sa vie la veille de Beltane ? Son étreinte fera de toi un roi.

À pas lents et feutrés, Elle s'approcha du prince et l'embrassa sur le front. Puis Elle ressortit du cercle, et après quelques secondes, Taliesin La suivit.

Viviane se redressa.

— Vous pouvez me détacher, dit-elle en voyant que Vortimer demeurait immobile. Je n'essaierai pas de fuir.

Il eut un rire nerveux, s'agenouilla devant elle, en essayant maladroitement de défaire le nœud de la corde. Viviane l'observait la tête baissée, envahie par un brusque flot de tendresse, qui, elle le savait, marquait la naissance du désir. Lorsque la corde fut enfin dénouée, il posa sa tête sur ses genoux, en enlaçant ses cuisses. La vague de chaleur qui les submergeait se fit plus intense. Haletante, elle promena ses doigts dans les cheveux bruns de l'homme.

— Venez à moi, mon bien-aimé, mon roi..., murmura-t-elle enfin ; alors il se releva et s'allongea à côté d'elle sur la pierre.

Les mains de Vortimer s'enhardirent, jusqu'à ce qu'elle sente son corps se dissoudre. Puis il la plaqua de tout son poids contre la pierre de l'autel, et la conscience se propagea le long des lignes de Pouvoir qui irradiaient de ces pierres. « C'est la mort... » Un éclair de pensée s'envola. « C'est la vie... ! » Le cri de Vortimer le fit revenir.

Cette nuit-là, ils moururent de nombreuses fois, pour ressusciter dans les bras l'un de l'autre.

XXII

Quand le prince Vortimer retourna dans l'Est, Viviane repartit avec lui. Juchée sur son poney, aux côtés de Taliesin chevauchant son mulet, Ana les regarda s'éloigner.

— Après toutes ces années, vous continuez à m'étonner, dit le barde. Vous n'avez même pas protesté quand votre fille a annoncé son intention de partir.

— J'en ai perdu le droit, répondit la Grande Prêtresse d'une voix enrouée. Viviane sera plus en sécurité loin de moi.

— Allons, ce n'était pas vous qui..., dit Taliesin, mais sa voix se brisa et il n'acheva pas sa phrase.

— En es-tu certain ? Je me *souviens*...

— De quoi vous souvenez-vous au juste ?

Il se tourna vers elle en posant cette question, et Ana remarqua sur son visage des rides qui n'y étaient pas autrefois.

— Je me suis entendue prononcer ces mots, et j'ai éprouvé de la *joie* en te voyant penché au-dessus d'elle avec ce couteau dans la main, l'air effrayé. Durant toutes ces années j'ai eu la certitude d'accomplir la volonté de la Dame, mais si j'avais été abusée ? et si c'était uniquement ma fierté qui s'exprimait ainsi à travers moi ?

— Pensez-vous que j'aie été abusé moi aussi ?

— Comment le savoir ? s'exclama-t-elle en frissonnant comme si le soleil s'était éclipsé.

— Dans ce cas..., dit-il lentement. Je vais vous confier la vérité. Cette nuit, la peur est venue assombrir mon jugement. De nous tous, seule Viviane, me semble-t-il, était capable de clairvoyance, et en définitive, faire cette offrande c'était l'honorer.

— N'as-tu pas pensé à moi un seul instant ? s'écria Ana. Crois-tu que j'aurais pu continuer à vivre en sachant que mes paroles avaient condamné à mort ma propre fille ?

— Et moi, ajouta-t-il dans un murmure, en sachant qu'elle avait péri de ma main ?

Ils s'observèrent longuement en silence. Ana comprit la question muette de Taliesin. Cette fois encore, elle dédaigna d'y répondre. Mieux valait qu'il considère Viviane comme sa fille, même maintenant.

Le barde laissa échapper un soupir.

— Que vous ayez de votre propre chef décidé de la sauver, dit-il, ou que la Déesse ait changé d'avis, réjouissons-nous que Viviane soit saine et sauve et qu'elle puisse être heureuse, conclut-il avec un sourire contraint.

Ana se mordit la lèvre. Elle se demandait par quel miracle elle avait mérité l'amour de cet homme. Elle avait perdu sa jeunesse et elle n'avait jamais été belle. Ses cycles menstruels étaient désormais si irréguliers qu'elle ignorait si elle était encore féconde.

— Ma fille est devenue une femme, et moi je suis devenue la Vieille, la Dame de la Mort. Ramène-moi à Avalon, Taliesin. Ramène-moi à la maison...

La cité de Durovernum était surchauffée et surpeuplée, à croire que la moitié de la population de Cantium était venue trouver refuge derrière ses murs épais. Plusieurs fois attaquée par les Saxons, la ville avait tenu bon. Mais tandis qu'elle se frayait un chemin au milieu d'une foule compacte, accrochée au bras de Vortimer, Viviane songeait que si les gens continuaient d'y affluer, elle risquait d'exploser.

Sur leur chemin, les passants se donnaient des coups de coude en montrant Vortimer du doigt. À en juger par leurs commentaires, on devinait que sa présence les rassurait. Viviane lui agrippa le bras plus fermement, et il lui sourit. Quand ils se retrouvaient seuls, elle pouvait abaisser sa garde et *savoir* ce qu'il éprouvait pour elle. Mais au milieu d'une telle foule, elle devait s'abriter de remparts mentaux aussi puissants que ceux de Durovernum, sans quoi la clameur l'aurait rendue folle, et dans ces moments-là, elle désespérait de retrouver jamais la quiétude d'Avalon.

La maison où ils se rendaient était située au sud de la ville, non loin du théâtre. Elle appartenait à Ennius Claudianus, un des lieutenants de Vortimer, qui donnait une réception. À Viviane qui s'étonnait que le prince et ses capitaines perdent leur temps en frivolités à la veille — ou presque — d'une bataille, il avait expliqué que cette démonstration d'indifférence au danger rassurait le peuple.

La nuit tombait et des esclaves couraient devant eux en brandissant des torches. Au-dessus de leurs têtes, les nuages semblaient avoir pris feu. Sans doute était-ce le reflet des toits de chaume incendiés, songeait Viviane, car les Saxons marchaient sur Londinium. Quoi qu'il en soit, l'effet était spectaculaire. Repensant à toutes ces fermes abandonnées et détruites qu'ils avaient en chemin aperçues dans la campagne, elle s'étonnait qu'il y en eût encore assez pour nourrir le feu des barbares.

Pourquoi était-elle venue à Durovernum ? Était-elle véritablement amoureuse de Vortimer, ou était-elle simplement dominée par le souvenir de leur étreinte ? Était-ce par méfiance pour sa mère qu'elle avait fui ? Elle l'ignorait, mais alors qu'ils pénétraient dans l'atrium de la villa et qu'elle regardait autour d'elle ces Romaines vêtues avec élégance, Viviane se fit l'impression d'une enfant qui a revêtu les habits de sa mère. Par le sang, ces gens étaient peut-être anglais, mais ils s'accrochaient désespérément au rêve de l'Empire. Des joueurs de flûte faisaient entendre leurs douces mélodies dans le jardin, pendant que dans l'atrium, des acrobates exécutaient leur numéro sur un rythme de tambour. Les rafraîchissements, lui dit-on, étaient peu abondants en comparaison de ceux qu'on lui aurait servis en des temps meilleurs, mais préparés de manière exquise. Malgré tous ses efforts pour surmonter ses sentiments, Viviane était au bord des larmes.

— Que se passe-t-il ? Quelque chose ne va pas ?

Elle fut tirée de ses sombres pensées par la main de Vortimer posée sur son épaule.

Viviane répondit par un geste de dénégation et lui sourit. Elle s'était demandé si après leur première rencontre à l'intérieur du Cercle de Pierres, elle se retrouverait enceinte, mais depuis deux mois qu'elle partageait sa vie avec le prince, ses cycles étaient réguliers. Vortimer n'avait pas d'enfant ; or, songeait-elle, la logique voulait qu'un homme qui affrontait la mort souhaite assurer sa descendance. Elle aussi avait espéré un enfant.

— Non, je suis juste fatiguée. Je n'ai pas l'habitude de cette chaleur.

— Si vous le souhaitez, nous pouvons partir bientôt, proposa-t-il avec un sourire qui fit battre plus vite le cœur de la prêtresse.

Une fois de plus, elle le vit jeter autour de lui ce regard méfiant qui l'intriguait.

Toute la journée il avait semblé attendre quelque chose ; et lorsqu'ils se retrouveraient seuls, elle l'interrogerait à ce sujet. Dès la première fois où ils avaient fait l'amour, sur le site sacré de la Danse des Géants, ils avaient tout découvert l'un de l'autre. Mais depuis lors, ils n'avaient jamais retrouvé une si parfaite union. Obligée de dormir à ses côtés dans des endroits non protégés, Viviane était toujours sur ses gardes. Vortimer, lui, ne s'en était pas plaint. Plus expérimenté qu'elle en la matière, peut-être n'éprouvait-il nulle gêne. Peut-être aussi, se disait-elle avec tristesse, que telle était la nature des relations entre hommes et femmes. C'est son initiation qui aurait constitué une anomalie.

Prise d'une soudaine impatience, elle croisa les bras pour se dégager de ces entraves par sa seule volonté. Tout d'abord, elle se laissa gagner par la chaleur des sentiments que lui inspirait le prince, mélange de passion, de tendresse et de crainte révérencieuse. Et soudain, toute l'image inconsciente qu'elle avait retenue jusqu'à maintenant l'emporta comme un torrent et elle *vit*...

Vortimer se tenait devant elle, tel un spectre. Sous ses mains, elle sentait la réalité de son corps et comprenait qu'il s'agissait simplement d'une illusion, mais pour sa Vision, il était en train de disparaître. Réprimant un petit cri d'effroi, elle s'obligea à détourner la tête, mais cela n'arrangea pas les choses. De toutes les personnes rassemblées dans la pièce, il n'y en avait pas une qui ne soit devenue un fantôme. Le regard fixé vers la cité, elle fut assaillie par les images des rues désertes, des maisons effondrées et des jardins à l'abandon.

Non, elle ne pouvait supporter ce spectacle, elle refusait de voir ça ! Au prix d'un ultime effort, elle ferma les yeux. La vision se dissipa. Quand enfin elle retrouva ses esprits, ils étaient ressortis de la villa et Vortimer la tenait par le bras.

— Je leur ai dit que vous ne vous sentiez pas bien et que je vous raccompagnais...

Viviane acquiesça. Cette explication en valait bien une autre. Surtout, il ne devait pas deviner ce qu'elle avait vu. Cette nuit-là, ils dormirent enlacés, les volets ouverts pour voir la lune presque pleine s'élever dans le ciel.

— Viviane, Viviane... (Les doigts du prince caressaient ses cheveux épais.) La première fois où je vous ai vue, vous étiez une déesse, tout comme la première fois où vous vous êtes donnée à moi. Quand je vous ai demandé de m'accompagner à Cantium, j'étais encore ébloui, certain que vous seriez le talisman de ma victoire. Mais maintenant, c'est la simple mortelle que j'aime. (Il porta une mèche de cheveux à ses lèvres pour l'embrasser.) Épousez-moi... Je veux que vous soyez protégée.

Viviane frissonna. Vortimer était condamné, elle le savait ; s'il ne trouvait pas la mort lors de la prochaine bataille, ce serait la suivante.

— Je suis une prêtresse, dit-elle en ayant recours à la réponse habituelle, tout en se demandant si cela était encore vrai. Je ne peux épouser aucun homme si nous n'avons pas été unis selon le Grand Rite, devant les dieux.

— Mais aux yeux du monde..., commença-t-il, avant qu'elle ne pose un doigt sur ses lèvres pour le faire taire.

— ... Je suis votre maîtresse, dit-elle. Je sais ce que disent les gens. Et je suis heureuse de savoir que vous tenez à moi. Pour que je sois acceptée de tous, il faudrait que l'Église bénisse notre union, or j'appartiens à la Dame. N'ayez crainte, mon amour, tant que vous vivrez je n'aurai besoin d'autre protection que la sienne, et la vôtre...

Après un silence, Vortimer laissa échapper un sourire.

— J'ai appris ce matin que Hengest se dirigeait vers Londinium. Je pense qu'il ne pourra pas s'emparer de la ville, et quand il se repliera en passant par Cantium, je l'attendrai de pied ferme. La grande bataille pour laquelle je me suis préparé approche. Nul doute que nous serons victorieux ; néanmoins, chaque homme met sa vie en jeu lorsqu'il part à la guerre.

Viviane retint son souffle. Elle savait qu'il y aurait une autre bataille, mais elle ne s'attendait pas à ce que celle-ci ait lieu si rapidement. Malgré tout, elle s'obligea à conserver une voix calme pour demander :

— Si par malheur vous deviez échouer, existe-t-il un endroit où votre nom suffirait à me protéger ? Si

482   *Le Secret d'Avalon*

par malheur vous deviez... trouver la mort, je retour-
nerais vivre à Avalon.

— Avalon..., répéta-t-il dans un long soupir. Je me
souviens de cet endroit, mais cela ressemble à un
rêve.

Sans un mot, elle se retrouva dans ses bras. Il lui
semblait que son amant n'était plus en état de parler
lui non plus, mais leurs deux corps communiquèrent
avec une éloquence qui éclipsait celle des mots.

Cette nuit-là, Viviane rêva qu'elle était de retour à
Avalon, et qu'elle regardait sa mère tisser. Mais le toit
de l'atelier de tissage était beaucoup plus haut, les
ensouples du métier à tisser se dressaient dans la
pénombre du plafond, soutenant l'étoffe de la tapisserie. La tête renversée et les yeux plissés, Viviane entrevit des hommes en marche, le Lac et le Tor, elle se vit
enfant, chevauchant en compagnie de Taliesin sous la
pluie ; mais tandis que la tisserande continuait son
travail, la tapisserie disparut de son champ de vision
pour plonger dans l'obscurité des années oubliées.
Vers le bas, les images étaient plus nettes. Elle revit la
Danse des Géants, elle-même et Vortimer, et des
armées, toujours plus d'armées, marchant à travers le
pays au milieu du sang et du feu.

— Mère ! s'écria-t-elle. Que faites-vous ?

La femme se retourna et Viviane découvrit que
c'était elle-même qui était assise devant le métier à
tisser, elle également qui assistait à la scène, à la fois
double et unique.

— *Les dieux ont bâti ce métier, mais c'est nous qui
traçons les motifs*, déclara l'Autre. *Tisse avec sagesse,
tisse comme il convient...*

Il y eut alors un grondement de tonnerre, et le
métier commença à tomber en pièces. Viviane avait
beau tenter de les rattraper, les morceaux lui glissaient entre les doigts. Soudain, quelqu'un la secoua.
Ouvrant les yeux, elle découvrit Vortimer, et entendit
des coups frappés à la porte.

— Les Saxons !... Les Saxons ont été repoussés de
Londinium et ils battent en retraite ! Nous avons
besoin de vous, mon seigneur !

Viviane referma les yeux, tandis que le prince allait ouvrir. C'était la nouvelle qu'il attendait, elle le savait, et elle aurait préféré que celle-ci n'arrive jamais. Elle revit l'image de la tisserande et se remémora son conseil : « *Tisse avec sagesse, tisse comme il convient...* »

Quel était le sens de ces paroles ? Vortimer allait partir à la guerre et elle était incapable de l'en empêcher. Que pouvait-elle faire ?

Dans le silence qui suivit le départ des soldats venus annoncer la funeste nouvelle, Viviane songea qu'elle était toujours prêtresse, et à quoi bon avoir passé tout ce temps à apprendre la magie si elle ne pouvait s'en servir pour protéger l'homme qu'elle aimait ?

Avant même le lever du soleil, Viviane se mit en route. Elle ne rencontra aucune difficulté. Voyager dans le sillage d'une armée en marche était un gage de sécurité, à condition d'emporter ses propres provisions. En outre, elle avait pris la précaution de revêtir pour l'occasion une tunique de jeune garçon empruntée à un des esclaves jardiniers et de se couper les cheveux. Après toutes ces années, elle s'était habituée à les porter courts, et si par la suite elle avait besoin d'afficher un air respectable, elle pouvait toujours les masquer sous un voile.

Sa monture elle-même ne pouvait attirer la convoitise ; un vieil hongre rouan au caractère irascible jugé trop lent pour participer à la guerre. Mais dès que Viviane l'eut persuadé de se mettre en route, il avança sans protester de sa démarche cahotante. Cette nuit-là, elle dormit en vue des feux de camp des troupes de Vortimer, et le lendemain, incognito, elle se fit engager par les cuistots du camp en tant qu'aide-cuisinier.

Le troisième jour, l'avant-garde anglaise rencontra une bande de Saxons ; il s'ensuivit un bref combat. Hengest se rabattait sur sa vieille forteresse de Tanatus. L'objectif de Vortimer était de le couper de ses arrières et de l'éliminer avant qu'il ne puisse traverser la Manche pour rejoindre l'île. C'est pourquoi ils mirent le cap à l'est, en avançant à vive allure.

Le soir venu, ils installèrent le camp à contrecœur, sachant que l'ennemi, lui, continuait peut-être d'avancer pendant ce temps. Mais seuls les hommes sont capables de surpasser les limites de la force et de la raison, et les chevaux devaient se reposer si les Anglais voulaient conserver leur supériorité équestre lors du combat. La route était située à proximité de l'estuaire de la Tamise, et Viviane frissonna dans l'air marin froid et humide, en regrettant de ne pouvoir se blottir dans les bras de Vortimer. Mais il était préférable qu'il la croie en sécurité à Durovernum. Elle se coucha au sommet d'un petit promontoire d'où elle apercevait le pâle reflet de la tente de cuir qui abritait le prince. Et là, dans l'obscurité, elle fit appel aux anciens dieux de l'Angleterre pour qu'ils protègent le corps et renforcent le bras de l'homme qu'elle aimait.

Les Anglais se levèrent dès les premières lueurs de l'aube, et lorsque le soleil apparut, les guerriers étaient déjà en route, obligeant le train des équipages à faire de son mieux pour ne pas se laisser distancer. Viviane maudissait maintenant la lenteur de son vieux canasson, car le lien qui l'unissait à Vortimer était devenu suffisamment fort pour qu'elle soit avertie du moment où ils rencontrèrent l'ennemi.

De fait, ils entendirent la bataille avant de la voir. Les chevaux dressèrent l'oreille lorsque le vent transmit l'écho d'une clameur grondante, comme la mer, mais ce qu'ils entendaient, ce n'étaient pas les vagues mais le vacarme des combattants.

Les deux armées s'affrontaient dans la plaine bordant le détroit de Tanatus. Dans le lointain on discernait la forteresse de Rutupiae, tournant le dos à la mer. À cette époque de l'année, les prairies souvent inondées étaient asséchées, et une fine brume de poussière flottait dans les airs. Des corbeaux croassant de plaisir tournoyaient déjà dans le ciel.

Le train des charrettes s'arrêta. Leurs conducteurs observaient, fascinés, le combat qu'ils commentaient d'une voix étouffée et tendue. Viviane, elle, continua d'avancer sur son cheval, en plissant les yeux pour mieux voir ce qui se passait. La première charge avait certainement fait éclater le mur des boucliers saxons, et le combat s'était désintégré en une multitude d'escarmouches. Parfois, quelques cavaliers joignaient leurs forces pour attaquer un groupe d'ennemis plus important, ou bien des Saxons éparpillés se regroupaient pour tenter de reformer leur ligne. Impossible dans cette confusion de deviner où irait la victoire.

Totalement absorbée par le combat qui se déroulait en contrebas, Viviane ne remarqua même pas les cris qui s'élevaient dans son dos. Un reître barbu saisit les rênes de sa monture. Elle s'aperçut alors qu'une bande de Saxons désertait le champ de bataille, et cherchait à faire main basse sur les chevaux de l'équipage pour s'échapper. Finalement, ce fut le hongre qui lui sauva la vie, en faisant claquer sa mâchoire aux longues dents. L'agresseur, jugeant le cheval plus dangereux que sa cavalière, recula en titubant. Erreur fatale, car Viviane, dans le feu de l'action, lui planta sa dague dans le cou. Le poids de l'homme entraîné par son élan aida la lame à s'enfoncer jusqu'à la garde, tandis que le cheval se dégageait d'un bond.

Mais déjà un deuxième assaillant se précipitait. Fort heureusement, Viviane eut le réflexe de s'accrocher à la crinière de la bête au moment où elle décochait une ruade avant de s'en aller. Elle fit corps avec sa monture, animée dans sa fuite par le même instinct de survie. Quand le cheval s'arrêta enfin, haletant, les flancs écumants, Viviane avait retrouvé ses esprits. Elle serrait toujours dans son poing la dague ensanglantée. Parcourue d'un frisson de dégoût, elle s'apprêta à la jeter, puis se ravisa, car une idée lui vint.

Elle avait maintenant quelque chose appartenant à l'ennemi — du sang —, et ce poignard lui-même lui avait été offert par Vortimer ; il le possédait depuis l'adolescence. De quoi se mettre au travail. Observant au loin, derrière elle, le déroulement du combat, la prêtresse déposa la lame rougie au creux de ses paumes et se mit à fredonner un sortilège.

Elle chanta pour donner du tranchant aux épées des Anglais, afin qu'elles puissent, comme ce poignard, arracher la vie à leurs ennemis ; elle chanta pour que le sang jaillisse en abondance des plaies des Saxons, comme avait jailli celui de son agresseur. Elle s'adressa aux esprits de la terre, pour que les herbes hautes entravent les pieds des envahisseurs, que l'air les étouffe, que les eaux les engloutissent, et pour éteindre la flamme qui brûlait en eux, les privant du désir de se battre.

Elle ignorait ce qu'elle chantait, car tandis qu'elle récitait sa psalmodie, elle plongea dans un état de transe, et son esprit s'éleva comme un corbeau au-dessus du champ de bataille. Elle vit Vortimer se frayer un chemin à coups de hache vers un colosse portant un torque en or et des tresses grisonnantes, qui faisait tournoyer comme un jouet une énorme hache de guerre. En hurlant, elle s'envola par-dessus la tête de Vortimer et fondit sur son ennemi.

Ce dernier était plus réceptif que ses camarades, ou peut-être avait-elle réellement projeté son être au cœur de la bataille, car il eut un mouvement de recul, le coup qu'il assena manqua sa cible et dans ses yeux la fureur meurtrière céda place au doute.

— Vous êtes condamnés ! Vous êtes condamnés ! Il faut fuir ! cria-t-elle.

Trois fois elle tournoya au-dessus du Saxon, avant de se précipiter vers la mer.

Vortimer en avait profité pour se jeter sur son adversaire. Il y eut un violent échange de coups. Le colosse était maintenant sur la défensive. Son adversaire fit effectuer un demi-tour à sa monture et son épée s'abattit comme la foudre. La hache du barbare se tendit à sa rencontre dans un grand fracas métallique et, déviée, entailla la cotte de mailles qui couvrait la cuisse de Vortimer, pour s'enfoncer finalement dans le flanc du cheval. L'animal poussa un hennissement et vacilla quelques secondes, avant de s'effondrer, clouant Vortimer dans la boue, mais curieusement, au lieu de profiter de son avantage, le barbare hurla quelques mots dans sa langue et s'enfuit en direction du bras de mer.

Une demi-douzaine de navires saxons avaient été tirés sur le rivage. Voyant leur chef battre en retraite, les autres guerriers l'imitèrent. Quelques instants plus tard, un des bateaux de guerre prenait le large, et ceux qui n'avaient pas réussi à monter à bord tentaient de le rejoindre en pataugeant. Les Anglais se lancèrent à leurs trousses en aboyant comme une meute, et rapidement, l'eau devint rouge. Le deuxième navire, surchargé, s'éloigna à son tour en ballottant sur les flots. Le chef des Saxons, debout devant la proue du troisième navire, repoussait ses agresseurs à lui seul, au milieu de ses guerriers qui s'enfuyaient. Le bateau s'ébranla et les hommes hissèrent leur chef à bord, en poussant des cris sauvages.

Seuls trois navires remplis de Saxons parvinrent à échapper à ce champ de bataille maudit, plus quelques guerriers solitaires qui réussirent à rejoindre l'autre rive à la nage. Mais de ceux qui restèrent les soldats anglais firent une moisson sanglante. Viviane, quant à elle, continua à survoler la mêlée, jusqu'à ce que des hommes aillent enfin dégager le corps de leur chef coincé sous le cheval mort, et elle vit qu'on relevait Vortimer. Sur le visage du prince, l'épuisement se transforma en exultation lorsqu'il comprit que la victoire leur appartenait.

Quand Viviane reprit connaissance, elle était allongée dans l'herbe. Son cheval broutait tranquillement à proximité. En grimaçant, car tous ses muscles étaient douloureux comme si son corps avait participé lui aussi au combat aux côtés de son esprit, elle se releva, plongea le poignard dans la terre pour ôter le sang, l'essuya ensuite et le remit dans sa gaine. Tandis qu'elle récitait des louanges de son ton le plus apaisant, car le cheval commençait à lui jeter des regards méfiants, elle parvint à agripper les rênes et à se remettre en selle.

Parmi les rares choses qu'elle avait apportées de Durovernum se trouvait une trousse de soins, craignant d'en avoir besoin après le combat. Et maintenant, elle avait hâte d'en faire profiter Vortimer.

Quand enfin elle rejoignit les troupes du prince, celles-ci avaient trouvé refuge dans la forteresse de Rutupiae. Mais Vortimer était tellement occupé à distribuer des ordres que Viviane ne put l'approcher ; elle décida alors de s'occuper des autres guerriers, bien plus grièvement blessés.

L'atmosphère de ce lieu lui semblait chargée d'histoire. Ce n'était pas un hasard si Hengest avait fait de Tanatus sa forteresse. Cette cité constituait en quelque sorte la porte de l'Angleterre. Rutupiae elle-même était née du fort construit pour défendre la première tête de pont romaine. Elle fut pendant un temps le plus important port du pays, et le grand monument dont les ruines servaient désormais de fondations à la tour de guet avait été érigé pour célébrer son rôle capital. Aujourd'hui, les rares bateaux de commerce passaient par Clausentum ou Dubris, mais les remparts et les fossés de Rutupiae avaient été restaurés un siècle plus tôt, à l'époque où on avait renforcé les autres forts de la Côte Saxonne, et ils demeuraient en bon état.

La nuit était tombée lorsque Vortimer prit enfin le temps de s'asseoir, et Viviane put enfin l'approcher. Il avait ôté son armure, sans se préoccuper toutefois de sa blessure. Quelqu'un avait découvert la réserve de vin du fort, et les chefs anglais avaient commencé à fêter leur victoire.

— Vous les avez vus détaler comme des lapins ! Ils pleuraient comme des femmes et ils se noyaient en essayant de grimper à bord de leurs misérables rafiots... !

— Certes, mais ils ont tué un grand nombre de nos valeureux guerriers, fit remarquer un autre. Nous ferons une chanson pour célébrer leur mémoire ! Et une autre à la gloire de cette journée !

Viviane fronça les sourcils. Elle savait déjà que Vortimer avait perdu une douzaine de ses officiers, ainsi que de nombreux soldats. Voilà peut-être pourquoi, tandis qu'il contemplait le feu, son visage semblait empreint d'une telle tristesse. Pourtant, Hengest lui-même s'était enfui, leur abandonnant le terrain. C'était une grande victoire. Discrètement, elle s'approcha de lui.

— Mon seigneur s'est occupé de tous les autres. Il est temps que l'on soigne sa blessure.

— Ce n'est qu'une égratignure ! Il y a des blessés bien plus graves !

Viviane n'était pas étonnée qu'il ne l'ait pas reconnue, car la lumière était faible et elle devait offrir un bien curieux spectacle avec son ample tunique de jardinier et son pantalon, crottés et maculés du sang des blessés.

— J'ai déjà fait tout ce que je pouvais pour eux. À votre tour maintenant. Laissez-moi voir...

Elle s'agenouilla devant lui, la tête penchée, et posa délicatement sa main sur son genou.

Peut-être la peau de Vortimer reconnut-elle le contact de cette main, car il se raidit, et une grimace de perplexité déforma son visage.

— Tu as l'air si jeune... Es-tu sûr de posséder suffisamment d'expérience pour...

Il s'arrêta net lorsqu'elle leva les yeux vers lui, en lui faisant un grand sourire.

— Doutez-vous de mon savoir-faire... mon seigneur ?

— Dieu du ciel ! Viviane !

Il ne put réprimer un rictus lorsqu'elle entreprit d'examiner la vilaine plaie qui entaillait sa cuisse. Elle se releva ; elle ne riait plus.

— Au nom de la Déesse, dit-elle d'un ton sévère, je vous jure que si vous ne trouvez pas un endroit isolé pour que je puisse m'occuper de cette blessure dans l'intimité, je vous baisse votre pantalon devant tout le monde !

— Je connais un tas d'autres activités que j'aimerais faire avec vous dans l'intimité... Mais c'est vous qui décidez, répondit-il à voix basse. D'ailleurs, j'ai deux ou trois choses à vous dire moi aussi, en privé.

Vortimer grimaça en se levant, car la plaie avait durci, mais il parvint à s'empêcher de boiter pour la conduire dans les appartements du tribun, qui faisait partie des chefs tués durant le combat.

Délicatement, Viviane imbiba le tissu du pantalon jusqu'à ce que le sang séché se détache de la plaie, après quoi, ayant arraché le tissu, elle entreprit de nettoyer la blessure. Couché sur le côté pendant que Viviane s'occupait de lui, le prince s'efforçait d'oublier la douleur en dressant d'un ton cinglant la liste des raisons pour lesquelles elle avait commis une folie en décidant de le suivre. Si elle avait été un de ses soldats, songea-t-elle, nul doute que ces paroles ne l'eussent anéantie. Mais elle avait développé d'excellents moyens de défense à force de vivre aux côtés de sa mère, dont les propos sanglants étaient portés par un souffle psychique véritablement destructeur. Et ce n'était pas la colère qui inspirait Vortimer, mais l'amour.

— Il est vrai que si j'étais votre épouse, vous auriez pu m'ordonner de ne pas vous suivre, répondit-elle. Mais n'êtes-vous pas heureux de ne pas l'avoir fait ? Rares sont ceux qui ont le privilège d'être soignés par une prêtresse d'Avalon.

La blessure en elle-même n'avait rien d'alarmant, mais elle s'était aggravée quand le cheval était tombé sur sa jambe, et surtout, elle avait grand besoin d'être nettoyée. Vortimer continua à grommeler pendant que Viviane s'occupait de lui.

— Et vous avez coupé vos magnifiques cheveux ! ajouta-t-il, alors qu'elle reposait le linge souillé.

— Je pouvais difficilement me faire passer pour un garçon en gardant mes cheveux longs, répondit-elle du tac au tac. Mais vous êtes un Romain, vous ne m'aimez donc pas comme ça ?

— Vous confondez avec les Grecs, je crois, répondit-il, et son embarras la ravit. J'espère pourtant vous avoir apporté la preuve de mes goûts...

Elle lui répondit par un sourire et lui tendit un morceau de cuir.

— Mordez là-dedans, ordonna-t-elle. Je vais verser du vin sur votre plaie.

Il sursauta en sentant la brûlure de l'alcool, des gouttes de sueur perlèrent sur son front.

— Continuez de mordre le cuir pendant que je recouds la plaie. Vous aurez une jolie cicatrice...

Quand elle eut terminé, Vortimer était pâle et tremblant ; pourtant, à l'exception de quelques grognements, il avait tout supporté sans se plaindre. Délicatement, elle acheva sa toilette et l'aida à enfiler une tunique propre. Quand Ennius Claudianus vint prendre de ses nouvelles, Vortimer dormait. Viviane avait découvert parmi les effets du tribun décédé une tunique assez longue pour lui servir de robe, et utilisé l'eau restante pour se redonner une apparence plus féminine et faire en sorte que Claudianus la reconnaisse et obéisse à ses ordres lorsqu'elle déclara que le prince ne devait pas être dérangé.

La bataille de Rutupiae avait prélevé un lourd tribut en vies humaines. C'était néanmoins une grande victoire et l'accomplissement des devoirs funèbres ne parvint pas à dissiper totalement l'euphorie qui régnait parmi les guerriers. Hengest s'était enfui. Il avait quitté la région, mais aussi l'Angleterre. Ses trois navires avaient traversé la mer, en direction de la Germanie... ou de l'Enfer, peu importe ! Où qu'il soit désormais, il y était sans doute pour longtemps, car après une telle défaite, comment pourrait-il trouver d'autres hommes assez fous pour se joindre à lui ?

— Alors c'est vraiment fini ? Nous avons gagné ?

Viviane n'osait y croire. Les Saxons représentaient une menace depuis si longtemps.

Vortimer changea de position sur le banc, en poussant un soupir, car sa jambe continuait à le faire souffrir.

— Nous avons vaincu Hengest, notre adversaire le plus dangereux. Mais la Germanie engendre les barbares comme un cadavre engendre des vers, et ils sont toujours aussi affamés. D'autres viendront un jour, et si ce n'est pas eux, il nous reste les Pictes et les Irlandais. Non, la guerre n'est pas finie, ma douce, mais nous avons obtenu un répit. (D'un geste, il désigna les tombes fraîchement creusées.) En versant leur sang, ces valeureux guerriers nous ont ménagé un répit pour reconstruire le pays. Il y a encore des gens riches dans l'Ouest et le Sud. Nul doute qu'ils ne nous viennent en aide !

Elle l'observa d'un air intrigué.

— Qu'avez-vous l'intention de faire ?

— J'irai trouver Ambrosius. C'est moi qui ai sauvé l'Angleterre, tout de même ! Mon père et lui seront obligés de m'écouter maintenant. Je pourrais me proclamer empereur sans leur demander leur avis, mais je refuse de diviser davantage ce pays ! Malgré tout, je suis en position de force pour négocier. Mon père est âgé. Si je promets à Ambrosius de lui apporter mon soutien quand mon père sera mort, peut-être m'accordera-t-il dès maintenant l'aide dont j'ai besoin.

Viviane lui rendit son sourire, ravie elle aussi par cette perspective. Elle avait maintenant le sentiment que tout ce qui s'était passé depuis leur union sur le site sacré de la Danse des Géants était dicté par le Destin, et elle comprenait mieux l'impulsion qui l'avait poussée à suivre Vortimer. Car le Sauveur de l'Angleterre pouvait-il trouver meilleure compagne qu'une prêtresse d'Avalon pour le protéger et le conseiller ?

Vortimer lui proposa une autre monture pour effectuer le voyage jusqu'à Londinium, mais Viviane refusa de se séparer de son hongre rouan auquel elle avait fini par s'attacher. En dépit du trot mal assuré de la rosse, elle avait l'impression de chevaucher plus confortablement que sur le bel étalon gris du prince. Elle avait tenté de convaincre Vortimer de demeurer à Rutupiae jusqu'à ce que sa blessure soit guérie, mais celui-ci était persuadé qu'il devait rencontrer

Ambrosius sans tarder, pendant que toute l'Angleterre résonnait encore des échos de sa victoire.

Leur séjour à Londinium fut malheureusement terni par une grave dispute entre Vortimer et son père qui, s'étant préparé à accueillir son fils en tant qu'héritier supposé, fut logiquement contrarié en apprenant la décision de Vortimer de « gâcher sa victoire », pour reprendre son expression. Viviane songea alors que Vortigern aurait pu, pensa-t-elle, faire chorus avec sa propre mère pour déplorer l'attitude de leurs rejetons indociles, mais elle s'abstint de toute remarque. Vortimer souffrait d'autant plus de cette dispute qu'il comprenait le point de vue de son père. Très souvent il avait commenté les efforts déployés par Vortigern pour effacer les suites de l'erreur qu'il avait commise en accueillant les Saxons sur le sol anglais. Tout en reconnaissant les fautes du vieil homme, il respectait énormément son père, et ce conflit lui faisait mal. Quand ils reprirent la route de Calleva, le prince était blême et silencieux.

Mais en atteignant la *mansio* de Calleva, Viviane dut se rendre à l'évidence. La souffrance de Vortimer n'était pas uniquement morale. Sa blessure était rouge et enflée. Il prétendit ne pas avoir mal, mais Viviane n'en crut rien. Elle lui fit promettre d'accepter ses soins.

Le soir venu, il paraissait beaucoup plus détendu, et quand ils allèrent se coucher, pour la première fois depuis la bataille, il l'attira contre lui.

— Non, il ne faut pas, murmura-t-elle, tandis qu'il l'embrassait dans le cou. Vous allez avoir mal...

— Je ne sentirai rien...

Quand ses lèvres se refermèrent sur ses seins, elle retint son souffle.

— Je ne vous crois pas, dit-elle d'une voix tremblante, stupéfaite de constater combien elle s'était habituée à leurs étreintes, et à quel point celles-ci lui avaient manqué.

— À nous d'être inventifs...

Viviane se sentit rougir dans le noir, mais les caresses du prince faisaient naître un désir qui déjà l'emportait. Bientôt ils ne furent plus, ni l'un ni l'autre, maîtres de leurs sens. Ce fut comme la première fois, dans le Cercle de Pierres, à la Danse des Géants, lorsque leur union avait livré passage à des forces surnaturelles, et cette nuit-là leur chambre de Calleva fut elle aussi une terre sacrée.

— Ah, Viviane..., murmura-t-il quand ils eurent retrouvé leur condition de simples mortels. Je vous aime tant. Ne m'abandonnez pas, ma bien-aimée. Ne me quittez pas...

— Non, jamais, répondit-elle avec fougue en l'embrassant encore une fois.

Bien plus tard seulement elle se demanda pourquoi elle ne lui avait pas dit qu'elle l'aimait elle aussi.

Au matin, ils prirent la route de Glevum, mais vers midi, lors de leur deuxième jour de voyage, une violente fièvre s'empara de Vortimer. Malgré tout, il refusa de s'arrêter et interdit à Viviane d'examiner sa blessure. À mesure que l'après-midi s'écoulait, les hommes composant leur escorte commencèrent à partager l'inquiétude de la prêtresse, et quand cette dernière, en arrivant à une intersection, leur ordonna de prendre la direction de Cunetio au lieu de choisir l'embranchement conduisant vers le nord, nul ne protesta.

Le soir venu, la jambe de Vortimer était brûlante et dure. De toute évidence, malgré les soins apportés par Viviane, la blessure avait dû s'infecter et quand, après l'avoir imbibée de compresses chaudes, elle coupa les fils, du pus verdâtre s'échappa de la plaie.

Dans la *mansio* de Cunetio, le confort était vraiment rudimentaire. Elle fit néanmoins de son mieux pour soulager la douleur de Vortimer. Il connut toutefois une nuit fort agitée, et elle aussi, car elle se demandait combien de temps dureraient ses réserves d'herbes et ce qu'elle ferait quand le sac serait vide.

Pour accepter de demeurer à Cunetio une journée de plus, Vortimer devait souffrir le martyre et se sentir bien las. La blessure qui continuait à rendre du pus était apparemment dans un état stationnaire. Le

lendemain matin, Viviane s'assit à son chevet et lui
prit la main.

— Vous n'êtes pas en état de monter à cheval, et
vous ne pouvez pas dans ces conditions vous rendre
à Glevum, déclara-t-elle simplement. Mais il n'y a pas
de quoi vous soigner ici. Heureusement, nous ne
sommes pas très loin d'Avalon. Les prêtresses possèdent de grandes quantités d'herbes, et leurs connaissances dans ce domaine sont bien supérieures aux
miennes. Si nous construisons une litière pour vous
conduire jusque là-bas, je suis sûre que nous pourrons vous guérir.

Il la regarda longuement au fond des yeux, avant
de répondre :

— Quand nous sommes allés à la Danse des
Géants, dit-il, j'ai compris que l'un de nous serait
sacrifié. (Voyant l'air affolé de Viviane, il sourit.)
Nous irons où vous voulez. D'ailleurs, j'ai toujours
rêvé de retourner à Avalon...

Un voyage de deux jours les conduisit à Sorviodunum. Viviane eut un pincement au cœur en songeant
qu'ils étaient si près de ce Cercle de Pierres où avait
débuté sa vie avec Vortimer. Elle savait que les cahots
de la litière devaient être un calvaire pour lui, mais
malgré tous ses soins, elle ne parvenait pas à chasser
l'infection. Le prince était un homme résistant. Nul
doute qu'il ne guérisse s'ils réussissaient à atteindre
Avalon. Alors, ils poursuivirent leur route et peu de
temps après avoir quitté la ville, ils empruntèrent
l'ancienne voie préhistorique qui conduisait vers
l'ouest, à travers les collines.

La deuxième nuit, ils campèrent au sommet d'un
mamelon qui dominait la route. L'endroit était
envahi par la végétation, mais tandis qu'elle ramassait du bois pour faire un feu, Viviane remarqua que
le sommet de cette colline avait été aplani jadis,
entouré de fossés et de murs en terre pour ériger une
forteresse semblable à celles que bâtissaient les hommes jadis. Elle ne dit rien ; elle connaissait les sortilèges destinés à apaiser ces esprits, et elle ne voulait
surtout pas alarmer les hommes de l'escorte.

Ces derniers étaient suffisamment inquiets, car pendant l'absence de Viviane, Vortimer n'avait cessé de s'agiter, en marmonnant des paroles incompréhensibles où il était question de combats. Sans doute revivait-il la bataille de Rutupiae au cours de laquelle il avait été blessé. Dans la lumière des flammes, son visage ravagé par la fièvre paraissait encore plus décharné, et en mettant à nu la blessure, Viviane découvrit avec effroi sur sa peau des traînées sombres, qui révélaient un début de nécrose, et qui irradiaient vers l'entrecuisse. Mais elle nettoya et banda la plaie comme d'habitude, en taisant ses craintes.

Cette nuit-là, elle demeura longtemps éveillée, épongeant le corps enflammé de Vortimer avec un linge imbibé de l'eau du ruisseau tout proche. Si cette eau avait été celle du Puits Sacré, elle l'aurait guéri. Épuisée par cette veille, Viviane finit par s'endormir, en tenant le linge dans sa main.

Elle fut réveillée par le cri de Vortimer. Assis, droit comme un i, il délirait, parlant de lances, d'épées et d'ennemis aux portes, mais il s'exprimait maintenant dans une version archaïque du langage des marais. Effrayée, Viviane lui répondit avec les mêmes mots. Il en fut apaisé. Une lueur familière s'alluma dans son regard fiévreux et il se laissa retomber sur ses couvertures, le souffle court. Viviane rajouta des bûches parmi les braises encore rougeoyantes et les flammes se ranimèrent.

— Je les ai vus..., murmura-t-il, les hommes peints avec des colliers en or et des lances en bronze. Ils vous ressemblaient...

— Oui..., dit-elle à voix basse. Ce lieu était habité par les Anciens.

Il se tourna vers elle, terrorisé tout à coup.

— On raconte que dans ce genre d'endroits, le Peuple des Fées peut vous capturer.

— J'aimerais que ce soit vrai. Nous serions plus vite à Avalon.

Vortimer ferma les yeux.

— Je crois que je n'y arriverai jamais. Ramenez-moi à Cantium, Viviane. Si vous m'enterrez sur ce rivage où j'ai remporté le combat, je le protégerai, et les Saxons ne s'y installeront plus jamais, quels que soient les autres ports anglais tombés entre leurs mains. Voulez-vous me faire cette promesse, ma bien-aimée ?

— Vous ne mourrez pas, c'est impossible ! s'exclama-t-elle avec fougue en lui prenant la main.

Elle était brûlante, et si décharnée qu'elle sentait les os.

— Vous êtes la Déesse... mais seriez-vous assez cruelle pour prolonger mes souffrances... ?

Viviane le dévisagea, en repensant à ce premier rituel. La Dame avait donné la victoire au prince, et maintenant, comme Elle l'avait promis, Elle acceptait son offrande. Et Viviane, en tant que prêtresse de la Déesse, avait été le vecteur de cette promesse. Elle avait voulu aider Vortimer, et elle-même, à échapper à cette magie qui façonnait son existence. Or, elle n'avait réussi qu'à le conduire jusqu'à cette mort solitaire, parmi les fantômes de guerriers anciens qui hantaient les collines.

— Je vous ai trahi..., murmura-t-elle, sans jamais le vouloir...

Sous ses doigts elle sentait battre le pouls de Vortimer, comme un oiseau prisonnier.

Il rouvrit les yeux ; la douleur voilait son regard.

— Tout cela était donc vain ? Tous ces hommes ont été tués pour rien ? Accrochez-vous à moi, Viviane, ou sinon la folie va revenir... Laissez-moi au moins mourir sain d'esprit !

Brusquement, elle comprit qu'il s'adressait à elle comme à une prêtresse, et que si elle l'abandonnait maintenant, elle l'aurait trahi réellement. Elle voyait la vie vaciller en lui comme une flamme sur le point de s'éteindre. Et bien qu'elle ait envie de se jeter à son cou, en sanglotant, elle acquiesça et fit effort pour se remémorer des leçons qu'elle aurait préféré ne jamais mettre à profit.

Viviane lui prit les mains et soutint son regard jusqu'à ce que le rythme de sa respiration de Vortimer se plaque sur le sien.

— Doucement..., murmura-t-elle. Tout ira bien. Expirez et laissez sortir la douleur...

Son souffle ralentit, mais il était si faible. Pendant un instant ils restèrent assis face à face, en silence, et soudain, Vortimer écarquilla les yeux.

— La douleur a disparu... ma Reine...

Il gardait les yeux fixés sur elle, mais Viviane devinait que ce n'était pas elle qu'il voyait.

D'instinct, ses lèvres retrouvèrent la psalmodie jadis chantée dans la lointaine Atlantis lors du décès d'un roi. Elle sentit les doigts de Vortimer se refermer sur les siens. Puis il lâcha prise sans chercher à retenir sa vie qui s'envolait, en soupirant comme un homme qui, au terme de son dernier combat, sans le secours d'aucun espoir, entrevoit enfin sa victoire.

XXIII

— Le chiffre *Un*, c'est pour la Déesse, qui est chaque chose...

Le sourire d'Igraine était radieux comme un soleil. Les moissons étaient faites. La prochaine grande fête de l'année serait maintenant vers Samhain[1], mais ici, sur les rives du Lac, la lumière était éblouissante ; elle se reflétait sur le clapotis à la surface de l'eau et dans les cheveux blonds de la fillette.

— C'est exact, ma chérie, dit Taliesin avec un grand sourire, en la regardant de sa hauteur. Peux-tu me dire maintenant ce que représente le chiffre deux ?

Au-delà de l'étendue d'eau bleue, les terres avaient pris toutes les teintes mûres de l'automne, sous un ciel pâle.

— Deux..., c'est les choses en quoi Elle se

---

1. Début novembre.

transforme, comme par exemple le Seigneur et la Dame, ou l'Obscurité et la Lumière.

— Oui, excellent, Igraine ! s'exclama Taliesin en passant son bras autour de ses épaules.

Au moins avait-il le droit d'aimer cette enfant, songea-t-il avec une certaine amertume.

Son regard dériva alors vers cette autre fille qui marchait au bord du Lac, sa tête aux cheveux courts baissée, s'arrêtant de temps à autre pour contempler l'île du Guet au loin, là où on avait enterré Vortimer. Deux lunes presque s'étaient écoulées depuis que Viviane avait ramené son corps à Avalon et elle continuait à pleurer sa disparition. Etait-ce pour cette raison que son visage était si émacié ? Pourtant, cette maigreur n'avait pas affecté le reste de son corps. Lorsqu'elle se retourna, sa silhouette sombre se découpant sur le fond miroitant du Lac, le barde remarqua le renflement délicieux de sa poitrine.

— Et trois, c'est quand les Deux ont un enfant ! lança triomphalement Igraine.

Taliesin laissa échapper un long soupir. Viviane, dont la poitrine avait toujours été aussi plate que celle d'un garçon, arborait maintenant des formes de femme. Pourquoi ne leur avait-elle pas annoncé qu'elle portait dans son ventre l'enfant de Vortimer ?

— Alors, c'est ça, dis ? demanda Igraine en tirant sur la manche du barde avec impatience.

— Oui, tu as raison.

À cinq ans, elle était aussi brillante, peut-être même plus, que tous les enfants qu'il avait connus ; pourtant, ces derniers temps, elle semblait éprouver le besoin d'être sans cesse rassurée.

— Tu le diras à maman, hein ? Et elle sera contente de moi, hein ?

La voix aiguë de la fillette résonnait dans l'air immobile et limpide, et Viviane qui avait entendu ces mots se retourna. Son regard croisa celui de Taliesin, et celui-ci vit la tristesse se changer en mépris dans les yeux de la jeune femme. Mais elle se ressaisit, et rapidement elle rejoignit la fillette pour la prendre dans ses bras.

— *Moi,* je suis contente de toi, Igraine. À ton âge, je ne savais pas mes leçons aussi bien !

C'était faux, se dit le barde, mais à six ans, Viviane avait été confiée à Neithen, et lors de son retour à Avalon, elle avait dû tout réapprendre.

Taliesin se pencha pour embrasser l'enfant.

— Tu peux aller courir au bord du Lac, si tu veux, pour ramasser de jolies pierres, dit-il. Mais surtout, ne t'éloigne pas, et ne va pas dans l'eau.

— Igraine est inquiète, et ce n'est pas étonnant, dit Viviane en la regardant s'éloigner.

En cette saison, il n'y avait guère de danger ; le temps sec avait fait baisser considérablement le niveau du Lac, à tel point qu'on pouvait pratiquement le traverser à pied.

— Ana n'a plus le temps de s'occuper d'elle, n'est-ce pas ? Je me souviens de l'époque où elle a commencé à s'éloigner de moi de la même façon...

Taliesin secoua la tête, meurtri par l'amertume contenue dans la voix de Viviane.

— Elle était si affectueuse avec Igraine quand elle était bébé...

— Certaines femmes sont ainsi, paraît-il. Elles sont heureuses d'être enceintes, et elles adorent les bébés, mais apparemment quand ceux-ci commencent à grandir et à réfléchir par eux-mêmes, elles ne savent plus quoi en faire.

— Oui, tu as raison, dit-il, confirmant la justesse de son observation. Je suis sûr que tu ne commettras pas la même erreur avec ton enfant...

Viviane blêmit tout à coup, et Taliesin crut qu'elle allait défaillir.

— Mon enfant ? répéta-t-elle.

Dans un geste instinctif et protecteur, elle plaqua sa main sur son ventre.

— Tu devrais accoucher vers les fêtes de Beltane, me semble-t-il. Allons, tu le savais forcément !

Non, elle ne le savait pas, comprit-il en voyant le visage de la jeune prêtresse s'enflammer tout à coup, puis redevenir livide. Il lui prit la main.

— Ne sois pas triste, dit-il. C'est une raison de se
réjouir ! Je suppose que c'est l'enfant de Vortimer ?

Viviane répondit par un hochement de tête, mais
elle pleurait. Pour la première fois depuis qu'elle
avait ramené le corps de son amant à Avalon, constata le barde.

À Samhain, quand les Morts reviennent festoyer
avec les vivants, quand la Déesse achève sa demi-
année de règne et transfère sa souveraineté au Dieu,
le peuple d'Angleterre forme une procession pour
aller de village en village, chantant et gambadant en
costumes de paille. Le Peuple des Marais monta dans
des barques avec des torches dont la lumière courait
à la surface de l'eau comme un feu liquide. Sur l'île
des chrétiens, les moines chantèrent pour chasser les
pouvoirs maléfiques qui sortaient au cours de cette
nuit, lorsque s'ouvraient les portes entre les mondes.
Parfois, quelque moine malchanceux, courant entre
l'église et sa cellule, voyait les lumières sur l'eau s'enfoncer dans les brumes et disparaître. Ceux qui
avaient entr'aperçu ce spectacle n'en parlaient pas.
Mais pour les hommes des marais, c'était un
moment de réjouissance, car cette nuit-là, comme
lors des fêtes de Beltane, le cycle d'une année
touchait à son terme sur l'île d'Avalon.

La Dame du Lac était assise sur un trône fait de
branchages recouverts d'une peau de cheval blanc,
face au grand feu qu'ils avaient allumé dans la prairie
en contrebas du Puits Sacré. Minuit approchait, et
les disciples dansaient ; le sol tremblait au rythme
des pieds nus et des tambours. Ana portait, tatoué
sur la poitrine, le croissant de lune de la Déesse, et
rien d'autre, car cette nuit, elle était pour tous la prêtresse de la Grande Mère.

Ce n'était pas encore l'heure du festin, mais déjà la
bière de bruyère coulait à flots. Bien que légère, elle
parvenait à procurer une douce ivresse lorsqu'elle
coulait à flots les jours de fête, mais Ana se contentait
de boire l'eau de la source dans un gobelet en corne

orné d'argent. Peut-être était-ce la griserie des roulements de tambour qui la portait au rire. En voyant sa fille rayonner de la beauté des premiers mois de grossesse, Ana s'était sentie vieille, mais ce soir, elle retrouvait sa jeunesse.

Elle leva les yeux vers le Tor, où des torches s'agitaient comme des feux follets dans le ciel noir. En un sens, il s'agissait bien de cela, car on disait que ces esprits qui n'avaient pas franchi les cercles du monde ou n'avaient pas ressuscité pouvaient demeurer quelque temps parmi les Fées. Au cours de cette nuit, les prêtres et les prêtresses d'Avalon faisaient une offrande de leur corps, permettant aux esprits des ancêtres de se déplacer, afin de venir festoyer avec les vivants, et ceux qui, en temps normal, rejetteraient de la même manière les fantômes et les Fées les accueillaient à cette occasion.

Viviane contemplait le Tor elle aussi, avec une intensité que sa mère jugeait inquiétante. Croyait-elle que son amant allait revenir ? Ana aurait pu mettre fin à son attente vaine, car pendant un an et un jour, les morts devaient demeurer dans le Pays d'Été pour soigner les plaies de leurs âmes. Un deuil trop marqué pouvait même entraver leur guérison, et il ne fallait surtout pas les appeler avant l'achèvement de cette période. Mais un être qui laissait un travail inachevé sur terre pouvait parfois s'y attarder. Était-ce le chagrin, ou la culpabilité à cause d'une chose laissée en suspens, qui hantait Viviane ?

Quelqu'un ajouta du bois dans le feu, et le regard d'Ana suivit les étincelles qui explosaient dans la nuit et disparaissaient dans la froidure du ciel. À mesure que minuit approchait, son impatience grandissait. Et soudain, le guetteur posté près du puits émit un grand ululement qui transperça le bruit des tambours et des danseurs. Les torches s'étaient mises en mouvement au sommet du Tor et descendaient le Chemin de Procession qui serpentait autour de la colline. Les joueurs de tambour levèrent les mains et le silence se répandit comme un sortilège.

Tout doucement, le son des tambours reprit, tel un

battement de cœur qui vibrait à l'intérieur du corps et de la terre. Les participants à la cérémonie se retirèrent et s'accroupirent auprès de la nourriture qu'ils avaient apportée pour le festin, tandis que la procession fantomatique approchait. Les visages des druides étaient blanchis et leurs corps ornés de signes peints, déjà anciens à l'époque où les prêtres d'Atlantis avaient franchi les mers pour venir sur cette île, car c'était une magie séculaire. Ana n'apercevait pas Taliesin parmi eux, bien qu'il soit difficile de le reconnaître. Nul ne savait par avance sur qui se porterait le choix du Cornu, mais elle sentit son pouls s'accélérer sous l'effet de l'excitation.

Marchant au même rythme, les ancêtres formèrent un cercle autour du feu. Certains membres de la communauté lancèrent des noms, et peu à peu, les visages blancs, anonymes, semblèrent se modifier, acquérir une personnalité. Frappée par une apparition, une femme laissa échapper un cri et un des danseurs, boitant et marmonnant comme un vieillard, quitta le cercle pour venir s'asseoir à ses côtés. Une jeune femme, leur fille peut-être, s'agenouilla devant lui, en se massant le ventre, et le suppliant de retrouver en elle une enveloppe charnelle.

Un par un, les ancêtres se joignirent au festin. Viviane, qui les avait regardés approcher avec un mélange d'espoir et de terreur dans les yeux, détourna la tête, en pleurant. Ana secoua la tête. L'année prochaine peut-être, si Viviane le désirait toujours, elle verrait Vortimer et lui montrerait leur enfant.

Un rictus déforma les lèvres de la Grande Prêtresse. Même si elle avait porté son premier enfant beaucoup plus jeune que Viviane, il lui paraissait anormal que sa fille soit enceinte. Sur le site sacré de la Danse des Géants, elle s'était sentie très vieille tout à coup ; ses cycles menstruels avaient pris fin depuis plusieurs lunes déjà, et elle s'était résignée à la stérilité. Mais voilà qu'ils étaient réapparus. Sans doute étaient-ce les soucis qui les avaient interrompus, pensait Ana. Après tout, elle était encore jeune.

Une fille des marais s'agenouilla devant elle en tendant un plat dans lequel fumaient des morceaux de viande grillée sur le feu. Son estomac grogna d'impatience, car elle s'était préparée pour ce rite en jeûnant ; malgré tout, elle repoussa le plat. Autour d'elle, la fête se poursuivait. Certains des ancêtres, comblés, abandonnèrent les corps qui les avaient accueillis, et on emmena les prêtres pour qu'ils se débarrassent de leurs peintures et puissent se restaurer. Sentant en elle un picotement, Ana comprit que les courants astraux étaient en train de changer. Bientôt, les voies s'ouvriraient entre le passé et le futur, reliant les mondes entre eux.

De la petite bourse qui pendait à sa ceinture, elle sortit trois champignons minuscules que lui avait apportés une des sorcières de la tribu de Héron. Ils étaient encore charnus et frais. Le goût amer lui arracha une grimace, mais elle continua à mastiquer soigneusement. La première vague de vertige commençait à l'emporter quand Nectan vint vers elle, en s'inclinant.

— C'est l'heure, le Puits attend. Allons voir quel destin il renferme...

Ana vacilla légèrement en se levant de son trône, souriant devant le murmure d'appréhension mêlée de curiosité qui parcourut l'assemblée. Le vieux druide la retint par le bras. Ensemble, ils gravirent la colline. L'Étang Miroir était immobile sous la lumière des étoiles, l'image inversée du chasseur de Mondes chevauchant le ciel traversait à grands pas ses profondeurs. Les reflets des flammes du feu dessinaient un tourbillon étourdissant à la surface. D'un geste, la Grande Prêtresse renvoya les porteurs de torches et, sans un mot, sans un bruit , tous les disciples prirent position autour de l'étang.

Viviane s'avança pour regarder dans l'eau, comme elle le faisait à chaque Samhain depuis sa première vision dans l'étang, mais Ana la retint par les bras.

— Idiote, on ne peut pas *voir* quand on attend un enfant !

Ce n'était pas tout à fait vrai ; c'était simplement

plus difficile, car lorsqu'une femme était enceinte, elle était davantage liée à son corps, et cela pouvait se révéler dangereux pour le bébé. Mais alors qu'Ana bousculait sa fille pour passer, elle savait que ce n'était pas la véritable raison de son intervention. Peu importe, se dit-elle. Le moment était venu de leur montrer à tous pourquoi elle demeurait la Grande Prêtresse d'Avalon.

Une peau de mouton avait été installée au bord de l'eau. Nectan l'aida à s'y agenouiller et, avec la plus grande prudence, car les champignons exerçaient maintenant leur plein effet, Ana agrippa la pierre froide. La discipline héritée d'une très longue pratique raidit tous ses muscles. Ses longs cheveux pendaient de chaque côté de son visage, masquant sa vision périphérique. Elle plongea son regard dans l'obscurité et ses yeux se perdirent dans le vague. Une profonde inspiration l'aida à retrouver son calme ; elle réitéra sa tentative et un frisson ébranla sa frêle silhouette ; une troisième inspiration, et sa conscience se détacha de son corps.

À la surface de l'eau, les clapotis se transformèrent en collines et vallées. Les tracés entrecroisés des anciens chemins préhistoriques veinaient le pays de lumière. Cette nuit, ces chemins pullulaient d'esprits qui se précipitaient vers les feux tremblotants de Samhain.

— Grande Mère, je vous en supplie, parlez-nous. (La voix de Nectan lui parvenait du monde qu'elle venait de quitter.) Dites-nous ce que vous voyez.

— La paix règne sur le pays et les voies sont ouvertes ; les Morts rentrent chez eux...

— Et l'année prochaine ? La pluie et le soleil viendront-ils bénir nos champs ?

Le gris envahit la vision d'Ana et elle se mit à tousser, comme si elle se noyait.

— Remplissez vos réserves et réparez vos maisons, car un hiver humide et pluvieux s'annonce, et toutes les basses terres d'Angleterre seront englouties par les flots... (Quelque part dans cet autre monde, des voix firent entendre un murmure de déception, pendant que la Vision continuait de se dérouler.) Au printemps, je vois d'autres orages, des rivières qui débordent de leur lit pour se répandre dans les champs. C'est une année difficile qui vous attend, et une bien maigre récolte...

Il y eut un silence. Ana flottait quelque part hors du temps, regardant les motifs des arcs-en-ciel se former puis disparaître.

— Mais connaîtrons-nous la paix ? (La voix de Nectan la ramena vers le monde qui était le sien.) L'Angleterre sera-t-elle à l'abri des menaces humaines ?

La Grande Prêtresse fut secouée d'un éclat de rire.

— Des hommes vivent sur cette terre. Comment pourrait-elle être à l'abri de leurs menaces ?

Une autre voix intervint, c'était celle de sa fille :

— Les Saxons reviendront-ils ?

Entraînée dans une spirale vertigineuse, elle vit une mer grise et, au-delà, une terre où des eaux brunes envahissaient les champs. Elle vit des hommes et du bétail noyés et des récoltes désastreuses. D'autres saisons passèrent, tout aussi calamiteuses. Puis les hommes entreprirent de démontrer leurs temples de bois pour en faire des navires de guerre. Elle vit des armées qui s'assemblaient. Les trois bateaux à bord desquels avaient fui Hengest et ses hommes avaient proliféré au centuple.

— Non... (Ana tenta de repousser cette vision, qui néanmoins s'imposait à elle.) Je ne veux pas...

— Que voyez-vous ? demanda Viviane d'une voix implacable.

— Cinq hivers passent, et les Saxons se rassemblent, ils traversent la mer à tire-d'aile comme des oies sauvages. Ils sont nombreux, ils n'ont jamais été aussi nombreux... Ils s'abattent sur nos côtes en hurlant...

Elle gémissait, essayant encore de rejeter, de nier cette réalité future qui s'imposait à elle. Il fallait qu'elle y mette fin ! Ils avaient suffisamment souffert ; elle ferait n'importe quoi pour empêcher que cela ne se produise...

— Ana, ça suffit ! déclara Nectan d'un ton sévère. Laissez s'envoler la Vision, laissez les ténèbres l'emporter !

La Grande Prêtresse se mit à sangloter, tandis que le vieux druide, d'une voix plus douce, répétait son nom pour apaiser sa peur, la guider vers la maison. Finalement, elle ouvrit les yeux et se laissa tomber, en frissonnant, dans ses bras.

— Vous avez eu tort de lui poser cette dernière question ! lança quelqu'un.

— Vraiment ? rétorqua Viviane. J'ai simplement fait comme elle, rien de plus...

Viviane s'attarda au bord de l'Étang Miroir, tandis que les autres aidaient sa mère à retrouver sa place auprès du feu. Elle fut tentée d'y plonger son regard elle aussi, mais l'étang révélait rarement ses secrets deux fois de suite, et de plus, elle ne voulait pas mettre en danger son enfant. L'enfant de Vortimer. Dans quel monde verrait-il le jour ?

Le prince l'avait suppliée de l'enterrer sur la Côte Saxonne, mais ravagée par le chagrin, Viviane ne voyait qu'une seule destination : Avalon. Vortimer lui-même en ses derniers instants doutait fortement que la puissance tutélaire de son esprit pût s'étendre au-delà de quelques cantons. Mais de la colline du Guet, pensait-elle, il aurait une vue d'ensemble et son pouvoir de protection s'en trouverait décuplé. Mais si par malheur elle se trompait, elle l'aurait trahi de nouveau, à l'instant suprême.

Cinq ans... Si la vision d'Ana se confirmait, la grande victoire de Vortimer ne leur aurait accordé que ce bref répit nécessaire pour remettre l'Angleterre sur pied. Mais Viviane n'avait plus le cœur à se battre ; elle n'aspirait plus désormais qu'à une chose : se blottir dans un nid douillet en attendant la naissance de son enfant.

En retournant près du feu, elle constata que sa mère, sortie de son état de transe, avait repris place sur son trône. « Elle devrait être au lit... », se dit-elle avec aigreur. Ana semblait épuisée, mais les hommes et les femmes des marais s'empressaient autour d'elle comme des abeilles, et peu à peu, elle récupérait. « Pourquoi a-t-elle besoin d'être rassurée ? se demanda Viviane. Voilà plus de vingt ans qu'elle est la Reine de la ruche... Mais au moins puis-je aller me coucher si je le souhaite. Personne ne remarquera ma disparition ! »

Elle allait emprunter le chemin du verger, lorsqu'elle se figea sur place. Quelqu'un, ou Quelque chose, l'observait, caché au milieu des arbres, à la frontière indécise du feu et de la nuit. « Ce n'est qu'une ombre », se dit-elle, mais la silhouette n'était pas altérée par les changements de lumière. « C'est un arbre... » Mais elle les connaissait tous dans ce verger, et il n'y en avait jamais eu à cet endroit. Son cœur battait à tout rompre. Ses sens aiguisés par sa formation de prêtresse furent mis en éveil. Elle perçut clairement : « *Le feu... les ténèbres... la concupiscence du prédateur et la terreur de sa proie...* »

Viviane laissa échapper une plainte et, comme s'il l'avait entendue, l'Autre bougea. De longues cornes ornées d'une couronne de feuilles mortes cramoisies se découpèrent au milieu des branches. Elles surmontaient un patchwork en peaux de bêtes que la lumière du feu faisait rougeoyer et où scintillaient des colifichets de cuivre et d'os. Puis apparut une paire de jambes nues et musclées lorsque la créature abandonna l'ombre des arbres. Quand surgit la tête coiffée de bois, une lueur rouge jaillit de ses orbites sombres. Viviane demeura pétrifiée, les yeux écarquillés ; une sagesse ancienne lui conseillait de ne pas s'enfuir.

Quelqu'un qui avait vu sa réaction pointa le doigt en direction des arbres. Une fois de plus, le silence s'abattit sur la grande assemblée. Avec une grâce mortelle, le Cornu s'avança, en tenant à la main la lance qu'elle avait découverte appuyée contre le mur à côté du Graal. Arrivé devant Viviane, il s'arrêta ; ses colifichets se balancèrent en tintant, avant de s'immobiliser eux aussi.

— As-tu peur de Moi ?

Sa voix était brutale et glaciale. Viviane ne l'avait jamais entendue.

— Oui..., répondit-elle dans un murmure.

La pointe de la lance glissa lentement de sa gorge vers son ventre gonflé.

— Il n'y a pas de raison d'avoir peur... pour l'instant...

La pointe de la lance se détourna. Brusquement, Il sembla se désintéresser d'elle et poursuivit son chemin.

Sentant ses jambes flageoler, Viviane tremblante se laissa tomber par terre. Le Cornu se mêla aux gens assemblés, ignorant certains d'entre eux, en frôlant d'autres avec sa lance. Elle vit des hommes robustes parcourus de frissons ; une femme s'évanouit. Mais d'autres au contraire redressèrent la tête après qu'Il leur eut parlé ; dans leurs regards brillait maintenant l'étincelle du combat. Finalement, Il arriva devant le trône de la Dame.

> « Pendant que le soleil brillait haut et fort
> Notre Mère la Terre n'a pas ménagé ses efforts ;
> Les âmes et les corps elle a sacré,
> Le moment est venu pour elle de se reposer. »

— Dame de l'Été, reprit-Il, la saison de la Lumière s'achève. Abandonne-moi ta souveraineté.

Le feu était presque éteint, et la silhouette du Cornu, monstrueusement amplifiée par cette lumière rasante, se pencha vers la chaise.

La grande Prêtresse, impavide, majestueuse, immaculée, lui fit face résolument.

— Pendant six lunes, tout ce qui vit s'est délecté de mon éclat ; grâce à mon pouvoir, la terre a donné des fruits, et le bétail a engraissé sur les collines.

> « L'été répandit à foison,
> Sur nous l'or pur de ses moissons,
> Ses fruits mûrs sont engrangés

L'hiver n'est plus à redouter. »
À son tour elle prononça les paroles du rituel, mais elle s'exprimait comme une prêtresse, alors que l'être dissimulé sous le masque du Cornu était une puissance supérieure. Sa réponse, si elle n'était pas méchante, fut implacable.

« Le vent d'automne dépouille les feuillus.
La menue paille s'envole dans les champs nus.
Le froid de l'hiver après la chaleur de l'été,
Voilà que tu changes, et passent les années.
Alors que la feuille et la branche préparent leur léthargie
Les cerfs bondissent dans les taillis,
Quand le vent fait chanter le sang dans les veines,
C'est qu'a sonné l'heure de mon règne. »

« ... Votre récolte est faite, vos enfants ont grandi, ajouta-t-Il. Il est temps que l'obscurité triomphe, et que l'Hiver gouverne le monde.
— Je ne Vous laisserai pas Vous en emparer...
— Je le prendrai de force...
Ana se leva de son trône, et bien qu'elle ne fût pas la Déesse, elle se drapa dans la dignité de Haute Prêtresse et parut soudain aussi grande que Lui.
— Chasseur des Ténèbres, je Vous propose un marché... (Un murmure d'étonnement parcourut l'assemblée.) Nous vivons en paix actuellement, mais j'ai *vu* que l'Angleterre devrait à nouveau affronter ses ennemis dans un futur proche. Voilà pourquoi, à cet instant sacré, alors que nos pouvoirs sont égaux, je m'offre à Vous, pour qu'ensemble nous donnions naissance à un enfant qui sauvera ce pays...
Il l'observa un long moment, sans rien dire. Et soudain, Il partit d'un grand éclat de rire.
— Femme, sache-le, on ne m'arrête pas davantage que la chute des feuilles ou que le cours de l'agonie. Tu ne peux pas conclure de marché avec moi. Je prendrai ce que tu me donnes ; quant à l'issue, elle est déjà écrite dans les étoiles, et ne peut être modifiée.

La lance se dressa. Sa pointe aiguisée s'immobilisa à la hauteur de la poitrine d'Ana.

Lorsqu'Il se déplaça, la lumière du feu vint frapper de plein fouet le corps de la Grande Prêtresse, et Viviane découvrit avec tristesse à quel point les seins lourds de sa mère s'étaient avachis ; elle remarqua les marbrures de la grossesse sur la peau douce de son ventre.

— Mère..., dit-elle — et les mots sortaient avec peine de sa gorge douloureusement nouée —, pourquoi faites-vous ça ? Vous sortez du rituel...

Ana se tourna vers elle un court instant, et Viviane crut entendre cette phrase, comme un souvenir : « *Je ne donne jamais mes raisons...* » Puis les lèvres de la Dame eurent un pli d'amertume nuancé d'autodérision et elle se retourna vers le Dieu Cornu.

— « Du printemps à l'été, récita-t-elle en avançant d'un pas vers Lui. De l'été à l'automne qui suit... À tous, j'offre la Lumière et la Vie... »

La lance décrivit un cercle et vint se planter dans le sol.

— « De l'automne à l'hiver », répondit-Il, et autour d'eux les disciples poussèrent des soupirs de soulagement en reconnaissant ces paroles familières. « De l'hiver au printemps... la Nuit et le repos sont mes présents. »

— « Ton ascension est Mon déclin..., dirent-ils en chœur. Tout ce que tu perdras m'appartient. Toujours languissant, éternels revenants, dans la Grande Danse nous ne faisons qu'Un... »

Il la prit dans ses bras et la serra contre lui. Quand il se détacha d'elle, les peaux de bêtes du Cornu ne pouvaient plus dissimuler le témoignage éclatant de sa virilité.

Il l'enleva prestement et disparut avec elle dans la nuit qui renvoya longuement l'écho caverneux de son rire. L'instant d'après, il ne resta plus que la Lance, plantée triomphalement devant le trône vide.

Nectan observa les visages stupéfaits qui lui faisaient face et se racla la gorge, s'efforçant de retrouver le rythme du rituel.

« Les heures précieuses de l'été ne sont plus
Maintenant que l'éclat du soleil s'est tu ;
Après la neige, la pluie et les frimas,
La joie de l'été reviendra !
Tout ce qui était prisonnier retrouve la liberté
Le cycle des saisons se poursuit
Désormais, le pouvoir du changement s'exprime,
Comme nous l'avons souhaité, et qu'il en soit ainsi. »

Mais quel était le souhait d'Ana ? se demandait
Viviane, cherchant à percer l'obscurité qui l'avait
engloutie. Et qu'adviendrait-il ?

Alors qu'approchait le Solstice d'Hiver, le sentiment de terreur qui régnait sur la communauté
d'Avalon depuis le rituel de Samhain devint moins
oppressant, car le temps demeurait clément et clair
pour la saison. On murmurait que l'offrande de la
Dame avait été acceptée. Les désastres qu'elle avait
prophétisés n'auraient donc finalement pas lieu, car
à l'époque du Solstice Ana fut certaine de porter un
enfant.

Les spéculations allaient bon train parmi les prêtres et les prêtresses. Très souvent des enfants naissaient chez ceux qui s'éclipsaient durant les Feux de
Beltane ou du Solstice d'Été, mais Samhain, en dépit
des invitations adressées aux ancêtres, n'était pas
une fête de la fertilité. Certains disaient, en riant, que
rien dans le rituel ne l'interdisait, mais en cette saison, il fallait être en transe ou véritablement
enflammée par la passion pour prendre plaisir à s'allonger avec un homme sur le sol glacé.

Seule Viviane s'inquiétait. Elle n'avait pas oublié
les souffrances endurées par Ana lors de la naissance
d'Igraine, et c'était cinq ans plus tôt. Survivrait-elle à
un autre accouchement ? Viviane alla jusqu'à suggé-
rer à sa mère d'utiliser certaines herbes que connaissaient les prêtresses afin de se débarrasser du bébé,
mais quand Ana l'accusa de chercher à capter l'attention générale au bénéfice de son propre enfant, elles

eurent des mots extrêmement vifs, et Viviane décida de ne plus aborder le sujet.

C'est peu de temps avant la fête de Briga, alors qu'auraient dû apparaître les signes annonciateurs du printemps que les premiers orages éclatèrent. Trois jours durant, des vents violents fouettèrent les cimes des arbres, poussant devant eux les nuages noirs, telle une armée d'assaillants, et quand enfin les vents se retirèrent, ils laissèrent une terre meurtrie que rien ne protégeait plus de la pluie.

Pendant presque tout le mois de Briga, et jusqu'au mois de mars, il plut sans discontinuer, les averses succédant au crachin, sans que jamais le soleil ne fasse son apparition. Jour après jour, le niveau du Lac montait, pour finalement déborder et atteindre les marques laissées par de très anciennes inondations.

Le chaume des toits était saturé d'eau et la pluie ruisselait sur les linteaux, formant des flaques autour des maisons. Impossible de faire sécher le moindre vêtement. L'air était si humide que de la mousse apparut sur les pierres à l'intérieur du Temple ! La plupart du temps, les nuages étaient si bas qu'on ne voyait même plus le Lac en contrebas. Les rares fois où ils se dissipaient, le monde vu du sommet du Tor ressemblait à une gigantesque étendue d'eau aux reflets d'étain qui allait jusqu'à l'estuaire de la Sabrina et la mer. Seules les Îles Sacrées dressaient encore la tête au-dessus des terres inondées, ainsi que les collines au loin.

Sur l'île d'Ynis Witrin, les moines se demandaient sans doute si leur Dieu avait décidé de provoquer un deuxième Déluge destiné à balayer l'humanité. Même à Avalon des rumeurs circulaient. Mais le moment où la Dame aurait pu se débarrasser de son enfant sans risque était passé, et d'ailleurs, alors qu'autour d'elle tous les membres de la communauté pâlissaient et maigrissaient à vue d'œil, la Dame d'Avalon rayonnait, comme si cette grossesse lui avait apporté une nouvelle jeunesse.

Ce fut surtout Viviane qui souffrit au cours de ce

printemps pluvieux, humide et mortel. Comme toujours à l'époque de l'Équinoxe, leurs réserves de nourriture baissaient, et plus particulièrement cette année à cause des pluies qui avaient détruit une partie des vivres. Elle mangeait sa part, soucieuse de la santé de l'enfant, mais si son ventre continuait à grossir, ses bras et ses jambes ressemblaient à des allumettes, et elle avait froid en permanence.

Après Beltane, disait-on, tout s'arrangerait. Viviane, qui contemplait la bosse dure de son ventre, ne pouvait qu'acquiescer, car c'est à cette époque qu'elle mettrait au monde son enfant. Hélas, avant d'apporter le soleil, le retour d'un temps plus clément apporta avec lui la maladie, une fièvre accompagnée de nausées et de douleurs musculaires, qui chez les personnes âgées ou affaiblies — et elles étaient nombreuses au sein de la communauté — se transformait trop facilement en congestion pulmonaire, qui les emportait.

C'est ainsi que mourut Nectan, et les druides choisirent Taliesin pour le remplacer. La vieille Elen disparut à son tour, et si sa mort n'était pas inattendue, la consternation fut grande en revanche lorsque Julia la suivit de peu dans la tombe. La petite Igraine tomba malade à son tour, et seule sa sœur prit la peine de s'occuper d'elle. La fillette était à peine tirée d'affaire quand Viviane ressentit elle aussi les premiers symptômes de la maladie.

Assise près d'un feu qui semblait incapable de la réchauffer, elle se demandait quelles herbes médicinales elle pourrait utiliser sans mettre en danger son bébé, quand la porte s'ouvrit soudain pour laisser entrer sa mère. Des gouttes de pluie scintillaient sur son manteau et dans ses cheveux. Ses boucles brunes étaient maintenant veinées de mèches grises, mais sur Ana, cette teinte était fort seyante. Elle soulignait moins les stigmates du temps qu'elle ne rehaussait sa beauté. La Grande Prêtresse égoutta son manteau, le suspendit à un crochet, puis se retourna vers sa fille.

— Comment vas-tu, mon enfant ?

— J'ai mal à la tête, répondit Viviane d'un ton revêche, et s'il y avait quelque chose de mangeable, mon estomac serait incapable de le garder.

Sa mère, en revanche, ne semblait pas souffrir de la faim, se dit-elle. La grossesse avait regonflé ses seins flasques, et même si son ventre s'était arrondi, elle n'avait pas encore atteint cet état disgracieux que connaissait Viviane et qui lui donnait l'aspect d'un chaudron sur pattes.

— Nous allons voir ce qu'on peut faire pour toi..., déclara Ana, mais Viviane secoua la tête.

— Vous n'aviez pas de temps à consacrer à Igraine quand elle était malade. Pourquoi vous occuper de moi maintenant ?

Le visage d'Ana s'enflamma, mais elle répondit d'un ton calme.

— Igraine t'a réclamée, et moi pendant ce temps, je soignais Julia. Que la Déesse m'en soit témoin, nous avions toutes de quoi nous occuper au cours de cet effroyable printemps.

— On ne peut pas dire que nous n'étions pas prévenues. Comme on doit être fier de posséder un vrai don d'oracle... !

Viviane préféra laisser sa phrase en suspens, pour ne pas donner libre cours aux propos venimeux qui lui venaient à l'esprit, car la fatigue l'avait minée et elle ne parvenait plus à se maîtriser.

— Non, c'est terrifiant ! répondit sa mère d'un ton cassant, et tu devrais le savoir ! Mais tu es malade et tu ne sais plus ce que tu dis !

— Ou peut-être suis-je simplement trop fatiguée pour m'en soucier, dit Viviane. Allez-vous-en, mère, ou nous risquons de regretter nos paroles vous et moi.

Ana la dévisagea un instant, avant de s'asseoir.

— Que s'est-il passé entre nous pour en arriver là, Viviane ? Nous portons toutes les deux un enfant, nous devrions nous réjouir ensemble, au lieu de chercher à nous blesser.

Viviane se redressa, en se massant le dos, sentant

sa patience l'abandonner. Plus que n'importe qui sa mère possédait le don de la mettre hors d'elle.

— Ensemble, dites-vous ? Je suis votre fille, pas votre sœur. Vous devriez vous préparer à devenir grand-mère, au lieu d'accoucher vous-même d'un nouvel enfant ! Vous m'avez accusée de jalousie, mais ne serait-ce pas plutôt l'inverse ? Dès que vous avez appris que j'étais enceinte, vous vous êtes empressée de vous faire engrosser !

— Ce n'est pas pour cette raison que...

— Je ne vous crois pas !

— Je suis la Dame d'Avalon, et personne ne peut douter de ma parole ! Tu as toujours été une enfant insolente, insoumise ! Jamais tu n'aurais dû devenir prêtresse ! (Les yeux d'Ana s'assombrirent, alors qu'elle aussi laissait éclater sa colère.) Qu'est-ce qui te fait croire que tu seras une bonne mère ? Regarde-toi ! Malgré mon âge, je suis plus vaillante que toi ! Comment peux-tu espérer mettre au monde un enfant robuste ?

— Vous n'avez pas le droit de dire ça ! Vous n'avez pas le droit ! hurla Viviane en entendant formuler ses pires craintes. Voulez-vous me porter malheur, si près de l'accouchement ? Ou peut-être est-ce déjà fait ? Ça ne vous suffisait pas d'avoir capté toute l'attention et toute l'énergie des autres ? Avez-vous puisé en moi la force nécessaire pour porter votre enfant ?

— Tu es devenue folle ! Comment pourrais-je...

— Vous êtes la Dame d'Avalon... Qui connaît l'étendue de vos sortilèges ? Dès l'instant où vous avez conçu cet enfant, mon état de santé s'est dégradé. Vous vous êtes donnée au Chasseur ? Quels pouvoirs transmet-Il à celle qui porte Sa semence dans son ventre ?

— Tu m'accuses d'avoir trahi mes serments ?

Le visage d'Ana était blême.

— Oh, je suis sûre que vous avez agi pour les motifs les plus nobles comme toujours. Vous seriez capable de sacrifier n'importe qui, n'importe quoi, pour obéir à la soi-disant volonté des dieux ! Mais je

vous le jure, mère, vous ne me sacrifierez pas, et vous
ne ferez aucun mal à mon enfant !

La fureur lui avait fait oublier toutes ses douleurs.
Ana avait commencé à répondre, mais Viviane refusait de l'écouter. Tremblante de rage, elle prit son
manteau accroché au mur et sortit en claquant la
porte.

Une fois déjà elle s'était enfuie de cette façon, mais
désormais, Avalon était devenue une véritable île.
Viviane monta dans la première embarcation qu'elle
trouva et se servit de la perche pour s'éloigner du
rivage. Handicapée par sa grossesse, elle avait le plus
grand mal à conserver son équilibre dans la barque
et à manier la perche. Malgré tout, elle persista. Par
le passé, elle s'était suffisamment occupée des habitants du village de Héron ; ils ne refuseraient pas de
l'accueillir aujourd'hui.

Il ne pleuvait pas véritablement, mais la brume
recouvrait les marais, et le vent humide et froid gla-
çait les gouttes de sueur qui perlaient sur son front.
De fait, son état ne lui permettait pas d'accomplir ce
genre d'efforts, et rapidement, son mal de dos
empira. Peu à peu, la colère qui l'avait animée
retomba, se mua en désir impatient d'atteindre l'autre rive, avant de céder place à la peur. Voilà des mois
qu'elle n'avait pas pratiqué la magie. Les brumes
obéiraient-elles à son appel ?

Prudemment, elle se mit debout dans la barque.
L'eau étant trop profonde pour qu'on utilisât la
perche, elle avait dû recourir aux rames. Elle leva les
bras au ciel. Il lui était bien difficile de se défaire de
la personnalité qui avait lutté si durement pour porter son enfant, difficile d'oublier la colère contre sa
mère, mais l'espace d'un instant, elle y parvint, et elle
abaissa les bras de toutes ses forces, en criant le Mot
du Pouvoir.

Elle sentit alors l'équilibre du monde se déplacer
autour d'elle, et elle bascula à la renverse. Le frêle
esquif tangua violemment, embarqua de l'eau, mais
fort heureusement ne chavira pas. Viviane perçut
immédiatement le changement : l'air plus lourd, une

odeur d'humidité charriée par le vent. Mais avant qu'elle ne se relève, une crampe irradia dans son ventre, brève mais violente. Agrippant le bord de la barque, elle se plia en deux, attendant que la douleur passe. Mais dès qu'elle se redressa, une autre lui succéda. Elle ne ressentait aucune nausée, ce qui l'étonnait, mais quand une troisième contraction lui noua le ventre, la surprise céda place à la consternation. Non, ce ne pouvait pas être le travail qui commençait ! se dit-elle. C'était un mois trop tôt !

Mais les bébés ne naissaient pas en un clin d'œil, et elle avait entendu dire que la venue au monde d'un premier enfant était particulièrement longue. Au loin, elle apercevait un bosquet d'arbres. S'arrêtant à chaque contraction, elle rama en direction du rivage. Au moins, se dit-elle en atteignant enfin son objectif, elle n'accoucherait pas au milieu du Lac. Mais les douleurs étaient de plus en plus violentes, et elle devinait maintenant, avec angoisse, que ces douleurs dans le dos qu'elle avait mises sur le compte de la maladie étaient en fait les prémices de l'accouchement.

En outre, elle se souvenait de la rapidité avec laquelle les femmes des marais, dont elle s'était occupée parfois, mettaient au monde leurs enfants, et elle leur ressemblait par de nombreux côtés. Ah, que n'aurait-elle donné pour se trouver dans un de leurs villages à cet instant, en sécurité, entourée. Et si elle avait accusé sa mère de lui vouloir du mal, pensat-elle, elle s'en était fait bien plus en agissant ainsi, et son acte irréfléchi risquait bien de lui coûter la vie, ou celle de son enfant.

« Jamais plus, se dit-elle, tandis qu'une nouvelle contraction l'obligeait à se plier en deux, je ne laisserai la colère obscurcir mon jugement ! » Un liquide chaud coulait entre ses cuisses... Depuis un certain temps déjà, constata-t-elle.

Viviane parvint tant bien que mal à franchir l'étendue de boue qui bordait le rivage, bien qu'il n'existât plus aucun endroit sec. Arrivée à la limite des arbres, elle comprit qu'elle n'avait plus la force d'avancer.

Mais il y avait au milieu, dans un épais feuillage d'un grand buisson de sureaux, un endroit protégé. Ayant étalé son manteau sur le sol, elle s'y recroquevilla.

Et là, entre le midi et le coucher du soleil, Viviane donna naissance à l'enfant de Vortimer. C'était une fille, apparemment trop fragile pour survivre, minuscule, mais parfaite, avec des cheveux aussi foncés que les siens, une pauvre créature qui geignait sous les assauts du vent glacé. Viviane noua le cordon ombilical avec le lacet de sa tunique et le trancha à l'aide du petit couteau de prêtresse, en forme de serpe, qui ne la quittait jamais. Elle eut encore la force de soulever l'enfant jusqu'à sa poitrine et de la blottir contre elle, enveloppée dans sa tunique. Puis elle referma les pans de son manteau autour d'elles.

Épuisée, elle sombra dans un profond sommeil, protégée par le feuillage des sureaux. C'est dans cet abri précaire, alors que le crépuscule commençait à recouvrir les marais d'un voile noir, qu'un chasseur de la tribu de Héron la découvrit et l'emmena chez lui.

XXIV

Viviane était assise sur l'île de St. Andrew, juste à côté de la tombe fraîchement creusée, sous les noisetiers. Le sol était humide, mais pas détrempé. Après les fêtes du Solstice d'Été, les orages s'étaient espacés. Au grand soulagement de Viviane qui n'aimait pas imaginer Eilantha gisant sous la pluie glacée.

De l'endroit où elle se trouvait, elle apercevait Ynis Witrin au fond du vallon. Elle était certaine d'avoir choisi l'endroit parfait, l'équivalent dans le monde des humains du lieu où on avait enterré Vortimer sur la colline du Guet à Avalon. La Déesse avait dit que le Grand Rite ferait de lui un roi, mais le royaume qu'elle lui avait donné se trouvait dans l'Autre

Monde. Peut-être le père d'Eilantha parviendrait-il là-bas à protéger sa fille. Ici, en tout cas sa mère avait échoué. L'enfant de Viviane n'avait vécu que trois mois, et le jour de sa mort, elle n'était pas plus grande qu'Igraine à sa naissance.

Les seins gonflés de Viviane demeuraient terriblement douloureux ; du lait s'en échappait, comme s'ils étaient en pleurs. Elle referma ses bras sur elle-même, en quête d'un vain réconfort. Elle n'avait pas voulu prendre les herbes médicinales qui tarissaient ce flot ; le temps s'en chargerait bien assez vite. En attendant, cette douleur était un bienfait. Et elle se demandait si le temps ne tarirait pas aussi la source de ses larmes.

Un bruit de pas se fit entendre sur le chemin. Viviane leva la tête. Allait-elle voir surgir l'ermite qui entretenait la chapelle érigée sur la colline. Ce n'était pas un nouveau Fortunatus, il n'était pas non plus de ces religieux qui voyaient en chaque femme un piège tendu par le Démon, et dans la mesure de ses principes, il s'était montré compatissant envers elle. Il marchait le dos au soleil, et pendant un instant, Viviane ne vit qu'une grande silhouette découpée en ombre chinoise sur le fond du ciel. Quelque chose dans cette apparition lui rappelait le Cornu, et elle se raidit. L'intrus continuait d'avancer et finalement, elle reconnut Taliesin.

Soulagée, elle laissa échapper un profond soupir.

— Je regrette de n'avoir jamais eu l'occasion de la voir..., dit le barde à voix basse, et en observant son visage marqué par le chagrin, Viviane sentit qu'il était sincère et s'interdit toute remarque acerbe.

— On a parlé d'une substitution d'enfants, répondit-elle. Quand la santé d'Eilantha se mit à décliner, les femmes du village de Héron ont prétendu que ce n'était pas ma fille mais celle d'une Fée qui avait échangé son enfant malade contre le mien pendant que je dormais, juste après sa naissance.

— Y crois-tu ? demanda Taliesin.

— Les Fées n'ont pas beaucoup d'enfants. Je doute qu'elles en aient assez, malades ou non, pour expliquer la mort de tous ceux qui disparaissent parmi les humains. Mais c'est possible. La Dame des Fées connaissait l'existence de mon enfant ; elle a indiqué au Chasseur où je me trouvais. J'étais trop faible pour parler, même pour formuler le moindre sorti- lège de protection, et nous étions seules.

Sa propre voix lui parut sans timbre. Le barde l'ob- servait étrangement. Les hommes des marais avaient eu peur de lui parler de son enfant, mais quelle importance ? Franchement, tout lui était indifférent depuis qu'Eilantha n'était plus de ce monde.

— Cesse de te torturer avec de telles pensées, Viviane. Cette année fut si terrible que de nombreux bébés sont morts, bien que nés dans la chaleur et la sécurité d'un foyer.

— Parlez-moi donc de mon nouveau frère, le Défenseur de l'Angleterre, demanda Viviane d'un ton amer. Est-on en train de boire à sa santé à Avalon ? Ou bien s'agit-il d'une autre fille, destinée à supplan- ter Igraine ?

Taliesin tressaillit, mais son visage resta figé.

— L'enfant n'est pas encore né.

Le front plissé, Viviane exécuta un rapide calcul. Il fallait remonter à Samhain... Si sa propre fille était arrivée prématurément, l'enfant d'Ana, lui, était en retard assurément.

— Dans ce cas, vous devriez être à ses côtés en ce moment, pour lui tenir la main, dit-elle. Vous ne pou- vez absolument rien faire pour moi...

Taliesin baissa les yeux.

— Je voulais venir te voir plus tôt, ma fille, mais le message que nous a transmis Héron disait que tu souhaitais rester seule.

Elle eut un haussement d'épaules, car c'était vrai. Pourtant sa présence aurait pu, par moments, la réconforter. Si les druides étaient aussi clairvoyants qu'ils le prétendaient, Taliesin aurait dû s'en rendre compte.

— C'est ta mère qui m'envoie te chercher, Viviane...

— Quoi, encore ? répondit-elle avec un rire forcé.

Je suis adulte maintenant ! Vous pouvez aller lui dire que plus jamais je ne me plierai à ses volontés.

Le barde secoua la tête.

— Je me suis mal exprimé. Ce n'est pas un ordre que je te transmets, mais une requête, Viviane... (Soudain, son visage impénétrable se lézarda.)... voilà deux jours que le travail a commencé !

« Bien fait pour elle ! » Telle fut la première pensée de Viviane, suivie immédiatement par un accès de peur. Non, sa mère ne pouvait pas mourir. Ana était la Dame d'Avalon, la femme la plus puissante d'Angleterre ; aimée ou détestée, à l'instar du Tor, un modèle et un repoussoir, la pierre angulaire sur laquelle Viviane avait bâti sa propre personnalité.

Ainsi s'exprimait cette partie d'elle-même qu'elle croyait ensevelie avec Eilantha. Mais l'autre partie, celle qui avait appris, au prix de tant de souffrances, à raisonner comme une prêtresse, lui disait que c'était malheureusement fort probable. La peur de Taliesin se lisait sur son visage.

— Je n'ai même pas été capable de sauver mon propre enfant, dit-elle d'une voix tendue. Qu'attendez-vous de moi ?

— Je te demande simplement de venir auprès d'elle. Ta mère a besoin de ta présence. Moi aussi j'ai besoin de toi, Viviane.

Quelque chose dans sa voix, une angoisse sourde, la toucha droit au cœur. Elle le dévisagea de nouveau.

— C'était vous le Cornu, n'est-ce pas ? dit-elle. Ma mère porte votre enfant.

Et soudain, elle se souvint qu'il avait frôlé son ventre avec la pointe de sa lance.

Le visage enfoui dans ses mains il gémissait.

— Je ne me souviens pas... Si j'avais su, je n'aurais jamais accepté...

— « Nul homme ne peut se vanter d'avoir donné un enfant à la Dame d'Avalon... », récita-t-elle. Vous agissiez sous l'empire du Dieu, Taliesin. Je L'ai vu, et j'ignorais qu'il avait revêtu votre apparence. Relevez-vous maintenant, et conduisez-moi à la maison.

— Oh, Viviane, comme je suis heureuse que tu sois venue !

Rowan sortit en courant de la maison de la Dame et l'étreignit avec une énergie presque désespérée.

— ... Julia n'a pas eu le temps d'achever mon enseignement, et je ne sais que faire !

Viviane regarda son amie en secouant la tête.

— Allons, Rowan, mon apprentissage a été encore plus court que le tien...

— Oui, mais tu étais à ses côtés la dernière fois, et tu es sa *fille*...

En prononçant ces mots, Rowan la dévisageait intensément, avec ce regard que les gens parfois portaient sur la Dame d'Avalon. Et Viviane en ressentait un certain malaise.

— J'ai appris la mort de ton enfant. Je partage ta peine, Viviane, ajouta-t-elle, un peu tardivement sans doute.

Le visage fermé, Viviane l'en remercia sans chaleur puis passa devant elle avec indifférence pour pénétrer dans la maison.

L'odeur lourde du sang et de la transpiration flottait dans l'obscurité de la pièce. Mais pas encore celle de la mort... Viviane avait appris, hélas, à la reconnaître. Elle retint son souffle lorsque, ses yeux s'étant habitués à la pénombre, elle découvrit sa mère couchée sur son lit de paille. Claudia, la seule autre prêtresse à avoir accouché plus d'une fois, était assise à ses côtés.

— Elle ne marche pas ? demanda Viviane.

— Elle a marché le premier jour, et une grande partie du deuxième, répondit Rowan en chuchotant. Mais elle n'en a plus la force. Les contractions se sont ralenties, et son utérus semble s'être refermé...

— Viviane...

Bien que très faible, la voix de sa mère n'avait pas perdu ce ton autoritaire qui l'exaspérait.

— Je suis là, répondit Viviane, prenant sur elle pour lui répondre d'une voix sereine, malgré le choc ressenti à la vue du visage ravagé et du corps déformé de sa mère. Que me voulez-vous ?

À sa grande surprise, Ana lui répondit par une cascade de rires, suivie d'un long soupir.

— Peut-être pourrait-on commencer par des paroles de pardon..., dit Ana.

Comment sa mère aurait-elle pu savoir que Viviane s'était juré de ne jamais lui pardonner ?

On avait installé un petit banc au chevet de la parturiente. Prenant conscience soudain de sa propre fatigue, Viviane s'y assit.

— Je suis une femme très fière, ma fille, reprit Ana. Et je pense que tu as hérité de ce trait de caractère... Tout ce que je déteste en moi, je l'ai combattu en toi. Manifestement sans succès, ajouta-t-elle avec une moue amère. Si j'avais su garder mon calme, tu aurais sans doute gardé le tien. Je ne voulais pas te chasser.

Son regard se perdit dans le vague tout à coup, tandis que ses contractions reprenaient. Ses muscles se relâchèrent, Viviane se pencha sur elle.

— Je ne vous poserai la question qu'une seule fois, mère. Avez-vous eu recours à la magie pour capter mon énergie ou celle de mon enfant ?

Ana la regarda droit dans les yeux.

— Devant la Déesse, je jure que non !

Viviane se satisfit de cette réponse. Les douleurs de l'enfantement avaient dû débuter avec l'agonie de la petite Eilantha, mais s'il existait un lien entre les deux événements, elle voulait croire que sa mère n'y était pour rien. Par ailleurs, ce n'était ni le moment, ni l'endroit, pour rejeter la faute sur la Déesse. Elle risquait d'avoir besoin de Ses services.

— Dans ce cas, je vous pardonne. Si je vous ressemble, peut-être réclamerai-je le pardon moi aussi un jour.

Une nouvelle contraction fit grimacer le visage d'Ana qui avait ébauché un sourire. Elle parvint à surmonter la douleur, mais cet assaut marqua de nouvelles rides sur son visage émacié.

— Tu te demandes ce que tu pourrais faire pour

moi ? Tu ne possèdes pas le savoir nécessaire, et d'ailleurs, je ne pense pas que Julia elle-même aurait pu m'aider maintenant.

— Il y a trois jours, j'ai regardé mon enfant mourir, sans rien pouvoir faire..., répondit Viviane d'une voix blanche. Je refuse de vous laisser partir sans lutter, Dame d'Avalon !

Il y eut un moment de silence.

— Je suis attentive à tout ce que tu pourras dire, dit Ana avec une ébauche de sourire. Je n'ai jamais été tendre avec toi, et il est normal que tu prennes ta revanche aujourd'hui. Mais ma vie n'est pas seule en jeu. S'il n'y a plus rien à faire, je te demande de m'ouvrir le ventre pour sortir l'enfant.

— J'ai entendu dire que les Romains pratiquaient cette méthode, mais la mère en meurt[1] ! s'exclama Viviane.

Ana répondit par un haussement d'épaules.

— Il paraît qu'une Grande Prêtresse sait quand son heure a sonné, mais peut-être avons-nous perdu ce don. La raison me dit que nous mourrons, l'enfant et moi, si l'accouchement n'a pas lieu. Il est toujours vivant... je le sens bouger en moi, mais il est condamné si l'on tarde trop...

Viviane éprouvait un terrible sentiment d'impuissance désespérée.

— Voilà exactement ce que je craignais quand je vous ai suppliée de vous débarrasser du bébé...

— Tu n'as donc pas compris, ma fille ? Je savais ce que je risquais, comme toi quand tu t'es allongée sur l'autel de pierre de la Danse des Géants. Si je n'avais pas eu conscience du danger, ça n'aurait pas été une véritable offrande.

Viviane baissa la tête ; elle se remémorait les paroles de Vortimer avant de partir au combat. Un court instant, elle entrevit le sens de toute cette souffrance. Mais la vue de sa mère la ramena rapidement à la

---

1. Il n'en faut pas déduire que la césarienne était en honneur chez les fils d'Énée. Le mot — attesté à partir du XVIᵉ siècle sous la plume d'Ambroise Paré — vient tout simplement du verbe latin *caedere*, frapper, tailler.

réalité. Toutefois, l'évocation de Vortimer lui avait donné une idée. Elle prit le visage d'Ana entre ses mains et plongea son regard dans le sien.

— Très bien, dit-elle. Mais si vous mourez, ce ne sera pas sans combattre, d'accord ?

— Promis... ma Dame.

Une nouvelle contraction arracha une grimace à Ana.

Viviane se leva pour marcher jusqu'à la porte.

— Je veux qu'on ouvre cette porte, déclara-t-elle. Il faut qu'elle puisse respirer. Quant à vous, dit-elle en montrant du doigt Taliesin qui était demeuré muet jusqu'à présent, allez chercher votre harpe, et dites aux autres de prendre leurs tambours. J'ai vu la musique donner du cœur aux hommes pendant les combats. Nous verrons bien ce dont elle est capable entre ces murs.

Durant tout l'après-midi, elles luttèrent, portées par le rythme des tambours. Un peu avant le crépuscule, la parturiente se cambra, tous les muscles tendus, et un court instant, Viviane entrevit le sommet du crâne du bébé. Claudia vint soutenir Ana qui poussait de toutes ses forces, encore et encore, le visage déformé par l'effort et la souffrance.

— La tête est trop grosse ! s'exclama Rowan, les yeux écarquillés d'effroi.

— Je n'en peux plus, soupira Ana en retombant sur la couche de paille.

— Si, vous pouvez ! déclara Viviane. Courage, mère ! Au nom de Briga, je jure que cet enfant naîtra !

Posant la main sur le ventre gonflé et dur, elle sentit les muscles qui se contractaient.

— Maintenant ! Allez-y, poussez !

Ana retint son souffle, et alors que tout son corps se crispait, Viviane traça sur son ventre le sceau ancien, puis elle exerça une forte pression. Le Pouvoir irradié de ses mains eut un effet galvanique et la Grande Prêtresse se souleva. Viviane sentit quelque chose céder. Ana hurla.

— La tête est sortie ! s'écria Rowan.

— Continuez à pousser !

Le ventre d'Ana se crispa de nouveau, moins violemment cette fois, pendant que Viviane continuait d'appuyer. Du coin de l'œil, elle vit émerger le reste du corps de l'enfant, mais son attention demeura fixée sur sa mère, qui était retombée sur le lit de paille en poussant un râle.

— C'est terminé ! Vous avez réussi, mère ! (Elle jeta un rapide regard par-dessus son épaule.) C'est une fille !

Au même moment, le bébé poussa un long braillement.

— Ce n'est pas... le Défenseur, commenta Ana d'une voix rauque. Mais elle aura... quand même... un rôle à jouer...

Elle inspira, et sur son visage apparut soudain une expression de surprise. Le cri étouffé que laissa échapper Rowan fit se retourner Viviane. Tenant toujours l'enfant, l'autre jeune femme regardait d'un air affolé le sang écarlate qui jaillissait du ventre de la Grande Prêtresse.

Poussant un juron, Viviane s'empara aussitôt d'un linge qu'elle fourra entre les cuisses de sa mère. Celui-ci fut trempé en un instant. Pendant qu'elles tentaient désespérément de stopper l'hémorragie, le bébé continuait à pousser des hurlements furieux, mais la femme couchée sur le lit de paille, elle, demeurait muette.

Finalement, l'écoulement du sang se réduisit à un simple filet. Viviane se redressa et contempla le visage livide de sa mère. Les yeux d'Ana étaient ouverts, mais la vie les avait désertés. Viviane fut submergée par les sanglots.

— Pourquoi ?... Pourquoi ?... murmura-t-elle. Nous avions gagné !

Sa question demeura sans écho. Alors, surmontant sa terreur et son chagrin, elle se pencha pour fermer ces yeux qui ne verraient plus jamais la lumière.

Le bébé continuait de hurler. S'arrachant à sa douleur, Viviane s'empressa de nouer et de couper le cordon ombilical.

— Occupe-toi de laver et d'emmailloter l'enfant, ordonna-t-elle à Rowan. Et couvre-la..., ajouta-t-elle en désignant le corps de sa mère.

Épuisée, elle se laissa tomber sur le banc.

— Douce Déesse, comment allons-nous nourrir l'enfant ? se lamenta Rowan.

Au même moment, Viviane constata que le devant de sa robe était humide et sa poitrine palpitait à chaque braillement du bébé. Avec un soupir, elle défit le laçage de sa tunique et tendit les bras.

Le bébé donna un grand coup de tête dans les seins gonflés, bouche ouverte, et Viviane laissa échapper un cri en la sentant se refermer sur son mamelon et aspirer goulûment le lait. À trois mois sa propre fille ne tétait pas aussi fort. Soudain, l'enfant trop vorace s'étrangla, laissa échapper le sein et se remit aussitôt à brailler, mais Viviane s'empressa de le guider de nouveau vers la source nourricière.

La petite créature avait le teint d'Igraine, mais elle était beaucoup plus grande, bien trop grande pour une femme de la taille d'Ana, quand bien même elle aurait été plus jeune.

Pourquoi cette enfant vivrait-elle alors que sa fille était morte ? pensait Viviane avec amertume. Involontairement, ses mains se resserrèrent autour du corps du bébé, qui gémit, mais continua de téter. Voilà la réponse, se dit-elle. Elle s'obligea à relâcher l'étau de ses doigts. Cette enfant avait faim de vie, et rien ne pourrait calmer son appétit.

D'autres personnes entrèrent dans la pièce. Dans une sorte d'état second, Viviane répondit aux questions et distribua les ordres. Les femmes enveloppèrent le corps d'Ana et l'emportèrent. Viviane, elle, demeura assise sur le banc, tenant dans ses bras le bébé endormi. Seule l'arrivée de Taliesin l'arracha à sa torpeur. Il avait vieilli depuis ce matin, songeat-elle. Maintenant il avait l'air d'un vieillard. Mais elle se laissa faire lorsqu'il la prit par le bras pour l'entraîner hors de cette obscurité, vers la lumière éclatante du jour.

— Viviane *doit* accepter, dit Claudia. Nous aurions pu nommer Julia Grande Prêtresse, mais elle est morte elle aussi. En fait, nous n'avons jamais évoqué le problème de la succession. Ana n'avait même pas cinquante ans !

— Peut-on faire confiance à Viviane ? Après tout, elle s'est enfuie..., souligna un des jeunes druides.

— Elle est revenue, déclara Taliesin d'un ton sec.

Mais pourquoi insister ? se demandait-il. Pourquoi essayer de faire endosser à sa fille (si elle était véritablement son enfant) le rôle qui avait tué sa mère ? Dans ses oreilles résonnait encore ce dernier cri effroyable poussé par Ana.

— Viviane appartient à la lignée royale d'Avalon, et c'est une prêtresse confirmée, dit Talenos. Nul doute que notre choix ne se porte sur elle. Elle ressemble beaucoup à Ana, et elle a déjà vingt-six ans. Elle saura servir Avalon comme il convient.

« Bonté divine, c'est vrai », songea Taliesin, qui se souvint comme Ana était belle lorsqu'elle portait Igraine, et combien Viviane lui ressemblait lorsqu'elle tenait dans ses bras la petite chose qu'il avait baptisée Morgause. Au moins avait-elle su se battre pour défendre la vie de sa mère, alors que lui ne pouvait que rester assis et attendre. En outre, Viviane avait le droit d'exprimer son chagrin. Lui ne pouvait pleurer la bien-aimée ou l'amante disparue, uniquement la Grande Prêtresse. « Oh, Ana, hurlait son cœur, pourquoi m'as-tu abandonné si tôt ? »

— Taliesin..., dit Rowan.

Le barde leva la tête, en s'efforçant de sourire. Le choc et le chagrin avaient creusé tous les visages autour de lui. Les filles d'Ana n'étaient pas les seules à pleurer la disparition de leur mère.

— Vous devez expliquer à Viviane combien nous avons besoin d'elle. Nul doute qu'elle vous écoutera.

« Pourquoi ? songea-t-il. Pour que le fardeau la tue elle aussi ? »

Taliesin trouva Viviane dans le verger, en train de donner le sein au bébé. Sans doute n'avait-elle pas

besoin de son Don de seconde vue, supposa-t-il, pour
deviner ce qu'il était venu lui dire.

— Je m'occuperai de l'enfant, dit-elle d'une voix
lasse. Mais vous devez choisir une autre Grande Prêtresse pour Avalon.

— T'estimes-tu indigne de cette tâche ? Cet argu-
ment ne m'a servi à rien quand le choix des druides
s'est porté sur moi...

Elle le regarda, et faillit éclater de rire.

— Oh, Taliesin, vous êtes l'homme le plus géné-
reux que je connaisse, et je ne suis qu'une fille inex-
périmentée. Je ne suis pas prête à assumer de telles
responsabilités ; je ne suis pas faite pour ce rôle, je
n'en veux pas. Ces raisons vous suffisent-elles ?

Le bébé replongea brusquement dans le sommeil
du nouveau-né, abandonnant le sein qu'il tétait, et
Viviane recouvrit sa poitrine de son voile.

— Non... et tu le sais. Ta mère t'a formée dans ce
but, même si elle ne s'attendait pas à transmettre le
flambeau si rapidement. Tu ressembles énormément
à ta mère, Viviane...

— Oui, mais *je ne suis pas* Ana..., *père* ! Même s'il
n'y avait pas ces raisons, il nous est impossible d'accomplir le rite par lequel le chef des druides consacre
la Grande Prêtresse...

Taliesin la regarda d'un air hébété, car en fait, il
avait oublié ce « détail ». Certes, Ana ne lui avait
jamais dit s'il était le géniteur de Viviane, mais
depuis qu'elle avait quatorze ans, à bien des égards
il s'était comporté en père avec elle. Pourtant, à cet
instant, ses sentiments étaient bien différents.
Viviane ressemblait trop à sa mère... Pourquoi ne
pourrait-elle *prendre sa place*, maintenant qu'il avait
tellement besoin d'elle ?

Il laissa échapper un gémissement inattendu et se
releva, tremblant. Brusquement, il comprit pourquoi
Viviane s'était enfuie.

— Père... que se passe-t-il ?

Taliesin tendit la main, comme pour parer un
coup, et ses doigts caressèrent les cheveux doux de

la jeune femme. Déjà il s'éloignait à grands pas au milieu des arbres.

— Faut-il que je vous perde vous aussi, père ?

La voix de Viviane lui fit escorte dans sa fuite, et la petite Morgause, réveillée par ce cri, se mit à brailler.

« Oui, songea-t-il bouleversé, et je dois me perdre moi-même, avant de jeter la honte sur nous tous. Merlin doit me remplacer. Il n'y a pas d'autre solution... »

Taliesin ne devait conserver quasiment aucun souvenir des heures qui s'écoulèrent entre cet instant et la tombée de la nuit. Sans doute se faufila-t-il dans sa chambre à un moment ou un autre pour prendre sa harpe, car lorsque le long crépuscule du Solstice d'Été céda place aux Ténèbres, il s'aperçut qu'il tenait dans ses bras son étui en peau de phoque, debout au pied du Tor.

Levant les yeux vers le sommet pointu, hérissé de pierres semblables à des dents, silhouette noire dans l'éclat de la lune naissante, il remit son esprit entre les mains des dieux. Il avait si souvent gravi cette colline que ses pieds connaissaient parfaitement le chemin. Quand il atteindrait le sommet, s'il l'atteignait, la lune serait haute dans le ciel. Et quand il redescendrait, s'il redescendait, il ne serait plus le même. Lors de son initiation, il lui avait semblé que le sentier, au lieu d'encercler la colline, la traversait de part en part, pour atteindre cet endroit situé au-delà de la compréhension humaine et qui existe au cœur de chaque chose. Puis la fumée des herbes sacrées était venue à son secours. Mais depuis, il avait donné son âme à la musique. Si le pouvoir de sa harpe ne l'aidait pas à atteindre l'endroit qu'il cherchait, alors c'était sans espoir.

De la main droite, Taliesin tira les premières notes de musique douce en pinçant les cordes basses, choisissant la tonalité utilisée pour les rites magiques les plus anciens, et les harmonies qui possédaient le pouvoir d'ouvrir une voie entre les mondes. Pendant ce temps, sa main gauche glissait sur les cordes en remontant, libérant un chapelet de sons cristallins. Il continua de jouer ainsi, longuement, développant peu à peu des accords plus savants, jusqu'à ce qu'il aperçoive dans l'herbe un scintillement qui semblait répondre à celui de la musique.

Il sentait le contact du chemin sous ses pieds, mais en baissant les yeux, il vit les herbes fantômes tournoyer autour de ses chevilles, puis de ses genoux. La harpe clama sa joie par une série d'accords triomphants, tandis que Taliesin pénétrait à l'intérieur du Tor !

L'Île Sacrée existait dans une réalité qui n'était peut-être pas sur le même plan que le monde des humains. À force d'y vivre, on oubliait qu'au-delà d'Avalon existaient encore d'autres niveaux, des sphères plus étranges. Taliesin parcourait la voie sacrée qui faisait le tour de la colline, pénétrait à l'intérieur, puis ressortait. La première fois qu'il avait suivi ce chemin, celui-ci l'avait conduit à la grotte de cristal cachée au cœur de la colline, mais il sentait que le chemin grimpait maintenant. L'espoir gonfla son cœur, ses doigts coururent encore plus vite sur les cordes de la harpe, tandis qu'il continuait d'avancer à grands pas.

Sa surprise fut d'autant plus grande en arrivant devant un obstacle. Sa musique faiblit, alors qu'autour de lui la lumière s'intensifiait. La barrière scintilla ; une silhouette se tenait devant. Taliesin recula d'un pas, et le Gardien fit de même ; le barde avança et l'Autre vint à sa rencontre. Regardant dans ses yeux, Taliesin découvrit un être qui tout à la fois lui renvoyait son image et lui était inconnu !

Il avait déjà connu cette épreuve, au cours de sa première initiation, avec les symboles du miroir et de la flamme de la bougie. Il avait devant lui la Réalité. Immobile, il chercha à conserver son calme.

« *Que viens-tu faire en ce lieu ?* »

— Je cherche à apprendre pour pouvoir servir...

« *Pourquoi ? Ça ne te rendra pas meilleur que d'autres. À mesure que la vie succède à la vie, chaque homme et chaque femme finira par atteindre la perfec-*

tion. *Ne t'illusionne pas en croyant qu'il suffit d'aller de l'avant pour surmonter tes difficultés. Si tu acceptes le fardeau de la connaissance, ta route sera plus difficile. Ne préfères-tu pas attendre que la lumière vienne avec le temps, comme d'autres hommes ?* »

Cette voix était-elle la sienne ? se demanda-t-il. Assurément, il savait ces choses-là. Mais il s'apercevait soudain qu'il ne les avait jamais comprises.

— La loi dit que celui qui cherche véritablement ne peut se voir refuser l'entrée des Mystères... Je m'offre au Merlin d'Angleterre, pour qu'à travers moi, Il puisse sauver ce pays.

« *Sache que toi seul peux ouvrir la porte qui sépare ce qui est dedans et ce qui est dehors. Mais avant d'accéder à Lui, tu dois M'affronter...* »

Taliesin cligna des yeux lorsqu'une flamme pâle se matérialisa au-dessus de sa tête. Dans le Miroir, la lumière brûlait de la même façon. Rempli d'appréhension, il contemplait ce qui se trouvait à l'intérieur, car ce visage qui lui faisait face brillait d'une terrible beauté, et il savait maintenant ce qu'il perdrait s'il persévérait sur le chemin qui l'avait conduit jusqu'ici.

— Laissez-moi passer...

« *Trois fois tu me l'as demandé, et je ne peux te le refuser... Es-tu prêt à souffrir pour avoir le privilège d'apporter la connaissance au monde ?* »

— Oui...

« *Dans ce cas, que la lumière de l'Esprit te montre le chemin...* »

Taliesin s'avança. Autour de lui, le rayonnement miroitait et jetait des étincelles, tandis que le barde se fondait dans la silhouette du Miroir, avant que l'obstacle ne disparaisse.

Mais il ne fut pas surpris, après avoir parcouru une fois de plus le chemin circulaire au cœur de la colline, de découvrir un nouvel obstacle sur sa route. Cette fois, il s'agissait d'un amas de pierres et de terre tremblotant, comme s'il menaçait de s'effondrer d'une seconde à l'autre.

« *Halte !* » (Lorsque fusa cet ordre, un peu de terre

dégringola.) « *Tu ne peux pas passer. Ma terre étouf-
fera ton feu.* »

— Le feu brûle au cœur de la Terre ; celle-ci ne
peut éteindre ma lumière.

« *Passe alors, avec ton feu intact.* »

Cet obstacle qui possédait une apparence solide se
transforma en ombre, avant de s'évaporer comme un
brouillard. Prenant une profonde inspiration, Taliesin continua d'avancer.

Il fit le tour de la colline une fois encore, et encore
une fois. Le vent glacial qui s'engouffrait dans ces
galeries s'amplifia, jusqu'à devenir une véritable tempête, contre laquelle le barde avait du mal à lutter.

« *Halte ! Le vent va souffler ton feu !* »

— Sans lui, aucune flamme ne peut vivre ; votre
vent ne fait que nourrir ma flamme !

De fait, alors qu'il prononçait ces mots, une
lumière intense flamboya au-dessus de lui, puis faiblit, tandis que le vent s'éloignait.

Taliesin continua d'avancer, en frissonnant dans un
air de plus en plus humide et froid. Il percevait maintenant le bruit de l'eau qui goutte, avec cette force
implacable qui avait à demi englouti le monde. L'humidité de l'air s'accrut, et sa flamme se mit à vaciller.

« *Halte !* lança soudain une voix faible et liquide.
*L'eau va éteindre ton feu, comme la Grande Mer de la
Mort avalera la vie que tu as connue.* »

Taliesin dut faire un effort pour respirer, tandis
qu'autour de lui l'air se transformait en brume. Et
brusquement, sa lumière s'éteignit.

— Qu'il en soit ainsi, dit-il d'une voix rauque, en
toussant. L'eau éteint le feu et la mort réduira ce
corps à ses seuls éléments. Mais dans l'eau se cache
l'air, et ces éléments peuvent se rassembler afin d'alimenter une flamme nouvelle...

Il savait tout cela, mais c'était difficile à croire. Il
luttait pour respirer dans l'obscurité, l'eau l'envahit,
et il sombra dans une mer d'encre qui ne contenait
aucun rêve.

Il s'était attendu à autre chose.

L'étincelle de conscience qui avait été Taliesin se

demanda ce qu'était devenue sa harpe. Il ne sentait même plus son corps. Il avait échoué. Demain matin, peut-être, ils découvriraient son corps abandonné sur le Tor et ne comprendraient pas comment un homme pouvait se noyer sur la terre ferme. Eh bien, qu'ils s'interrogent. Il évoquait cette éventualité sans aucune émotion. Il flottait, et peu à peu, dans ce lieu qui se situe au-delà de toute manifestation, il laissa se dissoudre la volonté, la mémoire, et l'identité elle-même, et il trouva la paix.

Il aurait pu rester là jusqu'à la fin de l'éternité elle-même, n'eussent été les voix.

« *Enfant de la Terre et du Ciel étoilé, debout...* »

« *Pourquoi déranger celui qui en a fini avec le monde et ses tourments ? Laisse-le reposer en paix, à l'abri dans Mon chaudron. Il est à Moi...* »

Il lui semblait avoir déjà entendu cette conversation, mais la première fois, c'était la voix de l'homme qui avait convoqué les Ténèbres.

« *Il s'est dévoué à la cause de la Vie ; il a fait le serment d'emporter le feu sacré dans le monde...* »

Cela aussi il l'avait déjà entendu. Mais de qui parlaient-ils ?

« *Taliesin, le Merlin d'Angleterre t'appelle...* »

La voix résonna comme un gong.

« *Taliesin est mort*, répondit la voix féminine. *Je l'ai avalé.* »

« *Son corps vit, et on a besoin de lui dans le monde.* »

Il les écoutait avec un plus vif intérêt, car il se souvenait maintenant qu'on l'appelait Taliesin jadis, il y a longtemps.

— Il est mort, dit-il. Ils exigeaient de lui plus qu'il ne pouvait donner. Prenez le corps qu'il a abandonné derrière lui et utilisez-le comme bon vous semble.

Il y eut un long silence, et puis, curieusement, un rire rauque d'homme.

« *Tu dois revenir toi aussi, car j'aurai besoin de tes souvenirs. Laisse-Moi entrer, Mon fils, et n'aie pas peur...* »

Le vide qui l'entourait commença à se remplir d'une présence, gigantesque et dorée. Taliesin s'était noyé dans les Ténèbres ; maintenant il brûlait dans la Lumière. Les Ténèbres l'avaient englouti, mais ce rayonnement pénétrait, lentement et sûrement, au plus profond de lui. Même s'il avait peur, il comprenait que l'acceptation de cette possession constituait son offrande, et dans un geste ultime de sacrifice, il ouvrit la porte pour laisser entrer l'Autre.

L'espace d'un instant, il découvrit le visage du Merlin, puis les deux ne firent plus qu'Un.

Le passage autour de lui s'était embrasé. Le Merlin leva les yeux et découvrit, flou et miroitant comme s'il regardait à travers de l'eau, le premier éclat de l'aube.

Depuis le coucher du soleil, voyant que Taliesin était absent pour le dîner, ils étaient partis à sa recherche. Aucun bateau ne manquant à l'appel, ils en conclurent qu'il se trouvait toujours sur l'île, à moins, bien sûr, que son corps ne flotte quelque part sur le Lac. Passant alternativement des pleurs aux invectives, Viviane comprenait maintenant l'inquiétude que Taliesin avait dû ressentir quand elle s'était enfuie. Si elle avait su jouer correctement de la harpe, elle aurait essayé de chanter pour le faire revenir à la maison. Mais la harpe de Taliesin avait disparu en même temps que son propriétaire. Viviane voyait d'ailleurs là une raison d'espérer, car même si le barde était parti à la rencontre de sa mort, jamais il n'aurait accepté que son instrument soit détruit.

Quand Viviane ressortit de la cabane après avoir donné le sein à Morgause comme chaque jour avant l'aube, les torches des équipes de recherche continuaient à se déplacer à travers le verger, tels des feux follets, projetant leurs flammes pâles dans la lumière naissante. Bientôt, se dit-elle, le soleil se lèverait. Tournant la tête vers le Tor pour contempler l'horizon à l'est, elle se figea tout à coup, stupéfaite.

La colline était devenue transparente comme du verre, éclairée de l'intérieur par une lumière qui n'était pas celle du soleil. Cette lumière s'intensifia devant ses yeux écarquillés, et s'éleva jusqu'à resplendir au sommet du Tor. Peu à peu, la colline devint opaque, et tandis que le ciel de l'aube s'éclaircissait, les modulations du rayonnement au sommet du Tor lui permirent d'apercevoir une silhouette tout d'abord, avant de constater que cette silhouette était celle... de Taliesin ! Mais il *brillait*...

Laissant échapper un cri, Viviane se précipita vers le Tor. Elle n'avait pas le temps de suivre les circonvolutions du Chemin de Procession. Elle escalada directement la pente, s'accrochant aux broussailles lorsque ses pieds glissaient dans l'herbe humide de rosée. Quand enfin elle atteignit le sommet, elle avait la poitrine en feu. Elle s'arrêta pour reprendre son souffle, en s'appuyant sur une des Pierres Levées.

L'homme qu'elle avait aperçu d'en bas se tenait au centre du cercle, les bras levés pour saluer le soleil naissant. Viviane contemplait son dos, en se retenant pour ne pas crier. Cet homme n'était pas celui qu'elle avait appelé Père. Les vêtements, la silhouette étaient bien ceux de Taliesin, mais sa posture et, détail plus subtil, son aura étaient différentes. Le rougeoiement s'intensifia à l'horizon, déployant des étendards roses et dorés. Éblouie, Viviane détourna la tête, tandis que le soleil nouveau-né enflammait les contours du monde.

Quand Viviane retrouva la vue, l'homme s'était tourné vers elle. Clignant des yeux, elle vit d'abord sa silhouette entourée de flammes. Puis sa vision se précisa et elle découvrit alors la métamorphose.

— Où est Taliesin ?

— Ici, devant toi... (La voix était plus grave également.) Quand il se sera habitué à ma présence, et quand je me serai accoutumé à porter de nouveau une enveloppe charnelle, il dominera plus souvent. Mais à cet instant de Présage, c'est moi qui dois commander. L'heure est propice.

— Propice à quelle activité ? interrogea-t-elle.

— Au sacre d'une Dame d'Avalon...

— Non ! (Viviane secoua la tête et lâcha la pierre.) J'ai déjà refusé !

— Je te l'ordonne au nom des dieux...

— Si les dieux sont aussi puissants, pourquoi ma mère est-elle morte, tout comme l'homme que j'aimais, et mon enfant ?

— Morts ? répéta l'apparition en haussant les sourcils. Même s'ils n'habitent plus leurs corps, sache que tu les reverras un jour... comme tu les as connus autrefois. Tu ne te souviens donc pas... *Isarma ?*

Le corps frêle de Viviane fut ébranlé par un violent frisson en entendant ce nom qu'Ana avait prononcé au moment de la naissance d'Igraine, et elle vit défiler, aussi fugaces et vivants que des fragments de rêves, toutes ces vies au cours desquelles ils avaient été unis, luttant dans chacune de ces existences pour faire progresser la Lumière...

— Dans cette vie, Taliesin fut un père pour toi, cependant, il n'en a pas toujours été ainsi, Viviane. Mais cela importe peu. Désormais, ce n'est pas l'union de la chair qui compte, mais celle de l'esprit. Alors, je te le demande à nouveau, Fille d'Avalon, veux-tu donner un sens à toutes les souffrances que tu as vues, et accepter enfin ta destinée ?

Viviane regardait ce personnage d'un air hébété ; les pensées se bousculaient dans sa tête. Il lui offrait une puissance qui dépassait celle des rois. Sa mère avait toujours vécu en sécurité sur cette île, sans jamais vraiment mettre à profit son pouvoir. Mais Viviane, elle, avait vu l'ennemi. Dans le monde gouverné autrefois par Rome, Avalon ne pouvait être qu'une légende, préservant l'ancienne sagesse, mais s'aventurant trop rarement au-dehors pour diriger les affaires des hommes. Aujourd'hui, tout était en train de changer. Les légions étaient reparties, les Saxons avaient détruit toutes les vieilles certitudes. De ce chaos pouvait naître une nouvelle nation, et pourquoi ne serait-elle pas guidée par Avalon ?

— Si j'accepte, dit-elle, vous devez me promettre qu'ensemble nous ouvrirons la voie pour le Défenseur, ce roi sacré qui placera les Saxons sous sa domination et gouvernera pour toujours depuis Avalon ! Je voue ma vie à ce but et jure de faire tout ce qui sera nécessaire pour que ce règne advienne !

Le Merlin hocha la tête, et dans ses yeux, Viviane décela une tristesse séculaire et une joie sans âge.

— Le Roi viendra, répéta-t-il, et il régnera à Avalon, pour toujours...

Viviane exhala un long soupir et marcha vers lui.

Il la contemplait en souriant, puis s'agenouilla devant elle, et elle sentit sur ses pieds la caresse de ses lèvres.

— Bénis soient les pieds qui t'ont conduite jusqu'ici. Puisses-tu prendre racine dans ce sol sacré !

En un geste symbolique où il mit toute sa force, il enserra ses chevilles de ses deux mains comme pour les enfoncer en terre. Viviane sentit alors son âme plonger dans les profondeurs du Tor. Quand elle inspira de nouveau, le brusque reflux d'une onde de Pouvoir la fit vaciller comme un arbre dans le vent.

— Béni soit ton ventre, le Saint Graal et le Chaudron de vie... (La voix du Merlin tremblait.)... d'où nous avons ressuscité. Puisses-tu mettre au monde des bienfaits.

Quand il effleura son ventre, elle sentit la brûlure de son baiser à travers le tissu de sa robe. Elle pensa au Graal, et le vit rougeoyer, comme le sang répandu par sa mère, puis elle *devint* le Graal, et désormais la vie jaillissait d'elle, dans la douleur et l'extase.

Elle tremblait encore quand il lui embrassa les seins, durs et gonflés par le lait de la maternité.

— Bénie soit ta poitrine qui nourrira tous tes enfants...

Tandis que le Pouvoir s'élevait en gerbe vers le ciel, un délicieux picotement l'envahit. Elle était prête à nourrir un enfant qui n'était pas le sien. Tout cela était désormais lumineux. Elle connaîtrait peut-être à nouveau le bonheur d'être mère. Quoi qu'il en soit, elle serait désormais une source de vie pour tous ceux qui étaient ses enfants par l'esprit et qui formaient la postérité d'Avalon.

Le Merlin lui prit les mains et déposa un baiser dans chacune de ses paumes.

— Bénies soient tes mains avec lesquelles la Déesse accomplira Sa volonté...

Viviane repensa à la main de Vortimer lâchant la sienne au moment de mourir. À cet instant, elle avait représenté la Déesse à ses yeux, mais elle voulait donner la vie, pas la mort. Elle brûlait de caresser les cheveux éclatants d'Igraine, la peau soyeuse de Morgause.

— Bénies soient tes lèvres qui transmettront la Parole d'Avalon au monde...

Délicatement, il l'embrassa. Ce n'était pas le baiser d'un amant, et pourtant, Viviane sentit tout son corps s'embraser. Elle chancela, mais elle était ancrée trop solidement dans le sol pour tomber.

— Ma bien-aimée, ainsi je te fais Prêtresse et Dame, et puisse ce choix te placer au-dessus des rois.

Il prit son visage entre ses mains et embrassa le croissant de lune tatoué sur son front.

Elle ressentit intérieurement comme une explosion lumineuse et la Vision se déroula ; ensemble, ils traversèrent un millier de vies dans un tourbillon, un millier de mondes. Elle était Viviane, et elle était Ana. Elle était Caillean, convoquant les Brumes pour dissimuler Avalon ; elle était Dierna, enterrant Carausius sur la colline sacrée ; elle était toutes les Grandes Prêtresses qui avaient fait l'ascension du Tor. Leur souvenir revécut en elle, et elle sut qu'à partir de cet instant, elle ne serait plus jamais totalement seule.

Puis sa conscience retrouva des limites humaines familières. Viviane perçut à nouveau l'existence de son corps. Pourtant, l'homme qui se tenait devant elle lui apparaissait sous une double forme, les Pierres Levées rougeoyaient, chaque brin d'herbe au-delà du cercle semblait ourlé de lumière. Elle comprit alors que Taliesin et elle ne seraient plus jamais les mêmes.

Le soleil était déjà haut au-dessus des collines à l'est. Du sommet du Tor, elle dominait le Lac en contrebas et toutes les Îles Sacrées, et plus près, le peuple d'Avalon, qui levait vers elle des yeux émerveillés. Taliesin tendit le bras, et elle lui donna sa main.

Après quoi le Merlin d'Angleterre et la Dame d'Avalon redescendirent du Tor pour commencer un jour nouveau.

ÉPILOGUE

*Au carrefour où nulle fleur sinon la rose
Des vents mais sans épine n'a fleuri
l'hiver
Merlin guettait la vie et l'éternelle cause
Qui fait mourir et puis renaître l'univers*
GUILLAUME APOLLINAIRE
(*ALCOOLS,* « Merlin et la Vieille Femme »)

La Reine des Fées parle...

« Une femme-enfant qui possède mon visage règne désormais à Avalon. Un instant plus tôt, c'était sa mère ; l'instant d'après, peut-être sera-ce le tour de la fille d'Igraine, qui ressemble tant à ma fille, Sianna. Tant de Grandes Prêtresses se sont succédé depuis que Dame Caillean nous a quittés et que ma fille a repris les habits de la Dame d'Avalon. Certaines ont hérité de ce titre par le droit du sang, d'autres grâce à la résurrection d'un esprit ancien.

« Prêtresse ou Reine, Roi ou Mage, sans cesse le schéma se modifie et se reforme. Ils pensent que c'est le sang qui importe, et ils rêvent de dynasties, mais moi, je regarde évoluer cet esprit sur lequel la mort n'a pas de prise. Voilà la différence : d'une vie à l'autre, d'une époque à l'autre, ils évoluent et changent, tandis que moi, je demeure identique à ce que j'ai toujours été.

« Il en va de même avec l'île sainte. Tandis que les prêtres de ce nouveau culte qui rejette tous les dieux à l'exception d'un seul resserrent leur étau sur l'Angleterre, l'Avalon des prêtresses continue de s'éloigner de l'humanité. Malgré tout, elles ne peuvent s'en séparer totalement, comme nous l'avons constaté, nous les Fées. L'esprit de la terre transcende toutes les dimensions, à l'instar de l'Esprit qui se cache dans l'ombre de tous leurs dieux.

« Un nouvel âge approche, où Avalon leur semblera aussi inaccessible que le Pays des Fées actuellement. La fille qui présentement gouverne sur le Tor se servira de ses pouvoirs pour essayer de changer cette destinée, et celle qui lui succédera agira de manière identique. Elles échoueront. Le Défenseur lui-même, le jour où il fera son apparition, ne gouvernera pas éternellement. Comment pourrait-il en être autrement, alors que leurs vies ne sont que de courts fragments dans l'existence du monde ?

« Seuls leurs rêves survivront, car un rêve est immortel... comme moi. Et même si le monde devrait changer entièrement de visage, il est des endroits où quelque pâle reflet lumineux de l'Autre Monde éclaire l'univers des humains. Et cette lumière ne sera pas perdue pour l'humanité aussi longtemps que des hommes chercheront le réconfort sur cette terre sacrée que l'on nomme Avalon. »

Table

Du même auteur

LES DAMES DU LAC, Pygmalion/Gérard Watelet, 1986,
Prix du grand roman d'évasion 1986 ;
Le Livre de Poche.
LES DAMES DU LAC ** : LES BRUMES D'AVALON,
Pygmalion/Gérard Watelet, 1987 ;
Le Livre de Poche.
LA TRAHISON DES DIEUX, Pygmalion/Gérard Watelet ;
Le Livre de Poche.
LA COLLINE DU DERNIER ADIEU, Pygmalion/Gérard
Watelet, 1994 ; Le Livre de Poche.

Composition réalisée par S.C.C.M. (groupe Berger-Levrault), Paris XIVᵉ

IMPRIMÉ EN FRANCE PAR BRODARD ET TAUPIN
La Flèche (Sarthe).
LIBRAIRIE GÉNÉRALE FRANÇAISE - 43, quai de Grenelle - 75015 Paris.
ISBN : 2 - 253 - 14506 - 8   ◈ 31/4506/7